【长篇小说】

从爱情走过

Go Through the Journey of Love

潘春笛 著

Works of Pan Chundi

黄河出版传媒集团
宁夏人民出版社

图书在版编目(CIP)数据

从爱情走过 / 潘春笛著. —银川:宁夏人民出版社,2015.2
ISBN 978-7-227-05991-2

Ⅰ. ①从… Ⅱ. ①潘… Ⅲ. ①长篇小说—中国—当代
Ⅳ. ①I247.5

中国版本图书馆CIP数据核字(2015)第043202号

从爱情走过 潘春笛 著

责任编辑 姚小云
封面设计 夏慧萍
责任印制 肖 艳

黄河出版传媒集团
宁夏人民出版社 出版发行

地 址 银川市北京东路139号出版大厦 (750001)
网 址 http://www.yrpubm.com
网上书店 http://www.hh-book.com
电子信箱 renminshe@yrpubm.com
邮购电话 0951-5052104
经 销 全国新华书店
印刷装订 宁夏雅昌彩色印务有限公司
印刷委托书号 (宁)0002336

开本 720mm×980mm 1/16
印张 23
字数 400千字
版次 2015年10月第1版
印次 2015年10月第1次印刷
书号 ISBN 978-7-227-05991-2/I·1494

定价 36.80元

目录

CONTENTS

第一章　女警官

阴差阳错

昏、胀、晕、疼，晓鹏的头从来没有这么难受过。他很想找一个安静的环境让自己尽快睡着，哪怕只是抱着头竭尽全力吼上几声，但年轻气盛、从来不肯轻易认输的他却仍然挥舞着手中的酒杯，强作镇定向包厢里晃动的人影不停地说："干……"

五颜六色的灯光骤闪骤闪地在包厢里摇曳。除了灯光，包厢里还充斥着嘈杂的声音，那些声音像狼嚎般难听，似乎要把整个包厢吞没。渐渐地，晓鹏看不清楚坐在身边的人了。他只感到一块块红色、黄色、蓝色在身边闪耀、晃动，令他的头脑发胀，好像全身的血液全都挤进了头部。他感觉自己似乎变成一株生长在阴天里的蘑菇，畸形的那种，用干瘪的身体支撑着臃肿的头部，头顶上压着黑沉沉的乌云。

晓鹏终于没有力气举起手中的酒杯了。残存的意识使他发出嘶哑的声音："兰兰……"

一个若有若无的声音接近他，在他的耳边呢喃："我是兰兰，我在呢。"声音像蛇一样扭动着身体，紧紧地依偎在他的身边。

晓鹏只是半睁了一下眼睛就无力地闭上了，醉眼蒙眬的他根本无法看清楚眼前的女孩根本就不是一周之前和他提出分手的女朋友慕容兰兰。他抓住"兰兰"的手放在自己的胸口，有气无力地说："兰兰，你回来了？"

"兰兰"说："嗯，我回来了。"

"再也不要离开我了。"

"嗯，不会的。"

晓鹏情不自禁地抱住"兰兰"。

不知过了多久，包厢里只剩下晓鹏和“兰兰”两个人。晓鹏和“兰兰”喝了几杯酒，“兰兰”扶着他趔趔趄趄地上了楼，走进一间客房里。“兰兰”扶着他坐在床上，他情不自禁地抱着“兰兰”躺下了。

“兰兰”吻了吻晓鹏的脸，慢慢地脱掉晓鹏的衣服。晓鹏只是迷迷糊糊地叫着“兰兰”的名字，其他什么也不知道。

“兰兰”又脱掉自己穿的所有衣服。当她刚抱住晓鹏的身体时，突然砰的一声，门被踢开了，两个戴着大盖帽的男警官从门外冲进来……

询问

晓鹏终于醒了。

他感到十分饥饿，似乎五脏六腑都被掏空了。与饥饿相伴的是口渴，感觉嘴唇似乎干瘪得快要裂开。他的咽喉像是被火烤一样，干灼得难受。他不禁伸出舌头，润了润嘴唇，又咽了一口唾沫，好让喉咙舒服一点儿。他感觉全身有点儿发冷，连着打了几个喷嚏。

他慢慢睁开眼睛，一张脸在他的眼前逐渐清晰起来：是个女的，丹凤眼，五官精致，面容姣美，二十三岁左右。女孩的目光逼视着晓鹏，表情冷冰冰的，没有一点温暖。

女孩穿着警服，显然是一名警察，晓鹏不敢直视她的目光。

晓鹏的心跳了几下，慌忙将目光从女警官的脸上移开了。

女警官的身边站着一名体形高大的男警官，表情冷峻。除了一男一女两名警官外，房子里再没有其他人。

晓鹏不禁在脑中寻思：这是哪里？我怎么会和警察在一起？他感到有点害怕，问女警官：“这是哪里？我怎么会在这里？”

女警官面无表情地说：“这里是西街派出所。昨晚你在梦幻人间娱乐城从事嫖娼违法活动当场被抓，本来昨晚要对你进行询问，但你昨晚喝醉了。现在你已经醒了，按照规定要对你进行询问，请你积极配合。”

晓鹏又急又怒，站起来说：“你们搞错了吧？我怎么可能干那种事？”

男警官瞪了晓鹏一眼，厉声说：“坐下！”

晓鹏极不情愿地坐下来。女警官说：“公安机关抓你是有事实依据的，决不会在没有事实的情况下随便抓人。虽然你昨晚喝醉了，具体情况可能想不起来，但事实上你的违法行为的确存……”

“你胡说！”晓鹏想都没想，站起来怒气冲冲地说，“我根本没干那种事，你们抓错人了，我要出去！”他转过身，想走出房间。

“往哪走！”男警官快步上前拉住晓鹏的胳膊，硬生生地把晓鹏拉回到原位，想把晓鹏按在椅子上坐下。晓鹏突然用力撞了一下男警官，差点把男警官撞倒。男警官不由得怒火攻心，往晓鹏的胸口用力捣了一拳，晓鹏倒退三步，差点跌倒。

晓鹏感觉胸口像是砸了一块石头，又闷又痛。他睁大眼睛冲男警官怒吼：“凭什么打人？”

男警官不禁后退了一步。晓鹏突然冲到男警官面前，挥起拳头往男警官的脸上打去！男警官急忙躲闪，那一拳只是从脸上轻轻擦过，没有打上。男警官十分愤怒，哪有违法人员动手打警察的道理？他说了声“你小子还挺横”之后，先是把晓鹏绊倒在地上，然后扑上去想用警绳把晓鹏捆住。

“放开我！放开我！你们不能随便抓人，我要告你们！”晓鹏一边大声叫喊一边挣扎。男警官力气大而且手脚麻利，没费多大工夫就把晓鹏捆了个结结实实。

“在派出所你还敢横！”男警官把晓鹏摁在铁椅上，瞪着眼睛说，“老实点！”

晓鹏突然怔住了：女警官正冷眼瞪着他。

女警官的眼神微微刺痛了晓鹏的心。

男警官说：“按照规定，你随身携带的所有物品暂时交由派出所代为保管。”男警官把晓鹏的钱包和手机从身上搜出来，装进密封袋里。

“现在开始对你进行询问，请你据实回答。”女警官询问了晓鹏的个人详细信息，晓鹏一边回答女警官一边记录。问完基本信息，女警官说：“把昨晚去梦幻人间的经过详细讲一遍。”

“我……”晓鹏绞尽脑汁竭力思索，终于想起来昨天夜里，“冬瓜”“猴子”“虎头”、小川四个哥们陪他去梦幻人间娱乐城的KTV包厢里唱歌，哥们儿都带着女朋友，只有他没有女朋友陪，因为他的女朋友慕容兰兰一周前和他提出分手。他记得自己唱了很多首歌，喝了很多酒，后来“冬瓜”说一个人喝酒多没意思，于是出去叫了一个年轻漂亮的女孩进来陪他喝酒解闷。他依稀记得后来兰兰也进来陪他喝酒，喝完酒兰兰又带他去了楼上的一间客房。他当时烂醉如泥，抱着兰兰躺在床上，后来发生了什么全都想不起来了。他突然睁大眼睛，明白了一切：自己昨晚一定把陪酒的那个女孩当成了兰兰……

他不知道，虽然他最后和那个女孩赤身裸体在一起，但在他们刚要发生那种事之前警察正好冲进来把他抓走了，其实他和那个女孩并没有发生那种事情！

女警官有点不耐烦，带着愠色说："程晓鹏，请你回答刚才的问题，不要耽误时间！"

晓鹏的眼中不禁流出泪水，他在女警官面前感到无地自容。他低下头吞吞吐吐地说："事情……是……这样的：昨天晚上我的几个哥们和我一起去梦幻人间唱歌喝酒，我喝醉了，把陪我喝酒的女孩当成了女朋友慕容兰兰，后来……发生了什么我根本想不起来……"晓鹏抬起头，恳切地看着女警官，"警察同志，我说的是真的！我去那里不是想要干那种事的，真的不是要干那种事的，那完全是一场误会，请你一定要相信我！"

女警官冷冷地哼了一声，说："他们为什么和你一起去梦幻人间唱歌？"

"我……和我女朋友分手了，她有一个星期没理我，哥们儿看我不开心就叫我去梦幻人间开心一下，只是陪我唱歌喝酒解闷。"

"之前知不知道梦幻人间提供非法色情服务？有没有去过？"

"听说过，去过……三四次吧，不过只是去唱歌，其他什么也没干。昨晚我真的只是和几个哥们一起唱歌喝酒，而且我的几个哥们都带着女朋友，不信你把我哥们叫来问一下。还有，我喝醉了，根本就想不起来后来发生的事！"

女警官冷笑一声，说："你不用狡辩了，你昨晚当场被抓，事实很清楚！"

询问过程中，女警官一直用鄙视的目光看着晓鹏，不但使晓鹏无地自容，而且使晓鹏十分反感，甚至有点儿恼怒。

询问结束，女警官说："程晓鹏，鉴于你昨晚违法事实清楚，现将你暂时关进滞留室，等待上级机关下发行政处罚决定书。你现在可以通知家人，以免家人担心。"

晓鹏心想：我可不敢给爸爸和奶奶打电话。于是问："不打可以吗？"

"你自己决定。"

"那我不打了。"

"随便你。"

女警官对男警官说："先把他关进滞留室。"

男警官点了点头。他带晓鹏正要走出房间时，笑着对女警官说："对了，张菁，西滨路上有一家今来顺砂锅，味道很不错，中午我们去尝尝，我请客。"

女警官说："改天吧，中午我正好有点事。"

"那好，我们下次再约。"男警官带着晓鹏走出房间。

原来这个女警官名叫张菁，晓鹏在心里记住了女警官的名字。

晓鹏被带进一个只有二十几平米的房子里。房子没有窗子,只有两盏节能灯。十几名男子待在房子里,有的歪歪斜斜地靠在墙边睡觉,有的坐在水泥地上,全都无精打采。晓鹏猜这十几名男子肯定是昨天晚上和他一起被抓的人员。

男警官解开绑在晓鹏身上的警绳，把晓鹏往前推了一下，说:"老实在里面待着,等通知。"

晓鹏问:"要等多长时间?"

"最多二十四小时。"男警官轻蔑地睃了晓鹏一眼,转身走出房间,锁住了铁门。

晓鹏慢慢地走到墙角坐下来,抱着双腿,感到十分憋屈。从小到大他一直过着锦衣玉食的生活,从来没有遭遇过这种情况。他特别想念兰兰,越想越难受,不禁在心里念叨:"兰兰,你现在在哪?快来看看我吧!我现在很不好,肚子饿极了,从来没有这么饿过……"他多么渴望兰兰用温暖的双手爱抚他的脸庞,像小时候奶奶哄他睡觉时那样。他万分后悔自己昨晚喝醉后发生的事,如果兰兰知道了,可能再也不会给他机会了。

急救

中午十一点刚过,滞留室的门被打开了。只见张菁手里提着一个大袋子,里面装着十几份盒饭,男警官抱着一箱矿泉水。张菁说:"过来领盒饭和水,一人一份饭、一瓶水。"

被关的男子一个挨一个走到张菁和男警官面前领盒饭和矿泉水，只有晓鹏一人坐在墙角没有动弹。他十分难过,哪有心思吃饭。

张菁说:"程晓鹏,过来领饭和水。"

晓鹏没抬头,说:"不用了,我不饿。"

张菁走到晓鹏面前,把一份盒饭和一瓶矿泉水放在地上,说:"给你放下了,趁热吃。"说完她和男警官走出滞留室,锁住了门。

晓鹏半天才看了看地上的盒饭和矿泉水。旁边的一名男子说:"兄弟,你这份饭还吃不?不吃的话我吃了,我一份饭吃不饱。"

晓鹏没说话,直接把盒饭拿起来送给男子。

"谢谢你,兄弟。"

晓鹏拿起矿泉水,感觉矿泉水十分冰冷。要是在以前,这么凉的水他肯定不喝,但他又饿又渴,一口气喝了个精光。喝完他感觉肠胃里从上到下十分冰凉,还稍微有点痛。

中午他靠着墙睡着了。没过多久，肚子就像打雷一样轰隆隆地响个不停，还出现一阵阵抽搐，把他疼醒了。伴随着腹部的抽搐，他的身上不停地冒汗，衣服很快就湿透了。他摁住肚子用力揉，但疼痛丝毫没有减轻。难以忍受的剧痛使他捂着肚子躺在水泥地上，表情十分痛苦。

一名很胖的男子见状，起身快步走到铁门前，用力敲着铁门大声喊："警察同志快来，出事了！"

张菁和男警官很快就跑到了滞留室门前。男警官打开铁门，张菁急声问："出什么事了？"

胖男子指着晓鹏说："他肚子疼！"

张菁急忙走到晓鹏跟前，蹲下身子摸了摸晓鹏的额头，烫乎乎的。晓鹏看到张菁感觉很不舒服，他就是疼死也不想让张菁管。他紧皱着眉头，用力推了一下张菁。

张菁怔了一下，但救人要紧，她没有多想，对男警官说："很严重，必须马上送医院！"

男警官搀扶着晓鹏走出滞留室，和张菁一起将晓鹏抬进院子里停放的一辆警车里，之后男警官开着警车风驰电掣般向医院驶去。

一路上，张菁看护着晓鹏，晓鹏已经疼得奄奄一息，没有说话的力气。张菁十分焦急，催了男警官两次，让男警官开快点。她用手机打了一个电话，对接电话的人说："所长，我是张菁，有个叫程晓鹏的肚子疼，还发高烧，我现在正和夏涛把他送往医院，情况紧急，所以没有向您请示。"

电话那头说："没事，救人要紧，千万不能耽搁！"

"好的，所长，情况我随时向您汇报！"

"嗯。"

张菁挂了电话，又摸了摸晓鹏的额头，急得汗水簌簌而下。

警车停在市第二人民医院急诊楼下。张菁下车后冲进急诊楼大厅大声呼喊："医生在吗？快来抢救病人！"

几名医生从急诊室里快步走出来，这时晓鹏已经有些神志不清了。

"我是西街派出所的警察，请你们尽快抢救这位病人！"张菁边说边亮出警官证。几名医生二话没说就把晓鹏抬进急救室抢救。

十几分钟后，医生们从急救室里走出来。张菁冲到医生面前问情况，医生说病人突发急性肠胃炎，出现休克，感冒引起发烧，经过抢救已经脱离危险了。张菁问医生病人需要住院多长时间,医生说输完液就可以出院,不用住院。

张菁悬着的一颗心终于放下了。她从医院一楼的自动取款机上取出钱替晓鹏交了医疗费,之后打电话向所长汇报情况。所长指示她留在医院照看晓鹏,直到晓鹏出院,男警官先回派出所。

鄙视

药液一直没停。晓鹏一直睡着,脸色发黄。张菁摸了一下晓鹏的额头,感觉温度降下来不少。

晓鹏在梦里连着说了好几次"兰兰不要离开我"。兰兰是谁?莫非是这个花花公子的女朋友?张菁早就把晓鹏定性成了有点钱就胡作非为的花花公子,因此十分反感晓鹏。如果不是职责所在,她看都不想多看晓鹏一眼,更别说在医院里照看他了。她问护士借了一把椅子,坐在晓鹏的病床边。由于最近每天都加班,她感觉特别累,没过多久就趴在床边睡着了。

许久,晓鹏醒了。他的脑中最先浮现出的是张菁送他来医院时焦灼的表情,心想:张菁呢? 是不是已经回派出所了?

他刚要起身,感觉胳膊被压住了,他这才发现张菁正枕在他的胳膊上睡觉呢。他有点感激张菁,因此没再动弹,生怕弄醒张菁。

张菁醒来后看到晓鹏正看着她,一时不知道说什么好。近距离看着张菁,晓鹏觉得张菁的脸像是雕琢出来似的,十分精致,有一种古典美的风韵。

晓鹏打破沉寂,说:"谢谢你,张警官,给你添麻烦了。"

张菁面无表情地说:"不用谢,这是我的职责。"

晓鹏没话可说了。他觉得近距离看张菁不礼貌,于是把目光从张菁的脸上移开了一些。

张菁被晓鹏盯着也觉得很不好意思,她问:"肚子还痛吗? 身上还发热吗?"

"好多了。"

"你最近是不是吃了不卫生的东西? 怎么会突发急性肠胃炎?"

"可能是昨晚喝得太多,今天中午没吃饭,再加上喝的矿泉水太凉了吧。"

"噢。肚子饿了吧? 想吃点什么?"

"面包和牛奶。"

"好,我这就去给你买。"张菁郑重其事地说,"不许你乘机逃跑!"

“放心，我不会跑的。谢谢你，回头我把钱给你。”

十几分钟后，张菁把买来的面包和牛奶拿给晓鹏，晓鹏说：“张警官，你怎么不吃？”

张菁说：“我肚子不饿。”

“噢，那我先吃了。”

张菁没说话，嫌他啰唆。

吃完后，两人彼此沉默着，没话可说。晓鹏心里明白，张菁这种作风正派的女警官肯定打心眼里鄙视他这个被抓的违法青年，但他不像之前那么反感张菁了，他还有点儿感激张菁，毕竟张菁今天帮了他。

而张菁呢，虽然心里很鄙视晓鹏，但觉得晓鹏和他的那张娃娃脸一样，是个还没有长大的孩子，带着些稚气，而且很执拗。

半晌，张菁说：“对了，你打电话让你的家人或朋友把医药费送过来，一共是一千二百五，钱我已经付了，收费的单子在你床头。”张菁把手机递给晓鹏。

“嗯。”晓鹏接过手机，他没想到，张菁的手机是一个又破又旧的杂牌货，绿屏的那种，早在三年前就已经被淘汰了。不过杂牌就杂牌吧，能打电话就行。他最想打电话给兰兰，可是兰兰已经和他分手了，根本不理他，肯定不会送钱过来。就算兰兰会送钱过来，他如何向兰兰解释发生的一切？

他想打电话给小川，所有朋友里小川和他关系最好，可是小川刚当上房奴，每个月光房贷就要还三千多，哪有闲钱。“猴子”和“虎头”的手机号他都没记住，他只记着“冬瓜”的手机号，于是打通“冬瓜”的手机，说：“‘冬瓜’，是你吗？我是晓鹏。”

“晓鹏，你换号了？”

“没有，我现在用别人的手机给你打电话。有个事情要麻烦你一下。”

“你说好了。”

“我……生病了，现在在市第二人民医院。麻烦你给我送两千块钱过来，我要交医药费。钱我回头还你。”

“你生什么病了，严重吗？”

“不严重，急性肠胃炎，疼过去就好了。你现在能过来吗？”

“可以，我现在就把钱给你送过去。”

半小时后，“冬瓜”来到医院，走进晓鹏住的病房。他看到一名女警官站在病房里，感到十分诧异。张菁什么话也没说走出了病房。

“冬瓜”说：“晓鹏，你怎么突然病倒了？还有公安？”

晓鹏从病床上坐起来，叹了一口气，说："都不好意思说了。'冬瓜'，我给你说了你一定要替我保密。"

"没问题，哥们一定替你保密，你说吧。"

晓鹏于是将事情的经过讲了一遍。

"冬瓜"说："你怎么这么倒霉？早晨我从网上看到昨晚市公安局开展代号'睡眠'的扫黄专项行动，梦幻人间、皇家别苑和金帝花都都被查封了，怎么你偏偏撞到枪口上了？你的运气真不好！"

"是啊！"晓鹏郑重地叮嘱，"这件事你一定要替我保密，对谁都不要说，尤其是兰兰。兰兰一旦知道的话我就再也没有机会了。"

"嗯。我一定替你保密。"

"冬瓜"临走前给晓鹏放了两千块钱。他原本打算放三千，晓鹏说两千足够了。

"冬瓜"走后，张菁回到病房里。

晓鹏给了张菁一千三，张菁要给他找钱，他说："不用找了，你帮我买饭也花钱的。"

"好吧。"

"对了，张警官，我再用你的手机打个电话行吗？"

"行。"

晓鹏打通兰兰的手机，兰兰在电话那头说："您好！哪位？"

听到兰兰的声音，晓鹏原本想说的话一句也说不出来，一肚子委屈全都化成泪水从眼里流出来了。他好想告诉兰兰自己遭受的委屈，好想让兰兰过来看看他。现在的他躺在医院的病床上很不好受，浑身上下都没劲。

"喂，请问您是哪位？"兰兰又问。

"喂？喂……"

晓鹏半天一句话也没说出来。许久，他挂了电话，把手机递给张菁，含泪笑着说："让你见笑了。"

"没事儿。"

"她是我女朋友。"晓鹏拭去眼角的泪水，"噢，不对，是以前的。已经很多天没见她了，想她。"

张菁什么也没说，她对晓鹏说的话根本不感兴趣。

晓鹏郑重地说："张警官，请你相信我，我昨天和几个哥们去梦幻人间唱歌喝酒真的没打算要干那种事的。我说的是真的，不骗你。"

张菁不冷不热地说:“人都有犯错的时候,只要以后不再犯同样的错误就行。”

晓鹏急声说:“张警官,你还是不相信我啊？我真的没骗你！”

张菁根本不想和晓鹏纠缠这个话题,说:“药液快完了,我去叫护士换药。”她走出了病房。

一会儿,护士走进病房为晓鹏换液体,一名医生也走进了病房。医生摸了摸晓鹏的额头,又看了看晓鹏的脸色,问:“肚子还疼吗？”

晓鹏说:“不疼,就是感觉浑身没劲。”

“这很正常。”

张菁问医生晓鹏什么时候可以出院，医生说剩下的几组液体输完就可以出院了。晓鹏在心里暗暗叫苦:“没想到这么快就要回可恶的派出所,被关在滞留室里的滋味真不好受。”

医生临走前嘱咐晓鹏回去要注意按时吃药,多休息,不能喝生水,也不能吃生冷的东西,要多吃新鲜的蔬菜和水果。

下午六点钟刚过,张菁问晓鹏晚饭想吃什么,晓鹏说只想吃肉,干脆买两个大鸡腿得了。张菁照他说的买来了,自己却只买了一份很便宜的清炒土豆丝。晓鹏一边暗暗流口水一边问张菁吃不吃鸡腿,张菁说不用了。他不顾张菁笑话,大口大口地啃鸡腿。看到他不雅的吃相,张菁转过身子背对着他,他因此尴尬极了。

输完液体已经到晚上七点钟了。之前张菁打电话让派出所的一名领导安排警车接他们回派出所,因此晓鹏输完液体时一辆警车已经等候在门诊楼下了。

回到派出所后,晓鹏再次被关进滞留室。滞留室里一个人也没有,之前关押的那些人已经被移交到拘留所了。晓鹏在滞留室里正感到无聊时,张菁和男警官打开门走进来。

“程晓鹏,你昨晚的违法行为事实清楚,上级公安机关根据《治安管理处罚法》的规定,给予你拘留十二天的处罚决定。”张菁一边说一边亮出行政处罚决定书,并将一支签字笔递给晓鹏,“这是行政处罚决定书,你看一下,签一下字。”

晓鹏呆了,没想到处罚会这么重。他原以为只要交几千块钱的罚款就完事了,可没想到居然要拘留十二天！他大声说:“张警官,处罚太重了吧？我不是故意的！”

张菁微微瞪着晓鹏,说:“处罚是依法做出的决定。”

“那我多交些罚款,你们不要拘留我,行吗？”

“不行。”

“真的不行吗？”

张菁还是冷冷地说：“不行！”她示意晓鹏签字。

晓鹏无可奈何地在行政处罚决定书上签了字，不禁在心里骂：“奶奶的，真倒霉！”

张菁说：“马上就要把你送到拘留所，你现在可以打电话通知家人。”

“不通知可以吗？”

“你自己决定。”

晓鹏心想：要在拘留所里待十二天，如果不告诉爸爸和奶奶，爸爸和奶奶肯定会十分着急。唉，事情发展到这一步，只能怪自己倒霉了。想到这里，他说：“那我打一下吧，你的手机借我用一下。”

张菁睃了晓鹏一眼，没好声气地说：“我手机没电了。”她对男警官说，“你把他的手机拿给他。”

“用我的好了。”男警官把自己的手机递给晓鹏 。

晓鹏心里特别郁闷，刚才张菁睃了他一眼，他心里很不好受。张菁的手机肯定有电，但不想借给他用。看来张菁仍然很反感他！

晓鹏打通父亲程长征的手机，战战兢兢地说：“爸，我……是晓鹏……”

程长征急声问：“你在哪里？怎么一直没回来？”

“爸。”晓鹏有点儿想哭，但忍住了，“我……在西街……派出所……”

“什么？发生什么事了？”

“我……昨晚……被……公安局……抓了……”

“怎么回事？”

“我……”晓鹏哪敢说实情，“爸……你别问了，我马上要被送到拘留所，一共拘留十二天。”晓鹏挂了电话。

晓鹏刚挂电话没多久，程长征又打过来。晓鹏再次挂了，程长征再次打过来，晓鹏只好接了电话。程长征怒声说：“你给我说，你到底干了什么事被抓了？”

“我……”

“你给我说清楚！”

“昨晚我……去梦幻人间……喝醉了，结果就……被公安局抓了……”

“什么？”程长征气得说不出来话，他多次听说梦幻人间娱乐城表面上从事合法经营活动，但暗地里提供非法色情服务。

晓鹏急忙辩解：“爸，我不是故意的，我喝醉了，根本不记得。”

手机里突然嘭的响了一声，信号连接中断了。

晓鹏不知道，电话那头的程长征气得突发心脏病，晕倒在地上。

当天晚上，晓鹏被移交到了拘留所，送他去的是张菁和男警官。一路上，男警官和张菁又说又笑。晓鹏看得出来，男警官对张菁有那种意思。张菁一直都对晓鹏冷冰冰的，没有一点笑意，晓鹏知道，张菁打心眼里瞧不起他这个违法分子。想想今天一整天张菁对他轻蔑鄙视的态度，他反感极了，暗暗下定决心：从拘留所出来后，一定要找机会好好戏耍一次张菁，打击一下她那冷漠高傲的姿态！

知道真相不好

兰兰躺在床上，十分思念晓鹏。她打开手机收件箱，奇怪的是晓鹏从昨天到今天一直没有给她发过信息。虽然一周前她向晓鹏提出分手，但她只是想考验一下晓鹏是否真的爱她，而且她能感觉得到晓鹏对她是真心的，绝对不会放弃她。这不，晓鹏天天给她发信息，有主动道歉的信息，也有逗她开心的幽默笑话。每次读完信息她都能感受到晓鹏的柔情蜜意，心里暖暖的，如沐春风。她故意不回信息，也不接晓鹏的电话，好让晓鹏为她着急。可是今天，晓鹏一直没有给她发过信息、打过电话。她怀疑是不是手机欠费了，于是拨打 10086 查询，可是话务员明确告诉她手机并没有欠费停机。她又怀疑是不是信号不好，于是关机重新启动了一次。

令她沮丧的是，她苦等到晚上十点钟，还是没有等到晓鹏的短信和电话。她只好拨打晓鹏的手机号码，想质问一下晓鹏为什么不联系她，可是一连打了几次，却只能听到“对不起，您所拨打的电话已关机”这句话。她心想：晓鹏今天到底怎么了？

对了，下午她接过一个陌生电话，电话里一直没人说话，电话该不会是晓鹏打的吧？她从通话记录里找到号码，回拨过去。接通后，一个女的在电话里说：“您好，哪位？”接电话的人正是张菁，她正走在回家的路上。

兰兰愣了一下，说：“你是谁呀？下午三点钟给我打电话。”

“下午三点？”张菁想起下午程晓鹏用她的手机打了两个电话，一个是打给朋友让朋友把钱送来，一个是打给以前的女朋友，但她不便透露电话是程晓鹏打的，于是说，“可能是我拨错号了。”

可是兰兰却质问：“你是程晓鹏的朋友吧？”

兰兰质问的口气使张菁有点反感，张菁什么也没说便挂了电话。

兰兰再次打电话过来，张菁挂了之后只好关机。

第二天早晨,张菁刚开机便收到一条兰兰发来的短信:你为什么不接电话?还有,程晓鹏为什么用你的手机给我打电话?

张菁很郁闷,一看到程晓鹏三个字她就感觉很不舒服,她极其反感程晓鹏这种胡作非为的花花公子!更令她郁闷的是,兰兰又打电话过来,质问道:"程晓鹏为什么用你的手机给我打电话?"

兰兰质问的口气使张菁反感极了,张菁大声说:"我是派出所的警察,请你不要再给我打电话!"

"哟,还警察呢。"兰兰嘲笑道,"你骗谁呀?你以为我那么好骗?你和程晓鹏是什么关系?"

张菁又气愤又郁闷,她极其反感对方把她和程晓鹏扯上关系。她大声说:"你听着,我是西街派出所的警察。前天晚上,程晓鹏嫖娼被抓进派出所;昨天下午,他借我的手机给你打了电话;昨天晚上,他被关进拘留所,一共拘留十二天!"

"你说的是真的?"兰兰还是不相信。

"不信你可以来西街派出所问!"张菁挂了电话。

兰兰对张菁说的话半信半疑。为了确定晓鹏是不是真的被公安局抓了,她打电话给晓鹏的好哥们小川,装出知情的样子,说:"小川,晓鹏被公安局抓了,你知道吧?"

"晓鹏被抓了?我不知道啊!他什么时候被抓的?为什么啊?"

从小川的第一反应和说话时焦急的语气可以推断小川并不知情。兰兰解释道:"派出所的一个女的刚打电话给我说的。她说晓鹏前天晚上嫖娼被抓进派出所,昨天晚上又被关进拘留所,要拘留十二天。"

"不会吧?前天晚上晓鹏还和我、'冬瓜''猴子''虎头'一起在梦幻人间唱歌呢。"小川突然呆住了,他想起来昨天早晨在网上看到一则消息,说的是前天晚上市公安局开展睡眠行动,突击检查了梦幻人间、皇家别苑、金帝花都等三家涉嫌色情违法经营活动的娱乐场所,抓捕多名违法犯罪分子。梦幻人间、皇家别苑和金帝华都已被责令停业整顿。小川心想:没准晓鹏真的被公安局抓了,但现在没有事实能证明,再说晓鹏不是那种胡来的人,这里面没准有什么误会。于是他说:"兰兰,这里面肯定有误会,晓鹏不是那种胡来的人!"

兰兰对梦幻人间提供色情服务早有耳闻,追问道:"喝完酒唱完歌晓鹏是和你们一起出来的吗?"

"是……一起的……"小川说了假话。

兰兰挂了电话。她又打电话给"冬瓜",诈问道:"'冬瓜',晓鹏被公安局抓了,你知道吧？”

“冬瓜”根本没想到兰兰是在诈他，说：“兰兰，你知道了？”

兰兰差点栽倒，看来晓鹏被公安局抓走确有其事！她又气又伤心，含泪说：“他为什么被抓的？”

“兰兰，你不知道吗？”“冬瓜”这才意识到兰兰是在诈他，急声说，“兰兰，我刚才说错了，口误！晓鹏……没被抓，噢，不对，晓鹏没干那种事，晓鹏……喝醉酒……打架了，才被公安局抓走的！”

兰兰声嘶力竭地说：“你们都在骗我！我全都知道了！”兰兰趴在床上，大声哭起来。一年前她和晓鹏有过一次邂逅，之后双双坠入爱河。晓鹏聪明、阳光、帅气，毕业于上海经济贸易大学的工商管理专业。晓鹏的家境也十分优越，他的父亲是一名企业家，经营着一家大型公司，听晓鹏说今年年底公司就要上市了。晓鹏作为一家大型企业未来的掌舵人，自然是包括她在内的很多女孩梦寐以求的理想男友。

虽然晓鹏从小就过着锦衣玉食的生活，也结交了一些纨绔子弟，但晓鹏很少会有花花公子的做派，从来不像周围的年轻男孩那样整天把美女挂在嘴边，尽干些不着边际的事儿。晓鹏自从和她谈恋爱后，心里只装着她一个人，不给其他追求他的女孩任何机会。半年前她和晓鹏同居了。同居的公寓是晓鹏租的，位于市中心繁华地段，离她的工作单位不远。公寓虽然只有六十几个平米，但每月的租金高达三千多块。公寓的装修绝对可以和四星级大酒店的客房媲美，住在这幢公寓楼里的几乎都是在都市里奋斗的年轻白领。

兰兰趴在床上，越哭越伤心。她没想到晓鹏居然干出这种龌龊的事，她十分痛恨晓鹏这个蜕变了的混蛋！

第二章 陷 阱

邂逅

晓鹏的父亲程长征是大丰集团的第一大股东，担任董事长兼总经理。程长征在商海鏖战多年，打造出了大丰这个大型企业集团，但自从妻子在生晓鹏时因大出血去世后，他一直没有再结婚，因为他一直没有真心爱上一个女人。然而，就在几个月前，他邂逅了常娜，并和常娜谈起恋爱。恋爱使他感觉自己越来越年轻，每天他都喜笑颜开。

常娜在天州市的上市公司盛元贸易担任财务总监。她三十二岁，至今未婚。

常娜拥有令人惊羡的美貌和近乎完美的身材，举手投足和一颦一笑无不透露出知性的优雅和温婉。她非常善于打扮自己，简约、时尚、大方的装束使她看起来只有二十五六岁。无论走到哪里，她的气质和美貌都会吸引很多人的眼球。更难能可贵的是，她本科毕业于国内的知名学府南方大学，毕业后到英国剑桥大学深造，经过努力获得剑桥大学授予的经济学硕士学位。

没有人会否定，常娜是智慧和美丽的化身。

程长征深深地爱上了常娜。他和常娜的相遇和相识，是那么的浪漫而富有激情。

那是三个月前的一天下午，程长征驱车一百多公里去海边的一个湾口钓鱼。钓鱼是程长征的一大爱好，但他并不喜欢去那些专门提供垂钓服务的场所。有时候他会准备好钓鱼用的所有装备，独自一人开车去深山老林中寻找可以垂钓的河流和湖泊，一待就是整整一天。每次去钓鱼他都感觉像是一次探险，很惊险，也很刺激。

那天，整整一个下午程长征都没有钓到一条鱼。正当他叹气时，渔漂忽然向水里扎下去。他用力一提渔竿，不但没有提起水中的鱼，反而被渔竿拽着往前走，差点跌倒。

“看来是条大的！”他边说边用力扯渔竿，可是仍然无法把鱼从水里拽上来。他在沙滩上来回慢跑，想借着巧劲把鱼诱上岸，可是他“哎哟”叫了一声，反而被鱼拽进水里。尽管如此，他仍然紧紧地攥着渔竿，丝毫不松手。

他不小心跌倒在水里，喝了一口又苦又咸的海水。正当他筋疲力尽之时，一个年轻女孩从他身后跳进水中。女孩说了声“我来帮你”，紧紧地抓住渔竿用力往后拽。

“不能这么用力，线会断的！”程长征刚说完渔线就绷断了，他和年轻女子都向后栽倒了，年轻女子压在他身上。年轻女子翻起身急忙伸手拉程长征，程长征从水里站起来，吐出灌进嘴的海水。

“你没事吧？”年轻女子扶着程长征问。

“没事儿。”程长征抹去眼睛和脸上的水，“谢谢你帮……”他话没说完愣住了，因为呈现在面前的是一张极为美丽的脸庞。他半天才发觉自己失态，尴尬地笑了笑。

年轻女子愧疚地说：“没想到还是让鱼给跑了，还害得你弄了一身水。”

“没事儿。估计这条鱼最少有十斤，有点可惜。对了，你也是来这里钓鱼吗？”

“不是。”年轻女子的神色有点悲伤，“我想看看辽阔的大海，倾听海鸥自由飞翔的声音。”

“噢。”

年轻女子看了看天色，说：“太阳还没有下山，我去那边晒晒太阳，要不衣服干不了。”她向海边的一处凸地走去，面对即将落山的夕阳，抱着双膝坐下去。

程长征向年轻女子的背影看去，只见海风将年轻女子的长发托起，使她显得风姿绰约。夕阳将橙色的光芒洒在辽阔的海面上，波光粼粼。

程长征不禁回想起年轻时和晓鹏的母亲来到这个海湾时的情景。他们经常一起坐在年轻女子坐着的那块凸地上，相互依偎着，一边说话一边看着辽阔的大海和美丽的夕阳。

看着看着，程长征不由自主地向年轻女子走去。他在年轻女子身后轻声说：“我可以坐下吗？”

“可以。”年轻女子没有回头。

程长征坐下了。他看着大海，不知该说什么。半晌，年轻女子娓娓地说起来：“有时候，我想自己要是能变成一只海鸥该有多好，那样的话我可以在辽阔的大海中自由地飞翔。我想飞过直布罗陀海峡，去地中海沿岸看看，听说那里有座水上城市威尼斯，所有建筑都在水里，人们过着惬意的生活；我想飞到大西洋上空，寻找泰坦尼克号沉没的地方，据说它撞上了一座冰山，我要找到那座冰山，纪念为了爱情而牺牲的杰克；我还想飞到北欧斯堪的纳维亚半岛上空，领略那里迷人的冰川风光。”

程长征说：“会去的。”

年轻女子看着程长征，问：“为什么这么肯定？”

程长征肯定地说：“只要有梦想，为之而努力，就一定会实现。”

“梦想？”年轻女子苦笑着，“为了梦想我奋斗了这么多年，可到头来还是一无所有。”她凝望着天空，“我真的很希望上天能可怜我、眷顾我一个弱女子，让我找到那种渴望已久的幸福。”

“其实幸福并不遥远，就在我们身边。记得有首古诗说：‘众里寻他千百度，蓦然回首，那人却在灯火阑珊处’。”

年轻女子笑了笑，说：“那是南宋词人辛弃疾写的一首词里的一句，看来寻找幸福就像寻找美女一样啊！”

程长征也笑了，说：“对于一个成功的男人而言，美女或许是必不可少的。人们总是责怪有的成功的男人对糟糠之妻不忠，可他们却不知道，当一个男人成功之后总会有不少美女主动投怀送抱，又有几个男人能像传说中的柳下惠那样坐怀不乱？”

年轻女子瞟了程长征一眼，说：“看来男人在外面风流，反倒是女人的错了？”

“当然不是女人的错，不过的确有一些男人有钱之后就抛弃糟糠之妻，成为男人中的害群之马。”

年轻女子盯着程长征的眼睛问：“那你是什么样的男人呢？”

程长征反问：“你觉得呢？”

年轻女子故意笑了笑，说：“我看你不像好男人。”

“为什么？”

“你感觉不到吗？”

程长征摇摇头，疑惑不解地说：“感觉不到。”

“我不说，你自己想吧。”年轻女子诡笑着，“反正我觉得你不像好男人。”

“没关系。”程长征无所谓地说，“看过电影《无间道》吧？有的时候好人和坏人不好区分的。”

年轻女子没说话。半晌,她摸了摸裤子,感觉裤子已经被风吹干了。她说:“天快黑了,你怎么还不回去?你的家人肯定在等你呢。”

“不想回去了,我想看看这里的风景。”程长征十分感慨地叹了口气,“自从她走后,我经常会来这里钓鱼,想陪陪她。”

“你说的是你的妻子吧?”

“嗯。”程长征的神情变得悲伤起来,“她刚生出孩子就走了。当时我有两种选择,要么选择她,要么选择孩子。我选择了孩子,所以失去了她。”

“你很爱她吧?”

“当然,她是这个世界上最完美的女人。”

“你一直没有再结婚吗?”

“没有。这些年遇到了很多女人,可她们没有真正爱过我。她们爱上的无非是我的钱。所以这些年我还是孤孤单单一个人。”

年轻女子没说话,若有所思。

“半天净说我了。你呢?似乎有很多心事。”

“嗯。”

“能说给我听吗?说不定我能帮到你。”

年轻女子疑惑地问:“我可以相信你是一个好人吗?”

“把我当成一个陌生人好了。”

年轻女子莞尔一笑,露出两个迷人的酒窝,说:“时间不早了,我要回去。”她站起来了。

“我送你一程吧?我开车来的。”

“不用了,我自己能回去。”年轻女子头也不回地走了。

程长征一直怔怔地看着年轻女子远去的背影。

程长征虽然和年轻女子只是萍水相逢,但年轻女子留给他的感觉十分特别。他竟觉得年轻女子和早已去世的妻子的举止神态有几分相像。晚上睡觉前,他反复回味着和年轻女子在海边聊天时的情景。他睡着没多久做了一个梦,梦见二十多年前和恋人在海湾度过的一个美丽的夜晚。就是在那个夜晚,他们以身相许,发誓永不分离。

第二天下午,程长征匆匆处理完事务,独自一人开车来到海边。他一直等到能看到星星的时候,年轻女子也没有出现。他怀着怅然若失的心情离开了海边。

第三天黄昏时分,程长征再次来到海边。这次,他终于看到一个美丽的背影坐在海边的凸地上。他长长地舒了一口气,慢慢地向年轻女子走去。直到坐在年轻女子身边,年轻女子才转身看到他。

“是你?”年轻女子很惊讶。

程长征对年轻女子笑笑,说:“怎么,不欢迎我这个又老又坏的男人吗?”

年轻女子笑了一下,问:“你今天怎么也会来这里?”

“我觉得在这里可能会遇到你,所以就来了。”

“为什么这么肯定?”

“因为我觉得前天我们的话没有说完。”

“噢。”

“你为什么也会来这里?”

年轻女子诡秘地笑了一下,噘着嘴说:“不告诉你。”

“我可以理解为你想在这里再次见到我吗?”

年轻女子似笑非笑地说:“随便你怎么想。”

“你经常来这里吗?”

“差不多吧。喜欢一个人静静地待在这里,看看大海,数数天上的星星。”

“你男朋友不陪你一起吗?”

“男朋友?”年轻女子的眼中渗出泪水,“去年他出车祸走了,扔下我一个人。”

程长征抱歉地说:“对不起。”

“没事儿。”年轻女子拭着泪水,哽咽地说,“他是那么的优秀,我是那么的爱他。有时候我想,为什么命运之神不让我们白头到老?如果时光可以倒流,我情愿出车祸的人是我。”她不禁依偎在程长征的肩上伤心地哭起来,像个孩子似的。

程长征对年轻女子生出怜惜之情。他伸出胳膊,轻轻地揽着年轻女子的肩膀,温柔地说:“哭吧,大声哭出来,那样心里会好受些。”

年轻女子哭了很长时间才止住哭声。她觉得自己有些失态,慌忙挣脱程长征的怀抱,羞赧地说:“对不起,让你见笑了。”

“没事儿。”

“对了,我还不知道你叫什么名字呢?”

“我想想。”程长征灵机一动,“叫我‘海大叔’吧!”

年轻女子高兴地说:“这个名字有意思,嗯,以后就叫你‘海大叔’好了!”

“那我应该叫你什么名字呢?”

“我想想。”年轻女子双手托着下颌,想了一会儿,“嗯,叫我‘海小妹’吧,我们是在海边认识的。”

“好，好，以后就叫你‘海小妹’！”

“‘海大叔’，小妹今天看起来是不是特别像一个孩子？”

程长征风趣地说：“和我相比，你本来就是个孩子嘛！”

“那你觉得我年龄有多大？”

“二十五岁左右吧。”

年轻女子嘿嘿笑着，说：“看来我能比得上半个明星了。”

“我是不是说小了？”

年轻女子噘着嘴说：“不告诉你。对了，‘海大叔’，现在离你妻子去世有多少年了？”

“二十四年了。这二十四年以来我一直没有结婚，我没有一天不想已经去世的她。”

“噢。”年轻女子一本正经地说，“问你一个私人问题，你必须如实回答，不许骗我。”

“问吧，骗你被狗咬。”

年轻女子盯着程长征的眼睛，说：“你有情人吧？”

程长征笑了笑，说：“你觉得我有吗？”

“我看不出来。”

“说没有你肯定不相信。”程长征长长地舒了一口气，“是啊，这么多年风风雨雨的，遇到不少主动投怀送抱的女人，不过都是逢场作戏罢了。”

“你不想找个女人结婚吗？”

“当然想。可是她们为的是钱，很难做一个合格的母亲。孩子从小就没了母亲，我不能再让孩子受委屈了。我真后悔孩子的母亲去世后我没有赶快给孩子再找个母亲，现在孩子长大了，恐怕很难再接纳别的女人做母亲。这些年我一直觉得对不起孩子。”

“你肯定为孩子付出了很多。”

“是啊，我些年我既当孩子的父亲，又当孩子的母亲，我总是想尽各种办法让孩子开心地生活。”程长征皱起眉头，“可是，我越来越觉得孩子的性格有一些古怪，当然算不上是一种缺陷。”

“古怪？”年轻女子不解地问，“和别的孩子不一样吗？”

“说不出的那种感觉。他好像对什么东西都过分执着，一旦决定了什么，哪怕知道是错的或者根本不会有结果，他都不会放弃。他还很容易相信别人，也很容易对别人产生感情。他都二十三岁了，可还是很不成熟，像个没有长大的孩子。这种性格的养成绝对和他从小缺少母爱有关。”

“噢。”

“他已经大学毕业一年了。在公司我是董事长，他在各部门轮流学习。我希望他能尽快熟悉各项业务，顺利接班，但他一直没有多大长进。不知道他什么时候才能真正长大，我心里一直很着急。”

“其实不用这么着急，毕竟他才走上社会，得有一个适应的过程。”

“希望如此吧。对了，你男朋友离开你多长时间了？”

“大半年了。”

“你不想再找一个吗？”

“想啊！”年轻女子的神色变得黯然起来，“恐怕很难再找到一个像他那样的男人了。”

程长征很想知道年轻女子的男友是个什么样的男人，竟令她如此痴情，于是问：“他是一个什么样的男人呢？”

“他很有事业心，很有才华，很包容我，也懂得体贴我，关心我，在他身边我觉得自己很安全。他是世界上最好的男人，没有人可以超过他。”

“还记得我前天说的那句诗吗？肯定会有更好的男人出现在你身边的。”

“希望如此吧。”

半晌，刮起了风，海水淡淡的腥味荡漾在空气里，天空弥漫着乌云。

程长征看了看天空，说：“要下雨了，我们回去吧？”

年轻女子恳切地说：“‘海大叔’，我想听听海浪的声音，你能留下来陪我吗？”

“好啊，我也很久没有听到海浪的声音了。”

“记得上中学时学过一篇课文，名叫《海燕》，是高尔基写的。”年轻女子站起来，大声吟诵，“面对暴风雨，海燕像一道闪电穿梭着，它的心里在呐喊着，‘让暴风雨来得更猛烈些吧’！今天，我多想变成一只海燕，我多想在闪电之间、在怒吼的大海上高傲地飞翔！”

刹那间，天空中亮起一道闪电。伴随着一声惊雷，乌云被撕裂开了，雨哗哗地下起来。海浪澎湃着，把两个人的鞋打湿了。

“啊，终于听到海浪的声音了！”年轻女子忘情地说着。

程长征被年轻女子感染了。他脱掉外衣，双手撑着挡在年轻女子的头顶上。

“海浪、乌云、大雨、雷声、闪电、海鸥，你们听着，我要变成一只海燕，我要幸福地活着！”年轻女子大声呐喊着，热泪盈眶。

程长征感慨万千，在刹那间爱上了眼前这个率性而为、美丽坚强的年轻女子。他不禁把年轻女子揽在怀中，想用自己的胸膛温暖这个在风雨中屹立着的女孩。年轻女子把头埋进他的胸怀里，不停地抽泣。

那天晚上，在海边不远处的一个面朝大海的旅店里，两个身体紧紧地交缠在一起。他们甚至还不知道对方的名字，就已经难舍难分了。直到第二天早晨，看着旭日冉冉升起时，他们才告诉彼此的名字。

年轻女子说自己名叫常娜，三十二岁，至今未婚。程长征几乎不敢相信她已经三十二岁了，因为她看上去非常年轻。

三个月以来，他们频繁约会，恋爱使程长征感觉自己越来越年轻，甚至回到了充满活力的年轻时代。那个时候的他，不也和恋人这样谈着恋爱吗？

然而，程长征做梦也不会想到，常娜根本就不爱他，甚至很恨他，他和常娜的相识和相爱是常娜精心设计的阴谋。常娜的目的是寻找机会杀了他，并将他多年苦心打造的大丰集团据为己有。

原来，程长征这些年虽然生意做得越来越大，但却得罪了很多仇家，而且做过不少昧着良心的坏事。常娜死去的父亲常昊天就是其中的一位。

常昊天原本是天州市大型企业长天实业的掌门人。四年前，大丰集团与长天实业争夺华东地区市场，当时大丰集团在竞争中完全处于劣势，无法和长天实业抗衡。程长征为了打败长天实业，联合几家公司设下圈套，导致长天实业因资金链断裂而破产。

面对一堆难以还清的债务，常昊天跳楼自杀，而常昊天的儿子，即担任长天实业总经理的常胜也因受到强烈刺激而患上严重的精神病，被送进天州市精神病院。

当时常娜正在英国工作，噩耗传来后，她急忙回到中国。面对惨状，她毅然决定和恋人分手，她的目的只有一个，那就是想方设法接近程长征并寻找机会将其谋杀，然后将大丰集团据为己有，从而为父亲和哥哥报仇！

从那以后，她想尽一切办法打听程长征的性格、爱好、家庭成员构成等各个方面情况。经过三年的努力，她摸清了程长征的所有底细。一切准备就绪后，她精心设计了一个和程长征巧遇的骗局，引诱程长征爱上自己并和自己发生了关系。她对程长征的爱，只不过是一个披着美丽外衣的谎言。她的伪装，也一直没有被程长征发现。

长点记性

昨晚，程长征正在办公室里和副总经理洪金山商议改进公司管理流程的方案时,接到晓鹏在西街派出所里打的电话。晓鹏说自己被公安局抓了,将被拘留十二天,程长征听完气得昏倒在地。洪金山见状立即拨打120急救专线,没过多久程长征便被送往医院抢救。

经过抢救,程长征脱离了生命危险。苏醒后,他心里憋的气仍然没有消下去。儿子程晓鹏干的丑事肯定会传得沸沸扬扬,让他的脸往哪搁? 真是太丢人了!

护士给他换完液体正要走出病房时,他让护士把守候在病房外的洪金山叫进来。

洪金山是大丰集团的第三大股东,担任副总经理一职,是程长征最信任最倚重的高管,程长征创业的成功少不了他这么多年的支持和帮助。他和程长征两个人从商海一路拼杀过来,不仅成为事业上的合伙人,而且彼此之间结下深厚的情谊,如同亲兄弟。

洪金山走进病房,程长征想坐起来说话,洪金山急忙劝他不要起来。程长征的眼中流出悲愤的泪水,说:"金山,真没想到啊,养了这么个兔崽子,把人都丢尽了!"

"程哥,你别生气了。依我看晓鹏不是那种胡来的孩子,这里面说不定有什么误会。"

"唉,我也不肯相信,可是事实摆在面前,我不得不信啊!"

"不管事情是真是假,我看还是先花点钱把晓鹏赎出来,要不晓鹏在拘留所里会受罪的。"

"不!"程长征坚决地摇了摇头,"让这个兔崽子在里面多受些苦,也好长点记性!"

"好吧。"

"公司最近麻烦你多操点心,不太重要的事情就不用向我汇报了。还有,你见到晓鹏奶奶千万不要告诉她晓鹏的事情。"

洪金山点了点头。

当天晚上，洪金山去了程长征家的别墅，告知程母程长征突发心脏病住院一事。程母听完十分着急,向保姆小红安顿了几句后心急火燎地坐着洪金山的车赶往医院。

在病房里,程母问程长征是什么原因导致突发心脏病,程长征谎称自己几年前心脏就已经有毛病了，只是一直没有在意。他说昨天晚上头有点疼，没有休息好，今天早晨得知一家公司退货的消息后一着急心脏病就犯了，他还说自己没事的。程母听完悬着的一颗心才放下来。

求婚

早晨，程长征做了一个梦，梦见自己回到童年，变成了一个金光宝气的洋娃娃，依偎在母亲的怀里酣睡着。醒来他才发现常娜坐在床边，温柔地抚摸着他的脸庞，眼中渗出泪花。他一直没有把自己突发心脏病住院的消息告诉常娜，所以有点儿奇怪。

原来，常娜早晨打电话给程长征，打算让程长征晚上到家里吃饭，她要为程长征精心烹饪几道美食，但程长征的手机一直关着，无法接通。她打电话到程长征的办公室，秘书说程长征昨天晚上突发心脏病住进了医院。她因此请了假，急急忙忙赶到医院。

当程长征睁开双眼，看到常娜的那双美丽的眸子中流出泪水时，不禁十分感动，他更爱眼前的这个美丽的女人了。他情不自禁地抓住常娜的手，安慰道：“小娜，看你，我不是好好的吗？”

常娜关切地说：“程哥，你胸口疼吗？身上难受吗？”

“不疼，医生说我没事的，不用担心的。”

“没事儿就好。”常娜依偎在程长征身上，“今天本来打算叫你晚上到家里吃饭呢，我想给你做你最爱吃的牛排。”

程长征感受到一种久别的幸福感，不禁伸出手抚摸着常娜的头发，温柔地说：“小娜，以后有时间的。”

“嗯。”

常娜给程长征讲起有趣的故事，晚上她还为程长征按摩、捶背、洗脚。常娜无微不至的关心和照顾使程长征心里暖暖的，他十分感谢命运让他在中年遇到常娜这么温柔善良的女人，暗暗发誓：一定要给予常娜最大的幸福。

常娜喂他吃药的时候，他不禁抓住常娜的手，深情地说：“小娜，嫁给我吧，等我出院了我们就结婚，我要让你成为这个世界上最美丽的新娘，我还要让你成为这个世界上最幸福的女人，相信我！”

常娜先是一阵欣喜，又面露难色，说：“程哥，我相信你，可是……”

"可是什么？"

"我太年轻，我怕晓鹏不会接受我。"

"我会说服晓鹏的。小娜，答应我！"

"嗯。"常娜也紧紧地抓住程长征的手，"程哥，你放心吧，我会努力做好一个母亲的。"

第二天早晨，程母来到医院看望程长征，程长征说："妈，我出院后想结婚呢。"

"和谁结？"

"常娜啊。"

"你了解她吗？"

"当然了解，我和她都交往三个月了。"

"妈不同意。"

"为什么啊？"

"知人知面不知心啊！你能保证你们以后会幸福？你能保证她不是怀着什么目的接近你？再说晓鹏怎么办呢？她这么年轻，能照顾好晓鹏吗？晓鹏能和她相处得好吗？"

"哎呀，妈，我和她是真心的，这么好的女人去哪里找啊？再说她是一个父母双亡的女人，能有什么目的？"

"长征，你听妈说。"程母语重心长地说，"妈虽然一辈子没干过什么大事，但什么样的女人能做老婆妈心里清楚得很。"

"妈，你怎么这么多心眼啊？"程长征埋怨道，"把事情想得这么复杂。"

"总之妈就是不同意！"程母走出了病房。

探望

中午，洪金山走进病房，和程母寒暄几句，俯下身对程长征说："程哥，今天感觉怎么样？胸口还闷吗？"

程长征说："感觉好多了。"

"程哥，今天过来是想和你商量一件事。"

"你说。"

"晓鹏一时糊涂才犯了错。晓鹏年龄还小，从小到大也没吃过什么苦，在拘留所里待着我怕他的身体受不了。程哥，无论晓鹏犯了多大的错，他终归是自己的孩子，也是大丰未来的接班人。万一他在拘留所里出了什么事，我们都承受不起啊，你看是不是花点钱托关系打点一下，让晓鹏早点儿从里面出来，免得受罪啊！”

虽然几天过去了，但程长征余怒未消。不过他的心里仍然很疼爱晓鹏，毕竟晓鹏是他唯一的儿子。他深思了半天，说：“这样吧，你去看看他。不过不要花钱赎他，让他在里面好好接受教育，重新做人！”

洪金山下午便去了拘留所。

晓鹏在会见室见到洪金山后，叫了一声“洪叔”，羞愧地低下头。

洪金山急声问：“晓鹏，怎么脸色这么憔悴？是不是生病了？”

晓鹏有点儿想哭，说：“前几天突发急性肠胃炎，住了一次医院。”

“医生怎么说的？严重吗？”

“没事儿，不严重的，医生说只要注意饮食和休息就好。洪叔，你放心吧，我会照顾好自己的。”

“噢，那就好。对了，到底是怎么回事？”

晓鹏低下头，羞愧地说：“我对不起爸爸，对不起奶奶，对不起妈妈，也对不起你。”他的泪水在眼眶里打转。

洪金山安慰道：“晓鹏，谁都有犯错的时候，洪叔年轻的时候也干过不少出格的事。洪叔相信你会改正错误，做一个顶天立地的男子汉。”

“谢谢洪叔，我会努力的，不会让你和爸爸失望的。”

“嗯，把事情的经过给洪叔说说。”

晓鹏把那晚去梦幻人间的前因后果详细讲了一遍，讲完郑重其事地说：“洪叔，那天晚上我真的不是要去梦幻人间干那种事的，后来……喝醉了什么也不知道……”

“洪叔相信你。我会把事情的经过告诉你爸的，我相信他会原谅你的。”

“我爸还好吗？”

洪金山叹了一口气，说：“你爸知道你的事情后突发心脏病，已经住院两天了。”

晓鹏急声问：“我爸没事吧？”

“没事，已经渡过了危险期。对了，现在奶奶还不知道你的事情，记住回去千万不要对奶奶说。”

“嗯。我记住了。”

“洪叔来的时候给你买了些好吃的，完了他们会拿给你的。”

“谢谢洪叔。”

“不用谢。”洪金山郑重地嘱咐，“晓鹏，记住一定要照顾好自己。再过几年你爸就打算把大丰交给你了，你身上的担子可不轻啊！”

晓鹏重重地点了点头，说：“放心吧，洪叔，我会照顾好自己的，不会让爸爸和你失望的！”

洪金山离开拘留所后再次去了医院。他把晓鹏那天晚上去梦幻人间的前因后果向程长征详细讲了一遍。

程长征听完气呼呼地说：“这个兔崽子，为个女人这么没出息，以后还怎么指望他接班？我现在丢尽了脸，我这老脸往哪搁？”

洪金山劝道：“程哥，你就别生气了，晓鹏禀性不坏，发生这种事也是因为喝醉了酒。再说你和晓鹏亲亲的父子俩，打断骨头还连着筋呢。”

“我怎么就养了这么个好儿子！”程长征在床上不停地叹气。

第三章 夺 爱

正当防卫

晓鹏被关押在拘留所的这几天虽然没吃多少苦头，可是拘留所里的生活很沉闷也很无聊。拘留所除了对所有和他一同被抓的人员进行思想教育外，还学习《拘留所管理条例》。拘留所每天下午会安排两个小时的活动时间，所有被拘留的人员可以参加一些文体活动，晓鹏只有在这个时间段里心情会愉快一些。

拘留所的伙食比起家里的饭菜差远了。不但饭菜的种类很少，而且大锅饭很不合晓鹏的胃口。每到吃饭的时候晓鹏都感到又累又饿，但这些在他眼里十分粗劣的饭菜他只能硬着头皮吃，不过每次都吃得很少，几天时间他就变得面黄肌瘦了。

有时候他一个人呆呆地站在拘室的门前，透过铁栅栏向门外看。不知为什么，有时他的眼前会匆匆掠过张菁的脸庞，但脸庞一直冷冰冰的，没有一点儿笑意。每天晚上他都特别想念和兰兰在一起的快乐时光。有一天早晨醒来，他感觉内裤湿漉漉的，伸手摸了一下，发现自己昨晚梦遗了。他仔细回想了一下梦里的光景，想起他竟然在梦里和极其讨厌他，他也很反感的女警官张菁做了那种事。他打了自己一个耳光，暗暗骂自己："该死，怎么做了这种梦，真是该死！"

一天晚上，住在同一个拘室里的其他人聊起了黄段子。晓鹏对他们反感极了，觉得他们纯粹就是社会的渣子。坐在晓鹏对面床上的大胖子李勇波吹嘘了一阵自己的"光辉"经历，说："程晓鹏，大家伙儿都说了自己以前泡妞的光辉经历，你是不是也给大家讲讲，让大伙儿都开心开心？"其他人全都附和着。

晓鹏说："我没什么好说的，就是有个女朋友，不过已经和她分手了。"

李勇波嘲笑道："哎呀，你是不是和女朋友分手后怕底下生锈了，所以就去梦幻人间找小妞了？”

晓鹏很气愤，强压着怒气说：“不是，我……是去梦幻人间和几个哥们唱歌喝酒，后来……喝醉了，我什么都不知道。”

“哟！”李勇波冷嘲热讽地说，“干就干了呗，有啥不好意思的？看你小子是个有钱的主儿，以前泡过不少妞吧？给大伙儿讲来听听，也让大伙儿解解馋！”

其他人纷纷附和道：“就是嘛，给我们也讲讲！”

晓鹏瞪着李勇波，气愤地说：“你不要把我想得和你一样！”

“哟！”李勇波指着晓鹏，继续嘲笑道，“关进这里大家都一个样，你小子装什么清高啊？我估计你小子泡过的妞比我们所有人泡过的加起来都多！早都千人骑万人上了，还猪鼻子里插根葱，装什么象啊？”

其他人全都哈哈大笑起来。

晓鹏气愤极了。他猛然站起来，指着李勇波气呼呼地说：“你不要污辱人！”

“我说你小子挺横是不？”李勇波从床上跳下来，瞪着晓鹏怒声说，“把手拿开！”

晓鹏义正词严地说：“给我道歉！”

李勇波威胁道：“你他妈想找打是不？”

晓鹏再次厉声说：“给我道歉！”

“你他妈的真想找打！”李勇波抡起拳头，一拳打在晓鹏的脸上。

晓鹏被打倒在地上，脸上火辣辣的。他一跃而起，挥起拳头往李勇波的脸上打去，嘴里骂道：“妈的，你敢打我！”他已经怒不可遏了。

李勇波的脸上也挨了一拳。虽然晓鹏打出的那一拳用尽全身的力气，但李勇波很胖很结实，只后退了一步。晓鹏刚要打出第二拳，李勇波一脚踹在他的肚子上，把他踹倒在地上。李勇波指着他大声说：“看老子今天不揍死你个臭小子！”

晓鹏不顾腹部钻心般的疼痛，咬着牙站起来，向李勇波身上用力撞去。李勇波被撞倒了，晓鹏迅速骑在他身上，挥起拳头向他的头上发疯似的打，嘴里骂道：“敢打你爷爷！”

李勇波的脸上重重地挨了几拳，他没想到晓鹏居然这么敏捷。

同拘室的其他人硬生生地把晓鹏从李勇波的身上拉下来。李勇波往晓鹏的大腿上踹了一脚，把晓鹏踹倒在地上。接着他向晓鹏扑过去，晓鹏没来得及躲闪，被他重重地压在身下。

“小子，老子今天非揍死你！”李勇波抡起拳头往晓鹏的眼睛上砸下去！

“住手！”只听一声大喝，两名男警官已经冲进了拘室。为首的一名男警官一只手紧紧地抓住李勇波正要抡下去的拳头，另一只手掏出手铐，咔嚓一声就把李勇波给铐上了。他叫了声“起来”，硬生生地把李勇波拉出拘室。

后面冲上来的男警官把晓鹏翻了个个，然后把晓鹏的两只手扣在后背上。他迅速从腰部取下手铐，麻利地把晓鹏的双手铐住了。晓鹏大声叫喊：“放开我，放开我！”

“老实点！”男警官在晓鹏的后背上捣了一拳。

晓鹏被关进一个房间里。他刚走进房间时，被男警官重重地推了一下，差点跌倒。男警官打开房间的灯，准备好纸笔，坐在桌子前对他厉声说：“把刚才发生的事情如实交代一遍！”

晓鹏忍着痛把事情的经过原原本本说了一遍，他边说男警官边做记录。说完他强调是李勇波最先动手的，而他只是正当防卫。男警官做完笔录让他看了一遍，又让他在上面签了字。男警官警告他老老实实待着，然后走出房间。

足足等了半个钟头男警官才回来。晓鹏问：“可以放我回去了吗？”

“往出走！”男警官一边把晓鹏往出推，一边说，“我看所里要是多几个你们这种人，还不得闹翻天！”

男警官打开关押晓鹏的拘室的门，硬生生地把晓鹏推进去。他打开晓鹏手上的手铐，临走之前严厉警告晓鹏不许再打架，等待处理结果。几分钟后，李勇波被另外一名男警官送回拘室，同样遭到警告。

晓鹏和李勇波相互瞪了一眼，都悻悻地躺在床上。

晓鹏感觉脸上热乎乎的，伸手摸了摸才发现脸上肿了一大块。他不禁在心里说：“奶奶的，怎么这么倒霉？这才几天，又是肚子疼又是打架的，都快折腾死我了！”

第二天早晨，拘留所根据调查结果对晓鹏进行了口头批评，李勇波被给予训诫处罚，责令写出悔过书。李勇波还按要求当面向晓鹏道歉。

晓鹏觉得打架是李勇波先挑衅、先出手的，他只是正当防卫，因此对口头批评有些不乐意。

慕容兰兰

自从得知晓鹏被抓进拘留所，兰兰连着好几天晚上眼睛都哭得红红的，白天上班的时候也总是无精打采。

兰兰的工作是在一家传媒公司做艺术设计。这家公司虽然规模不大，但在天州市的传媒界可以算得上是后起之秀。公司的理念是“引领时尚、美丽生活”，所有员工的年龄都不超过三十岁，都是追求时尚生活的年轻人。

兰兰是公司里大家公认的第一美女。白皙的皮肤、美妙的瓜子脸和修长的腿形成一副绝美的组合，简直就是精雕细琢出来的。正是兰兰过人的美貌，使晓鹏第一次见到她就对她一见钟情，之后疯狂地追求她，最终抱得美人归。

很多人都说，年轻帅气的晓鹏和兰兰简直就是天造地设的一对，晓鹏追求兰兰的时候没费多大工夫就把兰兰追到手了。可是晓鹏压根不知道，兰兰在做他的女朋友之前，曾有一个没有公开关系的男友。那个男友虽然年轻帅气，对兰兰也很好，但是他的收入不高，无法满足兰兰追逐各种高端品牌的需求，这也是兰兰一直不愿意和他公开关系的原因。兰兰和晓鹏确立男女朋友关系之后，马上和他分手了。兰兰选择晓鹏是因为她心里一直有一个嫁入豪门的梦想，她特别渴望过上豪门贵族锦衣玉食的生活。而晓鹏家境富有，嫁给晓鹏正好可以满足她的心愿。不仅如此，晓鹏出手大方，她想要什么晓鹏几乎都可以满足她。除了她身上穿的、戴的所有名牌之外，晓鹏还承诺自己成为大丰集团的掌舵人之后，给她买一辆名牌跑车。晓鹏还有一个很多人不具备的优点那就是诚实。别看晓鹏是一个出身豪门的富家公子，但他却没有多少花花公子的做派，甚至还有点害羞。说起来别人可能不相信，他和兰兰的第一次居然是兰兰首先提出来的。

第一次和兰兰做那种事的时候，晓鹏心里的紧张程度远远大于生理上的快感。当时他沉醉在兰兰美妙的胴体里，一时手忙脚乱，是兰兰引导着他，让他第一次体验到男女之间的快乐。从那以后，他对兰兰的身体十分嗜爱，兰兰身上的每一寸肌肤他都爱不释手，甚至和兰兰一起睡觉的时候，如果不把手放在兰兰的身上他就无法睡着。在他心里，兰兰是完美无瑕的，没有人可以和兰兰相比。

有时候兰兰觉得晓鹏纯粹就是一个还没有长大的孩子，很需要她的呵护和疼爱。她觉得晓鹏的稚气和对她的身体的嗜爱绝对和晓鹏从小缺少母爱有关。晓鹏曾不止一次对她说母亲在他出生的时候就去世了，他是奶奶和爸爸养育成人的，他只能从照片中看到母亲的模样。

离开晓鹏这些天，兰兰的生活完全没有姿彩。每天下午下班后，她都一个人在街上随便找一家餐厅吃饭，吃完饭便回到家里蒙头睡觉，浑浑噩噩地直到第二天醒来。虽然她最近没有细心打扮自己，但她走在大街上仍然会吸引很多男人的目光，甚至有的女孩子看到她也会回头。她穿着的最新款衣服配上她的完美身材，令很多女孩子羡慕不已。

背叛

兰兰在必胜客餐厅吃过晚餐，感觉心里空落落的，在大街上随意走着。没过多久天就黑了，可她一点儿也不想回家。看到眼前一家名叫“相见恨晚”的休闲吧，她想都没想就走进去了。

休闲吧里飘扬着慢悠悠的乐曲，来这里消磨时光的几乎全是情侣。兰兰找到一个空位坐下，问服务生要了一瓶红酒。她独自一人喝着红酒，心里的感觉就像口中的红酒，有点苦，也有点涩。一杯红酒下肚，她感觉头有点晕，于是微微闭上眼睛，聆听美妙的音乐。一会儿，一个声音传进她的耳朵：“美女，能和你喝杯酒吗？”

兰兰睁开眼睛，只见一位穿着黑色休闲西服的年轻男士笑吟吟地看着她。她淡淡地笑了一下，说：“请坐。”

“谢谢。”男士在对面坐下来。

兰兰觉得男士有点绅士的范儿，于是让服务生又拿来一只酒杯。服务生按照她的吩咐，斟上了红酒。

兰兰盯着男士，问他为什么想和自己喝酒。男士满脸堆笑地说：“你真漂亮。看你独自一人喝酒，似乎有心事，我也是独自一人，因此想过来陪你喝杯酒，解解闷儿。”

兰兰冷冰冰地问：“就这么简单？”

“嗯。”男士关切地问，“你怎么一个人出来喝酒？你男朋友怎么不陪你？”

“他？”兰兰呷了一口红酒，“分手了。”

“原来是这么回事。让我说啊，是他不懂得珍惜你。像你这么漂亮的女孩，想找什么样的男友都能找得到的，又何必为他一人闷闷不乐呢？”

兰兰没说话，又呷了一口红酒。以前她遇到过很多这种很会说话的男人，她知道这些男人接近她的目的其实只有一个，那就是寻找激情和刺激。休闲吧和酒吧一直都是很多荒唐事的多发区。以前每次遇到这样的男人，她都反感极了。有时候她不给他们任何机会，有时候她却故意耍他们。可是今天，她一点儿也不反感面前的这个男士，反而有一种想放纵自己的心理，谁让晓鹏背叛她呢？

“我上个月也和女友分手了。”男士叹了一口气，有点儿悲伤，“她嫌我不够有钱，就跟了一个有钱的富二代，听说过几天就要结婚了。”

“你很爱她，是吗？”

“当然。”男士无奈地摇摇头，“可是爱她又能怎么样？现在的女孩都很现实的。”

“你有房子和车子吗？”

“去年三十万按揭了一套，又花了八万给她买了一辆车，可她还是离开我了。”

“我觉得，如果她真是那种拜金女的话，你没有必要为她悲伤。”兰兰的脸不由自主地红了，“毕竟，好女孩还有很多的。”

“嗯。谢谢你的开导，可以和你干一杯吗？”

兰兰稍稍犹豫了一下，说：“好吧。”她和男士相互碰了一下酒杯，都呷了一口。

男士问：“你男朋友为什么离开你？”

“今天可以不说他吗？我不想提起他。”

“对不起，让你不开心了。”

“没事儿。”兰兰又呷了一口红酒。

“你从事什么工作呢？我觉得你从事的可能是艺术、广告之类的工作。”

兰兰有点惊讶，问：“为什么这么说？”

“因为你的穿着很时尚很前卫，也很有美感和质感。很久没见到像你这么出众的女孩子了。”

“你说得没错，我专门从事艺术设计。”

“那我们是半个同行呢。我在一家广告公司工作，负责广告策划。最近天州综合频道的冠美牛奶广告就是我策划的，你看过吧？”

兰兰根本没看过，但她嗯了一声，笑着说：“很不错。”

男士极为高兴，说：“你过奖了。可以告诉我你的名字吗？”

“叫我……小兰吧。”初次见面，兰兰不是很信任眼前的这个男士，尽管她对男士很有好感。

“我叫杨光，木易杨，光明的光。”男士举起酒杯，“我们再碰一杯吧！”

兰兰感觉头有点晕，额头也有点发热，于是摇摇头，说：“对不起，我要回去了，很长时间没喝红酒，感觉头很晕。”

男士并不勉强，说：“没关系，今天很高兴能陪你喝酒。”

兰兰叫来服务生结账，杨光说了声“我来吧”，抢先把两百多元现金交到服务生手中。兰兰对他说了声“谢谢”，他问兰兰：“你家远吗？”

“打车十几分钟就到了。”

“噢，让我送送你吧。我正好顺路。”

兰兰迟疑了一下，说：“好吧。”

杨光开的是一辆白色雅绅特轿车，兰兰半路上问杨光这辆车是不是他给前女友买的那辆车，杨光叹了口气，说："是啊，只可惜人去车空啊！"

车子停在兰兰住的公寓楼下。杨光问："你一个人住在这里吗？"

"是的。我要走了，谢谢你。"

"留个手机号吧？"

兰兰看了杨光一眼，杨光正笑吟吟地看着她。她说："我只说一遍，你只有一次机会。"她快速说了一串数字，"记住了吗？"

"当然。有空请你吃饭，希望你赏光。"

"谢谢。"

杨光坏坏地笑着，说："其实，很想告诉你一件事。"

"什么事？"

"说了你别生气。"杨光顿了一下，"你很性感。"

兰兰虽然头有点晕，但她清楚杨光的话里含有挑逗的意味，甚至是不怀好意，可是她却没有生气。晓鹏对她的背叛使她特别想放纵自己，同样用身体的背叛报复晓鹏。于是她反问了一句："你想吻我吗？"

"特别想……"

兰兰用微怒的语气说："那你胆子怎么这么小？"

杨光欣喜若狂，捧起兰兰的脸一阵狂吻。兰兰也紧紧地抱住他，和他激烈地接吻。

等杨光把一只手放在兰兰的腰部，想要更进一步时，兰兰觉得杨光的举动很下流。她大声说了句"走开"，用力推开杨光，跳下车头也不回地走了。杨光懊恼地坐在车里瞪着兰兰的背影，嘟囔了一句："装什么正经！"

回到家洗漱过后，兰兰穿着睡衣躺在床上。她刚要关机睡觉，收到一条陌生号码发来的彩信。彩信是一个搞笑的动画，彩信最后闪出一句话：小兰，今天的感觉太美妙了。闭上眼睛，再给你一次美妙的体验——吻你，晚安。

杨光的轻薄令兰兰十分反感。兰兰删掉彩信，匆匆关了手机睡觉。

第二天下午，兰兰正在上班时，一个陌生电话打进来了。电话那头是杨光的声音，杨光笑着说："小兰，今天晚上约你共进晚餐，好吗？"

兰兰装出笑脸，说："好啊，什么地方？"

"富宁路的蓝湾咖啡馆怎么样？"

"可以，几点？"

"七点半行吗？"

“行，你在那里等我。”兰兰挂了电话，说了声“烦人”。

兰兰下班后直接打车回家。她根本就没打算去咖啡馆和杨光约会，她要耍弄杨光一次。她刚回到家就收到了杨光的短信，杨光在短信里提醒她不要忘了晚上的约会，她对杨光回复说不会忘的。

七点半，杨光打电话问兰兰到哪了。兰兰说今天得加一会儿班，还有点工作没有做完呢。

又过了将近一个小时，杨光又打电话给兰兰，兰兰说自己在路上，半小时后就到。

半小时后，杨光还是没有等到兰兰。他又打电话给兰兰，兰兰说路上堵车了，可能还要等十几分钟才能到。

杨光心想：现在都九点了，早就过了堵车高峰期，怎么可能堵车呢？他觉得兰兰很可能在骗他。他又等了二十分钟，兰兰还是没有来。他再次打电话给兰兰，兰兰说路已经通了，一会儿就到。

杨光又耐着性子苦苦等了十几分钟，可是兰兰始终没有来。他再次打电话给兰兰，兰兰却关机了，至此他才明白自己被耍了。他又气又恼，离开咖啡馆直接开车去了兰兰住的公寓楼底下。等兰兰回来后，他要问清楚兰兰为什么骗他。

可是，兰兰已经在家里睡着了。他一直傻等到晚上十二点也没见到兰兰，只好悻悻地在车上睡了。

第二天早晨，兰兰走出公寓楼没多久，身后响起一阵喇叭声。她回过头，原来是杨光开着雅绅特跟在她身后。雅绅特刚在她的身边停下，杨光从车里伸出头，笑着说：“上车吧，小兰，我送你一程。”杨光看起来没有因为昨晚的事情生气。

兰兰犹豫了一下，坐进车里。她刚一上车就解释道：“对不起啊，昨晚手机没电了，我心想你可能等不了那么长时间，所以就先回家了。”

杨光当然知道兰兰在说谎，心里暗暗说：“骗谁啊？”但他装出若无其事的样子说，“没事儿。走哪条路？”

“直接到市中心的世纪大厦。对了，昨晚你是不是在楼下等了一夜？”

“没有啊。早晨我顺路过来的。”

兰兰觉得杨光在说谎，她瞟了杨光一眼，没再说什么。

杨光问：“吃过早饭了吗？”

“早晨自己做了点。”

“噢。”

“我到了，谢谢。”兰兰推开车门下了车，头也不回地走了。

看着兰兰美丽的背影渐渐远去，杨光不禁在心里骂：“牛什么啊，看我不把你弄到手！”他觉得自己有点急于求成，所以导致兰兰反感了，要是再这样下去的话兰兰肯定会被吓跑的。事情还得慢慢来，不能心太急。

连着两天，杨光都没给兰兰打过电话，也没发过短信。直到第三天下午，他才打电话给兰兰。电话接通后，兰兰说：“喂？哪位？”兰兰一直没有储存杨光的手机号码，所以不知道是杨光打的。

杨光笑着说：“小兰，我是杨光啊。”

“你有什么事？”

“晚上去看电影吧，今天是任贤齐和范冰冰主演的《合约情人》的首映日，我请你。”

兰兰早就开始关注这部爱情喜剧片了，说：“好吧。”

“五点半我过来接你。”

“嗯。”

下午五点半，兰兰刚走出世纪大厦，杨光从雅绅特里走出来。兰兰上车后，杨光说：“我已经提前买好了九点钟的电影票。我们先去吃晚饭吧，你想吃点什么呢？”

兰兰说：“去蓝湾咖啡馆吧，满足你上次的愿望。”

蓝湾咖啡馆里，兰兰点了一份价格不菲的晚餐，估计最少一千。杨光没想到兰兰会点得那么贵，但是为了在兰兰面前显得有风度，他装出若无其事的样子，甚至还挤出笑容，可是他的两只手却紧紧地攥着，手心都出汗了。

兰兰点这么贵完全是故意的。看着杨光有苦说不出的样子，兰兰心里十分得意：“想追我？先看看你愿不愿为我花钱！”

两人边吃边聊着。在玫瑰色灯光下的烘托下，兰兰的脸庞微微泛着红色，使她看起来显得格外娇艳、妩媚。杨光痴痴地看着她的脸庞，几乎不会眨眼了。

兰兰有点儿不自在，似怒非怒地说：“没有虫子落在我脸上吧？老是这么看着我。”

杨光有点尴尬，一本正经地说：“对不起，小兰，说实话不是恭维你，你是我见过的最漂亮的女孩。”

“是吗？”兰兰瞟了杨光一眼，“大街上美女多了去了。”

“真的，你的脸像一朵红色的玫瑰，在妩媚中含有一种傲人的气质，让我感觉有点自惭形秽。”

兰兰扑哧一声笑了，说："这是化妆的效果。感觉你像学中文的。"

"不是啊，我学的专业是广告设计。"

"和女友分手后为什么不再找一个？"

"也在找啊，不过没有谈得来的。"

兰兰盯着杨光的眼睛，说："你请我吃饭、看电影，我能理解为你是在追求我吗？"

杨光反问："你觉得呢？"

"我不知道。"

"我也不知道。"

"你也不知道？真有意思啊！"兰兰狡猾地笑了一下，"我们都是单身，都很空虚，你是想在我身上寻找刺激和激情吧？"

"你会给我吗？"

兰兰娇媚地笑着说："你觉得呢？"

"我不知道。"

兰兰含笑瞟了杨光一眼，问："想知道答案吗？"

"当然想。"

"让我告诉你。"兰兰凑在杨光耳边，悄悄地说，"暂时保密。"

在兰兰的媚态的撩拨下，杨光不禁想入非非。

将近晚上十一点他们才看完电影。

杨光开车送兰兰回家。兰兰下车前，杨光说："今天的电影好看吗？"

"挺好看的。"

"改天再请你看电影。"

兰兰诡笑着说："今天你不只是想请我看电影吧？"

杨光坏坏地笑着，说："今晚让我陪你吧？"

兰兰狡猾地笑着，说："你觉得我会答应你吗？"

"我不知道。"

"让我告诉你吧。"兰兰凑在杨光的耳边，娇媚地笑着说，"暂时保密。"

杨光没说话，他紧盯着兰兰的眼睛，揣测兰兰心里的真实想法。

兰兰娇笑了一声，说："干吗这样看着我？在我走之前，不想送我什么吗？"

杨光愣了一下才反应过来。他猛然捧起兰兰的脸，激烈地吻兰兰的嘴唇和脸。没过多久，兰兰推开他，笑着说："我知道你心里想什么，但是我们还没有走到那一步，我还不能给你。"

“我会等的。”

“如果，我是说如果你有耐心的话，你就等吧，但我不敢保证你会有结果。”兰兰推开门走出轿车。

杨光一直等到兰兰的背影消失了才开车离去。

第二天下午，兰兰收到一条杨光发的短信，杨光在短信中说：“小兰，明天是周六，我们一起去北海游乐园玩吧，我想见到最美丽、最开心的你。早晨八点钟我在楼下等你。期待你的回复。”

北海游乐园距离天州市八十公里。这家游乐园是东湖市花费十几个亿打造的，已经成为很多去东湖市旅游的人们的必游之地。

睡觉前，兰兰反复读着杨光发的短信。她隐隐感觉到明天和杨光一起出去玩会发生什么。犹豫再三，她回了一条信息：好吧，很久没有出去玩了。

杨光又给她发了一条信息：吻你，晚安……

第二天，兰兰和杨光在北海游乐园里玩了整整一天，所有费用都由杨光承担。晚上八点钟，他们在北海游乐园里吃完烧烤，兰兰对杨光说想回家。

杨光说：“我们住宾馆吧，明天再回去，都这么晚了。”

兰兰盯着杨光没说话，她很清楚杨光的心里在盘算什么。

杨光装出诚挚的样子，说：“我们可以开两间房，互不侵犯。”

“好吧。”

他们走进一家四星级酒店，杨光开了两间房。走进各自的房间之前，杨光对兰兰诡笑着说：“我进去了？”

看着杨光期待的目光，兰兰不由自主地低下头。她什么也没说，走进自己的房间。关上门，她靠在门后，长长地舒了一口气。

洗完澡穿上睡衣，兰兰听到了敲门声。其实，她洗澡的时候仿佛多次听到敲门声，她的心里似乎很渴望听到敲门声。

她在门后站了半天，终于轻轻地拉开门。只见杨光站在门前盯着她，她的心脏不由自主地加快跳动。杨光突然张开双臂把她揽在怀里狂吻她的嘴唇，她一边和杨光接吻，一边伸出手轻轻地关上门……

兰兰很早就醒了。当她看到睡在身边的这个和她相识仅仅不到一周就睡觉的男人，她还是哭了。对她来说，杨光虽然不是第一个占有她的身体的男人，但却是第一个和她在没有确定恋爱关系的情况下就发生关系的男人。昨天晚上，为了填补自己的空虚和寂寞，为了寻求一时的刺激，她允许杨光走进房间。她用身体的背叛——相同的方式报复晓鹏对她的背叛，那曾让她在发泄感官快乐的同时，心理也得到巨大的刺激和满足。虽然繁华开放的大都市里每天都会发生各种光怪陆离的事情，她也是那种追求时尚和开放的潮女，但昨晚发生的事情却令她感到羞愧。

回天州的路上，兰兰坐在雅绅特里，一直没有说话。

车子在兰兰住的公寓楼下停下了。杨光得意地说："昨晚太疯狂了，但我不后悔。"他看着兰兰，兰兰一路上的沉默使他觉得兰兰肯定很后悔昨天晚上发生的事情。

兰兰没说话，面无表情。

杨光疑惑地问："你后悔了？"

"不，我没有后悔。"兰兰虽然有些后悔，但她硬是装出不后悔的样子。她很想打击一下杨光，因为杨光得意的神色让她很反感。她语气坚决地说，"杨光，我不想骗你，我要告诉你，我并不爱你，昨晚发生的一切并不代表什么。我不希望你认为我已经爱上你了。"

杨光噢了一声，说："我会努力的，我会让你爱上我的。"

"如果你想坚持，那你就坚持。"兰兰瞟了杨光一眼，"不过我无法向你保证我会爱上你。"

杨光无话可说。他没想到，虽然他和兰兰发生了关系，但是却没有对兰兰造成任何伤害和损失。

兰兰说："我走了。"

"我送你上去吧？"

"不用。"兰兰推开门下了车，头也不回地走了。她刚走进家门，不禁趴在床上哭起来。

巧遇

早晨，兰兰走出公寓楼去上班时，杨光早已等候在楼下。兰兰犹豫了半天才坐进杨光的车里。

看到兰兰的眼睛有点儿红肿，杨光温柔地说："小兰，昨晚是不是没有休息好啊？"

兰兰淡淡地笑了一下，说："昨晚忘了关窗子，飞进来几只蚊子，结果一夜没睡好。"

“噢。”

“你是不是打算以后每天都送我上班？”

“是啊，不可以吗？”

兰兰盯着杨光的眼睛问：“我想知道，你是不是打算用这种方式作为对我的补偿？”

“不是。我是自愿的，只要你开心就好。”

兰兰没说什么。

杨光问：“晚上有时间吗？”

“什么事？”

“我的一个朋友今天晚上过生日，让我带女朋友过去，可是我和女友已经分手了。我想和你一起去，你帮我挡一下。”

“你觉得我会答应吗？”

“我不知道。不过希望你能和我一起去。”

兰兰沉默了一会儿，说：“好，我答应你。”

杨光高兴地说：“嗯，下午六点半我过来接你。”

下午六点半，杨光准时开车接走兰兰。半路上，杨光说：“小兰，你说给我朋友送什么礼物呢？他这个人的爱好可多了，踢球、登山、滑雪、钓鱼全都喜欢。”

兰兰想了想，说：“不如送个足球吧？”

“嗯，好主意！这家伙很费球，一只足球的寿命绝对不会超过半年，给他送个足球绝对喜欢！”

体育用品店里，杨光让兰兰挑一个足球，兰兰故意挑了一个最贵的，五百多块。杨光硬着头皮把足球买下来了。

到达目的地后，杨光停下车。杨光准备下车，但兰兰坐着没动。杨光问兰兰怎么了，兰兰问：“待会儿怎么介绍我？”

杨光说：“你希望我怎么介绍你？”

兰兰想了一会儿，说：“好吧，你就说我是你女朋友。”

朋友家门前，杨光按了门铃。门被拉开后，一个胖个子站在杨光面前，高兴地说：“杨光，快进来！”

杨光和兰兰刚走进房门，胖个子对坐在沙发上的几对年轻情侣说：“杨光‘小两口’驾到！”屋里响起了欢呼声。

胖个子说完才发现杨光身后站着的女孩并不是杨光以前的女友，他并不知道杨光已经和女友分手了。他打量了一下兰兰，对杨光说："哥们，我没说错话吧？"

"没有。"杨光笑了笑，指着兰兰向胖个子介绍，"我女朋友……"兰兰一直没有告诉杨光她的名字，所以杨光想说她的名字却卡住了，十分尴尬。

"慕容兰兰。"兰兰替杨光解了围。

胖个子笑嘻嘻地伸出手和兰兰握了一下，说："很高兴认识大美女，我叫刘海。"

坐在沙发上的一名身材瘦小的年轻男子忽然站起来，惊诧地对兰兰叫了一声："慕容兰兰！"

兰兰向年轻男子看去，也吃了一惊。原来，年轻男子是晓鹏的哥们小川。小川陪女朋友来给胖个子刘海过生日，他的女朋友和刘海是好朋友。

小川盯着杨光，他根本不认识杨光。

兰兰问小川："你怎么会在这里？"

小川说："我陪女朋友过来的。"

"噢，真没想到会在这里遇到你。"

小川上下打量了一遍杨光。兰兰有点羞愧，吞吞吐吐地说："他……是我男朋友……杨光……"

"很高兴认识你。"杨光笑着伸出手，想和小川握手。

"我叫王小川。"小川半天才伸出手，勉强和杨光握了一下就松开了。他在心里暗暗说，"原来是这小子把兰兰抢走了，要不是这小子抢走兰兰，晓鹏那天晚上怎么会在梦幻人间里喝那么多酒，那么伤心。"

虽然一周之前兰兰曾诈问小川晓鹏是不是被公安局抓了，但小川一直不知道确有其事。小川前几天曾给晓鹏打过一次电话，可是晓鹏的手机一直处于关机状态。

一屋子美女帅哥整整玩到晚上十二点钟才散伙。

兰兰正要坐进雅绅特和杨光离开时，小川叫了她一声。小川把她拉到雅绅特后面，说："兰兰，你交了男朋友，你不知道晓鹏该有多伤心啊！"

"他会伤心？"兰兰冷冷地哼了一声，"他在梦幻人间胡作非为被公安局抓了，他会伤心？"

"你开玩笑的吧？"小川根本不相信。

"我开玩笑？你去问'冬瓜'吧！"兰兰越说越生气，"你问'冬瓜'那天晚上程晓鹏在梦幻人间干了什么好事！"兰兰转身走了。

"兰兰，你等等……"小川叫了兰兰半天，可是兰兰坐上雅绅特很快就走了。

一路上,兰兰的眼中不禁流出泪水。杨光见状,温柔地说:“小兰,你怎么了?”

兰兰没有说话。

杨光又问:“小兰,到底怎么了?”

“今天我做了一回你的女朋友。”兰兰冷眼睃着杨光,没好声气地说,“你满意了吧?”

杨光没说话,不知道该说什么好。

车子刚停在兰兰住的公寓楼下,兰兰就推开门下了车。杨光连着叫了几声“小兰”,可是兰兰一句话也没说,头也不回地走了。

与此同时,小川打电话给“冬瓜”,说:“‘冬瓜’,晓鹏上次和我们去梦幻人间唱歌后来发生了什么?”

“冬瓜”那天去医院给晓鹏送钱的时候,晓鹏曾叮嘱不要把他被抓进派出所一事告诉任何人,因此“冬瓜”装作不知情,说:“不知道啊,好像没发生什么啊!”

“今天我见到兰兰了,兰兰新谈了一个男朋友。兰兰对我说那天晚上晓鹏在梦幻人间被公安局抓了!”

“冬瓜”叹了口气,把晓鹏上次讲的被公安局抓了的经过说了一遍。

小川听完目瞪口呆。

蛮横

在拘留所苦熬了十二天,晓鹏终于被释放了。他走出拘留所后做的第一件事就是给兰兰打电话。这些天他在拘留所里吃尽苦头,他多么想依偎在兰兰温暖的怀里,向兰兰诉说自己的遭遇。

可是,兰兰拒绝接听他打的电话。他又打了几次,兰兰还是不接。他心想:纸里包不住火,说不定兰兰已经知道他被公安局抓了关进拘留所这件事了。

他正要给兰兰发短信,收到了兰兰发来的短信,兰兰在短信中说:“程晓鹏,听说你被公安局抓了关进拘留所我很开心。郑重地告诉你:我们已经分手了,我和你之间没有任何关系!我现在有男朋友,请你不要再骚扰我,否则我会报警!”

晓鹏看完如受电击,气得把手机狠狠地砸在地上,心想:我要去找兰兰,无论如何我也要见到兰兰,向她解释清楚!

他在路边拦了一辆出租车。他先乘车来到他和兰兰同居的公寓里,可兰兰不在。他又打车去了世纪大厦,站在楼下等兰兰。没过多久,他的身边不远处停了一辆白色雅绅特。

等了很久，兰兰才从世纪大厦里走出来。这时，雅绅特里走出一位年轻男子，笑着向兰兰挥了挥手。

兰兰对年轻男子笑了一下。年轻男子走到雅绅特右边，打开车门，他显然要把兰兰接走。

“慕容兰兰！”晓鹏叫了一声。

兰兰顺着叫声看到了晓鹏，吃惊地说：“晓鹏……你？”

晓鹏别提有多愤怒了。他指着年轻男子，厉声问兰兰：“就是他，对吗？”

兰兰先是点了一下头，又急忙摇着头说：“不……是！”

兰兰显然在说谎。晓鹏气呼呼地冲到年轻男子面前，二话没说就挥起拳头打在年轻男子的脸上。这一拳凝聚着他在拘留所积压了十二天的憋屈和愤懑，因而力道很猛，导致年轻男子被打倒在地上，嘴角流出了血。

兰兰吓得惊叫了一声，说：“杨光，你没事吧？”年轻男子正是杨光，这几天他每天都接兰兰上下班。

杨光坐在地上，没敢站起来，眼前的晓鹏就像凶神恶煞一样！

晓鹏指着杨光大声叫嚣：“小子，再敢骚扰我女朋友小心我揍死你！”他狠狠地瞪了杨光一眼，然后紧紧抓住兰兰的胳膊，说了声“跟我走”，硬生生地拉着兰兰走了。

“程晓鹏，你干什么啊，放开我，放开我！”兰兰不停地大声说，可是晓鹏死活不松手。兰兰回头看了一眼杨光，只见杨光靠着雅绅特坐起来，用手擦拭嘴角流出来的血。

“程晓鹏，你放手，我和你已经分手了，你放手！”一路上兰兰不停地说，可是晓鹏根本不答应。半个小时后，晓鹏拉着她走进他们同居的公寓里。

晓鹏关住门，把兰兰搡到床前。他抓住兰兰的双肩，瞪着兰兰，一言不发。

兰兰惊慌失措地说：“你要干什么？”

晓鹏什么也没说。关在拘留所里的这些天，他吃尽了苦头。每天他都特别想念兰兰，他是多么的爱兰兰啊！可是，好不容易从拘留所出来，面对的却是兰兰的冷漠和无情。他感到一种无比强烈的愤怒和憋屈，欲望也被愤怒和憋屈激发出来了。他突然拦腰抱起兰兰，把兰兰扔在床上，然后扑到兰兰身上。

“不要，不要！”兰兰挣扎着要起来，可是晓鹏把她死死地摁在床上，丝毫不松手。晓鹏用力撕掉她身上的所有衣服，强行进入她的身体。

渐渐地，兰兰放弃挣扎，开始享受晓鹏带给她的快乐。其实，虽然她痛恨晓鹏背叛了她，可她仍然爱着晓鹏。离开晓鹏这些天，她又何尝不想念晓鹏呢？

有点心虚

清晨，温煦的阳光透过明亮的玻璃，洒在两个赤裸的胴体上。

晓鹏醒了。他看了看依靠在身边的兰兰，兰兰还在熟睡中。兰兰的脸蛋像婴儿般白嫩，眼睛有点发红，眼角残留着一抹泪痕。晓鹏不禁伸出手，温柔地抚摸兰兰的脸庞。

兰兰被晓鹏弄醒了。看着晓鹏温柔的目光，她情不自禁地抱住晓鹏。

晓鹏问："他真是你现在的男朋友吗？"

"不是的。"兰兰避开晓鹏的目光，"我是故意气你才说我有男朋友的。"兰兰觉得自己的脸好像红了。

晓鹏一直觉得兰兰和她的身体一样，很简单，也很纯洁。兰兰说的任何话他几乎都不会怀疑。他只是噢了一声，说："以后不要再和他来往了。"

"嗯。"兰兰还是不敢直面晓鹏的目光。

"其实我那天晚上去梦幻人间根本不是要去干那种事的。"晓鹏抓住兰兰的手，恳切地说，"你和我分手不理我了，那段时间我特别痛苦，因此就约'冬瓜''虎头'、小川他们去梦幻人间唱歌喝酒解闷。那天晚上他们都带着女朋友，就我没人陪，于是'冬瓜'叫了一个女的陪我喝酒。我喝醉了，把那个女的当成你了，后来发生了什么我根本就不知道。"晓鹏郑重地说，"我说的都是真的，你一定要相信我！"

"我相信你。"兰兰愧疚地说，"对不起，我不该轻易和你说分手。其实我只是想考验一下你，可是没想到发生了这种事情。"

晓鹏半悲半喜地搂着兰兰的身体，说："以后再也不许开这样的玩笑了！"

"嗯。"

"拘留所简直就跟监狱一样！"想起在拘留所里度过的那些天，晓鹏有点想哭。他想让兰兰心疼自己，于是夸大其词说，"在里面每天不是训练就是劳动，要么就是教育学习，累得不得了。吃的东西贼难吃，肯定和小萝卜头吃的差不多，饭都发霉了！有一次我突发急性肠胃炎，肚子疼得要死。那种感觉肯定和小日本切腹自杀一样，疼得我满地乱滚！"晓鹏说的时候眼睛酸酸的，很想流泪。其实突发急性肠胃炎是在他被关进拘留所之前发生的事。

"后来呢？"

"后来，嗯，拘留所的一个女警官把我送到医院，整整抢救了一天我才脱离生命危险！"

"有那么严重？"

"当然。"晓鹏想起张菁，眼中闪出了神采，"要不是那个女警官，我肯定要活活疼死！我现在一想起来都感觉肚子疼！"

"噢。"

"那个女警官可气人了！她一直看不起我，始终把我当成不良青年、花花公子，整天板着脸，冷冰冰的，就好像欠了她的钱一样。真反感她这种女人，以后肯定嫁不出去！"

兰兰疑惑地看着晓鹏。她发现，虽然晓鹏表面上说很反感那个女警官，可是晓鹏说起女警官的时候眼睛变得很有神采，那种神采她从来没有见到过。她冷不丁地问了一句："那个女警官漂亮吗？"

"漂……不漂亮，一点儿也不漂亮，丑死了！"晓鹏明显改了口，其实他觉得张菁特别美，但他很反感张菁，而且在兰兰面前莫名其妙地有点心虚，因此改了口。

兰兰没说话，只是疑惑地看着晓鹏。她觉得晓鹏在骗她，那个女警官肯定很漂亮！

晓鹏觉得有点不对劲，急忙说："反正以后又不和她来往，提她干吗？"他一边摸着兰兰的身体，一边说，"你和那个小子是怎么认识的？"

兰兰明知故问："你说谁？"

"就是昨天被我揍的那个。"

"你就别问了。"兰兰娇嗔地推了一下晓鹏的胸口，"都已经过去了，我和他之间没什么。"

"噢。"

晓鹏半天又问了一句："对了，你是怎么知道我被公安局抓了关进拘留所这件事的？"

"'冬瓜'给我说的。"

"好呀，我让他替我保密，没想到他居然出卖我！"晓鹏特别生气，"看我不收拾他！"

"不能怪'冬瓜'，是我诈问出来的。"

"你怎么诈的？"

“我对他说你被公安局抓了，问他知不知道，他以为我已经知道了，我就明白了。”

“那你之前是怎么知道的？”

“一个女的给我说的。”

“哪个女的？”

“我不知道她叫什么名字，她说她是西街派出所的警察。”

晓鹏想起来了，那次突发急性肠胃炎在医院治疗期间，他曾用张菁的手机给兰兰打过电话，他在电话里虽然什么都没有说，但打完电话后对张菁说电话是打给女朋友的。他误以为张菁一定是因为特别反感他，所以就故意打电话告诉兰兰他干了那种见不得人的事被公安局抓了，并且要被关进拘留所拘留十二天。这个张菁实在太可恶了！想想张菁那副趾高气扬的样子，他反感极了，心想一定要给张菁点颜色看看！

“哎呀，只顾着说话了，都快九点了，我要去上班了！”兰兰起身穿衣服。

“今天别去上班了。”晓鹏拽住兰兰的手，“在家陪我嘛，都很长时间没在一起了。”

“不行。”兰兰推开晓鹏，“有个设计方案明天早晨要验收呢，要是耽误了，公司肯定会开除我的。你也赶紧回家去看看吧，奶奶肯定想你了。”兰兰其实在说谎，她是怕晓鹏再次问起她和杨光之间的事，她不知道该说什么谎话掩饰。她何尝不想和晓鹏在一起。

“那好吧。”

出个招

兰兰刚走，晓鹏用座机给“冬瓜”打了电话，说：“‘冬瓜’，我是晓鹏，我昨天出‘狱’了！”

“冬瓜”说：“哥们，你总算出来了，在里面的滋味不好受吧？”

“那可不是，整天不是学习就是思想教育，晚上关到‘牢房’里出不去，连顿好饭都吃不上。”

“你真倒霉，公安那天晚上扫黄偏偏让你给碰上了。”

“是啊，倒霉透了。对了，上次在医院我用那个女警察的手机给你打电话让你把钱送过来，你把那个女警察的号码找出来然后打这个电话告诉我，我的手机被我砸坏了。”

“就是我在医院碰见的那个女警察，对吗？”

“嗯。”

“那可是个大美女！”“冬瓜”诡笑着说，“你是不是看人家漂亮想泡人家？”

“你瞎说什么啊！”晓鹏气愤地说，“本来我不想让兰兰知道我被公安局抓了这件事，可是没想到那个女警察直接打电话给兰兰，说我干了那种见不得人的事被公安局抓了，气死我了！”

“怪不得兰兰那天打电话给我的时候已经知道这件事了。”

“非得给她点颜色看看。你给我出个招，看怎么耍她一次。”

“那还不简单？把她追到手再甩了，不是最好吗？”

晓鹏一本正经地说：“不行，换一个，不管怎么说这种事不能干。”

“那我没什么好招了。”

“我再想想。对了，借你的两千块钱哪天见了还给你。你把那个女警察的号码找出来告诉我，我先挂了。”

“冬瓜”把张菁的手机号码找出来后打电话告诉了晓鹏，晓鹏记在了脑中。

第四章　花有意

小红

晓鹏回到家，叫了好几声“奶奶”，可奶奶并不在家。

“程哥，你回来了。”保姆小红从二楼走下来，羞涩地看着晓鹏说，“奶奶去医院照看先生了，先生病了你知道吗？”

“我知道。”晓鹏心想：看来我爸被我气得不轻。他对小红说了声“我去医院了”之后便往门外走。他在院子里跨进自己的那辆宝马车，开上走了。

小红一直站在门前看着晓鹏的背影，十几天没见晓鹏瘦了不少。直到宝马车看不到踪影的时候，她才转身走进别墅。

小红名叫李茹红。两年前，程长征买了一套别墅，别墅上下两层共有三百多平米，打扫卫生可不是一件容易的事儿。一家人刚搬进别墅，程长征打算专门雇个保姆打扫卫生。没过几天，程母带回来一个年龄只有二十一岁的女孩，女孩穿的衣服虽然很破旧，但长相很清秀。程长征一眼就相中女孩了，他只是简单地问了问女孩的来历，就把女孩留下了。

女孩就是小红。小红家在农村，她很小的时候母亲就去世了，是父亲含辛茹苦地把她抚养成人。她的学习成绩一直很好，后来考上了北京的一所重点大学。可是，读大一那年父亲因多年劳累病倒了，为了照顾父亲，她只好放弃学业回到家里。然而，要想治好父亲的病需要花二十多万，原本一贫如洗的家里根本拿不出那么多钱。仅仅一年之后父亲就病死了。

这年头，像小红家乡那种穷乡僻壤的地方，种田能挣几个钱？小红料理完父亲的后事，只身一人来到天州，打算在天州找一份工作。来到天州她才知道，在天州这个经济发达、人才济济的大城市里，只有高中学历的她怎么可能找到一份好工作？她只好在一张捡来的硬牛皮纸上写上“求做保姆勤杂工”七个字，然后站在一个别墅区的门口，双手高高举着硬牛皮纸，希望有人看到后给她一个机会。

有一天程母出门买菜，正好碰到举着硬牛皮纸的小红。程母一眼就相中了小红，她问了问小红的情况，小红把自己的身世和遭遇说了一遍。程母十分同情小红，直接把小红带回家了。

从那以后，小红在程家做保姆。程母对她很关心，也很照顾。这对失去亲人的她来说，已经心满意足了。

挨耳光

晓鹏走进程长征的病房里，叫了一声“爸”，忍不住哭了，说：“你这是怎么了？”

正在看书的程长征看到晓鹏后，心里不由得生出一股怒火。他把书扔在地上，狠狠地扇了晓鹏一个耳光。晓鹏被打得差点跌倒，他扑通一声跪倒在地上，哭着说：“爸，我错了！”

“畜生！”程长征气得脸都白了，“我的脸算是让你丢尽了，你让我这脸往哪搁？”

“爸，你听我解释……”

“解释什么？解释你事出有因是吧？”程长征怒不可遏，“你个败家子，你对得起你妈妈吗？”

“爸，你要是生气就打我吧，千万别气坏了身子。”

“你……”程长征举起手，迟疑了半天，手微微抖动着，眼里渗出了泪水。这么多年他把晓鹏抚养长大，他既是晓鹏的父亲，也是晓鹏的半个母亲。晓鹏从小缺少母爱，因此他一直都很疼爱晓鹏，从来都没有打骂过。可是今天，他一时生气狠狠地打了晓鹏一个耳光，这个耳光虽然打在晓鹏的脸上，可是却重重地打在自己的心上，他特别心疼。

“你走吧。”程长征放下举起的手，扭过头说，“我现在不想看到你。”

“爸……”晓鹏跪着，不肯离开。他正要向程长征说明事情的原委时，奶奶提着两份盒饭走进病房。奶奶一见晓鹏跪在地上抹眼泪，急忙把饭放在床头的桌子上，扶起晓鹏急声说：“晓鹏，这是怎么了？”

“奶奶！”晓鹏扑进奶奶怀里，伤心和委屈化成了哭声和泪水。被关在拘留所的这些天，他是多么想念奶奶啊！从小到大奶奶处处哄着他，宠着他，把他当成心头肉。他早就想过，从拘留所出来后一定要在奶奶的怀里痛痛快快地哭一通。

看到晓鹏的脸有些红肿，奶奶马上明白晓鹏挨了耳光。她大声质问程长征：“长征，你这是怎么了？怎么打晓鹏下手这么重？”

“你问他！”程长征余怒未消。

“给奶奶说，到底是怎么回事？”奶奶心疼地抱着晓鹏的头，“奶奶替你收拾他！”

“奶奶，爸爸打我是对的。”晓鹏忍住哭声，“是我做错事情了。”

“做错什么事了？”

“奶奶，你别问了。”晓鹏破涕为笑，“你看我这不是好好的吗？”

“还是个傻孩子。”奶奶冷眼看着程长征，“长征，以后再也不许你这样欺负晓鹏。”

程长征摊了摊手，说：“妈，你就别说了。”

奶奶哼了一声，对晓鹏说：“以后他再欺负你，给奶奶说。”

“嗯。”晓鹏站起来，“奶奶，我还没吃午饭呢，我先出去吃饭了。”

“去吧。”

晓鹏刚走，奶奶走到床头的桌子前，取出盒饭。她用胳膊肘碰了一下程长征，说：“长征，赶紧趁热吃了。”

程长征接过母亲手中的盒饭，母亲责备道：“你说你啊，晓鹏都长这么大了，怎么还用这种方式教育晓鹏？晓鹏该有多伤心啊！给妈说，今天到底是怎么了？”

“妈，你就别问了。”

“不问也行。”母亲瞪了程长征一眼，“不过，以后可不准你这样对待晓鹏。”

晓鹏开车去了一家高档饭店。他足足点了八个荤菜，没要米饭。

菜端上来后，他大口大口地吃，吃饱后每道菜还剩下一大半。吃完饭他到市中心的手机卖场买了一部最新款的诺基亚高端商务手机，又在移动营业厅补办了一张手机卡。

被女人玩了

兰兰犹豫了一早晨，终于打通杨光的手机，说：“杨光，你没事吧？”

杨光没有说话。

“杨光，你没事吧？你说话啊！”

杨光淡淡地说了一句:“我没事。”

“没事就好。你在哪里？我现在要见你。”

“为什么要见我？”

“电话里说不清,我必须当面对你讲。”

“那好,下午一点钟,我在南滨路的不见不散休闲吧等你,你准时过来。”

兰兰准时去了不见不散休闲吧,杨光早已等候多时。杨光的脸红肿着,表情很不悦。

兰兰刚坐下就急忙解释:“杨光,我没想到他昨天会来找我。”

杨光瞪着兰兰,问:“他是你男朋友吧？”

“嗯。”

杨光质问:“你不是说和男朋友已经分手了吗？”

兰兰吞吞吐吐地说:“当时……我是和他……分手了，可是……没想到他昨天突然来找我……”

杨光气愤地说:“那他现在算不算你的男朋友？”

“我……”兰兰低下头,惭愧地说,“对不起,其实我一直都没有把你当成我的男朋友,希望你能明白。”

杨光苦笑了一声,说:“那你和我上床代表什么？”

“代表……”兰兰哑口无言,干脆说了一句,“什么也不代表。”

“什么也不代表？你今天找我就是为了告诉我这句话吗？”

“对不起。”兰兰又无奈又愧疚,“我们不要再联系了,就当从来都不认识,从来都没有发生过什么。还有,谢谢你这些天对我的关心和照顾。”

“我明白了。”杨光冷眼盯着兰兰,“你是怕他知道我和你上床的事吧？”

“杨光,我不想骗你,希望你能理解我。再说,那种事不正是你想要的吗?我都给你了,你应该满足了,放了我吧。”

“从来都是男人玩女人。”杨光苦笑了一声,“看来这回你把我玩了。”

“对不起,我没想到事情会发展成这样,我并不是要玩弄你的感情的。”

“我原本以为你今天来找我是想安慰我。”杨光喝了一杯酒,瞍了兰兰一眼,“放心吧,慕容兰兰,我不会再打扰你的。”

“真的谢谢你,祝你早日找到女朋友。”兰兰转身走了。

兰兰不知道,杨光一直瞪着她,目光很阴冷。

进“监狱”很光荣

晓鹏回到家，小红问他有没有吃午饭，他说吃过了。他只是瞥了小红一眼便上了二楼，回到卧室。他仰面躺在床上，长长地伸了个懒腰，感觉舒服极了。

他心想：我都出来了，小川、“猴子”和“虎头”还不知道，不如今天晚上和哥们儿聚一聚，为我顺利“出狱”欢呼一下！一念闪过，他打通了小川的手机。

“喂，是小川吧？我最近被关进‘监狱’了知道吗？”

小川说：“知道，‘冬瓜’那天给我说了。你呀，真是倒霉透顶了，公安那天扫黄偏偏让你给碰上了！”

“是啊，还好总算熬出来了。晚上六点钟我们在梦幻人间，噢，不，在夜上海酒楼聚聚，怎么着哥几个也得为我‘出狱’庆祝庆祝吧？”

“没问题。”

“别忘了把你女朋友也叫上，今天我请客。”

“好的。”小川想起上次在女朋友的朋友的家里遇到慕容兰兰和杨光一事，“对了，晓鹏，兰兰找了个男朋友你知道吗？”

“是不是开破烂白色雅绅特的那个小子？”

“是啊，你怎么知道的？”

晓鹏得意地说：“昨天下午这小子去接兰兰，正好被我撞见了，结果被我狠狠地揍了一顿。”

“噢，那兰兰是什么意思？”

“她能有什么意思？”晓鹏压低嗓音，“不瞒你说，昨天晚上她还和我睡在一个床上呢。”

“真有你的。”小川悄声说，“不过啊，我觉得兰兰和那小子之间不简单。”

“什么啊，你想得太多了。兰兰今天早晨对我说，她和那小子之间没什么。”

“可那天兰兰明明当着我的面说那小子是她男朋友。”

“她那样说其实是想故意气我。好了，不说了，我有点事先忙去了。”晓鹏挂了电话。

小川只好把到嘴边的话咽到肚子里。他知道晓鹏很爱兰兰，轻易不会相信兰兰会和一个男的真正确定男女朋友关系。虽然他觉得兰兰和杨光之间的关系很不简单，但没有确凿的证据。他只好叹了口气，自言自语道：“但愿我是错的。”

晓鹏又给“冬瓜”“猴子”和“虎头”一一打了电话。打完电话他觉得特别累，于是走出房间，叫了一声："小红！"

小红在楼下应了一声。

"五点钟把我叫醒！"

"好的，程哥。"

下午五点钟，小红准时敲门叫醒晓鹏。晓鹏走出家门便开着他的那辆宝马去接兰兰了。

小红悄悄地走进晓鹏的卧室里。她轻轻地整理床单和枕头，闻着晓鹏遗留在床上的淡淡的气味，这种气味她已经有十几天没闻到了。

晓鹏开车接上兰兰后直接去了夜上海酒楼。他在酒楼里订了一个包间，没过多久，小川、"冬瓜""猴子"和"虎头"挨个儿搂着女朋友走进包间。

等人全部到齐了，晓鹏说："昨天我才被拘留所放了，哥们儿你们不知道，我在拘留所想死你们了，所以今天把你们全都请过来。还有，我和兰兰已经和好了，借今天这个机会，好好庆祝一下！"

"好，好！"所有人全都欢呼着。

小川说："为了祝贺晓鹏重获自由，也为他和兰兰复合，大家干一杯！"

"好，好！"所有人起身碰了一杯。

"冬瓜"笑着说："晓鹏，那天晚上你被抓可不能怪哥们伙儿。你小子那天喝多了，哥们伙儿全都带着老婆，就你一个人没人陪，所以我叫了个妞进来陪你喝酒解闷。我们走的时候叫你走，可你硬是不走，哥们伙儿没办法就给那个妞扔了点钱，让她在楼上给你安排一间房子住下。可没想到那个妞勾引你，估计她很久没遇上你这样的帅哥了，所以就乘机劫色，和你'happy'了一下。你还别说，现在这世道，女人强暴男人的事情还真是屡见不鲜。更没想到那天晚上公安突击检查，这可真是十年一遇啊！所以你被抓了可不能怪哥们伙儿！""冬瓜"说这些话主要是想让兰兰明白整个事情的经过。

小川、"猴子"和"虎头"都说就是这么回事。

"猴子"说："兰兰，你不知道那天晚上晓鹏为了你该有多伤心。要不是你不理晓鹏，哪会出这档子事啊？"

"虎头"说："是啊！晓鹏就是太爱你了，所以才找哥们伙儿喝酒的。"

小川说："兰兰，以后可别再伤晓鹏的心了。"

大家你一言我一语的，兰兰十分后悔，眼睛不由自主地湿润了，心想：看来我真的冤枉晓鹏了。要不是我和晓鹏闹分手，哪会发生这么多乱七八糟的事情？现在后悔都来不及了！她满怀愧疚地倒满一杯啤酒，举着杯子对大家说：“都是我不对，害得晓鹏为我进了拘留所，我自罚一杯！”她一口气喝下杯里的啤酒。

喝得太急，兰兰呛了几下。晓鹏轻轻地拍了拍兰兰的后背，温柔地说：“少喝点酒，不用这么认真的。”

“虎头”说：“晓鹏，进公安局和拘留所都干些什么啊？给哥们都讲讲吧？”

“是啊，是啊……”大家全都随声附和着。

晓鹏一听来劲了。他详细讲了一遍自己在派出所和拘留所里的所有经历，包括被警察用警绳捆住接受询问、被关进滞留室等待处罚决定、突发急性肠胃炎被送到医院救治、在拘留所参加学习教育、在拘室里打架，等等。他说的要比事实夸张很多，看他那眉飞色舞的样儿，好像被警察抓住关进拘留所是一件很出风头也很光荣的事情。

一讲到女警官张菁，晓鹏顿时变得神采飞扬，说：“你们不知道，那个女警官可漂亮了，长得就跟西施一样！”他眉飞色舞地讲了张菁对他进行询问时如何的义正词严，以及他突发急性肠胃炎张菁又是如何把他送到医院抢救并照看，等等。他边讲边回忆当时的情景，特别是张菁那张美丽精致的脸庞。

讲的过程中，晓鹏一直没有说张菁的名字。兰兰再次发现晓鹏提到女警官的时候眼睛里闪现出异样的神采，和他早晨讲的时候眼睛里闪现出的神采一模一样。让她有点郁闷的是，早晨她问晓鹏女警官漂亮不，晓鹏说不漂亮，可是现在却说很漂亮，长得像西施一样！她不禁瞪了晓鹏一眼，晓鹏做贼心虚似的急忙避开她的目光。

晓鹏讲完又高兴又得意，不停地喝酒，兰兰在身边劝了很多次他都不听。结果到散场的时候他喝得醉醺醺的，兰兰只好开着他的宝马送他回家。

羞涩

回家的路上，晓鹏歪歪斜斜地睡在车里，嘴里嘟囔道：“兰兰……我们去……公寓吧？”

“你都醉成这样了，回去怎么办啊？”

晓鹏摇着头，半醉半醒地说：“不行……回去奶奶……肯定会骂……我，我刚从‘监狱’里……出来……”

“哎呀，你醉成这个样子，到公寓我怎么照顾你啊？回去奶奶心疼你，肯定不会说你的。”

晓鹏拽着兰兰的衣服，说："你还……是不是……我程晓鹏的女……朋友？"

"别闹了！"兰兰推开晓鹏的手，"我又没说不是你女朋友。"

晓鹏指着兰兰，瞪着眼睛，极为不悦地说："既然……你说是……我女朋友，那就……听我的，送我到……公寓去！"

兰兰很不耐烦地说："好，好，送你去公寓！这下行了吧？"

"这还差不多。"晓鹏说完睡着了。

兰兰根本没打算送晓鹏回公寓，她可不想伺候喝醉酒的晓鹏。没过多久，宝马在晓鹏家的别墅的门前停下了。兰兰推了一下晓鹏，晓鹏嘴里不知说了一句什么，迷迷糊糊的没有醒来。兰兰只好走下车，按了几下别墅的门铃。

开门的是小红。兰兰打量了一下小红，估计小红是程家的保姆，于是对小红说："你们家……少爷喝醉了，快把门打开。"

小红打开门，兰兰把车开进院子。兰兰走下车，小红怔怔地看着她，她没好声气地说："还愣着干什么，快扶你们家少爷进去。"

小红答应一声，快步走到车门前。她拉开车门，推了推晓鹏，说："程哥，你醒醒……"

晓鹏嘴里说着胡话，没有睁开眼睛。

小红又推了几下晓鹏，晓鹏终于睁开了眼睛。他醉眼看着小红，错把小红当成兰兰，有点含混不清地说："兰兰……到……家了吗？"

小红愣了一下，说："到了。"她扶着晓鹏从车里走出来。

这时奶奶从别墅里走出来，急声说："晓鹏，你怎么醉成这样了？"

晓鹏含混不清地说："我……没醉……"

奶奶急忙让小红把晓鹏扶进屋子里。

兰兰恭恭敬敬地向奶奶鞠了一躬，笑着说："奶奶您好！"

奶奶打量了一下兰兰，笑容可掬地说："孩子，你是慕容兰兰吧？"

"嗯。"

听到"慕容兰兰"四个字，小红回头看了兰兰一眼。最近几个月，她经常听到晓鹏在奶奶和程长征的面前提起慕容兰兰，她很想知道晓鹏的女朋友慕容兰兰到底长什么样。今天她终于见到慕容兰兰了，但没想到慕容兰兰是一个极为漂亮出众的女孩。在天州这个美女如云的城市里，慕容兰兰绝对可以算得上是美女中的美女，令她自惭形秽。

奶奶对兰兰说："晓鹏常提起你呢，快进来坐！"

兰兰说:“不用了,奶奶,我要回去了。”

奶奶拉住兰兰的手,有点生气,说:“这孩子,说哪的话呢,快进来坐!”

“奶奶,真的不用了。”兰兰轻轻地推开奶奶的手,“天都这么晚了,我得回去,明天还要上班呢。”

“家里地方大,有的是地方住。”

兰兰执意要走。她对奶奶歉疚地笑了一下,说:“奶奶,我真的要走了。”

奶奶苦留不住,只好说:“孩子,路上注意安全!”

“您放心吧。”兰兰转身走了。

与此同时,小红搀扶着晓鹏走进卧室里。小红慢慢地扶着晓鹏躺在床上,伸出手在晓鹏的额头上摸了摸体温,没想到晓鹏突然紧紧地抓住她的手,迷迷糊糊地说:“兰兰,别走……”

小红没有挣脱,直到听到奶奶走进房间,她才急忙挣脱晓鹏的手。奶奶看到后只是怔了一下,说:“小红,你去把热毛巾拿来。”

小红答应了一声,低着头羞怯地走出房间。

奶奶没有看到,小红的脸红扑扑的,像红樱桃一样。

第二天早晨,奶奶做好早饭,让小红叫晓鹏下来吃饭。小红走到晓鹏的卧室门前,轻轻地敲了敲门,叫了好几声“程哥”,可是晓鹏半天都没有答应。小红只好轻轻地推开门,只见晓鹏半裸着上半身,横七竖八地躺在床上,还在呼呼大睡。看着晓鹏健硕的身体,小红的脸不由自主地红了。她很想看但没敢多看,走到楼下对奶奶说:“奶奶,程哥还没醒呢。”

“这孩子,我去看看。”奶奶走上二楼,走进晓鹏的卧室里。她给晓鹏盖好被子,摸了摸晓鹏的额头。她又走出卧室,走下楼对小红说:“让他睡吧,昨天喝得太多了,一下还醒不过来。待会我去医院照看他爸,中午就不回来了,你给他做点吃的,别让他饿肚子。”

小红点点头,嗯了一声。

奶奶走后,小红一直悄悄地站在晓鹏的卧室门外,等晓鹏醒来。

直到十点多钟晓鹏才醒来。他半睁着眼睛说:“水……”

小红急忙走下楼,从厨房里端了一碗奶奶早晨煮的绿豆粥。她又走上楼,走进晓鹏的卧室,说:“程哥,你醒了。”

晓鹏揉了揉眼睛,半天才认出眼前的女孩不是兰兰,而是小红。他向四周看了看,说:“这是别墅,对吗?”他记得昨天晚上和兰兰去公寓了,怎么会在家里?

小红说："程哥，你是在家里啊，昨晚你喝醉了。"

晓鹏噢了一声，心想：看来昨晚醉得什么都不知道了。

"程哥，喝点绿豆粥吧。"小红边说边把碗端到晓鹏胸前。

晓鹏本想自己动手，可他怕盖着上半身的被子会掉下来，因此只好用双手把被子捂在上半身上，坐起来不好意思地说："小红，麻烦……你……喂一下我吧。"

小红羞怯地说："好的。"她一勺一勺地喂晓鹏喝粥。

晓鹏第一次这么近距离看小红的脸，他第一次发现小红的脸看起来特别清秀，纯纯的，有种一尘不染的感觉。小红穿的衣服很简朴，她完全不同于自己每天见到的那些打扮得很时尚的女孩。

小红看了晓鹏一眼，发现晓鹏正盯着她看时，急忙羞涩地低下头，脸唰的一下红了。

晓鹏发觉自己失态，急忙把目光从小红的脸上移开，一时竟手足无措。他半天才憋出来一句："嗯，我喝好了。"

小红用纸巾擦了擦晓鹏的嘴，说："程哥，你中午想吃点什么？"

"嗯，炸鸡翅、红烧排骨。还有，我想想，对了，还有手撕鸡、糖醋排骨、土豆牛肉、麻婆豆腐，汤就紫菜汤好了。"晓鹏一股脑说了一堆，伸出舌头溜了一下嘴唇，"哎呀，你不知道，我在'监狱'里什么好吃的都吃不上，饿得只剩皮包骨头了！"

小红半信半疑地说："程哥，你去监狱了？

晓鹏红着脸，支支吾吾地说："我……和你开玩笑呢，像我这样的……守法公民，怎么……可能被关进……监狱里呢？"

小红嗯了一声，端着剩下的半碗绿豆粥走了。

晓鹏一直躺在床上玩手机。直到估摸着饭做好了，他才起床穿好衣服，洗脸刷牙。他走到楼下，只见小红正在往餐桌上端菜。小红的额头上全是汗水，桌子上摆着满满一桌子菜。

晓鹏问："奶奶不在吗？"

小红边盛饭边说："奶奶去医院了，中午不回来。"

"我还以为奶奶在呢。"让小红一个人这么辛苦，晓鹏有点过意不去。

"程哥，坐下吃饭吧。"小红边说边把一碗米饭放在桌子上。

"嗯。"晓鹏坐在餐桌前，"你也坐下吃吧。"

"嗯。"小红低着头，小心翼翼地坐下来。平常程家人吃饭的时候，只要没有十分重要的客人，小红都和程家人坐在一起吃饭。

晓鹏说:“小红,辛苦你了。”

小红说:“没事儿,程哥,只要你觉得好吃就好。”

晓鹏用筷子夹了一大块牛肉，正想往自己的嘴里送时，却把肉放进小红的碗里,说:“多吃点儿。”

小红心里感到一阵温暖。她把头压得很低,说了一声“谢谢”,慢慢地吃起来。

吃过午饭,晓鹏回到卧室里,没过多久他又昏昏沉沉地睡着了。

尴尬

常娜今天专门请了一天假。昨天她去医院看望程长征,程长征让她今天下午到家里做客。为了给程母和晓鹏留下一个好印象,她必须为此做好准备,确保万无一失。

早晨她去了几个大商场,买了一身新衣服和一双鞋,之后她又去市中心的一家手机卖场,买了一部六千多元的最新款诺基亚商务手机。她要把这部手机作为见面礼送给晓鹏。她心想晓鹏肯定会喜欢这部手机,说不定早就盯上了呢。

下午去医院之前,她在家里花了两个多小时细心打扮了一番。到医院后,程母刚办完程长征的出院手续。没过多久,程长征的专职司机开着程长征的那辆奔驰轿车,拉着程母、程长征和常娜三人向程家的别墅驶去。

回到家,程母连着叫了几声晓鹏,可是一直没有听到晓鹏答应。她问小红晓鹏在不在,小红说晓鹏还在楼上睡觉呢。她让小红把晓鹏叫下来,小红于是快步走上二楼,连着敲了几下晓鹏卧室的门。

没过多久,晓鹏从楼上走下来。见到程长征,他鼻子一酸,差点哭出声来,说:“爸,你回来了!”

“嗯。”程长征从沙发上站起来,指着常娜,笑着说,“晓鹏,这是常阿姨。”

常娜没想到晓鹏居然那么阳光,那么帅气。她先是盯着晓鹏看了一会儿,然后才对晓鹏笑了笑,点了点头。

刚才被常娜盯着看,晓鹏心里感觉有点不舒服。他打量了一下常娜,常娜显得年轻、时尚、大方,美貌和兰兰不相上下。虽然常娜的年龄要比兰兰大一点,但她比兰兰更有风韵。晓鹏心想:这么年轻,叫姐姐还差不多。他脑筋一转:我明白了,她肯定是爸爸的女朋友,可是我怎么好意思叫她阿姨呢?他愣了半天没说话,弄得常娜有点尴尬。

程长征很不悦地瞪着晓鹏，目光似乎在说："臭小子，你怎么这么没礼貌？"

晓鹏看了程长征一眼，这才吞吞吐吐地说："常……阿姨。"

常娜把早晨买的那部诺基亚商务手机连同包装盒送到晓鹏面前，笑着说："晓鹏，这是阿姨给你买的手机，送给你，希望你喜欢。"

"我有呢。"晓鹏从裤兜里掏出昨天买的那部手机，和常娜想要送给他的手机一模一样，"你看。"

常娜尴尬极了。

程长征见状，十分生气地说："常阿姨送给你，你就收下，还愣着干什么？"

"谢谢阿姨。"晓鹏只好收下手机，然后头也不回地上二楼去了。

常娜尴尬地笑着，坐回到沙发上。

"这孩子，还这么不懂事。"程长征带着歉意说，"小娜，别往心里去啊！"

常娜说："没事儿。"

程母看了一下表，已经快到下午五点钟了。她对常娜说："小常，今天想吃点什么呢？"

常娜起身说："阿姨，不劳您费心了，随便吃点就行。"

"那哪行，今天是你第一天来家里。给阿姨说喜欢吃什么，阿姨给你做。"

"阿姨，真的随便吃点就行。"

"这孩子，这么客气。"

程长征说："妈，小娜喜欢吃清炒冬瓜、鱼香肉丝、青椒土豆丝、香菇焖鸡和水煮鱼，汤就做个鲫鱼汤吧。"

"嗯，妈这就去做。"程母向厨房走去。

常娜想给程母帮忙，程母和程长征都说不用了，有保姆呢。

晓鹏回到卧室，把常娜送给他的手机扔在床上，然后趴在床上，十分伤心。奶奶和爸爸把他从小抚养长大，他从来没有感受过母爱的滋味，甚至母亲长什么样他都只能从照片里看到，这么多年他一直渴望拥有那种真真切切的母爱。可是今天，爸爸却把一个年轻得只能给自己当姐姐的女人领回家，看样子爸爸很可能要和这个女人结婚，可是这个女人这么年轻，以后怎么给自己当母亲啊？

晓鹏越想越伤心，喃喃自语："老爸这是怎么了？怎么会喜欢上这么年轻的女人？我看啊，老爸这回肯定是色迷心窍，说不定这个女人多半是冲着他的钱来的。"他拿着手机盒看了半天，心想：把这个破手机送人得了。可是，送给谁呢？小川、"冬瓜""猴子"和"虎头"都有手机啊！他想了半天也没有想出合适的人选，只好把手机扔在一边。

没过多久，小红边敲门边说："程哥，吃晚饭了。"

晓鹏灵机一动，心想：干脆把手机送给小红得了，小红不是没有吗？于是他拿起手机盒，打开房门后塞到小红手里，说："小红，这个手机送给你。"

小红愣了一下，把手机退还给晓鹏，说："程哥，谢谢你，我用不着这个。"

"哎呀，送给你你就拿着嘛！"晓鹏边说边把手机硬生生地塞进小红手里。

"谢谢程哥。"小红低着头转身走了。

晓鹏走到楼下，奶奶、程长征和常娜已经坐在餐桌前了。他刚坐下，奶奶问他小红怎么没下来，他说不知道。

程长征说："妈，咱们先吃，不管她。"

"这孩子，不知道在忙什么呢。算了，我们先吃吧。"

晓鹏还没端起碗，常娜夹了一块鸡肉放进他的碗里，笑着说："晓鹏，多吃点儿。"

"我不喜欢吃鸡肉。"晓鹏边说边把鸡肉从碗里夹出来，放在桌子上。

常娜十分尴尬。程长征虽然很生气，但不好发作，只好瞪着晓鹏。

晓鹏抬起头看到程长征瞪着他，急忙把头压得低低的，用筷子往嘴里扒了几口米饭。

奶奶见状，"咳嗽"了一声，程长征这才不瞪晓鹏了。奶奶揪了揪晓鹏的耳朵，说："多吃点儿。"

晓鹏很快就吃完饭了，他说了声"我上楼去了"便离开餐桌。他想去看看小红在忙什么，怎么一直没有下来吃饭。

小红住在二楼拐角的一个很小的房间里，房间里除了一张床、一张桌子和一把椅子之外，没有其他家具和电器。虽然条件很简陋，但小红很满意。

晓鹏蹑手蹑脚地走到小红的房间门前，门没有关紧，留着一条很窄的缝。他把头伸到门缝前向里看去，睁大眼睛看了半天才看清楚。

原来，小红坐在桌子前，一只手拿着他送的手机，另一只手正在抹眼里流出的泪水，看样子十分伤心。

晓鹏心想：没想到一部手机会让小红这么感慨。唉，真是个苦命的女孩。

吃过晚饭，天快黑了。常娜临走前和程母说了几句告辞的话，她本来还想和晓鹏打声招呼，可是晓鹏一直没有从楼上下来。

程长征开着奔驰送常娜回家的路上，两个人一直没有说话。直到车子停在常娜家的楼下，程长征才打破沉寂，歉疚地说："小娜，今天真的对不起，没想到晓鹏这么不懂事。”

“程哥，没事的。没想到晓鹏用的手机和我给他买的一模一样。”

“这孩子从小就没了母亲。”程长征叹了一口气，“这些年让我和他奶奶把他惯坏了。”

“程哥，你别说晓鹏了，我觉得晓鹏挺好的。”

“挺好的，挺好的上次被关进拘留所！”程长征皱起双眉，“我很着急，这孩子到底什么时候才能长大，我一直盼着能早点儿把公司交给他。拼了这么多年我真的累了，好想放下心到国外走走。”

“程哥，你别这么着急，晓鹏不是才毕业一年吗？等再过个几年，他再多长点见识历练历练，肯定会成熟起来的。”

程长征长长地吁了一口气，说：“但愿如此吧。”

程长征回到家后，直接去了晓鹏的卧室，晓鹏正躺在床上看电视呢。他把电视机关了，指着晓鹏气呼呼地说：“你个臭小子，给我起来！”

晓鹏急忙起身下床，叫了声“爸”，有点儿胆怯。

“你今天怎么这么没礼貌？你知不知道你常阿姨有多尴尬？”程长征瞪着双眼，“以前我是怎么教育你的？啊？”

晓鹏低着头，没敢说话，奶奶闻声从楼下快步走上来。看到程长征凶巴巴的样子，奶奶顿时明白是怎么回事了。她抱着晓鹏的头，质问道：“长征，你怎么对晓鹏这么凶？”

“妈，你别护着他。”程长征仍然很生气，“今天他非得给我说清楚！”

“你让晓鹏说清楚什么？晓鹏都被你吓成这样了，你还这么凶？”奶奶紧紧护着晓鹏，同时瞪着程长征，“不就是嫌晓鹏没礼貌吗？那你说，谁让你找这么年轻的女人回来？换了你你能接受吗？”

程长征哑口无言。

奶奶边哄晓鹏边说：“年龄这么大了偏要找个小的，晓鹏虽然嘴上不说，可心里怎么想的我最清楚。”

程长征其实并不想对晓鹏这么凶。他一时生气，再加上上次晓鹏被公安局抓了他心里还憋着气，这才导致他一时没有控制住情绪。母亲责备他后他的气消了不少，他也开始理解晓鹏，心想要是换了自己多半也会这样做的。因此，他没再说什么，只叹了一口气便转身走了。下楼的时候，只听晓鹏说：“奶奶，我不想要她当我的妈妈，真的不想……”

出尔反尔

程长征彻夜难眠。其实他知道，晓鹏很难接受常娜这么年轻的女人做母亲，何况晓鹏从小到大没有过过一天有母亲的日子。常娜是个好女人，可以做一个很好的妻子，可是，就算她付出百分之百的努力，恐怕也不可能和晓鹏建立完全意义上的母子关系，毕竟她太年轻了。再说晓鹏从小养尊处优，任性惯了，也过惯了没有母亲的日子，让晓鹏一下接受常娜做自己的母亲，怎么可能？

到底该怎么办啊？程长征思忖着，这么多年来，晓鹏虽然过着锦衣玉食的生活，但是，当他从小没了母亲，还怎么算得上是一个幸福的人？毕竟母爱是这个世界上最伟大的爱。因此可以说，晓鹏其实是这个世界上最不幸福的孩子中的一个。自己怎么能为了一己之私，让晓鹏去承受更多的不幸？

想了整整一个晚上，程长征最终决定：和晓鹏心平气和地沟通一次，如果晓鹏真的不能接受常娜，他就和常娜结束关系，从此不再来往。虽然这样做对常娜造成了伤害，但是可以采取很多种办法弥补。比如给常娜一笔钱，让她一辈子衣食无忧。

第二天早晨，程长征去了晓鹏的卧室里。晓鹏还没有起床呢，看到程长征，他急忙坐起来。程长征抓住他的手，和颜悦色地说："晓鹏，爸爸为昨天的行为向你道歉，是爸爸太鲁莽了，没有考虑你的感受。"

"爸！"晓鹏忍不住流出眼泪。

"好孩子。"程长征抚摸着晓鹏的头，"爸爸今天想征求一下你的意见。"

"爸，你说。"

"爸爸是想知道你心里到底能不能接受常阿姨做你的妈妈。"程长征满怀愧疚地说，"其实，这么多年爸爸一直想给你找一个妈妈，可是一直没有遇到合适的，爸爸对不住你。"

"爸，我知道你一直为我费心。其实这些年有你和奶奶疼我，我心满意足了。"晓鹏极为认真地说，"爸，你这么多年一个人不容易，需要一个伴，可我真的不需要妈妈了，我已经长大了。"

程长征和蔼地说："爸爸明白了，爸爸尊重你的意见。"

"爸，如果你和常阿姨是真心相爱的话，我支持你们。"晓鹏皱着眉头，"可是，让她做我的妈妈，我真的没法接受。"

"傻孩子，爸爸心里最爱的人永远是你。为了你，爸爸什么都可以舍得。"

晓鹏再次激动得流出泪水。

晚上，常娜应程长征之约准时去了上岛咖啡馆。

常娜刚坐下，程长征殷勤地问她想吃点什么。她点完餐，程长征很久都没有说话，似乎有难言之隐。常娜疑惑地说："程哥，你是不是有什么事情想对我说？"

程长征不知该如何说起，反问了一句："小娜，你很爱我，是吗？"

"是啊，程哥，你知道的啊。"

"嗯，我知道的。"程长征嗫嚅了半天才说出来话，"可是小娜，我们两个人的年龄差距太大，我再过十年二十年可能就走了，留下……你一个人孤零零的怎么办啊？"

"程哥，你的意思我明白了。你不想和我结婚了，对吗？"

"小娜，其实我很想和你结婚。"程长征顿了一下，"可是，我……得为晓鹏着想……"

"程哥，我说过我会努力做好一个母亲的。"

"我知道，我也相信你。"程长征低下头，"可是我问过晓鹏了，晓鹏没办法接受你。"

常娜的表情变得很木然，也很委屈，说不出来话。

程长征从包里拿出一张卡，把卡放在常娜面前，愧疚地说："小娜，这张卡里有三百万，足够你以后生活用了。你拿着，密码是你手机号的最后六位数字。"

常娜苦笑了一声，说："你觉得我和你在一起是为了钱吗？"

"不是。"

"那你就不要给我这些钱。"常娜把卡推到程长征面前，"我不需要。"

"你拿着吧。"程长征又把卡推到常娜面前。

"程哥，我已经离不开你了。"常娜满含幽怨，眼中流出泪水，"我……已经……怀上了……你的骨肉……"

"真的？什么时候？"程长征被这个突如其来的消息震惊了。

"就在最近。"常娜含着泪，伤心地说，"我原本想哪天突然给你一个惊喜，可是事情发展到这种地步，我不得不提前告诉你。"

程长征觉得自己刚才说的话深深地刺痛了常娜的心。他手足无措地抓住常娜的手，极为认真地说："小娜，对不起，原谅我刚才说的话，我不知道你怀上了我们的孩子。你放心，我会和你结婚的，我发誓不会抛弃你的！"

"程哥，谢谢你给我和孩子一个幸福的未来。"

其实，常娜怀孕是真，但她并不想把孩子生下来。她计划嫁给程长征后服用药物让自己流产。无论如何她都不能给程长征生下孩子，程长征是她不共戴天的仇人！

晓鹏没想到，只过了一天程长征就变卦了。晚上，他躺在床上正要睡觉时，程长征走进卧室，脸色有点凝重。他在床上坐起来，叫了一声“爸”。

“嗯。”程长征坐在床边，有点不好开口，“晓鹏，爸爸想……和你商量个事……”

“爸，你说。”

“晓鹏，大丰计划年底就要上市了，爸爸这段时间特别累。爸爸现在年纪大了，自从上次突发心脏病之后，感觉身体大不如从前了，可是身边也没个人照顾。”程长征叹了口气。

晓鹏隐隐感觉到了什么，疑惑地说：“爸，你不会是后悔了吧？”

“爸爸……和你常阿姨是真心相爱的，爸爸不能对不起她，不能做一个无情无义的人。”

“爸，你昨天早晨不是说尊重我的意见吗？怎么这么快就变卦了？”

“有些事情爸爸不好对你说清楚。但是，无论爸爸做出什么样的决定，爸爸最爱的人都是你。”

“爸，既然你决定了，我支持你。我也祝你和常阿姨幸福。”

“好孩子。”程长征欣慰地笑了。

“爸，其实上次被公安局抓了那件事我一直想给你解释一下，可是一直没有合适的机会。”

“说吧。”

于是晓鹏把上次去梦幻人间的原因、经过和结果详细讲了一遍。程长征听完和蔼地说：“看来爸爸错怪你了。以后再也不要去那种场所玩了。”程长征满怀期望地说，“大丰今年年底就要上市了，再过几年爸爸就打算把大丰交给你，爸爸希望你能尽快成长起来，替爸爸独当一面。”

晓鹏郑重地说：“爸，我会努力的，不会让你失望的。”

“爸爸相信你。你休息吧，爸爸下去了。”程长征对晓鹏欣慰地笑了一下，走出了卧室。他到楼下敲了敲程母房间的门，得到允许后走进去对程母说：“妈，我想和你商量个事。”

程母在床上坐起来，说：“你说吧。”

程长征拐弯抹角地说：“妈，你看我这么一大把年纪了，总不能这样一个人一直过下去。我是想啊，我的个人问题是不是应该考虑考虑了？”

程母盯着程长征的眼睛，说：“你是想说和小常结婚的事吧？”

“妈，我知道你反对，可是我和小娜都是真心的。”

程母瞪了程长征一眼，说:“那晓鹏怎么办？晓鹏能接受她吗？”

“晓鹏已经同意了。”

“真的？”

“当然是真的。”

程母郑重地说:“就算晓鹏同意了，我也不同意。”

程长征无奈地说:“妈，你为什么坚决反对啊？”

“记得妈上次在医院对你说的话吗？”程母指了一下程长征，“知人知面不知心哪！你可不要想得太美好！”

“哎呀，妈，我和小娜真的是真心的。”程长征有点儿像是在哀求，“她真的不是你想的那样，我们在一起肯定会很幸福的！”

程母坚决地说:“总之妈就是不同意！”

“妈，你不同意也没办法了。”程长征无奈地低下头，羞愧地说，“小娜现在已经怀上你的孙子了，我们谁也离不开谁了。”

“什么？”程母惊叫了一声。

第五章　昙花一现

受伤

晓鹏最近总是会想起张菁。之前他十分反感张菁，张菁也把他当成一个地地道道的不良青年，打心眼里看不起他，甚至鄙视他。他原本想找个机会要一次张菁好好出口气，但这几天气全消了。毕竟张菁是警察，他被警察抓了，张菁当然不会把他当成好人，况且张菁根本就不了解他。想想上次在派出所突发急性肠胃炎，要不是张菁及时把他送到医院救治，那次弄不好要疼死，张菁当时该有多焦急啊！为了感谢张菁的“救命之恩”，他打算请张菁吃饭，他还想和张菁交个朋友。他特别想再次告诉张菁，他上次去梦幻人间的目的不是为了干那种事，他喝醉了什么都不知道，他不是胡作非为的花花公子！

他想了半天，想好要说的话，然后打通张菁的手机，笑嘻嘻地说：“是张警官吧？”

“嗯，请问您是哪位？”

“张警官，你听不出来我的声音吗？”

张菁想了想，说：“不好意思，听不出来。”

“那你猜猜看。”

“猜不出来。”

晓鹏嘿嘿笑着，说：“张警官，你还记得上次我肚子疼你送我去医院急救吗？”

“肚子疼？”张菁的语气突然变了，“你是程晓鹏？”

“是啊，没想到我给你打电话吧？”

“你是怎么知道我的手机号的？为什么给我打电话？”张菁的语气非常尖锐。

“哎呀，你怎么这么生气啊？我程晓鹏想知道你的手机号那还不是手到擒来？”晓鹏收敛起油腔滑调，一本正经地说，“张警官，今天给你打电话是想请你吃饭，谢谢你上次照看我。你看你什么时候有时……”

晓鹏还没说完，张菁挂了电话。晓鹏气愤地说：“牛什么啊？”他再次打过去，可是张菁关机了。整整一个下午他躺在床上每隔十几分钟就拨打张菁的手机号，但张菁一直关机。

直到晚上十点钟，张菁才开机。晓鹏再次打过去，接通后说：“喂，你干吗一直关机啊？”

张菁没说话。

“喂，喂，你说话啊！”

张菁还是一句话也不说。

晓鹏“喂喂”了半天，可是张菁一直没有说一句话。晓鹏心想张菁肯定是故意的，只好气呼呼地把手机扔在一边。

第二天早晨五点多钟晓鹏就醒了。他再次打电话给张菁，心想这么早吵醒张菁也算出出气。可是张菁的手机一直关着，直到七点钟才开机。

打通张菁的手机后，晓鹏听到的却是一阵刺耳的闹钟声。他生气极了，气呼呼地挂了电话，然后给张菁发了一条信息：张菁，你什么意思啊？你以为你是谁啊？实话告诉你，我对你没兴趣，你可别以为我要追你！

晓鹏发完信息足足等了一个多小时，可是张菁一直没有回复。他又拨打张菁的手机号，但张菁的手机处于关机状态。他从床上一骨碌翻起来，匆匆忙忙地穿好衣服和鞋便往楼下走。走到一楼，他对正在厨房里做饭的奶奶说：“奶奶，我有事出去了！”奶奶问他去哪里，他没有回答。出门后他开着宝马一溜烟儿跑了。半个小时后，宝马停在西街派出所旁边。他一直盯着派出所门口，他要等张菁出来，问张菁为什么不理他！

直到中午十二点半，张菁才推着一辆十分破旧的自行车从派出所走出来。张菁没有注意到坐在宝马里的晓鹏，骑着自行车从宝马旁边走过去了。

晓鹏开着宝马越过张菁，停下车从车里走出来，硬生生地伸开双臂挡住张菁。张菁停下自行车，有点惊恐地质问：“程晓鹏，你想干什么？”

晓鹏微微瞪着张菁，说：“你为什么不理我？”

“理你？”张菁冷嘲热讽地说，“你以为你有钱有车我就得理你啊？”

晓鹏被张菁问懵了，愣愣地站着，不知道说什么好。

张菁推着自行车绕开晓鹏。当她正要越过晓鹏时，晓鹏快速挪了几步，又挡在她面前。她睁大眼睛瞪着晓鹏，厉声说："你到底想干什么？"

晓鹏说："我……想请你……吃饭……"

张菁大声说："程晓鹏，我告诉你，我讨厌你！"她把自行车掉了头，骑着自行车飞快地走了。

晓鹏被张菁骂傻了，在路上傻呆呆地站了很长时间。

晓鹏回到家，奶奶问他有没有吃过午饭，他一句话也没说，直接上二楼了。走进卧室，他把门反锁了。奶奶敲了半天门，他才说了一句："奶奶，我吃过饭了。我今天累，想休息一会儿。"

奶奶自言自语道："这孩子，今天不知道又咋了。"

晓鹏把头紧紧地蒙在被子里。他的眼前多次浮现出张菁大声说讨厌他时的情景，他的自尊心被张菁严重地伤害了！

第二天早晨，晓鹏准时去上班了。这是他"出狱"后第一天上班，也是他第一次改掉以往敷衍了事的工作作风。他耐心地向周围的每一位同事学习、请教，很多很不起眼的小事他也亲自动手去做，而不像以前那样只动嘴不动手，甚至连嘴都懒得张。虽然他只是在基层学习，没有管理职权，但是所有员工对他这个大丰未来的掌舵人哪敢有半点怠慢？

晓鹏的改变洪金山看在眼里。当晓鹏在库房里帮同事搬办公用品时，洪金山走到他身边，微笑着说："晓鹏，这些活让他们干去吧！"

晓鹏说："不用了，洪叔，反正我也闲着。"

洪金山拍了拍晓鹏的肩膀，说："继续努力，洪叔相信你！"

晓鹏嗯了一声，点了点头。

"好，你先忙，洪叔过去了。"洪金山转身走了。

洪金山去了程长征的办公室，高兴地对程长征说："程哥，晓鹏这次从拘留所出来变化实在太大了。"

程长征半信半疑地说："真的？"

洪金山把自己的所见所闻对程长征说了一遍。程长征听完喜笑颜开，说："这个臭小子，看来这回真的长大了。金山啊，你得多教教他。大丰上市在即，他也不能老在基层这么待着，到时候要独当一面的。"

"程哥，你放心吧！"

可是，仅仅三天过后，晓鹏又恢复了以往敷衍了事的做派。每天上班他都会迟到、早退。每天下午下班后，他有时候回家，有时候去兰兰那里过夜，有时候晚上带着兰兰和几个哥们一起唱歌、泡吧。

程长征看在眼里，急在心里。有一次和洪金山聊起晓鹏时，他生气地说："这个臭小子，干什么都是三天半的新鲜，不知道什么时候才能改掉现在这副德行！"

洪金山说："程哥，你别着急，我再督促督促晓鹏。晓鹏和以前相比已经有不少进步了。"

人至贱则无敌

上次遭到张菁的训斥，晓鹏的自尊心受到极大的伤害。可是他怎么也恨不起来张菁，反而更想接近张菁。他冥思苦想如何接近张菁，改变张菁对他既冷漠又反感的态度。

想了整整一下午，他都有点头昏脑涨了，但一直没想出好办法。于是他约小川在一家酒吧见了面，让小川给他出出主意。他对小川说了他和张菁之间的事，小川皱起了眉头。

"小川，快给我想个招，我现在都黔驴技穷了。"晓鹏把"黔"字的音发成了"今"字的音，小川差点笑出声来。

小川说："我说实话你可别生气。"

"咱哥们谁跟谁啊，你尽管说好了。"

"哥们不是打击你。"小川喝了一口酒，"根据你说的情况来看，你想改变她对你的看法，基本上没戏。"

"真的？"

"当然是真的。你想啊，她是警察，又是那种公私分明、高傲的女人，而你是被当成不法分子抓进派出所的。她每天面对的全是不法分子，烦都烦死了。她心里肯定把你当成了不良青年，你说她能对你产生好感吗？她唯恐避之不及呢！"

"难道一点办法都没有了？"

"当然有。"小川摇了摇头，"不过这一招你来用，就太掉价了。"

"什么招？快告诉我。"

"有句话叫'人至贱则无敌'。很多人追女孩子的时候，实在没办法就死缠烂打。如果你非要改变她对你的看法，只有这一招了。不过，最终能不能成功真的不好说。"

晓鹏很无奈，没说话。

“唉，咱哥们先干杯酒！”小川和晓鹏干了一杯，极为不解地说，“我就想不明白，你为什么非要改变她对你的看法？她不理你就不理你呗，你干吗非要让她理你？换了是我，你不理我我才不理你呢，懒得跟你较劲。”

“我……”晓鹏叹了口气，“她上次不是救过我的命吗？我总得感谢感谢人家，最起码也要请人家吃上一顿。”

“急性肠胃炎又不会把人疼死。”小川疑惑地说，“你真的只是想感谢一下她吗？”

“当然。”

小川盯着晓鹏的眼睛，说：“给哥们说实话，你是不是喜欢上她了？”

晓鹏睃了小川一眼，说：“哪有，你想哪去了。我和兰兰之间的事儿你又不是不知道。再说你最了解我，我是那种朝五暮六的人吗？”

“没喜欢上就好。”小川虽然嘴上这么说，但心里还是犯嘀咕。

两人又喝了几杯，小川忍不住说：“有个事儿我觉得还是得对你说一下。”

“什么事？”

“就是上次我给你说的兰兰和那个雅绅特小子之间的事。”小川凑到晓鹏面前，悄声说，“我总觉得兰兰和那个小子之间没那么简单。”

“哎呀，你咋又提起这件事了？”晓鹏不耐烦地说，“我不是给你说过吗？兰兰和那个小子之间根本就没什么，她是为了气我才故意说那小子是她的男朋友！”

小川连连摇头，说：“你别生气，听我把话说完。”

“行，你说。”晓鹏很不高兴，他觉得背后听小川讲兰兰的事对兰兰很不尊重。

小川把上次去女友的朋友家遇见兰兰和杨光一事详细讲了一遍。讲完说：“兰兰当时当着所有人的面亲口说杨光是她的男朋友，而且那天晚上她当着我的面坐着杨光的车走了。”

“小川，我知道你是为我好，但我相信兰兰不是那种随便的女孩，她坐那个小子的车离开也并不代表他们就会发生什么。”晓鹏郑重地说，“以后再也不要提这件事了。如果再提，咱哥们之间的感情就结束了。”

小川无奈地说：“好吧，以后我再也不提就是。来，咱哥们喝酒，干！”

“干！”

睡觉前，晓鹏躺在床上反复琢磨小川说的“人至贱则无敌”这句话，不禁自言自语：“奶奶的，岳不群为了练武功挥刀自宫，没想到我成了岳不群之流。张菁啊张菁，谁让你不理我，我没招了只能用贱招对付你。哼，你自作自受去吧！”

不撞南墙不回头

晓鹏办了一张新手机卡，每天早晨他都定时给张菁发一条十分搞笑的短信。他明白，要想改变张菁对他的看法必须打持久战。

直到第五天，张菁才回了一条短信，短信只有一个字“谁”，连问号都没带。晓鹏暗暗骂：“奶奶的，等了五天只等来一个字。”他琢磨半天，回了一条信息：一个想和美女警官交朋友的人。他原本以为张菁会发信息问他是谁，可是张菁一直没有发。

第二天早晨，一个陌生号码打到晓鹏的新手机号上。晓鹏按了接听键，说：“喂，您好，哪位？”电话里许久没人说话，晓鹏又说，“您好，请问您是？”

电话突然被挂断了。晓鹏这才猜到，给他打电话的人是张菁，他用新手机号只给张菁一个人发过信息，其他人都不知道他的新号！张菁刚才肯定听出是他的声音！他直接回拨过去，接电话的人说他打到公话超市里了。他问接电话的人刚才的电话是谁打的，接电话的人说没注意。他让接电话的人仔细想想，对方没好声气地说了声“你以为你是谁呀”之后嘭的一声挂了电话。他又打电话给张菁，可是电话刚接通就被挂了。他又打了很多次，但对方一直处于关机状态。

晓鹏气恼极了，没想到张菁这么讨厌他、反感他！他开着宝马去了西街派出所，一直在派出所的大门旁边等张菁。

直到下午五点半，张菁才推着自行车从派出所里走出来。晓鹏像上次那样在半路上拦住张菁。张菁冷眼瞪着他，气愤地说：“程晓鹏，你到底想干什么啊？”张菁的声音有点儿像哀求。

晓鹏嗫嚅了半天才说出一句：“张警官，对不起，这几天打扰您了。”

张菁无奈地说：“我早就说过，我讨厌你，你干吗非要死盯着我不放？”

“张警官……”晓鹏吞吞吐吐地说，“我……;是真的想……请您吃饭，您……就给个面子吧……”

张菁冷冰冰地说：“谢谢你的好意，但我真的不需要，明白吗？”她说完刚要走，晓鹏用力抓住了她的自行车把手。

“你放开！”张菁用力摆了几下自行车把手，但没有甩开晓鹏的手，她把眼睛瞪得很大，气得说不出来话。

"张警官,我是真心的。"晓鹏说完才知道自己说错了,急忙辩解,"噢,不,我不是那个意思。我是要感谢你的救……"

张菁打断晓鹏的话,义正词严地说:"程晓鹏,我不想说那些不好听的话刺激你,但请你不要再骚扰我!我是警察,你再骚扰我我就把你送派出所!"

晓鹏只好松开手。

张菁头也不回地骑着自行车走了,剩下晓鹏一个人傻呆呆地站在路上。

晓鹏晚上又约小川在酒吧见了面。喝了几口闷酒,他把最近"骚扰"张菁的事情向小川讲了一遍。讲完他极为无奈地说:"哥们,这回我可真的没招了。你说我什么样的'贱招'都用了,可她根本就不理我。我这人算是丢到家了,我到底该怎么办啊?"

小川拍了拍晓鹏的肩膀,说:"让我说你就放手吧。看来人家特别反感你,不管你怎么努力人家都不会理你。你再这样下去,弄不好人家哪天说你耍流氓把你抓了,到时候你就糗大了!"

"不行,我就不信啃不下这块骨头!"小川越是劝晓鹏放手,晓鹏越是不甘心。

小川睃了晓鹏一眼,说:"我看你小子是不撞南墙不回头!"

"就算撞南墙,我也要把墙撞个洞!"

"你说你怎么就这么犟呢?那个女的到底算你什么人啊?你非要请她吃饭,非要撞南墙。"小川觉得晓鹏有点儿不可理喻,他揪住晓鹏的耳朵摇了摇,"你小子到底是怎么了?是不是脑子进水了?以前可从来没见你这样啊!"

"反正我就不信这个邪!"

"那你坚持吧。哪天撞南墙了,可别怪哥们笑话你!"

意外发现

张菁从派出所出来后骑着自行车走了,晓鹏开着宝马,一直悄悄地跟在张菁后面。

转过几个路口,张菁拐进一个菜市场。晓鹏只好把车停在路边,等待张菁从菜市场出来。没过多久,张菁提着一袋蔬菜从菜市场走出来。她把蔬菜放进自行车前面的篮子里,骑着自行车走了。晓鹏再次悄悄地跟在她后面。

张菁拐进一条巷子。巷子有点窄,宝马无法进入。晓鹏只好把宝马停在路口,下车后快步走进巷子里。张菁拐了一个弯,晓鹏走过去时发现张菁不见了。只见面前是三户人家，每一家的大门都关着，不知张菁进了哪一家。晓鹏挨个在每一家的大门前透过门缝窥视里面，但看不到张菁，连张菁骑的自行车也看不到。他心想：来都来了，干脆等等看，说不定张菁待会儿就出来了。于是他站在一个墙角前，一直盯着三户人家的大门。

足足等了一个多小时，晓鹏都饿得有点儿站不住了。他刚要转身离开，一户人家的大门被推开了，从大门里走出一个提着行李箱的女孩。

女孩正是张菁。她换掉了警服，穿着很朴素，戴着一顶青灰色帽子。

晓鹏第一次看到张菁穿普通衣服的样子，他觉得张菁不像以前那么冷冰冰了，而是很柔美，像皎洁的月光，只是稍稍带着点儿清凉。

张菁无意中向晓鹏所在的地方看了一眼，晓鹏急忙缩进墙角里，生怕被张菁看到。他感觉自己心跳的频率加快了，不禁摸了摸胸口，然后长长地舒了一口气，暗暗说："好险！"他定下心神，心想：张菁提着行李箱要去哪里？该不会要走外地？估计张菁已经走远了，他才从墙角里走出来，悄悄地跟在张菁身后，想看个究竟。

张菁转过几个弯，前面是一条大路。大路上方是一座七八米宽的过街天桥，天桥上有不少小商小贩，有卖衣服的、卖书的、卖玩具的，等等。

张菁走上天桥，找了一个空地，放下行李箱。她从行李箱中拿出一张白布铺在地上，然后又拿出一些饰品，一件一件整齐地摆放在白布上。饰品有项链、手镯和耳坠等，不但小巧精致，而且种类很齐全，全是年轻女孩们喜欢的款式。

晓鹏绝没想到，张菁居然会出来卖饰品！他想不明白，按理说张菁在派出所工作，属于公务员编制，公务员不但有稳定的工资收入，而且福利保障很完善，可是张菁为什么要放下公务员的架子晚上出来卖饰品呢？真是匪夷所思！

他不止一次看到张菁对挑选饰品的女孩满脸堆笑，有时候还有点低声下气，这和张菁对他一贯的冷漠形成了鲜明的对比！

他一直悄悄地站在不远处看着张菁。直到晚上十点半，天桥上没几个人了，张菁才开始收摊。收完摊，张菁提着行李箱按原路走回了家。

晓鹏回到家才想起来自己忘了吃晚饭，只好在冰箱里找了几根冷冰冰的火腿肠吃了。

他躺在床上很长时间都没睡着，心想：张菁怎么会出去卖饰品呢？嗯，她应该很缺钱，我得帮帮她，估计她卖一晚上顶多能赚一百块钱而已。可是，我该怎么帮她呢？他想了半天，终于心生一计，带着诡秘的笑容睡着了。

蹊跷

离张菁不远的地方，晓鹏和小川悄悄地站着。晓鹏指着张菁对小川说:“你看，就是那边戴着青灰色帽子、卖饰品的那个女的。”

“喔，原来是个大美女。”小川睃了晓鹏一眼，连挖苦带讽刺，“怪不得你小子这么上心，肯定是想泡人家吧？”

“去你的，没工夫和你开玩笑！”晓鹏一本正经地说，“你过去全买了。”晓鹏拍了一下脑袋，“不行，全买了她明天就不来了。这样吧，你买掉一半，在原价的基础上多加一倍价钱。”

“你小子怎么从来没对哥们我这么大方过？”小川轻蔑地哼了一声，“我看你小子就是重色轻友！”

“你胡说啥呀？我这不是要帮她吗？”晓鹏从裤兜里掏出钱包，抽出一小沓一百元钞票，数也没数就塞进小川手里，推了推小川的肩膀，“快去！”

小川又哼了一声，用鄙夷的目光瞪了晓鹏一眼，然后很不情愿地向张菁走去。他在张菁的地摊前蹲下身子，假装挑选饰品。

“先生，买件饰品送给您女朋友吧？”张菁拿起一条项链送到小川面前，笑着说，“您看这条项链，水晶高仿的，晶莹剔透，您女朋友肯定会很喜欢的。”

“嗯，是很不错。”小川伸出手把项链拿在手里，假装端详着，“这条项链怎么卖？”

“这条啊，原价六十，您要是真的想要，四十得了，只剩下最后这一条了！”

“蛮便宜的。”小川放下项链，随便拿起其他饰品，装作挑选的样子。他一想起晓鹏让他假装顾客买东西，差点笑出声来，“这些饰品都很漂亮，价格也不贵。”他刨了一堆饰品，“这些我全都要了，你说个价吧！”

张菁高兴极了。她一个一个地算着，算完说:“一共六百五，您给六百得了。”

“才这么点钱啊！”小川从裤兜里掏出一沓一百元钞票，数了十二张，塞进张菁手里，“这是一千二，你全拿着。这些饰品都很不错，而且很便宜，送给我女朋友她肯定喜欢！”

“这……”张菁拿着钱，犹豫着，心想要不要退还多出来的钱。

“你拿着，没事儿，挣钱多不容易啊！”小川装出完全不在乎钱的样子。

“好吧，我用袋子给您装起来。”张菁把小川要的饰品用塑料袋装起来，送到小川手里。

"谢谢。"小川转身走了。

"欢迎您下次再来！"张菁目送小川离开，目光中充满感激之情。

回到宝马车里，小川把买的一袋饰品扔给晓鹏，又把剩余的一小沓钞票塞进晓鹏手里，没好声气地说："你啊，花了一千多块钱全买了些没用的东西。"

晓鹏无所谓地说："没用就没用呗，只要能帮到她就行了。"

"晓鹏，你给我说实话。"小川凑到晓鹏面前，紧盯着晓鹏的眼睛，"你是不是喜欢上这妞了？"

"你想哪去了？"晓鹏睃了小川一眼，"我不是说过了嘛，我只是想请她吃顿饭，谢谢她的救命之恩。"

"我看不像。"小川根本就不相信，哼了一声，"我看你小子八成是看上这妞了。"

晓鹏生气地说："我说你小子怎么非要往那个地方想？我是那种朝六暮七的人吗？"

"哥们，别生气。"小川拍了拍晓鹏的后背，赔着笑脸，"刚才我逗你呢。"

晓鹏不屑地哼了一声。

小川诡笑着说："你不亲自出马，要是我哪天用你的钱把这妞泡上了，你可别怪我啊！"

"你不是有女朋友吗？"晓鹏有点儿急，"干吗还要吃着碗里的看着锅里的？"

"看，着急了吧？"小川小声嘟囔着，"还说不是想泡人家。"

第二天晚上，小川又去了张菁的地摊前。张菁高兴地说："先生，您又来了啊！"

"嗯。"小川蹲下身子，笑嘻嘻地说，"哎呀，你不知道，我昨天晚上把饰品拿给我女朋友，她甭提有多高兴了。她让我今天过来再给她挑几件，她说这么物美价廉的东西可不多见。"

"是吗？"张菁笑得合不拢嘴，指着地摊上的几件饰品，"您看，这是今天新进的货。"

"哎呀，我女朋友昨天晚上说她想要的就是这种款式！"小川拿起一枚胸针，仔细端详着，"真漂亮，买了送给她她肯定开心死了！"

"您要的话我多给您一些折扣！"

"嗯。"小川又拿起几件饰品看了看，"都很漂亮。"

"这样吧，这些我全都要了。"小川刨出来一堆饰品，"你看一共多少钱？"

张菁数了数，又算了算，说："一共是七百六，您给七百得了。"

"哎呀，这么好的饰品你怎么老卖这么便宜？不挣钱啦？"小川从裤兜里掏出一沓一百元钞票，数了十四张，塞进张菁手里，“这是一千四，你拿着。”

“不行，我不能收这么多钱。”张菁边说边数了七张一百元钞票，塞进小川手里。

“哎呀，你怎么这么客气？”小川把钱硬生生地塞进张菁手里，满不在乎地说，“这点钱对我来说不算啥，拿着！”

“好吧。”张菁很感激地收下了。

回家的路上，张菁特别高兴，一直哼着歌儿。回到家，她拉开灯，把行李箱放在门口，对躺在床上的母亲说：“妈，我回来了！”

母亲说：“丫头，今天咋这么高兴？”

“妈，你不知道，这两天生意可好了。”张菁凑到母亲面前，满脸喜色，“才两天时间我就赚了一千多呢。”

“真的？”

“那能有假？”张菁边给母亲揉腿边说，“要是每天生意都这么好，到年底给你看病的钱就攒够了。”

“给妈说说，这两天你是怎么赚到这么多钱的？”母亲觉得这笔钱赚得有点儿蹊跷，张菁以前生意最好的一天才赚了两百多。

“妈，你心眼真多。”张菁噘着嘴说，“还不是有个人的女朋友喜欢我卖的饰品呗！那个男的两天时间把一半货买走了，而且付了两倍的钱。他说他女朋友特别喜欢我卖的饰品。”

“有这种好事？”母亲的疑心更重了，“那个男的是干什么的？”

“我哪知道啊，反正有钱，出手很大方。”

“他那么有钱为什么不去大商场买高档货，偏偏要买你的这些不值钱的东西？”

张菁哑口无言，心想：对啊，他那么有钱为什么非要买我的便宜货，而且一买就是一堆？

“丫头，你可得多长个心眼，从来都没有那么多便宜好占的。现在的人啊，全都鬼精鬼精的，你可得小心别被人骗了。”

张菁没说话，若有所思。

一不做二不休

第二天晚上，张菁正在想连着两天买她的饰品的男子会不会再来时，小川蹲在了地摊前。

“先生……您……又来了！”张菁心里犯起嘀咕，“难道这个男的真有什么目的？”

小川说：“是啊，你不知道，我女朋友的几个同事看到我女朋友戴的首饰，都很羡慕，让我女朋友给她们多带几件。我女朋友感冒了不想出来，所以让我过来帮她的同事挑几件。”

“这……样啊，那……您挑好了……”

小川又买了一袋饰品走了，临走前付了一千四，仍然是两倍的钱。

小川刚走，张菁让旁边的一个卖玩具的女的帮她照看一下地摊，然后她悄悄地跟在小川后面。只见小川走到天桥下，把刚买的一袋饰品交给一个高个头年轻男子，然后从裤兜里掏出一小沓一百元钞票，也交给年轻男子。他和年轻男子一直背对着张菁，所以张菁看不到年轻男子的正面，但她觉得年轻男子似乎在哪见过。

小川和年轻男子根本不知道张菁一直悄悄地跟在他们后面。他们走进巷子里，巷子正是张菁回家的路。

张菁加快脚步，离他们越来越近，张菁越来越觉得年轻男子的背影很熟悉。只听小川对年轻男子说：“哪天我用你的钱真把这个靓妞给泡上了，你小子可别不高兴啊！”

年轻男子嘿嘿地笑着，说：“行啊，你小子有本事就泡，泡上我肯定不会眼馋。”

张菁听出来了，年轻男子正是她极度反感、极度憎恶的程晓鹏！她大叫了一声：“程晓鹏！”

晓鹏和小川停下脚步。晓鹏半天才转过身，吃惊地看着张菁。只见张菁的眼睛瞪得出奇的大，就好像要吃了他一样。

小川见状乐开了花。他对晓鹏扮了个鬼脸，怪怪地说了一声“你们聊”便转身跑了。巷子里只剩下晓鹏和张菁两个人。虽然天已经黑了，但月光很明亮。

“张警官……”晓鹏对张菁尴尬地笑着。张菁的脸在月光的映衬下显得特别美，但脸上笼罩的怒气逼得晓鹏后退了一步。

张菁掏出刚才小川付给她的一千四百元钱，她把钱全部塞进晓鹏手里，然后从晓鹏手里抢走饰品，没好声气地说：“对不起，我不卖给你！”说完她转过身疾步走了。

晓鹏心里感到又难受又委屈，不禁大叫了一声：“张菁！”

张菁没有回头，还是快步走着。晓鹏冲上去，把手里的钱全扔了，他抓住张菁的一只胳膊，大声说："张菁，你听我说，听我说！"

"你放开我！"张菁边说边用力甩晓鹏的手，但没有甩开。

晓鹏张着嘴却不知道该说什么，只是紧紧地抓住张菁的胳膊，丝毫不松手。

"流氓啊你？"张菁还是不停地甩胳膊，"放开我……"

听到"流氓"两个字，晓鹏特别生气，也特别心痛。他用力一拽，把张菁拽得后退一步，倒在他怀里，帽子也随之掉在地上。

张菁低着头不敢看晓鹏，她刚要挣脱，晓鹏把她紧紧地搂在怀里，她丝毫动弹不得。晓鹏的眼里几乎要流出泪水，他感觉委屈极了！

"你个流氓，放开我……"张菁大声说着。

"流氓"两个字再次深深地刺痛了晓鹏的心。晓鹏一不做二不休，低下头把嘴重重地堵在张菁的嘴上。

张菁懵了，她睁大眼睛，忘了挣扎。晓鹏激烈地吻她的嘴，有点儿像咬。等她反应过来时，挣扎已经没用了，晓鹏用双臂把她紧紧地箍住了。她扔掉饰品，用力捶晓鹏的后背，眼里流出了愤恨的泪水。

许久，晓鹏才放开张菁。张菁十分委屈地哭着，不禁狠狠地打了晓鹏一个耳光。晓鹏被打傻了，直到张菁转身跑了，他才感到脸上烧乎乎的。他呆呆地站了半天，直到看不到张菁的背影，他才俯下身捡起地上的饰品、帽子和钞票。

张菁回到地摊前，擦干眼泪继续卖饰品。她不经意间看到晓鹏站在不远处傻傻地看着她，手里拿着饰品和帽子。她没再看晓鹏，当作晓鹏根本不存在。直到天桥上没有人了，她才开始收摊。这时，晓鹏走到地摊前，把饰品和帽子轻轻地放在地摊上。

张菁怔了一下，看都没看晓鹏。她一边收摊，一边面无表情地说："你花钱买这些没用的东西，可怜我是吧？"

晓鹏说："我不是那个意思。"

张菁睃了他一眼，说："那是什么意思？"

"我只想帮你。"

"不好意思，我不需要你帮我。"

"可你需要帮助啊！"

"噢，我明白了。你想让我谢谢你，对吧？"

"不是。"晓鹏无奈地说，"我是真心想帮你。"

"真心帮我？"张菁冷嘲热讽地说，"你想帮我，可我凭什么让你帮我？你算我什么人？”

晓鹏哑口无言。

张菁瞪着晓鹏，说：“我真的不需要你帮我，明白吗？”

“明白……”

“那你还不走开？”

“我……”晓鹏只好无可奈何地走了。

人至贱也没用

晚上，张菁在天桥上卖饰品的时候，无意间看到晓鹏站在不远处。她没再看晓鹏第二眼，一如既往地卖饰品。

她收完摊拎着行李箱回家的时候，晓鹏跟在身后。她有点儿害怕，因而加快步伐，结果晓鹏也跟着加快步伐。晓鹏突然从她身后蹿出来，说了声“我帮你”便抢走了她手里的行李箱，然后快步往前走。

“程晓鹏，你放下！”张菁想拉住晓鹏，可是晓鹏走得非常快，她根本就追不上。她不停地叫晓鹏，让晓鹏停下，可晓鹏就是不听。晓鹏一口气走到她家的大门前才放下行李箱。只见晓鹏累得气喘吁吁，满头大汗。

“程晓鹏，你是想让我谢谢你，对吧？”张菁哼了一声，冷冷地笑着，“但我告诉你，我不会！”她拎着行李箱快步走进家门，哐的一声，门被重重地关上了。

晓鹏在门前傻呆呆地站了半天才转身离去。面对张菁毫不留情的拒绝，他一点儿也没生气。他只想尽力帮助张菁，不想让张菁那么辛苦。

第二天晚上，张菁拎着行李箱刚走出家门，发现晓鹏站在门口。晓鹏二话没说就抢走行李箱快步走了。张菁边追边大声说：“程晓鹏，你放下，我不需要你帮我！”可是无论她怎么说，晓鹏都不听。晓鹏一口气把行李箱拎到天桥上，放在张菁经常摆地摊的空位上。

半分钟后，张菁才走到晓鹏跟前。晓鹏低着头，没敢看张菁，说：“我知道你讨厌我，我不会打扰你卖东西的。”他转身走了，站在离张菁不太远的地方。

等到张菁收完摊，晓鹏又抢走行李箱，快步往张菁家走。张菁这回没有让晓鹏停下，晓鹏一直拎着行李箱走到张菁家门前。

晓鹏放下行李箱，什么也没说，转身就走。

张菁叫了一声：“程晓鹏。”

晓鹏停下脚步。

“如果你想每天都帮我拎行李箱，那你就拎。不过，我不能保证你的坚持会有结果。”张菁拎着行李箱走进家门，再次重重地关上门。

晓鹏站了半天才走了。

第二天晚上，晓鹏再次帮张菁把行李箱拎到天桥上，收摊后又拎回来。他在张菁家门前转过身准备离开时，张菁在他身后淡淡地说：“谢谢你。”

晓鹏站住了，什么也没有说。他感觉全身似乎沐浴在一片温煦的阳光之中，舒服极了。

“不过，我真的希望你明天晚上不要来了。”张菁很认真地说，“我说的是心里话，希望你能明白。”张菁转身走进家门，轻轻地关上门。

晓鹏呆了。他感觉自己的大脑突然变得空灵起来，仿佛幽深的宇宙融进了自己的大脑里，又仿佛自己的大脑漂浮在幽深的宇宙中。他似乎经历了灵魂出窍的一刹那，灵魂在半空中飘浮着，若有若无，若隐若现，慢慢地消逝……

许久，晓鹏才醒了。一滴冰冷的泪珠滑过脸颊时，把他弄醒了。多少次啊，他一次又一次接近张菁，一次又一次帮助张菁，可是自己一次又一次的努力，一次又一次的执着，最终换来的仍然是张菁无情的拒绝。

“人至贱则无敌”，自己一直贱到心甘情愿，贱到不顾一切，可是最终还是失败了。他想去兰兰那里，他多么想依偎在兰兰的怀里，痛痛快快地哭一次，让兰兰温暖的胸怀，融化他心中的痛苦。

于是他走出巷子，开着宝马去了兰兰住的公寓。见到兰兰，他不禁把兰兰紧紧地揽在怀里，有点儿想哭。怕兰兰笑话，他强忍着没有哭出声来。他和兰兰相拥了很长时间，彼此没说一句话。

“怎么这么晚来了？”兰兰推开晓鹏，“来之前也不给我打个电话。”

“我今天特别想你，所以就来了。”晓鹏又把兰兰揽在怀里。

“噢。”兰兰早就觉得晓鹏的神情有点儿异常，于是问，“是不是发生什么事了？”

“没有，就是想你了。”晓鹏的脸红了，但兰兰看不到。

“进来吧。”兰兰挣脱晓鹏的怀抱，关上门。

这天晚上，晓鹏少不了像个孩子似的依偎在兰兰的胸怀里，只有这样，他才能暂时忘记张菁对他的打击和伤害。

美女救“英雄”

早晨九点多钟，晓鹏才睡醒。他的手机收到一条兰兰发的短信，兰兰说不想打扰他休息，所以先走了。兰兰还说厨房里有她做的早餐，不要忘了吃。

晓鹏今天的心情好多了。晚上，他又去找张菁。张菁卖饰品的时候，他站在不远处。

张菁整理饰品时，三个身穿奇装异服、嘴里叼着烟的小混混走到地摊前。其中一个穿黑色上衣的小混混拿起一条项链，带着坏笑问：“美女，这条项链怎么卖？”他身边的两个小混混伸手便抓了几件饰品，七嘴八舌地问价格。张菁又是说价格，又是整理饰品，一时手忙脚乱。

其中一个穿蓝衣服的小混混乘张菁不注意，偷偷地把几件饰品装进衣兜里。得手后他向其他两个小混混暗暗使了个眼色，于是三个小混混放下手中的饰品，说了声“太贵了”转身就走。

小混混偷饰品的过程晓鹏看得一清二楚。他疾步跑到三个小混混面前，冲他们大叫了一声：“站住！”

三个小混混站住了，全都盯着晓鹏。晓鹏大声说：“把偷的东西交出来！”

“小子，你他妈说谁偷东西了？”穿蓝衣服的小混混一脸凶相。

晓鹏指着穿蓝衣服的小混混，毫不畏惧地说：“就是你！把偷的首饰交出来！”

“你他妈的找打！”穿蓝衣服的小混混挥拳向晓鹏的脸上狠狠地打去，其他两个小混混也一拥而上。晓鹏没来得及躲闪，脸上重重地挨了一拳，但他根本不管向他打来的拳脚，死死地拽住穿蓝衣服的小混混厮打起来，没几下他就被打倒在地。

就在这时，张菁挡在晓鹏面前，亮出格斗的架势。只见她拳腿并用，只用了几个漂亮的招式就将三个小混混全部打倒在地。穿蓝衣服的小混混害怕极了，他慌忙从衣兜里掏出偷的几件首饰，扔在地上，然后和其他两个小混混爬起来惊慌失措地跑了。

晓鹏见状，心里暗暗说：“没想到张菁这么厉害！”

张菁扶起晓鹏，只见晓鹏的脸肿了一大块，嘴角还流出了血。她焦急地问：“你没事吧？”

“没事。”晓鹏忍着痛说。

张菁仔细看了看晓鹏的脸，说：“看样子伤得不轻，得去医院看一下。”她说完便要拉着晓鹏走医院。

"不用的，我没事。"晓鹏倔强地推开张菁。

"都伤成这样了还说没事。不行，得马上走医院。"张菁还要拉晓鹏走医院。

"我说没事就没事。"晓鹏装出淡然自若的样子，"这点伤算什么啊！"

"那好，跟我回家去，我帮你上点药。"张菁开始收摊。收完摊，晓鹏还要帮张菁拎行李箱，张菁说："都伤成这样了还逞强。"她一手拉着晓鹏，一手提着行李箱，快步往天桥下走。

没过多久，张菁带着晓鹏走进她家的大门。晓鹏看了看，院子里只有三间破旧的房子，一间房子里透出了灯光。灯光轻轻地晃动着，好像是蜡烛发出的。

张菁悄声对晓鹏说不要出声，以免被她母亲听到，晓鹏点了点头。闪着光的那间房子里传出一个中年妇女的声音："丫头，今天怎么这么早就回来了？"

张菁说："妈，今天天气不太好，可能会下雨，我怕淋着，所以就先回来了。"

"噢。"

张菁带晓鹏悄悄地走进隔壁的一间黑漆漆的屋子。屋子里很潮湿，也很凉快。张菁扶着晓鹏坐在凳子上，说："你等一下，我去给你找点药。"她说完便走出屋子。

晓鹏向四下里看了看，只见这间屋子只有十六七个平米，很小。屋子里只有一张桌子、一个书柜、一个凳子和一张床。桌子和书柜都很陈旧，差不多算得上老古董了。屋子正中吊着一个电灯泡，上面扣着一个圆形白色灯罩。地是布满裂纹的水泥地。墙壁的上方是白色的，下方是绿色的。晓鹏心想：这好像是上个世纪七八十年代的人才住的房子啊！

没过多久，张菁提着一个暖壶走进屋子。她把开水倒在白毛巾上，然后拧干白毛巾，对晓鹏说："你忍着点儿，可能有点烫。"她用毛巾轻轻地擦晓鹏脸上受伤的部位，边擦边说，"肿得有点儿厉害，有个伤口。"

晓鹏本来就觉得脸上烧乎乎的，张菁一擦更烫更疼了。他忍着痛没有叫出声来，可是脸上的肉越绷越紧。张菁问他是不是很疼，他装出没事的样子，说还行吧。张菁看出他在说假话，于是停下手，等毛巾不那么烫了才再次给他擦脸。

擦完脸，张菁从衣兜里掏出一个白色的小药瓶。她拧开药瓶的盖子，取出沾满药粉的棉花团，轻轻地将药粉涂在晓鹏脸上受伤的地方。她问晓鹏疼吗，晓鹏说一点儿也不疼。上完药，她收好药瓶和毛巾，让晓鹏等一会儿，然后提着暖壶出去了。

晓鹏走到门口，隐隐约约听到张菁的母亲在隔壁房间里说："丫头，你半天在忙什么呢？”

张菁说：“妈，今天回来得早，我把隔壁房间打扫打扫，平时又没有时间。”

“噢。”

晓鹏有点儿纳闷，张菁的母亲似乎一直躺在床上和张菁说话。张菁的母亲应该不会这么早就要睡觉吧？还有，为什么听不到张菁的父亲说话呢？

一会儿，张菁走进屋子。她感激地说：“今天真的很谢谢你。”

晓鹏很惭愧，因为他想帮张菁却被三个小混混揍了一顿，要不是张菁出手他就惨了。他红着脸说：“不用谢的，能帮到你我很开心。”

“你要是忙的话不用每天都来帮我，你的好意我心领了。”

“没事儿，我每天晚上没什么事干，只要你不再把我当坏人就行。”

“以后不会了。”张菁露出了微笑。

晓鹏第一次看到张菁对他露出笑容。张菁的笑容就像春天里的百合花，他感动得想哭。他说：“其实我上次去梦幻人间真的不是要干那种事的。那天晚上我喝醉了，把陪我喝酒的女孩当成了女朋友慕容兰兰，后来发生了什么我根本就不知道。”他恳切地看着张菁，渴望张菁相信他、理解他。

“噢，我相信你。”

晓鹏高兴地乐开了花，说：“真的很感谢你上次在医院照看我。”

“不用谢，那是我的职责。”

“你好厉害啊！”晓鹏的眼里闪出神采，“才几招就把三个小混混打趴下了。”

“没什么。我是警察，专门练过擒拿格斗。”

“怪不得这么厉害。”

“时间不早了，你是不是该……”

“嗯。我该回去了。”

张菁在家门口和晓鹏挥手告别，她一直目送晓鹏的背影离开。

雨夜

连着好几个晚上，晓鹏都和张菁一起出去卖饰品。来回的路上，他们一起提着行李箱，边走边开心地聊天。晓鹏从来没有这么开心过。从小养尊处优的他长这么大只知道伸手要钱，花钱，从来没有自己动手挣过一分钱。

其实张菁卖的饰品进价很低，卖价也不高，生意好的话一晚上顶多能赚一百多块钱。张菁好几次都要把赚的钱分一半给晓鹏，她说晓鹏很辛苦，每天帮她大声吆喝，钱是晓鹏应得的，可是晓鹏死活不要。这些钱对于晓鹏来说是九牛一毛，可是晓鹏能感觉得到，这些钱对张菁的意义很不一样。

一天晚上，晓鹏问张菁："你是警察，属于国家公务员，为什么还要这么辛苦地赚钱呢？"

"噢……"张菁低下头，装出很随意的样子说，"现在物价房价这么高，那点工资哪能赶上物价和房价的上涨速度，多赚点钱总归是好的，而且卖饰品也不累呀！"

晓鹏疑惑地看着张菁，没有说话。虽然最近每天晚上他都和张菁在一起卖东西，张菁已经不再把他当成不良青年了，可是张菁始终在内心之中和他保持着一定的距离，若即若离。他感觉得到，张菁似乎很想对他袒露心扉，可总是欲言又止。张菁的内心很孤独，也很寂寞，外表坚强的她很想有一个可以依靠的肩膀。

"看样子要下雷阵雨了。"张菁看了看天空中纵横交错的乌云，"我们赶快收摊吧。"

"嗯。"

两人刚收完摊，下起了雨。伴随着一道道撕裂乌云的闪电，雷声震耳欲聋，雨越下越大。

晓鹏脱下外套，遮在张菁的头上，说："快披上！"

张菁大声说："那你呢？"

"不用管我！"晓鹏拎起行李箱，拉着张菁的手，往天桥下飞快地跑。跑回张菁家时，两人全身都湿透了。

张菁还是像上次那样，进门时嘱咐晓鹏不要出声，以免被她母亲听到。

晓鹏跟着张菁悄悄地走进张菁上次给他抹药的那间屋子。屋里有点寒凉，他不禁打了个寒战。张菁让他等一会儿，然后走出屋子。

没过多久，张菁回来了，她已经换了一身衣服。她端着一大盆热水，热水里放着一条毛巾。她把盆子放在地上，从床底下找出一双拖鞋放在水盆边，对晓鹏说："条件简陋，你将就着洗洗。你把衣服脱了给我，我帮你洗洗晾干。"说完她转过身子。

"嗯。"晓鹏红着脸，慢腾腾地把身上的衣服全部脱了。张菁一动不动地背对着晓鹏站着，脸都快红到脖子上了。

"给。"晓鹏尴尬极了，他一只手捂着下身，另一只手颤颤巍巍地把脱掉的衣服递给张菁。

张菁接过衣服，背对着晓鹏羞涩地说："雨这么大，衣服一下干不了，晚上就住在这里吧。"

"好吧。"

张菁走出了屋子。

没过多久，晓鹏洗完全身了。他在屋子里站了一会儿，摸摸觉得身上全干了，于是急忙上了床，用被子紧紧地裹住身体。他感觉身上发冷，冻得直哆嗦，不禁连着打了几个喷嚏。

过了很长时间，张菁才从隔壁房间走出来。怕被母亲听到，她没有问晓鹏有没有洗完，而是把耳朵贴在门上听了听，确定晓鹏已经洗完上床之后她才推开门走进屋子。看到晓鹏蜷缩在被子里，她问晓鹏是不是感觉很冷，晓鹏点了点头。她走到晓鹏跟前，摸了摸晓鹏的额头，说："有点儿发热，我给你拿点药去。"她端着水盆走出屋子。

一会儿，张菁回来了。她一只手拿着一杯热水，另一只手拿着一瓶药。她把水杯放在桌子上，拧开药瓶的盖子，倒出两粒胶囊，然后把药和水杯递到晓鹏面前，说："水不烫，赶紧把药吃了吧。"

晓鹏裸露着胸膛坐起来。近距离看张菁的脸庞，他感觉张菁的脸庞无比的姣美。先前背对着张菁脱衣服的时候，他就已经有些亢奋了。他的目光十分火热，灼烧着张菁的脸庞，使张菁的脸庞变得通红，呼吸也和他一样变得急促起来。

张菁羞涩地避开晓鹏的目光。晓鹏伸手去拿水杯，却情不自禁地抓住张菁的手。张菁先是怔了一下，然后想把手从晓鹏的手里挣脱出来，但晓鹏紧紧地抓住她的手不松开。她瞪着晓鹏，嗔怒道："你干什么？"

晓鹏的胆子反而更大了。他用力一拉，张菁倒在他身上，水杯里的水全洒了。他趁势翻了个身，把张菁压在身下。

张菁拼命地挣扎，但由于怕被母亲听到，她只是低沉地叫道："放开我，放开我！"

张菁不敢大声说话使晓鹏觉得她没有真正拒绝的意思，晓鹏的欲望因此被彻底激发出来。晓鹏的心里只有一个念头，那就是霸占身下的这个美丽的女人，让她臣服在自己的胸怀里。他狠狠地用嘴堵住张菁的嘴，动手脱张菁的衣服。

张菁拼命挣扎，不停地用手捶晓鹏的后背，但不敢大声叫喊。随着眼里流出的泪水，她不再挣扎了，伸手拉了一下床头的灯绳……

补偿

清晨，阳光从窗外透进来，屋里十分清凉。

晓鹏醒了。他刚睁开眼睛就听到张菁在身边哭泣，张菁已经穿好衣服了。

晓鹏十分懊悔，暗暗骂自己是个禽兽。自己都有女朋友了，昨晚却没有把持住。他不仅对不起兰兰，同样对不起张菁。不过他心里有些得意，因为就在一周之前，张菁十分厌恶他，让他吃了不少苦头。

他一直都觉得张菁肯定是一个百分之百纯洁的女孩，但是从昨晚的种种迹象来看，张菁肯定不是第一次，这让他感到很失望。因为张菁不是第一次，张菁之前在他心里十分完美、几乎很圣洁的那种感觉没有了，他都有点轻视张菁了。可是不管怎么说，他都得对自己的行为负责。他长长地舒了一口气，心想：做出这种对不起张菁的事，我该怎么弥补呢？

他想了半天也没想出什么好办法。他推了推张菁的后背，问张菁怎么了。张菁用力推开他，哭得更伤心了。他感到十分愧疚，不禁伸出手把张菁搂在怀里，想用身体带给张菁温暖。

张菁终于转过身，把头深深地埋进他的怀里。

"不哭了。"晓鹏温柔地说，"我会负责的。"其实晓鹏根本就不知道自己应该如何负责。

"借我一笔钱。"张菁含泪说。

"借多少？"

"十万……"

晓鹏内心的愧疚和对张菁的所有好感在刹那间消失得无影无踪。他认为张菁明摆着是问他要钱，而不是借钱。他和张菁发生关系后，张菁并不想和他在一起，张菁只想让他用一笔钱进行赔偿和交换，可是他却误以为张菁想和他在一起，他还想着要对张菁负责，真是可笑！他都有点儿怀疑昨晚张菁是不是很巧妙地勾引他！

虽然十万块钱对他来说算不了什么，可是发生一次关系就要付这么多钱让他心里很不舒服。他心想：处女也没有这么贵吧？他十分不悦地说："行，今天我取了钱晚上给你。"

"这笔钱我是用来……"

"不用说了！"晓鹏打断张菁的话。

"你听我说,这笔钱我是用来……"

"放心吧,晚上我会把钱给你的。"晓鹏再次打断张菁的话,冷眼睃着张菁。

张菁嗫嚅了半天,本来想说什么,却没有说出来。半晌,她含着泪说:"钱我会还你的……"

晓鹏转过身,没有说话。他不想听张菁说任何话,心里特别憋屈,心想:十万就十万吧,总得做出补偿。

张菁起床后走出屋子。一会儿,她把晓鹏昨晚脱掉的衣服拿回来,放在晓鹏脚底下。她只说了声"你的衣服"便转身走了。

下午在银行取钱时,晓鹏问办理业务的工作人员他的卡上还有多少钱,工作人员说还有十三万一千整,他让工作人员给他取了十万。他刚走出银行,心想:不行,这回怎么着也要刺激刺激张菁,让张菁心里难受。于是他返回银行又取了三万。他打算给张菁十二万,剩下的一万请张菁吃一顿大餐,好好看看张菁目瞪口呆的样子。

他打电话给张菁,说晚上七点钟在北平路的世纪花园大酒店门口见面,他要请张菁吃饭,顺便把钱给她。

晚上七点钟,晓鹏把宝马停在世纪花园大酒店门前。他走下车,看到张菁正站在酒店门口等他。张菁的穿着十分朴素,她拎着一个橙色的袋子,是买衣服时专门用来装衣服的那种手提袋。

走进酒店,他们坐在一楼的一张餐桌上。服务员拿来菜谱,晓鹏让张菁点菜,张菁推辞不过,只好接过菜谱。她翻着菜谱看了看,发现里面最便宜的菜都不低于一百元。她点了两个最便宜的菜。

晓鹏一股脑点了五六个很贵的菜。他还要点,张菁说:"不用点这么多,吃不完多浪费啊!"

"没几个菜嘛!"晓鹏无所谓地笑着,"张菁,噢,不,张警官,我一直想请您吃饭,感谢您上次的'救命之恩'。今天好不容易把您请来了,总不能显小气了。"晓鹏故意加了一句,"您可能不知道,这家酒店是天州市最豪华的五星级酒店。"

张菁用幽怨的目光看着晓鹏,有点儿想哭。晓鹏又点了七八个菜,价格都很贵。他还要了一瓶两千多块钱的法国红酒。

菜陆续端上来了。张菁看着满桌子的高价酒菜,迟迟没动筷子。

晓鹏看着张菁局促不安的样子,高兴极了,笑着说:"快吃吧,张警官,今天我请您,您好好吃一顿。"

张菁这才开始动筷子。菜虽然很可口，但她很难咽下去。晓鹏边吃边向她介绍每一道菜，说到每道菜的价格时，晓鹏故意提高声调。

张菁有泪只能往肚子里咽。她估算了一下，这顿饭花了五千多块！吃完饭，晓鹏迟迟没有提借钱的事，她不好意思地说："钱的事……你没忘吧？"

"当然没有。"晓鹏对张菁笑着，"钱都在我车上呢，待会送您回家的时候给您。"

"噢。"

两人临走时，剩了一桌子菜。张菁觉得十分可惜，让服务员打一下包她要带回去。晓鹏满不在乎地说："哎呀，张警官，不用打包，以后您想吃我再请您不就行了吗？"

张菁说："这样太浪费了。"

"好吧。"

服务员帮张菁打好包，张菁提着四个装着剩菜的塑料袋，跟着晓鹏走出酒店。

张菁刚坐进晓鹏的宝马里，晓鹏得意扬扬地说："这辆车是我爸给我买的，德国宝马，五十多万。"晓鹏瞥了张菁一眼。

"噢。"

送张菁回家的路上，晓鹏故意绕道从大丰集团的办公大楼下经过。他放慢车速，指着灯火辉煌的大楼说："这是我们家公司大楼。"他看了张菁一眼，但张菁的表情很平淡。

宝马在通往张菁家的巷子的入口处停下了。两人彼此无语，都沉默着。张菁知道，晓鹏今天一直在不停地刺激她。她明白晓鹏这样做的原因，她本来很想向晓鹏解释清楚借钱的原因，但晓鹏的讥讽让她感到十分委屈，心如刀绞，因此她很想解释却说不出来话，泪水不停地在眼眶里打转。她强忍着没让眼泪流出来。显然，晓鹏已经打心眼里看不起她了。而她，却因为昨晚发生的事情爱上晓鹏了。

半晌，晓鹏把一个很大、很厚的信封亮在张菁面前，说："张警官，您借十万，我今天取了十二万，全在这里。"他盯着张菁的眼睛，带着嘲讽的笑容。

张菁没看信封，晓鹏的嘲讽深深地伤害了她。终于，她的泪水夺眶而出。

看到张菁被讥讽而哭，晓鹏心里特别痛快。他把信封塞给张菁，说："全部给你。"

"谢谢，我……会还你的……"张菁几乎哭出声来。

晓鹏若无其事地说："随便你。"

张菁推开门下了车。她默默地走进巷子里，没有回头。

晓鹏在车上坐了很长时间，眼睛逐渐湿润了。许久，他张开嘴，长长地吸了几口气，然后开着车飞快地走了。他想找一个空旷的地方，大声吼叫几声，发泄心里憋的闷气。

午夜时分，在一座没有人烟的山冈上，晓鹏望着满天星斗，大声吼了很多次。

第六章　逃

孩子是谁的

兰兰正要睡觉时，一个陌生电话打进来，她很不耐烦地说："谁啊？都这么晚了！"

对方没有吭声。兰兰又说："到底谁啊？不说挂了！"

"小兰，是我。"声音很低沉。

"你是谁？"

"小兰，你听不出来我的声音吗？"

兰兰觉得声音很熟悉，但想了半天也没有想起来。她说："听不出来，你到底是谁？"

"我就在楼下，你在窗子前面可以看到我。"

兰兰下床走到窗前，拉开窗帘向楼下看，只见一辆白色小轿车停在楼下。

是杨光！兰兰大声说："上次不是说好了不再联系了吗？"

"小兰，我很想你。"杨光的声音很沙哑，"我忘不了和你在一起的每一分，每一秒，我爱你……"

"杨光，我说过，我并没有真正把你当成男朋友。而且你上次承诺过，以后不会再骚扰我的！"

"是的，我是承诺过。可是，你知道这些天我是怎么度过的吗？每天我无时无刻脑中都会浮现出你的样子，你的一颦一笑令我回味无穷。甚至在梦里，我都和你在一……"

兰兰不禁觉得有点儿恶心，她打断杨光的话，大声说："不要说了！杨光，作为一个男人，你应该信守自己的承诺！”

“我何尝不想啊！可是，你知道那种思念的滋味吗？我原本想做一个信守承诺的人，可是不管我怎么努力，我都做不到。我想当我为了你而无法信守承诺时，你已经成为我这一生最重要的人，也是我最不想失去的人……”

“够了！”兰兰一脸愠色，怒气冲冲地说，“杨光，你知道吗？如果你放手，或许哪一天，我会回忆起和你在一起的那段时光，那种回忆的感觉会十分美好。可是一旦你不能信守承诺，你留给我的将是一段恶心的、我不愿意再回想的记忆！”

“小兰，是我错了。”杨光苦苦哀求，“你知道吗？每天我很早就开着车在楼下等待你出现，一直目送你到公司。每天下午我同样会目送你回家，直到晚上十点多钟才回去。每时每刻我都想着你，每时每刻我都想看到你。”

“你盯我梢？”兰兰气得破口大骂，“真没想到你这么龌龊！”

“随便你怎么骂吧，总之我不会放手的。还有，他不是真的爱你吧？这些天我怎么没见他晚上过来陪你啊！”其实晓鹏上次被张菁打击后晚上来过一次兰兰这里，但他来得很晚，第二天早晨走得也很晚，因此杨光虽然每天都盯梢兰兰，但并没有见到他。

“你……”兰兰气急败坏地说，“是的，这段时间他是没怎么过来陪我，可是我要告诉你，杨光，我们是相爱的，两个人相爱并不需要整天粘在一起。我们每天都会互相发信息，互相打电话，我在认识你之前和他有过无数次！”兰兰这样说是想刺激杨光，让杨光绝望。

杨光如受重挫，哭着哀求：“小兰，不要这样伤害我，行吗？”

兰兰心平气和地说：“杨光，我不想伤害你，我们之间根本不可能。现在不可能，以后更不可能，希望你能明白。放了我，也放了你自己吧！”

杨光郑重其事地说：“慕容兰兰，我要告诉你，我不会放手的，永远都不会放手的！这个世界上只有我是真正爱你的！”

“你……”

杨光挂了电话。

兰兰一晚上都没有睡着。夜里，她多次起身走到窗前往楼下看，看到杨光的车一直停在楼下。她在床上辗转反侧，难以入睡，不知道该怎么办才好。她思忖了一晚上，最终决定：和杨光面对面地谈一次，让杨光彻底死心。

第二天早晨，她先给公司副总经理打电话请假，然后打电话给杨光。她竭力克制着情绪，心平气和地说：“杨光，今天下午三点，还是上次的不见不散休闲吧，我们再谈一下。”

杨光高兴地说：“好的，小兰，我会准时过去的。”

兰兰极不耐烦地挂了电话。下午三点钟，她准时去了不见不散休闲吧，杨光早已等候多时。她刚坐下，杨光关切地问：“小兰，这些天你还好吗？”

“当然好了，我男朋友每天都很关心我的。”

“噢。”杨光心里很不是滋味，他抓住兰兰的手，动情地说，“小兰，我真的很喜欢你，离不开你。”

“杨光，你死心吧。知道我今天为什么和你见面吗？”

杨光没说话。

“你可别以为我和你见面表明你还有机会。”兰兰睃了杨光一眼，冷冰冰地说，“我今天来是要告诉你，我下个月就要结婚了！”

“你说的是真的？”杨光目瞪口呆。

兰兰冷冷地哼了一声，说：“当然！这是今天早晨我和我男朋友共同做出的决定。我把我和你之间的事情全都告诉他了，他原谅我了，并且决定和我结婚。”兰兰又冷嘲热讽地说，“要是你不把我逼得这么紧，我不会这么早就结婚的。”兰兰凑到杨光面前，“都是你逼的！”

“你……”杨光心痛极了，说不出来话。

兰兰突然感到一阵恶心，很想呕吐，她说了声“我去洗手间”后便捂着小腹快速走了。她在洗手间里呕吐了十几分钟才出来。回到餐桌前，她的脸色显得很难看。

看着兰兰的脸，杨光忽然眼睛一亮：兰兰怀孕了！以前他的女朋友意外怀孕的时候就是这种情况！他算了一下和兰兰发生关系到现在的时间，刚好和兰兰出现妊娠反应的时间吻合，而且这段时间他每天早晚都守在兰兰家的公寓楼下，一直没有见到兰兰的男友过来陪兰兰，因此他认为：兰兰怀的孩子肯定是他的！他说：“你怀孕了。”

“怀孕？”兰兰吃了一惊，这种情况已经出现好几天了，她这才恍然大悟。

“没错，你肯定怀孕了。”杨光得意地说，“孩子是我的！”

“你的？”兰兰快速推算了一下时间，不禁有点儿担忧。和杨光发生关系之前，每次她和晓鹏做的时候都会做好防护措施，防止自己怀孕，但和杨光那次却没有采取任何防护措施。晓鹏从拘留所出来的第一天晚上和她做的时候也没有采取任何防护措施。这两次前后相差只有五六天，肯定是这两次中的某一次导致自己怀了孕，因此孩子有可能是杨光的，也有可能是晓鹏的。她心中十分不安，但她装出很镇定的样子，睃了杨光一眼，说：“怎么可能会是你的？你有那个能力吗？告诉你，孩子是我和我男朋友的！”

“小兰，不要骗我。”杨光凑到兰兰面前，盯着兰兰，“孩子肯定是我的！”

“你不要做梦了！”兰兰不想再和杨光纠缠，她从钱包里拿出两张一百元钞票扔在桌子上，“我要结婚了，这是我们最后一次见面。请你不要再打扰我的生活，否则我会报警！”兰兰头也不回地走了。

“小兰，小兰……”杨光一直叫着，但兰兰没有回头。

走出不见不散休闲吧，兰兰心里一直忐忑不安，心想：看样子我真的怀孕了。孩子会是谁的呢？唉，不管孩子是谁的，只要晓鹏不知道我和杨光发生过那种事就行。不行，我得和晓鹏结婚，不能拖了！

潜意识

兰兰下午去医院做了检查，结果第二天出来了，她的确怀孕了！她急忙给晓鹏打电话，兴高采烈地说：“晓鹏，今天晚上来我这里吧，我要告诉你一个好消息！”

晓鹏说：“什么好消息这么高兴？”

“是我们之间的一个好消息，我要和你一起分享。现在还不能告诉你，等你来了就知道了！”

“哼，搞得这么神秘。好吧，晚上我过去。”

“我做好晚饭等你。”

晚上，晓鹏去了兰兰住的公寓，兰兰做了晓鹏最爱吃的几道菜。吃饭时，晓鹏问：“到底是什么好消息啊？一直神神秘秘的。”

兰兰喂晓鹏吃了一口菜，说：“先吃吧，吃完我再告诉你。”

“还故意吊我胃口。”

“等你知道了这个消息肯定会高兴惨的！”

“那我得赶紧吃。”晓鹏加快了吃饭的速度，吃完饭说，“这回可以告诉我了吧？”

“看你，这么急。”兰兰诡秘地笑着，拉着晓鹏走到床边，和晓鹏一起躺在床上。

晓鹏说：“才吃完饭啊！”

“看你，想哪去了。”兰兰按着晓鹏的头靠近自己的小腹，“听听，听到什么了？”

晓鹏听了半天，说：“什么也没有听到啊！”

兰兰娇嗔地说:“好好听听嘛!”

晓鹏又仔细听了听,无奈地说:“还是什么都听不到啊!”

“傻瓜,听不到难道感觉不到吗?”

晓鹏愣了半天才醒悟过来,吃惊地说:“你怀孕了?”

兰兰噘着嘴,埋怨道:“才开窍,还大丰未来的掌舵人呢!”

晓鹏有点不敢相信,因为每次和兰兰做的时候他都会做好防护措施,防止兰兰怀孕。对了,他从拘留所出来那天和兰兰做的时候没有提前做好防护措施,莫非是那一次导致的?可是这种概率应该没那么大吧?他半信半疑地问:“你真的怀孕了?”

兰兰生气地哼了一声,说:“我还骗你不成?”

“啊,我程晓鹏要当爸爸了,要当爸爸了!”晓鹏高兴得手舞足蹈。

“傻样儿。”兰兰转过脸,故作生气地说,“人家怀了孩子,你也不知道奖励一下人家。”

晓鹏明白兰兰的意思。他坏坏地笑着,说:“老婆,看老公今天怎么奖励你!”他紧紧地搂住兰兰,重重地堵住兰兰的嘴,飞快地脱兰兰的衣服。

“你别这么急嘛,慢点儿!”兰兰边替晓鹏脱衣服边说。

晓鹏突然“啊”地惊叫一声,推开热情似火的兰兰。他的潜意识里把兰兰当成张菁,但他突然发现怀里的人不是张菁!他十分惶恐,身上冒出了冷汗。

兰兰吃惊地问:“你怎么了?”

“没……什么……”晓鹏闭上眼睛定了定神,“可能是昨天晚上没有休息好。”

“你先躺下,我给你倒杯水。”兰兰下了床。

“嗯。”

一会儿,兰兰把盛满开水的杯子递到晓鹏面前,说:“喝吧,不烫。”

晓鹏接过杯子喝了几口,兰兰用手轻轻地擦拭他的额头上的汗水。兰兰的温柔体贴使晓鹏觉得很对不起兰兰。

兰兰把水杯放在床头柜上,轻轻地抚摸着晓鹏的胸膛,说:“没事儿,不用紧张的。”

晓鹏不禁伸出双手把兰兰揽在怀里。

“晓鹏,现在我们有孩子了。”兰兰呢喃着,“我们结婚吧?”

“嗯。我给爸爸和奶奶说一下,我们……‘七夕’结婚……”

爱情就是一种信仰

程长征在办公室里长长地叹了一口气，说："金山啊，眼看着大丰年底就要上市，我盼着晓鹏能尽快成长起来。可是这个臭小子这段时间一点长进都没有，经常很晚才回家，有时候干脆到女朋友那里过夜，我是看在眼里急在心里啊！"

洪金山说："程哥，其实我也一直在想这个问题。为了能让晓鹏尽快熟悉公司各项业务，我们安排晓鹏到各部门轮流学习。可是，学习和从事岗位工作有很大区别。学习实际上很少承担岗位工作，正因为这样，晓鹏没有承担起相应的职责。不承担职责的话，学习起来肯定没有动力。让我说吧，晓鹏之所以没有长进原因就在这里。至于其他方面，我觉得就不用管了，毕竟现在的年轻人有他们自己的生活方式和生活习惯，只要不是太出格就行。"

"那依你的意思应该怎么办？"

"程哥，你一直担任董事长兼总经理，你现在干脆把总经理一职交给晓鹏担任。这样晓鹏就有了压力和责任，肯定会激发出主动学习进步的动力，甚至是逼着他尽快成长起来。再说现在的年轻人都很浮躁，没有几个愿意从基层脚踏实地做起。"

"可是董事们会同意吗？还有，依晓鹏现在的能力，他根本胜任不了总经理这个位子啊！"

"董事会里有一大半都是我们的人，你在董事会上提出聘任晓鹏为总经理的议案肯定会通过的。至于晓鹏的能力，我想这不是主要的。晓鹏的主要工作最终由你来把关，而且我会全力支持、指点晓鹏，这样晓鹏就不会犯大的错误了。"

"嗯，这样也好。但愿这个臭小子这回能有点长进。"

下午下班回到家，程长征刚一进门就对母亲说："妈，晓鹏回来了吗？"

母亲边往餐桌上端饭边说："晓鹏在自己的房间里呢。这孩子，今天不知道是怎么了，特别高兴。"

"这么多天总算准时回了一次家。"

吃饭时，晓鹏先给奶奶夹菜，然后又给程长征夹菜。奶奶揪了揪晓鹏的耳朵，很高兴。程长征心想：今天的太阳从西边出来了。这个臭小子，该不会是金山把即将让他担任公司总经理一事告诉他了？应该不是。这小子今天肯定有什么事。"

晓鹏放下筷子，吞吞吐吐地说："奶奶，爸，有件事……我想……和你们商量一下……"

程长征心想：果然不出所料。

奶奶说:“说吧。”

“嗯。”晓鹏低着头,“奶奶,爸,我……想结婚呢……”

“结婚?”程长征吃惊地说,“和谁结婚?”

“慕容兰兰。”晓鹏只看了程长征一眼就低下头,“我和她都谈了很长时间了。”

“那个姑娘啊!”奶奶想起上次晓鹏喝醉酒兰兰送他回到家时的情景,“长得倒是蛮漂亮的。”

“结婚是人这一辈子最重要的一件事,对每个人的一生会有很大的影响。”程长征一刻也没有移走盯着晓鹏的目光,“不知道你是不是清楚这件事对你的重要性。”

“爸,我想过很多次了,这我都是知道的。”

“那好,我问你,你爱她吗?”

“当然。”

“那她爱你吗?”

“是的,她也很爱我。”

“你们相爱多长时间了?”

“一年了。”

“你们有共同的理想和信仰吗?”

晓鹏挠了挠头,说:“爸,这个问题我感觉很抽象。”

“回答我的问题。”程长征的表情很严肃。

“好吧。我们共同的理想和信仰是……”晓鹏想了半天,忽然眼睛一亮,“我们都喜欢旅游、泡吧、唱歌、跳舞、打羽毛球……”

“幼稚!”程长征瞪了晓鹏一眼,郑重地说,“两个人在一起能不能幸福,靠的不仅仅是两个人之间的相互吸引和爱慕,更重要的是共同的理想和信仰,只有这样才能相互支持、相互理解,婚姻才能幸福长久!”

“哎呀,爸,你就不要长篇大论了。”晓鹏自信满满地说,“我们这代人和你们那代人追求、信仰的东西是不一样的,你不能总是拿你们那代人的标准衡量我们。我觉得,爱情就是我们的信仰,就是爱情这种信仰能让我们永远幸福地生活在一起!”

程长征觉得晓鹏说的话没有多少道理,但是他却找不出合适的理由反驳。他沉吟了半晌,郑重地说:“你真的考虑好了吗?非要结婚吗?”

“当然。”

“爸爸尊重你的想法。不过你还年轻,刚走入社会不久,爸爸希望你再慎重地考虑考虑,不要这么轻易做决定。”

"爸,我真的想好了。"晓鹏语气坚定地说,"我已经长大了,我可以为我说的话负责,我也可以为我做出的决定负责,请你相信我。"

"爸爸相信你,不过爸爸还没有见过这个女孩。爸爸希望你哪天把她带回家,好让爸爸见一下。"

"明天正好是周末,下午我把她带到家里吃饭好了。"

"嗯。爸爸有一个好消息要告诉你。"

"爸,你说。"

"爸爸早晨和你洪叔商量了一下,决定下周在董事会上提议由你出任公司的总经理!"

"爸,你说的是真的吗?"

"傻小子,老爸什么时候说过假话?"

"谢谢爸爸!"晓鹏高兴得手舞足蹈,"我早就在底下待烦了,整天无所事事的!"

"你啊,整天不好好学习,这回当上总经理了,可不能再像以前那样瞎折腾了!"程长征语重心长地说,"大丰年底就要上市了,你肩上的担子可是不轻啊,老爸希望你能给我撑起半壁江山!"

"爸,你放心吧,我会努力的,不会让你失望的!"晓鹏充满了信心!

顺利过关

兰兰跟随晓鹏来到程家。兰兰知道,这次和晓鹏家人见面时的表现将会在很大程度上决定自己能否顺利嫁入程家。她一直盼望着能嫁入程家这样的豪门,过上那种锦衣玉食的生活。来之前她足足花了两个小时把自己从头到脚打扮了一番,她要给程家人一种端庄、优雅、贤淑的感觉。打扮完,她反复问晓鹏感觉怎么样,晓鹏只说了"漂亮""美丽"几个词语,她不禁嗔怪晓鹏没学好语文。

来的路上,晓鹏边开车边得意扬扬地告诉兰兰他将在下周正式出任大丰集团的总经理。兰兰听了甭提有多高兴了,半开玩笑说:"你当了总经理,那我辞了工作,到大丰当总经理助理得了!"

"欢迎啊!"晓鹏调侃道,"什么助理啊,明明就是我的小秘!"

"去你的,一天到晚老没个正经。"

刚和兰兰走进别墅,晓鹏说:"奶奶,爸,兰兰来了!"

"奶奶好,程叔叔好!"兰兰对奶奶和程长征深深地鞠了一躬。

“好，好！”奶奶和程长征边说边让兰兰坐下来。

兰兰打扮得很得体，长相也很出众，给程长征留下的第一印象非常好。

奶奶说：“孩子，想喝点什么？”

兰兰说：“不用了，奶奶，我不渴的。”兰兰有点拘谨。

“兰兰喜欢喝橙汁。”晓鹏快步走到冰箱前，打开冰箱拿出一瓶橙汁。他把橙汁倒在水杯里，然后走到兰兰面前，把水杯递给兰兰，“喝吧。”

兰兰拿着水杯却一直没有喝，她觉得当着程家人的面喝有点儿不太雅观。奶奶见状和颜悦色地说：“孩子，不用拘束，把这里当成自己的家好了。”

兰兰嗯了一声，这才轻轻地啜了一口。程家别墅装修的豪华程度超出了她的想象，她心想：等我嫁入程家这样的豪门，就能过上那种阔太太的生活了。她心里想得美滋滋的，脸上也露出了一丝不易察觉的笑容。

程长征说：“小兰，在你和晓鹏交往期间，如果晓鹏欺负你的话，你可以直接对我说。虽然我是晓鹏的父亲，但我绝对不会偏袒他，我会替你教训他的。”

兰兰说：“程叔叔，晓鹏一直对我很好的。”

晓鹏说：“是啊，爸，我可从来没有欺负过兰兰。现在不会，将来也不会。”

“那就好。”程长征盯着兰兰，“晓鹏把你的情况已经对我说过了，他希望我允许你们结婚。当然，现在这个时代崇尚婚姻自由，虽然我是晓鹏的父亲，但我无权干涉他的婚姻。但我毕竟是他的父亲，而且他从出生之后就没了母亲，他比任何人都渴望幸福，所以我希望他能找到一位懂他、照顾他、在事业上支持他、让他不断进步的女孩。”

兰兰说：“叔叔，我懂你的想法。我和晓鹏已经交往一年了，我们彼此都很了解对方，也很信任对方。我会用最大的努力照顾晓鹏、支持晓鹏的。”

晓鹏说：“是的，爸，我也会支持兰兰、照顾兰兰的。”

“嗯。两个人在一起最重要的就是相互信任、相互支持、相互理解。不过我还有一个疑问。”程长征紧盯着兰兰的眼睛，“像你这么漂亮的女孩子肯定会有很多男孩子追求，可以告诉我你为什么选择晓鹏吗？”

兰兰来之前估计有可能会面对这样的提问，她早就准备好了说辞，因此对答如流：“是的，是有许多男孩子追求过我。可是，只有晓鹏最喜欢我，最懂我，对我最好。”兰兰满含深情地看着晓鹏，“晓鹏虽然不像有些男孩那样成熟，但是他的内心很善良，很纯洁，他是一个很有责任感和正义感的男孩，因此我最终选择了他。”兰兰信誓旦旦地说，“无论晓鹏今后是穷是富，是贵是贱，我都不会离开晓鹏的，我会和晓鹏携手度过一生。”

“嗯。你说得对。”程长征喜笑颜开，对兰兰的回答很满意。他用赞赏的目光看着兰兰，“晓鹏是有点不成熟，有时候还带着点孩子气，可是他的心地很善良。我相信他和你在一起一定会承担起一个男人应该承担的责任。”

晓鹏埋怨道：“爸，你怎么还孩子长、孩子短的，你老把我说成孩子，我能长大吗？”

除了侍立在奶奶身边的小红，其他人都笑出声来。

兰兰认真地说：“程叔叔，我相信您说的话，也相信晓鹏。”

“嗯。”程长征笑容可掬地说，“现在，我对你们结婚表示同意。”程长征又对母亲说，“妈，你也没意见吧？”

奶奶笑着说：“这么好的孩子，我哪有什么意见。”

晓鹏高兴地跳起来。他抓住兰兰的手，激动地说：“兰兰，奶奶和爸爸都同意我们结婚了！”

兰兰也高兴地点了点头。

程长征说：“你爸我还说准备结婚呢，没想到你抢了我的头彩！”

晓鹏说：“爸，你计划什么时候结婚啊？”

“农历‘七夕’这天。”

“爸，我们和你想到一块儿去了，我们也打算‘七夕’这天结婚呢！”晓鹏灵机一动，“要不我们一起举行婚礼？”

“嗯，好，这叫‘双喜临门’！”

所有人都喜笑颜开，只有小红一个人一直默默地站着。她的那双清亮的眸子看着晓鹏，里面渗出了泪花。

但是，晓鹏一直都不知道，一双眼睛含着泪水，深情地看着他。

打回原形

晚上，晓鹏来到张菁买饰品的过街天桥上。他要告诉张菁，今天早晨大丰集团的董事会通过一项决议，由他出任公司的总经理。他还要告诉张菁，他和女朋友慕容兰兰订婚了，他们将在“七夕”这天在世纪花园大酒店举行婚礼，同时举行婚礼的还有他的父亲。

他之所以要告诉张菁，是因为他想看到张菁知道他要举行婚礼的消息后的表情。他觉得张菁似乎很在乎他,甚至很爱他,尽管张菁问他借钱那件事使他认为张菁那晚和他发生那种事只是为了换取一笔钱。他还想得意扬扬地劝说张菁早点儿找一个男人嫁了。

但是,他在天桥上转了一圈却没有找到张菁。他心想:张菁一下弄了十二万,还怎么可能来这里做那种小生意?他走下天桥,沿着巷子走进去,一直走到张菁家门前。他想敲门进去,但发现门被一把大锁锁住了。他透过门缝向里面看,里面一片漆黑,什么也看不到。他用手机拨打张菁的号码,但张菁的手机已经停机了。他有点懊恼,在张菁家门前站了很长时间才转身走了。

第二天下午五点,晓鹏开车去了西街派出所,在派出所门前等张菁出来。可是,他一直等了两个小时都没有见到张菁。他只好下了车,走进派出所。迎面来了一名男警官,他问:"同志,请问张菁在吗?"

男警官说:"你是张菁的?"

"我是张菁的朋友。"

"噢。张菁请了两个月长假,已经有两周没来上班了。"

"请假?她为什么请那么长时间的假?她去哪了?"

"我不清楚。我有事忙,先走了。"男警官快步走了。

"张菁去哪了?"开着宝马回家的路上,这个问题一次又一次盘旋在晓鹏的脑海中。他隐隐地感觉到,张菁请假和问他借那笔钱有关,他有可能错怪张菁了。

半个月过去了,程家人全都开始忙活起来,为即将同时举行的两场婚礼做准备。

晓鹏每天都忙忙碌碌地工作。他刚担任总经理,很多地方都不懂,很多事情处理起来也并不得心应手,但每件事他都尽最大努力去做。在程长征的指导和洪金山的辅助下,他基本上没犯过大的错误。但是,他在忙碌之余总觉得心里空落落的,总觉得自己好像失去了什么。随着婚期的临近,这种感觉越来越严重了,有时他竟感觉自己有点像行尸走肉。

一天晚上,大丰集团在天州的一家五星级酒店宴请重要客户,程长征、晓鹏、洪金山、石德明等公司高管全都到场参加。用餐期间,客户为了表示感谢,一再向程长征和晓鹏敬酒。由于程长征健康欠佳,晓鹏替他喝了不少酒。等到酒宴散场,晓鹏已经醉了六分了。

回家的路上,晓鹏一直靠着车窗,呆呆地看着窗外七彩缤纷的夜景。在天州这个开放而发达的城市里,夜色永远是那么的绚烂。一盏盏霓虹灯闪烁着,撩动着人们的心弦,使人们跟随着这座城市的节奏,与之一起前行,与之融为一体。

然而，看着美丽的夜景，晓鹏却流泪了。他第一次感到自己十分孤独，这种感觉从未有过。他感觉自己像一个孤儿，被无情地抛弃了。

繁华、开放、金钱、财富，这些标榜着成就和成功的所有丰腴的词汇在他眼里变得没有任何意义，如同海边的一捧沙。而这一切的根源，都在于张菁这个美丽的女孩儿离开了天州这座孤城。

晓鹏再也无法逃避内心的感情。他爱张菁，他早就爱上张菁了。他一直在逃避，一直在有意逃避，可是，当决定自己一生幸福的婚姻即将到来之时，他被内心深处隐藏着的痛苦彻底剥成了一个活生生的裸体，根本无处隐藏，也无法逃匿。

海边

午夜，在海边的一处凸地上，常娜依偎着程长征。他们静静地看着大海，倾听海浪轻轻涌动的声音。

常娜说：“程哥，还记得我们第一次在这里相遇吗？”

“当然记得。”程长征慢慢回忆着，“那是一个晴朗的下午，我在这里钓鱼，没想到却被鱼钓到水里。这时你过来帮我，但鱼还是跑了。后来你一个人坐在这里面对着大海，看着你的背影，我不由自主地坐在你身边。”程长征感慨地说，“小娜，第一次和你聊天，你的柔弱和美丽给我留下了很深的印象，让我难以忘怀。因此第二天我再次来到这里，结果你没在。第三天我再次来到这里，终于找到你了。小娜，你知道吗？当你迎着风雨无所畏惧地站着，大声说自己要变成一只海燕，要幸福地活着的那一刻，我就已经深深地爱上你了。我暗暗发誓，一定要让你一生快乐、幸福！”

常娜的眼里渗出泪花，轻轻地呢喃：“那时我原本以为再也找不到爱情和幸福，几乎绝望了。你的出现让我真正懂得生命的意义，让我再次得到了那种久违的爱情和幸福。程哥，谢谢你，也谢谢见证我们相遇的这片大海。这辈子遇到你是我最大的幸福。”

“小娜，放心吧。”程长征轻轻地捋着常娜的头发，温柔地说，“没有什么可以分开我们，就像今天这样。你一定会成为这个世界上最幸福、最美丽的女人！”

“程哥，我相信你。我会照顾你一辈子的！”

两个人紧紧地依偎在一起。

第二天，程长征和常娜去海边的一个公园拍婚纱照，一同去的还有晓鹏和兰兰。在风光旖旎的小岛上，两对恋人全都相互依偎着，摆出各种优美的姿势。程长征十分高兴，感觉自己年轻了很多岁。

没有人知道，晓鹏只是尽力装出十分快乐的样子。其实，他特别想一个人静静地待在海边，看着辽阔的大海，让大海的波浪冲走心中隐藏的那些悲伤，那样他的心里才会好受一些。

原委

时间过得很漫长，也很快。眼看再过一周就要举行婚礼了，晓鹏却提不起精神。

一天，晓鹏吃过晚饭，开车去了那条很熟悉的巷子。下车后，他沿着巷子走进去，想看看张菁家的门是否还锁着，如果门没锁，那就说明张菁已经回来了。但是，他并不想见到张菁，他只想让自己知道，张菁这个他深深爱着的女孩还和他一同生活在天州这个美丽繁华的城市里，这对他将是一种莫大的安慰。

然而，等他走到张菁家门前，却发现门上仍然挂着一枚大锁，锁已经生锈了。他在门前呆呆地站着，这时隔壁一户人家的门被推开了，一个中年妇女走出来。他快步走到中年妇女面前，说："阿姨，您知道张菁去哪了吗？"

中年妇女说："小伙子，你是？"

"我是张菁的朋友，很长时间没见到她了，所以今天过来找她，可是她家的门还锁着，半个月之前我就已经来过一次了。"

中年妇女打量了一下晓鹏，说："小伙子，你喜欢小张，是吧？"

晓鹏低下头，嗯了一声。

"看你有文化，我就告诉你吧。"中年妇女顿了一下，"小张带她妈去北京看病去了。她临走之前把她家的钥匙给我留了一把，让我时不时地开门进去看看，怕家里丢东西呢。"

"看病？"晓鹏急声问，"什么病啊？"

"那个病的名字挺怪的，我从来没听过，也没记住，反正是心脑血管方面的病。小张她妈自从得了这个病，基本丧失了劳动能力和生活自理能力，已经在家里卧床好几年了。小张真是个孝顺的好孩子，为了攒钱给她妈治病，一直省吃俭用，连件新衣服都舍不得买。你可能不知道，小张每天晚上都去外面摆地摊做小生意挣钱呢。"中年妇女叹了口气，"小张是我从小看着长大的，这丫头的命真苦，她爸在她七岁那年出车祸去世了，这么多年她一直和她妈两个人相依为命。小张也特别争气，考上了北京的民族大学,毕业后先是在一家大公司工作,后来又参加公务员考试,当上了警察。”中年妇女指了指晓鹏,“小伙子,小张心地善良,是个难得的好姑娘,你要是真喜欢她的话可得帮帮她啊!”

晓鹏忍不住流泪了。至此他才明白,张菁根本不是问他要钱,而是借钱给母亲看病。他对张菁的鄙视和讥讽一定深深地伤害了张菁的自尊心!他为自己的轻率和鲁莽深深自责着,哽咽地说:“阿姨,张菁有没有告诉你她去北京哪个医院了?”

中年妇女摇了摇头,说:“没有。”

“那她走的时候给您留过联系方式吗?还有,她有没有和您联系过?”

中年妇女再次摇了摇头。

晓鹏仰起头看着天空,有点喘不上气,他的心里难受极了!

“小伙子,你一定要帮帮小张,小张真的是少有的好姑娘!”

晓鹏重重地点点头,说:“阿姨,您放心吧。我一定会帮她的!”

晓鹏沿着小巷,一直走到张菁曾经卖饰品的天桥上。看着天桥前方的道路和一座座灯火辉煌的高楼大厦,他的眼前浮现出了和张菁在一起的一幕幕,泪水逐渐模糊了他的眼睛……

挪用资金

忙活了整整一周,明天就要在世纪花园大酒店举行婚礼了,但晓鹏还是高兴不起来。吃过晚饭,他悄悄地走出家门。他想徒步走走,看看美丽的夜色,或许那样自己的心情会好一些。

走了很长时间,他不由自主地来到张菁以前摆地摊的天桥上,一直默默地看着天桥下方。霓虹灯散发出来的瑰丽的灯光在他的眼中闪烁出光彩,但仍然掩盖不了他眼中的凄楚和落寞。原本绚丽的夜色在他的眼中变得很凄美,甚至黯然失色了。

手机铃声响了,他没有接,任凭铃声响着。他不想让任何人打扰,他多么想在这个繁华得几乎嘈杂的城市里寻找一份内心的安宁和平静。

手机铃声再次响了,他还是没有接,甚至没有拿出来看一下。然而,几分钟后,手机铃声再次响起。他有些气恼,掏出手机一看,是一个陌生号码。他按了接听键,忍不住吼叫:“谁啊?”

打电话的人似乎吓了一跳。等他想再次吼叫时,一个很久没有听到但十分熟悉的声音宛如天籁,从电话里传出来:“晓鹏,是你吗?我是张菁……”

“张菁？”晓鹏几乎不敢相信自己的耳朵，感觉全身的血液仿佛在瞬间开始倒流，他的声音如同急骤跳动的心脏，“你在哪里？”

“我在北京。”张菁声嘶力竭地说，“晓鹏，求求你救救我妈吧！她快不行了！”

“你不要着急，慢慢说！”

“半个月前我妈做了手术，手术当时很成功。可是没想到，我妈今天突然出现并发症，十分严重。医生说需要再次手术，否则我妈会在七十二小时之内死亡。第一次手术就几乎花掉了所有钱，现在医院让我尽快交再次手术的费用，我没办法，只好给你打电话。”张菁苦苦哀求，“求求你再借我一笔钱，救救我妈吧！”

一种责任感在晓鹏的心中油然而生，他急声说：“你别着急，还需要多少钱？”

“八万！”

“你在北京哪个医院？我现在就去北京找你！”

“你真的要来吗？”张菁根本不相信。

“是的。”晓鹏柔声安慰道，“对不起，上次我错怪你了。你放心吧，我一定会帮你的！”

张菁感动得哭了。

晓鹏急声说：“快告诉我，你在北京哪个医院？晚上十二点有飞往北京的飞机，我今天晚上就坐飞机去北京找你！”

“在北京尼尔康医院……”

“好的，你别着急，我现在就去北京。”晓鹏重重地说，“放心吧，我一定会去的！”

“嗯，我在北京等你！”

晓鹏飞快地冲到天桥下。他拦住一辆出租车，坐上之后出租车风驰电掣般向机场驶去。

凌晨两点钟刚过，晓鹏乘坐的飞机到达了北京机场。晓鹏走出机场，坐上一辆出租车赶往尼尔康医院。四十分钟后，出租车停在了尼尔康医院对面。

晓鹏走出出租车，只见张菁正孤零零地站在医院门口，一脸忐忑不安的神情。晓鹏穿过马路向医院门口跑去，张菁这才看清楚迎面而来的年轻男子是晓鹏。她怀着万分激动的心情，也向晓鹏跑去。

终于，两个人紧紧地拥抱在一起。他们不顾来来往往的人，拥抱了很长时间。

张菁边哭边说：“你真的来了！”

“嗯。我来了，一切都会好的！”晓鹏轻轻地松开手，看着脸色憔悴而凄楚的张菁，心疼极了。他拭去张菁脸庞上的泪水，感慨万千，又把张菁拥入怀中。

张菁，这个他曾经反感过、感激过、爱慕过、鄙视过的女孩，竟是那么的让他心疼，那么的让他怜爱。他多么想永远和张菁拥抱在一起，用自己的身体永远保护着张菁，为张菁挡风遮雨，不让张菁再受到任何伤害。

“我去找过你了，去了你家，去了西街派出所，还去了天桥，可是一直没有找到你。我给你打过电话，可是你的号码已经停用了。后来你们家隔壁的阿姨告诉我你带着母亲来北京看病，我才知道我错怪你了。”晓鹏极为愧疚地说，“对不起，原谅我的无知和鲁莽。”

张菁泪如泉涌，伤心地说：“我一直很想告诉你借钱的原因，可是你根本不听我说，我有苦只能往肚子里咽。”

“对不起，真的对不起。”晓鹏紧紧地拥抱着张菁，“以后我再也不会那么鲁莽了。”

“嗯。”

“不哭了。”晓鹏半天才松开手，“走，看看你妈妈去。”

“嗯。”

张菁带着晓鹏来到母亲的病房里。母亲已经睡着了，仅仅靠着氧气和静脉注射药物维持生命。走出病房，张菁含泪向晓鹏讲了事情的经过。

原来，一个月前张菁带着半瘫痪的母亲来到北京尼尔康医院，医生根据会诊意见，第三天就为母亲做了手术，手术费和其他费用总共花了十三万。手术当时很成功，可是就在母亲准备出院的时候，却突然出现心脏功能开始衰竭的现象，呼吸也越来越困难。医生经过检查，对张菁说手术导致出现严重的并发症，必须再次手术，否则母亲有可能在七十二小时内突然死亡。张菁问医生再次手术的费用是多少，医生说需要八万。当时张菁身上只剩下不到一万块钱，哪里一下去弄八万块钱？她乞求医生先给母亲做手术，做完手术她会尽快想办法补交手术费，但是医生不同意。她甚至跪着乞求医生，可是医生仍然不同意。医生还说要是病人都先治病再付钱，医院还不得亏死？万般无奈之下，她只好打电话给远在千里之外的晓鹏，乞求晓鹏再借她八万块钱。其实她不想再问晓鹏借钱，但她的同事和朋友谁都一下拿不出八万块钱。

张菁刚说完，晓鹏焦急地说：“不能再拖了，我这就去取钱。”他拉着张菁的手往楼下走，走到门诊楼一楼，把银行卡插进工行自动取款机里。他刚把卡插进去才想起来自从上次从卡里取出十三万后，卡上只剩下一千块钱。他急急忙忙地往北京赶，竟没想起来这件事。他取出银行卡，重重地捶了一下自动取款机，气恼地说：“来得匆忙，把最重要的事情给忘了！”

张菁说：“钱不够吗？”

“只剩下一千了！”

“那怎么办？”

“不急，会有办法的！”晓鹏先后拨打“冬瓜”“猴子”和“虎头”的手机号，可是他们全都关机了。小川他没打，因为小川正在当房奴，肯定没有闲钱。他无奈地对张菁说：“只能等到明天早晨了，明天肯定会有办法的。”他和张菁并排坐在一起，一直等到第二天天亮。

天刚亮，晓鹏走到走廊的尽头打电话问人借钱。他有意避开了张菁，因为他怕张菁听到别人提起他今天举行婚礼一事，他不想让张菁为此过意不去。

他最先打电话给“冬瓜”。“冬瓜”在电话那头睡眼惺忪地说：“晓鹏，啥事儿？这么早就打电话。”

晓鹏说：“‘冬瓜’，我现在急需八万块钱，你能不能借我？”

“哎呀，你是不是在开玩笑？”

“我说的是真的。”晓鹏急声说，“我现在在北京，遇了点事，急需八万块钱！”

“北京？你今天不结婚了？”

“没时间跟你说了，你赶紧往我卡里打八万块钱，回去我马上还你！”

“可我没那么多钱啊，我现在最多能拿出两万。”

“那算了，我再问下别人。”

晓鹏又给“猴子”和“虎头”打了电话，可是他们也说一下拿不出来那么多钱。他又给洪金山打电话，但洪金山的手机一直处于关机状态。万般无奈之下，他只好打通程长征的手机，说：“爸，我是晓鹏。”

“你在哪？”程长征质问道，“怎么昨晚没回来？”

“爸，我现在在北京。我……”

“北京？”程长征又吃惊又愤怒，“你怎么跑到那里去了？今天是什么日子你不知道吗？”

“爸，你听我说。我现在急需八万块钱，你能不能尽快打到我的银行卡上？”

“为什么要那么多钱？”

“我的一个朋友的母亲现在生命垂危，随时都有可能死去，急需这笔钱做手术……”

“你的什么朋友？男的还是女的？”

"是我在派出所里认识的一个朋友,是个女的。"

"派出所?女的?"程长征当然不会认为晓鹏在派出所认识的女的会是什么好女人,他大声咆哮,"程晓鹏,今天这么重要的日子,你倒跑到北京帮你的女性朋友去了,还问我要钱?你给我听着,我一分钱都不会打给你!限你今天中午十二点之前坐飞机回来,否则的话,我程长征没你这个儿子!"

"爸……"晓鹏还要乞求,可是程长征已经挂了电话。

晓鹏用手紧紧地抱住头,说:"这可怎么办啊?怎么办啊?"半晌,他的眼睛一亮,高兴地说,"有了,这下有了!"他站起来,打通公司财务总监郑永中的手机。

没等郑永中说话,晓鹏抢先说:"是郑总监吗?"

郑永中说:"是我,程总您有什么吩咐?"

"瑞达化工那五十万还没有付吧?"

"是的,计划今天下午付款。"

"郑总监,我现在在北京,急需八万块钱。给瑞达化工付的这笔钱你先停一下,先给我的银行卡上打八万过来。"

"北京?"郑永中惊讶地说,"程总,今天不是您结婚……"

晓鹏打断郑永中的话,急声说:"我现在没时间和你细说,给瑞达化工支付的款子先停一下,先给我打八万块钱过来。"

"这可不行。"郑永中一本正经地说,"公司有规定,任何人不得挪用资金,而且今天是付款的最后期限,按照合同违约条款的约定,一旦不能在规定的期限内付款,瑞达化工有权拒绝向公司提供原材料,并且公司要承担违约责任,向瑞达化工支付十万元违约金。"

"什么挪用资金?违约责任?"其实晓鹏心里明白,但他却横起来,"大丰都是我们程家的,我挪用点钱怎么了?至于违约责任,迟个几天向瑞达化工付款也没什么,就瑞达化工那点规模,想巴结我们大丰都来不及呢,就算推迟付款,它能把咱们怎么样?"

晓鹏的一顿抢白使郑永中不知说什么好,但郑永中明白这种违背原则的事情不能做。他支支吾吾地说:"这件事情……我要……请示一下董事长,征得董事长的同意……"

"我爸今天结婚你不知道?再说大丰是我们程家的,我爸是董事长,我是总经理,我说的话还不等于是我爸说的话?还用得着请示我爸吗?"晓鹏不但强词夺理,火气还特别大。

“可是……”

“可是什么?”晓鹏怒吼道,“郑永中,你还想不想干了?我现在急需八万块钱,要是我的事情办砸了,我让你在大丰滚蛋!”

郑永中无奈地说:“那好吧……”

“我说我的工行卡号,你找个笔记一下。”

“嗯。程总,您说吧。”

“好。”晓鹏把工行卡号说了一遍,“记下了吗?”

“记下了。”

晓鹏大声叮嘱:“这件事情你必须亲自去办,必须在半个小时之内办好,完了马上打电话告诉我!”

“嗯,程总您放心,我这就去办。”

“好,我等你消息。”

打完电话,晓鹏长长地舒了一口气。他从走廊尽头快步跑到张菁面前,对张菁说:“没事了,再过半小时钱就打过来了!”

张菁忽然扑通一声跪在地上,哭着说:“谢谢你,谢谢你救我妈!”

“你这是干什么?”晓鹏扶起张菁,“这是我应该做的,能帮到你我很开心的啊!”

半个小时后,郑永中打电话给晓鹏,说钱已经打过去了。晓鹏向医院支付了手术费,张菁和医院签了手术同意书,之后医院迅速组织专家为张菁的母亲做手术。手术进行的过程中,晓鹏和张菁一直在走廊里焦急地等待。晓鹏多次安慰张菁不用担心,手术会成功的。

晓鹏的手机响了,他看了一下,是兰兰打过来的。他没有接,给兰兰发了一条短信:兰兰,对不起,今天我不能参加我们的婚礼了。我现在在北京,要救一个生命垂危的病人。我想,救人一定是现在最值得我们去做的事情,因为我们都还活着,还有无数美好的时光等着我们去分享。而病人一旦离开了这个世界,就再也不能享受生命的快乐和美好了。兰兰,对不起,真的很对不起。我会回去的,等我。

晓鹏发完信息关了手机。他知道,如果不关机将会有无数个电话打进来。他现在最想做的事情就是和张菁一起默默地祈祷手术成功。

时间一分一秒地过去了,十分漫长。

一对新人

程长征多次给晓鹏打电话，可是晓鹏的手机一直关着。他气得脸都白了，怒声说："这么重要的事情不当回事，等这个臭小子回来，我非狠狠地收拾他不可！"他感到胸口一阵发闷，差点没站稳。

常娜拍了拍程长征的后背，温柔地说："程哥，您别这么生气，会伤身体的，晓鹏说不定正在往回赶呢。"

兰兰穿着一身洁白的婚纱，她看着晓鹏发的信息，痛哭不止。程母不停地安慰兰兰，兰兰的父母也不停地劝兰兰不要太难过。

与此同时，世纪花园大酒店二楼的婚宴大厅里，宾客云集。前来参加婚礼的不仅有天州市的一些社会名流，还有程长征的亲朋好友，以及和程长征有生意来往的商界人士。大丰集团的所有中高层管理人员也到场参加。

婚礼原本定于十点十分开启典礼仪式，可是宾客们一直等到十一点钟两对新人都没有来。宾客们纷纷议论到底是怎么回事。

在程家的别墅里，程长征万般无奈之下只好决定他和常娜的婚礼正常举行，兰兰暂时待在别墅里，由其父母陪着。等晓鹏回来后，再择日举办晓鹏和兰兰的婚礼。他连声向兰兰及其父母表示歉意，并保证下次晓鹏和兰兰的婚礼一定会办得比他的这次婚礼更隆重。之后，他和常娜的婚礼车队从别墅出发，向世纪花园大酒店驶去。

伴随着婚礼进行曲，程长征和常娜手挽着手跟在两名"小天使"身后，在一片纷飞的彩絮和焰火中，踏着红色地毯走向婚姻的殿堂。

宾客们纷纷议论："怎么两对新人成了一对？"

结婚典礼仪式正式开启之前，程长征对所有宾客说："尊敬的各位朋友和亲友们，由于我的儿子程晓鹏临时出了一点状况，今天不能和我一同举行婚礼，他的婚礼将另外择日举行。对此，我表示深深的歉意，希望大家谅解。"他鞠了一躬。

"冬瓜""猴子""虎头"和小川各携女友，坐了一桌。听到程长征说晓鹏和兰兰的婚礼择日举行之后，他们离开了婚礼现场，去了程家的别墅。他们想知道到底发生了什么事情导致晓鹏和兰兰今天不能举行婚礼。

结婚典礼仪式正式开启了。所有宾客都向程长征和常娜表示衷心的祝福，他们无不赞叹程长征娶了常娜这样一个既年轻美貌又有才华的女人。

然而，程长征万万没有想到，他娶了一位蛇蝎美人，这个蛇蝎美人的目的只有一个，那就是毁灭他，让他跌进万劫不复的深渊！

无可奈何

下午五点钟，为张菁的母亲做手术的医生们十分沮丧地走出手术室。

“医生，情况怎么样？”晓鹏和张菁冲上去问。

为首的医生摇了摇头，说：“我们尽力了。”

“什么？”晓鹏紧紧地揪住医生的衣领，怒睁着双眼，“你们是干什么吃的，啊？”他挥拳往医生的头上打去，几名医生硬生生地把他拽开了。他不肯罢手，但医生们全都仓皇地逃走了。

他冲进手术室，只见张菁昏厥在地上。他跪在地上，捧着张菁惨白的脸庞大声说：“张菁，你怎么了？快醒醒，快醒醒！”

张菁许久才醒转过来，抱住晓鹏放声大哭。晓鹏知道，此刻无论说什么也无法抹去张菁内心的悲伤，他只好把张菁搂在怀里，让张菁哭得更彻底。

第二天早晨，晓鹏和张菁坐着大巴车赶往长城。张菁一直默然无语，眼睛又红又肿。她的怀里抱着一个黑色的方形木盒，木盒里盛放着母亲的骨灰。

昨晚，晓鹏找了一家殡仪馆，他多出了一倍价钱，殡仪馆的人才将张菁的母亲的尸体连夜火化了。张菁哭着告诉晓鹏，母亲这一生最大的心愿就是看看北京的长城，她一定要圆了母亲的梦，让母亲永远和长城在一起。天刚亮她就抱着母亲的骨灰盒和晓鹏去了车站，坐上开往长城的大巴车。

在长城上，晓鹏双手捧着骨灰盒默默地站着，张菁用手一把一把地往长城下撒母亲的骨灰。由于过度悲伤，张菁反而无法哭出声来。她在心里默默地说：“妈，女儿把您葬在长城下，遂了您的心愿，您在这里安心长眠吧！”

撒完骨灰，张菁在长城上跪了很长时间，向母亲磕了几个头。

当天下午，张菁和晓鹏坐上了开往天州的火车。在晓鹏的一再劝说下，张菁才勉强吃了一份盒饭。吃完饭，张菁靠着晓鹏的肩膀，昏昏沉沉地睡着了。她已经两天两夜没有合眼了。

晓鹏也睡着了。等他一觉醒来，已经到夜里十一点了，再过两个小时火车就将到达天州站。他看了看身旁的张菁，张菁仍然昏昏沉沉地睡着。他不禁伸出手捋着张菁的头发，万分怜爱。

到张菁家时将近凌晨两点钟了。张菁收拾好上次和晓鹏一起睡过的那间屋子，但晓鹏却要走了。

张菁说："晚上就住在这里吧。"

"不了。"

"天都这么晚了，别回去了。"

"我得回去。"

张菁走到晓鹏身后，温柔地靠着晓鹏的后背，轻声呢喃："别走，就我一个人，你不想陪我吗？"

晓鹏闭上眼睛，长长地舒了一口气。他何尝不想陪伴一个人孤苦伶仃的张菁？他何尝不想转身将张菁拥入怀里？可是，他已经和兰兰领了结婚证，兰兰已经是他的妻子了，他必须对兰兰负责，不能做出对不起兰兰的事。因此，他克制住自己的感情，说："我走了，你照顾好自己。"他轻轻地走了，没有回头。

张菁看着晓鹏的背影，站了半天。

晓鹏没有回家。他去了张菁以前卖饰品的那座天桥上，一个人默默地看着城市的夜色。

闷酒

兰兰一个人待在酒吧里喝闷酒，心里特别难过。"七夕"那天，她原本可以风风光光地和晓鹏一起步入婚姻的殿堂，感受在万众瞩目下嫁入豪门的愉悦，但晓鹏却不辞而别，她不禁有些痛恨晓鹏。不过，她住进了程家的别墅，过上了梦寐以求的生活。住在楼下的奶奶和常娜一有空就到她的屋里陪她聊天。奶奶不止一次安慰她，说晓鹏一定是真的在外面遇到了生命垂危需要救治的人，到时候肯定会回来的。听了奶奶的话，她的心情好了一些。她多次拨打晓鹏的手机号，但晓鹏的手机一直处于关机状态。

意想不到

由于晓鹏挪用资金，大丰未按照合同的约定在规定的期限内向瑞达化工支付订购原材料的应付款，导致瑞达化工不但拒绝向大丰提供原材料，而且按照合同违约条款的约定，向大丰索赔十万元违约金。

程长征和常娜举行完婚礼的第二天，公司采购部负责人刘洪宇打电话告知程长征瑞达化工拒绝提供原材料并索赔违约金一事。听完刘洪宇的汇报，程长征气呼呼地说："瑞达化工的合同我签过字的，这个郑永中是干什么吃的，一直不付款，我打电话问问他！"他说完给郑永中打了电话，质问道："瑞达化工的应付款为什么没有付？我不是签过字了吗？"程长征越说越生气，"你知不知道现在瑞达化工不但拒绝向公司出售原材料，而且按照合同的约定索赔十万元违约金？"

"董事长，您听我说，是这么回事。"郑永中战战兢兢地把他在晓鹏的要挟下将应付款中的八万元打入晓鹏指定的银行卡并因此没有向瑞达化工付款一事讲了一遍。

"什么？这个臭……居然干出这种事！"程长征瞪着眼睛，厉声质问，"郑永中，程总经理的做法明显违反公司的规定，你作为公司的财务总监为什么不尽全力制止？就算你制止不了，为什么不向我汇报？"

"董事长，程总毕竟是您的儿子，我……"郑永中有苦说不出，憋红了脸。

"我什么？"程长征大声咆哮，"发生这种事情，你逃脱不了应该承担的责任！"

"董事长，我恳求您能允许我和瑞达化工再沟通一下，看看有没有转机。"

"好，现在就由你代表公司和瑞达化工谈，让他们撤回索赔要求并及时向公司供货。如果瑞达化工同意，马上向他们付全款。"

"瑞达化工要是不同意呢？"

"不同意的话就在原款的基础上再加些钱，最多加二十万。"

"好的，董事长，我马上和瑞达化工沟通！"

"好，一定要谈成，否则耽误生产损失就大了！"

"嗯，董事长，您放心，我一定会尽力的！"

挂了电话，程长征气得直骂："这个臭小子，婚不结不说，还给老子弄出来这档子事！等回来了看我怎么收拾你！"

常娜轻轻地抚着程长征的后背，柔声安慰道："程哥，事情已经发生了，你就别再生气了，会伤身子的。"常娜的安慰使程长征的怒气消了不少。

郑永中和瑞达化工的负责人在电话里沟通了很长时间，说尽各种好话，甚至表示愿意在原款的基础上再加二十万，但瑞达化工的负责人没有做出任何让步，并表明态度：无论大丰再增加多少货款，他们都不会向大丰提供原材料，而且大丰没有在约定的期限内付款，已经违约，大丰必须按照合同的约定，在三个工作日内支付十万元违约金，否则他们将向法院起诉大丰。

打完电话，郑永中哭丧着脸说："这下完了！"他急忙打电话给程长征，把瑞达化工的态度和要求向程长征做了汇报。汇报完，他带着哭腔说："董事长，我说尽各种好话，但瑞达化工就是不同意，我实在没办法了！"

"什么？"程长征气得脸都白了。根据他经商这么多年的经验来看，像瑞达化工这样的小型企业，为了生存和发展，一般不会把事情做得这么绝。他气愤地说，"这个瑞达化工，不达目的誓不罢休，事情都被它做绝了！"他向郑永中吩咐，"这样吧，你马上向瑞达化工支付十万元违约金，免得他们起诉我们，对公司声誉造成影响。我马上打电话给刘洪宇，让他尽快联系其他原材料生产厂家，尽快签订采购合同！"

程长征挂了电话后急忙给刘洪宇打电话，急声说："是刘洪宇吧？你现在马上负责从其他厂家采购一批相同数量的原材料，速度一定要快，争取一天之内就谈妥签订合同，四天之内采购到位，否则会耽误生产，会给公司造成很大损失。你听明白了吗？"

刘洪宇说："明白，董事长，我这就向有些厂家询价。"

"好，价格可以宽松一些，甚至超出百分之五十的价格都行，但速度一定要快！"

"好的，我马上准备。"

"待会儿我就到公司了，有事可以直接到我办公室汇报！"

程长征挂了电话。他握着常娜的双肩，十分愧疚地说："小娜，对不起，我不能在家陪你了。我现在得去公司监督他们把事情做好。"

"没事的，程哥。"常娜一边说一边替程长征整理衣领。

"嗯，晚上等我回来。"程长征起身走出家门。

程长征刚到公司办公室坐下没多久，刘洪宇敲门走进来，直接向他汇报："董事长，我已经联系了周边省市所有生产原材料的厂家，但是他们都无法在短期内供货，速度最快的一家也得最少一个星期，而且这家说供货时间太短，必须在现有价格的基础上加价一倍。"

"什么？"程长征快速在脑中算了一下，"一个星期之后，公司肯定会至少停产三天，这三天的损失不小啊！"他盯着刘洪宇说，"不管在原价基础上加价多少，只要能按时供货就行。难道真的没有一家能在短期内供货吗？"

刘洪宇摇了摇头，说："没有。"

"既然如此，和速度最快的那家赶快签合同！"程长征叮嘱道，"一定要让他们尽快供货，一刻也不能耽误！"

"好的，董事长，我现在就按您的吩咐去做。"

刘洪宇走后，程长征气得用拳头在桌子上狠狠地砸了一下，怒骂道："臭小子，等你回来看老子怎么收拾你！"

怒气攻心

在天桥上站了整整一夜，晓鹏终于在第二天早晨回到家了。由于连着几天没有休息好，他的双眼布满血丝，脸色十分憔悴。他刚走进家门，正在吃早饭的家人全都惊讶地站起来，齐声叫道："晓鹏！"

程长征最先走到晓鹏面前。他劈头盖脸地质问："你个臭小子不结婚搞什么名堂去了？啊？"他越想越生气，不禁大声怒吼，"你知不知道你挪用资金会给公司造成多大的损失？啊？"

晓鹏低着头，一句话也没说。他知道程长征正在气头上，自己怎么解释也没有用。

奶奶见状急忙挡在晓鹏面前。她一边极为心疼地抚摸着晓鹏的那张憔悴得只能用"惨白"一词形容的脸庞，一边冲程长征说："晓鹏刚回来你凶什么啊？你也不看看晓鹏憔悴成什么样了？有你这样教训人的吗？"

"妈，你不要护着他。"程长征怒气未消，"今天非要让他给我说清楚！这个臭小子，我……"他突然感到胸口一阵发闷，头有点儿晕，双腿也有点儿站不稳，摇摇欲坠。

常娜和程母急忙扶起程长征，程母说："长征，你怎么了？"

晓鹏也急声说："爸，你怎么了？"

程长征用力推开晓鹏，有点含混不清地说："救……心丸……"

常娜急忙去卧室找救心丸，程母扶着程长征慢慢地坐在沙发上。常娜拿来一瓶救心丸后慌忙拧开瓶盖，把几粒小药丸快速喂进程长征嘴里，之后又扶着程长征喝了一杯水。

程长征微闭着双眼，没过多久慢慢地睁开眼睛。

"爸……"晓鹏跪在程长征的面前，泪流满面。兰兰想扶晓鹏起来，但晓鹏不听。

程长征不由得心软了。无论晓鹏做错什么，他的内心始终都很爱晓鹏。刚才他一时怒气攻心，所以没有克制住情绪。不过他嘴上却不想饶过晓鹏，指着晓鹏气呼呼地说："你……给我走开，我不想看见你！"

晓鹏哭着说："爸，我知道我错了。你别生气了，爸……"

程长征的眼睛湿润了。他闭上眼睛，生怕家人看到眼中的泪水。他把头扭到一边，伸出一只手示意晓鹏走开。

兰兰搀扶着晓鹏上了二楼。

程长征长长地舒了一口气，眼里的泪水终于流出来了。

晓鹏回到卧室里，俯身躺在床上。兰兰用毛巾擦干他的眼泪，拍着他的肩膀说："晓鹏，别难过了。"

晓鹏这才停止流泪。他实在太累了，没过多久就昏昏沉沉地睡着了。

兰兰把被子轻轻地盖在晓鹏身上，看了一下表，已经快到早晨九点钟了。公司规定九点钟所有员工必须准时到岗，但兰兰已经嫁入程家，根本不在乎公司的规定，她再也不必为每月四千多块钱的工资而努力工作，就算公司开除又有什么大不了的？她磨蹭了半天才走出家门，到公司时已经迟到了半个小时。主管为此批评她，她没好声气地说："不就是扣工资吗？爱扣不扣的，那点钱算什么？"主管瞪着眼睛，郑重地告诫她如果不想干了趁早走人！

笑

中午，奶奶敲门叫晓鹏吃饭，晓鹏半天才醒来。他说肚子一点儿也不饿，现在除了睡觉什么也不想干。奶奶再叫他的时候，他竟昏昏沉沉地睡着了。

直到下午五点多钟晓鹏才醒来。他刚起身，看到常娜站在门口盯着他。他不好意思地挪开目光，常娜对他莞尔一笑，说："晓鹏，肚子肯定饿了吧？"

"嗯。常……阿姨……"晓鹏怎么也说不出"妈"这个字，因此用"阿姨"两个字代替。

常娜走到晓鹏面前，笑吟吟地说："阿姨看你今天累，给你做了很多好吃的，洗洗到楼下吃吧。"

"谢谢阿姨。"晓鹏低着头没好意思看常娜。

"一家人不用这么客气的。"常娜又走近一步，美丽的眸子盯着晓鹏的眼睛，媚笑着，"晓鹏，抬起头看着我。"

晓鹏半天才抬起头。常娜的笑容十分妩媚，身上飘着一股幽雅的香水味。

"我和你爸结婚了。"常娜修长的眉毛轻轻地扬着，露出两个动人的酒窝，"以后我会照顾好你的。"

"谢谢阿姨。"晓鹏急忙低下头。

"阿姨在楼下等你。"常娜又对晓鹏媚笑了一下，转身走出房间。

晓鹏在卧室里待了半天，感觉脸上火辣辣的。

没过多久，兰兰和程长征先后回来了，程家人全部坐在餐桌前准备吃晚饭。餐桌上的菜全是常娜一个人做的，有十几道之多。

程长征的怒火消了不少，他没有再次指责晓鹏，但表情冷冰冰的。晓鹏老老实实地坐着，没敢说话。奶奶干咳了两声，说：“长征，今天一家人第一次全部聚在一起吃饭，你怎么那么严肃？”

程长征笑笑，说：“哎呀，妈，我这不是好好的，哪里严肃了啊？”

“还不承认。”奶奶微微瞪了程长征一眼，“算了，不说你了，吃饭。”

常娜说：“妈、长征、兰兰，今天是咱们全家人第一次团聚，我专门为晓鹏做了这些菜，希望能合晓鹏的口味。”她对晓鹏笑着。

“肯定合晓鹏的口味。”兰兰说，“是吧，晓鹏？”

晓鹏点了点头，嗯了一声，又低下头，常娜对他的笑让他觉得很不自在。

“大家快吃！”奶奶招呼着，所有人这才开始动筷子。

“晓鹏，这是牛排，你尝尝。”常娜边说边夹了一块牛排放进晓鹏的碗里。

“谢谢。”

看着常娜对晓鹏的关心，程长征十分高兴。

旁观者清，当局者迷。吃饭时，同时坐在饭桌上的保姆小红怔怔地看着常娜对晓鹏的每一个笑容和每一个眼神，似乎看出了什么。

对对手的宽容就是对自己的残忍

吃完晚饭，程长征把晓鹏叫到书房里。晓鹏轻轻地关上门，心怦怦直跳。他能猜得到，程长征肯定是要询问他为什么没有参加婚礼以及挪用资金两件事，他在脑中快速想着自己应该如何回答。

尽管程长征余怒未消，但他克制住自己的情绪，和蔼地说：“晓鹏，坐下。”

程长征和颜悦色的表情使晓鹏没那么紧张了。晓鹏坐在程长征面前，低着头说：“爸，对不起……”

程长征盯着晓鹏的眼睛，说：“晓鹏，爸爸想知道，到底是什么原因让你放弃婚礼，去北京救什么人？”

“爸，你听我说。”晓鹏低着头，不紧不慢地说，“上次我被抓进派出所的第二天中午突发急性肠胃炎，差点疼死，幸亏派出所的女警察张菁把我送到医院抢救，我才脱离危险。从拘留所出来之后我一直想谢谢她。有一次她问我借钱，我借了她十二万。结婚的头一天晚上她给我打电话，说她母亲在北京尼尔康医院做手术失败了，如果不再交八万块钱的手术费，母亲随时都有可能死去，最多不会活过七十二小时。她当时没钱了，走投无路的情况下只好再问我借钱。我想她救过我，她有困难的时候我应该全力帮助她，因此我连夜坐飞机去了北京。到北京后我才知道我的银行卡里只剩下一千块钱，因此我给很多朋友打电话借钱，可是他们都一下拿不出那么多钱。后来我给你打电话，可你在气头上，根本不听我讲。我最后没办法只好打电话给财务总监郑永中，让他先不要向瑞达化工付款，先把应付款中的八万块钱打到我的银行卡上。"晓鹏顿了一下，"爸，我知道这样做不符合公司的规定，但我也是救人心切啊！如果张菁的母亲不在七十二小时之内做手术的话，随时都会死的！"晓鹏十分遗憾地说，"不过，手术最后没有成功，张菁的母亲还是走了。"

"看来爸爸错怪你了。要是爸爸当时不那么激动，听你把话说完，就不会发生后面的事了。"程长征的表情变得严肃起来，郑重地说，"晓鹏，你心地善良爸爸知道。但是，你一定要记住，今后在商海中一定不能有妇人之仁，尤其是对待竞争对手，一定要心狠手辣，不能仁慈，对对手的宽容就是对自己最大的残忍。爸爸说的这些话可能你现在还不能完全理解，不过爸爸希望你能记在心里。"

晓鹏点了点头，说："爸，我会记在心里的。"

"嗯。对了，你可以邀请那位女警察来咱们家做客，爸爸想当面谢谢她。"

"我觉得不用了，我都请她吃过饭了。再说我一共借了她二十万，没打算让她还这笔钱，也算是报答过她了。"

"嗯，二十万对于我们程家不算什么，再说她一个女孩子也没有那么多钱还你。"程长征突然想到了什么，盯着晓鹏的眼睛，"你给爸爸说实话，你和她之间是不是还有别的东西？"

"爸，你想哪去了？"晓鹏竭力掩饰着内心的忐忑，装出若无其事的样子说，"我都和兰兰谈了一年了，哪敢和她有什么。"

程长征看出了晓鹏内心的忐忑，但他没有挑明，只是微微睃了晓鹏一眼，说："那就好。对了，再定个时间举行你和兰兰的婚礼吧？"

"我们已经领结婚证了，不用举行婚礼了吧？"

"那怎么行？你觉得不举行婚礼没什么，可是小兰的父母心里会怎么想？毕竟是人家的女儿嫁入我们程家啊！"

"嗯，爸，你说的对。要不婚礼定在三周后的周日吧？"

"行，就这么定了！"程长征顿了一下，"晓鹏，爸爸还要和你谈一下瑞达化工的事情。"

“爸，你说。”

“你不知道，由于公司没有在合同约定的期限内向瑞达化工付款，导致瑞达化工按照合同违约条款的约定向公司索赔十万元。郑永中和瑞达化工的负责人进行了沟通，甚至表示愿意在原先五十万应付款的基础上再增加二十万，但是瑞达化工死活不肯向公司提供原材料，并且坚决要求公司支付十万元违约金，否则将起诉公司。无奈之下，公司只好向瑞达化工支付了十万元违约金。”

晓鹏气愤地说：“这个瑞达化工，事情做得太绝了吧！”

程长征说：“这还不止，刘洪宇联系了周边省市所有生产原材料的厂家，但速度最快的厂家也要最少一个星期后才能向公司供货，而且货款在原价的基础上增加一倍。这样一来，公司至少会有三天会因为没有原材料而停产，损失估计最少会达到两百万！”

“这么多？”晓鹏吃了一惊。

“是的。我现在最担心的是董事们会以这件事为借口，提出罢免你的总经理职位的议案。虽然大丰最大的股东是我，但大丰在发展过程中不断吸纳各方资本入股，实行股权多元化，因此有些事情并不是我一个人说了算，我在做很多决策的时候都要考虑股东们的想法和意见。本来上次聘任你为总经理已经有人颇有微词，这次出了这么大的事，很难保证一些人不会借机提出罢免你的总经理职位的议案。”

“爸，其实我的能力不足以胜任总经理一职，我愿意放弃这个职位让有才能的人干。”晓鹏诚恳地说，“毕竟我太年轻，经验不足。”

“那怎么行？”程长征极为郑重地说，“无论如何你也不能放弃总经理一职。你爸我拼杀了这么多年早就累了，让你坐总经理这个位子是希望你能尽快成长起来，早点儿替我撑起半壁江山。我早就想再过几年就退休，到时候把公司交给你，也好多享几年清福！”

“爸，既然你这么说，我按照你的吩咐做。”

“嗯。还有一件事，爸爸给你说一下。”程长征狡黠地笑着，“这次没有向瑞达化工付款郑永中肯定要承担一定的责任。我想乘这个机会辞退郑永中，安排你常阿姨出任大丰的财务总监。为了达到这个目的，你要尽量把责任往郑永中身上推。”

“郑永中没有向瑞达化工付款是我造成的，他没有办法，只能服从。他只是一个执行者，我们不能落井下石。”

“你忘了我刚才说的话了吗？对对手的宽容就是对自己的残忍！”程长征露出冷酷的笑容，“为了我们程家的利益，郑永中这次必须当替罪羊！”

追问

晚上睡觉前，兰兰搂着晓鹏，在晓鹏的脸上亲吻了一下，说："晓鹏，结婚那天你去北京是去救谁啊？"

晓鹏有点儿紧张，说："噢，是……一个朋友的母亲……"

兰兰追问："哪个朋友？我见过吗？"

"没有。"

"男的还是女的？"

"女的……"

兰兰用胳膊撑起上半身，盯着晓鹏继续追问："她叫什么名字？你们怎么认识的？"

"哎呀，你怎么问这么多？"晓鹏故意装出十分烦恼的样子，"快睡吧，都这么晚了。"他转过了身子。

"不行。"兰兰把晓鹏的身子扳过来，娇嗔地说，"快说，她叫什么名字？你们怎么认识的？"

"好好好，我告诉你。"晓鹏无奈地说，"她啊，姓张，是一名警察，就是我上次'出狱'后对你说的在我突发急性肠胃炎后送我到医院抢救的那位。'七夕'前一天晚上，她打电话给我，说她母亲在北京做手术没有成功，出现严重的并发症，必须再次做手术，否则的话母亲随时都会死去。她身上没钱了，没办法只好问我借钱。你说她曾经救过我的命，这救命之恩总得报答吧？因此我连夜坐飞机去了北京，给她弄了八万块钱。"

"你说的是真的吗？"兰兰觉得晓鹏和姓张的女警察之间似乎没那么简单。

"当然是真的，我这么诚实的人还会骗你不成？"

兰兰用挖苦的腔调说："你啊，还玩的是英雄救美。"她心生一计，"哪天我们请她吃饭吧，谢谢她以前救了你。"她盯着晓鹏，想听听晓鹏如何回答。如果晓鹏不同意，那就说明他和女警察的关系不简单。

晓鹏猜到了兰兰心里的想法，他装出无所谓的样子，笑着说："好啊，干脆哪天让她来咱们家做客得了！"他心想：到时候就说张菁临时加班来不了，这样兰兰也没办法，反正兰兰又不认识张菁。

兰兰嗯了一声，这才放下心，也不打算请张菁吃饭了。她在晓鹏的耳边轻声呢喃："晓鹏，上次我们的婚礼没有举行，哪天补办一下吧？"

“今天爸还和我说这事呢。我说把我们举行婚礼的日子定在三周后的周日，爸已经同意了。”

“太好了！”兰兰高兴地趴在晓鹏身上，用力啃了几下晓鹏的脸。

与此同时，常娜依偎在程长征的身边，说：“程哥，晓鹏去做什么了？怎么连婚都不结？”

程长征叹了一口气，把晓鹏告诉他的事情的整个经过和因此给公司造成的损失说了一遍。

“没想到程晓鹏为了一个女人逃婚。”一念闪过，常娜说：“晓鹏真是一个心地善良的孩子。虽然给公司造成了损失，但他当时并不知道会出现这样的后果。依我看吧，他这样做也不能算错。”

“是啊，我也觉得他没有多大的错。”程长征忧心忡忡地说，“我真担心像他这么善良仁慈，迟早会害了自己。商场如战场啊！”

“你也不用这么担心，晓鹏多些磨砺会成长起来的。”

“眼看大丰年底就要上市，我是急在心里啊！”

常娜温柔地说：“程哥，看你这么辛苦，我真的很想替你分担一些。”

程长征抓住常娜的手，说：“晓鹏挪用资金财务总监郑永中也有责任，我想借这个机会逼他辞职，安排你出任财务总监！”

听了程长征的话，常娜眼中闪出一丝不易察觉的光。她笑着说：“程哥，我会尽全力帮你的！”

替罪羊

不出程长征所料，在大丰集团第二大股东石德明的怂恿下，一些董事联名向董事会提交了一份议案，要求罢免晓鹏的总经理职位。理由是晓鹏作为总经理私自挪用合同应付款，导致公司停产三日，所有损失加起来高达两百六十万。

应董事们的要求，程长征不得不在近期召开董事会，对董事们提交的议案进行讨论并做出决议。

下午，程长征在办公室里和洪金山秘密谋划着。程长征把晓鹏为救人而挪用资金一事向洪金山详细地讲了一遍。洪金山说：“程哥，晓鹏挪用资金虽然违反了公司的规定，但他是为了救人，出发点是好的。再说瑞达化工纯粹就像个不懂事的孩子，把事情做得太绝了，根本就不合乎情理！”

“是啊，这孩子心地善良，从来没有什么坏心眼。”程长征气愤地说，“可这个可恶的瑞达化工偏偏得理不饶人！这次石德明拿这件事做文章，可得为晓鹏想个万全之策。”

“我看为了保住晓鹏，只能让郑永中当替罪羊，而且郑永中本身就有不可推卸的责任。至于晓鹏，不管怎么说也得承担一些责任，依我看，不如这样……”洪金山凑在程长征耳边，悄悄地说了他的建议。

程长征听完，点点头说：“好主意，为了确保万无一失，你还得私下做做一些董事的工作。”

“没问题。”

“郑永中走了之后，财务总监的位子就空了。”程长征悄声说，“金山，我现在已经有财务总监的人选了。”

“你说的是嫂子吧？”

“正是她。凭她的学历、能力和经验，完全可以胜任这个职位。”

“可是这样做是不是太明目张胆了？我怕董事们会有抵触情绪。”

“就算他们有抵触情绪又能怎么样？毕竟你和我两个人的股份加起来占据了大丰的半壁江山。我想让她担任财务总监之后全权负责公司上市事宜，也好替我分担一些。”程长征不顾洪金山的顾虑，“我看这件事就这么定了！”

程长征打电话把晓鹏叫到办公室，和洪金山一起叮嘱了晓鹏一番。

几天后，在大丰集团的会议室里，董事们开会讨论罢免总经理程晓鹏的议案。

程长征挥了挥手，对到场的所有董事说：“大家静一静，听我说几句。”

董事们停止讨论，目光全都集中在程长征身上。程长征说：“作为总经理程晓鹏的父亲，同时作为公司董事长，我为程总经理所犯的错误以及给公司造成的损失向各位董事表示诚挚的歉意！”程长征站起来，向董事们深深地鞠了一躬，然后坐下接着说，“虽然我是程总经理的父亲，我也很疼爱他，但是，为了保障股东们的利益，同时为了大丰能更好地向前发展，我向大家保证，我绝对不会偏袒程总经理。如果他犯了错误，我绝不姑息！”程长征顿了一下，“为了让整个事情的来龙去脉能够清晰地呈现在各位董事的面前，现在，就由程总经理向大家讲述一遍整个事情的经过！”

晓鹏站起来，十分惭愧地向董事们鞠了一躬，然后按照之前程长征和洪金山教的说辞，低着头说：“两个多月前的一天我突发急性胰腺炎，差点没命，我的一个朋友把我连夜送到医院抢救我才活下来。我一直想报答朋友的救命之恩。在我即将举行婚礼的头一天晚上，接到朋友打来的电话。她告诉我她的母亲在北京做手术失败了，如果不再次做手术的话母亲会在七十二小时内死亡。再次手术的费用一共是八万，但她没有钱了，因此问我借八万块钱。当天晚上我坐飞机赶到北京，先后给我的很多朋友打电话借钱，可是他们都一下拿不出八万块钱。实在没办法，我只好打电话给郑总监，让他暂时停止向瑞达化工支付应付款，先抽出其中的八万打到我的银行卡上，郑总监按照我的意思办了。当时情况紧急，朋友的母亲随时都有生命危险，我只想尽最大的努力救人。后来发生的事情完全出乎意料，没想到瑞达化工把事情做绝了，导致公司只能从其他厂家采购原材料，最终耽误了生产，造成了损失。”晓鹏又深深地鞠了一躬，“各位董事，真的对不起！”他低着头坐下了。

程长征问坐在后排的郑永中：“郑总监，程总经理说的情况你有异议吗？”

郑永中站起来，吞吞吐吐地说：“没有……”他明知道晓鹏并没有讲他曾明确告诉晓鹏挪用资金违反公司的规定，会给公司造成损失，并且是晓鹏逼迫他停止向瑞达化工付款的，但他不好辩驳。

程长征说：“郑总监，请你坐下。”

石德明冷眼睃着晓鹏质问：“程总经理，请你向大家明确两点：第一，当你要求郑总监为你挪用合同应付款时，郑总监起初有没有明确告诉你这样做违反公司的规定，而且刚开始他拒绝按照你的意思去做？”石德明顿了一下，“第二，郑总监有没有明确告诉你这样做会使公司蒙受损失，承担违约责任？”

程长征心想：果然是老狐狸，早就把情况弄清楚了！

晓鹏本来想说“是的”，但他想起了程长征之前的叮嘱。他向程长征看去，程长征正逼视着他。他只好说：“没有。”

“不对！”郑永中站起来，激动地说，“我说过！我后来还说要请示董事长，可程总说大丰是他们程家的，他是总经理，他爸是董事长，他说的就等于是他爸说的，他还说我要是不服从的话，就让我从大丰滚蛋！”

晓鹏违心地说：“我没有说过这样的话。”

郑永中气愤地说：“你撒谎，你说过！”

“郑总监，你不要血口喷人！”晓鹏“气愤”地说，“我没有说过！”

洪金山见状急忙说：“当时没有第三个人在场，具体情况无从得知。不过有一点可以肯定，郑总监作为公司的财务总监，在程总要求挪用资金时，他并没有从维护公司利益的角度出发予以制止或拒绝服从。就像他说的，他要请示程董事长，可他实际上并没有请示。因此，郑总监在这件事情上必须承担主要责任！”

郑永中红着脸争辩：“换作是你，你怎么办？”

洪金山重重地拍了一下桌子，郑重其事地说：“换了是我，为了维护公司的利益，我肯定会拒绝服从，而且我相信程总会理解！”

“你……”郑永中气得说不出来话。

洪金山睃了郑永中一眼，对董事们说：“鉴于郑总监的错误行为以及导致的后果，我提议，辞退郑总监！同意的请举手！”其实，罢免郑永中应当由董事长程长征提出，但程长征怕自己提出的话会让董事们觉得他在有意包庇晓鹏并借机打击郑永中，因此他提前和洪金山私下商量好由洪金山提出。

一大半董事举起了手。石德明没有举手，心里暗暗骂：“妈的，倒把郑永中给搭进去了！”

郑永中见状，指着晓鹏和洪金山，愤怒地说：“你们合起伙害我！好，好，我不干了！”他十分气愤地走出会议室。

石德明恶狠狠地瞪了洪金山一眼，对所有人说：“程董事长，各位董事，作为公司的股东，为了保障公司和各位股东的利益，我想说明一点，那就是，公司的总经理是否可以为了报答朋友的救命之恩而不惜违反公司的规定，利用手中的职权私自挪用资金，导致公司遭受重大损失，使股东们的利益受损？”石德明极为郑重地说，“当然不能！严格地讲，这是一种违法行为，是要受到法律惩罚的！而且救人是自己的私事，和公司没有任何关系，公司没有任何义务利用公司的资金去救一个人。作为公司的总经理，必须公私分明，绝不能以公司蒙受重大损失为代价，利用手中的职权实现自己救助别人的目的！因此，我希望各位董事能一致同意罢免总经理程晓鹏，大家同意的请举手！”石德明举起了手。

“等等！”洪金山急忙站起来对董事们说，“各位董事，在你们做出决定之前，我先说几句。首先，请大家想一下，大丰是怎么来的？大家又是如何实现财富的积累，跨入富裕阶层行列的？我们都知道，正是程董事长这么多年带领着我们一路拼杀过来，才有了大丰今天的辉煌。没有程董事长，我们会有今天吗？大家难道不知道，程董事长二十多年来一直单身，直到两周前才结婚，而且他只有程总这个从一生下来就没了母亲的孩子。”洪金山顿了一下，“刚才石副总说的没错，程总的行为的确违反了公司的规定。不过刚才我们经过讨论已经形成决议，在挪用资金这件事情上，郑永中是主要责任人而不是程总。再说程总挪用资金的目的是好的，他是为了救一个生命垂危的病人。难道我们有钱之后就不去管别人的死活，不能做一些救死扶伤的善事吗？我们大丰不是也把主动承担社会责任、敬天爱人定为企业的宗旨了吗？再说程总起初并不是要从公司挪用资金，他刚开始是问朋友借，可是朋友根本借不出来，当时每耽误一分钟，甚至一秒钟，病人都有可能丧失生命，程总是在万般无奈的情况下才挪用公司的应付款啊！还有，后来发生的事情，谁会预料到呢？如果换作我们是瑞达化工，大家想想，我们会像瑞达化工那样把事情做绝吗？不会！是我们运气不佳，遇到了一万分之一的这种把事情做绝的企业，这才给公司造成了损失。不要说程总，就是换作我们每一个人，我们能预料到这个结果吗？所以，我希望各位董事慎重地做出决定，既能体谅程董事长，也能理解程总作为一个善良、正直的年轻人所做出的决定！”

石德明瞪着洪金山，怒声说：“洪副总，照你这么说，公司蒙受的损失反倒是瑞达化工造成的了？”

“我没有这样说。不过大家想想，如果不是瑞达化工像个不懂事的孩子把事情做绝，把我们逼上绝路，公司会蒙受这么大的损失吗？如果我们遇上的不是瑞达化工，而是祥达化工，就算程总挪用应付款在先，公司蒙受这么大损失的可能性会有多少？我敢说可能性微乎其微！”

“你这是狡辩！如果没有程总经理挪用应付款在先，无论如何都不会发生后面的事情导致公司蒙受损失！”

“当然。”洪金山对石德明冷笑着，用嘲讽的语气说，“可是，没有程董事长就没有你和我的今天，我们有必要当着程董事长和各位董事的面，非要难为程董事长唯一的这个善良的孩子吗？”

“你……”石德明被讥讽得说不出来话。

“你们两个不要争了！”程长征假惺惺地说，“我刚才说过，作为公司董事长，为了维护各位股东的利益，我绝对不会偏袒程总经理。程总经理的行为毫无疑问违反了公司的规定，他必须为此承担一部分责任。为此，我有以下两点提议：第一，责令程总经理写一份深刻的悔过书，不但要在公司的公告栏里张贴，让所有员工都看到，而且要在下一次董事会上当众宣读；第二，给予程总经理留职查看处分，如果在两个月内再次出现重大错误行为，立即罢免并承担相关责任。各位董事请举手表决！”

绝大多数董事举手表示同意。

“各位董事，请把手放下。”程长征带着冷笑睃了石德明一眼，“根据今天的决议，财务总监出现了空缺。为了公司能够顺利运营，各位董事可以提出财务总监的人选，对候选人有以下三点要求：第一，具有至少两年上市公司财务管理工作经验；第二，具有欧美发达国家留学背景或至少两年在欧美发达国家工作的经验；第三，具有经济类专业硕士研究生及以上学历。之所以对财务总监的要求比较高，原因在于财务总监不但负责公司的财务管理工作，而且全权负责公司上市各项事宜。财务总监可以从公司内部选拔，也可以从外部招聘。”

董事们全都窃窃私语，觉得对财务总监的要求太高，一时半会儿恐怕没有合适的人选。程长征摊了摊手，说：“各位董事，不知大家有没有合适的人选？”

董事们全都摇了摇头。

程长征露出一丝不易察觉的奸笑，说：“那好，大家下去再想想，尽快提出财务总监的人选，下周的董事会进行讨论并表决。现在散会！”

一周后，在董事会上，个别董事提出了财务总监人选。不出程长征所料，董事们无法达成共识，一时难以抉择。程长征说：“不瞒大家说，我有一个人选，她是我的太太常娜。有请常娜女士！”

常娜走进会议室，向所有人鞠了一躬，坐在晓鹏为她预留的座位上。所有董事都将目光投向常娜，心里嘀咕：“这么年轻，能满足那些要求吗？”

石德明心里暗暗骂：“这个老狐狸，刚罢了郑永中，就提出自己的老婆，看来早就有预谋，还在这里惺惺作态！”

“不瞒大家说，我的身体健康已经大不如从前了。我的太太常娜自从和我结婚后，一直希望能替我分担一些压力，为此，她宁愿放弃自己的事业。”程长征骄傲而自信地说，“大家有所不知，她本科毕业于国内知名高等学府南方大学，毕业后到英国剑桥大学深造，获得了剑桥大学授予的经济学硕士学位。她在天州的上市公司盛元贸易担任财务总监已经有两年时间。”

绝大多数董事对常娜露出赞赏的目光。

程长征继续说：“作为公司董事长，我有权聘任公司的财务总监。现在我正式宣布：聘任常娜女士为公司财务总监！”

散会后，晓鹏一直闷闷不乐。为了达到父亲程长征的目的，他在上次的董事会上将挪用资金的主要责任推到郑永中身上，导致郑永中被逼走，常娜顺利出任公司财务总监。但是，这个成果是用很不光彩，甚至卑鄙无耻的手段得来的。这种卑劣的手段害了别人，肥了自家。当他在办公室里独自一人深感愧疚时，洪金山推开门走进来。

“洪叔，你来了。”晓鹏边说边站起来。

“嗯。”洪金山坐在晓鹏面前，微笑着说，“晓鹏，是不是还在为今天的事情自责？”

"嗯。"

"用不着自责。商场如战场,你的做法是对的。"

"对的?"晓鹏反问,"用抵赖事实真相这种卑鄙的手段达到自己的目的,损害别人,怎么能说是对的?"

"看来你还没有适应商海尔虞我诈的环境。"洪金山盯着晓鹏的眼睛,"试想一下,如果你在上次的董事会上据实陈述,最后的结果会是什么?"

晓鹏想了想,没有回答。

"最后的结果肯定是郑永中继续留任财务总监,你常娜阿姨不可能出任财务总监。而你,则被扫地出门了!"洪金山极为严峻地说,"如果事情发展到那种地步,你爸将独自一人面对一群恶狼!你爸的年龄大了,上次为了你的事情突发心脏病,身体健康已经大不如从前。他需要他的儿子和爱人在事业上帮助他,助他一臂之力!"

晓鹏低着头说:"洪叔,你说得对。"

"这就对了。"洪金山露出笑容,语重心长地说,"晓鹏啊,你爸把所有的希望都寄托在你身上,希望你能尽快成长起来,顺利接管大丰。他累了,真的累了。"

"洪叔,我会努力的,放心吧!"

洪金山嗯了一声,说:"洪叔相信你!"

第七章　峨眉山

诱惑

常娜担任财务总监之后，晓鹏和她的接触自然多起来。在公司里，常娜不管有人没人的时候，都会称呼晓鹏为程总，晓鹏称呼常娜为常总监。但是，晓鹏总是觉得很不自然，倒不是因为常娜是他的继母，而是因为常娜总会在举手投足之间报给他一个妩媚动人的笑容。笑容除了亲人间关爱的意味之外，似乎还包含其他东西，但晓鹏无法肯定，他也不敢想。他总是躲避常娜温情脉脉的目光。

在家里，常娜每天都关心照顾晓鹏。每天早晨晓鹏还没有睡醒的时候，常娜就已经为全家人做好早餐了，早餐中肯定会有一份是单独为晓鹏准备的。每逢刮风下雨，常娜总会提前为晓鹏准备好换的衣服和雨伞等需要带的东西。

时间久了，晓鹏不禁对常娜有了好感。他不止一次地想，或许常娜给予他的就是那种他从来没有感受过的母爱，可他又觉得好像不完全是。他总觉得这样下去肯定不好，因此一天晚上睡觉之前，对依偎在身边的兰兰说："兰兰，等结婚了，我们搬出去住吧？"

兰兰问："为什么？"

"我觉得吧，我们两个人已经结婚了，应该过属于我们的生活。"

兰兰有点儿想不通，说："我们住在二楼，爸、阿姨和奶奶住在一楼，互相不干涉，而且房子这么宽敞，不是挺好的吗？"

"好是好，可我只想和你一个人在一起生活。再说如果我们想回来住随时都可以回来啊！"

"可是奶奶那么疼你，你走了奶奶肯定会很想你的。"

“嗯。这倒也是，奶奶年龄都这么大了。”晓鹏叹了口气，“那就过段时间再说吧。”

兰兰一点儿也不想和晓鹏搬出去住，因为别墅十分豪华、宽敞，而且住在别墅里很多事情她都不用自己动手。如果搬出去住，很多家务都得自己动手做，她才不愿意呢。

一天晚上，晓鹏和洪金山陪公司的几个客户在一家酒店吃饭，晓鹏喝了不少红酒。

程长征早晨去广东考察和一家公司的合作项目，三天后才回来。巧的是兰兰也回老家看望爸妈去了。

晓鹏回到家已经快到晚上十一点了。他感觉头越来越晕，走路也越来越轻，像是在飘。他刚走进家门，常娜迎上来，扶着他，温柔地说：“晓鹏，你又喝酒了。”

“没事儿，阿姨，我只是多喝了几杯红酒。奶奶不在吗？”

“奶奶已经睡着了。”常娜扶着晓鹏在沙发上坐下来，“你先坐着，我去给你拿毛巾擦擦脸。”

常娜拿来毛巾，半蹲在晓鹏面前，轻轻地擦晓鹏脸上渗出的汗水，擦完说：“阿姨给你做了夜宵，一直在等你呢，到餐桌那边吃吧。”她搀扶着晓鹏走到餐桌前坐下，端来夜宵放在晓鹏面前。她对晓鹏浅浅地笑了一下，“你先吃，阿姨去换件衣服。”说完她离开了餐桌。

晓鹏感觉肚子空荡荡的，于是吃起来。没过多久，常娜坐在他对面。他抬头一看，只见常娜换上了柔软的丝质睡衣，在微暗的灯光的映衬下，显得十分迷人。常娜正含情脉脉地对他笑着，使他的心跳速度加快了，不由自主地低下头。他快速吃完夜宵，起身就要上二楼。

“晓鹏。”常娜轻轻地叫了一声。

常娜走到晓鹏身后，轻轻地伸出手放在晓鹏的肩膀上，温柔地说：“陪阿姨聊会吧？”

晓鹏怔住了，不知道说什么好。常娜慢慢地挪到他面前，双手搭在他的肩膀上，娇媚地说：“奶奶已经睡着了，今天这么孤单的夜晚，你不想陪陪阿姨吗？”

常娜目光中的灼热，如同她身上散发出来的那种十分诱惑人的香水味，强烈地刺激着晓鹏的心神，使晓鹏特别想抱住眼前的一片温柔。可是，晓鹏突然生硬地推开常娜，头也不回地上二楼去了。

常娜差点摔倒。她气得跺了一下脚，一直瞪着晓鹏的背影。

兰兰第二天下午回来了。晚上,她特别想和晓鹏亲热,但是晓鹏一直无动于衷,面色有点凝重。她噘着嘴,拧了一下晓鹏的乳头,娇嗔地说:“我今天回来你干吗一直冷冰冰的？像个木头人似的！”

晓鹏一本正经地说:“我想和你商量个事儿。”

“什么事啊？偏偏这个时候说！”

“我们搬出去住吧？”

“哎呀,你上周不是说过段时间再说吗？”兰兰哼了一声,重重地坐在晓鹏的腿上,“怎么这么快就变卦了？”

“我觉得我们应该过那种属于我们两个人的独立自主的生活,毕竟我们都长大了。”

“反正我不同意。”兰兰的嘴噘了老高,不理晓鹏。

“哎呀,我们都这么大的人了,老是靠奶奶和保姆伺候着,衣来伸手,饭来张口,多不好啊！”

“要搬的话你一个人搬出去住好了。”兰兰瞪了晓鹏一眼,掀起被子把自己裹在里面,不理晓鹏。

晓鹏悄悄地把手伸到兰兰的小腿旁边,突然伸出一只手紧紧地抓住兰兰的小腿,用另一只手挠兰兰的脚心。

兰兰忍不住笑个不停,她转过身子,边蹬晓鹏边说:“你干什么啊？我都痒死了,你快放手,痒……”

晓鹏怪笑着,说:“快说答不答应？不答应我就不放手！”

兰兰边蹬边说:“不,我就不答应,你快放开手,我都痒死了！”

“不答应我就不放手,痒死你！”晓鹏边说边不停地挠兰兰的脚心。

兰兰蹬了半天,终于告饶:“好好好,我答应你,你快放手,快放手……”

晓鹏在兰兰的脚心用力挠了一下才松开手。他转过身子,凑在兰兰面前,嘿嘿怪笑着,说:“怎么样,这回舒服了吧？”

“讨厌！”兰兰扭过头,“不理你了！”

晓鹏把兰兰的身子翻过来,在兰兰的嘴上重重地亲了一下,说:“老婆,今天不想要了？”

兰兰憋了半天,终于扑哧一声笑了。她张开双臂,把晓鹏紧紧地搂住了……

第二天晚上,程家人一起吃晚饭时,晓鹏对奶奶和程长征说:“奶奶,爸,我想和兰兰搬出去住呢！”

常娜怔住了。

奶奶和程长征异口同声地问："为啥？"

晓鹏说："奶奶，爸，我和兰兰想独立自主地生活，自己去动手创造属于我们的幸福。现在这种衣来伸手、饭来张口的生活虽然很好，但我和兰兰已经长大了，很多事情我们完全可以自己动手去做。"

"说啥话呢？"奶奶轻轻地瞪了晓鹏一眼，"一家人住在一起难道不好？"

"好是好，可我和兰兰真的想搬出去住。"晓鹏看了常娜一眼。

常娜明白，晓鹏打算搬出去住是因为忍受不了她的诱惑。她假惺惺地说："是不是阿姨哪里照顾不周啊？"

"当然不是。"晓鹏盯着常娜的眼睛，违心地说，"阿姨，你很关心我，也很照顾我，真的很感谢你。"

"不用谢，这是我应该做的。"

程长征沉吟了半晌，对晓鹏说："你说的对。你确实已经长大了，爸爸不应该把你像个孩子似的牢牢地拴在身边，毕竟你有自己的想法，也有属于自己的生活，爸爸应该尊重你的决定。再说这几年通货膨胀，房价一直在涨，再买套房子当成一次投资，只赚不赔的。"

晓鹏说："爸，你同意了？"

程长征点了点头。

"不行！"奶奶瞪着晓鹏，"你和小兰出去住了，奶奶想你的时候怎么办？"

晓鹏说："奶奶，我会经常回来看你的。你想我的时候给我打电话我就会回来的。"

奶奶叹息了一声，说："好吧，孙子长大了，有媳妇了，奶奶也管不住了……"奶奶说着说着声音变得哽咽起来，起身走进自己的卧室。

晓鹏跟着奶奶走进卧室，哽咽地说："奶奶，我会经常回来看你的，你别这么难过。"

奶奶抚摸着晓鹏的头，含着泪慈祥地说："晓鹏，去吧，有时间别忘了回来看奶奶就行。"

晓鹏没办法。他能想象得到，如果自己继续住在别墅里，肯定会因为常娜这个女人而导致家里发生不好的事情，后果难以预料。父亲得了心脏病，不能遭受刺激和打击，这也是他没有把常娜勾引自己一事告诉父亲的原因。他觉得只要搬出别墅，不好的事情就不会发生了。

虽然常娜对他怀有那种意思，但是他却恨不起来常娜，毕竟常娜比妻子兰兰更懂得照顾他、关心他。他从小到大没有享受过一天母爱，因此对常娜的关怀和体贴生出了一些依恋。

程长征花了一百多万为晓鹏买了一套一百五十平米的房子，房子位于天州市中心的繁华地段。房子没有装修好之前，晓鹏和兰兰只能暂时住在别墅里。

始料不及

晚上，晓鹏独自一人开车去找张菁。他要告诉张菁，再过一周他就要和兰兰举行婚礼了。虽然他爱张菁，但他已经和兰兰领了结婚证，兰兰也已经怀孕了，他别无选择，只能放下对张菁的爱恋，把心思全部放在兰兰身上。他的心中总是觉得愧对张菁，不仅是因为那个晚上他一时冲动做出了对不起张菁的事，还因为他感觉张菁似乎也很爱他。

他把宝马停在熟悉的巷口，下车后走进巷子里。走到张菁家门前，只见大门锁着，于是他沿着巷子往天桥方向走去。

走到天桥上，他终于见到张菁了。和以前相比，张菁瘦了很多，但脸庞显得更清纯了。面对每一个顾客，张菁总是笑脸相迎，但晓鹏看得出隐藏在她的眼睛里的悲伤和落寞。她一直没有从失去母亲的悲痛中走出来。

晓鹏感到十分心疼。张菁这个失去父母的女孩儿，一个人隐藏在繁华都市里的一个很小的角落里，默默地为生活而挣扎，该是多么的令人疼惜啊！

半晌，晓鹏才向张菁走去，蹲在张菁面前。

“您好，精仿饰品，随便挑……”张菁抬起头发现是晓鹏，怔住了。

“是你啊。”张菁对晓鹏笑了一下，然后对旁边的顾客说：“精仿的，随便挑，随便选……”

虽然张菁装出若无其事的样子，尽力没让泪水从眼里流出来，但她的泪水却流进了晓鹏的心里。晓鹏半天才说：“你瘦了。”

“有点儿。”张菁边整理饰品边说，“都是前段时间太累了。”

“以后别这么辛苦了。”

“没事儿，习惯了。”张菁挤出笑容，“今天怎么有时间过来了？”

“今天闲着没事做，所以过来看看你。”晓鹏说完才觉得自己话说得不对，很后悔。

“噢。”张菁漫不经心地说着，淡淡地笑了笑。

“我帮你收摊吧？”

“好吧，今天的生意也不怎么好，早收早回家。”

晓鹏帮张菁收完摊，然后拎起行李箱。张菁说：“我们一起吧？”

“不用了，我一个人就行。”

“好吧。”

没过多久，晓鹏提着行李箱走进张菁家，又走进他曾经住过一晚的那个屋子，把行李箱放在屋子的拐角。

“擦擦汗。”张菁边说边把毛巾递给晓鹏。

晓鹏接过毛巾擦了擦汗，然后把毛巾还给张菁。张菁给晓鹏倒了一杯白开水，说：“就我一个人，平时也没人来，所以没买茶叶，将就一下吧？”

“没事的。”

张菁背对着晓鹏，半晌都没有说话。

晓鹏感慨地说：“你瘦了很多。”

“你已经说过了。”

“噢。阿姨已经走了，人死不能复生，你别这么难过了。”

“嗯。上次在北京谢谢你帮忙。”张菁的声音有点哽咽。

“不用谢的，能帮到你我很开心。”

“钱我会还你的，前后两次一共是二十万。”

“不用还了。”

“那不行。既然是借，就一定要还你的。”

“我说不还就不还，再说你怎么还啊？”晓鹏有点儿生气，“不要再提钱的事了。还有，以后别去卖饰品了，那么辛苦，能挣几个钱啊？”

张菁的眼睛湿润了，说：“今天晚上你还走吗？”

“走。”

张菁失望地说：“今天只是过来看一下我，是吧？”

“不全是，今天来还有件事要给你说一下。”晓鹏犹豫了半天，吞吞吐吐地说，“这个月……二十六号，我……要举行婚礼，地点是在世纪花园大酒店……”晓鹏本来还想说“希望你能参加我的婚礼”，但他说不出口。

张菁没说话，神情似乎没有异常，但晓鹏的心里很不安。晓鹏走到张菁面前，愧疚地说：“对不起……”

张菁硬生生地挤出笑容，说："你是想邀请我参加你的婚礼吧？"

"嗯……"

"谢谢。"

"希望你能参加。"晓鹏满怀深情地看着张菁，"我走了，你多保重。"他默默地站了一会儿，然后转过身依依不舍地往门外走。

"你别走！"张菁突然从身后拦腰抱住晓鹏，大声哭着说，"你别走，陪陪我，我只剩下一个人了！"

晓鹏站住了。

"自从那个下雨的夜晚，我就已经爱上你了……"

晓鹏呆了，像个木头人似的呆呆地站着，一动不动。

张菁撕心裂肺地哭着，哭声几乎快把晓鹏的心撕碎了。晓鹏仰起头，闭着双眼深深地吸了一口气，眼泪哗哗地流出来。他多么想转过身抱住张菁，给这个他深爱着的女孩一个莫大的安慰，但他忍住了。半晌，他推开张菁走了，没有回头。

晓鹏连着好几天都闷闷不乐。张菁撕心裂肺般痛哭的样子总会在梦里出现，他连着好几个夜晚都在梦中惊醒。尽管惊醒后兰兰温柔地安慰他，但他的心情久久不能平静。他虚情假意地哄兰兰，让兰兰不要担心，可他越是这样越觉得自己虚伪。他不仅对不起兰兰，也对不起张菁。

他不得不承认，他对张菁的决绝非但没有使自己忘记张菁，反而使自己刻骨铭心地爱上了张菁，这是他始料不及的。他对张菁充满了怜惜和愧疚……。

还钱

晓鹏正在办公室里发呆时，一个陌生电话打到手机上："你是程晓鹏吧？"

听声音对方似乎是一个中年男子。晓鹏说："是的，您哪位？"

"张菁你认识吧？"

"张菁？"晓鹏有点诧异，"是啊，我认识。"

"她让我给你送一件东西。我在你们公司大楼底下，你赶快下来拿。"

"好的，您等一下，我马上下去。"晓鹏挂了电话，急匆匆地走出办公室，往楼下跑。他刚走到一楼门口，一个穿着朴实的中年男子对他说："你就是程晓鹏吧？"

"嗯。"

"张菁让我把这个给你。"中年男子把手中提着的一个蓝色手提袋递给晓鹏。晓鹏刚要拉开拉链看一下手提袋里装着什么东西，中年男子用力抓住他的手，郑重地说："张菁说先不要打开，回去再看。"

"好吧。您是张菁的？"

中年男子面无表情地说："朋友。"

"张菁还说什么了吗？"

"没有。"中年男子轻蔑地瞪了晓鹏一眼，转身要走。

"您到楼上喝杯茶吧？"

"不用！"中年男子头也不回地走了。

晓鹏快步返回办公室。他迫不及待地打开手提袋，目瞪口呆：手提袋里放着数十沓一百元钞票，张菁把借他的钱还给他了！

晓鹏生气极了。他不想让张菁给他还钱，那天晚上他就已经对张菁说不要再提钱的事了，这点钱对他而言不算什么。再说张菁肯定没多少积蓄，她需要钱维持生活。

他想不明白，按理说张菁现在根本就没有多少钱，她怎么可能一下拿出二十万？这些钱她是怎么弄来的？

带着疑问，也为了把钱退还给张菁，晓鹏提起手提袋快步走出办公室。等他走到楼下，中年男子已经不见踪影。他只好开着宝马，飞快地向张菁家驶去。

在张菁家门前，晓鹏敲了敲门，院子里传出一个中年男子的声音："谁啊？"

从声音可以听出来，中年男子不是替张菁还钱的那个中年男子。晓鹏心想：这个男的会是谁呢？他正想时，中年男子把门推开了。从穿着看，中年男子很像小商贩。

晓鹏说："叔叔您好，请问张菁在吗？"

"张菁？"中年男子想了半天，"噢，你说的是以前住在这里的那个女娃子吧？"

"嗯。"

"小伙子你不知道啊，那个女娃子把这个宅子卖给我了，她去哪了我也不知道哇！"

"什么？"晓鹏吃了一惊，"她什么时候卖给你的？"

"三天前。"

"卖给你多少钱？"

"哎呀，卖给我二十万呢！"

“二十万？”

晓鹏明白了，为了给他还钱，张菁卖掉了自家的宅院。可是现在的地价和房价都特别贵，这个宅子怎么才卖了二十万？听中年男子的口气，还嫌卖得贵了呢。他急声问：“她把宅子卖了那她住哪里？”

“小伙子你倒问得怪了，她住哪里我怎么知道。”

晓鹏没再说什么，转身就走。他边走边拨打张菁的手机号，但张菁的手机已经停机了。他开着宝马去了西街派出所。走进派出所，一名男警官迎面向他走来。他对男警官说：“警察同志，您好，请问张菁在吗？”

男警官说：“张菁辞职了。”

“辞职？”晓鹏吃了一惊，“她去哪了？”

“不知道。”

“那你们所谁知道她去哪了？”

“这我就不知道了。”

晓鹏又问了几名警察，他们也都说不知道张菁去哪了。

夜里，晓鹏去了张菁以前卖饰品的那座天桥上。他一直等啊等，但张菁始终没有出现。

张菁去哪了？她还在不在天州？

晓鹏默默地看着天桥前方的霓虹灯，心里难受极了，欲哭无泪。他能感觉得到，是他的绝情使张菁离开了这个城市，因为在这个城市里，他根本给不了张菁一个温暖的家。张菁这样一个孤苦伶仃的女孩儿，该是多么渴望能有一个温暖的家和一个疼惜她的丈夫！

张菁卖掉宅子给他还钱令他十分震惊。他没想到，这样一个年轻的女孩儿竟然那么有骨气，宁肯卖掉宅子也要还清借他的钱。在这个房价日益攀升的年代，仅凭一人之力买一套房子该是何等艰难！张菁用卖房还钱这种残忍的方式斩断了他们之间的所有联系，从此以后，他们之间谁也不欠谁的，没有任何关系。

蜜月

晓鹏和兰兰的婚礼如期举行了。

举行婚礼当天，世纪花园大酒店二楼的婚宴大厅里坐满了参加婚礼的宾客。他们无不向晓鹏和兰兰这对新人表示祝贺，无不赞叹他们简直就是郎才女貌、天造地设的一对。

兰兰在万众瞩目中终于体验到了豪门婚礼的奢华。和晓鹏对拜的那一刻，她激动得热泪盈眶。从此以后，她名正言顺地成为程家的一员，过上了许多人梦寐以求的豪门生活。

然而，晓鹏的心里却特别苦。和兰兰对拜时，他不禁紧紧地抱住兰兰，在兰兰温柔的怀里流出泪水，像个孩子一样。他多么渴望此刻和他走进婚姻殿堂的不是兰兰，而是他万分疼惜的女孩儿张菁！

他和兰兰都不知道，婚礼正在举行的时候，一辆白色雅绅特轿车停在世纪花园大酒店的斜对面。轿车里的一个年轻男子戴着黑色墨镜，心里谋划着如何拆散他们。

第二天，晓鹏和兰兰开始为期一个月的蜜月之旅。他们去了云南，游历了丽江古城、泸沽湖、香格里拉、玉龙雪山、西双版纳、腾冲地热火山等著名风景名胜区。

每天，兰兰或是依偎在晓鹏的怀里，欣赏美不胜收的自然风光，呼吸天地间清灵的气息；或是和晓鹏手牵着手，漫步在一座座依山傍水的古朴小镇里，领略少数民族独特的民俗和风情。他们都关了手机，不想让任何人打扰。他们徜徉在美丽的天地间，倾听风的轻吟、鸟的欢笑，欣赏山的峻秀、云的变幻，享受与自然交融时的快乐。

蜜月最后一天，在昆明国际机场的候机大厅里，昆明飞往天州的航班即将开始检票。晓鹏突然改变主意了，说："兰兰，我们先不回去了，我们去四川的峨眉山吧？"

兰兰说："为什么要去那里啊？"

"峨眉山不仅风景秀丽，有'秀甲天下'的美誉，而且是中国四大佛教名山之一。"晓鹏抓住兰兰的手，有点儿乞求似的说，"我想去那里拜拜佛祖，乞求佛祖保佑。"

"哎呀，你什么时候迷信起来了？"兰兰极不高兴地推开晓鹏的手，"我不想去！"

"兰兰，答应我。"晓鹏极为认真地说，"我真的很想去。"

兰兰噘着嘴瞪了晓鹏一眼，很不情愿地说："好吧。"

下午，在峨眉山上的一座大殿里，晓鹏和兰兰双手合掌，虔诚地跪在佛祖的脚下。兰兰在心中默默祈祷，希望佛祖保佑她永远年轻漂亮，晓鹏会爱她一辈子。

然而，晓鹏却流泪了。他之所以来峨眉山，其实是想在佛祖的面前忏悔、祈祷，祈求佛祖保佑他心中最为牵挂的女孩儿张菁永远平安、幸福、快乐，他宁愿张菁的所有不幸都转嫁到他身上。

在最高峰万佛顶上，晓鹏极目远眺。只见一座座峭拔的山峰横卧在云端里，雄奇峻伟。云雾如同波涛般汹涌翻滚,变幻无穷,时而风平浪静,奇妙无比。

看着天地间的一切尽在眼中,晓鹏豁然开朗起来。他下定决心:从今天开始,一定要做这个世界上最开心的人!

心悸

回到天州后,兰兰辞掉原先的工作,以程家正式一员的身份进入大丰集团,担任总经理助理。公司里谁都知道她是董事长的儿媳、总经理的老婆,因此几乎所有员工见到她都点头哈腰,唯恐怠慢她。她终于可以不必再像以前那样,每个月辛辛苦苦地挣着不够买名牌衣服和高档化妆品的工资, 而且有时侯工作稍有差池不是被扣工资就是挨主管的骂。现在的她可以在不高兴的时候故意找个碴冲员工发一通火,耍耍脾气。她变得越来越刁蛮任性。

可是,每次在常娜面前,她却不由自主地收敛起个性,对常娜毕恭毕敬。因为常娜是董事长的妻子,她不敢得罪,而且常娜担任财务总监,工作能力远远超过她。不仅如此,常娜的学历和综合素质也令她难以望其项背。

不过,最重要的是她感觉常娜虽然表面上看起来很随和,但内心却很阴冷。她和常娜接触的时候总是感觉有点心虚,还有点心悸。

搬家

程长征为晓鹏买的房子装修好了,晓鹏打算第二天就搬到新房子里。

晚上,在奶奶的房间里,奶奶抚摸着晓鹏的头,说:“晓鹏,有空就回来看看奶奶,你走了奶奶会很想你的。”

“奶奶,有空我一定会回来看你的。”晓鹏强忍着没有流出眼泪。

从奶奶的卧室走出来, 晓鹏直接上了二楼。他轻轻地敲了敲小红住的屋子的门,说:“小红,开一下门,我有话对你说。”

“程哥,你稍等一下。”小红急急忙忙地穿衣服,她刚睡下不久。拉开门看到晓鹏,她不由自主地低下头,脸红了,羞怯地说:“程哥……”

“这么早就睡了啊! ”晓鹏也很难为情,“小红,明天我和兰兰就搬走了,以后你一定要照顾好奶奶,奶奶的年龄已经很大了。”

“嗯,程哥,你放心去吧,我会照顾好奶奶的。”小红看了晓鹏一眼又急忙低下头。

“对了，上次送给你的那个手机你有没有用啊？”

“一直没用呢。”

“你抽时间去办张卡，家里有什么事就给我打电话。”

“嗯。”

“那我先走了，你早点儿休息。”晓鹏转身走了。

小红一直看着晓鹏的背影消失后才走进房间，轻轻地关上门。

晓鹏也不知为什么，刚才和小红说话的时候觉得有点儿窘，总想快速说完就离开。想想小红刚才羞怯的样子，他隐隐觉得小红挺漂亮的。

第二天是周末。晓鹏开着宝马把兰兰的衣服全都拉到新房子后，兰兰懒洋洋地躺在床上不想起来。兰兰对晓鹏说自己很累，想休息一会儿。晓鹏让兰兰赶快和他回到别墅把剩下的东西都搬过来，可兰兰埋怨晓鹏不心疼她，还说晓鹏是男的，力气大，应该多干点儿。晓鹏只好一个人怏怏不乐地开着宝马回到别墅继续搬东西。他刚走，兰兰就躺在客厅的沙发上看动画片。

程长征一大早就出去钓鱼了，一直没回来。奶奶和小红在厨房里做午饭的时候，晓鹏一个人在卧室里收拾东西。不知什么时候，常娜悄悄地走进卧室，站在晓鹏身后。她在晓鹏的耳边轻轻地说：“晓鹏，阿姨帮你吧？”

晓鹏听到声音吓了一跳。他回过头，只见常娜对他娇媚地笑着。他很不自在地低下头，说：“不用了，阿姨，我自己能行。”

“反正阿姨闲着。”常娜开始帮晓鹏整理东西。

晓鹏不想让常娜帮他，但不好拒绝。他抱着箱子正要走出卧室，常娜在他身后叫了一声：“晓鹏……”

晓鹏停下脚步。

常娜轻轻地走到晓鹏身后，伸出手温柔地抚摸晓鹏的肩膀。她在晓鹏的耳边轻轻地吹了一口气，含情脉脉地说：“有时间就回来看看阿姨，阿姨每天都会很想你的。”

晓鹏当然听得出来常娜话中隐含的意思，不禁对常娜十分反感。他用力晃了一下肩膀，甩开常娜的手，然后头也不回地走了。

常娜气得脸都白了。她狠狠地瞪着晓鹏，心里暗暗说：“程晓鹏，总有一天我要让你乖乖地臣服在我的石榴裙下！”

流产

一天，常娜和程母、程长征吃午饭时，忽然感觉小腹十分疼痛，不停地呻吟。程长征扶着她，急声问：“小娜，你怎么了？”

“程哥，我肚子好痛。”常娜的脸上流出了汗水。

程母对程长征说：“快送医院！”

“小娜，你忍着点。”程长征立即抱起常娜快步走到门外，开着奔驰将常娜送到医院。他在急诊室外等了一个多小时，医生终于出来了。他问医生情况怎么样，医生说病人意外流产，已经做了手术，没有生命危险。

程长征听完一阵发晕，差点栽倒。之前他一直为自己中年得子而欣喜，可是胎儿的意外流产使他的美梦破灭了。他走进病房，看着常娜憔悴的脸庞，不禁紧紧地抓住常娜的手。

常娜哽咽地说：“程哥，对不起，我没有保住我们的孩子。”

“小娜，别这么难过。”程长征柔声安慰道，“只要你平安就好。”

常娜含着泪水，投进程长征的胸怀里。

没有人知道，其实是常娜自己服用药物导致胎儿流产。她之所以这样做，是因为程长征是她的仇人，她无论如何也不能给仇人生下孩子。

昏厥

经过审核、评估，年底大丰终于在深交所挂牌上市了。

为了庆祝公司上市，大丰决定元旦在世纪花园大酒店召开公司上市庆祝表彰大会。

元旦当天，世纪花园大酒店里气氛热烈，热闹非凡。前来参加表彰大会的不仅有大丰集团的股东和各级管理人员，还有天州市政府分管经济工作的相关领导以及本市工商界的相关人士。

大会在热烈的气氛中拉开序幕。程长征首先登台致辞。他对前来参加大会的社会各界人士表示欢迎和感谢，并对所有员工为公司发展所做出的贡献表示肯定和感谢。他勉励所有员工再接再厉，为实现公司的未来发展目标而不懈努力。

出乎意料的是，程长征因头发晕两次中断致辞，每次他都在竭力定了定神之后才将发言继续进行下去。所有人对此都没有在意，但坐在主席台对面第一排的常娜却露出了不易察觉的冷笑。

晓鹏作为大丰集团的总经理也登台致辞。讲话稿是洪金山为他准备的，他只是照着稿子读了一遍。他代表公司董事会和各位股东，对公司发展过程中涌现出来的优秀员工表示感谢并赠予奖杯和奖金。

天州市政府分管经济工作的何副市长也发表了讲话。他代表市政府对大丰成功上市表示祝贺，对大丰为天州市的经济发展所做出的贡献予以肯定。他勉励大丰所有员工在董事长程长征的带领下，早日实现公司发展目标，为天州市的经济发展做出更大的贡献。

宴会开始后，程长征和市政府的相关领导及工商企业界人士开怀畅饮。程长征没想到，他只是喝了几杯红酒就感觉头越来越晕，有点站不住。他竭力控制自己，没让自己出现任何意外情况。可是宴会结束后，当他刚走出酒店门口，突然昏倒了。

晓鹏和常娜叫了程长征半天，但程长征没有醒来。晓鹏和常娜立即搀扶着程长征走到奔驰车前，打开车门扶着程长征坐进车里，之后晓鹏开着奔驰风驰电掣般向医院驶去。

常娜坐在奔驰的后排座位上，捧着程长征的脸，急得流出眼泪。一会儿，程长征醒了。常娜边哭边说："程哥，你终于醒了，吓死我了！"

程长征挤出笑容，说："没事，我就是高兴，还有点累，睡着了。"他虽然说没事，但实际上头又昏又疼，难受极了。他轻轻地抚摸着常娜的脸，用手拭去常娜脸上的眼泪，"小娜，我累了，想睡会儿。"

"程哥，你放心睡吧，我会一直陪在你身边的。"

程长征笑了一下，闭上眼睛。他被送进医院后，医生迅速对他采取了急救措施。大半个小时后，他被医生从急救室里推出来。常娜和晓鹏问医生情况怎么样，医生说病人并无大碍，只是由于年龄大了，而且患有高血压，喝酒过多导致血压升高，引起突发性昏厥。医生郑重地告诉晓鹏和常娜，病人以后不能过度劳累，不能过量饮酒，否则有可能导致脑血管破裂，危及生命。病人最好停止高负荷工作，尽量多休息。医生说完，常娜和晓鹏才放下心。

程长征醒来后，晓鹏在病床边俯下身问："爸，你感觉怎么样？"

程长征慈祥地笑着，说："放心，爸爸没事。爸爸只是感觉有点儿累。"

晓鹏含泪点了点头。

程长征看着双眼含泪的常娜，温柔地说："小娜，我没事，不用担心的。"

"嗯。"常娜俯下身，紧紧地抓住程长征的手，轻轻地抽泣。

看到常娜悲伤的样子，晓鹏的心中不由得升起一股怒火。常娜既然这么爱父亲，之前就不应该背着父亲勾引他！他不禁对常娜生出极其厌恶的感觉，怀疑常娜根本就不爱父亲。他把怒火强压在心里，没有显露出来。他根本想不到，常娜心中藏着一个巨大的阴谋！

看着程长征苍白的脸，晓鹏十分难过，说："爸，医生说你以后不能再这么劳累了。我已经长大了，很多事情可以自己动手做的。你一定要多休息，身体要紧啊！"

程长征说："晓鹏，你现在真的长大了。爸爸为你感到高兴！"

第二天早晨，洪金山来到医院看望程长征。他俯下身，关切地说："程哥，你这是怎么了？"

"昨晚多喝了几杯，没想到晕过去了。"程长征笑着说，"现在老了，身体不比以前了！"

洪金山紧皱着眉头，说："程哥，按理说你不应该出现这种情况，你今年才五十几岁啊！我觉得你应该做一次全面检查，看看到底身体哪里出问题了。"

"不用了。医生说我有点劳累，还有高血压，大量饮酒导致血压快速升高，所以出现短暂昏厥。放心吧，我自己的身体我心里清楚。"

"好吧。程哥，你以后千万不要这么劳累了。大丰已经上市了，从目前的情况来看，形势比估计的还要好。晓鹏这段时间的进步也蛮大的，你可以把更多的权力下放给他，让他尽快成长起来。我发现晓鹏现在也充满了信心，准备摩拳擦掌大干一番呢！"

"是啊！"程长征高兴得有点合不拢嘴，"这个臭小子这段时间的进步的确很大，我啊，看来能早点退休养老了！"

遗嘱

程长征只在医院打了三天吊针就出院了。出院后，他感到精力越来越差。他经常感到头疼，有时夜里还会失眠。好几次开会期间，他突然感到头又晕又疼，因此不得不停止开会。他去医院做了一次全面检查，但没有查出问题。医生只给他开了一些安神补脑的药，嘱咐他不能太累，一定要多休息、还要多锻炼。

由于感到身体健康越来越差，程长征亲笔写了一份遗嘱。他在遗嘱中明确说明去世后他所持有的大丰集团的股份、别墅及其附属财产和奔驰轿车由儿子程晓鹏继承，六百万银行存款由妻子常娜继承。他还在遗嘱中指定他的好友秦方正律师做遗嘱的保存者和执行人，在他去世后负责执行遗嘱。他怕常娜提前看到遗嘱后会因为自己继承的份额太少而心生不满，因此专门买了一个保险柜，将遗嘱秘密地保存在保险柜里。保险柜的密码是七个数字，只有他一个人知道。

常娜问程长征买保险柜做什么用，程长征支支吾吾的没有说实话。常娜根据神色判断程长征没有说实话，她估计程长征肯定在保险柜里存放了极为重要的东西。

取名

随着一声婴儿的啼哭，晓鹏忐忑不安的心情终于安定下来。他手舞足蹈地对奶奶说："奶奶，我当爸爸了，我当爸爸了！"

一会儿，一名女医生从产房里走出来。晓鹏快步走到女医生面前问："医生，是男孩还是女孩？"

女医生笑着说："恭喜你，是个男孩！"

晓鹏乐开了花，说："我可以进去吗？"

"可以。"

晓鹏十分高兴，快步走进产房。一名医生抱着兰兰生的婴儿，婴儿虽然很小，但面色很白净。晓鹏情不自禁地在婴儿的额头上亲了一下。

"晓鹏……"兰兰头上的汗水还没有干，她勉强露出笑容，"是个男孩。"

"嗯！"晓鹏俯下身，看着脸色极其憔悴的兰兰，心疼极了。他伸出双手紧紧地抓住兰兰的手，万分感激地说，"兰兰，谢谢你！"

兰兰流泪了。最近两个月，她每天都待在家里养胎。虽然母亲一直在家里照顾她，但晓鹏仍然每天晚上陪在她的身边，对他十分关心。晓鹏虽然不成熟，有时候还带着些孩子气，但晓鹏心地善良，很有责任感。晓鹏对她无微不至的关怀令她十分感动，她暗暗发誓一定要做一个好妻子，永远和晓鹏在一起，不离不弃。

兰兰出院回到家的当天晚上，晓鹏躺在她的身边，说："老婆，你说给咱儿子取个什么名字呢？我都想了好几天了，可是一直想不出个好一点的名字。"

"我这几天也在想呢，一时半会儿还真想不出来好一点的名字。"

"咱儿子以后要干大事，名字一定不能俗了。"

"我也是这么想的，可是想出来的名字都不怎么好。"

"咱们想想和成功有关的成语，没准能从成语里找到灵感。"

"嗯，我想想。"这下难住兰兰了。从小学到高中，她的语文成绩一直很不理想。

她几乎从来都不看课外书，直到现在还像个孩子似的经常看动画片。她绞尽脑汁思索着，边想边说，“出人头地、事业有成、年轻有为，嗯，还有一步登天、鸡犬升天……”

晓鹏扑哧一声笑了，说：“什么鸡犬升天啊？越说越没谱了，咱儿子又不是小鸡小狗！”

兰兰窘着脸，娇嗔地打了一下晓鹏的胳膊，说：“我不是想不出来嘛！”

晓鹏灵机一动，说：“鸡犬升天，鸡是一种鸟，还有一种比鸡更厉害的鸟叫大鹏鸟，大鹏鸟可以鹏程万里呢！”晓鹏嘿嘿笑着，“我看鹏程万里这个成语不错。我的名字叫晓鹏，咱儿子继承我的事业，干脆叫程万里得了，这样儿子和我一脉相承，都能鹏程万里！”

“刚才还怪我呢。”兰兰噘着嘴，哼了一声，“要不是我说鸡犬升天，你怎么可能想到鹏程万里这么好的成语？”

“哎呀，多亏了我的宝贝老婆！”晓鹏搂住兰兰，笑嘻嘻地说，“咱儿子取了这个名字，以后肯定能迈出中国，走向世界，干一番惊天动地的大事。老公我替小万里谢谢你啦！”

兰兰睃了晓鹏一眼，说：“这还差不多。”

晓鹏挥着手，侃侃而谈：“春秋战国时期的思想家庄子写了一篇文章叫什么《逍遥游》来着，里面就讲过一只大鹏鸟，特别厉害，什么日行千里，夜走八百，哎呀，你不知道，那只大鸟可厉害了！”

看着晓鹏的傻样，兰兰开心地笑了。

第二天，晓鹏抱着小万里和兰兰去别墅吃晚饭时，告诉奶奶和父亲他给儿子取名叫程万里，他还把名字的寓意讲了一遍。他少不了又自吹自擂一番，再次讲了庄子写的《逍遥游》里的那只厉害无比大鹏鸟。奶奶和父亲听完都笑了，他们都说晓鹏名字取得好。

第八章　似水柔情

应聘

张菁一个人去了北京。她最先去的地方是长城，她一直倚靠在曾经洒过母亲骨灰的那段长城上，默默地望着山川和草木，回想母亲在世时的一幕幕，黯然泪下。

她原本想到市区找一份工作，可是转念一想，市区不但消费高，而且汇集了很多来自全国各地的高端人才，在市区找一份好工作谈何容易。再说到市区只能暂时住在宾馆或招待所里，费用肯定不少。她除了身上的几百元现金外，只有银行卡上的两千块钱。因此她决定在长城脚下的周平县找一份工作，等以后有机会再去市区。

她住进周平县的一家小旅馆，选了一个最小的房间。房间只有十几个平米，里面除了一张床和一个小桌子外，没有其他家具，每天的费用是三十元。

第二天早晨，张菁经过打听，坐公交车来到每周例行人才交流会会场。

找份工作真不容易。她看了很多单位的招聘展板，虽然有不少自己可以从事的岗位，但是用人单位几乎全都要求应聘者具有北京户口，而且很多单位不提供住宿，开出的工资也不高。

在一所名叫“启明星”的小学的招聘展板前，张菁停下脚步，仔细看展板上的招聘简介。这是一所民办贵族学校，为招聘的教师开出的年薪高达十万元。但是，要求应聘者具有重点师范类院校本科及以上学历，而且必须是北京户口并具有最少三年教学经验。这所学校还招聘两名保洁员，要求高中学历即可，不限户籍，而且开出的工资相对比较高，达到每月两千两百元，但不缴纳社保，也不提供食宿。

张菁有点儿想应聘这所学校的保洁员。这份工作虽然辛苦，但对户口没有限制。不过美中不足的是学校不提供食宿，使她有点儿犹豫。

启明星小学负责招聘的是一名戴着眼镜气质高雅的女士。她见张菁看了半天展板，说：“请问你想应聘我们学校的老师，是吗？”

张菁说：“不是，我想应聘保洁员。”

“保洁员？”女士有点儿不相信。张菁的穿着虽然很朴素，但掩饰不住她的清纯和美丽。

女士拿出一张空白表格和一支笔，放在桌子上，说：“你先填一张简历吧。”

张菁嗯了一声，坐在桌子前填简历。她在学历一栏填了高中，并没有填本科，也没有填自己毕业于北京民族大学，她还隐瞒了真实工作经历。她之所以隐瞒真实情况，是因为怕女士询问具体情况时她不好回答，过去经历的那些事情三言两语根本就说不清楚。

填完后，张菁把简历交给女士。女士仔细看了一遍，问：“为什么来北京呢？”

张菁说：“我妈去世后骨灰洒在长城，我想来北京陪她，而且我在老家已经没有亲人了，宅子也卖了，一个人无牵无挂的，所以就来北京了。”

“我觉得你很年轻，人也爱干净。如果你真的想应聘保洁员，我可以录用你，我是学校的主任，我姓赵。其实，保洁员虽然不限户口，但我们是想招家在学校周边的下岗职工，因此不提供食宿。如果你到我们学校当保洁员，你得在外面租房子自己做饭，你能克服吗？”

“赵主任，我对这里很不熟悉，不知道你们学校周边有没有可以出租的房子，破旧一点没事，只要便宜能住就行。”

“要说房子吧，学校后面倒是有。你不知道，我们学校是在一所公办小学的旧址上兴建的，学校后面还有几排以前小学的教室，很破旧，可能再过两年学校扩建的话就把那些教室拆掉了。那些教室暂时还能住人，而且已经有一个保洁员住在那里了，不知道你愿不愿意住在那里？”

“只要能住就行，我能克服的。”

“先别急着答复我。这样吧，再过两个小时招聘会就散场了，你先在招聘会周边转转，两个小时后过来找我，我带你去一下学校，你看一下房子再说。”

“好的，赵主任，那我先走了，谢谢您。”张菁鞠了一躬，转身走了。

下午，赵主任带张菁来到启明星小学教学楼后面的一块高低不平的荒地前。荒地在山脚下，中间是几排砖瓦房。砖瓦房看起来很破旧，显然废弃好多年了。

赵主任指着砖瓦房，对张菁说：“就是那些房子。你住下后后勤部可以安排电工再拉一条电线过去。水可以到教学楼一楼的水房去打，有开水，也有冷水。不过冬天得自己生火炉取暖。你要是不想住在这里，出去租房子也行。”

张菁说：“没事的，主任，我住在这里能行，我能克服的。”

“那好，我带你去人事部办理一下入职手续。你啥时候搬过来都行，也不用给别人打招呼，反正那些房子没人住。”赵主任说完带张菁去了人事部。

怀孕

在人事部办完入职手续，张菁去了教学楼后面，想找一间房子尽快打扫出来。

她挨个走进每一间砖瓦房查看，可是每一间砖瓦房都很破旧，而且每一间门上的锁都被撬坏了。在一间砖瓦房前，她停下脚步。这间房子的门虚掩着，门前打扫得很干净，一条踩出的小路笔直地向教学楼方向延伸过去。她心想：这里住的应该就是赵主任说的那个保洁员吧。她轻轻地敲了敲门。

门被拉开了，一位年龄五十岁左右的中年妇女出现在面前。中年妇女打量了一下张菁，惊讶地问：“你是？”

张菁笑着说：“大婶，你好，我叫张菁，是学校新招的保洁员。”

“噢，是新来的保洁员啊！”中年妇女高兴地说，“快进来坐！”

“嗯。”张菁走进房子里。房子只有三十几个平米，里面特别简陋，没有一件像样的家具。

张菁坐在床上，中年妇女边给她倒水边说：“小张，我姓毛，叫毛小兰，你叫我毛婶就行。听口音你不像本地人，从哪里来啊？”

“我从天州过来，离这里挺远的。”

毛婶问：“天州在哪？”

“在江华省。”

毛婶坐在椅子上，又问：“那么远怎么来北京了？”

张菁有点伤感，说：“我妈上个月来北京做手术，可她做完手术走了，骨灰洒在长城。我七岁那年父亲就去世了，我妈走后剩下我一个人无牵无挂的，所以就来北京了。”

“真是个苦命的丫头。婶看你不像普通的孩子，应该是有文化的，怎么来这里当保洁员了？”

“哪有啊。”张菁装出若无其事的样子，“婶，我高中毕业，没多少文化。”

“是吗？”毛婶摇了摇头，“我看不像，你别看婶没文化，可看人很准的。你来了也好，以后闲了没事的时候可以陪婶聊聊天，婶一个人住在这里挺闷的。”

“嗯。”张菁点了点头，“婶，你怎么一个人住在这里？你没有家吗？”

毛婶叹了口气，说：“小张，你不知道，我年轻的时候得了不孕症，怀不了孩子，嫁给一个有钱人后，因为这个原因丈夫和我离婚了。我从小就是孤儿，是奶奶把我养大的，我嫁人后没多久奶奶就去世了。和丈夫离婚后我一直没再结婚。这么多年也遇到过几个和我谈得来的男人，可是他们知道我不能生育后全都离开我了。一晃这么多年过去了，一直没个安稳的家。”毛婶轻轻地拭去眼里流出的泪水，勉强笑了笑，又摊了摊手，说：“不说了，说起这些伤心。”

“对不起，婶，我不该问你这个问题。”

“没事儿。时间不早了，今天就在婶这里吃饭吧，婶给你炒几个菜。”

“嗯。婶，我随便吃点就行。”

“小张，今天是你第一天来，不管怎么说，婶都得多炒几个菜。对了，住的房子找上了吗？”

“还没呢。”

“那你先去找房子，找好了打扫一下。”毛婶指着墙角，“笤帚和簸箕在那，抹布在脸盆架底下。我记得前面斜对头的一间房子里有一张床，还有火炉和脸盆架，将就着应该还能用，你去看看。”

“好的，婶，那你忙，我先过去了。”

“嗯，再过一个小时回来吃饭。”

张菁嗯了一声，拿起笤帚和簸箕走了。她没费多大工夫就找到了毛婶说的那间房子。估计房子以前住过人，和其他房子相比虽然有点破旧，也有点小，但里面的床、火炉和脸盆架凑合着还能用。

她觉得一时半会儿肯定无法把房子彻底打扫干净，因此先把床打扫了一遍，毕竟晚上要在床上睡觉。床是木头做的双人床，很破旧。她站在床上扫墙壁上的灰尘时，床吱吱地响个不停。她轻轻地挪了几下，没想到床突然晃了一下，她差点从床上跌下去。她下床一看，才发现床的一条腿被虫子吃得腐朽了，因此在压力下断了。她只好在房子外面找了两块砖垫在床腿下面。

约莫过了一个小时，张菁去了毛婶家，毛婶刚把做好的三盘菜放在桌子上。虽然三个菜都是素菜，但毛婶的心意让张菁很感动。张菁走到毛婶身边，说：“婶，我帮你盛饭吧？”

毛婶说：“不用了，小张，你赶紧坐下。”

“那我帮你端饭。”张菁从毛婶手里接过一碗米饭，放在桌子上，又从橱柜里拿出两双筷子。

吃饭时，毛婶特别热情，连连给张菁夹菜，让张菁多吃点。张菁吃完饭准备洗碗，毛婶也没让她洗。毛婶问她行李是不是还在旅店里，她嗯了一声。毛婶说：“趁着现在天还没黑，赶紧去把行李拿回来。晚上婶和你一起打扫房子。”

张菁说：“好吧，婶，那我先走了。”

“嗯，快去吧，回来的时候别忘了买些盆子什么的，校门口的超市里就有的卖。”

张菁回到旅馆拿上行李，背着行李足足走了二十多分钟才走到启明星小学大门前。她在校门口的超市里买了一些日用品。回到自己家，只见毛婶正站在椅子上用笤帚清扫墙壁上的灰尘。她急忙和毛婶一起打扫房子。

两个人忙活了一个多小时才把房子彻底打扫干净，这时天已经快黑了。张菁把买来的两根蜡烛点着，放在锈迹斑斑的火炉上，房子顿时亮了。她说：“婶，今天真的太谢谢你了。要不是你，我不知道要忙到什么时候呢。”

毛婶说：“不用谢的，反正我也闲着没事做。”

张菁突然感到一阵恶心，头也有点眩晕。她急忙跑出房子，哇的一声呕吐起来。毛婶跟着她走出房子，轻轻地拍她的后背。

张菁半天才停止呕吐。毛婶说：“小张，是不是吃什么吃坏肚子了？”

张菁说：“也没吃什么啊。挺奇怪的，最近每天都会呕吐一次，以前从来没有出现过这种情况。”

毛婶有点儿吃惊，说：“小张，你该不会是怀孕了吧？”

“怀孕？”张菁想了想，不禁睁大眼睛。从最近这段时间身体出现的种种变化来看，自己的确很有可能怀孕了！她不禁在心里暗暗说：“天哪，难道我怀上了程晓鹏的孩子？我和他只有过一次啊！”

毛婶笑着说：“小张，别看婶没怀过孩子，但婶看得出来，你肯定怀孕了。明天正好不上班，婶带你去医院检查一下。”

张菁窘得满脸通红，极为尴尬地点了点头。

晚上，毛婶给张菁抱来一条褥子，张菁把褥子铺在床上。她从行李箱里拿出一件毛衣，叠成方块垫在床头，当作枕头。她又拿出一件外衣，盖在身上将就了一晚。

第二天早晨，毛婶带张菁去医院做了检查。检查结果下午就出来了，张菁的确怀孕了！

张菁又喜又忧。喜的是等以后孩子出生了，她就有了盼头，有了一个可以做伴的亲人,自己再也不是孤零零的一个人了。忧的是孩子出生后就没有父亲,如果是男孩还好,要是女孩的话恐怕会和她一样,以后会遭受不少委屈。不仅如此,没有父爱的孩子心理和性格很有可能出现问题。想着想着,她流泪了。她深爱着晓鹏,但是晓鹏结婚了,他们不可能在一起。她很想回到天州,找到晓鹏并告诉他自己怀上了他的孩子,可是,晓鹏会相信吗?就算晓鹏相信,已经结婚的晓鹏又怎么可能接纳她和孩子?想了很长时间,她最终打消了回天州的念头。她决定:一定要把孩子生下来,还要把孩子抚养成人!

从医院出来,张菁和毛婶一起买了一个煤气灶,又打电话订购了一罐煤气。回到家,她们一起动手安装煤气灶,送煤气的师傅没过多久就把煤气送来了。

张菁又在毛婶家吃了一顿晚饭,饭是她和毛婶一起动手做的。吃完饭,毛婶忍不住问:"小张,我说了你别多心,你还没结婚,怎么就怀上孩子了?"

张菁默默地看着毛婶,毛婶的目光和母亲的目光一样,慈爱而安详。她含泪讲述了自己经历的往事,讲完泣不成声。

毛婶没想到张菁竟然经历过那么多苦难,比她年轻时的经历悲惨多了。她伸出手擦去张菁脸上的泪水,安慰道:"小张,不哭了,已经过去了……"

张菁含泪嗯了一声,勉强止住哭声。

毛婶说:"小张,你打算把孩子生下来还是?"

"我想把孩子生下来,孩子是一条生命,而且是从我身上掉下来的肉。"

"丫头,不是我心狠,你一个人没结婚带着孩子,该有多辛苦?孩子也会跟着你受罪的。再说你还年轻,以后还得结婚吧?你没结婚带着一个孩子,这对象咋找啊?让我说你把孩子打掉吧!"

"婶,我知道你是好意。"张菁咬了咬牙,"可是,无论如何我也要把孩子生下来。"

"你要坚持的话我也不好说什么。"毛婶转念一想,"既然这样,你不如回家去,找到孩子的父亲,告诉他你怀上他的孩子了,让他给你一笔抚养孩子的费用。他家那么有钱,给你一笔抚养费应该没什么问题,你也不用这么辛苦,在这里干这种又累又苦的活。"

"我不会回去的。我来了就没打算再回去。"张菁的语气很坚定。

第二天,张菁开始在启明星小学干保洁员这份工作。早晨她告诉后勤主管朱晓萍她住的房子没有电,希望能把电线尽快拉上,朱晓萍当天下午就安排电工把电线拉上了。

她的工作内容和其他十一名保洁员一样，都是打扫学校所有教室、卫生间和楼道的卫生。除她以外，其他所有保洁员的年龄都超过三十五岁。年龄最大的是毛婶，已经四十四岁了。

虽然工作又苦又累，但张菁一直勤勤恳恳，任劳任怨。毛婶经常帮她干很多活，她对毛婶十分感激。

她没有告诉其他同事她已经怀孕了，她还处处小心着，生怕被其他同事知道。她怕一旦校方知道她怀孕的话，很有可能会以生活作风不正为由将她辞退。

一见钟情

一天，后勤主管朱晓萍将十二名保洁员召集起来召开月度工作总结小会。小会是在后勤部的一个空仓库里开的，临时找了十三把椅子，每人一把。

朱晓萍正在讲工作要求时，一名面相憨厚的中年男子推开门走进来。朱晓萍急忙站起来，对中年男子笑着说："主任，我们正在开月度总结小会呢。"朱晓萍边说边把椅子让出来，所有保洁员也站起来齐声向主任问了声好。

主任名叫周正洪，是学校的后勤部主任。他向朱晓萍点了点头，带着笑容环视了一遍站在面前的所有保洁员。虽然张菁穿的衣服很朴素，但她和其他保洁员相比显得非常年轻，也非常漂亮。周正洪看到她有点惊诧，目光停留在她的脸上。

张菁低下头，避开周正洪的目光，周正洪这才向所有人说："大家坐。"

所有人都坐下了。周正洪仍然站着，微笑着说："平时我工作比较忙，今天特地抽了点时间过来，顺便认识一下新来的两名同事。"

朱晓萍指着张菁对周正洪说："主任，这是张菁。"朱晓萍刚要介绍另一位新来的保洁员，张菁站起来向周正洪鞠了一躬，说："主任好。"

张菁十分礼貌的举止让周正洪感到有点诧异，周正洪觉得张菁肯定不是一个普通的女孩。其实，周正洪第一眼看到张菁时就已经隐隐有这种感觉了。他用赞许的目光看着张菁，微笑着说："小张，我们是同事，不用这么客气！"

张菁对周正洪笑了一下，坐下了。

周正洪觉得张菁的笑好美。朱晓萍向他介绍新招聘的保洁员赵玲时，他的目光还停留在张菁的脸上。他半天才反应过来，慌忙笑着对赵玲说："欢迎你！"

刚才被周正洪盯着看，张菁的脸有点红了。

周正洪对所有人说："两位新员工加入我们后勤部，我作为后勤部的负责人，对你们的到来表示欢迎！希望你们能融入到保洁组这个小集体里，认真做好保洁工作。”

周正洪顿了一下，继续说：“说实话，我们保洁组的每一位员工每天干的是学校里最苦最累的活，工资待遇也是最低的。但是，保洁工作对于整个学校而言却十分重要。正因为大家每天的辛勤劳动，才让孩子们有了一个干净、卫生的学习环境。希望大家继续保持良好的工作状态，再接再厉。两位新同事刚来不久，可能还有很多地方不太熟悉，你们不懂的地方要多问朱主管。老员工要在工作中多帮助新员工，大家共同努力把工作做好。”周正洪摊了摊手，“我就说这么多，你们继续开会。”他说完转身往门外走，临出门时回头看了张菁一眼。

夜里，周正洪失眠了。他在床上翻来覆去，反复回味张菁的笑容。已到中年的他自从三年前妻子因病去世后，一直没对哪个女人上过心。可是今天，这种感觉不但来了，而且很强烈。他心想：张菁这么年轻，这么漂亮，怎么会来学校做保洁员这种又苦又累的工作呢？不行，我得弄清楚，还得帮帮她。

看望

周正洪把朱晓萍叫到办公室，想借谈工作之机，旁敲侧击地了解一下张菁的情况。朱晓萍在办公桌对面的沙发上坐下，周正洪笑着说：“小朱，今天把你叫来，主要是想和你聊聊工作上的事情。最近的保洁工作我随机检查了一下，发现有很大改进，很多老师也说学校越来越干净了。”

“主任，我觉得主要是因为新招了两名保洁员。人多了，每个人负责的范围就小了，工作会比以前干得更细致些。”朱晓萍的眼里泛起神采，“新招的保洁员张菁很能吃苦，工作特别认真，真是不可多得的好员工。”

其实周正洪最近几天暗暗观察过张菁，对张菁的工作情况很了解，但他装出不知情的样子，说：“张菁？就是新来的最年轻的那个保洁员，对吗？”

“就是她。”

周正洪噢了一声，说：“她是北京人吗？”

“不是。上次我问过她，她说她家在江华省呢，来北京没多长时间。”朱晓萍叹了口气，“这丫头命挺苦的，听毛小兰说，她七岁时父亲就去世了。两个月前她带母亲来北京做手术，可是母亲却因手术失败而死。后来她就一个人从江华来到北京，想在北京长期待下去。”

“那我们平时得多帮帮她，她一个年轻女孩不容易的。对了，她住在哪？”

“和毛小兰一样，住在教学楼后面的砖瓦房里。”

周正洪十分惊诧，说：“那些房子那么破旧，能住人吗？”

朱晓萍叹了口气，说：“她可能身上没多少钱，在外面租不起房子。她做饭也是自己动手做，听说弄了煤气灶。”

周正洪的脸色变得凝重起来，说：“这样吧，你看学生宿舍和老师宿舍有没有空余的房间，把她和毛小兰安排进去。”

“这恐怕不行。”朱晓萍的脸上露出难色，“咱们学校是贵族学校，哪敢安排保洁员住进学生宿舍里，老师宿舍现在也没有空余的房间。再说学校没有这项规定，如果把张菁和毛小兰两个人安排了，别人肯定会有意见，她们不是学校的正式员工啊！”

“这倒也是。这样吧，下班后我们去学校外面买些米、面和油，钱我出，咱们去看望一下她们。”

“好的。”朱晓萍点了点头，心里有点儿纳闷，“以前从没见过主任对下面的员工这么关心，今天怎么突然对下属这么关心？而且关心的是两个不起眼的保洁员？”想着想着，她眼睛一亮，明白了。她暗暗笑着，心里说：“看来主任多半对张菁有那种意思。今天找我明为谈工作，实为了解张菁的情况。主任啊主任，没想到你都到中年了，竟然看上一个比你小二十岁的姑娘，真是近水楼台先得月啊！不过你都丧偶几年了，条件也好，也该找个女人了。”

下班后，周正洪在校门口的超市里买了两箱米和两桶油。本来他还想再买两箱面，可是他和朱晓萍两个人没法拿，于是没买。

他们最先看望的是毛婶。走进毛婶住的房子，毛婶正在切菜呢。朱晓萍笑着说：“毛大姐，主任来看望你和张菁了。”

毛婶慌忙放下菜刀，眉开眼笑地说：“哎呀，主任，主管，你们快请进！”

周正洪对毛婶笑了笑，然后和朱晓萍把手里的油和米放在墙角。朱晓萍对毛婶说：“这些油和米是主任花自己的钱特地给你和张菁买的。”

毛婶感激地说：“主任，真的太谢谢你了！”

周正洪说：“大姐，不用谢的，你和张菁生活不容易，这只是我的一点心意。”

毛婶感动得有点儿想流泪，说：“主任，你们先坐，我去叫张菁，她就住在前面，离这不远。”

周正洪说：“不用叫了，我们现在走张菁家。”

周正洪抱起一箱米，朱晓萍提起一桶油，两个人跟着毛婶走出房子。走了没一百米，三个人来到张菁家门前。门开着，张菁正准备打开煤气灶炒菜呢。

毛婶走进房子，说："小张，主任慰问你来了！"

"主任？"张菁一下没想到是哪个主任。这时周正洪抱着一箱米走进房子，面带微笑，朱晓萍跟在他身后。张菁愣了一下，急忙说："主任，快进来坐！"她边说边走到周正洪面前，想把周正洪手里抱的米接过来。

"我自己来。"周正洪对张菁笑了一下，把米放在墙角。

朱晓萍把油放在米箱上面，不失时机地说："小张，这些米和油是主任花自己的钱给你买的。主任一直忙，但一直把你挂在心上，今天在百忙之中特地抽出时间过来看望你。"

张菁十分感激，对周正洪说："谢谢主任的关心。"

"不用谢。"周正洪和蔼地笑着，"这是我应该做的。"

张菁把床单拉展，说："主任，主管，条件简陋，你们先将就着坐床上吧。"

周正洪嗯了一声，坐在床上。朱晓萍说不坐了，站着就行。她和周正洪待了没多长时间，都觉得房子里有点阴冷。

毛婶倒了两杯白开水，放在新买的小桌子上，说："主任，主管，你们喝点水。"

周正洪和朱晓萍都嗯了一声。

周正洪向四下看了看，只见房顶上方有一个巴掌大的小洞，光线直接从外面射进来，夏天还好，冬天冷风钻进来肯定会冻得人受不了。窗户上的几块玻璃烂了，勉强用硬纸板挡着，纸板的边上钉着钉子。墙上刷的油漆由于受到潮气的腐蚀，几乎全掉了，墙壁显得很毛糙。地面是用砖铺成的，看起来还算完整。

房子破旧的程度远远超出周正洪的想象。周正洪不禁对张菁生出怜惜之情，他也很佩服张菁的独立和坚强。

"小张，你的情况朱主管给我讲了。"周正洪看着张菁，目光中暗含柔情，"你一个女孩子真不容易，以后有什么困难可以直接给我说，我会尽我所能帮助你的。"

没等张菁说话，朱晓萍笑着说："是啊，小张，主任今天听我说了你的情况后，马上就过来看望你。主任原本还想把你和毛大姐安排到学生和老师的宿舍里住呢，可是咱们学校是贵族学校，情况特殊，再说学生和老师的宿舍现在没有空余的房间，所以实在是无能为力。你呀，有什么困难或是需要帮助，直接找主任就行，主任肯定会帮你的。"

张菁点了点头，说："主任，谢谢你，让你费心了。"

周正洪关切地说:“小张,来北京适应这里的气候吗? 北京夏天热,秋冬季节很冷的。”

“还行吧。其实我觉得比我们家乡那边好,我们那边夏天特别闷热。”

“噢。对了,在北京有亲戚朋友吗? ”

“没有。”

“那一个人真不容易。以后就留在北京吧,在这里成个家,再说北京机会多,很适合年轻人在这里发展。”

“嗯。主任,主管,我把晚饭给你们做上吧?我和毛婶一起动手,用不了多长时间就会做好的。”

周正洪还没说话,朱晓萍早已忍受不了房子里的冷气,抢先说:“不了,我得先回去,回去还要给孩子和他爸做饭呢。”朱晓萍又对周正洪说,“主任,你回到家也是一个人,还得自己动手做饭,你干脆留下来吃完饭再走吧! ”

“嗯。”周正洪笑着说,“那我今天就在这里吃饭好了。”

张菁和毛婶一起出去送了一下朱晓萍。刚送走朱晓萍,张菁从裤兜里掏出一张五十元钞票塞进毛婶手里,让毛婶去校门口的超市里买一斤猪肉和一斤牛肉,再买点芹菜和土豆。毛婶说自己有钱,把钱还给张菁了。她向张菁眨眼示意了一下,说:“赶快进屋陪周主任吧! ”

“嗯,婶,那我进去了。”张菁走进房子,对周正洪说,“主任,毛婶出去买菜了,待会儿就回来。你先坐着,我拣一下菜。”她总感觉周正洪看她的目光很异样,因此说话的时候避开了周正洪的目光。

“小张,不用那么客气的,我随便吃点就行。”和张菁两个人待在一个小房子里,周正洪感到有点儿局促,站起来说,“我能帮你做点什么吗? ”

“不用了,我自己就行。主任,你坐下吧,待会还有毛婶帮我呢。”

“那好吧。”

张菁背对着周正洪在煤气灶前拣菜,边拣边说:“主任,你今天过来看望我,真的没想到。”

周正洪说:“这没啥,你们生活困难,我作为主管过来看看是应该的嘛! ”

“现在像你这样关心下级的好领导可不多。”

“也许吧。不管别人怎么样,反正我要把领导当好。”

“主任,朱主管刚才说你回到家也是一个人,还得自己动手做饭,你爱人不在北京工作吗? ”

周正洪叹了一口气，说："她三年前得癌症去世了。"

张菁急忙说："对不起，主任，我不该问这个问题。"

"没事的。我还有一个儿子，和你的年龄差不多一样大。他考上了国防大学，去年刚毕业就被分配到广州军区当上了副连长。他呀，一年顶多能回一次家。"

"你儿子真优秀，考上那么好的大学。"

"小张，你怎么没上大学？是不是因为家庭情况不好所以没读？"

张菁笑了笑，说："我呀，学习成绩一直不怎么好，没有考上。"

周正洪噢了一声，心里有点不相信。

一会儿，毛婶提着肉和菜走进房子。

张菁一共做了五个菜，一个汤。周正洪吃饭的时候多次赞叹张菁炒的菜十分可口。

吃过晚饭已经快到晚上八点钟了。周正洪临走之前，对张菁说："小张，你炒的菜能赶上学校食堂里的厨师了，味道真不错！"

"主任，你要是觉得好吃不嫌弃的话，以后就经常过来吃饭吧！"

"嗯，以后我要是懒得做饭就来你这里蹭饭！"周正洪对张菁笑了笑，转身走了。

张菁洗碗的时候，毛婶在身边诡笑着说："小张，我在这里住了好几年了，周主任都没有过来看望过我。你在这里住了没多长时间周主任就心急火燎地买上东西过来看望你，还吃了一顿你做的饭，你说这到底是为啥呀？"

"为啥？"张菁边洗碗边说，"还不是我正好赶上了呗，周主任不是也给你送米和油了吗？没啥奇怪的呀！"

"没啥奇怪的？"毛婶用胳膊肘轻轻地顶了一下张菁，"小张，你是真不明白还是假不明白？"

"明白什么？"张菁看着毛婶，满脸疑惑之色，"婶，你想说什么？"

"哎呀，小张，你还看不出来，周主任对你有那种意思！"

"哪种意思？"张菁半天才明白毛婶的意思，睁大了眼睛，"婶，你……是说周主任……喜欢我？"

"傻丫头，现在才明白。他买上东西来看望我们的时候，我就已经猜出他十有八九对你有意思！"

张菁回想了一下，觉得周正洪似乎真对她有那种意思，她不由得怔怔地看着毛婶，说不出来话。

"这下相信婶说的话了吧？"

张菁不解地说："可是他儿子和我年龄差不多一样大，他喜欢我什么呀？"

"傻丫头，你还真傻。像你长得这么出众的年轻姑娘，走到哪里不会引起别人的注意？再说周主任的老婆已经去世三年了，虽然他的年龄比你大了二十岁，但他还没老，哪能长期过没有女人的生活？"

张菁若有所思，没说话。毛婶顶了一下张菁的胳膊，笑着说："小张，我在这里干了三年保洁员，周主任在学校口碑挺不错的，他的条件也不错，他还有一辆车。我看要是周主任对你好的话，你可以考虑考虑。"

张菁埋怨道："哎呀，婶，你想哪去了？我都怀上孩子了，哪敢想那些事！"

追求

晚上，周正洪再次失眠了。他一直回味着白天看望张菁的整个过程，不但觉得张菁很漂亮，而且觉得张菁是一个很值得爱、很值得疼惜的女孩。虽然张菁只是一名毫不起眼的保洁员，但她气若幽兰，心地善良。他坚信，如果娶了张菁做妻子将会是自己后半生莫大的幸福。他翻来覆去想了整整一个晚上，最终决定立即开始追求张菁。如果晚一步的话，张菁恐怕会被别人追走。他看得出张菁绝对不是一个平凡的女孩，张菁肯定不会长期待在学校干保洁员这份工作，说不定哪天就会离开，毕竟张菁还很年轻。不行，他得马上行动，否则张菁会和他擦肩而过，以后再想遇到张菁这样的女孩恐怕会非常难。

然而，毕竟到中年了，周正洪没了年轻时的浪漫和激情。他每周至少去张菁家吃三次饭，他会给张菁买米、面、油、鸡蛋、肉等食品，有时还亲自动手给张菁做饭，但他却不懂得送张菁一束玫瑰花或一件小礼物，用这种比较浪漫并且更容易被年轻人接受的方式向张菁表达爱慕之情。他觉得自己的胆子越来越小，因为经历过多年风雨的他竟然连直接向张菁表白的勇气都没有。

他一次又一次去张菁家吃饭，一次又一次亲自动手为张菁做饭，张菁怎么会不明白他的意思。可是，张菁一心只想把孩子生下来抚养成人，根本不想和他谈恋爱，更别说和他结婚。所以，面对他的爱慕和关怀，面对他一次又一次的暗示，张菁一直装出毫不知情的样子。张菁始终只把周正洪当成自己的上级，毕恭毕敬地，丝毫没有越过雷池半步。

这可急坏了周正洪。他经常夜不能眠，琢磨着应该怎么做才能让张菁明白自己的心意。

一天，朱晓萍汇报完工作，正要离开周正洪的办公室时，周正洪说：“小朱，有个事儿我想听听你的建议。”

“主任，你说。”

“我的一个战友和我年龄差不多，现在也是单身。他喜欢上了一个年轻姑娘，向那个姑娘暗示了很多次，但那个姑娘一直不明白他的心意，他一直为这件事情很苦恼。昨天他打电话给我，让我给他出出主意怎么追求这个姑娘，可是我不也和他年龄一样大吗？我想了半天也没想出个好办法，所以问问你，看看你有没有好主意。毕竟你还年轻，应该对年轻姑娘的心理比较了解。”

朱晓萍立即猜到周正洪其实是在说自己追求张菁这件事，心想：主任啊主任，你的那点心思难道我猜不出来？你想让我给你出主意也不必这么费周折吧。一念闪过，朱晓萍笑着说：“主任，我觉得这事挺简单的。”

“嗯？你说说看。”

朱晓萍一语双关地说：“主任，你年轻的时候是怎么追求女孩子的，你就告诉你的战友怎么去追求。追求年轻姑娘肯定得按照年轻人的方式走，这很简单的嘛！”

周正洪觉得朱晓萍似乎话里有话，但他不能肯定，不过朱晓萍的话如同醍醐灌顶般让他豁然开朗起来。他高兴地说：“小朱，你说得对，我怎么就没想到呢！”

朱晓萍暗暗笑了一下，说：“主任，没有其他事情的话，我先走了。”

“嗯，小朱，你忙你的，谢谢你！”

下午，周正洪在教学楼二楼的楼梯口找到正在拖洗楼梯的张菁，笑着说：“小张，来北京还没有出去看过电影吧？今天晚上我请你看场电影。”

张菁急忙说：“主任，不用了，你的好意我心领了。”

“别跟我客气嘛。咱们说定了，晚上七点钟我开车过来接你，我们在校门口见。”

张菁还要推辞，周正洪对她笑了一下，转身走了。她怔怔地站着，半晌才拿起拖把继续拖洗楼道。

晚上七点钟，张菁准时到了校门口，周正洪的轿车恰好此时停在张菁面前。周正洪从车里出来，对张菁笑了一下，悄悄地打量了一下张菁。

张菁今天穿了一条绿色连衣裙，还特地打扮了一番。周正洪没想到，张菁经过打扮出奇地漂亮，和以往有天壤之别。他觉得在整个周平县像张菁这么出众的美女没有几个。如果不是亲眼所见，恐怕不会有人相信张菁是启明星小学的一名保洁员，每天干着又苦又累的工作，挣着微薄的收入。

张菁坐进轿车，周正洪开着轿车往电影院驶去。

电影院放映的是一部爱情喜剧片。看电影期间，周正洪笑得前俯后仰，但张菁的表情却很平淡。周正洪根本想不到，张菁由于受尽爱情的折磨，根本就笑不出来。

张菁担心自己会在看电影期间呕吐，最近她因妊娠反应而呕吐的次数越来越多了，平均每天都要呕吐两三次。然而，令她担心的事情最终还是发生了。她突然感到一阵恶心，急忙站起来捂着嘴往过道跑。她在卫生间里整整呕吐了十几分钟。

回到座位上，她故作轻松地对周正洪笑了一下。幸亏光线很暗，周正洪看不出她的脸色有些发白。周正洪说："小张，今天不舒服，是吗？"

张菁说："最近天热，可能有点儿中暑吧。"

"去医院看一下吧？"

"不用了。"

"晚上回去一定要多喝点开水。"

"嗯。"

看完电影，周正洪开车送张菁回家。张菁的表情一直很平淡，没有说一句话。周正洪不禁问："小张，今天是不是有什么心事啊？"

张菁说："没有。可能是因为有点儿中暑，所以心情不是很好。"

"噢。打算什么时候成家呢？"

"还没想过呢。"

"不过像你这么漂亮的女孩应该会有很多人追求。"周正洪装作闲聊的样子，"以前谈过对象吗？"

张菁看了周正洪一眼，半天才淡淡地说："谈过。"

"后来呢？"

"分手了。"

"噢。那你来到北京有没有遇到中意的人？"

"还没有。"

"你一个女孩子在北京很不容易，可以考虑早点儿找个人结婚。等成家后，丈夫会替你承担很多的，你就不用这么辛苦了。我觉得凭你的人品和相貌，应该很容易找到一个对你好的男人。"周正洪顿了一下，暗示张菁，"其实，可能有的男人很喜欢你，但你没留意。"

"主任，你说的对，我是该考虑早点儿成个家。"张菁当然听得出来周正洪的意思，但她装作没听明白，笑笑说，"不过像我这样一个打扫卫生的女人，怎么会有人喜欢我呢？”

周正洪没说话，心想：张菁啊张菁，你是真不明白还是假不明白？我对你的一片真心难道你一点儿也感觉不到吗？

睡觉之前，周正洪思忖了很久。他觉得张菁应该明白他的一片真情，但张菁又似乎一点儿也不明白。不行，他必须向张菁表白，再这样耗下去恐怕会被别人捷足先登。

张菁也很晚才睡着。周正洪对她的关心和柔情，使她逐渐对周正洪生出了感情，毕竟她是一个孤苦伶仃的女孩，很需要别人的关心和照顾，况且岁月将周正洪磨砺成了一个儒雅、深沉、很有内涵的男人，而且她似乎在周正洪的身上感受到了一种父爱。事实上，周正洪的年龄反而成了他的优势。

她当然明白周正洪今天暗暗地向她表白了，但是，由于她装作不知情，肯定会逼周正洪直接向她表白，或许就在下一次约她出去的时候。不行，不能再接受周正洪的邀请了。尽管她对周正洪生出了感情，她也相信周正洪对她是真心的，但是一旦周正洪知道了她的过往，尤其是知道她正怀着一个孩子的时候，周正洪还会坚持吗？恐怕不会。

果然不出所料。几天后，当她正在打扫楼道的时候，周正洪出现在面前。寒暄了几句，周正洪笑着说：“小张，建平路上新开了一家爱琴海西餐厅，晚上请你去吃西餐。时间还是七点钟，我在校门口等你。”

“主任，谢谢你，你的心意我心领了。”张菁面露难色，“可是我……”她想委婉地拒绝，但找不出合适的理由。

周正洪摊了摊手，说：“小张，不用这么客气的。咱们说好了，晚上七点钟我在校门口等你。”他对张菁笑了一下，转身走了。

“主任……”张菁叫周正洪，但周正洪装作没听见。

张菁只好再次赴约。去之前她想好了，如果周正洪向她表白，她就直接拒绝。这样做无疑会让周正洪很难过，可是除此之外没有更好的办法让周正洪断了念想。

晚上用餐时，周正洪穿着一身蓝色西服，儒雅的风度令张菁很倾心。张菁仍然穿着上次看电影时穿的那条绿色连衣裙，她根本就没几件像样的衣服。

在玫瑰色灯光的映衬下，张菁的脸庞显得妩媚动人。周正洪情不自禁地说：“小张，有个事儿我一直很想对你说，但是我一直没有勇气。”

张菁当然明白周正洪想说什么，她明知故问：“主任，你想说什么？”

“小张，这些年来我一直没有遇到过比你更优秀的女孩。我觉得你是一个被中国传统文化熏陶出来的女孩，代表了中国传统女性温柔、善良、贤淑、保守的本性，现在像你这样的女孩已经不多了。”

张菁笑笑，说：“主任，我有你说的那么好吗？”

“当然，我没有任何过分的夸赞之词。”周正洪动情地说，“小张，我喜欢你，真的很喜欢你。”他情不自禁地抓住张菁的手，“嫁给我吧，我会一直照顾着你。”

“主任，其实……我早就知道你的心意了……”张菁抽出手，“但是对不起，请恕我直言，我对你没有任何感觉，你不是我喜欢的类型，而且你的年龄比我大很多。”张菁低下头，“其实我早就想告诉你，可是我怕会伤害到你。”

面对张菁如此直接坦白的拒绝，周正洪心痛万分，感到一阵窒息。但是，他仍然觉得张菁心里应该有他，因此恳切地说：“你说的是心里话吗？你真的是这样想的吗？我真的很喜欢你。”

张菁郑重地说：“主任，我说的是真的，我真的对你没有任何感觉。现在没有，将来也不会有，我们之间根本不可能。”

周正洪脑中变成一片空白。他没想到，张菁竟然直接彻底地拒绝了，没有留下任何余地。半晌，他问：“你心里是不是已经有人了？”

“我可以不回答这个问题吗？”

“当然可以。”周正洪尴尬地笑了笑，“对不起，不该问你这个私人问题。”

“没关系的。”张菁轻轻地呷了一口红酒。

周正洪开车送张菁回家的路上，令张菁担心的事情再次发生了。张菁突然感到一阵恶心，急忙说：“快停车……”

周正洪急忙将轿车驶向路边。车还没停稳，张菁已经来不及打开车门了，她捂着小腹，眼看就要吐出来。周正洪见状急忙把西服上衣脱下来，双手捧着接在张菁胸前。张菁哇的一声吐出一口秽物，周正洪轻轻地拍了拍她的后背。

许久，张菁才停止呕吐。周正洪很小心地把西服里的秽物裹起来，然后提着西服走出轿车，把西服扔进不远处的一个垃圾箱里。张菁看着周正洪的背影，十分感动。

周正洪刚坐进驾驶位就问：“好点了吗？”

“好多了。”张菁愧疚地说，“对不起，主任，害得你白白损失一件衣服。”

“没事儿。你的脸色有点发白，我带你去医院看看吧，看样子不像中暑。”

“不用了，回去休息一下就好了。”张菁转过脸，避开周正洪的目光，“可能是今天喝了点红酒，胃受了刺激，我以前不喝酒的。”

"还是去医院看看吧,保险点。"

"真的不用了,我自己的身体自己清楚的。"

"那好吧。"周正洪启动轿车向启明星小学驶去。没过多久,轿车在启明星小学校门口停下了。

"主任,谢谢你今天请我吃饭。"张菁对周正洪笑着说,"其实我挺开心的。"

"不客气,只要你开心就好。记得晚上回去多喝点开水,明天休息一天吧。"

"嗯。"

周正洪彻夜难眠。他反复思索张菁今天说的话,那些话深深地刺痛了他的心,让他痛不欲生。张菁做事十分稳重,她说的话肯定是经过思考后做出的决定,绝对不是随便说说,她可以为自己说的话负责。因此,面对张菁毫不留情的拒绝,周正洪知道自己应该放弃,但是他不肯接受这样的现实,他觉得张菁心里应该对他有一些感情的。他的心里还抱有一线希望,并且为这一线希望寻找各种理由来证明,尽管那些理由连他自己都觉得牵强。他想或许是因为自己心太急,所以导致出现了今天的结果。细水长流,看来得从长计议了。

他两次约张菁出来,张菁都出现了呕吐,他不禁为张菁的健康担忧起来。第二天早晨他去了医院,他要咨询医生张菁出现呕吐是什么原因造成的,应该吃什么药,日常生活应该注意什么。

他对女医生说了张菁的症状,称张菁是自己的朋友。女医生问他张菁的年龄,他说只有二十几岁。女医生笑着说:"您的朋友可能怀孕了。"女医生以为周正洪和张菁发生过男女之间的那种事,毕竟这几年她遇到过不少未婚先孕的女孩,而且有些年轻女孩喜欢找具有一定社会地位和经济实力的中年男子做男朋友。

"怀孕?"周正洪惊叫了一声,"这怎么可能?"

女医生被周正洪问糊涂了。她尴尬地笑着,说:"要不您回去问问她吧,她应该很清楚的。"

周正洪失魂落魄地从医院回到家里。一路上,他的脑中一直盘旋着"怀孕"两个字。他不由自主地回想起二十多年前妻子怀孕时的情景,不是和张菁现在的症状很像吗?但是,他不肯相信医生说的话。张菁在他心里像百合花一样纯洁无瑕,代表了中国传统女性善良、保守的本性,怎么可能会怀孕?不可能!绝对不可能!

怜香惜玉

早晨,周正洪在教学楼一楼的楼梯口碰到了张菁。

张菁放下手中的活,对周正洪笑了一下。

周正洪笑着说:“小张,今天好点了吗?”

“好多了。”

周正洪噢了一声,向张菁的腹部看去。天哪,他一直没有注意到,张菁的腹部的确微微隆起来了,很像怀孕早期的样子!

张菁发现周正洪的神态有些异常,不由自主地低下头看自己的腹部。周正洪急忙将目光从张菁的腹部转移到脸上,不好意思地笑了笑,说:“小张,你先忙,我有点事先到楼上去了。”

张菁怔怔地看着周正洪,没说话。她觉得,周正洪肯定发现了她的腹部的异常,说不定已经看出来她怀孕了!这可怎么办呢?她羞红了脸,呆呆地站了半天,不知所措。

周正洪整整沉思了一下午。他决定:一定要问清楚张菁是不是真的怀孕了。尽管他知道自己只要稍微言语不当就很有可能会伤害张菁的自尊心,但他必须问清楚。

下午六点钟,张菁正在家里拣菜时,周正洪走进来了。

张菁站起来,笑着说:“主任,你来了。”

周正洪嗯了一声,笑着说:“小张,我今天来是想吃你做的面条,来之前忘了对你说了。”

“没事儿。”张菁摆好椅子,“主任,你坐。”

周正洪点点头,坐下了。

张菁猜周正洪肯定因为有事才来,说不定是早晨看到她隆起的小腹后想问个究竟。果然,周正洪刚坐下就说:“小张,你最近胖了一些。”

“噢。”张菁红着脸说,“最近……天气开始转凉了,我……饭也吃得……多了一点……”

“嗯,多吃点好,以前你有点瘦。”周正洪有点于心不忍,“我昨天去了医院,问了一下大夫你经常呕吐是什么原因造成的,是不是脾胃虚寒,看能不能开点药,可是大夫没有开药。”

张菁怔住了,手里正在拣的菜掉在了地上。

“小张，我说了你别生气。”周正洪迟疑了半天才说，“大夫说……你可能……怀孕了，但我……不相信……”

张菁出奇地冷静。她装出若无其事的样子，苦笑了一声，说：“主任，其实医生说的没错，我的确怀孕了。”

“什么？”周正洪简直不敢相信自己的耳朵，张菁没有一丝一毫羞赧的神色。他不肯相信张菁说的话，睁大了眼睛，“你……说的是真的？”

“当然。这就是我拒绝你的原因。其实我很复杂，根本没有你想象的那么好，我也不值得你对我那么好。”

周正洪如受重击，颓然坐在椅子上，瞪着张菁说不出来话。半晌，他才挤出一句：“孩子……是谁的？”

“主任，你还是不要问了吧。我不想再回忆过去的那些事情，都已经过去了。孩子是谁的并不重要，重要的是他是一个生命，我要把他生下来，养育成人。”

“好，你忙，我先走了！”周正洪带着怒气失魂落魄地走了。

张菁苦笑了一下，继续拣菜，眼里流出了泪水。

周正洪心里十分憋屈。他没想到，他一直认为十分完美、可以作为中国传统女性代表的张菁，居然没有结婚就怀孕了。虽然这些年中国人的观念发生了翻天覆地的变化，他也经常听到关于这些变化的各种新闻，可是当他真真切切地遭遇到这种变化的时候，却无法接受事实。虽然他结过婚，而且步入中年，根本没有权利要求张菁是纯洁的，但他毕竟是从六七十年代走过来的人，传统思想观念在脑中根深蒂固，更何况他一直都认为张菁是一个绝对纯洁的女孩。当张菁坦然自若地告诉他自己的确怀孕了的时候，张菁在他心中十分完美的形象一下就消失殆尽了，他甚至有些憎恶张菁，觉得张菁有点恶心。他想彻底忘掉张菁，从此不再和张菁来往。

可是仅仅坚持了一个星期，他就坚持不下去了。张菁的美丽和善良牢牢地俘获了他的心，他在恨张菁的同时生出了怜香惜玉之情。他不停地反问自己，是不是自己头脑太封建、太追求完美了？张菁这么漂亮的女孩过去肯定有许多追求者，她怎么可能把自己完完整整地保留到现在？自己本身是一个已经结过婚的人，而且步入中年，为什么非要强求张菁是完美的呢？不管张菁过去如何，现在的她是一个很值得爱的女孩。自己那么恨她，还不是因为心里深爱着她。

他的内心经过整整两个星期的挣扎，终于彻底解开了思想上的束缚。下午下班后，他捧着一束玫瑰花，去了张菁家里。

这些天张菁仍然像往常那样过着十分平淡的生活。因为曾经受伤太深，所以周正洪的离去并没有给她带来多大伤害。她只是觉得，经历过这件事情之后自己不应该再奢望爱情了。然而，当周正洪双手捧着玫瑰向她走来时，她惊呆了，没想到周正洪竟然没有放弃她！

"小菁，这些玫瑰送给你。"周正洪满怀深情地说，"不管你的过去如何，我仍然爱你。希望你能接受我，我真的很爱你。"他边说边把玫瑰花送到张菁面前。

张菁怔怔地站着没动。周正洪的表白使她感动得流出了泪水，她有点不敢相信眼前的这一幕是真的。

"还不肯收下吗？小菁，我真的很爱你。放心吧，等你生下孩子，如果你愿意，我做孩子的父亲，我会像对待自己亲生的孩子那样对待他。接受我的一片心意吧！"

"老周！"张菁再也抑制不住内心的激动，扑在周正洪的怀里大声哭起来，"其实我心里有你的！"

"不哭了，不哭了……"周正洪轻轻地拍着张菁的后背，温柔地说，"小菁，以后你再也不是一个人了。你还有我，我会永远陪在你身边，永远照顾你，我们永远都不分开。"

张菁重重地点了点头，止住哭声，从周正洪的怀里挣脱出来。

"不管孩子是谁的，我都不在乎。只要孩子的母亲是你，那他以后就是我周正洪亲生的。"

张菁嗯了一声，说："老周，以后我会告诉你我的过去的，我也会告诉你孩子的故事的。"

"嗯，我相信你！"周正洪不禁又把张菁揽在怀里。

"吃饭了吗？"张菁许久才推开周正洪，把玫瑰花放在桌子上，"没吃的话我现在给你做。"

周正洪嘿嘿笑了笑，说："离开你的这些日子，我整天像丢了魂似的，哪会想起来吃饭啊！"

"讨厌！"张菁娇嗔地说，"我现在给你做，想吃米饭还是面条？"

"你做什么我就吃什么，你喜欢吃什么我就吃什么，只要你喜欢就行。"

张菁瞟了周正洪一眼，开玩笑说："那我给你下方便面，既方便又快捷，你老人家好嚼又好咽！"

"只要你觉得对得起老人家我就行！"

周末，周正洪带张菁去了自己家里。他带着张菁看了家中的每一个房间，他还指着照片中已故的爱人，向张菁讲述他和爱人从相恋到成家，再到爱人去世的所有经过。讲到最后，他十分悲痛，几乎说不出来话。

张菁不禁对周正洪生出同情心，她越发喜欢周正洪了。她感觉周正洪像一座没有棱角的山，也像一片没有风浪的海，厚实而深沉。

说起自己的儿子时，周正洪的眼里泛起神采。他夸赞儿子不但孝顺，而且心地善良，很有正义感。他说儿子高考以优异的成绩考入国防大学，现在在广州军区当副连长。他抚摸着儿子穿军装的照片，轻轻地叹了口气，感慨地说："这孩子，一心想当兵。自从他妈妈三年前走了之后，这几年只回过两次家，我心里无时无刻不想他啊！"

张菁柔声安慰道："老周，你别难过了，以后不是有我在身边陪你吗？"

周正洪连声嗯着，说："是啊，我该高兴才对。儿子这么争气，我又和你走到了一起，是该高兴才对。"周正洪的脸上露出笑容，"今天我做饭，我要让你见识一下我的手艺，我呀，好几年都没有好好做一次饭了！"

"我帮你吧，你别累着了。"

"哎呀，不用你帮忙，我自己就行，你去看电视。"周正洪把张菁轻轻地推到沙发上，打开电视机。他又走进厨房，没过多久厨房里就响起了切菜的声音。

吃饭之前，张菁看着饭桌上的八盘菜和一盆汤，惊叹道："哎呀，老周，你的手艺这么好！都能比得上饭店里的大厨了！"

周正洪嘿嘿地笑着，说："你看到的只是冰山一角，等我们结婚了，我天天给你变着花样做好吃的！"

"你就吹吧。不过这可是你说的，以后不准反悔。"

"肯定不会，快吃吧。"

"嗯。"张菁夹了一块鱼肉，放进周正洪的碗里，"你今天辛苦，这块肉是奖励你的。"

"谢谢老婆奖励。"

"你少贫，我还没说要嫁给你呢！"张菁娇嗔地说，"不许占我便宜，口头占便宜也不行。"

"遵命，快吃饭吧！"

周正洪感觉自己年轻了很多，仿佛回到了二十多年前。看着张菁津津有味地吃他炒的菜，对他的手艺赞不绝口，他甭提有多高兴了。他暗暗发誓：一定要信守诺言，结婚后每天都给张菁做可口的饭菜。

吃完饭张菁抢着要洗碗，但周正洪坚决不让她动手，她只好再次坐在沙发上看电视。周正洪洗完碗盆又将厨房打扫干净,之后也坐在沙发上看电视。

电视里播放的是一个真实的爱情故事,故事的男主人公是某部队的一名士兵。在一次抢险救灾的过程中,士兵全身多处被烧伤,面容严重被毁,成了一名二级伤残军人。一名毕业不久的女大学生得知士兵的英雄事迹后被深深地打动了。她借出差之机主动和士兵联系,经过一段时间的交往,她和士兵双双坠入爱河,最后结为夫妻。

张菁看完故事,泪流满面。周正洪轻轻地揽住张菁,动情地说:“小菁,我们结婚吧?”

张菁没看周正洪的眼睛,但她感觉得到,周正洪的眼睛里肯定充满柔情。她低下头说:“先等等吧,等孩子出生后我们再结婚。”

“嗯。”周正洪轻轻地握着张菁的双肩,“小菁,你住的房子条件太差,而且很不安全,搬到这里住吧,以后这里就是你的家了。”

“不用了,我觉得住在学校里挺方便的。没事的时候毛婶可以陪我,也不觉得孤单。”张菁觉得,虽然社会越来越开放,但没有结婚就住在周正洪家里肯定不合适,难免会让别人说一些风言风语。

“那好吧。”周正洪温柔地说,“今天可以告诉我你过去的那些故事吗?我很想知道。”

看着周正洪温柔的目光,张菁不由得十分感动,心扉随之而敞开。她向周正洪娓娓地讲起过去那些鲜为人知的过往。直到晚上十一点钟,她才讲完过去经历的所有故事。

周正洪听完感慨万分。他将张菁揽入怀中,任由张菁在怀中轻轻地啜泣。他在心里暗暗发誓:一定要用一生一世的时光永远爱护怀中的这个柔弱而坚强的女孩,给她一直渴望拥有的幸福。

开车送张菁回到家后,周正洪看着张菁倒水时弯腰有点困难的样子,十分心疼,说:“小菁,把工作辞了吧,你怀孕了,好好养身子要紧。”

张菁把水杯放在桌子上,说:“那哪行,辞了工作我干什么呀?”

“有我在,你不用这么辛苦的。”

“没事的,我能坚持。再说毛婶每天都帮我,我一点儿也不辛苦。”

周正洪无奈地说:“那好吧。”

第二天早晨,周正洪买了三大盒高档补品送给张菁。张菁把补品分成两份,拿着其中的一份去了毛婶家里。

"婶，这些补品给你，你好好补补身子。"张菁把补品放在桌子上。

"小张，你哪来这么多补品？"毛婶眼睛一亮，"噢，我明白了，是周主任给你买的吧？"

"嗯。"

张菁最近一直没有对毛婶说她和周正洪复合一事，上次周正洪给她送玫瑰花一事毛婶也不知道。周正洪给她送花之前，毛婶有一次问她为什么周主任很长一段时间没有到她家吃饭，她说自从告诉周主任自己怀孕一事后，周主任接受不了现实，所以一直没有来，她还说自己和周主任肯定不可能。

今天，当她把周正洪买的补品分出一半送给毛婶，毛婶虽然猜出来补品是周正洪送的，但难免十分吃惊，说："怎么，周主任接受你了？"

张菁点了点头。

"哎呀，小张，没想到周主任对你这么痴情，你可真是好福气啊！"毛婶指了指张菁，"你呀，总算有个依靠了，以后再也不用住在这里了。"毛婶心里不由得十分伤感，"等你走了，剩下婶一个人住在这里，恐怕以后再也没人过来陪婶说话了。"

"婶，你别难过了。"张菁抓住毛婶的手，安慰道，"以后我会经常过来看你的。"

毛婶连声嗯着，头也不停地点着，可是心里的悲伤一点儿也没有减轻。

张菁心里特别难受。自从来到北京，毛婶一直关心她、照顾她。虽然毛婶不是她的母亲，但胜似母亲。毛婶的心地特别善良，可是上天对她很不公平，一直让她一个人过着无依无靠的生活。

火炉

转眼快到冬天了，房子里的寒气越来越重。

一天中午，周正洪来了。走进房子没多久，他觉得房子里的寒气有点儿逼人。他紧皱着眉头对张菁说："小菁，搬到家里住吧，这里太冷了，你住在这里我不放心啊！虽然我们还没结婚，但结婚是早晚的事，早点儿住家里也没什么。再说家里暖和，可以看电视，也可以上网，干什么都很方便。我还能照顾你，你可以安心养胎的。"

"不用了，毛婶说明天就给我收拾炉子呢，等炉子生好后肯定会很暖和的。"张菁始终觉得没有结婚就住进周正洪家里很不妥，而且她怕搬走之后毛婶一个人会很孤独。

"哎呀，你怎么这么犟？你不为自己着想，总得为孩子着想吧？"周正洪很生气，

"要不给你在外面租个房子,再雇个保姆照看你?"

张菁摇了摇头,说:"真的不用了。住在这里挺好的,有毛婶照顾我,闲了陪我聊天也不觉得闷。"

周正洪只好顺从张菁的决定。他知道,张菁的性格很倔强,一旦决定下来的事情很难改变主意。他走到墙角仔细看了看火炉,脸上露出难色,紧皱着眉头说:"炉子都成这样了,还怎么用啊?"

张菁说:"放心吧,我问过毛婶,她说这个火炉还能用呢。"

第二天,毛婶一大早就来到张菁家,对张菁说要把火炉收拾一下。说完她把火炉往房子外面挪,张菁想搭个手,但她没让张菁帮忙。

毛婶从房子后面的山坡上盛了满满几簸箕新鲜黄土,倒在房子门前的空地上。她把准备好的一堆头发扔在黄土上,然后在土堆中间刨出一个小坑,笑着说:"小张,你是南方人,冬天不用生炉子,肯定没见过北方人用火炉吧?"

"嗯。"

"不过你不用学。"毛婶让张菁用盆子往小坑里倒了些水,"现在人都用暖气,没几个人用火炉了。"

毛婶开始用手和泥。她把泥和匀,抓起泥巴在火炉的内壁上涂抹起来,忙活了半小时才把火炉收拾好。张菁走近一看,只见火炉的内壁被糊得严严实实的,非常平整,之前的裂缝和凹处已经没有了。

毛婶说:"炉子得放在外面晒两天,等晒干就能用了。下午我去市场上买几截烟囱,再买些炭。"

"婶,谢谢你啊!等你回来了我把钱给你。"

"跟婶客气啥!"

两天后,张菁家生起了火炉,家里因此变得暖和起来。但是,房子的屋顶上有一个巴掌大的小洞,夜里总会有寒气从洞里涌进来。

流言蜚语

张菁的肚子一天一天大起来,难免被和她一起工作的保洁员看出端倪。有几个保洁员经常背后对她指手画脚,议论不断。传来传去,竟传成她怀上了后勤部主任周正洪的孩子,还说她来启明星小学工作之前就已经和周正洪搞在一起了,要不周正洪怎么会对她那么好,肯放下身份公开追求她这样一个既没有身份也没有地位,只有姿色的保洁员？

这些话通过毛婶传到张菁的耳朵里。张菁起初很气愤，但慢慢地并不在意了。经历过那么多的风雨和坎坷，这点流言蜚语算得了什么？

虽然周正洪没有明说，也没有暗示，但朱晓萍将张菁负责打扫的区域和范围越划越小，后来小到和其他保洁员相比不到四分之一。其实这种事情不用周正洪暗示，她早就想到了，因为她很善于揣摩周正洪的心思。

虽然张菁的工作量大幅度地减少了，但周正洪很为她和肚子里的孩子担忧。周正洪多次劝说张菁可以辞职不用工作，实在不行请长假也行，但张菁坚持说自己还能工作，她还说等到自己坚持不了的时候会请假的。张菁的一再坚持使周正洪不好再说什么了。周正洪几乎每天都去家里看望张菁。

直到春节前夕张菁才请了长假，在家安心养胎。闲着没事的时候，她要么去毛婶家，要么毛婶来她家，两个人一起聊天解闷。她跟毛婶学会了刺绣，有时候绣到很晚才休息。毛婶不但夸她绣得好，而且说她手快。

自从请假在家之后，毛婶每天都替她打水，有时连饭也不让她动手做。毛婶多次提醒她注意别太辛苦，以免意外流产。

张强

周平县一家医院的产房里，随着婴儿的一声啼哭，张菁终于慢慢地放松身体。此刻的她脸色发黄，全身上下全是汗水。她看着在病床边一直紧紧地抓着她的手的毛婶，露出了笑容。

毛婶同样满头大汗，她十分心疼张菁，用纸巾擦了擦张菁额头上的汗水。

“恭喜你，是个男孩。”医生对张菁笑了一下，然后把婴儿包裹起来送到毛婶手中，婴儿还是不停地哭。

张菁看着婴儿，不禁流出泪水。孩子终于生下来了，她也终于有了盼头。可是孩子刚生下来亲生父亲就不在身边，不知要过多少年孩子才能见到亲生父亲。

在产房外一直焦灼不安的周正洪得到医生的允许后，走进产房。他快步走到病床前，俯下身紧紧地抓住张菁的手，关切地说：“小菁，你没事吧？”

张菁虚脱地笑了一下，气息微弱地说：“没事儿，不那么疼了。”

“那就好。”周正洪问毛婶，“男孩还是女孩？”

毛婶笑着说：“是个男娃子！”

“好，好！”周正洪把婴儿抱在怀里端详着，异常欣喜。他在婴儿的额头上亲了几下，没想到婴儿不哭了。他高兴地说，“真乖！”

看到周正洪和孩子亲热的样子，张菁感到很欣慰。她有气无力地说：“老周，孩子的名字我已经想好了。”

张菁之前和周正洪约定好孩子以后跟她姓。其实，无论晓鹏曾经伤害她有多深，她的心里始终都爱着晓鹏，她怎能让孩子承袭周正洪的姓氏，割断孩子和晓鹏的关系，让孩子成为周家的后人？等孩子长大后，她终有一天会带着孩子去找晓鹏的。她一定要让孩子知道，晓鹏才是亲生父亲。

周正洪说：“叫什么名字？”

“张强。”张菁取的这个名字的寓意很简单。她希望孩子能够坚强地活着，做一个坚强的人，坚强地面对生命中的所有挫折和困难。

“嗯，就叫张强。”

张菁不顾周正洪的强烈反对，出院后仍然住在启明星小学的家里。周正洪每天都来看望她，陪她聊天解闷。周正洪对小张强也特别疼爱，就像对待自己亲生的孩子一样。

周正洪的坚持和努力使张菁心里彻底接纳了他。张菁和他商量后决定“七夕”举行婚礼。

毛婶一直像对待自己的亲女儿一样照顾张菁，利用下班时间和休息日为张菁做各种力所能及的事情，不让张菁有半点儿劳累。她还特别疼爱小张强，每天都为小张强清洗尿布，没有嫌脏也没有嫌累。

毛婶的关爱和照顾不但让张菁十分感动，而且让张菁感受到了那种久违的母爱。有一次，当毛婶把一碗银耳汤端到张菁的面前时，张菁眼含热泪，情不自禁地叫了一声“妈”。毛婶怔了一下，放下手中的碗，和张菁紧紧地拥抱在一起……

第九章　破与立

中年男子

福瑞超市里挤满了人，晓鹏在营养品专区仔细挑选货架上的奶粉。

晓鹏挑了半天，选了一桶价格最贵的进口奶粉，他觉得价格最贵的肯定质量最好。他把奶粉放进手推车里，正要推着手推车往收银台走时，突然愣住了。只见收银台前站着一名正在结账的中年男子，中年男子的面相很憨厚，似乎在哪见过。晓鹏猛然想起来，这名中年男子是去年替张菁向他还二十万现金的那名中年男子，他们当时只说过短短几句话！

晓鹏扔下手推车，疾步向中年男子走去，他要问中年男子张菁现在在哪里！眼看着中年男子结完账走了，他却被堵在收银台前面的出口里。他急得大声叫道："喂，大叔，你等等，别走！"

中年男子没听到晓鹏的叫声，他已经走到超市门口了。

"你等等！"晓鹏终于从收银台前的出口里挤出来。他急忙向超市门口跑去，但走出超市已经看不到中年男子了。他在超市门口举目四顾半天，仍然看不到中年男子，只好垂头丧气地回到超市里。

晚上，兰兰依偎在晓鹏的怀里，看着晓鹏闷闷不乐的样子，问晓鹏怎么了。

晓鹏噢了一声，说："今天……也没啥，就是……有点儿想奶奶，很长时间没吃奶奶做的甜糕了。"他随便编了个理由，好在现在脸不会轻易红了。

"不对。"兰兰盯着晓鹏的眼睛，"肯定有什么事瞒着我。"

"我能有什么事？还不是想吃奶奶做的甜糕。"晓鹏故意转移开话题，"你上次做的难吃死了！"

“你上次不是说蛮好吃的吗？”兰兰噘着嘴，娇嗔地哼了一声，“算了，以后再也不给你做好吃的了，好心当成驴肝肺。”她生气地转过身子，背对着晓鹏。

晓鹏推了推兰兰的后背，嘿嘿地笑着，说：“别生气啦，我啊，现在要告诉宝贝老婆一个天大的秘密。”

兰兰转过身子，问：“什么秘密？”

“这个秘密就是……”晓鹏怪怪地看着兰兰，诡笑着说，“我的宝贝老婆有一个东西特别好吃。”

兰兰羞红了脸，她刚要转过身，晓鹏说：“我老婆的这个东西好吃。”晓鹏张开嘴堵住兰兰的嘴，咬了几下兰兰的嘴唇才松口。

“讨厌你！”兰兰娇嗔地拍打晓鹏的胸脯。

晓鹏嘿嘿地笑着，怪怪地盯着兰兰的眼睛。他突然伸出手把兰兰揽在怀里，同时张开嘴重重地堵住兰兰的嘴……

半夜里，晓鹏醒了，呆呆地望着窗外若隐若现的星辰。替张菁还钱的那名中年男子的出现，打开了他尘封已久的记忆。他现在有一个家，有美貌的妻子，也有可爱的孩子，过着幸福快乐的生活，但张菁呢？她现在好吗？她在哪里？她还在天州吗？

大半年以来，他梦到过张菁几次，但梦中的张菁一直对他冷冰冰的，若即若离。每次从梦中醒来，他都感到怅然若失，心里很压抑，也很苦楚，欲哭无泪。繁忙的工作使他没有太多时间沉浸在对张菁的思念中，但他的内心深处一直没有忘记张菁。他无法忘记去年的那个夜晚，当他告诉张菁他要结婚的消息后，张菁撕心裂肺般痛哭时的情景。

遇袭

下午，晓鹏打电话给兰兰谎称晚上要加班，很晚才回去。兰兰哪里知道，晚上他去找张菁了。他去了张菁曾经卖饰品的那个过街天桥，在天桥上转了几圈，但没有找到张菁。天已经黑了，天桥上卖东西的小商小贩还像以前那么多。

走下天桥，晓鹏又沿着小巷走到张菁以前住的宅院的门前。他敲了敲门，一个中年男子走出来。中年男子是他去年见过的买了张菁家宅院的那位。中年男子问他找谁，他说：“大叔，我去年来过这里找张菁，您还记得吗？”

中年男子打量了晓鹏半天，眼睛一亮，说：“嗯，小伙子，我想起来你了。”

“大叔,张菁有没有来过?您有没有再见到过她?”

“哎呀,这宅子她都已经卖了,怎么可能回来呢?”中年男子摇了摇头,“再没见过那个女娃子。”

晓鹏噢了一声,失望地说:“大叔,那您忙吧,我先走了。”他失魂落魄地走了。

晓鹏不知道,来的时候他就已经被四个痞子盯上了。他在小巷子里刚转过一个弯,看到前面七八米远站着两个手持钢管的痞子。两个痞子全都凶狠地瞪着他,其中一个没留头发,是个光头。他情知不妙,转身要跑,但身后又有两个手持钢管的痞子堵住了他的退路。他惊慌失措地说:“你们想干什么?”

痞子们并没有回答。光头痞子叫了一声“上”,四个痞子冲上来把晓鹏围在中心,纷纷抡起钢管往晓鹏身上用力打。

晓鹏还没来得及捂住头,头顶就重重地挨了两下。他只感到脑子里轰地响了一声,头顶很粗,很沉,也很闷。随着身上又遭到多次重击,他瘫倒在地上。

他逐渐感觉不到肉体上的疼痛了,眼前浮现出张菁的笑容。张菁的笑容很凄美,令他心如刀绞。他在心里念着张菁的名字,逐渐失去知觉……

光头痞子见晓鹏头上流出不少血,急忙阻止其他痞子继续殴打。他说:“我看不能打了,这小子这么不经打,再打下去要出人命的。咱们快走!”说完他和其他三个痞子拔腿就跑,迅速消失在巷子的尽头。他们钻进停在巷口的一辆白色小面包车里,小面包车立即开走了。

开车的是一名年轻男子,他问光头痞子:“得手没有?”

光头痞子说:“那还用说,肯定见血了。这小子真不经打,躺在地上跟个死人一样。”

“干得好!”年轻男子用力拍了一下转向盘。他从裤兜里掏出厚厚两沓钞票递给光头痞子,“一共六万,说好的价。”他又盯着光头痞子,郑重地说,“这小子是个有钱的公子哥,肯定不会罢手,公安局肯定会立案调查。你们拿上这些钱尽快离开天州,起码半年内不要在天州露面!”

光头痞子说:“没问题,刘老板,就按你说的办。以后你要是有什么事还可以找我,只要价钱合适,我一定会把事干漂亮,不会让公安查出来的。”

“好!”年轻男子把面包车停在路边。四个痞子下车后迅速消失在夜色中。

抢救

兰兰一直等到晚上十二点钟仍然不见晓鹏回来。她打了好几次晓鹏的手机，可是一直没人接。她又打电话到晓鹏办公室的座机上，但还是没人接。她有点儿着急，又把电话打到别墅里。一会儿，奶奶起床接了电话。

兰兰说："奶奶，我是兰兰。晓鹏晚上去别墅了吗？"

奶奶说："没有啊，怎么，晓鹏没回去吗？"

"嗯。晓鹏下午打电话给我，说他晚上加班回来得晚，可直到现在他都没回来，我打他的手机没人接，打他办公室的电话也没人接。"

"你别着急。"奶奶捂着有点发闷的心脏，轻轻闭上双眼定了定神，"你再打几次他的手机，没准他正开车往回赶呢。"

"好的。"

奶奶焦急地走到程长征和常娜的卧室门前，边敲门边说："长征，快醒醒！"

程长征和常娜被敲门声惊醒了。程长征答应了一声，下了床，拉开门说："妈，这么晚了有什么事啊？"

"小兰刚才打来电话说晓鹏一直没回去，手机和办公室的电话也一直没人接。"

"妈，你别着急，晓鹏说不定正在路上往回赶，也有可能又和朋友喝醉酒了。这样吧，我再给小兰打个电话，看晓鹏回去了没有。"程长征用手机打通兰兰的手机，"小兰，晓鹏回去了吗？"

兰兰说："没有。我刚才给几个和晓鹏经常在一起玩的朋友打了电话，他们都说今天没见晓鹏，不知道晓鹏去哪了。"

"奇怪了。"程长征安慰道，"小兰，你别着急，我现在给公司保卫部打个电话，让他们看看晓鹏有没有在公司。"

程长征挂了电话，然后打电话到保卫部办公室。保卫部副部长孙长林接了电话，程长征说："我是程长征，你现在马上打开程总经理的办公室，看一下程总经理有没有在，之后马上给我回个电话。"

孙长林说："好的，董事长，我马上去看一下。"

"你再看一下程总经理的车有没有在公司。"

"好的。"

几分钟后，孙长林打电话告诉程长征晓鹏不在办公室里，晓鹏的宝马车也不在公司大楼底下。程长征听完十分着急，对孙长林说："你马上去门房，问一下门房的值班人员程总经理什么时候开着车出去的，之后马上向我汇报！”

“好的。”

几分钟后，孙长林打电话给程长征，说：“董事长，根据门房值班人员的回忆，程总大概晚上八点钟开着宝马离开了公司。”

“好，我知道了。”听了孙长林的汇报，程长征有些不安起来，程母也焦急得如同热锅上的蚂蚁。

常娜搀扶着程母，说：“妈，你别担心，晓鹏不会有事的。”

兰兰又打电话给程长征问晓鹏有没有在公司，程长征说：“保卫部的人说晓鹏晚上八点钟开车离开了公司。小兰你不要担心，晓鹏应该没事的，我现在出去找找看。你一直打晓鹏的手机，不要停。”

“嗯。”

程长征匆匆忙忙地穿好衣服和鞋，快步走出家门。

他开着车在天州的主要路段上寻找晓鹏的那辆宝马，好在过了午夜，路上的车很少，他不但可以畅行无阻，而且可以清楚地认出停在路边的每辆车的车牌号。一个小时后，他终于在一座过街天桥下的路边找到了晓鹏的那辆宝马。

他下了车，快步走到宝马车前，一边叫晓鹏的名字一边拍打车门，但车里没有任何回应。他趴在窗前向车里看去，发现车里空无一人。他面向四周大声叫晓鹏的名字，可是半天也看不到晓鹏的踪影。他又快步走上过街天桥，顺着天桥往下走，走进一条巷子里。

巷子里静悄悄的。程长征大声叫着晓鹏的名字，他刚转过一个弯，听到一阵手机铃声。跑到铃声响起的地方，只见一个男子背对着他躺在巷子里，脑部下方淌着一小摊血。他把男子的脸翻过来，发现正是晓鹏，晓鹏的脸上粘满鲜血！

程长征的脑中嗡地响了一声，感到胸口一阵发闷，但他根本顾不上身体的不适，用力推着晓鹏的身子，大声说：“晓鹏，你这是怎么了？快醒醒，快醒醒！”

晓鹏一直没有醒转过来。程长征抱起晓鹏，刚要迈步时差点跌倒了，他的双腿如同灌了铅一般不听使唤。他努力定了定神，这才迈开步子顺着原路往回跑。他边跑边声泪俱下地说：“晓鹏，你要坚持住，一定要坚持住！”

他跑出巷子，又跑过天桥。打开奔驰轿车的门，他把晓鹏放在后排座位上，之后开着奔驰风驰电掣般向医院驶去。他的全身已经湿透了。

兰兰打电话问：“爸，找到晓鹏了吗？”

由于胸口发闷再加上着急，程长征努着嘴说了好几次都说不出来话。他尽力稳住心神，这才发出声音：“小兰，你……马上到……市第一人民医院，晓鹏……出事了，我马上就把他送到医院了……”

兰兰吓得手机掉在地上。她捡起手机，说：“爸，我这就过去！”她让母亲照顾好孩子，然后急匆匆地下了楼，在路边拦了一辆出租车迅速向医院赶去。

与此同时，奔驰轿车停在市第一人民医院急诊楼下。程长征把晓鹏从车里抱出来，没关车门就向急诊楼冲去。他刚冲进一楼大厅，大声叫道：“医生，快救人，快救人啊！”

几名医生和护士听到叫声后急忙跑出来。为首的一名医生查看了一下晓鹏的伤势，对程长征说：“必须马上做手术抢救！”

程长征捂着又闷又痛的心脏，喘着气说：“快，医生，快点救我儿子，要多少钱我都拿给你们。快啊！”

医生说：“您别着急，我们会尽力的！”

几名护士推来一张急救专用床。晓鹏被抬到床上，然后被迅速送进手术室。

没过多久，兰兰跑到程长征面前，气喘吁吁地说：“爸，晓鹏呢？”

程长征有气无力地说：“正在抢救……”

兰兰急声说：“到底是怎么回事？晓鹏哪受伤了？严重吗？”

程长征老泪纵横地说：“找到他的时候他昏倒在地上，头被打破了，血流了一地。”

“啊？”兰兰急得流出眼泪，“是谁干的啊？”

“现在还不知道。”程长征极为愤怒地说，“不行，我要报案！你先在这待着，我马上去派出所，晓鹏的情况你随时打电话告诉我！”

程长征在朝阳派出所报案后，四名警察在他的指引下迅速赶到事发现场。警察在现场仔细勘察了一番并拍了照，其中两名警察跟随程长征去了医院。

晓鹏正在抢救中，警察对程长征说晓鹏苏醒后迅速通知他们，他们将前往医院详细了解案发时的情况，以便找到破案的线索。之后两名警察离开了医院。

已经是凌晨四点钟了，程母和常娜也赶到了医院。程母听程长征讲完事情的经过，急得差点晕过去，失声痛哭不已，兰兰也抱着程母哭起来。

一名护士从病房里走出来，对程母和兰兰说为了不影响其他病人，请不要大声哭，程母和兰兰这才勉强止住哭声。程母双手合掌，默默地祈祷晓鹏平安无事。

直到凌晨六点钟，医生们才从急救室里走出来。程家人全都冲到医生面前，急声问：“医生，情况怎么样？”

为首的一名医生说:“病人已经脱离了生命危险。病人由于头部受到钝器的击打,导致颅骨轻微破裂,后脑部出现了一处瘀血。目前已经为病人成功做了手术。病人苏醒后发生失忆的可能性很大,而且记忆力有可能大幅度下降。目前病人还在昏迷中,一般会在一周内苏醒。”

程家人听完,虽然久悬着的一颗心终于放下来了,但心中难免充满隐忧。

幻灭

晓鹏微微睁开眼睛,看到一面十分模糊的白墙,白墙中隐隐约约挂着一个玻璃吊瓶。他不知道自己置身何处,只是含糊不清地念叨:“张菁,你……在吗?”

他感觉头部很闷,极不舒服,因此轻轻地摇了一下头,可是没想到后脑出现一阵钻心般的疼,使他沉闷地哼了一声。

正在病床边发短信的兰兰听到晓鹏哼出的声音,转过头向晓鹏看去,只见晓鹏睁着眼睛,脸上的肌肉因疼痛而有些抽搐。兰兰急忙走到病床前,俯下身高兴地说:“晓鹏,你醒了!”她不禁流出眼泪,她盼望晓鹏苏醒已经盼了整整六天!这六天她一直在担心害怕中度过,不但熬出了黑眼圈,人也瘦了不少。

晓鹏以为面前的女孩儿是张菁,不禁流出眼泪。他竭力伸出手,想抚摸张菁的脸庞,但他突然止住手,因为张菁在瞬间幻灭了,站在面前的是兰兰。他十分痛苦,泪水越流越多,张菁还是那么的遥不可及。

“晓鹏,你等会儿,我叫医生去!”兰兰跑出病房。

一会儿,一名医生走进病房。医生为晓鹏检查了一遍,对兰兰说病人没什么大碍,疼痛是正常的,再过几天就不疼了。医生嘱咐兰兰一定要让晓鹏多休息。

医生走后,兰兰俯下身抓住晓鹏的手,含泪说:“晓鹏,你终于醒了,吓死我了!”

看着兰兰的黑眼圈和消瘦的脸庞,晓鹏也很心疼。他勉强挤出微笑,气息微弱地说:“放心吧,我没事……”

兰兰点了点头,轻声说:“你先睡吧,别再多说话了。”

晓鹏微微笑了一下,慢慢地闭上眼睛。

兰兰走出病房,给程长征打了电话,告诉程长征晓鹏已经醒了。

程长征激动得流出了眼泪。这些天他一直茶饭不思,时刻为晓鹏担心着。他努了努嘴唇,只说了几个“好”字就再也说不出话了。他把晓鹏苏醒的消息告诉母亲和常娜后,母亲激动得哭出声来,连声说:“我的宝贝孙子,终于醒了!”

第二天早上，在晓鹏的病房里，程家人全都来了。晓鹏睁开眼，最先看到的是奶奶。他对奶奶笑了一下，轻轻地张开嘴唇，说：“奶奶……”

“嗯，奶奶在呢。”奶奶轻轻地抚摸晓鹏的头，泪流满面。

程长征站在母亲身边，既高兴又难过。

晓鹏看到眼睛发红的程长征，说：“爸，你别难过了，我没事的……”

程长征点了点头，嗯了一声。

调查

七天后，医生为晓鹏做了检查，告知程长征晓鹏恢复得非常好，已经可以配合警察进行调查了，不过每次配合调查的时间不宜超过一个小时，晓鹏现在最需要的仍然是休息。

下午，一胖一瘦两名警官来到晓鹏的病房。他们告知晓鹏来意并做了简单的自我介绍后，胖警官开始询问晓鹏案发时的情况，瘦警官负责记录。

晓鹏仔细回想了一遍，说：“那天晚上九点多钟，我从瑞宁路对面的巷子里往出走的时候被前后四个手持钢管的歹徒围住了。他们二话没说，冲上来就用钢管往我头上打。我记得头上和身上被重重打了十几下，然后就失去了知觉。”

胖警官问：“四名歹徒的年龄、性别和相貌特征你还能想起来吗？”

“他们都是男的，看他们的衣着，感觉有点像地痞。年龄吧，有两个看起来只有二十四五，有一个二十八岁左右，还有一个三十四五了。”晓鹏仔细回想着，突然睁大眼睛，“对了，看起来三十四五的那个男的是个光头！身高大概一米八左右，肩很宽，看起来很壮实，其他人好像都是他的手下。”

“还有其他体貌特征吗？”

晓鹏仔细想了想，摇摇头说：“没有。”

“那些歹徒有没有和你说话？是本地口音吗？”

“只有那个光头说了一声‘上’，再就没说什么，也听不出来是哪的口音。”

“歹徒手里拿的钢管是什么样的？”

“好像是黑色的，六七十厘米长吧，口径五厘米左右。”

“你有没有得罪过什么人？或者说有没有仇人？”

“让我想想。”晓鹏想了半天才想起来去年在拘留所里打架一事，“有是有，可我觉得不太可能。”

“你说说看。”

晓鹏把他去年在拘留所里和别人打架一事讲了一遍，讲完又补充了一句:“我觉得不太可能是他干的。”

“还能想起来其他一些你觉得有助于破案的线索和细节吗？”

“想不起来了。”

两名警官相互示意了一下,胖警官说:“今天到此结束,你安心养病。要是想起来什么情况的话可以随时打电话告诉我。”胖警官在一张纸条上写下电话号码,然后把纸条递给晓鹏,“这是我的号码,我们先回所里了。”

“嗯。我就不送你们了。”

两名警官走后,晓鹏对兰兰说他特别想念小万里。兰兰打电话对母亲说了,母亲当天晚上就把小万里抱到了医院。晓鹏见到小万里开心极了,少不了和小万里亲热一番,不停地逗小万里开心。虽然晓鹏已经二十四岁了,而且担任大丰集团的总经理,但他还带着不少孩子气。

半个月后,晓鹏出院了。令医生感到惊讶的是,晓鹏并没有留下失忆和记忆力衰退等后遗症,而是完全恢复到了出事之前的状态。程家人全都为此高兴万分。

一天,大丰集团来了一胖一瘦两名警官,他们正是上次找晓鹏调查案子的那两名警官。他们在晓鹏的办公室里坐下之后,胖警官从包里取出一张照片递给晓鹏,郑重地说:“程先生,请您确认一下,照片里的这个光头男子是不是上次对你行凶的那名光头歹徒？”

晓鹏仔细看了照片,肯定地说:“没错,就是他！”

胖警官再次郑重地说:“您可以完全肯定吗？”

“我可以百分之百肯定,那晚伙同他人对我行凶的就是他！”

“他名叫马大强,是从外地流窜到天州的一名逃犯。两天前,他受本地一名富商的雇佣,杀害了一名富商的仇家。公安机关出动及时,当晚就将他抓获。由于他是光头,我们怀疑他有可能是之前对你行凶的歹徒,因此让你进行辨认。”胖警官站起来和晓鹏握了一下手,“程先生,我们会尽快讯问马大强,相信您的案子很快就会水落石出的！”

三天后,朝阳派出所的两名警官再次来到大丰公司。他们在总经理办公室和晓鹏寒暄了几句,坐在晓鹏对面的沙发上。胖警官笑着说:“程先生,我们这次来是要告诉您,您的案子已经破了！”

“太好了！”晓鹏十分高兴,“到底是怎么回事？”

“这是一起有预谋的雇凶伤害犯罪案件。”胖警官顿了一下，慢慢地讲起来，“自从您确定照片上的那名名叫马大强的光头就是上次袭击您的歹徒之后，我们第二天就对马大强进行讯问，马大强交代了犯罪的整个过程。是这样的，马大强是一名从外地流窜天州的逃犯，为了弄钱维持生计，他和天州本地的黑社会分子勾结到一起，充当黑社会的打手。据马大强交代，有一次他在网上认识了一名名叫刘涛的男子，他们经常上网聊天，因此慢慢熟了。刘涛告诉马大强自己有一个仇家，一直想找人狠狠地打一顿出心中的恶气。马大强听完告诉刘涛只要价钱合适，他愿意办这件事。马大强当时并没有说自己是一名逃犯，他只说自己认识不少黑道中的人，而且办事绝对不留痕迹，让公安没法查。刘涛十分高兴，约马大强见了面，双方约定：马大强找几个黑道中的人暗中监视你，找机会对你下黑手。事成后刘涛一次性付给马大强六……”

晓鹏打断胖警官的话，说：“可我并不认识一个叫刘涛的人啊，我和他无冤无仇，他为什么要对我下手？”

“您先不要着急，听我讲完。”胖警官顿了一下，“后来马大强找了三个天州本地的黑社会分子，暗中一直跟踪你。那天晚上你一个人去了瑞宁路对面的巷子里，结果就发生了你被打成重伤一事。得手后，刘涛给了马大强六万，让马大强和其他三名歹徒尽快离开天州，半年内不要在天州露面。但是，马大强没有立即离开天州，他又受一名富商的雇佣杀害富商的仇家。就在他杀人的当天晚上，警方在一家宾馆内将他抓捕归案。为了抓捕刘涛，在我们的安排下，马大强在网上和刘涛取得了联系。通过查询IP地址，我们在刘涛家顺利将刘涛抓捕归案。刘涛对自己的犯罪行为供认不讳。据他交代，刘涛不是他的真名，他的真名叫杨光……”

“杨光？”晓鹏惊叫出声。去年小川曾告诉他，他被关进拘留所的那些天兰兰和杨光成了男女朋友。对了，他从拘留所出来后去找兰兰，在兰兰公司所在的写字楼下当众打了杨光一拳，把杨光打倒在地上，脸也打破了。他心想：看来这小子怀恨在心，所以找人对我下手！

“对，刘涛的真名叫杨光。”胖警官继续说，“据杨光交代，他和您的爱人慕容兰兰谈过恋爱，他们很相爱。”

晓鹏站起来，激动地说：“他胡说，兰兰根本就不喜欢他！”

“程先生，您先听我把话说完。”胖警官顿了一下，“杨光说他和慕容兰兰很相爱，但是你却突然夹在他们中间。你不但当众殴打他，而且抢走了慕容兰兰，他一直对你怀恨在心。他想和慕容兰兰复合，但慕容兰兰对他十分绝情，多次伤害他、打击他，使他十分痛苦。他认为慕容兰兰怀的孩子是他的，可是慕容兰兰不肯承认。你和慕容兰兰结婚后，一想到孩子将来要认你当父亲，他就受不了，因此就雇人对你……”

晓鹏打断胖警官的话，气愤地说：“他凭什么认为孩子是他的？”晓鹏突然愣住了，睁大眼睛，“难道……他们……发生过……关系？”

“程先生，这件事情涉及到您的妻子，可能会对您的婚姻和家庭造成影响，但我只能实话实说，实在抱歉。”

晓鹏如受重击，几乎不敢相信自己的耳朵。虽然他不愿意相信兰兰会背叛他，做出对不起他的事，但是胖警官作为公安人员怎么可能骗他？小川以前说的兰兰和杨光关系不简单那些话回响在耳边，他感觉头几乎快要炸了。

亲子鉴定

两名警官离开后，晓鹏给兰兰打了一个电话。电话接通后，他面无表情地说：“晚上你来公司，我有事要和你单独说一下。”

兰兰说：“什么事啊？电话里不能说吗？”

“不能。”晓鹏的语气很尖锐，“今天晚上你必须过来，我在办公室等你。”他说完挂了电话。

晚上，兰兰来到公司。她刚走进晓鹏的办公室，晓鹏把门反锁了。兰兰忐忑不安地说：“到底是什么事啊？”

晓鹏瞪着兰兰，说：“今天警察来了，我的案子已经破了。”

“太好了！到底是怎么回事啊？”

“警察告诉我，是有人雇佣歹徒对我下黑手。”

“谁雇的人啊？”

晓鹏逼视着兰兰，愤怒地说：“杨光！”

兰兰惊得倒退一步，手足无措地说：“晓鹏，你……说的是……真的吗？”

晓鹏向兰兰逼近一步，质问道：“去年我被关进拘留所的那些天，你和杨光干了些什么？”

“晓鹏，你听我说。”兰兰连着向后退了几步，心悸万分，“我说过，我……和他之间没什么，真的……”

“没什么？”兰兰惊慌失措的样子使晓鹏更加怀疑，晓鹏瞪着她大声说，“杨光什么都说了！”他这样说其实是想诈一下兰兰。

“晓鹏,对不起,我错了!”兰兰哭出声来,“原谅我吧!”

晓鹏气得差点晕过去,兰兰说的话已经表明她和杨光发生过关系!他极为愤怒地说:“告诉我,你和他是怎么发生的?”

“是……这么回事。”兰兰边哭边说,“你发生那种事被抓进拘留所后,我特别痛苦,也特别恨你。一天晚上我在一个休闲吧里遇到杨光,他主动和我搭讪,我们就聊起来了,最后成了好朋友。后来……他带我去北海游乐园玩,就在那天晚上,我和他在……宾馆里……”兰兰哭着辩解,“晓鹏,虽然之前我对你提出分手,但我是爱你的,我只是想考验一下你,看你是不是真的在乎我。如果不是因为你发生那种事被公安局抓了,我是不会背叛你的。我当时恨你背叛我,所以才和他发生了。”兰兰又急忙辩解,“噢,不对,是他勾引我的!真的!”

晓鹏不禁怒吼:“不要再掩饰了!就算我真的背叛了你,你作为一个女孩子都应该懂得自爱!”

“我知道,可是,你知道吗?我因为爱你才接受不了你的背叛,我当时万念俱灰,哪还想什么自爱不自爱的?我甚至都想过自杀!”

“你狡辩吧!”晓鹏怒不可遏地说,“不管怎么说,你作为一个女孩子都应该懂得自爱,这没什么好解释的!”晓鹏悔恨交加,愤愤地说,“我程晓鹏瞎了眼,直到今天才知道你是什么样的女人!”

兰兰走到晓鹏面前,紧紧地抓住晓鹏的双手哀求:“晓鹏,看在孩子的份上,原谅我吧,以后我再也不会做对不起你的事了。我会在你身边陪你一辈子,永远不离开你!”

“你还有脸提孩子?”晓鹏甩开兰兰,厉声质问,“告诉我,孩子是谁的?”

“当然是你的啊!”兰兰再次抓住晓鹏的手。

晓鹏狠狠地甩开兰兰的手,大声怒吼:“可姓杨的王八蛋说你怀的孩子是他的!明天带孩子去医院检查一下,看到底是谁的!”

第二天早晨,兰兰抱着小万里,和晓鹏一起去医院做了DNA亲子鉴定。医生告诉他们,鉴定结果三天后出来。

三天后,晓鹏一大早就去医院了。医生根据DNA亲子鉴定结果,明确告诉晓鹏孩子不是他的。晓鹏听完如受电击,全身发抖。他问医生DNA亲子鉴定的准确率是多少,有没有误差,医生说目前的准确率已经达到了百分之九十九点九九。

晓鹏听完瘫坐在椅子上。

开车回家的路上,晓鹏泪如泉涌。他是多么疼爱小万里啊,小万里还在兰兰肚子里的时候，他一直呵护着兰兰，生怕小万里出现半点闪失。小万里出生后，他给小万里取了“程万里”这个名字，希望小万里能鹏程万里，并借此表明他和小万里是一脉相承的亲生父子。可是直到今天他才知道，自己一直辛辛苦苦呵护的小万里竟然不是亲生的，而是兰兰和别人生的。他越想越伤心，憋了一肚子委屈和怒火。这件事情一旦传出去，自己以后怎么在别人面前抬起头啊？

回到家，晓鹏站在客厅里，一脸怒气。兰兰迎上来说：“晓鹏，结果怎么样？”

“结果？”晓鹏把手里拿的亲子鉴定结果狠狠地砸在兰兰头上，咆哮道，“你自己看！”

兰兰捡起亲子鉴定结果，双手不停地颤抖。看完她战战兢兢地说：“怎么……会这样？”

这时岳母把小万里放在床上，从卧室里快步走出来。她从兰兰手里拿走亲子鉴定结果一看，傻了眼。

“你说怎么会这样？”晓鹏忍不住狠狠地打了兰兰一个耳光，兰兰一个踉跄，跌倒在地上。他指着兰兰，怒吼道，“你给老子弄出来了个野种！”

岳母惊呆了。她挡在兰兰面前，双手拽住晓鹏的胳膊，大声说：“有话好好说，你不要生气啊……”

“好好说？”晓鹏用力推开岳母，怒声说，“你养的好女儿，啊？给我弄了个野种！”

兰兰抱住晓鹏的双腿，哭着说：“晓鹏，你听我说，血缘关系并不重要，孩子第一眼看到的人是你，那你就是孩子的亲生父亲啊！”

晓鹏用力甩开兰兰，用手指着自己，苦笑道：“我是孩子的父亲？”他不禁流出泪水，仰着头长长地舒了一口气，指着兰兰怒声说，“走，跟我办离婚手续去！”

兰兰瘫倒在地上哭个不停，晓鹏硬生生地把她拉起来，大声说：“给我起来走！”

“不！”兰兰一边竭力挣扎，一边大声哭着说，“我不走，我是你的妻子，我不走！”

岳母用力推搡晓鹏，声嘶力竭地说：“不能离婚啊！离婚了我们母女俩日子怎么过啊？”

晓鹏推开岳母，然后狠狠地拽住兰兰的手。兰兰拼尽全身的力气挣扎，但根本无法挣脱，她只好在晓鹏的胳膊上咬了一口。

“哎哟！”晓鹏痛叫一声，松开了手。他的胳膊被咬烂了，血流出来了。

兰兰吓得往后蹭着，身体蜷缩成一团，岳母伸出双手护住了她。母女俩都惊恐地看着晓鹏。

晓鹏瞪着母女俩，说：“你们赖着不走是吧？好，我走！”他转身走了，临出门时把门狠狠地关上了。门发出的巨响吓得母女俩全身一震，紧紧地抱在一起哭个不停。

离婚协议

晓鹏没去别墅，也没回公司，而是开车去了海边。他在海边站了很久，吼叫了很多次。

整整一个晚上，他都在海边站着。他思索了很久，最终决定把父亲给他买的那套一百多万的房子留给兰兰，以此作为条件和兰兰离婚。兰兰有了这套房子，离婚后就不会再为房子发愁了。孩子虽然不是亲生的，但孩子是无辜的。不过无论如何孩子以后都不能叫程万里这个名字，并且不允许姓程。

凌晨时分，晓鹏开车去了公司。他用办公室的电脑打了一份离婚协议书，打印了两份。他在两份离婚协议书上都签了字，然后带着两份离婚协议书回到家。

他刚走进家门，兰兰穿着睡衣从卧室里走出来，关切地说："你回来了……"兰兰想和他拥抱，但看到他一脸愠色，吓得缩回了手。

晓鹏没理兰兰。他把手中的两份离婚协议书和一支笔交给兰兰，面无表情地说："这是离婚协议书，你签个字。"他转过身，不想让兰兰看到眼中流出的泪水。

岳母从卧室里走出来，和兰兰一起看离婚协议书。兰兰一字一句地看着，看完简直不敢相信自己的眼睛，极为吃惊地说："你真的要把这套房子留给我？"

"当然。上面写得很清楚，以后我再也不欠你什么了。"

兰兰走到晓鹏面前，抚摸着晓鹏的脸庞，含泪说："你心里还爱我，是吗？"

"不，我不爱你。"晓鹏拿掉兰兰的手，"我们已经结束了。你赶快签字，签完字我们去办离婚手续，这套房子归你。"

兰兰知道，晓鹏已经下定决心了。虽然她想赖着不离婚，继续过豪门的生活，但晓鹏的决然使她打消了这个念头。再说就算她和晓鹏离了婚，晓鹏毕竟给她留下了一套房子，她和孩子不会没有安身之所。晓鹏应该还没有把孩子不是亲生的这件事告诉程长征，一旦程长征知道了，恐怕会将她扫地出门，她什么也别想得到。于是，她在两份离婚协议书上签了字。

晓鹏拿了一份离婚协议书，郑重地说："请你遵守协议上的约定，让你的儿子以后不要姓程，也不要叫万里这个名字！"

兰兰含泪点了点头。

岳母还想劝阻，但事已至此，无可奈何。她的女儿做出了对不起晓鹏的事，晓鹏却以德报怨，把一套房子白白地给了她的女儿。现在该有多少人想当房奴都当不上啊！

早晨办完离婚手续，晓鹏不想再和兰兰多说一句话，他觉得自己又没用又窝囊。

兰兰叫住晓鹏，走到晓鹏面前，含着泪说："真的对不起。"

晓鹏没说话，站着没动。

"如果哪天你想我了，就来找我吧，我会在家等你的。"

晓鹏转过身头也不回地走了。他回到家，家里只有奶奶和小红两个人在。

看着晓鹏失魂落魄的样子，奶奶急忙走到晓鹏面前，关切地说："晓鹏，你这是怎么了？"

晓鹏低着头说："奶奶，我……和兰兰……离婚了……"

"什么？你说的是真的吗？"

"我真的和兰兰离婚了。"

奶奶急声说："快告诉奶奶，好端端的为什么突然离婚了？"

"孩子……不是我的，是……别人的……"晓鹏几乎哭出声来。

"天哪！这到底是怎么回事？"

"去年她背着我和一个男的混在一起，孩子是那个男人的。"晓鹏越说越气愤，"上次我被打成重伤也是那个男的雇人下的黑手。"

奶奶又惊又气，差点昏倒。晓鹏和小红急忙扶着奶奶坐到沙发上，晓鹏说："奶奶，你没事吧？"

奶奶老泪纵横地说："奶奶没事。奶奶知道你心里难过，想哭就哭出来吧，别忍着。"

晓鹏终于忍不住跪在奶奶面前，抱着奶奶的双腿哭起来，边哭边说："奶奶，我把房子留给她了，我什么都不想要了……"

"你做得对，咱们程家不缺一套房子，让她以后后悔去吧！"

看着晓鹏痛哭的样子，小红流出了泪水，为晓鹏感到难过。

程长征和常娜回来了。看到母亲含泪坐在沙发上，而晓鹏跪在母亲的面前泣不成声，程长征急忙扶起晓鹏，说："妈，晓鹏，你们这是怎么了？"

晓鹏含泪说："爸，我和兰兰离婚了！"

"离婚？"程长征吃了一惊，"为什么离婚？"

"小万里不是我的孩子,他是兰兰和别人生的!"

"什么?你说的是真的?"程长征的声音有些颤抖,常娜急忙扶住他。

"我去医院做过DNA亲子鉴定,小万里根本就不是我的孩子!"

"这……到底是……怎么回事?"

"去年兰兰背着我和一个男的鬼混在一起,后来兰兰又把那个男的甩了,结果那个男的一直对我怀恨在心。五天前警察告诉我案子已经调查清楚了,是那个男的雇人干的,那个男的已经被抓起来了!"

程长征气愤地说:"没想到我们程家居然出了这种丑事!"

"爸,今天早晨我和兰兰办了离婚手续。"晓鹏低下头,"房子我留给她了。"

"你把房子给她了?"程长征生气极了,"像她这种不要脸的女人应该扫地出门才对,怎么能让她白白赚一套房子!"

"爸,不管怎么说,我们真心相爱过,这套房子算是对她的补偿吧。再说离婚之后她一个女人带着孩子,多不容易啊!"

"根本用不着为这样一个不要脸的女人有情有义!"程长征冷眼瞪着晓鹏,"你这么心慈手软,迟早会害了你自己!"

离家出走

奶奶轻轻地敲了敲晓鹏卧室的门,让晓鹏下楼吃早饭,可是晓鹏半天也没有答应。奶奶推了一下门,这才发现门虚掩着,于是她推开门走进卧室。

卧室里空无一人,只有一张纸条放在床上。奶奶捡起纸条,晓鹏在纸条上写着:

奶奶,爸爸,我走了。经历了这么多事,我已经没有办法安下心工作了。我想走得远远的,越远越好。

奶奶,爸爸,其实在我心里一直喜欢着一个女孩。我要去找她,我一定要找到她,因为我爱她,我也对不起她。离开她的大半年,每天我都像行尸走肉一样活着,我不想再过这样的日子了。我一定要找到她,用一生呵护她,她才是最值得我爱的女孩。

奶奶,爸爸,我不知道什么时候才能找到她,但找不到她我是不会回来的。你们一定要多保重,等我回来。

奶奶读完，泪流满面。她走下楼把纸条拿给程长征，程长征看完把纸条扔在地上，生气地说："这个臭小子，留下几句话就走了。他也不想想自己现在是公司的总经理，万一离家出走这件事传出去，大丰的股价不下跌才怪！把一摊子事全撂给老子了，还嫌老子不够心烦！"

常娜轻轻地拍着程长征的后背，温柔地说："程哥，晓鹏可能只是一时冲动，说不定过几天就会回来的，再说还有我在你身边帮你分担呢。"

程长征叹了口气，不禁为刚才说的话感到后悔。兰兰怀了别人的孩子这件事对晓鹏的打击太大了，晓鹏从小到大哪里经历过这么沉重的打击？

赵所长

晓鹏昨晚写完信后，提着行李箱悄悄地走出别墅，在大街上漫无目的地走着。走着走着，他不由自主地走到张菁以前卖饰品的那座过街天桥上。

他双目无神地看着闪烁的灯光和穿梭的车辆，心里感到十分憋屈，也十分悲愤。兰兰的背叛把他打回原形，他终于可以坦然面对压抑在内心之中的感情了。

他想念张菁。大半年了，每天他和兰兰在一起过着幸福的生活，可是谁会知道他的不幸呢？他的心里一直难以忘记张菁，他一直刻意压抑着对张菁的思念。他的眼前浮现出和张菁在一起的一幕幕，泪水逐渐模糊了眼睛。

"张菁，你在哪呢？你现在还好吗？"

晓鹏突然想起来，上个月他在福瑞超市见到过去年替张菁向他还钱的那名中年男子。他决定从明天开始每天都在福瑞超市的门口等中年男子，一直等到中年男子再次出现，哪怕等上一年。估计中年男子是张菁的亲戚或朋友，要不张菁怎么会让他替自己还钱？中年男子很有可能知道张菁去哪了。

于是从第二天开始，晓鹏每天从早到晚一直守在福瑞超市的门前等待中年男子出现。每天晚上直到福瑞超市关门的时候他才离开超市，住进离超市不远的一家宾馆里。

一天，两天，三天……

直到第三十六天的下午六点，中年男子终于在超市门口出现了！

晓鹏飞速冲到中年男子面前，张开双臂拦住中年男子，张口就问："大叔，您知道张菁去哪了吗？"

"张菁？"中年男子十分惊讶，打量了一下晓鹏，"你是？"

“我是程晓鹏啊，去年您替张菁给我还过钱，您还记得吗？”

“是你！”中年男子认出了晓鹏，但他极为不屑地瞪了晓鹏一眼，“走开！”他硬生生地推开晓鹏走进超市。

晓鹏跟在中年男子身后，伸出手拉住中年男子的胳膊，急声说：“大叔，您别走啊！”

中年男子又瞪了晓鹏一眼，没好声气地说：“走，出去说。”他拽着晓鹏的胳膊往超市外面走。

刚走出超市，中年男子冷不防地往晓鹏的胸口用力打了一拳。晓鹏一个踉跄，差点跌倒。

晓鹏怒声说：“你为什么打我？”

“打你？”中年男子冷眼瞪着晓鹏，怒声说，“程晓鹏，这一拳我是替张菁打的！你知道张菁为了你有多伤心吗？”

晓鹏怔怔地看着中年男子，不知该说什么好。

“她原本以为找到了一个可以依靠的人，可是你！”中年男子强压着内心的怒火，“为了还借你的钱，她把自己家的宅子都卖了！”

“大叔，我错了。”晓鹏低着头，十分惭愧地说，“我这次找你就是想问你她去哪了，我要去找她。”

中年男子轻蔑地看着晓鹏，讥笑道：“你不是结婚了吗？”

“我……已经……离婚了……”

“活该！”中年男子根本不正眼看晓鹏，“你怎么知道我会来这里？”

“上个月我来这里买东西的时候见过你一次，当时我跑出超市，可是已经看不到你了。为了找到你，我在超市门口连着等了三十六天。”

“噢。”中年男子的态度缓和了一些，“你跟我走。”

晓鹏跟在中年男子身后，说：“你要带我去哪啊？”

“去了你就知道了。”中年男子头也不回地往路边走，拦住了一俩出租车。

“莫非他要带我去见张菁？”晓鹏边想边和中年男子坐进出租车里。

中年男子对司机说了声“西街派出所”，半个小时后，出租车停在西街派出所大门前。晓鹏下车后跟着中年男子走进派出所，迎面而来的一名男警官称呼中年男子为“赵所长”，晓鹏这才知道，中年男子竟然是西街派出所所长。他说：“大叔，你是派出所的所长啊？”

中年男子瞥了晓鹏一眼，没说话。

晓鹏心中暗喜:“说不定张菁已经回到派出所了，要不赵所长怎么会带我来这里。”可是他向四下里看了看,哪有张菁的影子?

跟着赵所长走进办公室刚坐下,赵所长给晓鹏倒了一杯白开水。

晓鹏满脸堆笑地说:“谢谢你,赵所长。”

赵所长没说话。他坐在办公桌前,点了一支烟,使劲咂了两口。

晓鹏仔细看了看赵所长,赵所长面相憨厚,很像外出打工的农民工。如果不是亲眼所见,晓鹏根本不可能相信赵所长是西街派出所的所长。他说:“赵所长,张菁在哪啊?”

赵所长睃了晓鹏一眼,说:“你为什么要找她?”

“我知道我对不起张菁。我已经离婚了,我想和张菁在一起。”

赵所长冷嘲热讽地说:“你老婆为什么和你离婚?是不是因为你又在外面犯事了?”

晓鹏听得出来，赵所长的意思是说他是不是又干了下作事导致妻子和他离婚了。他低下头,羞愧地说:“我妻子怀上了别人的孩子,我不得不和她离婚。”

赵所长哼了一声,说:“这回遭报应了吧?”

晓鹏没说话。

“离婚了那你再找一个不就行了?像你这种有钱有势的花花公子,还愁找不上个女人?”

“我心里爱的人是张菁,我只爱她一个。”晓鹏语气坚定地说,“除了她,我谁都不会找的!”

赵所长冷冷地哼了一声。

“赵所长,我说的是真的,请你相信我!”

“好了,好了,你的这些誓言我不想听。”赵所长用鄙夷的目光看着晓鹏,气愤地说,“在你做出对不起张菁的事情之前,你有没有想过要为自己的行为负责?”

晓鹏羞愧地低下头,说:“对不起。”

“一句‘对不起’就完了?程晓鹏,你是个男人吗?”赵所长越说越激动,站起来厉声斥责,“你知不知道你告诉张菁你要结婚的消息后她有多伤心?”

晓鹏羞愧得无地自容,深深地低下头。

半晌,赵所长的怒气才消了一些。他坐下来吸了几口烟,说:“你了解张菁吗?”

“不……太了解……”

赵所长盯着晓鹏,说:“如果找到她了,你想怎么办?”

晓鹏郑重地说:“我要和她结婚,我要和她永远在一起。”

赵所长沉吟了半晌,说:“好,我告诉你她在哪。”他拉开抽屉,取出一个信封放在桌子上,“你把这个信封上的地址记下来,按照这个地址去找她。”

晓鹏欣喜若狂。他冲到办公桌前拿起信封,只见信封的左上方写着“江华省天州市惠安区西街派出所所长赵景生收”,右下方写着“北京市周平县启明星小学后勤部张菁”。

大半年前,晓鹏在峨眉山上祈祷佛祖保佑张菁平安、幸福,之后他和慕容兰兰结婚了。今天,当慕容兰兰的背叛使他走投无路,而他又得知了张菁的下落,他抑制不住内心的激动,双手捧着信封,眼泪哗哗地流出来。他没想到,大半年没见张菁,原来张菁去北京了!

许久,他放下信封,往门外走。

“你去哪?怎么不记下地址?”赵所长问。

“地址我已经记在脑子里了。”晓鹏边走边说,“赵所长,谢谢你。我现在就走北京,我要找到张菁!”

第十章 护身符

逐客令

晓鹏提着行李箱，独自一人走在启明星小学的校园里。由于坐了十几个小时的火车才从天州来到北京，而且到北京后没有休息就坐大巴来到周平县，因此他的脸色十分憔悴，有些苍白。

启明星小学依山而建，环境十分幽雅。晓鹏穿过操场，向教学楼走去，他想问问楼上的老师张菁在哪。他刚走上二楼，听到楼道尽头的卫生间里传来哗哗的流水声。他停下脚步向卫生间看去，只见一个清瘦的女孩儿用手拭了一下额头上的汗水，然后握着拖把在水池里摆动，想把拖把洗干净。

晓鹏只能看到女孩的侧面。女孩的脸微微出着汗，还泛着红晕，形成一个很美的轮廓。她的穿着十分朴实，若不是因为那张绝美的脸庞，恐怕所有人都会觉得她是一个乡下姑娘。

晓鹏确定自己见过这个女孩。那是一年前他被警察抓进西街派出所后，一名美丽的女警官对他进行询问，这名女警官还在他突发急性肠胃炎后将他送到医院救治。

没错，眼前的女孩就是那名美丽的女警官，就是张菁！

晓鹏很想冲上去，紧紧地抱住张菁，告诉张菁自从她走后这大半年以来，自己该是多么思念她，但他站着没动。半晌，他放下行李箱，往卫生间走。他在卫生间门口停下脚步，轻轻地叫了一声："张菁……"

张菁听到叫声后转过身。她并没有一下就认出晓鹏，可是没过多久她就睁大眼睛，一脸惊讶的神色。她没想到，自己经常思念的男人竟然奇迹般地出现在面前，她都怀疑自己是不是在做梦！

晓鹏默默地看着张菁，眼里满含着对张菁的愧疚和怜爱。

张菁激动得不知该说什么。她心头一酸，眼泪差点夺眶而出，但她强忍着没让眼泪流出来。晓鹏已经结婚了，她也已经决定和周正洪在“七夕”举行婚礼，她和晓鹏不可能有结果了，她甚至不知道自己和晓鹏是否还能算得上朋友。不仅如此，晓鹏之前对她的绝情使她伤心欲绝，她在爱着晓鹏的同时也深深地恨着他。因此，她什么也没说，毅然转过身，继续洗拖把。她的手轻轻地颤抖着，眼睛里悄悄地渗出了泪水。

“张菁。”晓鹏又叫了一声。

张菁没有回头，淡淡地说：“对不起，我不是你要找的人，你认错人了。”

“张菁！”晓鹏走到张菁身边，急声说，“我是程晓鹏啊，我离婚了，我是专门来北京找你的！”

“我说过我不是你要找的人。”张菁仍然没看晓鹏，“请你走开，不要影响我工作！”

“张菁，我知道我对不起……”

晓鹏还没说完，张菁打断他的话，说：“你没有对不起我，我说过，我们根本不认识，请你马上离开！”张菁开始拖洗卫生间的地面。

晓鹏张着嘴却不知道该说什么好。他只好退到卫生间外面，站着不出声。他知道，自己曾经深深地伤害了张菁，张菁心里肯定很恨他，所以不理他。

许久没有听到晓鹏说话，张菁以为晓鹏走了，于是向卫生间外面看了一眼。只见晓鹏在不远处看着她，满脸都是愧疚和关切的神色。她还是没理晓鹏，继续拖洗卫生间的地面。

晓鹏没想到，张菁来到北京后，竟然在这个名不见经传的学校里做着打扫卫生的工作，他哪肯让张菁受这样的苦！他走进卫生间，从张菁手里抢走拖把，替张菁打扫卫生。

“不用你帮忙！”张菁边说边抢拖把，但晓鹏死活不肯松手，她只好站在门口。

没过多久，张菁转身走了。

张菁去了毛婶家。毛婶前几天不小心把腿摔伤了，因此请了一星期假在家吃药休养。毛婶在家休养的这几天，每天早晨张菁把小强连同摇篮抱到毛婶家让毛婶照看，晚上再抱回来。

张菁一进门就说：“妈，他来了。”

毛婶说："谁来了？"

"小强的亲生父亲，他离婚了。"

"真的？"毛婶高兴地说，"那好啊，这下小强可以和他父子相认了！"

"可我不想让他知道我生下了小强。"

"为啥？"

"他没有尽一个父亲应尽的责任，而且他很不成熟，还没有长大，根本承担不了应该承担的责任。"

"哎呀，丫头，他都千里迢迢地来了，你怎么还这么恨他？让我说吧，小强毕竟是他的亲生骨肉，应该让他们父子相认才对。"

"妈，你别管了。父子相认是早晚的事，也不急在这一时半会儿。"

"好吧，依你。"毛婶叹了口气，"怪不得小强今天老是哭个不停。"

"小强肯定饿了。"张菁坐在床上，解开上衣的纽扣，然后从毛婶手中接过小强。她一边给小强喂奶一边抚摸着小强的额头，"看，小强吃得多有劲儿。"

足足三四分钟，小强才停止吃奶。张菁把小强交给毛婶，说："妈，今天晚上小强先交给你了。"

"嗯。"

"小强乖。"张菁在小强的额头上亲了一下，"要听奶奶的话。"她走出房门，向教学楼走去。

她在教学楼下停下脚步，只见晓鹏一手提着行李箱，一手提着拖把，傻呆呆地站在楼梯口等她。她从晓鹏身边走过的时候，瞪了晓鹏一眼，然后生硬地从晓鹏手里拿走拖把，去了二楼卫生间。她把拖把放在卫生间拐角，然后下了楼，向教学楼后面走去。

晓鹏一直跟在张菁身后，又是上楼又是下楼。跟着张菁来到教学楼后面，眼前是一排排破旧的砖瓦房，看样子已经废弃多年。

转过几个弯，张菁走到一个破旧的砖瓦房前。晓鹏看了看，这间房子的门窗由于多年没有刷漆，颜色快褪得没有了，显得很毛糙。手指粗的一根根钢筋撑在门窗上，早已锈迹斑斑，并且有的因受到外力的推拉变了形。窗子上的几块玻璃破了，破了的地方全部用硬纸板堵上了。门上的铁皮锈得裂开了缝，露出里面包着的发黑的朽木。

张菁从衣兜里掏出一把钥匙，打开门上的锁，推开门走进房子里。

晓鹏跟着张菁走进房子里。房子只有三十几个平米，有点暗，也有点阴冷。一道光线从房顶斜射进来，很耀眼，晓鹏抬头一看，原来房顶有一个巴掌大的小洞。地面是用砖铺成的，擦洗得很干净，可以看到砖块本身的颜色。房子的拐角摆放着一张陈旧的木床，木床的一条腿断了，底下垫着两块砖将就着。木床前面靠墙摆放着一张紫色的折叠式方桌，是房子里唯一一个比较新的家具。窗台下面靠墙放着一个大煤气罐，和一个灶头相连。灶头上放着一个铁锅。

房子正中横拉着一条绳子，绳子上搭着几件衣服和几块只有枕巾一半大的方形薄垫。薄垫上走着几路针线，显然是手工制成的。薄垫虽然洗过，但一块又一块相互交叉叠加的印迹遗留在上面，看起来很像小孩尿尿后流下的痕迹。

晓鹏呆呆地站着，几乎不敢相信张菁住在这么破旧的房子里。张菁瞥了他一眼，说："条件简陋，你先坐在床上吧。"

"嗯。"晓鹏把行李箱放在墙边，坐在木床上。他没敢坐踏实，因为木床很破旧，刚坐上去就发出了吱吱的响声，还有点儿摇晃。

"给你下点面条吧？"

"随便什么都行。"

张菁点燃煤气灶，往锅里添了两大勺水。忙活了二十多分钟，面条做好了。她盛了一碗面条放在桌子上，又拿了一双筷子放在碗上，之后看了晓鹏一眼，说："将就着吃吧。"

"你不吃吗？"

"你先吃，我这就盛。"张菁转过身去盛饭。

晓鹏急忙起身走到张菁身边，说："我来吧。"

张菁瞪着晓鹏，说："不用你帮忙。"

晓鹏只好退回去，坐在床上。

张菁盛了一碗面条，又拿了一双筷子，端着碗走出房子，出门前说："我出去一下，待会儿回来。"

晓鹏已经整整一天没吃饭了。他端起碗，没几下就把碗里的面条吃了个精光。锅里剩的面条不多了，他没有再盛面条，坐在床上等张菁回来。

张菁在毛婶家吃完饭才回来。她刚一进门就问晓鹏有没有吃饱，晓鹏说："吃饱了。你赶快吃吧，面都凉了。"

"嗯。"张菁放下手里的碗筷，看了一眼锅，"还剩这么多，你肯定没吃饱。"她又给晓鹏盛了一碗面条，放在桌子上，"吃吧，还剩不少，我够吃了。"

晓鹏嗯了一声。他等张菁把锅里剩下的面条全部盛进自己的碗里后，才开始吃起来。

张菁刚吃完,晓鹏拿走她的碗,开始洗碗。

张菁默默地看着晓鹏,没有作声。

晓鹏刚把洗干净的碗放进盛碗的柜子里,张菁在他身后说:“你什么时候走?”

“我……”晓鹏吞吞吐吐半天,“我……这次就是来找你的,不走了……”

“我不需要你关心,我过得很好。”张菁的语气很冷淡。

“张菁,我知道我对不起你。我……已经离婚了……”

张菁冷笑着说:“你想说离婚是为了我,对吗?”

“不管怎么说我都已经离婚了。”晓鹏极为认真地说,“我只想和你永远在一起,永远不分离,不让你再受到任何伤害。”

张菁苦笑着说:“你是不是忘了当初我是怎么哀求你的,而你又是怎么狠下心离开我的?”

“我没有忘,一刻也没有忘。我一直记在心里!”

“那好。”张菁没好声气地说,“请你离开这里,我不需要你感动我。”

“我……”晓鹏不知道该说什么好。

“请你离开这里。”张菁冷眼瞪着晓鹏,“我说的是真的,不想再说第三遍。”

晓鹏看了张菁半天,只好提起行李箱灰溜溜地走出房子。

天已经有点黑了,没过多久刮起了风,风中带着雨腥味。天空中的乌云逐渐弥合起来,显然要打雷下雨。晓鹏心想:待会打雷张菁一个人可能会害怕,因此他提着行李箱从原路返回。

他站在张菁住的砖瓦房门前,很想敲门进去,但一想到张菁绝情的样子,只好放下手,背靠着门坐下。一会儿开始打雷了。伴随着轰隆隆的雷鸣声,大雨倾盆而下。

晓鹏头顶上的屋檐本来就不宽,再加上大风的吹打,没过多久衣服就被雨淋湿了。他紧靠着门蜷缩成一团,浑身冷得有些发抖。

雨越下越大。窗子里透出的灯光忽地一下灭了,估计张菁要休息了。

雨下了很久才停,晓鹏竟靠着门睡着了。他实在太累了,昨晚从天州坐火车到北京,他一直没有睡着。

半夜里,由于冷风的侵袭,晓鹏被冻醒了,连着打了几个喷嚏。张菁被打喷嚏的声音惊醒了。她迅速拉开灯,穿上衣服走到门后,慢慢地拉开门。

门刚被拉开少许,一个身躯倒进房子里。张菁先是一惊,然后认出了晓鹏,吃惊地说:“你没走?”

“嗯。”晓鹏站起来,冻得直哆嗦,“雷声这么大,我怕你一个人害怕,所以就没走……”他说完打了一个喷嚏。

张菁心里一阵感动,一阵温暖。她把晓鹏让进房子,发现晓鹏全身上下湿透了,于是说:“你身上全湿了,冷吗?”

“没事儿。”

张菁摸了摸晓鹏的额头,说:“有点烧,我先给你找点药。”她从桌子上的小盒子里找出一个小药瓶,倒出两粒胶囊,然后倒了一杯温开水,“快把药吃了吧。”

“嗯。”晓鹏吃下了药。

“箱子里有换的衣服吗?”

“有。”

“那你赶快换上吧。”张菁转过身子,背对着晓鹏说,“脱掉的衣服挂在绳子上晾着就行。”

晓鹏打开行李箱,从里面拿出衣服放在床上,然后迅速把身上穿的衣服全都脱了。张菁一直背对着他,虽然他看不到张菁,但他能感觉到张菁肯定羞红了脸。他不禁想起一年前在张菁家里的那个下着大雨的夜晚,当时他也是因为被雨淋湿了衣服,不得不脱掉衣服,最后情不自禁地和张菁做了那种事。那件事一直深深地烙在他的脑海中,每一个细节他都记得清清楚楚。

可是今天,张菁站在离他很近的地方,他们相距不到两米,但他没有一点儿想占有张菁的欲望。

张菁问:“完了吗?”

晓鹏嗯了一声。他已经把脱掉的衣服搭在绳子上,并且换了一身干衣服。

“我拿一下凉席。”张菁没敢正眼看晓鹏,她的脸早就红了。她从床底下抽出一张凉席铺在地上,“你睡床上,我睡凉席上。”

“我睡凉席上。”晓鹏说完立即坐在凉席上。

张菁瞥了晓鹏一眼,什么也没说。她从床上抱起一条毛毯,放在凉席上,说:“将就一下吧,晚上地上凉,可能有点瘮。”

晓鹏嗯了一声,躺在凉席上,把毛毯盖在身上。没有枕头他觉得很不舒服,于是从行李箱里找出来一件衣服,叠成方块放在凉席上,当作枕头。

张菁拉了一下床头的灯绳,房子里一下黑了。

晓鹏一直没睡着。凌晨时分,房子里越来越寒凉,他怕张菁受凉,于是起身把毛毯轻轻地盖在张菁的被子上，然后坐在凉席上一直挨到天亮。

他把毛毯盖在张菁的被子上的时候，张菁醒了，眼睛里流出了泪水。

早晨，晓鹏洗漱之后动手点煤气灶，想给张菁煮点稀饭，这是他第一次自己动手做饭。他忙活了半天也没把煤气灶点着，他记得昨天下午张菁一下就点着了，可是轮到自己弄时为什么点不着呢？他不禁感到十分羞愧，自己怎么连点煤气灶这么简单的事情都干不了？

正当他抓耳挠腮急得团团转的时候，张菁说了声“我来吧”，一下就点着了煤气灶。

“没用过这玩意儿。”晓鹏红着脸说，“剩下的我来吧。”

“嗯。”张菁洗漱去了。

晓鹏往锅里添了两大勺水，等到锅底冒起泡泡的时候，他把一大碗米倒进锅里，然后用勺子搅了搅，盖上锅盖。

张菁看得出来，晓鹏从来没有自己动手做过饭，刚才下的那一大碗米足够他们两个人吃好几顿了。她不由得掉过头，偷偷笑了一下。

就着榨菜喝稀饭的时候，晓鹏感到羞愧极了，脸都快红到脖子底下了。他暗暗骂自己没用，不但不会点煤气灶，而且连最简单的稀饭都没做好。吃完早饭，他抢先替张菁洗了碗，把煤气灶擦得干干净净。

“待会我要去上班。”张菁面无表情地说，“衣服已经干了，你把衣服收起来，现在就走。”

“你让我走？”晓鹏以为自己听错了。

“嗯。”张菁一本正经地说，“别人看到你待在这里会风言风语的。”

晓鹏盯着张菁的眼睛，认真地说：“张菁，你真的那么讨厌我吗？”

“谈不上讨厌不讨厌的。”张菁冷冰冰地说，“总之我和你现在没有任何关系。”

“我来北京就是要和你在一起。”晓鹏恳切地看着张菁，“你真的不想和我在一起吗？”

“我刚才说过，我和你现在没有任何关系！”张菁苦笑了一声，“你以为你来找我我就会感动？”

“张菁，你听我说。”晓鹏走到张菁面前，抓住张菁的双肩，“我是真的爱你，我要和你在一起！”

张菁倔强地推开晓鹏，头也不回地往门外走。

“张菁！”晓鹏一边喊一边跟着张菁走出房子。

张菁去了教学楼。她在卫生间里找到拖把，开始拖洗楼道。可是她拖了没几下晓鹏就从她的手里抢走拖把，然后用力拖洗楼道。她什么也没说，只是静静地站在晓鹏身后。

没过多久晓鹏就出了一身汗。张菁要从他的手里抢走拖把，但他死活不肯，张菁只好作罢。

忽然有个人问张菁："这位是？"

晓鹏抬起头，只见一个穿着灰色衬衣的中年男子正用诧异的目光看着他。张菁急忙走到中年男子面前，很不自然地笑了笑，指着晓鹏说："他……是我……表弟，来北京看我……"

中年男子噢了一声，打量了一下晓鹏，脸上带着狐疑的神色。

张菁向晓鹏暗暗使了一个眼色，然后笑着说："晓鹏，这是学校后勤部的周主任。"

中年男子正是张菁的未婚夫周正洪。

晓鹏对周正洪笑了一下，说："您好！"

周正洪喜笑颜开地说："是你表弟啊，什么时候来的？"

张菁说："昨天下午来的。"

"噢。晚上我请你表弟吃饭，尽地主之谊。"

"不用了。"张菁挡在晓鹏面前，"我……表弟……还有事要忙，今天下午就……走了……"

"来北京了就多待几天吧，不用这么快就急着回去。"

"我表弟真的还有事要忙，昨天……路过北京，所以顺便过来看一下我，下午就走了。"

周正洪噢了一声，说："那好吧，下次来之前一定要给我说一下，我也好提前做好准备。"

"嗯，一定。"

"对了，走的时候我开车送一下吧？"

"不用了，他没带别的什么东西，走的时候方便着呢。"

"那好，我先过去了。"周正洪对晓鹏点了一下头，又对张菁眨眼笑了一下，转身走了。

晓鹏怔怔地看着张菁。张菁刚才的表情很不自然，她显然是怕周主任知道他们之间的真实关系，因此谎称他们是表姐弟，竭力掩盖事实。从她刚才的神态举止以及周主任临走时对她的那个笑，可以看出她和周主任之间的关系不简单。

直到十一点钟，晓鹏才替张菁干完活，之后回到张菁家里。他刚进门，张菁说：“我出去一会儿，待会回来。”张菁转身走了。

晓鹏从米箱里盛了大半碗米倒在电饭锅里，又倒了些水，然后把电饭锅的插头插在墙上的插线板上。他又从煤气灶底下拿出小盆，开始拣盆里的豆角。

与此同时，张菁在毛婶家给小强喂奶呢。毛婶憋了半天，忍不住说：“丫头，让我说吧，他既然来了，你就和他和好吧，毕竟他是孩子的亲生父亲啊！”

张菁说：“妈，你别管了。小强没有他照样会长大的。”

毛婶叹了口气，说：“你这么犟我也不说了。”

张菁回到家，晓鹏正在炒菜呢，晓鹏已经学会使用煤气灶了。

张菁凑到煤气灶前一看，只见锅里的豆角、辣椒、西红柿和黄瓜胡乱搅成了一堆，她不禁扑哧一声掩面笑出声来。

“你别笑啊！”晓鹏红着脸说，“我记得奶奶就是这样炒的。”

由于倒的水太多，晓鹏蒸的米饭十分黏稠，几乎成了一锅糨糊。吃饭时，他羞愧地说：“以前没蒸过米饭，所以没做好。”

张菁说：“没事儿，能吃就行。”

吃完饭，晓鹏洗了锅和碗。他在脸盆架前刚洗完手，张菁取下他昨晚搭在绳子上的衣服，叠得整整齐齐的放在床上，面无表情地说：“衣服已经干了，你收起来，待会就走吧。”

晓鹏怔住了，他没想到张菁这么快又下逐客令。他微微带着怒气，说：“张菁，你就这么反感我吗？”

“你值得我反感吗？”张菁睃了晓鹏一眼，“我说过，我和你现在没有任何关系，希望你明白。”

晓鹏逼近一步，紧盯着张菁的眼睛，气愤地说：“是因为早晨的那个周主任，对吗？”

张菁义正词严地说：“那和你没有关系。”

“怎么和我没关系？”晓鹏又气又恼，大声说，“我看出来了，你和他不简单！”

张菁厉声反驳：“程晓鹏，你算我什么人？我和他之间怎么样用得着你管吗？”

晓鹏被驳得哑口无言。

张菁冷声说：“我已经和周主任订婚了，我们‘七夕’就要举行婚礼。”

“什么？”晓鹏如受电击，全身颤抖着，“你说的是真的？”

“当然。”张菁转过身，背对着晓鹏，心平气和地说，“我真的希望你死了这份心，放了我。”

晓鹏心痛如割。他拿起床上的衣服，胡乱塞进行李箱，然后提着行李箱头也不回地走了。他直接打车去了北京火车站，买了一张当天下午开往天州的火车票。

他刚上火车，又从火车上跳下来，心想：不行，我不能回去，我要把张菁夺回来！他再次打车去了周平县，在启明星小学校门前下了车。他在校门口的超市里买了两大袋零食，然后走进学校直接去了教学楼后面。他要把买的零食送给张菁。“人至贱则无敌”，他就不信张菁不会回心转意。

走到离张菁家只有十来米远的时候，晓鹏听到一阵婴儿的啼哭声。他仔细听了听，确定声音是从张菁家里传出来的。张菁正在哄婴儿：“小强乖，妈妈在呢，不哭……”

晓鹏简直不敢相信自己的耳朵。他快步走到张菁家门前，只见张菁正在房子里轻轻地颠着身子，不停地哄怀中的一个婴儿。婴儿看起来很白净，年龄差不多和小万里一样大。

晓鹏惊呆了。天哪，张菁什么时候有了孩子？他睁大眼睛盯着张菁，手里提的零食和行李箱全都掉在地上。

张菁抬起头看到晓鹏，惊慌失措地说：“你……怎么又回来了？”

晓鹏快步走到张菁面前，急声说：“这是谁的孩子？”

“孩子……是我的……”

晓鹏紧紧抓住张菁的双肩，大声说：“告诉我，孩子的父亲是谁？”

小强受到了惊吓，哭得更厉害了。张菁边哄小强边说：“吓到孩子了。”

“告诉我，孩子是谁的？”晓鹏大声问着，管不了那么多了。

张菁很想告诉晓鹏小强是他的亲生儿子，但她怎么也说不出口。虽然她恨晓鹏，但她在恨的同时也深爱着晓鹏。然而，不能否认的是她也深深地爱上了周正洪，而且理智地想一想，周正洪更适合做丈夫。晓鹏和既成熟又稳健的周正洪相比，就像一个没有长大的孩子，缺乏责任感和安全感。她已经和周正洪有了婚约，周正洪也真心接受了小强，一定会将小强抚养成人。但是，一旦晓鹏知道小强是自己的亲生骨肉，就必然会带走小强。可是晓鹏那么不成熟，他能照顾好小强吗？能承担起父亲的责任吗？小强跟了他恐怕会受罪的。因此，张菁决定将事实隐瞒起来，先不告诉晓鹏小强是他的亲骨肉。想想自己一个人孤苦伶仃地来到北京，含辛茹苦地把小强生下来，她眼里的泪水哗哗地流出来了。

看着张菁流泪的样子，晓鹏心痛万分，几乎要哭出声来："告诉我，到底是怎么回事？"

"其实，我不是一个简单的女人，不值得你对我这样。"

"不，我要知道事情的真相，告诉我！"

"你坐下吧，听我慢慢说。"张菁拭了一下眼泪，讲起了过去的故事。

火锅

原来，张菁出生在一个贫苦的工人家庭里。父亲在她七岁那年因车祸去世，从那以后家里的生活更窘迫了。从小学到高中，她的学习成绩一直名列前茅，最后考上了北京民族大学，专业是行政管理。在她读大学期间，母亲因多年积劳成疾患上严重的心脑血管疾病。毕业后回到家乡不久，她应聘进入天州市浩成房地产开发公司，担任办公室文秘一职。浩成房地产公司是天州市的一家大型房地产开发公司，她应聘的时候参加过一次笔试和三轮面试，从一百多位竞聘者中脱颖而出。

参加工作没多久，她问朋友借了一笔钱，带着身患重病的母亲去天州最好的医院做了全面检查。医生告诉她，母亲的病已经十分严重了，如果不及时治疗的话，有可能发生猝死。要想治好母亲的病必须做手术，越快越好，而且手术最好去北京的大医院做，那样成功率会高一些。她问医生去北京做手术治疗的话得花多少钱，医生说估计得十万左右。医生最后给母亲开了些药，说这些药得长期服用，有利于延缓病情的发展。

为了攒钱给母亲看病，张菁白天努力工作，利用晚上和双休日贩卖饰品赚钱。但是，每个月卖饰品赚的钱只够给母亲买药。

像她这种长相十分漂亮的女孩从高中开始就有不少男生追求。大学期间她把心思全部用在学习上，拒绝了所有追求她的男生。直到参加工作后不久，她才第一次谈恋爱。

和她谈恋爱的男孩名叫邓远，比她大两岁，是公司法务部的一名法务专员，比她早两年进入公司工作。邓远出生在一个普通的农民家庭，同样毕业于北京民族大学，专业是法学。

张菁第一天到公司上班的时候，按照办公室主任刘明远的要求编写一份文稿。直到下班的时候她还没写完，当时同事们全都走了，办公室里只剩下她一个人。正当她盯着电脑仔细修改文稿的时候，响起了敲门声。她起身走到门前拉开门，只见一个个头比她稍高、穿着朴实的年轻男子站在门前。中年男子笑着说:“请问你是张菁吗?”

“嗯。你是?”

“我叫邓远,是法务部的法务专员。听说我们单位来了一位同校的校友,所以过来认识一下。”

“嗯?你也是北京民族大学毕业的?”

“是啊!”

张菁高兴地说:“没想到会在这里遇到大学校友。对了,你在哪个学院?什么时候毕业的?”

“我是法学院的,法学专业本科,已经毕业两年了。”

“怪不得上大学的时候没见过你。进来说吧!”

“嗯。”邓远走进办公室,“咱们学校这两年有没有什么新变化啊?”

“好像没什么变化。”张菁想了想,“对了,去年学校成立了一个国际民族问题交流中心,很多国家的官员和学者经常过来交流学习呢。”

“太好了!咱们学校又向前迈出了一步!对了,下班了你怎么还不回家?”

“有份文稿还没有改完呢。”

“要不我帮你改改?”

“好啊!”

邓远在电脑前快速看了一遍文稿,说:“这个不难,十分钟帮你搞定!”

张菁以为邓远在吹牛,可是邓远修改文稿的速度的确很快,只用了不到十分钟就改好了。邓远轻轻地拍了一下桌子,说:“改完了,我给你念一遍。”

张菁点点头,邓远开始读文稿。读完后,张菁拍了一下手,赞叹道:“你改得太精彩了!”

“哎呀,不是我吹,我高考作文肯定拿了满分。改个稿子嘛,对我来说就是‘张飞吃豆芽,小菜一碟’。”

“你就吹吧!”张菁噘着嘴说。

“哎呀,我说的是真的。”邓远想证明自己不是吹牛,可是没有证据,急得有点手足无措。

张菁见状笑着说:“行吧,我相信你!”

“咱们吃饭去吧,我请你,你喜欢吃什么?”

“不了,我要赶快回家去呢。”张菁每天下班后都回家给母亲做饭。

“哎呀，走嘛，好不容易遇到校友，给点面子嘛！”

张菁犹豫了半天，说：“好吧。”

邓远高兴得几乎要跳起来，说：“你想吃什么？”

“我想想。”张菁眼睛一亮，“火锅吧，不知道有没有地道的四川火锅？”

“南平路有一家老大妈火锅，去年我和几个朋友吃过，他们都说味道很正宗。”

“嗯，就去那里好了。”

走出公司办公大楼，张菁和邓远直接打车去了老大妈火锅店，他们在靠窗的一个桌子前坐下了。

张菁先点了自己最喜欢吃的菜，邓远又点了几个菜。刚在锅里下完菜，邓远开玩笑似的说：“真没想到我们学校有你这么漂亮的一个学妹。唉，当时咋没有遇到你呢，遇到的话肯定追你做我女朋友。”

“不会吧？”张菁笑了一下，“那你大学四年有没有谈女朋友？”

“谈了啊。”邓远遗憾地说，“是同系的一个女生，她家在辽宁，毕业后回家乡了，之后我们就分手了。”

“大学谈恋爱大多都会在毕业后各奔东西。你们现在还有联系吗？”

“有，不过只是偶尔打个电话发个信息问候一下。”邓远的神色很黯然，“她去年结婚了。”

“噢，那她结婚挺快的。”

“是啊。你呢，追你的男生有一个排的兵力了吧？”

“哪有那么多，不过十个算是有了。”

“果然不少。那你谈了吗？”

“没有。”

“没有？”邓远有点不相信，“真的没有谈？”

“是啊，你不相信吗？”张菁认真地说，“我真的没谈，总觉得大学里谈恋爱不靠谱，毕业后多半会分手的。”

邓远故意叹息一声，开玩笑说：“上大学没有遇到你真是人生的一大憾事。”

“我可不会轻易给别人机会。”

“是吗？”邓远嘿嘿笑着，“不过要是真的遇到你的话，我肯定会追你的。”

“为什么这么肯定？”

邓远认真地说：“像你这么漂亮的女孩我头一次见到。”

“现在美女多了去了，咱们学校就有不少，你这么说我都无地自容了。”

“不管你信不信，我说的是真的，你可别当笑话啊！”

“本来就是笑话嘛！”张菁顿了一下，“毕业后你没再谈恋爱吗？”

“没有。”邓远叹了口气，“只有大学里谈恋爱是最纯真的，不掺任何杂质，毕业后再想找到那种真正纯粹的爱情就难了。我啊，毕业后也遇到过喜欢的，可对方一张口就要房子和车子，我只能放手。”

“说的也是，现在的很多女孩都挺现实的。我的同班同学毕业后几乎都和男友分手了，她们中有不少都想嫁有一定经济实力和社会地位的男人。不过她们这样选择也不能算错，毕竟物价和房价越来越高，又有几个人能够确保通过努力就能在短期内打拼出一片天地。眼前的可以直接看得到，因此往往是最保险的。”张菁看着邓远落寞的神色，“不过也有一些女孩愿意和男友一起打拼、奋斗，从零开始，创造属于他们的幸福。”

邓远认真地说：“如果是你的话，在爱情和物质之间，你会怎么选择？”

“这个问题我从来没想过。”张菁思索了一会儿，“我觉得我应该会选择一个能和我一起打拼的男生，不过真的面临选择的时候，我也不敢保证自己一定会选择爱情而不考虑物质，我也只是一个普通的女孩。”张菁看着邓远极为认真的表情，疑惑不解地说，“怎么突然问我这个问题？”

“我只是随便问问。”

“其实你们男孩子有时候可能不知道，女孩子一个人打拼很难的，她们想嫁得好本身并没有错。”

“嗯。理解。”

“我觉得吧，现实就是这样，短期内无法改变。作为一个男生，应当坚信可以找到一份属于自己的爱情。在坚信的同时，应当努力打拼。面包和爱情都会有的，只不过是早晚的事。”

邓远点了点头。

“我怎么觉得我成心理辅导老师了？”张菁对邓远莞尔一笑，“你是学长，阅历比我丰富，应该你指导我才对呀！”

“没事儿。”邓远笑了笑，“毕竟我是男生，你们女孩子的心思我不懂，不能胡乱揣测的。”

“很多男生都说不懂女孩的心思，但我觉得吧，女孩的心思其实很简单，一点儿也不复杂。只要男孩能设身处地地为女孩着想，从女孩的角度出发思考问题，慢慢地就能走进女孩的心里。其实每个女孩的内心都很稚嫩，很敏感，也很脆弱。她们很怕受到伤害，因此总会想方设法把自己保护起来。”

邓远嗯了一声，点了点头，若有所思。

张菁用筷子搅了搅锅里的菜，说：“熟了，快吃吧。”

“嗯。”

“怎么这么辣啊！”张菁吃了一口，辣得直嘘嘘。

“四川的火锅就是一个‘辣’字，越辣越地道！”

吃完火锅，邓远和张菁走出老大妈火锅店。张菁看了一下表，说：“这么晚了，肯定没有公交了。”

邓远说：“我打车送你回家吧？”

“不用了，我家离这里不太远，我自己打个车就能回去。”张菁边说边挥手拦住一辆出租车。

“我先走了。”张菁坐进出租车里，“对了，谢谢你今天请我吃火锅，味道挺不错的。”

“不用谢，只要你觉得好吃就好。”邓远十分高兴，向张菁挥了挥手。

张菁也向邓远挥了挥手，然后坐着出租车走了。

直到出租车彻底在视线中消失后，邓远才挥手拦住一辆出租车。

回家的路上，张菁不禁回想起和邓远之间的谈话，她觉得邓远看她的时候目光总是很异样。

回到家，母亲正坐在门口。张菁扶起母亲，说：“妈，你吃饭了吗？”

母亲说：“吃了，中午剩的饭我热了一下。”

“今天一个同事请我吃饭，他和我是校友，我不好拒绝，所以就去了。”

“噢，吃的什么啊？”

“火锅，味道挺不错的。”张菁扶着母亲走进屋子，又扶着母亲坐在床上，“妈，你先坐着，我给你倒点热水洗脚。”

没过多久，张菁端着一盆热水放在母亲脚下，替母亲脱掉鞋袜。母亲说：“丫头，请你吃饭的同事是男娃子还是女娃子？”

“男的。”

“干什么工作的？多大了？”

“比我大两岁吧，是我们公司的一名法务专员。”

“噢。”母亲半晌又说，“丫头，你现在毕业了，工作也稳定。妈看哪，你该找个对象了。”

"妈,我找对象起码要等到你的病看好之后。"张菁一边给母亲洗脚一边说。

"我这个病不知道还能不能看好。"母亲叹了一口气,抚摸着张菁的头,"妈这样一直病下去,拖累你了啊!"

"没事儿,反正我又不急着嫁人。"张菁又安慰道,"妈,你的病一定能看好的,你要对自己有信心。"

过生日

自从请张菁吃过一次火锅,邓远在工作中给予张菁很多帮助。虽然张菁读大学时是一个品学兼优的学生,但是实际工作和大学的理论学习有很多不同,她刚开始工作难免会有很多不懂和不会的地方。每当她在工作中遇到困难时,邓远总会对她伸出援助之手。她慢慢发现邓远是一个很有才华的男孩,不过他的性格偏内向,不多说话,而且不善于处理人际关系,因此很难获得领导的赏识。随着和邓远交往的时间越来越长,次数越来越多,她感觉心里有点儿离不开邓远了。每当她加班的时候,邓远总会陪着她,而且经常送她回家。在其他同事面前,她显得很精明,很能干,独立性很强。可是每每在邓远面前,她却变得小女人起来,很没有主见,处处征求邓远的意见和看法。

一天早晨,张菁收到一条邓远发的短信。邓远在短信里祝她生日快乐,约她晚上七点钟在北安路的瑞士风情西餐厅吃饭,还说要送她一份礼物。

张菁那段时间忙于工作,竟连自己的生日都忘了。读完信息她感到十分温暖,发信息问邓远:"猪头,你是怎么知道我生日的?"

邓远用英语回复:"Dear little sister, this is a secret."(亲爱的小妹妹,这是个秘密哦)

张菁笑着回复:"猪头,还说起英语来了。要送我什么礼物啊?"

邓远回复:"Dear pretty sister, this is also a secret. You will know it when you come to restaurant for dinner, I am waiting for you there, Bye."(可爱的小妹妹,这同样是一个秘密,等你到餐厅吃饭的时候就知道了。我在那里等候你的到来,拜拜)

张菁只回复了两个字:猪头!

下午下班回到家,张菁仅仅用了不到半小时就把饭做好了。她只吃了几口就放下碗,开始在衣柜里找衣服。母亲见状说:"丫头,你在找啥呢?"

"妈,今天是我的生日。"张菁找出一条白色连衣裙,"我一同事晚上请我吃饭呢。”

“你看妈这脑子，把你的生日都给忘了。明年妈一定记着，给你好好过一次生日。”

“没事。我自己也忘了，还是别人说的。”

“别人？是谁啊？”

“是我一个同事。”

母亲猜出来了，笑着说：“是你经常提起的小邓吧？”

张菁边穿裙子边说：“妈，你咋什么都知道啊！”

“妈猜的。没想到小邓这娃子连你的生日都记得很清楚。”

“我很奇怪他是怎么知道我的生日的，我从来都没给他说过。”

“真的没说过？”

“真的。”

“那怪了。”母亲的眼睛眯成一条线，“丫头，看来小邓对你挺上心的。”

“妈，你想哪了，我和他只是同事朋友关系。”

“我看不像。听妈说，你现在工作稳定，遇到对你好的男娃子千万别错过了。妈觉得小邓这娃子就不错。”

“哎呀，妈，你越说越离谱了。”张菁一边照镜子一边说，“八字都还没一撇呢。”

母亲笑着没说话，心想：傻丫头还不承认。

张菁穿好裙子，站在母亲面前，说：“妈，你看这条裙子穿上怎么样？”

“嗯，不错，我丫头穿啥衣服都漂亮着呢！”母亲不由得一阵伤感，“丫头，妈这几年害病，没给你买过一件像样的衣服。”

“妈，你别难过了。这条裙子不是挺好的吗？现在都还崭新崭新的。”

母亲更伤感了，不禁流出了眼泪。

“妈，你别难过了。”张菁坐在床边，扶着母亲，“今天是我的生日，你应该高兴才对。”

母亲连声嗯着，说：“丫头，快去吧，别耽误了时间。”

“嗯，妈，你在家等我，碗我晚上回来再洗。”

张菁赶到瑞士风情西餐厅时，邓远早已等候多时。

“不好意思，我来晚了。”张菁一边在邓远对面坐下一边说。

“没事的。”

“呀！这么可爱的蛋糕！”看着桌上插着蜡烛的蛋糕，张菁心里别提有多高兴了。

“这是专门为你准备的。”邓远把火柴盒递给张菁，“点燃它吧。”

张菁点点头，小心翼翼地点燃蜡烛。这时邓远拍着手，轻轻地唱：“祝你生日快乐，祝你生日快乐……”

张菁心里特别温暖。这是她从小到大第一次过有蛋糕的生日，而且是第一次和一个异性在一起过生日。不仅如此，这是她第一次在生日当天听别人在面前满怀深情地唱祝她生日快乐的歌。

很多用餐的客人把目光投向张菁和邓远，目光中既有祝福，也有称赞。那些目光使张菁感到无比幸福，仿佛自己徜徉在一片鲜花簇拥的美丽世界中。

唱完歌，邓远小心翼翼地从脖子上取下一枚乌木护身符。他用双手捧着护身符，郑重地说：“这块乌木护身符是我们邓家的传家之宝，已经传了三代了。我爸说带上这个护身符能辟邪，保佑人平安。今天是你的生日，我把它送给你，希望它保佑你永远平安！”他伸出双手，想给张菁戴上护身符。

“这……”张菁迟疑着，这么贵重的东西，她怎么能轻易接受？她正迟疑时，邓远已经把护身符戴在她的脖子上。邓远满怀深情地说：“它会保佑你一辈子的。”

“谢谢。”张菁十分感动。

“不用谢，这是我的心意。”

那次是张菁第一次吃西餐，虽然她觉得西餐的味道怪怪的，但心里十分甜美。

在微暗的灯光的映衬下，张菁的脸庞显得清纯柔美。轻音乐如流水般缓缓地淌着，撩动着两个人的心弦。邓远终于抑制不住内心的冲动，轻轻地抓住张菁的手，动情地说：“菁，做我女朋友吧？”

张菁第一次被异性近距离地抓着双手，脸不由得红了。她有点手足无措地说：“为什么？”

“我喜欢你。”邓远深情地说，“第一眼看到你，我就喜欢上你了。”

张菁不知该说什么。她想抽出被抓住的手，但没有抽出来。她反问了一句：“你喜欢我我就要做你的女朋友吗？”

“菁，我是认真的。我知道你是一个很优秀的女孩，我会努力的，相信我。”

“你先放开手再说啊！”张菁把手从邓远的手里抽出来，“你了解我吗？”

“我觉得两个人不一定要非常了解才行，有的时候了解不多反而更有吸引力。”

“那你了解我的家庭吗？”

邓远摇了摇头，说：“不了解。”

“邓远，我一直没有对你说过，我七岁那年我爸就因车祸去世了。我上大二的时候，我妈积劳成疾，得了很严重的心脑血管疾病，现在已经半瘫痪了。我要攒够最少十万块钱带我妈去北京看病，医生说她的病不能再拖了。为了攒钱，我每天晚上和双休日都出去卖饰品赚钱。”张菁的神色变得很凄楚，她盯着邓远的眼睛，“对你来说，选择我做你的女朋友会给你带来很大的压力和负担，你还会坚持你的选择吗？”

“我会的。”邓远再次紧紧地抓住张菁的手，恳切地说，“让我替你分担吧，相信我！”

张菁十分感动。她点了点头，轻轻地嗯了一声，也紧紧地抓住邓远的手。

晚上十点钟，邓远把张菁送到了家门前。张菁转过身刚要踏进家门，邓远叫了她一声。

张菁轻轻转过身子，只见邓远满怀深情地看着她，她的脸不由得一阵发热。邓远忽然张开双臂把她紧紧地搂在怀里，激烈地吻她的嘴唇。她被邓远突如其来的举动惊呆了，因而睁大眼睛，忘了挣扎。等她回过神想要挣脱时，邓远把她牢牢地扣住了，她丝毫动弹不得。没过多久，她放弃挣扎，迎合着邓远的吻。她第一次体验到接吻的感觉竟是那么美妙。

许久，邓远才松开手。张菁的脸早就红了，她轻轻地呸了一声，娇嗔地说：“上大学的时候是不是对你女朋友也这样？”

邓远坏坏地笑着，说：“哪有刚才激烈。”

张菁轻轻地哼了一声，说：“还不知道和你女朋友都干了些什么事呢。”

邓远嘿嘿笑着，说：“那都是过去的事了。”

“不行。”张菁故意装出生气的样子，“你夺走了我的初吻，你要补偿我的损失。”

“怎么补偿？”

“我想想。”张菁想了半天，眼睛一亮，“明天晚上陪我去卖饰品。”

“好啊，我求之不得呢！”邓远乐开了花。

“快回去吧，都这么晚了。”

“嗯。”邓远快速在张菁的脸上亲了一下，故意发出很大声音，然后坏坏地对张菁笑了一下，转身走了。

张菁刚走进屋子，母亲看着她满面春风的样子，说：“丫头，咋这么高兴？”

“妈，今天小邓请我吃饭，还把他的乌木护身符送给我了。”张菁从脖子上取下护身符送到母亲面前，“你看，就是这个，小邓说这是他们邓家的传家之宝，能辟邪，还能保佑人平安。”

“嗯，不错。看来小邓真的对你挺上心的，连传家之宝都送给你了。丫头，这回是不是对小邓上心了？”

“哪有啊？”张菁的脸却红了，她羞怯地转过身，“妈，你怎么老是往那个地方想？”

“死丫头，还不承认。”母亲的眼睛眯成一条线，“妈是过来人，怎么可能连这点东西都看不出来？”

“妈，我真佩服死你了，这点事情都瞒不过你。”

母亲指了一下张菁，说：“真是个死丫头。哪天让小邓来家里吧，妈想看看这个娃子。”

“好吧。”

订婚

周末，邓远买了两盒保健品，去张菁家看望张菁的母亲，张菁和他同行。

走进张菁的母亲住的屋子，邓远把保健品放在床上，坐在床边笑着说：“阿姨，我是小邓，今天来看您啦！”

“是小邓啊。”母亲被张菁搀扶着慢慢地从床上坐起来，“快坐，快坐……”

邓远说：“阿姨，您不方便就不用坐起来了。”

“没事儿，阿姨能扛得住。”

“阿姨，给您买了点保健品，您好好补补身子。”

“哎呀，小邓，来就行了，买这么多东西干啥？下次来别再买东西了，这次阿姨就谢谢你了。”母亲对张菁说，“丫头，快给小邓倒点水。”

张菁嗯了一声，给邓远倒了一杯水。

“小邓啊，小菁把你们的事儿给我说了。阿姨知道你们现在的年轻人喜欢恋爱婚姻自由，所以阿姨不干涉你们谈恋爱。不过阿姨只有小菁一个孩子，这孩子命苦，七岁那年她爸就去世了。作为小菁的母亲，我希望她能找到一个真正对她好的男娃子。”

邓远郑重地说：“阿姨，您放心，我会对张菁好一辈子的。”

“阿姨看得出你是一个实诚的娃子。张菁这孩子哪都好，可就是脾气倔了点，有时候爱耍点小性子，以后你可能得让着点她呢。不过我会让她把这个毛病改掉。”

张菁推了推母亲，埋怨道：“妈，你咋说我的坏话啊？”

“咋了？”母亲在张菁的鼻尖上轻轻地按了一下，“死丫头，还不准妈说你了？”

邓远说：“阿姨，其实我觉得张菁的脾气挺好的。您放心，我会照顾好张菁的。”

“嗯。”母亲把张菁的手和邓远的手叠在一起，“希望你们两个人手牵着手，永远不分开。”

邓远和张菁都点了点头。

那天中午，邓远亲自下厨炒了五个菜，又做了一个汤。吃饭时母亲多次称赞邓远做的菜好吃。

一周后，邓远和父母带着礼品去了张菁家。邓远的父母都是老实巴交的农民，他们登门主要是想和张菁的母亲当面沟通，希望张菁的母亲允许张菁和邓远结婚，并定下日子举行婚礼。为此，他们专门从银行取了一万块钱，打算送给张菁的母亲作为见面礼。

那天，张菁的母亲特别高兴。她觉得，邓远的父母这么淳朴的农民养育出来的孩子品行肯定没什么问题。因此，当邓远的父亲提出定好日子为张菁和邓远举行婚礼时，她爽快地答应了，高兴地说：“男大当婚，女大当嫁。两个孩子都是真心的，我又能说什么呢？两位亲家，既然张菁是要嫁入你们邓家，举办婚礼的日子就由你们定吧！”

邓远的父亲喜笑颜开，说：“亲家母，谢谢你啊！张菁是要嫁入我们邓家，但你的身体不好，不能没人照顾。邓远说等他和张菁结婚后搬到你这里住，这样就方便他们小两口一起照顾你。以后你把邓远当成自己的亲儿子好了！”

张菁的母亲高兴得合不拢嘴，说：“难得孩子这么有孝心，我这丫头算是找对人了！”

“亲家母，说实话我们邓家条件差，底子薄，没钱买新房子，我们对不住你和小张啊！”

“没关系的。只要两个孩子相亲相爱，早晚什么都会有的。”

“嗯。举行婚礼的日子，你看八月初一怎么样？”

“好，就定在八月初一！”

当天下午，邓远和张菁两个人做了满满一桌子菜。

邓远和父母临走之前，邓远的父亲把一个鼓鼓的信封塞到张菁的母亲的手里，说：“亲家母，这是一万块钱，是我们的一点心意。”

“哎呀，使不得，使不得！”张菁的母亲急忙把钱还给邓远的父亲，“你们的条件不好，这个就不用了！”

邓远的父亲又把钱硬塞到张菁的母亲的手中，恳切地说："亲家，你身体不好，一定要收下我们的一片心意啊！"

张菁的母亲推辞不过，只好收下了。

第十一章　红颜泪

走宾馆

夜深了，屋里有点冷，小强在张菁的怀里睡着了。

张菁在小强的额头上轻轻地亲了一下，然后把小强放在床上，盖好被子。她的表情很落寞，眼神很凄楚，没有一点儿光彩。

晓鹏感觉到了，张菁和邓远肯定没有一个很好的结局。他忍不住问："后来呢？你和邓远结婚了吗？"

张菁凄然一笑，淡淡地说："没有。"

"为什么没结？"

"听我慢慢说吧。"张菁的眼中流出了泪水，过去经历的那些事情令她不堪回首。

定好结婚的日子后，邓远对张菁提出了那方面的要求。或许每一个恋爱中的男孩都会渴望得到女友的身体，或者说，女友的身体对男孩极具吸引力。

一天晚上，邓远陪张菁卖完饰品，把张菁送到家门口。他们相拥了很久，难舍难分。

邓远在张菁的耳边悄悄地说："感觉你今天……好性感……"

"性感？"张菁的脸红了，"为什么这样说？"

"你穿着一条短裤啊！"

"去你的！"张菁轻轻地推开邓远，"你心里在想什么啊？"

"菁，今天是我第一次看到你光着腿，你的腿这么长，这么美。"邓远轻轻地搂住张菁，有点儿害怕张菁生气，在张菁的耳边悄悄地说，"好想……摸一下你的腿，只一下……”

张菁捶了一下邓远的后背，说：“你啊，一天到晚装正经，这回原形毕露了吧？”

看到张菁没有生气，邓远的胆子大起来。他坏坏地笑着，说：“我呀，只对你一个人不正经，谁让你是我的未婚妻呢？让我摸一下吧，就一下。”

张菁轻轻地呸了一下，说：“看你这副猴急的样，胆子这么小。”

邓远高兴极了。他在张菁的脸上亲了一下，然后在张菁的腿上轻轻地抚摸起来，他的呼吸越来越急促。

张菁的脸越来越红，她扭过头，不敢看邓远。她突然抓住邓远的手，娇嗔地说：“你胆子好大！”

邓远硬是把脸凑到张菁面前，坏坏地笑着，说：“要不要听我说胆子更大的？”

“不要……”

“那我偏说。我们现在走宾馆。”

“走宾馆？”张菁羞得无地自容。她用力挣扎，但邓远紧紧地搂住她，使她动弹不得。她有点儿生气，“你怎么越说越来劲了？”

“我说的是真的。”邓远认真地说，“今天晚上我们尝试一下吧？”

“不行！”张菁愤愤地说，“你疯了！”

“我没有疯！我们已经订婚了，你是我的未婚妻，也是我的女朋友，我们做那种事有什么不可以的？”邓远的声音变得温柔起来，“菁，你放心，你是第一次，我会很心疼你的。”

“你干吗啊你？”张菁挣脱出邓远的双手，“绝对不行！”她刚要逃走，可是邓远迅速伸出双手把她死死地箍在怀里。

邓远说：“为什么不行啊？难道你不想吗？”

“我……是想，可是……我们还没有结婚，不能这么早就……”

“谁说没结婚就不可以？我爱你，你也爱我，这就已经足够了！”邓远抓住张菁的双肩用力摇着，“张菁，你看着我，我是你的男朋友、未婚夫！”

张菁看着邓远，逐渐冷静下来了。其实，她心里何尝不想和邓远尝试呢？邓远是她的男朋友，也是她的未婚夫，他们彼此相爱，而且她已经二十二岁了，生理和心理都已经成熟了。邓远刚才的大胆使她的心里早就开始躁动，但思想传统保守的她不由自主地用反抗性的肢体动作掩盖内心的躁动。然而，邓远一味的强势使她的内心防线开始崩溃。她呆呆地看着邓远，不知该说什么。

“走。”邓远拉起张菁的手，转身就走。

"我待会跟你走吧。"张菁才走出两步就停住脚步,"我得先回一趟家,待会再偷偷出来,我妈不见我回来会担心的。"

"好,我在这里等你。"邓远笑着说,"不许耍赖!"

张菁嗯了一声,提起行李箱转身走进家门。走进屋里,她把行李箱放在墙角,对坐在床上绣花的母亲说:"妈,我回来了。"

母亲说:"今天生意咋样?"

"还行。"张菁一边给母亲铺被褥一边说,"妈,都这么晚了你还绣花,眼睛能受得了吗?快休息吧!"

"嗯。"母亲把手里的活放在一边,躺在褥子上,盖好被子,"丫头,妈明天再绣一天就绣完了。"

张菁抓住灯绳,说:"妈,我拉灯了。"

"嗯。丫头,你也早点睡吧。"

张菁嗯了一声,拉灭了灯,走出母亲睡的屋子,又悄悄地走出家门。

"那天晚上你们发生了吗?"晓鹏急欲知道。

张菁说:"没有。"

"为什么没有啊?"

"那晚邓远和我去了一家宾馆,可就在我们将要走进房间的一刹那,我转身跑了。"

"你为什么要跑?"

张菁低下头说:"虽然我也很想,但那天晚上太仓促了,我没有做好心理准备,而且我觉得没有结婚就发生关系不好。"

"噢。那后来你们发生了吗?"

"发生过。"张菁十分遗憾地说,"可是,我的第一次并没有给邓远,而且在结婚之前,我和邓远分手了。"

"第一次没有给邓远?后来又分手?"晓鹏越听越觉得迷惑,紧皱着眉头,"到底是怎么回事啊?"

"我对不起邓远。"张菁流出了泪水,极为伤感地说,"听我慢慢说吧。"

那天晚上,张菁逃离了宾馆。等她跑回家后,手机已经被邓远打了很多次。她打开邓远发的短信,邓远在短信中说:"为什么又跑了?不是答应我了吗?"

张菁回复了一条短信:"对不起,邓远,我没有做好心理准备。我会在新婚之夜把第一次完完整整地交给你,那将是我这一生最幸福的事情,希望你理解。"

半晌，邓远回复：“好吧，理解你。晚安。”

张菁没想到，那次逃离给她留下了一生的遗憾。

厚颜无耻

张菁走到黄天明的办公桌前，把文件呈到黄天明面前，说：“黄总，刘主任说这份文件您看一下，如果没问题的话请您签个字。”黄天明是公司董事长，兼任总经理。

黄天明没有伸手去接文件，也没有说话。他色眯眯地看着张菁，露出一丝邪笑。他四十多岁了，面色很黑，显得很丑，在公司里的口碑也不怎么好，但所有人都对他敢怒不敢言。邓远曾对张菁说有一次亲眼看到黄天明拉着一个少妇走进一家宾馆，那个少妇打扮得很妖艳，估计不是黄天明的情妇就是二奶。

张菁看了一眼不怀好意的黄天明，不由得十分反感。她轻轻地低下头，双手仍然呈着文件。

黄天明笑着说：“你是叫张菁吧？”

“嗯。”

“长得真漂亮。”

张菁没说话。黄天明仍然色眯眯地瞅着她，装出十分关心的腔调说：“小张，你是哪个学校毕业的？学的是什么专业？”

“北京民族大学，行政管理专业。”张菁一直没有抬起头。

“好学校！”黄天明明知故问，“是今年应聘到公司上班的吧？”

“嗯。”

“感觉公司怎么样？”

“挺好的。”

“小张啊，有什么不懂或不明白的地方，可以随时来找我。”黄天明凑到张菁面前，盯着张菁的眼睛小声说，“除了工作上的事，生活上的事也可以找我，在天州能难倒我黄天明的事不多。”

张菁假意说：“谢谢黄总。”

“不用客气嘛！”黄天明伸手去拿文件，却突然抓住张菁的手。

张菁吃了一惊，急忙甩开黄天明的手，文件被甩落在地。她冷眼瞪着黄天明，十分气愤。

“拿错了。”黄天明对张菁嘿嘿地笑了一下。

张菁俯下身捡起掉在地上的文件，再次呈到黄天明面前。

黄天明浏览了一遍文件，在文件上方签了名字和日期，然后笑着把文件递给张菁。

张菁看都没看黄天明一眼就转身走了。她感到十分委屈。她没想到，黄天明竟然这么胆大无耻，在办公室里就敢对她动手动脚。整整一天她都高兴不起来，心里隐隐有点担忧。

那天以后，张菁几乎每天都会收到黄天明发的短信。那些短信除了嘘寒问暖之外，还有不少笑话。她一条也没有回，她知道黄天明肯定不怀好意。好几次她都想告诉邓远，但话到嘴边又咽回去了。她想等她和邓远结婚之后黄天明应该就不会再打她的主意了。可是，她远远低估了黄天明的无耻。

一天早晨，张菁再次拿着一份文件请黄天明审阅签字。她刚走进黄天明的办公室，黄天明立即起身向她迎来，满脸堆着笑说：“是小张啊，快坐……”

“不用了。”张菁把文件呈到黄天明面前，装出微笑说，“黄总，这是刘主任起草的一份文件，您审核一下，签个字。”

“好。”黄天明接过文件，坐在椅子上，笑眯眯地说，“小张啊，以后没人的时候，叫我天明好了。”

张菁不禁感到一阵恶心，但她装出若无其事的样子，说：“黄总，不管怎么说您都是领导，我是下级，所以我觉得叫您黄总最好。再说别人听到后恐怕会传些闲言碎语。”

黄天明听得出张菁话里的弦外之音。他微微睃了张菁一眼，说：“那也行。”他匆匆浏览一遍文件，签上名字和日期，然后把文件递给张菁。

“谢谢黄总。”张菁转身刚要走，黄天明叫道：“小张……”

张菁停下脚步，黄天明在她身后说：“今天晚上八点钟，我在北安路的瑞士风情西餐厅等你。你是今年唯一一名应聘进入公司的女大学生，作为公司董事长，我要代表公司请你吃饭。”

张菁想断然拒绝，但黄天明是公司董事长，一句话就可以让她走人。黄天明的理由倒也冠冕堂皇，令她不好拒绝。她犹豫了一下，只好说了声“谢谢黄总”，然后走出了办公室。

晚上八点钟，张菁到了瑞士风情西餐厅门前。上次邓远在这个西餐厅里为她过生日的情景深深地印在她的脑海里，她觉得黄天明在这里请她吃饭简直就是对她和邓远的爱情的一种玷污。她打算趁今天这个机会告诉黄天明她已经和邓远订婚了,他们将在一个多月后举行婚礼。她觉得只要把这个消息告诉黄天明,黄天明应该就不会再骚扰她了。怀着这个想法,她推开门,走进西餐厅。

黄天明向她挥了挥手,说:“小张,这里!”

张菁点了点头,向黄天明走去。她刚在黄天明对面坐下,装出笑容说:“对不起,黄总,我来晚了。”

黄天明看了一下表,说:“没有,你很准时,一分也不差,是我来得有点早了!”他对服务生招了一下手,让服务生过来。服务生走到他面前,呈出菜谱,很礼貌地问他想要点什么,他对张菁说:“小张,我请客,你来点。想吃什么就点什么。”

张菁不好推辞。她点完餐,黄天明说:“想喝点什么酒呢?”

“随便吧,黄总。”

“哎呀,小张,今天又不是在单位,别老是黄总黄总的,多生分啊?”黄天明又对服务生说,“再来一瓶法国拉菲。”

一会儿,服务生把一瓶拉菲放在餐桌上。

黄天明倒了两杯红酒,他把其中的一杯放在张菁面前,然后举起自己的酒杯,说:“小张,谢谢你今天赏光,咱们干一杯!”

“谢谢。”张菁装出笑脸,和黄天明碰了一杯,轻轻地呷了一口。

黄天明放下酒杯,笑眯眯地说:“小张啊,来公司快半年了,感觉怎么样?”

“感觉挺好的,大家都对我挺关心的。”

“那就好。工作上要是有什么困难的话,可以随时找我。”黄天明顿了一下,装出十分关切的样子,“对了,谈对象了吗?”

张菁正好借机说:“正和邓远谈呢,我们已经订婚了,下个月二十八号就要举行婚礼。”

“邓远?”黄天明明知故问。其实,他早就把张菁各方面的情况摸得清清楚楚,包括张菁的家庭情况, 邓远和她谈恋爱的情况, 以及邓远每天晚上都和她一起卖饰品,等等,但他装出全然不知的样子,“是我们公司法务部的邓远吗?”

“嗯。”

“小邓这个小伙子不错,工作踏实。”黄天明紧皱着眉头,“可据我所知,小邓家庭条件很差。小张,你这么年轻漂亮,连我都喜欢,你完全可以找个既有经济实力又有社会地位的男人,你不觉得嫁给小邓太委屈自己了吗?”黄天明呷了一口红酒。

张菁对黄天明说的话十分反感,但她的表情很平淡。她说:“黄总,谢谢您的关心，邓远对我挺好的，我很满意。”

“小邓买房子了吗？”

“没有。等我们以后有了积蓄会买的。”

“哎呀，连房子都没买你怎么就答应了呢？怎么能这样委屈自己？让我说吧，对你好的人肯定不止小邓一个，你可以慢慢挑着拣着找嘛！”黄天明狡猾地笑了一下，“就算不为自己着想，你总得为自己的母亲着想吧？她都生病几年了，这么多年一个人供你读书不容易啊！”

张菁没想到黄天明竟然知道母亲身患重病一事，她越发觉得黄天明这样有备而来绝对没安什么好心。她有点忐忑不安，说：“黄总，我母亲的事你是怎么知道的？”

“小张，我这个当大老板的，各种各样的朋友多的是，想知道谁家里什么情况那还不是件很容易的事。”黄天明盯着张菁的眼睛，绵里藏针地笑着，“其实你每天晚上卖饰品我也知道。”

张菁听得出来黄天明的话中暗含着恐吓的意味，她不由得往后坐了坐，不知说什么好。

黄天明收起紧盯着张菁的目光，抿了一口红酒，说：“小张，说实话你这么漂亮，嫁给小邓真的太委屈自己了！”

张菁没说什么，她只盼着黄天明尽快放完嘴里的臭屁。

黄天明凑到张菁面前，笑嘻嘻地说：“其实作为你的领导，我一直都很想帮你，但是没有机会。”黄天明叹了一口气，装出忧伤的样子，“你呀，一直拒我于千里之外，一直不给我一个帮你的机会。”

张菁正色道：“黄总，我不明白你的意思。”

“不明白？”黄天明嘿嘿笑着，“你是真不明白还是装不明白？”

“真不明白。”

“那好，我就不兜圈子了。”黄天明突然抓住张菁的手，“小张，做我的情人吧？我喜欢你，第一眼看到你我就喜欢上你了！”

张菁没想到黄天明竟然当众说出这样的话，胆大无耻远远超出了她的想象。她急忙抽回手，义正词严地说：“黄总，请你自重！”

“小张，别生气，别生气！”黄天明厚颜无耻地笑着，“我知道我说的话你可能一下接受不了，但我是真的喜欢你，所以刚才有点情不自禁。”

黄天明说的话让张菁感觉恶心极了，他的那张又黑又丑的脸也让张菁觉得越来越丑陋。张菁不禁在心里暗暗骂:“衣冠禽兽!”

但是,面对黄天明这种人面兽心的畜生,张菁怎敢将内心的愤怒表现出来,她只能忍气吞声,把苦水往肚子里咽。

黄天明端起酒杯,说:“小张,喝一杯。”

张菁半天才端起酒杯和黄天明碰了一下,但她没喝。

“小张,我刚才说的是真心话。”黄天明装出很认真的样子,“希望你认真考虑一下。如果你愿意做我的情人,不但你的吃穿不用愁,我还会拿出一笔钱给你母亲看病……”

“不要说了!”张菁终于忍不住内心的愤怒,起身往门口走。

“小张……”

张菁没理黄天明,头也不回地走出西餐厅。

黄天明不禁用力拍了一下桌子,怒声说:“给脸不要脸,看老子不把你弄到手!”

当天晚上,张菁很晚才睡着。她估计,她的断然拒绝很可能会使黄天明怀恨在心,黄天明很可能会刁难她。但是,她远远低估了黄天明的凶狠和恶毒。

第一次

刘明远把张菁叫到办公室,笑着说:“小张啊,今天交给你一个任务。”

“主任,你说什么事。”

刘明远暗暗冷笑了一下,说:“晚上佳成公司的王总宴请公司领导,公司领导让我们部门去两个人,一个是我,一个是你。”

“主任,让我去是……”张菁觉得自己初来乍到,按理说参加酒宴这种事情应该轮不到自己,毕竟公司有很多资格老的员工。

“让你参加这次酒宴是因为你对工作一直很认真很负责,领导们虽然每天忙,但都是看在眼里的,再加上我向领导们反映了你的工作情况,所以领导们决定让你参加,借这个机会犒劳一下你。其实这也是一个锻炼的机会,商业社会里这种场合免不了的嘛!”

张菁诚恳地说:“主任,谢谢你和领导们的关心,可是我不会喝酒,还是安排其他同事去吧。还有,我妈生病在家,晚上我还得回去照顾她呢。”

“不会喝就少喝点嘛,实在不行不喝也行,有我和领导们在场,你还怕受委屈不成?至于你妈吧,你晚点儿回去没事的。”刘明远走到张菁面前,“小张,领导们已经定下来了，你要是不去的话领导们肯定会生气的。再说这本身是一件好事，多少人想要这种在领导面前表现的机会都没有呢。”

张菁只好点了点头，说：“好吧。”

“好。”刘明远高兴地笑着，有些得意，“你下班后准备一下，晚上七点钟在新街口的海天大酒店七楼玫瑰包间，一定要准时去。”刘明远又悄声说，“这事不要对别人说，说了别人肯定会嫉妒你的。”

张菁下班刚回到家就开始做饭。母亲看着她匆匆忙忙的样子，说：“丫头，今天怎么这么着急？”

“妈，晚上公司领导让我参加一个宴会。”张菁边切菜边说，“我得赶紧给你把饭做好。”

“噢，这么回事。对了，是什么宴会啊？”

“听刘主任说，是一家公司的老总宴请我们公司领导。”

“既然是宴请领导，为什么让你参加？你又不是领导。”

“刘主任说让我参加主要是因为我工作一直认真负责，公司领导想借这个机会犒劳一下我呢。”

“你们公司有两千多号人，工作认真、资格老的大有人在，你才工作不到半年，又是个女娃子，怎么偏偏让你参加宴会？”母亲的心里隐隐有些担忧，“我看这里面可能有什么名堂。丫头，晚上别去了！”

张菁放下手里的菜刀。的确，母亲这么一说她也觉得有点不对劲。但是，她已经答应刘主任了，又怎好反悔？她没再多想，说：“妈，你就别想那么多了，我都答应刘主任了。”

母亲摇了摇头，无可奈何地叮嘱：“那你去了一定不要喝酒。”

“嗯，我记住了。”

母亲又郑重地说：“妈再说一遍，你去了千万不要喝酒。”

“嗯。妈，你放心吧！”

给母亲盛好饭菜，张菁打开衣柜，想找一件比较得体的衣服，但她的衣服翻过来翻过去没几件。她只好穿上上次在瑞士风情西餐厅过生日时穿的那条白色连衣裙。

晚上七点整，当她推开海天大酒店七楼玫瑰包间的门时，怔住了——她看到了黄天明！除了黄天明，围着桌子坐着的还有刘明远和另外一男一女。男的看起来大概四十多岁，戴着金边眼镜。他一只手搂着坐在身边的女孩的腰部，另一只手轻轻地点了一下女孩的鼻尖，色眯眯地笑着。女孩很漂亮，只有二十几岁，穿得很时尚，也很暴露。

张菁刹那间明白了，邀请她参加宴会是黄天明一手策划的，黄天明肯定没安好心！看到黄天明对她笑着，她不禁感到十分愤怒，转身就走。她刚走出一步，刘明远叫道："小张，别走！"刘明远起身快步走到她身后，用力拉住她的胳膊，"快进来坐，大家都在等你呢！"刘明远边说边硬生生地把她拉进包间。

张菁无可奈何地向对面的陌生男女笑了一下，点了点头，然后在刘明远的示意下，坐在黄天明右边。

黄天明指着张菁，对对面的中年男子说："王总，这是我们公司的文秘张菁。"

王总是佳成公司的总经理王长江。黄天明向他介绍张菁的时候，他盯着张菁竟然看呆了。他半天才反应过来，笑嘻嘻地说："哎呀，幸会，幸会！"他边说边站起来，伸出手想和张菁握手。

张菁也站起来伸出手，装出笑容说："王总，很高兴认识您！"

王长江握着张菁的手，用力捏了几下，脸上堆着笑容说："能有幸认识张秘书这样难得一见的美女，是我王长江前世修来的福气啊！"

张菁对王长江暗中的轻薄之举十分反感，但不好发作。她断定王长江是和黄天明一样的货色。

王长江又重重地捏了一下张菁的手才松开手。

张菁和王长江握手的时候，刘明远乘机将张菁面前的分酒器倒满茅台酒，酒杯也倒了满满一杯。

"小张，王总是我们天州有名的企业家，在天州商界可是有头有脸的人物。"黄天明拿起张菁面前的酒杯，塞进张菁手里，笑着说，"小张，你敬王总一杯！"

张菁想起了母亲告诫她的话，但她不好推辞，只好一边站起来一边向王长江举起酒杯。

"等等……"王长江笑嘻嘻地站起来，端着酒杯，"张秘书国色天香，倾国倾城，我应该先敬张秘书才对！"他对张菁眨了一下眼睛，然后和张菁干了一杯。

张菁以前没有喝过白酒。一杯酒刚下肚，她不由得呛了一下，皱起眉头。她感觉嗓子有点发烧，胃里开始发热。黄天明看着她不适的样子，暗暗冷笑了一下。刘明远乘机拿起分酒器，给她的酒杯倒满酒。

黄天明又拿起张菁面前的酒杯，塞进张菁手里，说："刚才王总敬你了，你也应该敬王总一杯！"

张菁心想：不行，我不能喝了。可是不喝怎么办呢？算了，把这杯喝了吧。一念闪过，她装出笑脸，端着酒杯站起来，说："王总，我也敬您一杯！"

"好，好……"王长江和张菁干了一杯。

第二杯酒下肚，张菁感到全身开始发热，尤其是脸部，烧乎乎的，头也有点晕。她不禁长长地舒了一口气，喝了半杯白开水。

刘明远又给张菁倒了一杯酒。他瞥了张菁一眼，对所有人说："人都到齐了，我建议，大家为我们今天的相聚干一杯！"

张菁无可奈何地端着酒杯站起来，她感觉全身轻飘飘的。

"干！"

三杯酒下肚，张菁感觉头越来越晕。她闭上眼睛定了定神，但头晕一点儿也没有缓解。刘明远暗暗冷笑着，又给她倒了一杯酒。

黄天明招呼道："大家快吃菜，菜都凉了！"

张菁感觉胃里烧得很难受。她想可能是因为来之前没吃饭空着腹，吃点菜应该会舒服些，于是开始吃菜。

刘明远端着酒杯，赔着笑脸对黄天明说："黄总，我敬您一杯，感谢您的栽培！"他说完和黄天明干了一杯。

刘明远刚坐下，用胳膊肘顶了一下张菁，说："小张，你也应该敬黄总一杯才对。"

张菁噢了一声，十分为难地对黄天明说："黄总，我喝不了这么多酒的，希望您原谅。"

刘明远极为不悦地说："小张，你说什么呢？黄总是公司董事长，你不能不敬啊！再说不就是一杯酒嘛，有什么大不了的！"

张菁仍然十分为难地说："黄总，我……"她话还没说完，只见黄天明冷眼瞪着她，她没敢再说下去。

"小张，你看，惹黄总不高兴了吧？赶快喝了这杯酒向黄总赔罪。"刘明远一边说一边把张菁的酒杯端起来送到张菁面前。

张菁犹豫了一下，只好接过酒杯，说："黄总，我敬您一杯，您别生气。"

"没事。"黄天明立即换了一副"和蔼"的面孔。他和张菁碰了一下酒杯，笑眯眯地说，"小张，今天大家图个高兴，别拘束，放开点！"

张菁嗯了一声，喝了杯中的酒。四杯酒下肚，她感觉头开始发昏，还有点疼。她想用筷子夹点菜吃，但手竟然有点不听使唤。刘明远又拿起分酒器，想往她的酒杯里倒酒，她急忙推开刘明远的手，说："主任，我喝不了那么多，你别再倒了。"

"没事儿，待会我开车送你回去。今天大家高兴，要吃好、喝好！"刘明远硬是给张菁的酒杯倒满酒，"来，小张，我们俩再干一杯！"刘明远边说边端起酒杯。

张菁正要拒绝，王长江站起来说："刘主任，我看张秘书有点不胜酒力，你呀，一点儿也不怜香惜玉。来，我替张秘书干了你这杯！"王长江说完和刘明远干了一杯。

张菁知道王长江替她解围并不见得安的是好心。她对王长江笑了一下，说："王总，谢谢您！"

"张秘书不用客气的嘛！"王长江爽朗地笑着，"我王长江替你喝一杯酒，博得佳人一笑，也是荣幸之至，心甘情愿！"

黄天明暗暗在心里骂："王八蛋，吃着碗里的，还看着锅里的！"

"黄总，张秘书这种国色天香的美女在你们公司工作，真是你的福气。"王长江端起酒杯，"我敬你一杯，祝贺你！"

"王总过奖了！"黄天明指了一下王长江身边坐着的女孩，"你的这位童秘书也不差啊！"

"黄总你见笑了。"王长江凑到童秘书面前，嘿嘿笑着，"她呀，比起张秘书还差一截呢！"

童秘书噘着嘴，娇嗔地捶了一下王长江的胸脯。

黄天明哈哈笑着，和王长江干了一杯。

刘明远说："黄总，王总，我提议，咱们让两位美女互相干一杯如何？"

黄天明和王长江齐声说："好主意！"

童秘书端着酒杯站起来，笑吟吟地看着张菁，张菁只好站起来和她干了一杯。

五杯酒下肚，张菁感觉头又昏又疼，全身不但发烧，而且没了力气。她知道再这样喝下去自己非醉不可，于是站起来，什么也没说，摇摇晃晃地往门外走。走了才几步，刘明远就拉住她，说："小张，饭还没吃完怎么就走呢？快坐下，待会我开车送你回家。"

张菁半醉半醒地说："主任，我得先回去，头疼……"

"快坐下。"刘明远把张菁硬生生地拉回来，扶着张菁坐在椅子上，"过会儿就好了。"

张菁噢了一声，趴在桌子上想休息一两分钟，可是她刚一趴下就昏昏沉沉地睡着了。

黄天明见状阴阴地笑了一下，对王长江说："不用管她，我们吃好，喝好！"

和王长江干了几杯后，黄天明暗暗向刘明远使了个眼色，刘明远于是对黄天明和王长江说去趟洗手间，然后走出包间。他为黄天明开了一个高级套间后又回到包间里，暗暗向黄天明使了个眼色，表示房间已经开好了。

黄天明端着酒杯站起来，说："王总，这次我们公司的合作单位就定你们公司了。我们干了最后这杯酒，祝我们合作愉快！"

"干！"

张菁在迷迷糊糊中感觉自己被扔在一张床上，床很大，也很柔软。她的嘴被一张嘴堵住了，全身上下被两只手隔着衣服用力摸着。她以为是邓远，虽然她和邓远已经订婚了，一个月后就要结婚，但她很反感邓远这么野蛮的举动。她一边挣扎一边怒声说："邓远，你……干什么，放开我……"

"邓远"没有说话，开始动手脱她的衣服。她用尽全身的力气推"邓远"，想把"邓远"推开，但怎么也推不动。没过多久，她就被"邓远"剥得一丝不挂。

她捂住自己的身体，可是"邓远"把她的手狠狠地扳到两边，用力摁住了。"邓远"特别野蛮，她怎么挣扎都挣脱不了。

一种从未有过的疼痛向她袭来，几乎使她痛不欲生……

忍气吞声

"畜生！"晓鹏右手握拳，往桌子上狠狠地砸下去。他感觉胸口十分沉闷，一股怒气塞满胸腔。

张菁早已泣不成声了。

看着张菁痛苦的样子，晓鹏心疼极了。他紧紧地抓住张菁的双肩，说："后来呢？这个畜生后来结果怎么样？"

张菁擦干眼泪，又慢慢地讲起来。

天快亮的时候，张菁终于醒了。她睁开眼睛看着四周，发现自己在一个从来没有来过的地方。她刚起身，这才发现自己居然一丝不挂！她不禁用被子紧紧地裹住身体，惊恐万分。

"这是怎么回事？"张菁挪了一下身子，碰到一个人。她转过脸一看，大吃一惊，只见面目丑陋不堪的黄天明躺在身边！

她简直不敢相信自己的眼睛，瞬间想起了昨晚参加酒宴时的情景。随着一声惊叫，她终于明白到底发生了什么。一时间，愤怒、委屈和悲痛向她袭来，使她痛不欲生，泪水哗哗地流出来了。就在不久前，邓远想要得到她的身体，可她却在最后关头逃走了，她想把自己的第一次在新婚之夜完完整整地交给邓远。可是今天，她追悔莫及，她最为宝贵的第一次、她保留了整整二十二年的纯洁的身体竟被黄天明这个她最反感、最憎恨、最厌恶、最鄙视的人渣给霸占了！

她一边哭一边找衣服，找到后手忙脚乱地穿上了。她要马上离开，她根本无法面对现实，她连死的心都有了！

黄天明被张菁的哭声吵醒了。他坐起来，伸出手拉住张菁的胳膊，说："小张……"

"不许你碰我！"张菁用力甩开黄天明的手。

"小张，你听我说。"黄天明从背后抓住张菁的双肩，"我是太爱你，昨晚才情不自禁……"

"畜生！"张菁转过身，狠狠地打了黄天明一个耳光！

黄天明被打蒙了，但是他一点儿也不生气。他张开双臂，把张菁紧紧地搂在怀里，急声说："小张，你听我说，我是爱你的！我没想到你是第一次，真的没想到。我会对你负责的，你别走，相信我！"

"放开我，放开我！"张菁不想让自己的身体再被黄天明这个丑恶的人渣碰到，因而竭尽全力挣扎，可是黄天明的力气很大，她根本无法挣脱。

"小张，我爱你。你现在想要什么我都给你！"黄天明语无伦次地说，"你……想要钱吗？想……要多少？我……给你！还有，我和我老婆……离婚，娶你做老婆！"

张菁不再挣扎了。她知道自己越是挣扎，黄天明越是不会让她离开。她觉得生命已经变得暗淡无光，所有幸福和快乐都已离她远去，她连死的心都有了，再挣扎又有什么意义？她止住哭声，像个木头人似的坐在床上一动不动，只有泪水不停地从眼睛里往出涌。

黄天明舒了一口气，温柔地说："小张，别生气了，我愿意用任何代价补偿你。告诉我，你想要什么？"

张菁没说话。

"我知道你心里难受，我能理解，可我是真的爱你。告诉我，你想要什么？我都会满足你的。"

张菁冷冰冰地说："好，我只想要一件东西。"

"什么东西？"

张菁狠狠地瞪着黄天明，大声吐出三个字："你的命！"

黄天明赔着笑脸，厚颜无耻地说："小张，以后我的命就是你的命，你什么时候想拿走就拿走。"

张菁仍然瞪着黄天明。她知道，如果和黄天明硬碰硬激烈对抗的话，她肯定走不出房间，黄天明这种衣冠禽兽什么事都能干出来。她必须先稳住黄天明，消除黄天明的疑虑和戒心，之后才有机会离开。

黄天明从床下捡起裤子，从裤兜里掏出一张工行卡塞到张菁手里，说："小张，这张卡里有两万块钱，密码是你手机号的前六位数字。你拿着，如果早知道你是第一次的话，我会加五倍的。"

张菁十分愤怒，她恨透了眼前的这个无耻至极的畜生，同时为自己的命运感到悲哀。仅仅两万块钱，就是黄天明强奸她之后为自己的恶行付出的价码。她的清白比任何东西都宝贵，无论多少钱都不能交换她的清白！

然而，为了稳住黄天明顺利脱身，她没有拒绝黄天明塞给她的卡。她自己都在心里骂自己下贱，她自己都有些看不起自己！

黄天明轻轻地拍了拍张菁的肩膀，笑着说："小张，你真漂亮。第一次看到你的时候我就喜欢上你了。"

张菁没说话，黄天明说的任何话只会让她觉得恶心！

"事情已经发生了，就让它过去吧，我还会补偿你的。还有，我希望你能做我的情人，我是真的喜欢你，我会满足你的任何要求，只要你开口。我还可以安排你做公司的高管，只要你喜欢，哪个职位任你选。"

张菁盯着黄天明，说："你有几个情人？"

"要说没几个，你肯定不信。"黄天明狡黠地笑着，"其实和我一样有钱的大老板哪个背地里没几个情人？只不过别人不知道罢了。再说人有钱了，总会有不少女人主动投怀送抱，哪个男人不偷腥啊！"黄天明凑到张菁面前，"小张，我是真的喜欢你，做我的情人吧？如果你愿意，我和之前的所有情人断绝关系，只养你一个！"

张菁真想往黄天明的脸上狠狠地啐一口，但她仍然克制着内心的愤怒，说："给我点时间，我考虑一下。"

"多长时间？"

"我考虑好了就会告诉你。"

"不行，这种事总得有个时间。"

"那好，一个星期。"

黄天明狐疑地看着张菁，说："好，那就一个星期，一言为定！"

“我现在要回去了。”张菁起身要走。

黄天明拉住张菁的手,邪淫地笑着,说:“再来一下吧?”

“不行!”张菁甩开黄天明的手,“我要赶紧回去,我一晚上没回去我妈肯定会担心的!”

黄天明虽然觉得张菁的情绪有点不稳定,离开后有可能做出对他不利的事情,比如向公安局举报,但他根本不怕。张菁家没权没势,张菁连个父亲都没有,能把他怎么样?他对张菁笑着说:“好吧,宝贝儿。”

张菁拿着工行卡快步走出房间,眼中噙满了屈辱的泪水。她在走廊的护栏边站了很久,很想纵身跳下楼,但她不能!她死了谁来照顾母亲?就算死,她也要和黄天明同归于尽!

她乘坐出租车去了一家洗浴中心。在浴室里,她一边哭一边用尽全力搓洗身上的每一寸肌肤。她感觉全身特别脏,每一个毛孔甚至每一个细胞里都塞满了肮脏的东西。她要把这些肮脏的东西全部清洗掉,不能让这些肮脏的东西侵入自己的身体!

她整整洗了两个小时才从浴室里走出来。她在路边拦下一辆出租车,想马上回到家。虽然她很想告诉母亲自己的遭遇,在母亲的怀里大哭一场,但她不能这样做。母亲现在病得很严重,根本经不起这样的打击,她必须编个理由骗过母亲。

她走出出租车, 只见母亲正拄着拐棍站在巷子口。她昨晚没回家母亲很不放心,因此母亲一大早就走到巷子口等她。她走到母亲面前,尽力没让自己流出泪水,她还装出了若无其事的样子。她轻轻地搀扶着母亲,微笑着说:“妈,你怎么一大早就出来了?快回家吧!”

母亲站着没动,问:“丫头,你昨天晚上咋没回来?”

“昨晚大家都很高兴,也很热情,我就多喝了几杯酒。后来头有点晕,我就在酒店里一个人住下了。”张菁拉着母亲的胳膊,“妈,不说了,回家吧。”

“等等。”母亲停下脚步,盯着张菁,“你的脸怎么这么憔悴?好像还哭过?”

“妈,你呀,眼睛越来越花了。”张菁挤出笑容,再次拉着母亲的胳膊,“我们回家吧。”

“不对。”母亲还是没动,她显然看出了一些端倪。她抚摸着张菁的脸,双手颤抖着,“丫头,给妈说,是不是有人欺负你了?”

“妈!”张菁终于忍不住跪在母亲面前,泪如雨下,“我真后悔没听你的,昨晚,我被黄天明……”

"被怎么了？啊？"母亲孱弱的身体和她的声音一起颤抖着。

"妈！"张菁抱着母亲，号啕大哭起来。

母亲明白了。她眼前一黑，手中的拐棍连同她的身体一起倒在地上。

"妈，你怎么了？"张菁跪在地上，用力推着母亲的身体，歇斯底里般呼喊，可是母亲躺在地上一动不动。一种恐惧感向她全身袭来，把她吓得六神无主，她感觉全身都瘫了，双腿没有一点力气。半晌她才意识到，要马上把母亲送往医院抢救！她颤抖着双手拨打120急救专线，央求医生马上过来抢救母亲。由于十分着急，她连话都有点不会说了。

邻居王婶正好从巷子里走出来。王婶见状，快步走到张菁面前问母亲怎么了，张菁拽着王婶的手，哭着说："婶，快救救我妈，快救救我妈！"

王婶让张菁不要着急，赶快打120急救专线。张菁说已经打了，医生说会尽快赶过来。张菁正要再打"120"时，急救车赶到了。

母亲被几名医护人员抬上担架后又被抬进急救车里，急救车伴随着呼啸声疾驰而去。仅仅十分钟后，母亲就被送进了医院的急救室里。

母亲正在抢救的过程中，一名医生对张菁说母亲病情复杂，让张菁先付五千块钱的急救费用。当时张菁身上只有几百元现金，眼看着母亲危在旦夕，她万般无奈之下只好刷了早晨黄天明送给她的那张工行卡。

经过一个多小时的抢救，母亲脱离了生命危险，张菁久悬着的一颗心终于放下来了。但是，医生告知张菁，经过这次昏厥母亲的病情变得非常严重，越早到北京的大医院做手术越好。母亲以后不能再遭受任何强烈的刺激，否则发生猝死的可能性很大。

第二天早晨，母亲刚睁开眼睛，张菁紧紧地抓住母亲的手，含着泪说："妈，你醒了。"

"孩子，你爸走得早，剩下我们孤儿寡母的，让你受委屈了，我和你爸对不住你。"母亲全身乏力，说话的声音很微弱。

"妈，你别这么说。你和爸爸养育了我就是对我最大的恩情，我无以为报。"

母亲的眼中流出了泪水，她抓住张菁的手，说："孩子，坚强点，不管发生什么事情，妈都会在你身边支持你！"

张菁嗯了一声，点点头，说："妈，你放心吧，我会坚强的，你不要担心。你一定要尽快好起来！"

医生原本让母亲住院观察五天，可是母亲在医院只住了三天就坚持要求出院。

她说自己已经没事了，在医院耗着也是白花钱。张菁起初不同意，但母亲一再坚持，她只好为母亲办了出院手续。

母亲回到家的那天晚上，张菁把自己被黄天明设计强奸的经过向母亲讲了一遍，讲完母女俩抱头痛哭了很久。

张菁擦干泪水，止住哭声，说：“妈，我该怎么办啊？”

“丫头，是不是很想向公安局举报这个畜生？”

张菁点了点头。

“听妈的，别举报了！姓刘的和这个畜生肯定早就串通好了，你没有任何证据。如果举报的话，不但告不倒这个畜生，反而会被这个畜生反咬一口，而且这种事情一旦传扬出去，你还怎么结婚成家？为了一辈子的幸福，你得忍着！”母亲咬了咬牙，“你看着，这个畜生作恶多端，迟早会遭报应，不会有好下场的！”

“可是这个畜生让我做他的情人，我怎么办啊？”

“不要怕他。等你结婚了，他就死心了！”

“可我觉得他不是那种会轻易放手的人。我担心就算我结婚了，他也不会放过我。”

“这个畜生好色成性，说不定哪天又会盯上别的女人，不用担心，而且说不定哪天就被抓了。”其实母亲心里也很担心，但她没办法，只能用这些话安慰张菁。

张菁点了点头，说：“妈，我还能和邓远结婚吗？”

“傻丫头，怎么不能？”

“可我觉得我已经脏了，还怎么做他的妻子啊？”

“这种事情你不说小邓怎么会知道？再说你是被强迫的，又不是自愿的。”

“可我觉得应该向他坦白，不能欺骗他。”

“真傻！你不告诉他，他心里就不会有疙瘩。如果你告诉他，他一辈子心里都会觉得不舒服，你说告诉好还是不告诉好？”

张菁低下头，未置可否。

“听妈的，把这件事当成一个秘密，再也不要去想它，把它忘掉。如果哪一天小邓知道了，你再向他坦白，他肯定会理解你的。再说到时候你和小邓已经有孩子了，为了孩子和家庭，他不会离开你的。”

张菁点了点头。

第二天晚上，邓远陪张菁卖饰品时，觉得张菁的神情有点儿恍惚，似乎有什么心事。他问：“菁，你是不是有什么心事？脸色怎么这么难看？”

张菁装出很平淡的样子，说："没什么，就是前几天我妈住了一次院，医生说她的病要赶快治，所以我这几天有点着急，没休息好。"

"阿姨的病是不是越来越严重了？"

张菁点了点头。

"要不我们结婚别举办婚礼了，把钱省下来给阿姨看病吧？"

张菁嗯了一声。她看着邓远的眼睛，邓远温情而关切的目光足以让她感动。她很想把自己被黄天明设计强奸一事告诉邓远，但是母亲的告诫使她打消了这个念头，而且她怕邓远知道后一下接受不了事实，有可能做出出格的事情。

手机铃声响了，她拿出手机一看，是黄天明打来的。她急忙把手机拿到一边，生怕被邓远看到，同时把电话挂了。一会儿，黄天明再次打来电话，她再次挂了。

邓远问："谁打的？"

"噢……"张菁有点儿紧张，"一个朋友打的，不理他。"她刚要关机，黄天明发来一条信息：怎么不接电话？

邓远凑过来要看短信，张菁急忙把短信删了，迅速关了手机。还好，邓远没有看到短信的内容，也没看清楚是谁发的信息。但是，邓远盯着张菁的眼睛，若有所思。

为了掩盖内心的慌乱，张菁对邓远笑了一下，但笑得很不自然。

邓远没问什么。

回到家后，张菁刚开机又收到一条黄天明发的短信：是和邓远在一起吧？她对黄天明的骚扰厌恶极了，直接打电话给黄天明，怒声说："姓黄的，请你以后不要再骚扰我！"没等黄天明说话她就挂了，迅速关了手机。

从第二天开始，她每天下午下班后做的第一件事就是关手机。

一周后的一天早晨，刘明远让张菁把一份资料给黄天明送去。张菁刚走进黄天明的办公室，黄天明把门反锁了，张菁不禁有点害怕。

"小张，快坐！"黄天明色眯眯地看着张菁，笑着说，"不用站着说话嘛！"

张菁坐下了，冷眼看着黄天明。

"给你打电话你不接，所以只好让你来办公室。"黄天明狡黠地笑着，"一周过去了，考虑得怎么样了？"

张菁早就想到黄天明会问这件事。她站起来，既委屈又愤怒，但不得不哀求："黄总，你放过我吧！上次的事情我可以不对任何人说，我只希望你放了我！"

"我说过，我是真心爱你的。"黄天明盯着张菁的眼睛，冷笑着，"是因为小邓吧？"

张菁点了点头，说："我们是真心相爱的，我不能对不起他。"

黄天明冷眼瞪着张菁，说："那好，我成全你们！"

"黄总，谢谢您！"张菁向黄天明深深鞠了一躬，然后转身走了。

她根本不知道，黄天明在她身后阴森森地笑着。

条件

晚上卖饰品时，邓远一副愁眉苦脸的样子，张菁问他怎么这么不开心。

邓远说："早晨陈部长通知我，我被调到北原分公司工作，做那边的法务部副部长，三天后报到。"北原是天州市下辖的县级市。

张菁吃惊地说："为什么突然调动你？"

"我问了陈部长，他说这是高层领导开会研究决定的，已经形成决议了。陈部长还说这次调动是高层领导对我的工作的肯定，也是对我的信任和支持，专门为我提供了一个施展才华的平台。"

张菁估计邓远的调动肯定是黄天明一手策划的。她不禁气得咬了咬嘴唇，在心里痛骂："这个畜生，不达目的誓不罢休！"

看到张菁的神色有些反常，邓远问："菁，你怎么了？"

张菁半晌才回过神来，说："噢，没……什么。对了，你有没有告诉陈部长我们要结婚了？"

"说了。"邓远垂头丧气地说，"可他说作为员工必须服从公司的决定，以公司利益为重，如果不服从公司的安排就辞职走人。他还说了一大堆，说得我没有理由不服从调动。"

"这可怎么办呢？"

邓远叹了口气，无奈地说："我走了之后，不能经常陪你了，也不能和你一起照顾阿姨了。"

"只要你心里有我就行，有困难我会克服的。"

收完摊回到家，张菁在母亲住的房间的隔壁给黄天明打了电话。电话接通后，她厉声质问："邓远的工作调动是你安排的吧？"

黄天明笑嘻嘻地说："哎呀，小张，工作调动是开会研究决定的嘛！"

"少装了！你为什么要这样做？"

"为什么？我为什么你难道不知道？"

"我们之间的事不应该影响邓远，你这样做是欺负人！"

“是啊，我就是欺负人。”黄天明全然一副无赖的腔调，“可我还不是为了你嘛！”

“为了我？”张菁竭力不让自己的情绪失控，“那好，我现在告诉你，你做的这件事情让我很不高兴，请你取消邓远的工作调动！”

“既然你不高兴，我当然愿意取消邓远的工作调动，但是你必须答应我一个条件。”

“什么条件？”

“小张，你真的不明白吗？”黄天明阴森森地笑着，“那好，我告诉你，条件是你同意做我的情人，不和邓远结婚。”

“你无耻！”张菁狠狠地骂了一句，挂了电话。她去了母亲屋里，将黄天明调动邓远的工作并借此逼迫她做其情人一事对母亲讲了一遍，讲完气愤地说：“妈，我不想再忍了，我要向公安局举报这个畜生！”

“丫头，听妈说，算了吧，咱们告不倒他的，上次都忍了，这次也忍了吧！”母亲抓住张菁的手，“小邓不管调到哪里，只要你们的感情在，距离不是问题的。”

“妈，我知道你是为我好，可是我实在忍受不了这个畜生。再这样下去，不知道他还会想什么法子逼迫我，我怎么办啊？”

“孩子，妈理解你。”母亲抚摸着张菁的头，“听妈说，先忍着吧，他能横行一时，难道能横行一世？等着吧，有他遭报应的那一天！”

匕首

由于张菁一直没有把自己被黄天明设计强奸一事告诉邓远，再加上她的身体已经不再清白，因此她觉得很对不起邓远，比以前更关心邓远，处处为邓远着想。邓远去北原分公司报到的那天下午，她一直把邓远送到汽车站，他们在车站相拥许久才分开。

那天离他们举行婚礼的日期只剩下不到一个月。他们约定，婚礼如期举行，到时候他们都请五天婚假。

刚送走邓远，黄天明给张菁打了一个电话，笑嘻嘻地说：“小张，人送走了吧？”

张菁很奇怪黄天明似乎对她的行踪了如指掌。她冷冰冰地问：“你是怎么知道的？”

“看你前面五十米。”

张菁向前方看去，只见黄天明坐在轿车里，向她挥了挥手。

“你跟踪我？”张菁停住脚步。

“上车吧，请你到上次的瑞士风情西餐厅吃饭，有个事和你聊聊。”

“什么事？电话里不能说吗？”

黄天明笑着说：“电话里说多没情调。”

张菁不由得感到一阵恶心，暗暗呸了一下。她想乘这个机会，向黄天明明确表明自己绝对不会做其情人的态度。她说：“我待会儿自己过去，我不会坐你的车的。”

“那好，我在那边等你。”

张菁坐公交车去了瑞士风情西餐厅。走进西餐厅刚坐下，黄天明让她点餐。她没有点，郑重地说：“我今天不是来和你吃饭的。”

黄天明说：“那是？”

“我今天来是想郑重地告诉你一件事。”张菁紧盯着黄天明，一字一句斩钉截铁地说，“我不会做你的情人的，希望你以后不要再骚扰我。无论如何，我都不会做你的情人！”她站起来就走。

黄天明起身抓住张菁的胳膊，说：“小张，先别走……”

“放开我！”张菁用力甩开黄天明的手，头也不回地走了。

餐厅里的客人全都将目光投向黄天明。黄天明恼羞成怒，右手握拳狠狠地在餐桌上砸了一下！

当天晚上，张菁卖完饰品后收摊回家。走到家门口，她刚要推门时看到门上插着一把亮铮铮的匕首！她惊叫了一声，手中的行李箱随之掉在地上。

肯定是黄天明指使人干的，威胁她如果不做其情人，母亲的生命将危在旦夕！

那天夜里，张菁躺在床上很久都没有睡着，不停地哭泣。她知道，黄天明这种心狠手辣、无耻至极的畜生什么事情都能干得出来。她想用匕首杀了黄天明，甚至和黄天明同归于尽，但这样做会导致母亲因没人照料而悲惨地死去。不行，不能这样做！

她从来没有感到如此绝望和无助。她怨恨父亲的在天之灵没有保佑她和母亲，让她和母亲承受了这么多苦难。她的心中不停地为自己的命运叫屈。

第二天早晨，张菁提着一个黑色小包，没有敲门就走进黄天明的办公室。

黄天明站起来，说：“小张……”

张菁径直走到办公桌前，从黑色小包里掏出昨晚从家门上拔下来的那把匕首。她把匕首重重地扔在办公桌上，瞪着黄天明厉声问：“是你干的吧？”

黄天明快步走到门后，把门反锁了。他又回到张菁面前，狡黠地笑着，说："小张，你可以拿着匕首去公安局告我，我知道你早就想告我。但是，我不能保证你能告得倒我，而且如果我倒了，我手下的人会对你母亲干出什么事情我也不知道。"黄天明顿了一下，"不管我做什么，都是因为我真的喜欢你，想要你做我的情人。当然，我可以退一步，只要你做我的秘密情人就行。我保证除了你和我之外，没有第三个人知道我们之间的关系。在别人眼里，你仍然是个好女人。还有，只要你做我的秘密情人，我会给你一笔钱，你母亲的病很快就能治好了。"

"你卑鄙、无耻！"张菁愤怒地骂。

黄天明嘿嘿笑着，说："你骂吧，想怎么骂都行，只要你消了心中的气，愿意做我的秘密情人就行！"

"你无耻至极！"张菁狠狠地瞪了黄天明一眼，转身就走。

"小张，今天晚上我在海天大酒店七楼 702 房间等你。"黄天明顿了一下，一字一句阴森森地说，"如果你不过来，就准备你母亲的后事吧！"

决定

"你去了吗？"晓鹏问。

张菁点了点头，泪如泉涌。

"畜生，畜生！"晓鹏双手攥成拳头，极为气愤，也极为心痛。

张菁不禁投身到晓鹏怀里，号啕大哭起来。

晓鹏的眼里流出悲愤的泪水，他轻轻地拍着张菁的后背，说："菁，你哭吧，有我在呢！"

许久，张菁才止住哭声，含着泪继续讲起来。

张菁决定晚上去海天大酒店，她想乞求黄天明发善心放过她和母亲。下班后，她走进公司办公大楼旁边的工商银行，在自动柜员机里插入工资卡，然后往黄天明上次给她的那张卡里转了五千块钱。上次医院抢救母亲的时候，她无奈之下从黄天明给她的那张卡里取了五千块钱。今晚她要把黄天明给她的那张卡还给黄天明，和黄天明撇清一切关系。

为了不让母亲起疑心，晚上她仍然像往常一样出去卖饰品，不过早早收了摊。母亲问她为什么这么早收摊，她谎称生意不好。母亲睡下后，她悄悄地走出家门。

九点钟刚过，张菁去了海天大酒店 702 房间。她刚敲门进去就跪在黄天明面前乞求："黄总，求你放过我吧，我要结婚了，放过我吧！卡我还给你，我一分钱都不要！"

她正要从裤兜里掏卡，黄天明阴森森地说："放过你？你都来了还想让我放过你？"

张菁知道再说什么都没用。她慌忙站起来想要逃走，结果黄天明冲到门前挡住门，冷眼瞪着她。

"放我出去……"张菁大声说着，同时伸出手想把黄天明拉开，可是黄天明把她用力抱住了。黄天明在她的脸上咬了一口，抱起她走到床边。

张菁一边用尽全身的力气挣扎一边大声叫喊："放开我，放开我……"

黄天明淫笑着，把张菁狠狠地摁在床上。他不顾张菁拼命挣扎，动手脱张菁的衣服。张菁的手机从裤兜里掉出来了，恰好这时手机铃声响了。她估计电话是邓远打的，因为除了邓远之外，一般很少会有人在晚上给她打电话。

张菁抓起手机一看，电话果然是邓远打的。她刚要关机，手机被黄天明抢走了。黄天明看着手机，阴阴地笑着，说："是这个臭小子啊！"他竟按了接听键。

张菁差点惊叫出声。手机里传出邓远的声音："菁，今天生意怎么样啊？"

张菁伸手去抢手机，黄天明向后闪了一下，她扑了个空。

邓远问："你怎么不说话啊？"

张菁又要伸手去抢手机，这时黄天明对电话里说："张菁不在！"

张菁惊呆了，没想到黄天明如此狂妄！

"你……是谁？"

张菁急得不知所措，又伸手去抢手机，可是黄天明根本不会让她抢到手。

"我是谁？"黄天明嘿嘿笑了一下，"我是张菁的朋友。"

"朋友？你……叫什么……名字？"

黄天明冷笑了一声，说："黄天明！"说完他把手机扔到地上，手机被摔得和电池分了家。

张菁能感觉得到邓远此刻多么焦灼不安，她想捡起手机迅速逃离，可是黄天明再次把她狠狠地摁在床上。

"臭流氓，放开我……"张菁仍然不停地挣扎，甚至伸手狠狠地扇了几下黄天明的脸，可是黄天明丝毫没有松手。

"来了还想走？"黄天明咬着牙，把张菁剥得一丝不挂。

张菁停止了挣扎。她绝望地闭上眼睛，像个木头人似的一动不动，任由黄天明摆布。她的眼里不停地流出泪水，心里只盼着黄天明尽快结束兽行。黄天明纯粹是个变态，折磨了她整整一夜。

凌晨四点钟，黄天明终于累了，躺在床上呼呼大睡。张菁起身走进洗浴间，狠狠地搓洗全身的每一寸皮肤，边洗边哭。洗了整整两个多小时她才穿好衣服走出洗浴间。穿上鞋后，她捡起地上的手机和电池，慌慌张张地跑出房间。

她边走边把手机和电池装在一起，然后开了机。她正乘电梯下楼时，收到了邓远发的短信。邓远在短信中问："你为什么拿着张菁的手机？"

张菁稳住心神，拨打邓远的手机号，手机刚打通邓远就接了。张菁迫不及待地说："邓远，我是张菁，我昨……"

邓远打断张菁的话，说："昨晚怎么回事？"

"邓远，你听我说，昨晚黄总代表公司请今年和我一起应聘进入公司的八个大学生吃饭。你打电话的时候我正好去卫生间了，手机放在桌子上，所以黄总替我接了电话。"

"噢，是这么回事。"

张菁怕说得多了会露出破绽，于是装出焦急的口吻说："我现在有点事要忙，先挂了，晚上给你打过去。"

"好吧。"

张菁说了声"拜拜"，挂了电话。她捂着胸口，长长地舒了一口气。

晚上张菁打电话给邓远，和邓远在电话里聊天。根据声音判断，邓远的神情很平静，应该没有怀疑她早晨说的谎话。她觉得自己十分委屈，也觉得很对不起邓远。她说着说着哭了，邓远问她为什么哭，她边抹眼泪边说："你离开天州两天了，特别想你。"

邓远安慰道："别哭了，这个周末我就回去看你。"

"我想去你那边看看你。"

"行，我等你来。"

张菁挂电话后哭了很长时间。事情发展到这种地步，她不能和邓远结婚了，因为黄天明肯定会阻挠他们结婚，就算他们结婚了，黄天明也肯定不会放过她，肯定会逼迫她做其情人，她和邓远根本不可能幸福地生活在一起。

她思索了整整一个晚上，最终决定：把自己的身体完完全全地交给邓远，从此和邓远分手，做黄天明的情人，直到黄天明被绳之以法的那一天。其实，黄天明拿母亲的生命要挟她，为了保证母亲的生命安全，她除了做黄天明的情人之外没有任何选择。

周五晚上睡觉前，张菁打通了邓远的手机。寒暄几句后，她红着脸，羞怯地说：“我明天下午六点去你那里，你提前订好酒店，越干净越好。明天晚上我要把我的身体交给你。”她很想笑，但笑不出来。

“真的？”邓远有点不相信，“这回你不跑了吧？”

“说啥呢。”张菁笑得很勉强，“这回我要是跑，你把我抓回去不就行了吗？”

“好啊，我一直盼着这一天呢！”

第二天下午六点钟，张菁在北原汽车站下了车。张菁知道，这次和邓远相见或许是他们最后一次相见。为了给邓远留下一个美好的回忆，她早晨去商场特地买了一条淡绿色连衣裙和一双粉红色高跟鞋。她把新买的裙子和鞋穿上之后，又化了妆，精心打扮了一番。

邓远在车站门口见到张菁后被张菁的美丽惊呆了。那天的张菁既有传统女性优雅温婉的气息，又有现代都市女孩的时尚前卫之感。一想到晚上要和张菁做那种渴望已久的事，而张菁又是如此美丽优雅，邓远特别兴奋，内心的欲望不停地躁动着。

张菁主动拥抱了邓远，他们在车站门口相拥了很久才分开。邓远急匆匆地拉着张菁往酒店走，张菁笑着说：“看你，心这么急。”

他们刚走进提前订好的房间就紧紧地拥抱在一起，互相为对方脱去衣服。

那天晚上，邓远像一只发情的幼兽，张菁第一次体验到男欢女爱的美妙。

直到凌晨，邓远才心满意足地睡了。张菁没有睡，她悄悄地走下床，从包里拿出一张纸，坐在电脑桌前写了一封信。她在信中说：“邓远，原谅我不辞而别。在我决定把自己的身体交给你的时候，就已经决定和你分手了。对不起，邓远，我知道你很爱我，但我不能和你在一起，因为我已经有新男朋友了。谢谢你陪我一起度过的那些日子，也谢谢你让我第一次真正做了一回女人，但我们以后不要再联系了，就当从来没有认识过。银行卡里有一万块钱，是上次你爸妈送给我妈的，现在退还给你，密码是你手机号的最后六个数字。再见了，邓远，你一定要重新找一个爱你的女孩，我并不值得你爱。祝你幸福，也祝你健康、平安。”

写完信，张菁泪如泉涌。她把信放在枕头上，又从包里拿出一张银行卡放在信的旁边。她深情地看了邓远很久，然后轻轻地吻了一下邓远的脸，转过身悄悄地走了。

当天晚上，张菁边给母亲洗脚边说：“妈，有个事情给你说一下。”

“什么事？”

“我说了你别生气。”张菁低下头，“我和邓远分手了，不和他结婚了。”

“丫头，你说啥呢？”母亲从床上慢慢地坐起来，“是不是和小邓吵架了？”

“没有。我觉得我和邓远不合适。”为了不让母亲受刺激，张菁决定不告诉母亲真相。

“哪不合适啊？小邓这娃子孝顺、有责任心、踏实、上进，这么好的男娃子现在去哪找啊！”

“邓远是挺好的，可我真觉得我和他不合适，我们在一起不会幸福的。”

母亲瞪着张菁质问：“那你说你和小邓哪不合适？”

“我是一个传统保守的人，小邓……也是这样的人，而且……他太老实了，妈，你说我们在一起能幸福吗？再说他现在调到北原工作，我们离得这么远，两地分居的生活以后怎么过啊！”

“后面说的还算是理由，前面说的不算。丫头，你们这段时间在一起不是挺好的吗？”

“哎呀，妈，我们年轻人有年轻人的想法。”张菁轻轻地推了一下母亲的身子，“和你们那代人的想法不同。”

“那小邓同意吗？”

“他同意。”

“他真的同意？”母亲有点不相信。

“真的。昨天我们已经说好了，他真的同意。”

“你们都已经订婚了，眼看着就要结婚，怎么说分手就分手？”母亲盯着张菁的眼睛，“丫头，你真的想好了？”

“真的。”

“不后悔？”

“不后悔。”

“好吧。”母亲叹了一口气，“那上次邓远爸妈送的一万块钱咱得还给人家。”

“我已经把那一万块钱还给邓远了。”

“噢。”

“妈，你先坐着，我去洗一下衣服。”张菁走出屋子。

“眼看就要结婚咋又分手了？”母亲喃喃自语着。突然，她睁大眼睛，想到了什么，但她又摇了摇头，“不可能，不可能……”

自从和邓远分手后，张菁被迫做了黄天明的情人，被迫多次满足黄天明的兽欲，她一直盼着黄天明被绳之以法的那一天早点到来。但是，她不希望黄天明强奸并逼迫她做其情人这件事被任何人知道，因为她还年轻，以后还有很长的路要走。如果这件事传扬出去，她以后怎么做人？会有几个人理解她的苦衷？到时候她就算长了一千张嘴恐怕也说不清楚。

有一次黄天明在张菁身上发泄完兽欲后，给张菁手里塞了一张工行卡。他说卡里有五十万块钱，密码和上次的那张工行卡一样。他让张菁用卡里的钱给母亲看病，以后不用卖饰品赚钱了。

张菁拿着卡，哭声更重了。

黄天明在天州市的核心商业区买了一套公寓，之后多次把张菁带到公寓里发泄兽欲。他不止一次对张菁说，只要张菁给他生一个儿子，他就给张菁买一套别墅和一辆跑车。他还说等儿子长大后会把儿子送到美国去读书，享受西方社会民主自由的理性之光。

爱情快餐

张菁下班后刚走出公司大门，看到邓远站在前面不远处。邓远傻傻地看着她，一副失魂落魄的样子。

"邓远，你怎么来了？"张菁快步走到邓远面前，关切地问。

"我想过来看看你。"邓远眼睛红了。

一个多月没见，邓远变得十分憔悴，瘦骨嶙峋。看着邓远消瘦的样子，张菁心疼极了。她很想冲上去紧紧地抱住邓远，告诉邓远其实自己一直深深地爱着他，自己每天都很思念他，自从和他分手后没有过过一天快乐的日子，每天陪伴自己的只有痛苦，如同在地狱中煎熬。

但是，张菁抑制住内心的冲动，站着没动，强忍着没让泪水流出来。她现在是黄天明的情人，已经没脸和邓远拥抱了，尽管她做黄天明的情人完全是被迫的。为了让邓远彻底忘记她，她不能做出任何让邓远以为她还怀念旧情的举动，否则邓远会越陷越深。因此，她只是寒暄了一句："你吃过饭了吗？"

"没有。"邓远微微动了一下嘴唇，"我不饿。"

"先吃饭去。"张菁向公司办公大楼旁边的一家小餐馆走去，邓远跟在她身后。

"坐这儿吧。"张菁走进餐馆，和邓远在门口的一个小桌前坐下来，"你最爱吃这里的牛肉面了，来一碗吧？"

“嗯。”

于是张菁要了两碗牛肉面。她问:“你什么时候从北原回来的?”

“今天早晨。”

“回家看过叔叔阿姨了吗?”

“还没有。”

“噢。最近工作顺利吗?”

“还行,你呢?”

“我也还行。最近天凉了,你多穿点衣服,照顾好自己。”

“嗯。”邓远很想哭。

看着邓远痛苦的表情,张菁知道邓远的心被她伤得很深,她一时不知道该说什么好。邓远半天问了一句:“你和他还好吧?”

张菁明白,邓远所说的“他”是指她上次在留给邓远的信中提到的她新谈的男朋友。虽然这个新男朋友根本就不存在,但是为了让邓远相信,她淡淡地笑了一下,说:“他对我很照顾,也很关心。对了,你又谈女朋友了吗?”

“没有。”

“那你赶紧找一个关心体贴你的女孩吧。”

“可是再找一个像你这样的女孩很难。”

“怎么会呢?”张菁嫣然一笑,“比我优秀的女孩很多的,你应该多去关注身边的女孩,其实她们很多都很优秀。”

“可我心里只有你一个人。”邓远情不自禁地抓住张菁的手,“菁,回来吧,我只爱你一个人,我只想和你在一起。”

张菁感动得很想哭,但她装出笑容,说:“邓远,我们已经结束了,真的。”她抽回了被邓远抓住的手。

“不!菁,我爱你,你回到我身边吧!你知道离开你的这些天我是怎么度过的吗?每天晚上我都睡不着,脑子里无时无刻不是你的样子。”邓远极为认真地说,“我爱你,我不能没有你!”

张菁装出若无其事的样子,笑了笑,说:“邓远,你知道吗?你说的话让我觉得你很幼稚。”

“幼稚?为什么?”

张菁违心地说:“在这个世界上,当一个女人已经离你而去,但你还对她念念不忘,这不能说明你痴情,也不能说明你专一,只能说明你很傻,也很幼稚。现在是一个快餐社会，盛行快餐文化，爱情只是像吃一顿快餐那么快捷，来无踪，去无影。如果你不能接受这样的现实，而是想要那种纯真的、永恒的爱情和信仰，那你无疑是幼稚的。你会和这个时代格格不入，甚至被时代淘汰，而且到头来受伤的只会是你自己。”

“你心里真的是这样想的吗？”虽然和张菁在一起的时间只有短短几个月，但是邓远很了解张菁，他不相信张菁的想法会在很短的时间内发生翻天覆地的变化。

“当然。曾经的我很幼稚，和你一样，但自从遇到现在的男朋友之后，我终于明白我真正需要的是什么了。”

邓远追问：“你需要的是什么？”

“他可以给我买一套美丽的房子，还可以给我买一辆豪华的车子，和他在一起，我几乎可以得到任何我想要的东西。想想以前自己真的很幼稚，为了一个天方夜谭般的爱情童话，省吃俭用，连件新衣服都舍不得买，还信誓旦旦地讲什么天长地久。我现在终于明白了，我只是一个女人，根本没有必要用那种童话般的爱情誓言欺骗自己，委屈自己。我应该抓紧时间享受眼前的这份快餐，而不是亲自动手去做。”张菁知道，她说的这些违心的话肯定会很刺激邓远，但这正是她想要达到的目的。她说这些话的时候，心里仿佛像刀割一样痛苦。

邓远盯着张菁的眼睛，说：“你变了。”

“很多人都这样说我，随便别人怎么说吧，我不在乎。”张菁轻轻地叹了口气，“不管怎么说，我只是一个女人。”

“可是不管你变成什么样，我都爱你。”

张菁被邓远的痴情深深地感动着，但她对邓远只是淡淡一笑，说：“邓远，你觉得对于现在的我，一个信仰快餐文化的女人来说，你说的话还能感动我吗？”

邓远看着张菁，说不出来话。

“我想我应该没有必要告诉你答案了。”张菁把一双筷子递给邓远，“快吃吧，饭凉了。”

邓远早就饿了，但内心的痛苦使他几乎吃不下去饭。

“你多吃点儿，我吃得少。”张菁用筷子挑了一些面条放进邓远的碗里。

邓远忍不住流出眼泪，痛不欲生。

吃完饭，他们走出餐馆。张菁说：“回家去看看叔叔和阿姨吧。”

“会的。”邓远停下脚步，“我想问你一件事。”

“你说。”

“你已经有新男朋友了,为什么还要把你的身体给我?”邓远总觉得张菁心里仍然爱着他,他还觉得张菁说的“快餐文化”那些话并不是心里的真实想法。他紧盯着张菁的眼睛,“你心里真正爱的人是我,对吗?”

“我把自己给你是因为我觉得我必须为我们曾经的感情负责,那样我就不欠你什么了,除此之外并不代表什么。”张菁低下头,“或许,你可以理解为我也有那种需要吧,毕竟我已经是一个成熟的女人了。”

“我明白了。”其实邓远心里还是有点疑惑。

“我真的希望你能找到一个比我更好的女孩,你一定能找到的。”张菁郑重地说,“我们已经不可能了。”

邓远彻底绝望了,他明白“已经不可能了”这六个字的含义和分量。由于极度悲痛,他反而出奇地平静。他深情地看着张菁的眼睛,衷心地祝福道:“那好,祝你永远幸福、平安。”

“你也是。”张菁同样深情地看着邓远的眼睛。她本来还想说什么,但没有说。她转身走了,一直没有回头。

邓远一直默默地看着张菁的背影慢慢地逝去。他根本看不到,张菁的眼中涌出了很多泪水……

恶贯满盈

由于黄天明这些年组织黑社会团伙在天州作恶多端,早就有不少受害人陆续向天州市有关部门举报。但是,黄天明的亲舅舅铁成军是天州市常务副市长,铁成军一直利用职权想方设法包庇黄天明,充当黄天明黑社会团伙的保护伞。不仅如此,铁成军和黄天明沆瀣一气,对一些举报人进行残酷的打击报复。有的受害者慑于权威,只好忍气吞声,但仍有一些不惧权威者,直接向省公安厅举报。省公安厅对此十分重视,于半年前秘密立案并成立调查小组,要求以黄天明为中心进行调查取证,一定要将案件查办清楚,将黄天明、铁成军等人绳之以法,维护国法的尊严,还受害人公道!

调查小组通过长达半年的暗中调查,摸清了黄天明在天州官场和商界的复杂脉络关系,掌握了黄天明组织黑社会团伙实施的故意杀人、故意伤害、非法经营、经济诈骗、权钱交易等一系列重大犯罪行为的基本事实。一切准备就绪之后,调查小组迅速出动,将黄天明、铁成军、刘明远等人顺利抓捕归案。

调查小组多次对黄天明进行审讯，用尽除刑讯逼供之外的所有手段，但黄天明始终拒不承认所有重大犯罪事实，他只是主动交代了一些情节较轻的违法行为，还装出了积极配合调查的样子。

刘明远原本就是一个小人。他知道，他伙同黄天明这么多年犯下的罪行足以让他在监狱里蹲一辈子，而且省公安厅来势汹汹，他估计黄天明这次难逃一劫。为求宽大处理，他主动供认了伙同黄天明犯下的所有罪行。不仅如此，他还向调查小组提供了不少黄天明实施的一些重大犯罪行为的线索。审讯过程中，他多次放声大哭，对自己犯下的罪行表示忏悔。他恳求调查小组看在他主动交代犯罪事实并提供重要线索的情况下，减轻对他的处罚。

刘明远供认的黄天明实施的所有犯罪行为令人发指，触目惊心！令调查小组深感震惊的是，黄天明无耻到极点，竟然设计将张菁强奸，逼迫张菁做了情人！

为了查清黄天明设计强奸并逼迫张菁做其情人一案，调查小组与张菁进行了约谈。

张菁哭着向调查小组详细讲述了事情的经过，并将黄天明送给她的两张卡全都交给调查小组，卡里的钱她一分也没用。尽管她恨透了黄天明，无时无刻不希望黄天明被绳之以法，但她请求调查小组不要公开她被黄天明设计强奸并被逼无奈做其情人一案。因为一旦传扬出来，流言蜚语恐怕会越传越多，她将面临巨大的压力，她的一生也有可能因此毁了。

调查小组对张菁的遭遇深表同情。他们表示，尊重张菁的请求，不对外公布她被黄天明设计强奸并被逼无奈做其情人一案，但是，黄天明必须对自己犯下的罪行负责，一定要将黄天明这个无耻至极的人渣绳之以法！

随着调查的深入，数名涉案人员陆续被捕。这些涉案人员不仅包括数名官员，还包括天州市商界的一些有头有脸的人物，如佳成公司的总经理王长江。经过几个月的调查审讯和多方取证，黄天明组织黑社会团伙实施的故意杀人、故意伤害、非法经营、经济诈骗、权钱交易等一系列违法犯罪行为全部被调查清楚了。面对确凿的人证和物证，黄天明不再抵赖，承认了自己犯下的所有罪行。之后，天州市检察院将黄天明、铁成军、刘明远等犯罪分子向市中级人民法院提起公诉，市中级人民法院不久便开庭审理。

黄天明一审被判处死刑。他不服一审判决，向省高级法院提出上诉，省高级法院二审维持原判。后经最高人民法院核准，黄天明被执行死刑。

得知黄天明被执行死刑的消息之后，张菁不禁痛哭出声。她给黄天明做了一个多月的情人，被迫一次次满足黄天明的兽欲。每天她都盼着黄天明早日受到法律的严惩，她恨透了这个畜生！

她将黄天明被执行死刑的消息告诉母亲后，母亲和她抱头痛哭，说了好几次“老天有眼”。

难堪

虽然母亲知道张菁曾被黄天明设计强奸，但张菁一直没有告诉母亲她被迫做过黄天明的情人，因为她怕母亲知道后经受不了刺激，极有可能导致病情恶化离她而去。然而，黄天明设计强奸并逼迫她做其情人一事却不胫而走，在公司里广为流传。后来越传越变味，竟传成她为了房子和钱，做了黄天明的二奶。她多次听到别人在背后议论，对她指手画脚，很多和她关系很好的同事也逐渐疏远她，并且在工作中不主动配合她，导致她的工作越来越难开展。她知道，黄天明在公司不得人心，很多人都把自己对黄天明的憎恶转嫁到了她身上，他们根本就不知道事情的真相！

更令她难堪的事情发生了。一天下午下班后，她刚走出公司大门，一名中年妇女冲到她面前，不由分说便扇了她一个耳光，歇斯底里般大声骂：“臭婊子，你勾引我男人是不？你个贱货、臭婊子，我让你勾引我男人！”中年妇女一只手揪住她的头发，另一只手狠狠地扇她的脸，怒不可遏，“你这张脸很能勾引男人是不？老娘我今天打烂你的脸！”

发疯的泼妇肯定是黄天明的老婆，张菁很奇怪黄天明的老婆为什么会认得她。她拼命挣扎着，大声说：“放开我，放开我……”

中年妇女丝毫不松手。张菁的两个男同事冲过来，费了很大劲才把中年妇女拉开。

张菁迅速拦下一辆出租车走了。中年妇女不停地骂着，越骂越难听，最后又呼天抢地地哭起来。

发生这件事后，张菁没法在公司待下去了，她再也无法忍受同事的非议。她向人力资源部的陈部长提交了一份辞职书，陈部长说按照公司规定，员工提交辞职书后一个月才可以离职，因此她还得继续在公司待一个月。

提交辞职书的那天下午，张菁在几个大型招聘网站上搜索招聘信息，但没有找到合适的工作。她从江华省人事考试中心网上看到全省近期正在进行公务员招考网上报名，她下载了职位表，经过仔细筛选填报了天州市惠安区公安局的警察岗位。

结局

一天中午，张菁下班后刚走出公司大门，看到了邓远。邓远瞪着她，一脸轻蔑的神色。

张菁的眼睛湿润了。这些天她受尽了委屈，没有一个人理解她，她连一个倾诉心中的痛苦的人都没有。邓远的出现仿佛是黑暗中透出的一线光明，她冲到邓远面前，情不自禁地张开双臂，想在邓远怀中大哭一场，把心中的所有委屈和痛苦都告诉邓远。

但是，邓远生硬地推开她，仍然用鄙视的目光瞪着她。

张菁先是愣住了，然后在刹那间明白了，邓远肯定听到了流言蜚语。她急忙说："邓远，你听我解释……"

"还解释什么？"邓远打断张菁的话，怒吼着。

张菁捧着邓远的脸，哭着说："邓远，你听我解释，我是被逼无奈才……"

"不要再说了！"邓远用力推开张菁的手，死死地盯着张菁的眼睛，"还有什么好解释的？"

张菁委屈极了，痛哭不止。

"张菁，你还记得那天晚上吗？"邓远苦笑着说，"我打电话给你，可接电话的居然是黄天明这个王八蛋！你知道吗？第二天我打电话给所有今年应聘进入公司的大学生，可他们都说根本就没有黄天明请他们吃饭这回事！"邓远的眼泪在眼眶里打转，"你欺骗了我，可我仍然相信你，我甚至觉得你对我是一种善意的欺骗，你有你的苦衷。但我没想到，你当时是和姓黄的畜生在一起干那种事！"邓远越说越激动，"那次你来北原，你没有流血，但我仍然认为那是你的第一次，我是你的第一个男人，直到现在我才知道，你把第一次给了黄天明那个王八蛋，我是天底下最大的傻瓜、蠢蛋、白痴！"

张菁大声辩解："邓远，我是被迫的！我不是故意骗……"

"够了！"邓远打断张菁的话，他根本不想听张菁说任何辩解之词，"张菁，我一直认为你是这个世界上最完美的女人，我发誓要对你好一辈子，不让你受任何委屈。但你现在在我心里只能算得上是一辆公交车，只要肯掏钱，谁都可以坐！一想起和你这种人曾经做过那种事，我都觉得恶心！你不是要追求你的快餐爱情吗？现在姓黄的畜生死了，还有那么多姓王的、姓张的西门大官人，你可以再去找他们啊！以你的姿色和资历，做他们的二奶应该不难吧？”

邓远刚说完，张菁由于过度气愤，扇了他一个耳光。张菁打完十分后悔，慌忙伸出手抚摸着邓远的脸，急声说：“你没事吧？”

邓远被打蒙了。突然，他愤怒地推开张菁，一字一句斩钉截铁地说：“张菁，从今天开始，我和你彻底一刀两断，以后谁也不认识谁。不过我真的很感谢你，你给我上了动人的一课，让我不再幼稚，让我真正成长起来，让我认清这个世界并没有想象中那么美好，到处充满虚伪和欺骗，连爱情和肉体都可以随便拿来用金钱交换！”

“你听我说，不是这样的，真的不是这样的！”张菁歇斯底里般大声说。

邓远苦笑了一下，笑自己迂腐、无知。他说了一句“你多保重”便转身走了，他的眼中积蓄的泪水终于哗哗地流出来了。

“邓远，你别走……”张菁快步追上去拽住邓远的胳膊，但邓远狠狠地甩了一下胳膊，把她甩得摔倒在地上。她在地上坐了很长时间，不停地哭着。

张菁讲到这里的时候，哽咽得说不出来话，晓鹏起身给她倒了一杯水。

“谢谢。”

没等张菁喝完水，晓鹏不禁问：“后来邓远知道真相了吗？”

张菁摇了摇头，说：“没有。”

“那你们有没有再联系过？”

张菁还是摇了摇头。

晓鹏不知道该问什么了。

半晌，张菁抬起头，凝望着窗外。晓鹏也不禁向窗外看去。

窗外的月亮很皎洁，也很柔美，像一个美丽而朴实的脸庞。这个脸庞，不就是坐在晓鹏面前的女孩儿张菁的脸庞吗？

一会儿，一片云朵从月亮的下方横切进去，许久没有走掉，仿佛是萦绕在张菁脸庞上的一缕忧伤，绵延不断。

那缕忧伤使张菁再次回忆起那段往事，她轻轻地翕动着嘴唇，继续讲起来。

离开浩成房地产公司之前，张菁参加了公务员招录笔试，成绩在五十多名竞争同一岗位的考生中名列第一。从公司离职后，她一心一意在家准备公务员招录面试。每天她都尽最大努力装出十分开心的样子，以免被母亲看出端倪。每天晚上她仍然像往常一样出去卖饰品。

一个月后，张菁参加公务员招录面试再次夺得第一名。经过体检、政审和公示后，她被省公务员局批准录用。

政审过程中，负责政审的工作人员了解到张菁曾被黄天明设计强奸并被迫做其情人一事，对张菁深表同情。他们鼓励张菁努力工作，忘记过去的遭遇，一定要对未来充满信心。

张菁被市公安局分配到惠安区西街派出所工作。去西街派出所报到那天，她直接找了所长赵景生。走进赵所长的办公室，赵所长和她寒暄了几句，让她坐在沙发上，之后给她倒了一杯水，十分热情。

赵所长和蔼地说："小张啊，你的情况我已经知道了，对你过去的不幸遭遇，我深表同情。"赵所长的神情变得激动起来，义愤填膺地说，"没想到我们天州竟然出了黄天明、铁成军这些人面兽心的渣滓、败类！幸亏这些败类被绳之以法，否则我们天州这块净土就要被这些败类弄得污浊不堪了！"

张菁的眼睛湿润了，她轻轻地低下头。

"小张，你放心，在西街派出所甚至整个惠安区公安局，我绝对不会让任何一个人欺负你，你可以在这里安心工作，再也不用过那种被人欺侮的日子了！工作和生活中如果有什么困难需要帮助，你可以随时找我，我会尽全力帮助你的！"

"谢谢所长。"

"不用谢，我现在带你去办理一下手续。"

从那天开始，张菁成了西街派出所的一名警察。在西街派出所工作的那段时间，赵所长给予她很多关怀和照顾，她十分感动。

有一次赵所长带领派出所的其他几位领导特地去张菁家看望张菁的母亲。赵所长仔细询问了张菁的母亲的病情，赞扬张菁的母亲这么多年一个人含辛茹苦地将张菁抚养成人。临走时他给张菁的母亲手里塞了五千块钱，说这些钱是他和其他几位领导的一点心意。他嘱咐张菁的母亲一定要照顾好自己，争取早日康复。张菁的母亲含着泪对他和几位领导表示了感谢。

赵所长对张菁无微不至的关怀和照顾，使张菁对赵所长充满感激之情，张菁甚至在心中把赵所长当成自己的父亲，只是从来没有说出口。这么多年来，她第一次感受到那种深沉而厚重的父爱。

有一次张菁在大街上见到了邓远。当时邓远拉着一个女孩的手走着，他们边走边聊天。女孩看起来娇小可爱，穿着很时尚。邓远拉着女孩走到一个卖饰品的小摊前，给女孩挑了一对耳坠，轻轻地挂在女孩的耳垂上。女孩娇媚地笑着，似乎在问邓远好不好看。邓远笑着说了几句，从钱包里拿出钱买下耳坠。

他们又继续往前走，女孩非常亲密地挽着邓远的胳膊，一副小鸟依人的样子，邓远脸上露着开心的笑容。他们挨得很近，俨然一对热恋中的情侣。他们在一家冰淇淋店前停下脚步，女孩给邓远买了一个冰淇淋。邓远斯文地吃了几口就把冰淇淋送给女孩，女孩轻启朱唇咬了一口，对邓远嫣然一笑。

张菁双目无神，呆呆地站着，一动不动。她的大脑停止了所有思维活动，一片空白。她的心很疼，疼得她几乎失去知觉。直到邓远和女孩的背影在视线中彻底消失后，她才默默地转身走了。

回到家，她取下一直戴着的那枚乌木护身符，凝视了很长时间，泪水簌簌而下。她把护身符保存在一个精致的紫色小盒子里，留作永远的纪念。除了护身符，邓远没有给她留下任何东西。

她仍然和往常一样，在工作之余卖饰品赚钱。自从看到邓远和那个女孩在一起之后，她倒也心安了不少。不管怎么说，邓远已经从阴影中走出来了，他和那个女孩在一起显然十分快乐。她默默地祝福邓远，决定不和邓远再有任何联系。那段时间，她感觉自己似乎生活在一个陌生的世界里，很无聊也很单调，有点像行尸走肉。她对身边的人和物也逐渐变得麻木起来。

第十二章 雷雨

回忆

张菁讲完所有故事,没有再哭泣。她默默地看着窗外,天已经亮了。

晓鹏说:“你和那个男警官谈过恋爱吗?”

“哪个男警官?”张菁一脸不解的神色。

“就是我被抓进派出所后,因为不老实,用警绳捆我的那名男警官。”

“噢,是他呀。”张菁轻轻地笑了一下,“他叫夏涛。怎么,你一直对那件事耿耿于怀吗?”

“不是。他喜欢你,对吗?”

“嗯,他是很喜欢我。”

“那他有没有和你谈过恋爱?”

“哪有。他一直追求我,对我特别好,可我刚经历过那些事,根本就没有心情再谈一次恋爱。”张菁叹了口气,“当时我已经不打算再谈恋爱了,起码在两年之内都不会谈,再到后来就遇到了你。”

“说实话挺感谢那次被抓进派出所。”

“感谢?”张菁感到很不解。

晓鹏嘿嘿一笑,说:“是啊,要不是被抓进派出所,我这辈子怎么可能遇到你?”晓鹏顿了一下,“知道我从什么时候开始爱上你的吗?”

“不知道。”

“其实我也不知道从什么时候开始爱上你的,可能是第一次看到你的时候,也可能是你把我送到医院救治那次。虽然你对我一直冷冰冰的,很反感我,也很鄙视我，但我感觉你特别善良，那种感觉我从我女朋友身上根本感受不到。”

“那我当时怎么感觉不到？我觉得你好像和我反感你一样反感我。”

“唉，你不知道啊，我一直很想向你证明我不是不良青年，可是你心里一直把我当成一个十恶不赦的坏蛋，而且你一直都是一副冷冰冰、趾高气扬的样子，所以我才反感你的。”

“原来是这么回事。”

“从拘留所出来后，我一直想请你吃饭，感谢你在我突发急性肠胃炎后把我送到医院救治并且在医院照看我，可是给你打电话你不接，去找你你也不理我，你可没少让我吃闭门羹。”

张菁笑着说：“当时我觉得你肯定不怀好意，所以故意不理你，好让你彻底死心，不再骚扰我。”

“你这招真够狠的，不但打击了我，还让我欲罢不能。”

“我没想到你是一个不会轻易放手的人。”

“我找我的好哥们王小川让他给我出出主意，就是后来经常替我买你的饰品的那位。他对我说‘人至贱则无敌’，要想让你改变对我的看法，只能死缠烂打。于是我先让他高价买你的饰品，后来我又帮你拎行李箱。你知道吗？那次晚上你说希望我以后不要再来的时候，我差点昏倒了，也差点没信心了。”

“其实像我这种受过伤害的女人很容易被感动的，但是，和邓远的结局给我留下了很深的阴影，我轻易不敢敞开心扉再爱一个人，我怕自己会再次受到伤害。如果再次受到伤害的话，我不知道自己还能不能挺过来。但是，你一次又一次霸道地闯入我的内心世界，使我心中的情感防线逐渐开始崩溃。从你帮我拎行李箱的时候起，我就已经对你动心了。后来那个下雨的夜晚，你的霸道让我猝不及防，虽然来得太快，但我从此爱上你了。可是仅仅因为第二天早晨我问你借十万块钱，你就认定我只是为了问你索要一笔钱做交换。当时我很想向你解释清楚，但你根本不给我解释的机会。你请我吃饭的那天晚上，看着你冷漠鄙视的样子，我的心都碎了。我本来想把借你的钱当时就还给你，可是为了能尽快带我妈去北京看病，只好打消了这个念头。之后我就带我妈去北京做了手术。”

晓鹏愧疚地说：“都怪我当时固执，错怪你了。我和女朋友定下举行婚礼的日期后去找你，我很想知道当我告诉你我要结婚的消息后你会是什么样的表情和态度，我总觉得你心里有我的。我去了天桥，又去了你家，你都不在。后来我去西街派出所找你，才知道你请了两个月的假。我隐隐觉得你请假和借我十万块钱有关，我有可能错怪你了。有一天晚上我喝醉了，回想起曾经和你在一起的一幕幕我才知道，其实我早就已经爱上你了，但因为有女朋友，所以一直欺骗着自己，不敢面对。是你的离去撕掉我的所有伪装，让我不得不面对隐藏在内心深处的感情。”

张菁叹了口气，遗憾地说：“原以为有了那笔钱，我妈的病就可以治好了，可没想到她还是走了。不过真的很感谢你帮我付了再次手术的费用。其实当时给你打电话再次借钱的时候，我根本就没抱多大希望。可我没想到，你不但愿意帮我，而且来北京了。”

“其实你不知道，你妈妈再次做手术那天正好是我和女朋友举行婚礼的日子。为了不让你过意不去，我一直没有告诉你。还有，那八万块钱是我挪用资金弄来的。当时我逼迫公司财务总监停止向一家公司支付五十万应付款，让他把其中的八万块钱打到我的银行卡上。我从北京回去后才知道，由于没有在合同约定的期限内支付应付款，结果那家公司拒绝供应原材料，并且坚决要求公司按照合同的约定支付十万元违约金。不仅如此，新谈的原材料供应商由于供货周期长，没能及时供货，导致公司停产三天，所有损失加起来高达两百六十万。一些董事以此为由，提出罢免我的总经理职位的议案。幸亏我爸和公司的洪副总提前谋划，才保住了我的总经理职位。”

张菁十分感激地说：“真的谢谢你，没想到你为了帮我付出了那么大的代价。”

“不用谢的，能帮到你我很开心。”

“那次你来北京，我原本以为自己找到了一个可以永远依靠的肩膀，可是没想到，后来你却告诉我你要结婚了。”张菁哽咽地说，“当时我绝望了，再加上我以前做过黄天明的情人的流言蜚语传到了派出所，导致我在所里遭到一些同事的非议，无法安心工作，因此我把宅子卖了，让派出所的赵所长帮我把借你的二十万块钱还给你，之后我就离开天州来到北京。我妈长眠在这里，我想在这里永远陪着她。”

晓鹏心痛极了。他十分同情张菁，暗暗为张菁叫屈，他也十分佩服张菁坚韧不屈的品格。在现在这个时代，恐怕很少有人会像张菁这样不惜把自家的宅子卖了也要还借别人的钱，把自己逼得很惨，何况他早就告诉张菁那二十万块钱不用还。他说：“收到赵所长送来的钱之后，我急忙去找他，想让他把钱还给你，顺便问一下他你是怎么弄来这么多钱的，可是他已经走了，不知去向。我去你家找你，才知道你把宅子卖了。我又去西街派出所找你，你的一个同事说你已经辞职了。一周后我和女朋友结婚了。你知道吗？我和她度蜜月的最后一天去了峨眉山。我跪在佛祖的脚下，乞求佛祖保佑你永远平安、幸福，否则我很难安心。”

张菁极为感动，说："没想到你心里一直惦记着我。"

"其实我真心爱上你了，但是我和女朋友已经同居了，而且她怀上了孩子，所以我必须对她负责，必须和她结婚。"

"后来你们为什么又离婚了？"

"一言难尽啊！"晓鹏长长地叹了一口气，"我们结婚后，她生了一个孩子，我一直以为我是孩子的亲生父亲。"晓鹏悔恨交加地说，"有一次我被一伙歹徒打成重伤，派出所对此立案调查，可是调查的结果让我大吃一惊。原来，我被关进拘留所的十二天里，她背叛了我，和一个名叫杨光的年轻男子发生了关系。我从拘留所出来后，她又甩了杨光，杨光因此怀恨在心，花钱雇人暗中对我下黑手。后来DNA亲子鉴定结果证明孩子不是我的，于是我就和她离婚了，离开家寻找你的下落。"

"原来是这么回事。对了，你是怎么找到赵所长的？找不到赵所长的话你不可能知道我来北京了，我来北京之前特地嘱咐赵所长不让你知道他的名字和身份。"

"说来也巧，我在一家超市买东西的时候偶尔遇见过一次赵所长，但当时超市里人很多太挤，他走了我没追上。我估计赵所长的家肯定在那家超市附近，他肯定还会去那家超市买东西，因此我离家出走后一直在超市门口等他。一直等到第三十六天下午，他终于出现了。他本来不想告诉我你的消息，还狠狠地打了我一拳。后来他带我去了西街派出所，我才知道他是派出所的所长。他在办公室里严厉地斥责了我，我一再央求他才告诉我你的去处。"晓鹏十分感慨地说，"现在想想，如果不是那次偶尔遇到赵所长，也许这辈子再也见不到你了，这也算是我们之间的一种缘分吧！对了，你来北京之后为什么会来这里呢？"

"我来北京后，先是去长城看了我妈，后来就留在周平县，找了现在干的这份保洁员工作，一直干到现在。"

晓鹏盯着张菁的眼睛质问："你和那个周主任是怎么回事？"

晓鹏质问的语气令张菁感到有些反感。张菁不想详细讲述她和周正洪从相识到决定结婚的整个过程，毕竟小强在这个过程中起到了至关重要的作用。她已经决定隐瞒小强的身世，暂时不让晓鹏知道小强其实是他的亲生骨肉。如果细细讲述起来，小强的身世肯定会暴露。于是她轻描淡写地说："他叫周正洪，是这个学校的后勤部主任，几年前妻子去世了。我在这里工作的时候，他主动追求我，对我特别好，后来我们就相爱了。"

听到张菁说出"相爱"两个字，晓鹏心痛极了，不禁对情敌周正洪生出强烈的嫉妒和憎恶之感。他觉得周正洪不应该追求张菁这么年轻的女孩，他应该找一个和他年龄相仿的中年妇女过安稳日子。晓鹏断定，周正洪对张菁好的原因主要是为了满足自己的欲望。现在不是有不少像周正洪这么大年龄的男人都喜欢找年轻女孩吗？比如那个丑恶的黄天明，他不是就逼迫张菁做他的情人吗？

回想起周正洪那副儒雅君子的样子，晓鹏越来越觉得厌恶，越来越觉得周正洪是个衣冠禽兽，和那些喜欢玩弄年轻女人的人没什么两样。因此，他没好声气地问："你确定他是真的爱你吗？"

"当然。他对我是真心的。"

晓鹏感到全身一阵发冷，心痛得几乎要窒息，他更嫉恨周正洪了。他微微瞪着张菁，问："你和他发生过吗？"

张菁愤怒地说："你是不是觉得别人都和你一样？"

"那好。"晓鹏用力努了努嘴，"你还爱我吗？"

"不爱。"

晓鹏心痛万分，嗫嚅了半天，说不出来话。

不成熟

正在熟睡中的小强突然哭了。张菁急忙照看小强，说："小强又尿尿了。"她从小强的屁股下抽出尿布，放进床下的一个盛着半盆水的塑料盆子里，然后从绳子上取下一块晾干的尿布给小强换上了。她把小强抱在怀里，轻轻地哄，"小强乖，不哭了，妈妈在呢……"

一会儿，小强不哭了。

小强和张菁一样眉清目秀，不过小强的脸色看起来有点发黄，似乎有点营养不良。晓鹏心想：小强该不会是我的孩子吧？可是我和张菁只发生过一次，应该不会那么容易就怀孕的。他问张菁："小强叫什么名字？父亲是谁？"

张菁说："他叫张强。孩子的父亲是谁并不重要，重要的是他是一个生命，我们应该爱护这个幼小的生命。"

"嗯，小强是你什么时候生的？"晓鹏心想只要知道了小强的出生日期，就可以推算出小强的父亲是谁了，毕竟和张菁发生过关系的人只有他、黄天明和邓远三个人。

"去年六月生的。孩子是无辜的，因此我就生下来了。"张菁故意把小强的出生日期说得比真实日期早。

晓鹏根据张菁说的时间推算，小强肯定不是自己的儿子，小强不是邓远的就是黄天明的。他很想问清楚小强的父亲到底是谁，但他没问。张菁说得很对，孩子的父亲是谁并不重要，重要的是孩子是一个生命，应该得到爱护。可是为什么之前一直没有见到小强呢？怀着这个疑问，他问："那我怎么一直没有见过小强？"

张菁估计晓鹏会问这个问题，因此早就在心里准备好了说辞。她说："小强一直是我妈在带，你虽然去过我家，但从来没进过我妈住的那个屋子，所以一直没有见到小强。"

晓鹏继续追问："为什么你妈妈在北京做手术的时候我在北京也没有见到小强？"

"噢，是这样的……"张菁避开晓鹏的目光，"我带我妈去北京做手术之前，把小强交给我们所的一个同事照看呢，她刚生完孩子不久，正好方便。"

"怪不得我一直没有见到小强。对了，为什么我前两天在你这里也没有见到小强？"

"我把小强交给我妈照看了。"

"你妈？"晓鹏十分纳闷。

"她姓毛，是这个学校的保洁员。她一直对我和小强特别好，我就认她做了母亲。她就住在前面，不远的。"

"那我今天一定要去看看你妈，好好谢谢她。"

"不用的，这和你没关系。"

晓鹏很无奈，无话可说。

小强看着晓鹏，眼睛一眨一眨的，露出了笑脸。晓鹏不禁对小强生出怜惜之情，对小强十分友好地笑了笑。小强把食指伸进嘴里吮吸着，笑得更开心了，样子十分可爱。晓鹏说："我可以抱抱小强吗？"

"可以，小强看起来还挺喜欢你的。"张菁把小强送到晓鹏手中。

晓鹏抱着小强，轻轻地摇了摇，向小强挤了挤眼睛。小强开心极了，伸出手在晓鹏的脸上轻轻地划着。晓鹏用脸蹭着小强的手，说："小强真乖！"

看着父子俩亲热的情形，张菁的眼里渗出了泪水。

晓鹏特别心疼怀里的小强。他从小到大一直没有享受过母爱，知道孩子在成长过程中没有母亲疼爱的那种感受。而小强这个从一出生就见不到父亲的孩子，和张菁相依为命，在成长的道路上不知要经历多少苦难。不行，小强不能没有父亲，不能失去父爱！他极为认真地对张菁说："既然小强的父亲不在，那就让我做小强的父亲吧！”

“你？”张菁有点不敢相信晓鹏说的话，毕竟她没有告诉晓鹏小强是他的亲生骨肉，更何况在她眼里晓鹏一直是一个没有长大的孩子，晓鹏怎么会主动提出要当小强的父亲呢？

“是我！我从小没有母亲，我知道小强没有父亲的那种感受。”晓鹏一字一句斩钉截铁地说，“从现在开始，我就是小强的父亲，我会把小强当成我的亲生儿子对待！”

“不行！”张菁严词拒绝了晓鹏，从晓鹏手中抢走小强。尽管小强的亲生父亲就是晓鹏，但张菁觉得晓鹏很不成熟，肯定很难当好一个父亲。更何况昨天早晨她对周正洪谎称晓鹏是她的表弟，如果晓鹏做了小强的父亲，她如何向周正洪解释？

晓鹏问：“为什么？”

“因为你不成熟，承担不了一个父亲的责任。”

“谁说我不成熟承担不了责任？”晓鹏争辩道，“我已经长大了，我能对自己说的话负责，我也会用实际行动证明我说的话！”晓鹏突然想到了什么，瞪着张菁说，“我明白了，早晨你对姓周的老头说我是你表弟，你是怕我做了小强的父亲后，你和我以前的事就对姓周的老头瞒不住了，姓周的老头就不愿意和你结婚了，对吧？还有，你压根就是想让小强认姓周的老头做父亲，对吧？”

晓鹏连着说了四个“姓周的老头”和他说话时对周正洪蔑视的语气使张菁生出一股怒气，张菁很想大声斥责晓鹏，但忍住了。她强压着怒气，笑着说：“对，你说得一点儿没错。”

“你……”晓鹏气得一时语塞，说不出来话。

半晌，张菁面无表情地说：“你走吧，我现在过得很好，不需要你的关心和照顾。我知道你现在真心想对我好，但我真的不需要了，我会记住你的。”张菁的泪水在眼睛里打转，其实她也想和晓鹏在一起，她心里仍然爱着晓鹏，但她已经和周正洪有了婚约，她不能反悔，何况她也爱上了周正洪。如果晓鹏在她和周正洪决定结婚之前来北京，她很有可能和晓鹏复合。

张菁的话字字如针，无情地扎在晓鹏的心上，使晓鹏痛不欲生。晓鹏用力抓住张菁的双肩，大声说：“张菁，告诉我，你还爱我吗？”

张菁摇了摇头。

晓鹏仰起头，闭上眼睛长长地吸了一口气，差点就要放弃。但他是一个不肯服输的人，愈是遇到困难和挫折，他愈是不肯放手。他睁开眼睛，紧盯着张菁，十分坚决地说:“张菁,以前我放弃了你,让你一个人受尽委屈。但是,无论以后发生什么,我都不会离开你。我要永远和你在一起,不会让你再受任何伤害!”他提着行李箱走出房子。

张菁不禁啜泣起来。

下定决心

晓鹏毅然走进和张菁家紧挨着的一间砖瓦房。他刚走进去,迎面而来的寒气使他打了个冷战。他向房子里看了看,虽然这间房子比张菁住的房子大最少两倍,但房子很破旧,屋顶有三四个巴掌大的洞。房子四周密布着蜘蛛网,和一道道灰絮杂乱地交织在一起。墙面上积着一层厚厚的灰尘,地上有不少破旧的桌椅和砖瓦。

他不小心撞到蜘蛛网,只好放下行李箱,用手撕粘在脸上和身上的蜘蛛网,花了很长时间才把身上弄干净。他感觉房子里的寒气越来越逼人,不禁连着打了两个喷嚏。

虽然房子很破旧,完全是危房,但晓鹏下定决心:从今天开始,自己住在这个房子里,陪伴在张菁身边。等到张菁哪天回心转意了,他就带张菁和小强回天州,让母子俩住进家里的别墅,过上幸福的生活。他再也不想让张菁受苦了。

可是房子里连张床都没有,怎么才能住在房子里呢?他想,不如到其他砖瓦房里找找看有没有床,破一点儿没关系,只要能睡人就行。于是他走出房子,到离得最近的几间砖瓦房里寻找,但找了半天却只找到一张腐朽的双人床床板。他只好把床板抱回去,用房子里的砖块堆了四个矮小的柱子,然后把床板对齐放在柱子上面。

安好床后,晓鹏瞌睡得都快睁不开眼睛了。他想躺在床板上睡一觉,但床板很脏,也没有被褥,睡在上面肯定会感冒。他只好忍着瞌睡走出启明星小学,想到附近的超市里买被褥、床单和枕头。

超市里只有床单和枕头。晓鹏问售货员附近哪里能买到被褥,售货员说附近有一个杂货市场,可以去那里买。晓鹏买好床单和枕头后走出超市,找了半天才找到杂货市场。

以前晓鹏买东西从来不讨价还价,但这次不同了。店主说了被褥的价格后,虽然他根本不知道被褥值多少钱,但他装出一副懂行的样子,只给店主出了一半价钱,其实就这一半价钱店主也赚大了。店主看他根本不懂行而且是外地口音,于是假意和他还了几次价就成交了。他刚走,店主暗暗笑话他是个傻子还装聪明。

回到家,晓鹏把被褥和床单铺在床板上,然后没脱衣服就躺在床上睡觉。

张菁以为晓鹏走了，但中午回到家却发现晓鹏住在旁边的房子里。她吃了一惊,没想到晓鹏这种从小娇生惯养的富二代会为她忍受这么艰苦的环境。

她在家炒菜时,晓鹏醒了。晓鹏觉得肚子很饿,空荡荡的,于是走出启明星小学,在学校门口的一个小面馆里吃了一碗牛肉面,之后又在离学校不远的一家洗浴中心洗了一个澡。

回到家,他想借张菁家的笤帚把房子打扫一遍,但不好开口,因此只好去了毛婶家。早晨找床板的时候他就已经知道毛婶家在哪了。

毛婶正在洗碗,晓鹏轻轻地敲了敲敞开着的门,笑着说:“阿姨,您好！”

毛婶放下手里的碗,惊讶地看着晓鹏,说:“你是？”

“我是张菁的朋友程晓鹏。”

“你好！”毛婶笑着说,“快进来坐。”毛婶边说边端详晓鹏。晓鹏的个头很高,体形有点儿偏瘦,阳光帅气的脸上透着孩子般的稚气。毛婶心想:张菁昨天下午不是说他已经走了吗？怎么今天又回来了？

晓鹏走进屋子,十分感激地说:“阿姨,谢谢您一直照顾张菁,真的谢谢您。”

“不用谢的。”毛婶想问晓鹏怎么又回来了但没问。

“阿姨,您的笤帚和簸箕借我用一下可以吗？”

“当然可以。笤帚和簸箕都在门后,你自己拿吧。”

“嗯。”晓鹏拿上簸箕和笤帚,“阿姨,我先走了。”

毛婶悄悄地跟在晓鹏身后,这才发现原来晓鹏住进了张菁家旁边的砖瓦房里。

晓鹏花了三个多小时才把房子打扫干净。把笤帚和簸箕还给毛婶后，他回到家,躺在床上,看着屋顶思忖了半天。离“七夕”只剩一个月了,他必须尽快想办法和张菁和解，把张菁带回天州，否则张菁嫁给姓周的老头可就跳进火海里万劫不复了。可是张菁已经把话说绝了,怎么做才能让张菁回心转意呢?他想了半天一点办法也没有，不禁暗暗骂了一句:“奶奶的,‘人至贱则无敌’，看来我只能使用‘贱招’了。”

他来的时候带了一张银行卡,但卡里现在只剩下不到一万块钱。他平时大手大脚花钱惯了,这点钱恐怕最多只能支撑半个月。他想打电话给父亲,让父亲给他卡里打点钱,但他不好开口,也不敢开口。父亲肯定在为他离家出走生气呢,在这种情况下张口要钱不是找骂吗?不行,自己得找份工作挣钱,要不日子怎么过?再说张菁比以前更瘦了，小强也有点营养不良，他们母子俩肯定是因为缺钱吃不好导致的，张菁做保洁员一个月能挣多点钱啊？

他想了半天，决定把银行卡送给张菁，钱包里还有七百多块钱，省着花还能抵挡几天。他还决定明天早晨就出去找份工作，挣钱维持生活。

与此同时，毛婶走进张菁家，对张菁说："丫头，你昨天不是说他已经走了吗？怎么又住在你旁边了？他中午还来问我借笤帚和簸箕呢。"

"他本来走了，可又回来了。"张菁叹了口气，"妈，我都把话说绝了，可他就是不走，我也没办法。"

"你是不是把你过去的那些事全都对他说了？"

"嗯。"

"怪不得呢。他肯定是心疼你，所以不走了，换了我肯定也会留下来的。"毛婶有点儿像自言自语，"妈觉得他看起来是个老实娃子，人不坏，不过有点娃娃气。他能留下来陪你吃这种苦，说明他心里真的有你。"毛婶凑到张菁面前，悄声说，"丫头，你说你们是不是还有可能？"

张菁没说话，若有所思。

"其实你不说妈也知道。"毛婶指了一下张菁，"你呀，老周和他你哪一个都放不下。"

张菁还是没说话。

"这可咋办呢？"毛婶都替张菁焦虑起来了。

张菁何尝不焦虑。眼看着和周正洪举行婚礼的日子就要到了，可是晓鹏偏偏在这个时候来北京找她。依据晓鹏的个性，肯定会不达目的决不罢休，像以前那样死缠着她不放。她不禁有点担心自己有可能会被晓鹏打动，毕竟自己在恨晓鹏的同时也爱着晓鹏。可是老周对自己也是真心的，一直都对自己和小强特别好，自己又怎能辜负老周的一片深情呢？

想了半天，她下定决心再也不理晓鹏了，晓鹏自讨没趣的话应该就会离开她。再说晓鹏从小过着衣来伸手、饭来张口的生活，哪能吃得了现在的苦？恐怕晓鹏在破房子里住上几天就坚持不下去了。

临时工

晓鹏在周平县的人才招聘会上转悠了半天才发现，用人单位给出的工资待遇很少有超过四千块钱一个月的。就算有，一般也需要应聘者具有最少三年工作经验和本科以上学历。他都有点儿不敢相信，这里可是首都北京下辖的县城，天子脚下啊，怎么工资这么低？他估计自己不会在北京待很长时间，因此只想找个临时工干，但是会场里没有一个单位招聘临时工。

他垂头丧气地走出会场，十分郁闷。他正准备坐公交车回家，突然看到路边的砖墙上贴着一张白纸，白纸上赫然写着“招聘临时工”五个大字！

他快步走到砖墙前，原来是一家简称“凯达锰业”的公司贴出来的招聘启事。这家公司计划招二十名临时工，要求男、年龄十八岁到五十岁之间、学历不限、吃苦耐劳。工资按天算，每天两百。加班每小时按三十算，干得越多，拿得越多。

晓鹏猜得出来，这种临时工肯定是靠出卖体力挣钱的那种短工。虽然是体力活，但他在脑中算了一下，估计每个月挣四千块钱应该没什么问题，因此他决定去这家公司干临时工。以前他走哪要么开车要么打的，可是为了省钱，他决定这回坐公交车去凯达锰业，他已经有两年没坐过公交车了。

公交车靠站停下后，晓鹏下了车，走到凯达锰业大门前。光看宽敞气派的大门就知道这家公司的规模不小。

晓鹏按照门卫说的路线走了七八分钟才找到办公大楼。他找到人事部招聘主管的办公室，敲了敲敞开着的门，对正坐在办公桌前打字的女士说：“请问您是负责招聘的主管吗？”

女士站起来，说：“我是招聘主管，你要应聘吗？”主管大约三十六七岁，穿着一身蓝色职业装。

晓鹏嗯了一声，愣住了：主管特别像照片中的母亲。

主管说：“你进来吧。”

晓鹏愣了半天才反应过来。他走到办公桌前，笑着说：“主管您好，我想应聘你们这儿的临时工。”

主管十分诧异，问：“你要应聘临时工？”晓鹏给主管的第一印象特别好，主管觉得像他这么阳光帅气的年轻小伙子肯定想应聘办公室的文职工作，可没想到晓鹏竟然想应聘又苦又累的临时工。

“嗯。”晓鹏点了点头。

“听口音你是外地人，可能对我们这里不了解。我们招的临时工干的是农民工干的活，又苦又累，你是不是不知道？”

“我猜到了。”

"那你为什么还要应聘？能吃得了这个苦吗？"

"没事儿。"晓鹏无所谓地说,"这活我肯定能干,就当是锻炼身体。"

主管觉得晓鹏很像大学生,于是问:"你上过大学吧？"

"嗯。"

"哪个学校毕业的？"

"上海经济贸易大学。"

主管特别惊讶,她想不通晓鹏作为一名大学毕业生为什么想干临时工干的活。她想先对晓鹏有个了解,于是指了一下旁边的桌子和椅子,说:"你坐这儿,先填一张简历。"她把一张空白简历递给晓鹏。

晓鹏心想:应聘临时工应该不用填简历吧？他把简历填完后交给主管,主管看完简历仔细打量了他一番,挂着满脸的疑问说:"你当过上市公司的总经理？"

"是啊！你不相信吗？我爸是董事长,他让我当总经理我就当了呗。"

"那你为什么不干了？"

"我……女朋友来北京了,所以我就辞职来北京找她来了。"

"找到了吗？"

"找到了。"

"那你为什么不找其他工作干,偏偏要干临时工？你应该不缺钱的啊！"

"我没打算长期待在北京,等我女朋友哪天回心转意了,我就带她回老家。干其他工作不但工资很低,而且一般要签最少一年合同。我现在身上没多少钱了,又不好意思问家里要,所以想找个工资高一点的临时工先干着,挣钱养活自己。"

"但是这个活不适合你,你还是到其他单位找找吧。"

"为什么不适合？"

主管郑重地说:"这个活太苦太累,真的不适合你干。"

"我不怕苦也不怕累。"主管长得很像母亲,晓鹏觉得她特别亲切,"哎呀,主管,你就可怜可怜我,收下我吧,我都来了,再说我真的不怕苦也不怕累,我还想多干点活锻炼身体呢。"晓鹏向上弯起胳膊,亮出一点儿也不发达的肌肉,"你看我这肌肉,这么发达！"

主管忍不住扑哧一声笑出声来。她当招聘主管五年来第一次遇到求职的人这样对她说话,有点儿像撒娇。她犹豫了半天,笑着说:"行吧,可以让你尝试一下,不过你得做好心理准备,这种体力活没吃过苦的人恐怕干不了。"其实一般情况下她不会安排晓鹏这种小年轻干临时工这种活,但是晓鹏给她的第一印象特别好,她特别喜欢晓鹏。她觉得晓鹏像个孩子似的，带着点稚气，十分可爱。

晓鹏无所谓地说："没事的。"

"那好，我给你办一下手续。"

主管长得实在太像照片里的母亲，晓鹏不禁对她生出依恋之情，说："主管，您贵姓？"

"我姓胡。"

晓鹏心想：怎么这么巧，我妈也姓胡。

办完手续，胡主管让晓鹏去楼道尽头的活动室里等一会儿。晓鹏走进活动室，只见七个农民工正靠墙坐着。这些农民工看起来年龄都超过三十岁，全都穿着又脏又旧的衣服，但他们的身体很壮实，皮肤十分黝黑。看着这些农民工，晓鹏这才明确意识到临时工的活绝对不轻松，不禁有些后悔。不过已经来了，手续也办了，干就干吧。

十几分钟后，胡主管和一个穿着灰色工作服的男子走进活动室。晓鹏站起来了，其他农民工还坐着。胡主管对晓鹏笑了一下，指着身边的男子对所有人说："这是一分厂的邱组长，大家跟着邱组长过去，邱组长给你们安排活干。"胡主管说完转身走了。

邱组长说了句"大家跟我走"，然后带着晓鹏和其他农民工走出活动室。邱组长边走边问每个人的名字，没过多久，他带所有人来到一个垃圾堆前。

垃圾堆占地面积差不多有三百平方米，散发出阵阵腐臭味，特别难闻。邱组长站在垃圾堆上，说："大家要干的活是把这些垃圾用铁锹填到车里拉走，工资一天两百，加班一个小时三十，干得越多，工资越高。每天干活的时间是从早晨八点到中午十二点，下午两点到六点。"

看着眼前的垃圾堆，晓鹏傻眼了，心里暗暗骂："奶奶的，弄了半天是要清理垃圾，真晦气！"

邱组长继续说："大家今天先回去，明天早晨八点钟准时过来干活。"

晓鹏刚要走，邱组长对他说："小伙子，你等等！"

晓鹏说："啥事？"

"你行不？不行的话明天就不要来了。"

"谁说我不行？"晓鹏没好声气地说，"又不是多难干的活。"

"那好，你明天过来。不过我先给你说好，不许偷懒，否则会扣工资！"

晓鹏没理邱组长，转身走了。

不需要

晓鹏垂头丧气地回到家，在床上躺了很长时间。他想好对张菁说的话，然后起身走出房子，敲了敲张菁家的门。

门敞开着，张菁正蹲在地上拣菜。张菁抬起头看到晓鹏，站起来面无表情地说："是你。"

晓鹏尴尬地笑了笑，说："我今天去找工作了，已经找上了，一个月干得好的话能挣四……"

张菁打断晓鹏的话，冷冰冰地说："你找工作和我有什么关系？"

"噢，是……没关系……"晓鹏仍然赔着笑脸，从裤兜里掏出银行卡送到张菁面前，"这张卡里面有九千多块钱，你拿着，买几件好一点的衣服，再给你和小强买些好吃的补补身子。你比以前瘦了，小强也有点营养不良。密码是天州的邮编，六五二三四一。"

张菁看着银行卡，不禁想起过去经历的那些事情。当时黄天明设计强暴她之后，给了她一张银行卡，算作对她的补偿。可是今天，晓鹏把银行卡给她完全是出于对她和小强的关心和爱护，没有任何其他目的，足以令她感动。想着想着，她的眼睛红了。但她仍然不肯接受晓鹏的一片心意，因而生硬地推开晓鹏的手，冷冰冰地说："谢谢你的好意，我不需要。"

"你怎么不需要啊？"晓鹏硬生生地把银行卡往张菁的手里塞，"看你都瘦成啥样了，你不心疼自己我心疼啊！"

"我真的不需要！"张菁用力推开晓鹏，把门关上了。

晓鹏在门外站了半天才转身走了。

套近乎

早晨，晓鹏准时坐公交车去了凯达锰业。才干了一个多小时的活，他就觉得手和胳膊又酸又疼。今天是个大晴天，太阳火辣辣的烤着，他全身都有点儿发痒。好不容易熬到停工休息的时候，他快步往办公大楼走。他想问胡主管要一杯水喝，他总觉得胡主管特别亲切。他还想让胡主管看到他受苦受累的样子，也渴望听到胡主管说几句心疼他的话。

走到胡主管的办公室门前，他敲了一下敞开着的门。胡主管抬头看到他，笑着说：“怎么，不想干了？”

“不是，我可不会当逃兵。”晓鹏笑着说，“胡主管，我是想过来问你要杯水喝，我都快渴死了！”

胡主管觉得晓鹏特别可爱，说：“好吧，你自己动手，纸杯就在饮水机底下。”

“谢谢胡主管。”晓鹏走到饮水机前，找出一只纸杯接了一杯水，仰着头一口气就喝完了。

胡主管说：“脸晒黑了。”

“是啊，胡主管，你不知道，今天的太阳那叫毒啊，就像……”晓鹏挠了挠头，眼睛一亮，“就像蚊子在叮、毒蛇在咬一样，晒得我全身最少冒了五斤汗！”

胡主管扑哧一声笑出声来，说：“你这话说得真有意思！”

“那当然！”晓鹏有点手舞足蹈地说，“还不是今天的太阳逼的。”

胡主管笑得更灿烂了，晓鹏也十分开心。晓鹏又接了一杯水，仰着头一饮而尽，说：“胡主管，你忙，我先走了。”

“嗯，快去吧。”

中午十二点钟，晓鹏去了职工食堂，花十块钱买了一份饭。看到胡主管一个人坐在不远处吃饭，他端起餐盘走到胡主管对面坐下，笑着说：“胡主管，你也在这里吃饭啊！”

“又是你。”胡主管笑着说，“怎么不回去和你女朋友一起吃饭？”

“她呀，正和我闹分手呢。”

“为啥分手？”

“嗐，我和她三天两头吵架闹分手，过几天就好了。”

“噢。”胡主管觉得晓鹏似乎没有说实话，但她不便追问。看着晓鹏被晒得又红又黑的脸，她说，“这个活不好干吧？”

“是啊！”晓鹏一想起来都觉得浑身酸疼，“从来没干过这种活，感觉全身哪都疼。”

“经常不干活偶尔干了的话全身肌肉肯定会酸疼，明天早晨起来肯定会比现在还要疼。”

不可理喻

中午回家之前，晓鹏去了县城中心的商场，给小强买了一身衣服。

回到家，他在张菁家门前站了半天。想好说辞后，他鼓足勇气推开门，走进张菁家里。他没管正在做饭的张菁，向小强扮了个鬼脸，笑着说：“小强，看叔叔给你买什么了。”他边说边拿起衣服在小强面前展示。

小强躺在床上开心地笑着，同时挥动着手和脚，咿咿呀呀地说着话，看样子别提有多高兴了。

晓鹏开心地说：“明天妈妈给你换上新衣服，你肯定能变成小王子！”他刚要伸手抱小强，张菁没好声气地说：“拿上你的东西走，小强不需要！”

晓鹏不由得生出一股怒气。他冲张菁大声说：“张菁你是不是有毛病啊？我给小强买的，又不是给你买的，你急什么啊？再说我给小强买衣服是件好事，你干吗这么凶巴巴的？”

“反正小强不需要！”张菁冷眼瞪着晓鹏，“你的好意我和小强心领了，这下总行了吧？”

晓鹏气愤极了，怒气冲冲地说：“我好心还成驴肝肺了！”

张菁刚要和晓鹏争吵，小强由于受到惊吓哇的一声哭了。张菁瞪了晓鹏一眼，抱起小强连声哄道：“小强乖，不哭……”

晓鹏没好声气地说：“小强明明喜欢我给他买的衣服，他也欢迎我，你为啥非要阻止我对小强好？”

“行了，我不和你说了。请你拿上你的东西赶紧走！”

“好，我走！”晓鹏拿上衣服，气呼呼地走了。回到家，他把衣服扔在床上，坐在床边生闷气。张菁根本就不讲理，简直不可理喻！

小强一直不停地哭着，无论张菁怎么哄都不管用。张菁不禁在心里犯嘀咕：“小强和晓鹏到底是亲父子，对晓鹏那么亲，晓鹏一走就哭个不停。老周对小强也很好，也给小强买了不少东西，可小强对老周根本没这么亲。唉，说不定是亲父子之间的一种感应在起作用。”

变色龙

早晨，晓鹏醒来后想翻身却没有翻起来。他感觉浑身上下到处都疼，疼得他几乎不敢动弹，胳膊和腿如同痉挛般屈伸不利。他觉得右手有点肿胀，伸手一看才发现手掌和指根交接的地方起了两个水泡，其中一个已经破了。更让他郁闷的是两只脚的脚掌底下都起了一个水泡，水泡虽然不大也没有破，但脚掌很不舒服。他心想：

看来胡主管说的一点没错，奶奶的，这可咋办呢？

叠被子时他感觉胳膊一点力气也没有，甚至有点抬不起来。他花了半天时间费了很大劲才把被子叠好，之后去教学楼一楼的水房里洗脸刷牙。

张菁提着暖壶去水房打水，正好碰到晓鹏从水房里走出来。只见晓鹏走路叉开着双腿，猫着腰，趔趔趄趄的，才一天时间他的整张脸就变得黑乎乎的。张菁心想：他这是怎么了？

晓鹏看到张菁有点儿气恼，和张菁擦身而过的时候他看都没看张菁一眼。

晓鹏早晨准时去了凯达锰业。他的胳膊一点力气都没有，几乎连铁锹都拿不起来。

"小伙子，你行不行？"邱组长站在晓鹏身边，讥笑道，"不行的话就算了，这种苦你这个小年轻吃不了。"

"谁说我不行？"晓鹏睃了邱组长一眼，"我只是长时间没干活而已！"

"你还挺犟的！"邱组长瞪了晓鹏一眼，打了一个电话，"喂，胡主管，昨天招的那个叫程晓鹏的小年轻给他算上一天工资让他回去吧，他根本干不了活，今天连锹都拿不起来。"

胡主管在电话那头说："老邱，程晓鹏我知道，他是长时间没干活所以出现了这种情况。你看能不能让他今天请假回去休息一天，明天再过来？"

"胡主管，你可别护这个小年轻，这个小年轻横着呢！"邱组长又瞪了晓鹏一眼，"这么大一堆垃圾要清理，耽误了时间我可承担不起责任。"

"老邱，你的心情我理解，不过程晓鹏是我表弟，你看能不能先把他留下？"胡主管特别喜欢晓鹏，觉得晓鹏傻傻的很可爱，因此谎称晓鹏是自己的表弟。

"你表弟？"邱组长惊讶地看了晓鹏一眼，然后满脸堆笑地说，"哎呀，胡主管，你怎么不早说？行行行，没问题，我给他放一天假，两天也行。"为了不被其他人听到，邱组长转过身悄悄地说，"考勤我也给算上，工资照发。"

"这个就不用了，只要给他一天假让他回去休息就行。"

"没问题！胡主管你先忙，我先挂了。"邱组长挂了电话，笑嘻嘻地走到晓鹏面前，"兄弟，今天给你放一天假，你回去休息，明天再来。要是一天不够的话，你后天来也行。"

晓鹏扔下铁锹，轻蔑地瞪了邱组长一眼，转身走了。

晓鹏去了胡主管的办公室。胡主管笑着说："请假了？"

晓鹏嗯了一声，说："姐，谢谢你！"

胡主管愣了一下，说："你想认我当姐？"

"嗯。"晓鹏重重地点了一下头。

"那我认你这个弟弟了！"胡主管高兴得有点合不拢嘴。

"姐，我先回去了，感觉特别累，全身都疼。"

"好吧。晚上有时间吗？姐请你吃北京烤鸭。"

"有呢。"

"那你给姐说一下你的手机号码，姐下午给你打电话。"

"我现在不用手机。"晓鹏离家出走的那天晚上没带手机，之后也一直没买手机。

"那好吧，你六点钟到永达超市斜对面的老北京酒楼，姐在二楼等你。"胡主管怕晓鹏找不到地方，补充了一句，"永达超市在县城中心的步行街上。"

"嗯，姐，我下午一定准时过去。"

"把你女朋友也带上吧！"

"她呀，正和我闹分手呢，肯定不会去的。"

北京烤鸭

晓鹏感觉肚子饿得特别快，他刚坐公交车回到启明星小学，就在学校对面的餐馆里吃了饭。吃完饭他在学校旁边的超市里买了两个塑料盆子、两条毛巾和一块香皂。刚回到家他就扑在床上，睡了整整一天。

直到下午五点钟，晓鹏才醒来。他活动了一下筋骨，感觉全身不那么疼了，胳膊也恢复力气了。赶到老北京酒楼时，刚好六点整。他上了二楼，和胡主管寒暄了几句，坐下了。胡主管要了半只烤鸭，又让他点了几道菜。

烤鸭刚端上来，胡主管说："晓鹏，多吃点，看你这么瘦。"

"姐，你也多吃点。"晓鹏吃了几口，觉得烤鸭的味道鲜美极了，连声说"好吃"。

"这家的烤鸭算是县城里最地道的。你以前吃过北京烤鸭吗？"

"吃过，不过没这么好吃，肯定不是正宗的。"

"好吃就多吃点儿。"

"嗯。"晓鹏没敢多吃，他想省下来打包带回去给张菁。看着胡主管的眼睛，他情不自禁地说，"姐，感觉你特别像一个人。"

"像谁？"

“说了你别笑话，感觉你特别像我妈妈。”

“你妈妈？”胡主管先是惊讶，然后笑了。

“是的。我妈妈生我的时候就去世了，我只在照片里见过她，觉得你和她特别像。”

“怎么，想你妈妈了？”

“想啊，一直想过上那种有妈妈的日子。有首歌不是说世上只有妈妈好，有妈的孩子像块宝吗？虽然我现在已经长大了，但还想有个母亲疼我。”

胡主管很同情晓鹏，说：“我是你的姐姐了，也算半个妈妈吧。”

晓鹏点了点头，嗯了一声。

“你多吃点，不够再要。”

晓鹏还是没敢多吃，说：“姐，你叫什么名字？”

“胡芳。”

“你结婚了吗？”

“当然结了。”胡芳笑了，觉得晓鹏问的问题有点幼稚，“儿子都上初二了。”

“姐夫做什么工作啊？”

“他呀，当过兵，现在给一家公司的老总开车呢。”

“噢。”

“姐看你闷闷不乐的，是不是因为女朋友和你闹分手这件事？”

晓鹏心想：胡姐是过来人，告诉胡姐他和张菁的情况没准胡姐能给他出个好主意，让他能再次“拿下”张菁。他说：“姐，给你说实话吧，我特别喜欢我女朋友，为了她我连总经理都不当一个人跑到北京，每天住着破烂房子，干这种又苦又累的活，连她生的别人的孩子我都想当成自己的孩子养，我把心都掏出来给她了，可是你不知道，她现在爱上了一个糟老头子，‘七夕’就要举行婚礼。你说我该怎么办啊？我都快急死了！”

胡芳觉得晓鹏应该不至于真的爱上一个生过孩子的女人，她疑惑不解地问：“她结过婚？”

“没有。”

“那她怎么会有孩子？”胡芳更疑惑了。

“唉，姐，你听我慢慢讲吧。”晓鹏把他和张菁之间发生的所有故事以及张菁的身世和遭遇简单地讲了一遍，讲完差点流出眼泪。

“姐，我真的很爱她，不想让她受到任何伤害，也不想让她再受任何苦。可是她现在对我特别冷漠，我一点办法也没有了。姐，你能帮我想想办法吗？”

“姐看得出来你对张菁是真心的。”胡芳十分同情张菁的遭遇，她觉得张菁是一个很优秀也很值得爱的女孩，但她摇了摇头，“张菁这种性格的女孩一般不会轻易做出决定，但是一旦做出决定就很难改变，她选择周主任肯定是经过深思熟虑之后做出的决定。不过姐觉得她在爱周主任的同时心里应该有你的，但她答应嫁给周主任在先，所以不得不拒绝你。”

“真的？”晓鹏有点不相信，张菁对他的绝情几乎使他绝望了。

“当然是真的。她是女人，姐也是女人，只有女人最了解女人。”

“那我怎么做才能让她回心转意？”

胡芳深思半晌，说：“姐说了你别生气，姐觉得如果换作是我，我也会选择周主任，毕竟周主任在很多地方比你有优势。不过你并不是没有机会，有句话叫‘精诚所至，金石为开’，要想让她放弃周主任和你在一起，恐怕你只能靠真心感动她。还有，你必须让自己变得成熟起来，你现在给人感觉很不成熟，她经历了那么多苦难肯定想找一个既成熟又有安全感的男人。”

“噢。”胡芳说的话虽然给晓鹏带来一线希望，但晓鹏仍然很受打击。

“晓鹏，一定要对自己有信心。其实你现在干这么苦这么累的活已经证明困难和挫折轻易打败不了你。你有过人的毅力，而且最难能可贵的是你总有一种不服输的劲头。姐干了五年招聘主管，见过的年轻人多了，可像你这种性格坚毅从不轻易服输的年轻人还是第一次遇到。姐说的这些都是真心话，不是有意恭维你。姐觉得如果你能走出感情的旋涡，不再为情感问题困扰的话，应该可以干出一番大事业。”

“姐，你想让我放弃她，对吗？”

“不是。”胡芳语重心长地说，“但姐要告诉你，即使这次失败了，也一定不要失去信心。你很年轻，路还很长，以后还会遇到一段甚至几段感情，千万不能因为一次挫折就失去信心。”

晓鹏咬了咬嘴唇，一字一句斩钉截铁地说：“我不会失败的，我爱张菁，我一定会让她回到我身边的！”

“好吧，姐支持你。”

临走之前，晓鹏说：“姐，剩下这么多怪可惜的，我想打包带回去。”

胡芳笑着说：“姐知道你今天一直没多吃是想省下来带给张菁。没事的，你带回去吧。”

晓鹏回到家已经到晚上九点半了。他站在张菁家门前想好说辞，然后敲了敲门。张菁推开门愣了一下，说："是你。"

"今天我认的一个姐姐请我吃北京烤鸭，我给你带了点。"晓鹏把用塑料袋装着的烤鸭递到张菁面前，微笑着说，"给你。"

张菁犹豫了半天才接过烤鸭，面无表情地说了声"谢谢"。其实她很想拒绝晓鹏。

"我……可以进去吗？"

"不可以，都这么晚了。"

"那好吧，我先走了。"晓鹏走了没几步，又转过身，"可能有点凉，你先热一下。"

"嗯。"张菁把门关上了。

睡觉前，晓鹏躺在床上琢磨了半天胡芳今天说的话。虽然他让张菁回心转意的可能性很小，但是张菁今天接受了他送的烤鸭，也算是进步了一点点。干脆明天把昨天给小强买的衣服也送给张菁，说不定张菁明天就接受了。想着想着他睡着了，嘴角带着一丝笑意。

软的不行，干脆来横的

早晨干活时，邱组长满脸堆笑地凑在晓鹏身边，悄声说："兄弟，你别给别人说，昨天我给你打了满勤。"

晓鹏对邱组长这种不讲原则的"变色龙"反感极了。他睃了邱组长一眼，没好声气地说："随便你！"

邱组长悻悻地对晓鹏笑了一下，转身走了。

停工休息的时候，晓鹏去了胡芳的办公室。他一进门就兴高采烈地说："姐，昨天晚上张菁接受我给她带的烤鸭了！"

"看你，这么点事就高兴成这样。"

"那当然。"晓鹏从饮水机上接了一杯水，喝了一口，"这可是个了不起的开端，张菁终于开始被我的诚心打动了。"

"你可别想得太好。"

"姐，你别打击我啊！张菁昨天晚上对我的态度真的是一百八十度的大转弯。"

"她不就是接受了你送她的烤鸭吗？我觉得根本没什么。"

"看你说的。"晓鹏喝完纸杯里的水，"今天我要把前天给孩子买的衣服也送给她，估计她会收下的。”

“我看未必。”

“我觉得应该没问题。”

“你心这么急，遭受打击了可别怪姐没有提醒你。”

吃完晚饭回到家，晓鹏拿上前天给小强买的衣服，然后走进张菁家，笑着对正在做刺绣的张菁说：“前天你不要，当时心里肯定有气，今天收下吧！这是我对小强的一点心意。”他边说边走到床边，想把衣服放在床上。

可他没想到，张菁把手头的活放在一边，站起来生硬地推开他，冷冰冰地说：“我前天说过了，小强不需要。”

晓鹏没好声气地说：“谁说小强不需要？明明小强前天看到我给他买的衣服很开心。”他俯下身子，笑嘻嘻地对小强说，“小强，给叔叔说，你喜欢叔叔给你买的衣服，对吗？”

小强对晓鹏笑起来，咿咿呀呀地说着话。

晓鹏对张菁说：“你看小强有多开心，他明明喜欢，只是不会说而已。”

张菁气急败坏地说：“小强是我儿子，我说他不需要就是不需要！”

“张菁，你是不是有神经病？”晓鹏生气极了，“你怎么睁着眼睛说……看不见的话？”他本来想说“睁着眼睛说瞎话”，但怕这样说会激怒张菁，所以改了口。

“嗯，你说得对。”张菁瞪着晓鹏，“我就是睁着眼睛说瞎话！”

晓鹏不禁大声骂道：“我看你纯粹就是神经病！”他气呼呼地拿起衣服转身走了。

他刚走出门，看到周正洪抱着一束玫瑰花满面春风地向张菁家走来，他的心里顿时燃起一股怒火！

“怎么办？我不能让姓周的抢走张菁，我必须让姓周的离开张菁！我到底该怎么办？”想着想着，晓鹏突然心生一计，“奶奶的，软的不行，干脆来横的！”他转身走进房子，把衣服扔在床上，然后突然把张菁紧紧地搂在怀里，张开嘴用力堵住张菁的嘴。他要让周正洪看到他和张菁“亲热”的一幕，只要周正洪看到这一幕，就会认为张菁欺骗了他的感情，他和张菁之间无疑会产生很深的矛盾！

张菁竭力挣扎，可她越挣扎晓鹏越霸道。她不停地捶打晓鹏的后背想让晓鹏停下来，但晓鹏一点儿也不松手。她想骂晓鹏根本张不开嘴。

周正洪走进房子，满脸含笑地说：“小菁，我给你买了……”他话还没说完，突然“啊”地惊叫一声，手里的玫瑰花随之掉在地上。

张菁听到惊叫声后看到了周正洪。她睁大眼睛，拼命挣扎，但怎么也挣脱不开。

眼前的一幕让周正洪极为震惊。他指着张菁，极为痛心地说：“你……”他的双手不停地颤抖。

张菁仍然挣脱不开晓鹏，急得眼泪都流出来了。

周正洪突然大叫一声，转身跑了。

晓鹏估计周正洪走远了才放开张菁。随着啪的一声脆响，他被张菁狠狠地打了一个耳光，愣住了。

张菁急忙往门外跑，她要追上周正洪，向周正洪解释清楚刚才发生的一幕，可是她一直跑到学校外面也没有见到周正洪。她只好回到家，一进门就揪住晓鹏的衣服，大声哭着说：“这回你满意了吧？”

晓鹏没说话。

“你满意了，我怎么办？”

晓鹏不禁伸出双手把张菁揽在怀里。

张菁用力推晓鹏，边推边哭，然后又抱着晓鹏哭起来。无论晓鹏的手段多么卑鄙，她现在除了晓鹏还能依靠谁呢？何况她在爱周正洪的同时心里也一直爱着晓鹏。虽然这几天她一次又一次拒绝晓鹏，但是晓鹏的真心深深地感动着她。她在晓鹏的怀里边哭边说：“我现在只剩你一个人了！”

“小菁，不哭了。”晓鹏温柔地说，“以前我丢下了你，以后我再也不会离开你了。”

张菁哭得更伤心了。晓鹏抱着哭得像泪人似的张菁，感慨万千。这个经历了太多苦难和坎坷的女孩儿竟是那么的让他怜惜，让他心疼，他甚至愿意为张菁付出自己的生命。

许久，张菁才止住哭声。晓鹏轻轻地拭去张菁脸颊上的泪水，笑着说：“看你，傻样儿。”

张菁破涕为笑，说：“不许笑话我，否则我就去找老周。”

晓鹏急声说：“别别别，我会比他对你更好的。”

“这可是你说的，不许反悔。”

“那当然。”

小强笑着向晓鹏挥手，特别可爱。张菁见状推开晓鹏，说：“小强好像特别喜欢你。”

“是啊！”晓鹏拿起给小强买的衣服，递给张菁，“给小强穿上吧。”

“嗯。”

小强穿上新衣服看起来特别洋气，特别像洋娃娃。他挥舞着双手，脚不停地蹬着，特别开心。

张菁说：“从来没见小强这么开心过。”

晓鹏嘿嘿笑着，说：“等儿子长大了，我给儿子买一辆车，比我爸给我买的那辆宝马更高级。”

“得了吧你。”张菁瞟了晓鹏一眼，“我还没让小强认你当爸爸呢。”

“那还不是早晚的事。”

“跟你说正经的。”张菁一本正经地说，“老周今天误会我们了，你说我明天怎么跟他解释啊？”

“有什么好解释的？”晓鹏轻蔑地看了张菁一眼，“想不明白你怎么会看上那个糟老头子，还想和他结婚。”

“你的醋劲怎么这么大？”张菁瞪了晓鹏一眼，“以后不许你再这样说老周，老周真的对我很好。”

“好好好，我不说了。”晓鹏轻轻哼了一声，“不知道他安的是什么心。”

“你怎么还说？”张菁生气地说，“你再这样我不理你了。”她哼了一声，转过身子。

“别，别……”晓鹏走到张菁面前，握着张菁的双肩，赔着笑脸说，“以后我不说了还不行吗？”

张菁瞪着晓鹏，郑重地说：“好，这是最后一次。”

“我保证这是最后一次。”

“这还差不多。对了，看你这几天早出晚归，晒得跟非洲黑人一样，在外面忙什么呢？”

“嗐，我这个上市公司的总经理现在在一个工厂当苦力，每天干的活是把垃圾一锹一锹地往车上填。唉，这种活其实是农民工干的活，又脏又累，你不知道我每天有多辛苦。”晓鹏把两只手伸出来，掌心向外翻着，“你看，手上起了这么多泡。”

只见晓鹏每只手上都有三四个水泡，其中的两个破了，流出了血。张菁摸了摸水泡，温柔地说：“疼吗？”

晓鹏嘿嘿笑着，说：“有老婆心疼就不疼了。”

“少贫。”

“我脚上也有好几个水泡呢，疼得我都不会走路了。”

“是吗？”

“我会骗你不成？”

“怪不得我昨天早晨看你走路像……”

“像什么？”

“鸵鸟！”张菁忍不住笑出声来。

“好呀，你不心疼我，还笑话我！”

张菁噘着嘴说：“就不心疼你，咋了？”

“咋了？”晓鹏怪怪地笑着，“你不怕我收拾你？”

“怕我就不说了！”

“好，看我怎么收拾你！”晓鹏把张菁抱起来放在床上。

“你干吗啊？”张菁挣扎着想从床上翻起来。

晓鹏嬉皮笑脸地说：“老公想干吗你不知道吗？”他扑到张菁身上。

张菁一边用力捶晓鹏的后背一边说：“不行，床会塌的，小强看到多不好！”

“管那么多干吗？”晓鹏边说边动手解张菁衣服上的扣子，他心特别急，一阵手忙脚乱。

突然轰隆一声，床塌了。

张菁站起来，瞪了晓鹏一眼，说：“看，我说床会塌的。”

晓鹏不得不克制住欲望，气恼地说：“这是什么破床啊？这么不争气！”

张菁说：“你的心太急了。”

“床用不了了，怎么办呢？这么晚了去哪买床啊？”

“要不去你的房子里睡吧，我们两个人挤一挤，小强睡在摇篮里就行。”

“那可不行，我的那间房子太大，半夜冷得很，小强睡里面肯定会感冒的。”

“那倒也是。”

晓鹏眼睛一亮，说：“对了，可以把我的那张床搬过来。我的那张床虽然不怎么好，但垫起来肯定比这张床结实，而且是双人床。”晓鹏怪怪地笑着，“办起事肯定不会出问题的。”

“又来了。”张菁瞪着晓鹏，“老没个正经。”

他们两个人一起动手，忙活了半天才把晓鹏家的床转移到张菁家里。

睡觉前，张菁站在床前，对躺在床上的晓鹏说：“咱们说好了，你不许欺负我。”

“你放心，我保证绝对不会侵犯你。”

“好。”张菁没脱衣服就钻进被子里，她和晓鹏各盖各的被。

晓鹏半天没说话，张菁碰了一下他，说："咋不说话了？"

"我在想我们俩的事呢。"晓鹏转过身，认真地说，"小菁，跟我回天州吧？"

"为啥回去？"

"我不想让你和小强在这里受苦了。回去我们就结婚，你可以到公司工作，直接做高管。还有小强，我会把他当成我的亲生儿子养的。"

"等我和老周做个了断再说吧。"

"要等到啥时候？"

"明天我就对他说。"

"那好。"晓鹏开心极了。他慢慢地找到张菁的一只手，突然抓住了，坏坏地笑着说，"老婆，这个床足够硬，不会塌的。"

张菁娇嗔地说："别乱叫，谁说我是你老婆？"

晓鹏嘿嘿笑着，说："都睡一个床上了，还说不是我老婆。"

"去你的，谁说睡一个床上就成你老婆了，想得美。"张菁推开晓鹏的手，转过身子。

"那好，今晚让你真正做一回我的老婆。"晓鹏翻起身压在张菁身上，动手脱张菁的衣服。

张菁象征性地反抗了几下就不再挣扎了……

是个人才

早晨停工休息期间，晓鹏跑进胡芳的办公室，兴高采烈地说，"姐，告诉你一个好消息。"

"啥好消息让你这么高兴？"

"你猜猜看！"

"嗯，我想想。"胡芳眼睛一亮，"该不会是和张菁和好了吧？"

"真让你猜对了！"

胡芳不太相信张菁这么快就会和晓鹏和好，于是问："真的？"

"当然是真的！"

"给姐说说你给张菁吃了什么迷魂药她一夜之间就回心转意了。"

"你听我说。"晓鹏凑到胡芳身边，悄悄地把张菁昨天回心转意的经过简单地讲了一遍。

“没想到你居然会这一手，够狠的。”胡芳指了一下晓鹏的鼻子，“你呀，不简单，是个人才！”

“姐，你这是夸我还是骂我啊？”

“当然是夸你。说实话，姐本来觉得你们之间不可能了。”

晓鹏嘿嘿笑着，说：“这可能就是你所说的‘精诚所至，金石为开’吧！”

了结

张菁站在周正洪的办公室门前，敲了敲门。

周正洪独自一人坐在办公室里，双目无神，欲哭无泪。他没想到张菁居然会欺骗他的感情，背着他和别人偷情。他的心都碎了，十分痛恨张菁。听到敲门声，他半天才说：“请进！”

张菁推开门走进来，顺手把门关上了。她微微低着头，怯生生地走到周正洪的办公桌前。

周正洪站起来，怒声说：“你还有脸来！”

张菁红着脸说：“老周，你听我解释……”

“解释什么？”周正洪更生气了，“我都亲眼看到了你还有什么好解释的？”

“老周，你听我说。”张菁急得流出了眼泪，“昨天我是被迫的。”

“被迫？”周正洪大声笑起来，笑张菁的同时嘲笑自己，“那我倒想听听你是怎么被迫的！”

“对不起，我没有对你说真话，他不是我表弟，他是小强的亲生父亲。”

周正洪吃了一惊，说：“他是程晓鹏？”

“嗯。他的妻子背叛了他，他和妻子离婚后来北京找我，想和我在一起。我一直都在拒绝他，把话都说绝了，可他就是不走，还在我住的房子的隔壁住下了。昨天他拿着给小强买的衣服要送给我，我坚决没收下。他刚出门看到了你，一气之下就回到房子里，故意让你看到昨天的那一幕。当时我一直都在反抗，但是他一直不松手，所以被你误会了。”张菁极为认真地说，“我说的都是真的，没有半句假话。”

周正洪转怒为喜。他走到张菁面前，握着张菁的双肩，说：“原来是这么回事。小菁，我错怪你了。”

张菁退了一步，低着头说：“老周，对不起，我……想对你说，我们……分手吧……”

周正洪如受重击，问：“为什么？”

“他已经不是以前那个既幼稚又没有责任心的人了。他可以承担起一个父亲的责任，他也一定能做一个好父亲、好丈夫。”

“小菁，你知道我是爱你的。”周正洪心如刀绞，他再次握着张菁的双肩，极为认真地说，“我不能没有你。”

“我知道。”张菁愧疚地说，“但他也是爱我的，并且为我付出了很多。他愿意为我和小强去干那种又苦又累的体力活挣钱，他也愿意陪我住那种又破又烂的房子。他从小到大从来没有吃过这种苦，他现在真的成熟了。再说虽然我对他隐瞒了小强的身世，但他毕竟是小强的亲生父亲，应该和小强相认的。”

周正洪盯着张菁，想从张菁眼中看到回心转意的迹象，但他一点儿也看不到。他说不出来话，双手颤抖着。

“老周，对不起。”张菁含泪说，“我知道这些话肯定伤害了你，我也知道你对我是真心的，但我真的不能和你在一起了，真的对不起。如果有来世，我一定做你的女人。”

周正洪悲痛至极，他的心仿佛被无情地碾碎了，他在心中憧憬的后半生的幸福也在刹那间破灭了。他几乎用尽全身的力气才说出一句话：“你爱我吗？”

张菁满怀愧疚地看着周正洪，周正洪此刻的痛苦她能感受得到，她又何尝不痛苦呢？她轻轻地张开嘴唇说：“爱。”她的话根本无法让周正洪减轻内心的痛苦，只能算是对周正洪一片深情的慰藉。

周正洪理解张菁做出的抉择。他觉得既然自己爱张菁，就应该支持张菁做出的决定，祝张菁和晓鹏这对经历重重考验的恋人幸福。他满含深情地看了张菁一眼，转过身哽咽地说：“小菁，你去吧，我理解你，祝你们幸福……”他流出了眼泪，自从妻子去世后，他一直没有流过泪。

张菁的眼泪也哗哗地流出来了。她说了一声“对不起”，然后迈着沉重的步子走出办公室。

下午回家之前，晓鹏拖着疲惫不堪的身体去了小学对面的超市里，给小强买了一架玩具飞机。回到家，张菁正在做饭，神情黯然。他问张菁：“和老周了结了吧？”

张菁十分伤感地说：“了结了……”

“那就好。”晓鹏拿着玩具飞机在小强的眼前晃着，“我们哪天回天州吧？”

张菁半天没说话。

"怎么不说话了？"晓鹏走到张菁身边，"小菁，你怎么了？"

张菁突然抱住晓鹏，伤心地说："晓鹏，我好想和你回天州，可是我真的对不起老周，我好想哭。"

"哭吧。"晓鹏轻轻地拍着张菁的后背，"哭出来就好了。"

"嗯。"张菁眼里的泪水哗哗地流出来了，"其实我心里一直都爱你，一刻也没有改变过。可是老周真的对我很好，我真的很对不起他。还有毛婶，她也是我的母亲，我不想离开她。我要是走了，留下她一个人怎么办啊？"

"我理解。"张菁的善良使晓鹏深受感动，晓鹏长长地舒了一口气，温柔地抚摸着张菁的头发，任由张菁在怀里哭泣。他不再憎恶周正洪了，他终于觉得周正洪对张菁是真心的，根本不是他以前心里想的那样，他还对毛婶生出了敬爱之情。他说："把老周当成一个恩人吧，我也会把他当成一个恩人，记住他对你的好的。还有，让毛婶和我们一起回天州吧。她既然是你的母亲，也就是我的母亲，我会好好赡养她的。"

张菁激动得热泪盈眶。

"明天我就去买火车票，我们早点儿回天州，奶奶和爸爸肯定一直在等我回去呢。"晓鹏轻轻地推开张菁，握着张菁的双肩，认真地说，"回去我们就结婚，我不想让你再受半点苦了。"

张菁含着泪点了点头。

晓鹏又把张菁揽入怀中，感慨地说："经历了这么多风雨，我们终于走到一起了。以后不管再遇到什么，我都不会离开你的，让我们永远在一起，永不分离。"

张菁泣不成声。经历了这么多苦难，她终于可以在不久之后结束一个人带着孩子漂泊的日子，拥有一个温暖的家和一个爱她、疼她的丈夫，从此过上幸福的生活。之前幸福对她来说是可望而不可即的奢想，她甚至想都不敢想。可是今天，幸福却离她如此之近，她都有点儿不敢相信。她不禁怀疑眼前的这片幸福是不是只是梦里的一片浮云。

半夜里，下起了雨。

雨不大，但是从屋顶上的那个巴掌大的小洞里一滴滴地掉进屋里，落在地上。雨中夹杂着一种带着清香的腥味，似有似无地弥漫在屋子里。

张菁闻到雨香后醒了。她睁开眼睛，拉开灯，端详睡在身边的晓鹏。大半年过去了，她多次梦到过晓鹏，但梦中的晓鹏总是很模糊，使她白天回忆梦中的情景时总感觉晓鹏的样子很朦胧，似乎离自己越来越远。今天，她终于可以看清楚晓鹏了。

晓鹏睡得很死，原本白皙帅气的脸变得黝黑黝黑的。

张菁十分感慨。过去的晓鹏是一个轻狂、偏执、幼稚、不懂事的男孩，可他现在已经长大了，成熟了，完全可以承担起一个丈夫和父亲的责任，坦然面对生活中的困难和挫折。张菁因此感受到一种前所未有的安全感，似乎自己在短短一夜之间就变成了一个幸福的小女人，曾经经历过的磨难和痛苦也在刹那间烟消云散。她将迎来全新的美丽人生，过上那种渴望已久的幸福生活。想着想着，她不禁在晓鹏的额头上轻轻地吻了一下。

好消息

"姐，告诉你一个好消息。"晓鹏走进胡芳的办公室，高兴地说，"张菁答应和我回天州了！"

"这么快？"胡芳有点不相信，"你该不会是忽悠姐吧？"

"姐，我没骗你，我说的是真的。中午我已经买上回天州的火车票了，三号晚上我就和张菁回天州。"

"祝贺你！"

"嗯。姐，我今天下午就不干了，工资明天能付给我吗？"

"正常情况下没这么快，不过姐可以帮你协调一下，明天早晨你就可以领到工资了。"

"谢谢姐。"

"跟姐客气啥？"胡芳叹了口气，"没想到你这么快就要走。这样吧，明天晚上姐请你们夫妻俩吃火锅，为你们送行。"

"姐，让你破费了。"

"没事。时间定在明天下午六点半，中达电影院对面的川味居火锅。"

"好的，我和张菁一定准时过去。"

没想到

张菁正在炒菜时，晓鹏抱着小强坐在床边。

毛婶走进张菁家里，晓鹏急忙把小强放在床上，然后从桌子底下拉出一把椅子，笑着说："阿姨您坐！"

毛婶笑着点了点头，坐在椅子上。

“阿姨，今天请您过来吃饭是想告诉您一件事儿。”晓鹏顿了一下，“我和张菁已经和好了，我们三号晚上一起回天州，回去就结婚。您是张菁的母亲，也就是我的母亲，后天晚上您和我们一起去天州吧，火车票我已经买好了。我和张菁会照顾好您的后半生的。”晓鹏恭恭敬敬地叫了一声，“妈！”

毛婶睁大眼睛，看了看晓鹏，又看了看张菁，不禁怀疑自己是不是听错了。虽然她看得出来张菁这两天一直闷闷不乐肯定有心事，但她怎么也不会想到才短短几天时间张菁就和晓鹏和好了，而且决定和晓鹏一起回天州。张菁走了老周怎么办？张菁真的能下得了狠心离开老周？

毛婶更没想到的是，晓鹏居然决定把她带到天州，还要把她当成自己的母亲赡养！她不敢相信晓鹏说的是真的，因此问：“你……刚才说的是……真的？”

晓鹏重重地点了点头，说：“是真的。”

毛婶转过身问张菁：“丫头，你和老周……”

张菁说：“妈，我和老周……已经……分手了，他会祝福我和晓鹏的……”

“噢，只能说你和老周没缘分。”

晓鹏说：“妈，您放心，以后我会照顾好您和张菁的。”

“嗯。”毛婶激动得流出了泪水。

张菁把炒好的一盘菜端到桌子上，然后扶着毛婶，说：“妈，你看你，应该高兴才对，怎么哭了？”

毛婶连声嗯着，说：“妈是太高兴了！”

张菁说：“妈，你明天别去干活了。你收拾一下行李，我们三号晚上就走天州。”

车祸

早晨，晓鹏抱着小强去了凯达锰业，在胡芳的协调下领到了最近干临时工的工资。胡芳一个劲地夸小强可爱。

晓鹏临走之前，胡芳对他说晚上六点半和张菁去川味居火锅店别忘了。

与此同时，张菁和毛婶在启明星小学人事部结算完工资，走出了校门。她们要去离学校不远的一个工商银行，把刚才领的工资存进银行卡里。她们正在十字路口等待绿灯亮起时，一个喝醉酒的男子驾着轿车突然从左侧向张菁撞过来。毛婶看到轿车了，但张菁正在说话没有注意到。眼看着轿车马上就要撞到张菁，毛婶叫了一声“小心”,用力把张菁推出去。轿车瞬间撞上了毛婶,只听毛婶惨叫一声,被撞出五六米远。

“妈！”张菁被眼前的一幕吓呆了。她从地上爬起来,迅速跑到毛婶身边。毛婶脸色惨白,表情极为痛苦,裤子被血染红了一大片。

“妈,你这是怎么了？啊？妈！”张菁抱着毛婶边哭边说,六神无主。

“丫头……妈……腿疼……”毛婶十分痛苦地说。

“妈,你坚持住！”张菁竭力稳住心神,“我这就打电话叫急救车！”她站起来,走到一名围观的中年男子面前,急声说:“大叔,麻烦您的手机借我用一下！”

中年男子把手机递给张菁。张菁打了120急救专线,乞求医生马上过来,她又打了“110”报警。

八九分钟后,一辆急救车和两辆警车几乎同时到达现场。肇事男子一直没有驾车逃逸,很快就被警察控制了。毛婶被抬上急救车后,急救车迅速驶离了现场。

仅仅不到十分钟,毛婶就被送进了县医院。经过医生诊断,毛婶双腿严重骨折。医生当天下午就开始为毛婶做手术,手术费张菁全部刷卡付了。

手术做了四个多小时才结束。医生们刚走出手术室,张菁急忙问医生情况怎么样。医生说手术很成功,病人已经脱离了生命危险,张菁久悬着的一颗心终于放下来了。

毛婶被送进病房后一直处于睡眠状态。张菁让护士先帮她照看毛婶,她回趟家,之后她走出医院打车回到家里。她刚走进家门,晓鹏问:“你怎么才回……”晓鹏话还没说完不说了,他看到张菁的眼睛红红的,神情看起来很悲伤。

张菁悲痛地说:“妈出车祸了！”

“什么？”晓鹏急声问,“妈人在哪？严重吗？”

“妈的双腿严重骨折,现在在县医院里,已经做了手术,没有生命危险。”张菁忍不住哭出声来,“妈是为了救我才被车撞的！”

“人抓住没有？”

“抓住了,人没跑。”

“那我得赶紧去医院看看。”晓鹏抱着小强走出家门。

晓鹏到医院看望毛婶时,毛婶还在熟睡中。他找到一名给毛婶做手术的医生,问医生毛婶多长时间能好,好了之后能不能恢复到车祸之前的状态,会不会留下后遗症,等等。医生说出院大概在三个月后,出院后半年之内要尽量少走路,不能干重活。医生还说恢复到车祸之前的状态不可能,肯定会留下后遗症,但是如果恢复得好基本上不会影响日常生活,两年后可以做手术取出固定在腿部的钢板。

直到晚上十点钟，晓鹏才和张菁、小强母子俩在医院外面的一个饭馆里吃了饭,之后回到家休息。

张菁半夜醒了,悄悄地哭泣。晓鹏被张菁的哭声弄醒了,他轻轻地推了一下张菁,轻声问:“菁,你怎么了？”

张菁哭着说:“妈为了救我出了车祸,我对不起妈。”

“别难过了。”晓鹏轻轻地擦去张菁脸上的泪水,“我们先不回天州了,先好好照顾妈,等妈完全康复了我们再回去。”

第二天早晨,晓鹏先去火车票代售点退掉前天买的火车票,然后去凯达锰业找到胡芳。他对胡芳说:“姐,实在对不起,我和张菁昨天有事耽搁了,所以没去川味居火锅店,让你白等了。”他把毛婶昨天为救张菁而出车祸一事对胡芳讲了一遍,“姐,我和张菁商量过了,等我妈完全康复了我再和我妈、张菁还有小强回天州,所以我打算这段时间继续待在这里干活,先不走,你看还能给我安排一下吗？”

“可以,姐再给你安排一下。”

从当天下午开始,晓鹏继续在凯达锰业干活挣钱,张菁每天在医院里一边照顾毛婶一边照看小强,每天晚上十一点钟过后才带着小强回家。

一天早晨,张菁抱着小强刚走到校门口遇见了周正洪。仅仅一周没见,周正洪竟显得有些苍老了。

“老周。”张菁叫了周正洪一声。

周正洪关切地说:“小张,你去哪？你现在在哪工作？”周正洪虽然露出了笑容,但神色看起来却很黯然。

“我去趟医院,我最近没有工作。”

“去医院？你生病了,是吗？”

“没有,我去医院照看我妈。”

“大姐怎么了？”

“出车祸了……”

“车祸？”周正洪吃了一惊,“什么时候？严重吗？”

“一周前。”张菁鼻子一酸,差点哭出声来,“我妈为了救我被车撞了,两条腿都骨折了。”

“天哪！”周正洪十分焦急,“我得去医院看看她,我们一起走吧。”周正洪开上车,拉着张菁和小强往县医院驶去。

半路上，周正洪详细询问了事发的经过和毛婶的病情。他在县医院门口停下车，走进一家银行取了四万块钱，然后又在超市买了三盒高档补品。

走进毛婶住的病房里，周正洪把补品放在床头柜上，俯下身说："大姐，我来看你了！"

毛婶很想坐起来但动不了，她只好点点头，说："主任，真的太谢谢你了!"

"不用谢的。大姐，你现在感觉好点了吗？"

"腿已经不太疼了。"

"那就好。"周正洪十分感慨地说，"你啊，为了救小张，我真的特别佩服你。"

"丫头还年轻，只要丫头没事就好。"

"你一定要好好接受治疗，争取早日康复。"

"主任，你放心吧，我会好起来的。"

"嗯。"周正洪从包里拿出两沓刚从银行取出来的钞票，然后把钞票塞进毛婶手里，"大姐，这是四万块钱，你拿着，看病用，不用还我。"

周正洪其实想把钱给张菁，但他估计张菁不会接受，因此决定给毛婶。他估计毛婶最近住院的医药费是张菁付的，张菁肯定没多少积蓄，他得为张菁减轻压力。张菁明白他心里的想法，感动得流出了眼泪。

"主任，使不得，使不得！"毛婶想把钱还给周正洪却无法起身，干着急没办法，她只好对张菁说，"丫头，快帮我把钱还给主任！"

张菁拿起钱往周正洪的手里塞了几次，但都被周正洪推回去了。周正洪说："大姐，你就收下吧，这是我的心意。再说你和小张没什么积蓄，你也没有医保，拿什么支付医药费啊！"

毛婶激动得热泪盈眶，她和张菁最近正为后续的医药费发愁呢。她说："主任，真的太感谢你了！这些钱就当是我借你的，以后会还你的。"

"真的不用还了。"周正洪对张菁说，"小张，一定要照顾好大姐。"他又对毛婶说，"大姐，我先走了，有空我还会过来看你的，你多保重！"

"嗯。"毛婶点了点头。

周正洪走后，张菁拿着钱，泪流满面。

"丫头，周主任真是世间少有的好人。看得出来，他心里一直放不下你，想帮你。"毛婶叹了口气，"但愿菩萨一直保佑他。"

转眼三个月过去了，毛婶终于出院了。在张菁的细心照顾下，毛婶恢复得特别好，已经可以拄着拐杖慢慢地走路了。毛婶出院后仍然住在启明星小学教学楼后面的家里，张菁每天照顾她，给她洗衣做饭。每次吃饭的时候张菁、晓鹏和毛婶都坐在一起吃，他们已经成了一家人。

周正洪一直难以对张菁忘情。他多次借看望毛婶之机看望张菁，少不了对张菁说一些关心的话。张菁很感动，觉得十分愧对周正洪。

转眼又过了七个月，毛婶已经可以干家务活了。晓鹏、张菁和毛婶经过商量，决定一家人回天州，做出决定的第二天晓鹏就买好了火车票。

道别

张菁去了周正洪的办公室。

周正洪一直没有从失去张菁的悲痛中走出来。看到周正洪形销骨立的样子，张菁十分心疼，愧疚地说："老周，我三号晚上就离开北京了，今天过来和你道别。"

周正洪全身一震，差点没站稳。他强忍着没让泪水从眼里流出来，他还挤出了笑容，说："好吧，只要你们幸福就好。"

"老周，你对我好，我会永远记在心里的。"

周正洪转过身，没说话。张菁说的话足以令他的泪水从眼里流出来，他不想让张菁看到他流泪的样子。

"老周，你一定要照顾好自己，多保重。"张菁感觉胸口堵得难受，泪水在眼睛里打转，半天才说，"我走了……"她迈着沉重的步子走出办公室，泪水簌簌而下。

绝配

晓鹏拉着张菁的手走进川味居火锅店，来之前张菁把小强交给毛婶照看。

晓鹏早晨去凯达锰业领工资的时候，胡芳说晚上请他和张菁吃饭，地点仍然是川味居火锅店。胡芳还说上次请吃饭没吃成，这次一定要补上，为他和张菁送行。

晓鹏刚上二楼，对靠窗坐着的胡芳笑着说："姐，我和张菁来了！"

"胡姐，你好！"张菁对胡芳轻轻点头笑了一下，和晓鹏一起坐在胡芳对面。

胡芳打量了一下张菁，笑着说："晓鹏真是好福气，找了你这么漂亮的女朋友。怪不得他为了你连总经理都不当了，一个人跑到北京找你。"

张菁说："胡姐，你这么夸我我都有点不好意思了。"

胡芳赞叹道："你们两个人真是郎才女貌，绝配。"

晓鹏说："姐，我们回去就准备结婚呢，到时候给你打电话，你一定要来参加我们的婚礼。"

"姐要是有时间的话肯定会去的，姐先恭喜你们有情人终成眷属！"

"谢谢姐。"

点完菜，胡芳说："小张，你不知道啊，晓鹏第一天来我们公司我都不敢相信他这么年轻帅气的小伙子居然想应聘临时工。我问他为啥要干临时工，你猜他怎么说的？"

张菁说："怎么说的？"

"他说就当是锻炼身体，还给我亮了一下胳膊上又干又瘦的肌肉，我当时就笑了。本来我不想让他干临时工，可他那股认真劲儿看起来挺可爱的，所以我就同意了。当时他就对我说，等你哪天回心转意了就带你回天州。去年在老北京酒楼吃饭，他一个劲儿地让我给他出主意，问我怎么才能让你回心转意。我对他说可能性不大，可他不想放弃，没想到最后成功了。"

张菁说："我知道晓鹏对我是真心的，只是当时我自己都不知道应该怎么做才好。"

"小张，不是我偏袒晓鹏，晓鹏虽然看起来有点不成熟，可他心是好的，对你也是真心的，否则不会住那么破旧的房子，干临时工这种又苦又累的活。听姐的，你选择晓鹏绝对没错。姐干招聘工作五年了，遇到过不少年轻人，可像晓鹏这种有毅力、能吃苦、从不轻易服输的男孩子还是第一次遇见。晓鹏肯定会承担起责任，做一个合格的丈夫和父亲，你和他在一起肯定会很幸福的！"

"嗯。"张菁重重地点了点头，"姐，我相信你，也相信晓鹏！"

生离死别

张菁做晚饭时，晓鹏蹲在床边逗小强玩。明天晚上七点钟，他们就要和毛婶一起坐火车走天州了。

小强今天很不开心。晓鹏握着小强的手，让小强叫他爸爸，可是小强怎么也叫不出来。张菁见状笑着说："小强还不会说话呢，你就别为难小强了。"

晓鹏感觉小强的手有些凹凸不平，于是把小强的手拿到眼前一看，发现手上长出不少丘疹。他吃了一惊，再看小强的另一只手同样如此。

"张菁，你快过来看小强的手怎么了！"晓鹏一边说一边掀起小强的衣服，只见小强全身上下长满丘疹，"天哪，小强这是得什么病了？"

张菁凑过来一看，也吃了一惊，说："小强以前没出现过这种情况啊！"这时毛婶走进房子，张菁急声说："妈，你看看小强得的是什么病？"

毛婶仔细看了小强全身上下，皱着眉头说："妈没生过孩子，也不知道小强得的是什么病。估计可能是水痘，最好去医院看一下。"

"我现在就带小强去医院。"晓鹏抱起小强，对张菁说，"饭做好后你和妈先吃，我和小强回来再吃。"他心急火燎地走出房子。

晓鹏刚走出校门，天空中的乌云逐渐弥合起来，看样子要下雨。他不禁说了一句："这鬼天气，偏偏这时候要下雨！"他在校门口拦下一辆出租车，仅仅过了七八分钟出租车就驶到了县人民医院门前。他刚抱着小强走出出租车，天空中响起打雷声。雷声震耳欲聋，一道道闪电划破了黑沉沉的天空。

急诊室的医生检查了一遍小强，告诉晓鹏小强由于营养不良导致感染上了水痘，没什么大碍。小强现在处于发病初期，经过两到三周会自愈，但要注意让小强多喝水，多吃营养丰富、容易消化的食物，家里要保持通风干燥。医生开了五盒软膏，让晓鹏回去后每天在小强身上起水痘的地方涂抹两次，从而加快水痘脱落，同时预防感染。

晓鹏抱着小强走出医院时，大雨倾盆而下，雷声肆虐。他突然怔住了——这么大的雨，张菁住的那个年久失修的危房能承受得了吗？万一房子塌了怎么办？想到这里，他的后脊不由得开始发冷。不行，得赶紧回去，不能让张菁待在家里，张菁现在很危险！

可是，他在医院门口等了足足五六分钟也没有等到出租车。雨越下越大，雷声仍然不停，黑压压的天空被闪电一次又一次无情地撕开了。

等不及出租车了！晓鹏把外衣脱下来裹在小强身上，不顾倾泄在身上的大雨，抱着小强飞快地往启明星小学所在的方向跑。他必须尽快跑回去，一分一秒也不能耽误！

小强由于受到雷声的惊吓，在晓鹏怀里大声哭着，但晓鹏顾不上那么多了。

与此同时，周正洪开着轿车，冒着大雨向启明星小学飞速驶去，他同样十分担心张菁的安危！

晓鹏跑到启明星小学校门口时，周正洪正好开着车赶到了。周正洪下车后和晓鹏对视了一眼，他们都顾不上说话，都飞快地跑进学校里。

快跑到张菁家的时候，轰隆隆的雷声中传出了撕心裂肺般的痛哭声，只听毛婶呼天抢地般大声哀号："丫头，你在哪啊……"

晓鹏怔住了。他的头又晕又疼，似乎全身的血液急速冲进了脑中。伴随疼痛的是一阵袭向全身的窒息感，使他差点栽倒。他突然大叫了一声“张菁”，万分惊恐地向张菁家跑去。

周正洪踉踉跄跄地跟在晓鹏身后，边走边叫张菁的名字。他的胸口又闷又疼，仿佛心脏即将停止跳动。他的双腿如同灌铅般沉重，几乎迈不开步子。

晓鹏跑到张菁家前，惊呆了。张菁家和其他砖瓦房几乎全部倒塌了，变成了废墟！毛婶跪在废墟前号啕大哭不止！

晓鹏不顾地上的泥水，跪在毛婶面前大声说：“妈，快告诉我，张菁在哪？”

毛婶大声哭着说：“我……和她跑到教学楼底下避雨，她又跑回来拿东西，没想到她……走进房子没多久……房子就塌了……”

“啊？”晓鹏感到一阵天旋地转，差点昏过去！他把小强塞进毛婶手中，迅速冲进废墟里。

“张菁，你在哪？”晓鹏不停地大声叫着，但根本听不到张菁的声音。

雨还是不停地下着，雷声响个不停。闪电一次次无情地划破天空，几乎要把晓鹏的心撕碎。

晓鹏抓起砖瓦，一块一块地往远处扔。他的双手破了，血流出来了，但他感觉不到任何疼痛。他怕耽误哪怕只有一秒钟时间张菁都有可能在废墟中死去！

周正洪终于跑到了废墟前。他痛苦地叫了一声“小菁”，泪水夺眶而出。他快步跑到废墟上，和晓鹏一起徒手刨废墟，他必须把张菁从废墟里救出来！

他们不停地刨废墟，可是刨了很久都找不到张菁，他们几乎喊破了喉咙！

毛婶一直抱着小强，跪在废墟前痛哭不止。

忽然，晓鹏的手碰到一个很柔软的东西，他急忙把压在上面的砖块扔掉，这才发现是张菁的小腿。他对周正洪大声说：“在这里！”

周正洪急忙走到晓鹏身边，他和晓鹏大声叫张菁，但是张菁没有做出任何回应。他们把压在张菁身上的横梁抬到一边，横梁底下是一块被压碎的床板，床板上压着一堆砖瓦。他们把砖瓦和破碎的床板抓起来一块一块地往掉扔，一会儿，借着闪电在瞬间亮起的光，可以看到张菁的腰和下肢了。他们又大声叫了几次张菁，但张菁仍然一动不动，不知是死是活。他们继续一块一块地扔压在张菁上半身的砖瓦和破碎的床板。

终于，张菁被从废墟中救出来了。晓鹏扶着张菁坐起来，张菁闭着眼睛，昏迷不醒。她的额头破了，鲜血一直顺着脸颊流进脖子里，衣服上到处都是血迹。她的右手紧紧地攥着一个精致的紫色小盒。

周正洪、晓鹏和毛婶三个人大声叫张菁，半晌，张菁终于醒了。她微微睁开眼睛，看了看晓鹏和周正洪，然后凄惨地笑了一下又闭上眼睛。

“快，快送医院……”周正洪刚说完，晓鹏就抱起了张菁。

“菁，你挺住，我现在就送你去医院，你要挺住！”晓鹏咬紧牙关，抱着张菁飞快地往校门口跑，周正洪和毛婶紧跟在他身后。跑到校门口，周正洪拉开他的那辆轿车的后门，晓鹏把张菁抱到座位上。毛婶刚坐进轿车里，周正洪立即启动轿车飞快地向县医院驶去。

雨还在不停地下，雷声和闪电仍然没有停歇。

晓鹏抱着张菁，用衣袖擦掉张菁脸上的血迹。看着张菁惨白的脸，他伤心欲绝，胸口堵得十分难受。他在心里默默地祈祷，祈求世间的所有神灵保佑张菁，他愿意用自己的生命换得张菁平安。他不想让张菁死去，张菁还很年轻，她经历过太多的坎坷，她还没有享受到人世间的幸福！

张菁的手里一直紧紧地攥着一个精致的紫色小盒。晓鹏看着小盒，忽然想起来张菁曾说她把邓远送给她的那枚可以辟邪、保平安的乌木护身符保存在一个紫色的小盒子里，留作永远的纪念。晓鹏断定这个紫色的小盒子里一定装着那枚护身符。张菁跑到教学楼底下后又返回家里要拿的东西肯定是这枚护身符，这是邓远送给她的，她不能失去它！

许久，张菁醒了，微微睁开眼睛。晓鹏含着泪说：“菁，挺住，医院快到了！”

张菁痛苦地笑了一下，微微翕动着嘴唇，说：“晓鹏，我这回挺……不过去了，我走了你……要坚强地活……下去……”

“不，菁，你会挺过去的！”晓鹏边哭边说，“我们还要回天州，你答应过我要和我结婚的，我们要永远在一起！”

“能死在你……怀里，我……很高兴……”

“不，你不会死的！你要挺住，医院马上就到了！”

张菁轻轻地摇了摇头，又费力地拿起手中的紫色小盒，气息微弱地说：“帮……我打开……”

“嗯。”晓鹏打开小盒，盒子里果然放着一枚乌木护身符。张菁拿出护身符，想戴在晓鹏的脖子上。

晓鹏帮助张菁把护身符戴在自己的脖子上，然后紧紧地抓住张菁的手。

张菁凄惨地笑着，说：“晓鹏，这是……邓远送给我的……那个护身符，送……

给你，保佑你……永远平安……”

晓鹏吻着张菁的手，泪如雨下。

“我骗了……你，小强不……是黄天明的，也……不是邓远的，他……是你的……亲生骨肉……”张菁的气息越来越微弱。

晓鹏惊呆了，睁大了眼睛。

张菁用尽全身的力气说：“晓鹏，死在……你的……怀里我……很幸福……”

晓鹏抓住张菁的手紧紧地贴在自己的脸上，大声说：“张菁，你给我挺住，医院已经到了！”由于极度害怕张菁会死去，他的身体有些颤抖，声音听起来令人觉得有些恐怖。

然而，轿车刚在县医院门前停下时，张菁闭上了眼睛，双手无力地垂落下去。

晓鹏呆住了，一动不动，仿佛时间已经停滞，不再向前行走，但窗外仍然是一阵又一阵骇人的雷声，和一道又一道犀利的闪电。半晌，他终于醒了。他把张菁紧紧地抱在怀里，撕心裂肺般大声哭起来。他一边哭一边急骤地吻张菁的脸颊和嘴唇，想用他的爱唤醒张菁，让张菁活过来，他还想让他的爱伴随着张菁，和张菁一起走向另外一个未知的世界……

张菁的尸体当晚就被周正洪开着车拉到殡仪馆火化了。火化之前，周正洪和晓鹏跪在张菁的尸体旁边痛哭不止，毛婶同样伤心欲绝。

第二天早晨天终于晴了。晓鹏取走张菁的骨灰，和周正洪、毛婶三个人一路步行来到长城。晓鹏告诉周正洪和毛婶，张菁的母亲长眠在这里，张菁肯定很想在这里陪着母亲。

晓鹏站在长城边，双手捧着骨灰盒，悲痛地说：“菁，你在这里安息吧，我知道你肯定很想在这里陪着母亲。”他揭开骨灰盒的盖子，轻轻地向长城下的山川洒张菁的骨灰。

洒完最后一把骨灰，晓鹏把骨灰盒扔到了长城下。他一直没有哭，但心里极为悲痛。他从毛婶手中接过小强，想让小强见母亲最后一面。他默默地望着长城下的山川草木，祈祷张菁的灵魂在这里安息。他许下一个心愿，等自己哪天死了，骨灰一定要洒在这里，永远陪着爱人张菁。

人间大爱

从长城上下来后，晓鹏抱着小强，和毛婶去了周正洪家里。周正洪唏嘘不止，对晓鹏讲了他和张菁从相识再到相爱的过程。

听完讲述，晓鹏对周正洪生出深深的敬佩之情。他情不自禁地抓住周正洪的手，十分感激地说：“周叔，谢谢你一直照顾张菁和小强，真的谢谢你。”

周正洪哽咽地说：“不用谢。‘百年修得同船渡，千年修得共枕眠’。能为她这样的女人付出，是我前世修来的福气，我无怨无悔。”周正洪抚摸着小强的头，“小程，孩子命苦，你一定要把孩子抚养成人，他可是张菁留给你的亲生骨肉啊！”

“嗯。”晓鹏重重地点了点头，“放心吧，周叔，我会把小强抚养成人的！”晓鹏又十分恳切地对毛婶说，“妈，今天晚上你跟我回天州吧，我会把你当成自己的母亲赡养你一辈子的。”

“谢谢你有这份心意。”毛婶摇了摇头，“不过妈不想去那里，妈只想待在这里陪小菁。”

晓鹏紧皱着眉头，说：“妈，你现在连住的地方都没了，你待在这里怎么生活啊？”

毛婶凄然一笑，说：“你放心，妈一个人这么多年都过来了，这点困难算得了什么。”

晓鹏还是不肯答应，说：“妈，你连一个亲人都没有，你待在这里让我怎么放心啊？”

“天无绝人之路。放心吧，妈不会有事的。”

晓鹏对周正洪说：“周叔，你帮我劝劝吧！”

“小程，既然大姐已经决定了，就不用再勉强了。”周正洪沉吟了半晌，郑重地对毛婶说，“大姐，以后这里就是你的家了。我已经老了，需要有个人做伴。”

晓鹏没想到周正洪会决定和毛婶结合。他吃惊地说：“周叔，你的意思是……”

周正洪点了点头，说：“没错，我已经决定了。”

周正洪之所以决定和毛婶这个和他没有任何感情基础的女人结合，是因为他不想让张菁在九泉之下为母亲担忧。他深爱着张菁，他能为张菁做的只有这件事了。

毛婶也十分惊诧，简直不敢相信自己的耳朵。她怔怔地看着周正洪，然后低下头自惭形秽地说：“老周，我不配做你的女人。”

“大姐，没什么配不配的，我不在乎。”周正洪感慨地说，“我能为小菁做的只有这件事了。”

毛婶十分激动，泪水汩汩而出。一个人漂泊了这么多年，她终于有一个安稳的家了。她怀着万分感激之情，对周正洪说：“老周，谢谢你！我也替小张谢谢你！”

周正洪的善良和包容深深地感动了晓鹏，令晓鹏热泪盈眶。晓鹏情不自禁地对周正洪叫了一声“爸”。

当天晚上，周正洪和毛婶在火车站为晓鹏送行。

“晓鹏，回到家别忘了给我和你爸打电话报平安。”毛婶为晓鹏整理了一下衣领，含着泪说，“有时间就带上小强来北京，这里永远都是你和小强的家。”

“嗯。”晓鹏重重地点了点头。

周正洪哽咽地说：“一定要照顾好小强，把小强抚养成人。”

“一定会的。”晓鹏抓起小强的手，向周正洪和毛婶挥了挥，“小强，给爷爷奶奶说再见。”

小强对周正洪和毛婶笑着，含混不清地说着话。

广播里催促旅客尽快上车，晓鹏对周正洪和毛婶说：“爸，妈，我这就走了，你们多保重。有时间我一定会来北京看望你们的！”

晓鹏和小强走后，周正洪十分感慨，唏嘘不止。

第十三章　迷雾

遗像

“奶奶，爸，我回来了！”晓鹏边说边推开家门。

晓鹏刚走进家门怔住了。只见客厅东面的墙壁上挂着一个很大的相框，一张黑白照片装在相框里。照片是一个中年男子的头像，看起来慈眉善目，很像他的父亲。晓鹏盯着相片仔细看了半天，发现照片上的人的确是他的父亲程长征！

晓鹏懵了，手里拿着的奶瓶掉在地上，心想：这是怎么回事？仅仅几秒钟时间，他的脑中隐隐约约地快要浮现出问题的答案，但他根本不敢往答案上想。他呆呆地看着照片，张着嘴半天说不出来话。

“晓鹏，你总算回来了！”奶奶从卧室里走出来，边哭边踉踉跄跄地向晓鹏走来，幸亏被小红搀扶着她才没有摔倒。与此同时，常娜叫了晓鹏一声，也含泪从二楼往楼下快步走。

小红红着眼睛走到晓鹏面前，深情地看着晓鹏，说：“程哥，孩子给我吧。”她向晓鹏伸出双手。

晓鹏愣了一下，把小强交给小红。奶奶抱着晓鹏放声大哭：“晓鹏，你爸……去世了！”

“我爸去世了？”晓鹏愣住了。

奶奶哭着说：“你爸真的去世了！”

“爸！”晓鹏凄惨地叫了一声，重重地跪在程长征的遗像前，撕心裂肺般痛哭起来。就在前天晚上，张菁离他而去，他们原本打算一起回天州结婚。他没想到，回到家后才知道父亲也去世了。两个对他最重要的人的突然离去使他遭受到了前所未有的打击。他万分悔恨自己去年仅仅留下一封信就离家出走,没能见到父亲最后一面。离家出走肯定让父亲很生气,而且父亲临终前最想见的人肯定是自己,可是自己却不在父亲身边,父亲该有多伤心啊!他越想越痛恨自己,不停地在父亲的遗像前磕头,深深地自责、忏悔。

常娜跪在晓鹏面前,扶着晓鹏的双肩,含着泪说:"晓鹏,别太伤心了,头会磕破的。"

晓鹏哪顾得上那么多。他推开常娜,趴在地上不停地哀号。

看着晓鹏极为痛苦的样子,小红感到一阵揪心般的痛,她一边哄小强一边拭去眼里流出的泪水。

半响,晓鹏站起来,说:"奶奶,爸爸埋在哪里?"

奶奶说:"在南屏山。"

"我要去见爸爸。"晓鹏对小红说,"小红,你看好孩子。"

一个小时后,晓鹏和奶奶、常娜三人来到南屏山程长征的墓碑前。整整一个下午,晓鹏跪在墓碑前流泪不止,多次向父亲道歉、忏悔。

晚上回到家,晓鹏又在程长征的遗像前跪了整整一夜,无论奶奶和常娜怎么劝说他都不吃不喝。

不可能

第二天早晨,晓鹏仍然跪在程长征的遗像前。

常娜做好早餐后走到晓鹏面前,俯下身轻声劝道:"晓鹏,别这么伤心了。阿姨已经做好早餐了,过去吃点吧。"

晓鹏面无表情地说:"你们先吃,我不饿。"

"怎么会不饿呢,你都一天一夜没吃东西了。"常娜顿了一下,"那阿姨给你端过来吧?"

"不用了,我真的不饿。"

"那好吧。"

常娜出门前蹲在晓鹏面前,握着晓鹏的双肩,温柔地说:"晓鹏,阿姨去公司了。"

"嗯。"

常娜含情脉脉地看了晓鹏一眼,起身走出家门。

“晓鹏，别太难过了，要保重身体。”奶奶把一碗粥端到晓鹏面前，“听奶奶的话，把这碗粥喝了。”

晓鹏这才感到肚子饿极了，嗯了一声。他刚接过碗，想起了小强，于是问：“奶奶，小强呢？”

奶奶愣了一下，抚摸着晓鹏的头，说：“放心吧，小红带着呢。”

“我去看看。”晓鹏把碗递给奶奶，站起来向餐桌走去。只见小红在餐桌前一边抱着小强，一边用奶瓶喂小强喝牛奶。

“我来喂吧。”晓鹏抱走小强，坐在椅子上喂小强喝牛奶。

奶奶觉得小强和晓鹏小时候特别像，问：“晓鹏，这个孩子是……”

“他叫小强。”晓鹏有点羞愧，“我去北京找到了他妈妈，可他妈妈却在几天前去世了。他妈妈临终前才告诉我，小强是我的亲生骨肉。”晓鹏差点哭出声来，“奶奶，小强是你的重孙子，亲亲的重孙子！”

奶奶又惊又喜，不禁把小强抱在怀里端详了半天，笑着说：“看起来和你小时候特别像。我来喂吧！”奶奶坐在椅子上，从晓鹏手里接过奶瓶，给小强喂牛奶。

小强吃得不太有劲，时不时地睁着黑溜溜的眼睛看奶奶，对奶奶感到很陌生，还有点儿害怕。奶奶笑着哄小强，小强半天才敢对奶奶笑了。

小红暗暗地流泪了。她没想到，晓鹏居然在外面还有一个女人，并且为他生下了孩子。看着小强眉清目秀的模样，她想这个女人肯定很漂亮。

晓鹏还没喝完粥就问：“奶奶，爸爸是怎么走的？”

“去年你离家出走后的第三天下午，你爸突发心脏病被送进医院。又过了三天，你爸在医院再次突发心脏病猝死。”奶奶叹了口气，“你要是不离家出走的话，就能见到你爸最后一面了。”

晓鹏悔恨交加，眼中流出了泪水。

“医生说你爸虽然才五十多岁，但实际衰老程度已经超过六十五岁，一些器官已经出现了衰竭，他是这些年过度劳累把身体累垮了。”

“那爸爸住进医院后为什么三天之后再次突发心脏病？”

“你爸可能是因为你离家出走没回来着急，因此再次突发心脏病猝死。第二天早晨我和你常阿姨去医院给你爸送早饭时才发现你爸的心跳已经停止了。你常阿姨叫来医生，可医生说抢救已经来不及了。”

“公司现在的情况怎么样？”

奶奶长长地叹息一声，极为遗憾地说：“你爸生前立下遗嘱，指定你常阿姨为唯一的继承人，在他去世后继承他的所有财产，包括他所持有的公司股份、别墅及其附属财产、六百万银行存款和奔驰轿车。后来你常阿姨不但继承了你爸的所有遗产，而且以大丰最大股东的身份出任公司董事长兼总经理。”

“什么？”晓鹏极为震惊，根本不敢相信自己的耳朵，“奶奶，你说的不是真的吧？”

“奶奶没有骗你，你爸的确立下了这样的遗嘱。”

“这怎么可能？就算我离家出走，就算我让爸爸生气，可爸爸心里是爱我的，他怎么可能让常阿姨一个人继承我们程家的所有财产？”

“奶奶也不相信，可是事实的确是这样。”

“遗嘱现在在哪？”

“遗嘱被你爸的好朋友秦律师保存着。”秦律师名叫秦方正，是方正律师事务所的创办人，是天州市十分有名的资深律师。他和程长征私交颇深，担任大丰集团的法律顾问多年，帮助大丰处理过两次重大法律纠纷。他经常来程家做客，因此晓鹏和奶奶都对他很熟悉。

“遗嘱怎么会在秦律师那里？”

“听奶奶慢慢说吧。”奶奶长长地叹了一口气，“你爸住进医院的第二天下午，秦律师来医院看望你爸。你爸当着我、你常阿姨和秦律师三个人的面，说他在家中的保险柜里保存着一份他立下的遗嘱。你爸对秦律师说万一自己这次挺不过去，死后秦律师务必以遗嘱执行人的身份保存并执行遗嘱，完成他的遗愿，秦律师答应了你爸的请求。你爸还说如果他走了，我、你常阿姨和你还是一家人，千万不能因为遗产起纷争，还要像以前那样和睦相处，我和你常阿姨也答应了你爸的要求。你爸当时特别想见你，可惜你不在。保险柜的密码是七个数字，你爸先让你常阿姨和秦律师走出病房，然后单独告诉我七位数密码的前三个数字，之后你爸又以相同的方式单独告诉你常阿姨和秦律师每人各两个数字。你爸让我们每个人都要对自己知道的数字保密，只有在打开保险柜的时候才能相互告诉自己知道的数字。你爸下葬后第三天，秦律师来到家里，我、你常阿姨和秦律师三个人把各自知道的数字连在一起才将保险柜打开，取出你爸留下的遗嘱。你爸在遗嘱中不但明确说明他的所有遗产由你常阿姨继承，而且指定秦律师作为遗嘱的保存者和执行人在他死后执行遗嘱。你常阿姨单凭遗嘱无法办理遗产继承手续，因为房管局等部门要求提供继承权公证书或法院的判决书，但你爸留下的遗嘱没有经过公证无法办理继承权公证书，因此，你常阿姨以我和你两名法定继承人为被告，向法院提起诉讼，要求法院判决确定遗嘱的效力，维护她的继承权。法院一审判决遗嘱有效，你常阿姨有权按照遗嘱继承你爸留下的所有遗产。一审判决结果出来后，我在律师的帮助下向省高级法院提出上诉，但省高级法院二审维持原判。后来秦律师凭借法院下达的判决书办理了相关手续，你常阿姨继承了你爸的所有遗产，遗嘱原件被秦律师保存着。”

晓鹏又问：“遗嘱是爸爸的字迹吗？”

“遗嘱是打印出来的，只有签名和日期是手写的，上面还有指印。法院一审时当庭公布了平信司法鉴定所出具的鉴定意见书，二审时当庭公布了方华司法鉴定所出具的鉴定意见书，两家司法鉴定所经过鉴定都认为遗嘱上的签名和日期的笔迹以及指印是你爸本人的笔迹和指印，法院据此判决遗嘱有效。”奶奶顿了一下，“你等一下，我去把遗嘱复印件、鉴定意见书和法院的判决书拿来你看一下。”奶奶转身走进卧室。

一会儿，奶奶走出卧室，将手里拿着的一沓文件交给晓鹏。晓鹏最先看的是遗嘱复印件，他一字一句地读，没错，父亲的确在遗嘱中指定常娜一人继承他的所有遗产。平信司法鉴定所和方华司法鉴定所提供的鉴定意见书都是副本，两份鉴定意见书都在鉴定结论部分写明遗嘱上的签名和日期的笔迹以及指印确系父亲本人的笔迹和指印。法院一审和二审的判决书也是副本，两份判决书都判决遗嘱有效，常娜有权按照遗嘱继承父亲的所有遗产。

看完所有文件，晓鹏不禁痛哭道：“爸，你怎么这么糊涂，对我这么绝情，我是你的亲儿子啊！”

奶奶也忍不住哭了。

晓鹏觉得很不对劲，擦干眼泪说：“奶奶，爸爸立下遗嘱让常阿姨继承一部分遗产是有可能的，毕竟常阿姨是他的妻子，他也很爱常阿姨，但我是爸爸唯一的儿子，而且我是程家未来的掌舵人，就算爸爸对我特别生气，特别失望，他也不太可能指定常阿姨一人继承他的所有遗产，况且他一直都很爱我，从来没有改变过。爸爸精明透顶，怎么可能会因为一时之气做出这么糊涂的事情？”

“奶奶也觉得不对劲，可是事实摆在眼前，让人不得不相信啊！”奶奶长长地叹息一声，“你爸是老糊涂了。”

“不行，我要去问常阿姨，这不可能！”晓鹏觉得父亲立遗嘱这件事很蹊跷，他必须找常娜问清楚。他快步走出家门，开着他的那辆宝马风驰电掣般向大丰集团驶去。

走进大丰集团的办公大楼，很多员工惊讶地看着晓鹏，有的在背后悄悄议论着。员工们大都听说原董事长程长征从住院到去世再到下葬晓鹏一直不在家。

晓鹏直接去了七楼董事长办公室。他刚推开门就大步流星地走到常娜的办公桌前，表情十分冷峻。

常娜站起来，又惊又怕，说："晓鹏，你来了……"

晓鹏大声质问："遗嘱是怎么回事？"

"你怀疑我，是吗？"仅仅在很短的时间里，常娜就稳住了心神。她瞪着晓鹏，字字尖锐地说，"那好，我告诉你。你离家出走让你爸极为失望，你以为大丰是以前，你想来就来，想走就走？大丰已经是一家上市公司了，你作为公司总经理随便离家出走，你知道消息传出去会对大丰造成多大的影响吗？那将会使股民失去对大丰的信任，造成股价下跌，使股东们的利益受损！幸亏你爸和我没有把这件事情向外界透露，而且你离家出走后第二天你爸就紧急召开董事会，向董事会提交了暂停你的总经理职务并由他暂时兼任总经理的议案，公司才没有遭受损失。你觉得你离家出走给你爸造成的伤害和打击还不够大吗？你爸在你离家出走后第三天就突发心脏病住进了医院。至于你爸立下遗嘱，事先我和奶奶都不知道。你爸住院第二天下午，秦律师来医院看望你爸，你爸当着我、奶奶和秦律师三个人的面说他在家中的保险柜里保存着一份他立下的遗嘱。你爸让秦律师在他去世后以遗嘱执行人的身份执行遗嘱，完成他的遗愿，秦律师答应了你爸的请求。你爸说保险柜的密码是七个数字，他单独告诉奶奶、我和秦律师每人各几个数字，并且让我们每个人在打开保险柜之前对自己知道的数字保密。你爸下葬后第三天，秦律师来到家里，奶奶、我和秦律师三个人把各自知道的数字凑在一起才将保险柜打开，取出了遗嘱。你爸在遗嘱中指定我是他的所有遗产的唯一继承人，遗嘱上不仅有你爸的签名，还有你爸的指印。为了完成你爸的遗愿，稳定公司局面，我在秦律师的帮助下向法院提起诉讼，法院一审和二审都判决遗嘱有效，我有权继承你爸留下的所有遗产。后来秦律师凭借法院下达的判决书办理了遗产继承手续，完成了你爸的遗愿。"常娜顿了一下，收起锐利的目光，"晓鹏，我想这些情况奶奶肯定对你说过，你也一定看过你爸留下的遗嘱以及司法鉴定所提供的鉴定意见书和法院的判决书。你爸去世前对我说让我照顾好你，尽好赡养奶奶的义务，一家人和睦相处，你放心，我一定会按照你爸的嘱托尽好应尽的义务的。"

"不，我不相信我爸会立下那样的遗嘱！"

"晓鹏，阿姨敢对天发誓，没有一句话是骗你的。如果阿姨骗了你，就让阿姨不得好死。其实你知道，我和你爸的感情一直很好，他很爱我，他做出这样的决定也是因为他真的很爱我。你不是可以为了自己心爱的女孩离家出走撇下奶奶和你爸甚至不做上市公司的总经理吗？所以你爸做出这样的决定并非不合情理。晓鹏，我知道你一下接受不了这个事实，阿姨可以理解，以后阿姨和你还有奶奶还是一家人。还有，大丰毕竟是你爸创下的基业，如果你同意，我可以让董事会通过决议，让你出任总经理，而且在适当的时候我会把我的一部分股份转让给你。”

晓鹏盯着常娜，一时说不出来话。常娜说的话他不好反驳，毕竟父亲为什么立遗嘱，又为什么指定常娜一人继承所有遗产的原因只有父亲本人知道，但父亲已经去世了，答案根本无从知晓。但是，他仍然不肯相信父亲会把所有财产留给常娜一人继承。在这个世界上，父亲最爱的人是他而不是别人！他要再找一下秦律师，问清楚当时的情况，他还要亲眼看到遗嘱的原件！

常娜走到晓鹏面前，温柔地说：“晓鹏，阿姨知道你心里难受，阿姨理解你。”

晓鹏心想：不管怎么说，常娜现在已经成了大丰最大的股东，并且担任董事长兼总经理。为了日后能有机会夺回大丰，只能暂时委曲求全。他说：“常阿姨，让我继续出任公司的总经理吧。我对不起爸爸，我现在很想好好干一番事业，报答他的养育之恩，我不会让他的在天之灵失望的！”

“好，我后天早晨就主持召开董事会，提出聘任你为公司总经理的议案。”常娜握着晓鹏的双肩，微笑着说，“相信阿姨，董事会肯定会通过这项议案的。”

晓鹏点了一下头，说：“谢谢阿姨，我先走了。”

“去吧。”

晓鹏转身走了。他不知道，常娜看着他的背影冷笑着，冷笑中夹杂着嘲讽的意味。常娜觉得，连程长征这种老狐狸都栽在自己的手里，晓鹏这个从小娇生惯养、没有经历过大风大浪的年轻人对她来说只不过是掌上玩物而已！

晓鹏在电梯口碰见了洪金山，洪金山惊讶地说：“晓鹏，你怎么直到现在才回来？”

晓鹏低下头，说：“洪叔，我对不起我爸，回来晚了。”

“走，到洪叔办公室去，这里说话不方便。”

“嗯。”晓鹏跟着洪金山走了。他刚在洪金山的办公室里坐下，洪金山关切地说：“晓鹏，给洪叔说说，你去做什么了，怎么直到现在才回来？”

“我去北京找一个女孩去了，就是前年我为了救她的母亲而挪用资金，导致公司遭受损失的那位派出所的女警察。”晓鹏低下头，十分羞愧地说，“我做过对不起她的事，而且我心里一直爱着她，因此我和慕容兰兰离婚后就去北京找她了。我在北京找到她了，我们决定一起回天州结婚，可就在我们准备离开北京的前一天晚上她却发生意外死了。”晓鹏极为伤感，“临死前她才告诉我，她带的孩子是我的亲生骨肉。第二天我把她的骨灰洒在长城下，当天晚上就带着孩子坐火车回到天州。直到昨天早晨我才知道，我爸他……”晓鹏哽咽得说不出来话。

洪金山轻轻地拍了拍晓鹏的后背，安慰道：“晓鹏，别太难过了，人死不能复生，节哀顺变吧。”

“嗯。”晓鹏拭去泪水，“洪叔，我觉得我爸立遗嘱这件事很蹊跷。”

“晓鹏！”洪金山瞪了晓鹏一眼，示意晓鹏说话要小心，谨防被别人听到，“这里不是说话的地方。晚上六点钟你去悦来茶馆，洪叔在那里等你。”

“嗯。”

离开大丰集团办公大楼后，晓鹏开着宝马去了方正律师事务所，找到了秦律师。他和秦律师寒暄几句，刚坐下就问：“秦叔叔，我爸立遗嘱到底是怎么一回事？”

秦律师说：“晓鹏，具体情况我想你奶奶和你常阿姨已经对你说过了，我就不再重复讲了。你肯定想不通为什么你爸会在遗嘱中指定你常阿姨一人继承他的所有遗产，但我只能说你爸的遗嘱的确是这样写的。作为一名律师，同时又是你爸的好朋友，我只能尽我最大的努力帮助你爸完成遗愿。你爸和我相交多年，他突然离去我也很伤感。”

“秦叔叔，遗嘱是你在保管吧？我想看一下。”

“可以，你等一下。”秦律师走出办公室。

几分钟后，秦律师拿着一个档案袋走进办公室。他把档案袋打开，从中取出一份遗嘱交到晓鹏手里，说：“这就是你爸立下的那份遗嘱，我一直保存在我们所的遗嘱保管箱里。”

晓鹏盯着遗嘱，一字一句地看。没错，早晨奶奶拿给他看的那份遗嘱的复印件的确是以这份遗嘱为原件复印出来的！

尽管亲眼看到父亲留下的遗嘱，但晓鹏仍然不肯相信事实。他问：“秦叔叔，这真的是我爸留下的遗嘱吗？”

秦律师说：“当然是真的。这份遗嘱是当着你奶奶和你常阿姨的面从你爸卧室里的保险柜里取出来的，而且经过平信、方华两家司法鉴定所的鉴定，遗嘱上的签名和日期的笔迹以及指印的确是你爸本人的笔迹和指印。”

晓鹏又问：“那这份遗嘱有没有可能是伪造的？”

“怎么可能会是伪造的？保险柜的密码是七个数字，你爸单独告诉我、你奶奶和你常阿姨每人各几个数字，我们三个人将各自知道的数字凑在一起才将保险柜打开，并且在打开保险柜之前，我们都按照你爸的嘱咐没有将自己知道的数字告诉任何人。要想伪造遗嘱必须得先知道保险柜的密码，但是七位数密码怎么可能被破解？七位数密码一共有一千万种数字组合，在这一千万种组合里找到密码的可能性几乎为零。再说就算破解了密码，又怎么可能模仿出和你爸相同的签名？就算能模仿出和你爸相同的签名，指印又怎么可能和你爸的指印一模一样？所以说根本不存在伪造遗嘱这种可能性。”

“可是我爸很爱我，我是他唯一的儿子，他怎么可能指定常阿姨一人继承他的所有遗产，不给我留哪怕一丁点？”

“我想这个问题的答案恐怕只有你爸一个人知道。作为一名律师，我只能以事实为依据和准绳，帮助你爸完成遗愿。”

“那这份遗嘱有没有不符合法律规定的地方？我有没有办法推翻遗嘱的效力？”

“根据《继承法》的规定，自书遗嘱由立遗嘱人亲笔书写。这份遗嘱的内容是用打印机打印出来的，只有签名和日期是用笔写的，因此这份遗嘱在形式上存在缺陷。但是，形式上存在缺陷并不代表这份遗嘱无效。市中级法院一审开庭审理时，你奶奶委托的律师在法庭上申明遗嘱的内容并非用笔书写，在形式上存在缺陷，希望法院判定遗嘱无效。市中级法院经过审理，认为这份遗嘱虽然内容部分属打印体，但是经过平信司法鉴定所鉴定，遗嘱上的签名和日期的笔迹以及指印确系你爸本人的笔迹和指印，因此这份遗嘱是你爸立下的，是你爸的真实意思表示，市中级法院据此判决这份遗嘱有效，你常阿姨有权按照遗嘱继承你爸的所有遗产。你奶奶不服一审判决，向省高级法院提出上诉。省高级法院二审开庭审理时，你奶奶委托的律师再次提出遗嘱的内容属打印体，在形式上存在缺陷，希望法院判决遗嘱无效。但是，省高级法院经过审理，认为电脑打印代表的是一种新兴的书写方式，日益流行，《继承法》中并没有规定打印的遗嘱是无效遗嘱，哪种遗嘱无效《继承法》里已经有明确规定，不应当要求作为普通公民的立遗嘱人所立遗嘱必须完全符合法律规定的实质要件和形式要件，而且经过更权威更专业的鉴定机构方华司法鉴定所的鉴定，再次确定遗嘱上的签名和日期的笔迹以及指印的确是你爸本人的笔迹和指印，再次证明这份遗嘱的确是你爸立下的，况且又没有证据否定，因此省高级法院二审维持原判。总之，这份遗嘱虽然在形式上存在欠缺，但这份遗嘱是有效的。如果你想推翻遗嘱的效力，几乎是不可能的。”

晓鹏无话可说，只好和秦律师告辞。

推断

下午六点钟，晓鹏准时去了悦来茶馆，见到了洪金山。洪金山要了一壶上好的龙井。

晓鹏说："洪叔，我总觉得我爸立遗嘱这件事很蹊跷，但是早晨我看了两家司法鉴定所提供的鉴定意见书，两份鉴定意见书上都说遗嘱上的签名和日期的笔迹以及指印是我爸本人的笔迹和指印，法院据此判决遗嘱有效。"

洪金山呷了一口茶，说："晓鹏，你是不是相信遗嘱是真的了？"

"之前我觉得无论我犯了多大的错，我爸有多生气，他应该都不会做出决定让常阿姨一人继承他的所有遗产。可是事实摆在眼前，我不得不相信遗嘱是真的，况且遗嘱之前被我爸保存在保险柜里，密码是七位数，几乎不可能破解。再说即使破解了密码，也不可能将我爸的签名模仿得一模一样，指印更不可能和我爸的指印完全相同。"

"晓鹏，我跟随你爸很多年，你爸的脾气和性格我很了解。他做事情向来很理智，遇事也很冷静，很少会被自己的情绪左右。就算他对你十分生气，也不会做出这么糊涂的决定。"

"那我爸为什么会立遗嘱让常阿姨一人继承他的所有遗产？"

洪金山沉吟了半晌，说："洪叔这么多年什么样的事情都经历过了，根据我的阅历来看，遗嘱或许没有表面上看起来这么简单。"

"洪叔，你的意思是……"

"我们先不谈遗嘱。"洪金山顿了一下，"晓鹏，你觉得你常阿姨这个人怎么样？"

"常阿姨的能力很强，人也特别精明。"晓鹏仔细想了想，"但我总觉得她还有另一面。"

"具体怎么讲？"

"我也不知道具体应该怎么说，反正我觉得她是一个很厉害的女人，不简单。"

"你说的没错。你爸不会轻易爱上一个女人，你爸爱上的女人绝对不简单。常娜的能力的确很强，就拿咱们大丰上市来说，她是第一功臣。"

"我觉得我爸爱她的程度远远超过她爱我爸的程度。"晓鹏凑到洪金山面前，悄声说，"以前我和慕容兰兰结婚后不久搬出别墅就是因为她对我有那种意思。"

"你说的是真的？"

"千真万确。"晓鹏把以前常娜色诱他一事简单地讲了一遍，惭愧地说，"我爸心脏不好，我怕告诉他他会生气，因此一直瞒着他。再说我爸那么爱她，我说了我爸未必会相信，而且她肯定不会承认，到时候我和我爸就闹僵了。”

“既然你爸在世的时候她就对你有那种意思，现在你爸走了，估计她还会勾引你的。”洪金山突然想到了什么，睁大眼睛说，“我现在觉得你爸的死也许没有表面上看起来这么简单。”

“洪叔，你的意思是……”

“我怀疑你爸的死有可能是常娜的阴谋！”

“常娜的阴谋？”晓鹏极为吃惊。

“你想想，常娜和你爸结婚后勾引你，这就说明她并不是真正爱你爸，那她嫁给你爸为的是什么？”

“为的是……”晓鹏想了半天，“难道为的是我们程家的财产？”

“不错，只有这一种解释可以成立。你再想想，偏偏在你离家出走后你爸突发心脏病去世，紧接着又发生了常娜凭借遗嘱继承你爸留下的所有遗产这件事，等你回到家木已成舟，这一切是不是太巧了？我觉得可以这样推断：常娜为了得到所有财产，伪造了你爸的遗嘱，但只有在你爸死后她才能将财产继承到手，因此她谋杀了你爸！”

晓鹏极为震惊，说：“洪叔，这……也太匪夷所思了吧？”

“最毒莫过妇人心。晓鹏，你心地善良，而且你还年轻，经历的事情太少，根本想象不到有些女人冷酷残忍的一面。根据我多年的阅历推断，你爸的死以及遗嘱都有可能是常娜的阴谋。”

“之前我只怀疑过遗嘱的真实性，从来没想过我爸有可能是被常娜谋杀的。”晓鹏还是不肯相信洪金山的推断，“可是洪叔，这些都是假设和推断，不会是真的吧？”

“虽然这些都是推断，没有证据证明，但是既然这些推断合乎情理，那么就存在这种可能性。”

“先不说我爸是不是被常娜谋杀的，就拿遗嘱来说，两家司法鉴定所经过鉴定都认定遗嘱上的签名和日期的笔迹以及指印的确是我爸的笔迹和指印，再说遗嘱之前被我爸保存在保险柜里，我爸去世后奶奶、常娜和秦律师三个人将我爸生前单独告诉他们每个人的几个数字连在一起才将保险柜打开取出遗嘱，遗嘱怎么可能会是伪造的？”

“遗嘱到底是如何伪造的暂时无法解释清楚，但是可以这样推断：常娜提前破解了保险柜的密码，取出你爸立下的遗嘱，换成了她伪造的遗嘱，你爸和其他所有人对此一无所知。”

“洪叔，这是不是太复杂了？”晓鹏越听越觉得不可思议，“保险柜的密码是七个数字，怎么可能被破解？”

“表面上看，七位数密码不可能被破解。”洪金山喝了一口茶，“晓鹏，你平时喜欢把哪些数字设置为银行卡、邮箱等的密码？”

“这些数字有我的生日，最早的时候我用过六个六，用过零到五这六个数字，我还用过身份证号的前六个数字和最后六个数字，还用过驾驶证号和手机号的最后六个数字。”

“那你有没有发现这些数字有什么共同点？”

“我是觉得这些数字好记，不容易忘，很容易想起来，因此就把这些数字设置成密码了。”

“这就对了。绝大多数人设置数字密码时，总是习惯于把和自己有某种关联或关系的数字设置为密码，或者把和自己有某种关联或关系的物品、场景等转化为数字，并将转化成的数字设置为密码。也就是说，人们设置的密码往往会和自己有某种关联或关系，这样就不容易忘记。比如像你那样，把密码设置为生日、手机号的最后六位数字等等。因此，保险柜的七位数密码表面上看起来很难破解，但只要对你爸的生日、结婚日期、身份证号、驾驶证号、嗜好、生活习惯等各方面的情况和信息非常了解的话，就可以罗列出数字密码组合，从而大幅度缩小数字密码的范围，降低破解密码的难度。再说你爸的年龄已经超过五十岁，记忆力正在衰退，他不可能把七个和自己没有任何关联的数字设置为密码，因为那样不方便记，容易发生混淆。你爸也不可能把密码设置得过于简单，比如设置成七个六、从零到六七个数字等等，因为保险柜里藏的遗嘱对他十分重要。因此可以推断出来，保险柜的数字密码肯定包含或可以反映出和你爸有关联的某种信息，但绝对不会像身份证号中的七位数那么简单。但即便如此，只要把所有可能的数字密码组合罗列出来一一验证，也很有可能找到保险柜的密码。最了解你爸的人只有你、奶奶和常娜。你不在家，奶奶年龄大根本破解不了密码，她也不具有这样的动机，因此有能力破解密码的人只有常娜，而且遗嘱上指定常娜为唯一的遗产继承人，因此有理由推断是常娜破解了保险柜的密码，把原先的真遗嘱换成了她伪造的假遗嘱！”

晓鹏目瞪口呆，不禁为洪金山的推断喝彩：“洪叔，无论事实真相到底如何，你都太聪明了，怪不得我爸生前常说你是他的智囊！”

“我经常看推理小说，全世界所有推理名家的作品几乎都看过，自然而然地养成了喜欢推理的习惯。”

“怪不得呢。”

“对了，晓鹏，你清楚常娜的来历吗？”

“不清楚。”

“看来我得暗中调查这个女人的来历了。”洪金山盯着晓鹏的眼睛，“从现在开始，你要留心她的一举一动。”

“嗯。洪叔，我爸的死因我是不是应该再调查一下？”

“不用了，你爸的遗体去年就火化了，骨灰已经入土，根本没办法调查。再说这个女人这么精明，肯定早就做好准备了，再查也是白费力气。”

“嗯。对了，洪叔，早晨她对我说她可以在适当的时候把一些股份转让给我，不知道她说的是真话还是假话。”

“应该不是真话。”

“她还说可以在董事会上提出议案，聘任我为公司总经理。我答应她了，她决定后天早晨就主持召开董事会。”

“石德明一直是你爸的死对头，觊觎总经理职位很长时间，因此石德明不会同意你出任总经理，肯定会联合一些董事反对，再加上你去年随意辞去总经理职务离家出走造成了不良影响，因此董事会能否通过这项议案不好说。对了，她为什么想让你当总经理？”

“她说大丰毕竟是我爸创下的基业。”

洪金山沉思了一会儿，说：“看来她很有可能真的喜欢上你了。现在你爸走了，她心里肯定少了很多顾虑。”

“那我该怎么办呢？”

洪金山郑重地说：“你想不想夺回大丰？”

“当然想。”

“那好，洪叔明天去做一些董事的工作，让他们在后天的董事会上同意聘任你为总经理。如果这项议案后天能表决通过，你出任总经理之后就可以利用她对你的感情和她周旋，寻找机会扳倒她。”洪金山紧皱着眉头，露出难色，“不过她现在是董事长，又是最大的股东，想要扳倒她绝对不是一件容易的事情。”

晓鹏一字一句斩钉截铁地说：“不管有多艰难，我都要夺回大丰，告慰我爸的在天之灵！”

“好！”洪金山露出欣慰的笑容，“从现在开始，你必须抓紧时间学习经营管理方面的知识和技能，尽快成长起来。有什么不懂的地方就来问洪叔，洪叔会帮你的，洪叔会把我这些年积累的经验全部传授给你。”洪金山从包里拿出两本书放在桌子上，“这两本书是世界著名管理大师彼得·德鲁克的经典之作，你拿回去，一定要认真学习。”

晓鹏收下书，极为郑重地说：“谢谢洪叔，我会努力的！”

阴谋

晓鹏回到家已经快到晚上九点钟了。他刚走进门，奶奶迎上来问：“晓鹏，没出啥事吧？”

晓鹏说：“没有。”

“吃过晚饭了吗？”

“吃过了。奶奶，常阿姨回来了吗？”

“没有。”

“小强在哪？”

“小强小红带着呢。你还别说，这姑娘带孩子带得挺好的，小强也喜欢跟她。奶奶现在年纪大了，带不动孩子了，幸亏有这样一个好姑娘。”

“嗯，那就好。”

“对了，你今天去找你常阿姨她怎么说？”

“奶奶，我们到书房里说吧。”晓鹏和奶奶一前一后走进书房，把书房的门反锁了，“奶奶，常阿姨说爸爸之所以立下遗嘱让她一人继承遗产是因为我离家出走让爸爸很失望，对爸爸的打击很大，而且爸爸一直深爱着她。她还说她事先并不知道爸爸立遗嘱这件事。后来我去找了秦律师，秦律师把爸爸立的遗嘱的原件拿出来让我看了。秦律师说虽然爸爸立的遗嘱的内容是打印出来的，在形式上存在欠缺，但遗嘱是有效的，要想推翻遗嘱的效力几乎不可能。晚上我又和洪叔在茶馆见了面，洪叔认为爸爸的死以及遗嘱并没有表面上看起来这么简单，他怀疑爸爸的死是常阿姨的阴谋，他还怀疑遗嘱是常阿姨伪造的！”

“你洪叔为什么这样怀疑？”

晓鹏把洪金山的一系列推断对奶奶详细讲了一遍。

奶奶的双眼变得炯炯有神，她说：“我原以为只有我一个人是这样想的，可没想到你洪叔也是这样想的。”

晓鹏吃惊地说:“奶奶,原来你早就怀疑了?”

“没错。”奶奶盯着晓鹏的眼睛,“知子莫如母。你爸是我养大的,他的为人我最清楚不过了,他绝对不会做出那么糊涂的事,立下遗嘱让常娜一人继承我们程家的所有财产。还有,你有没有发现,你爸自从和常娜结婚之后,他的身体越来越差?”

晓鹏回想了一下,说:“是啊,爸爸和她结婚不到一年就好像一下老了很多岁,记忆力也下降得厉害,他在公司开会的时候还经常发晕。对了,前年公司召开上市庆祝表彰大会的时候爸爸不就昏倒了吗?以前那点红酒对他来说根本不算什么的。”

“按理说你爸正值壮年,就算结婚后经常和她做男女之事,也不至于对身体健康造成这么大影响,毕竟我们程家人吃的东西很有营养,而且你爸经常吃高档保健品和补品。我总觉得你爸不知被她用什么办法弄垮了身体。其实你离家出走之后你爸的情绪并没有太大的波动,应该不至于突发心脏病住院。可是,为什么你爸会突发心脏病?又为什么会在医院猝死?还有,你爸怎么可能会在遗嘱中指定她为所有遗产的唯一继承人却不给你留下任何遗产?这根本就不符合常理!所以你洪叔的推断是合理的,我当时就觉得你爸的死和她有直接关系。”奶奶顿了一下,一字一句地说,“说不定她嫁入我们程家本身就藏着一个巨大的阴谋!”

“巨大的阴谋?”晓鹏睁大了眼睛。

“没错!”

“那是什么样的阴谋?”

“我只是怀疑。如果真的存在这个阴谋,迟早会被揭开的。你还年轻,经历的事情太少。你不知道,我们程家的家业这么大,不知该有多少人每天都在盯着,只不过我们感觉不到而已。”

“奶奶,那我接下来应该怎么做?”

“你洪叔有没有教你?”

“常娜早晨说只要我同意,她会在后天早晨主持召开董事会,提出聘任我为总经理的议案,我答应她了。洪叔让我利用她的感情和她周旋,寻找机会扳倒她,重新夺回大丰。”

“利用她的感情?”奶奶不解地说,“怎么,她对你……”

“她对我有那种意思,很早就有,以前我和慕容兰兰搬出别墅就是因为我忍受不了她的引诱。我一直没有对你和爸爸讲,因为爸爸的心脏不太好,而且我怕说了之后爸爸不相信,家里会弄出矛盾。”

“没想到竟然发生过这种事,看来她根本就不爱你爸。”奶奶更加肯定自己的推断了,“她嫁入我们程家多半怀着一个阴谋!”

“这太可怕了!”

“的确很可怕。你洪叔还对你说了什么?”

“洪叔还说让我留意常娜的一举一动,他会在暗中调查常娜的来历。”

“你洪叔说得没错,是该弄清楚这个女人的来历。”

“洪叔说再去调查我爸的死因肯定会白费力气,可我有点儿不甘心。”晓鹏将右手攥成拳头,“不管有多艰难,我都要夺回大丰!如果爸爸的死和遗嘱都是她的阴谋,我要让这个歹毒的女人为此付出代价!”

奶奶抚摸着晓鹏的头,说:“奶奶相信你会成功的!”

“一定会的!”

“对了,给奶奶说说小强的母亲和小强吧。”

晓鹏把他和张菁之间发生的事情简单地讲了一遍。讲到张菁在他怀里死去时,他差点哭出声来。他把戴在脖子上的乌木护身符取下来呈在奶奶面前,悲痛地说:“奶奶,张菁就是为了取回这枚乌木护身符才死的。”

奶奶把护身符拿在手里端详半天,然后塞进晓鹏手里。她紧紧地抓住晓鹏的双手,感慨地说:“这个护身符来之不易,你一定要保存好。”

“嗯。”晓鹏重重地点了点头,“奶奶,我去看看小强。”

“奶奶和你一起去。”奶奶走出书房,在晓鹏的搀扶下上了二楼,走到小红住的房间门前。她轻轻地敲了敲门,问小红睡下没有。

小红正在逗小强玩呢。晓鹏回来的第一天晚上小强哭得特别凶,小红怎么哄都不听话。不过从第二天开始小强就很少哭了,而且和小红特别亲热。

听到奶奶的叫声,小红急忙抱起小强,打开房门恭恭敬敬地说:“奶奶,程哥,快请进!”

晓鹏对小红笑了一下,和奶奶走进房间里。他伸出双手把小强抱在怀里,轻轻地用脸蹭了一下小强的脸蛋,亲热地说:“小强,想爸爸了吗?”

小强摇晃着四肢,开心地笑着。

晓鹏转过身,说:“奶奶,你抽时间给小强买些奶粉和尿不湿吧,买最好的那种。”

奶奶说:“我已经买好了。”

“噢。”

晓鹏转过身刚要对小红说话，看到小红的两只清亮的眸子正盯着他。他愣了一下，小红这才急忙低下头，脸飞快地红了。他觉察到了什么，但他没再往那方面想，说：“小红，奶奶年纪大了，以后小强就麻烦你照顾了，工资再给你多加一些。你一定要照顾好小强，这孩子很可怜，他的母亲已经不在了。”

“程哥，你放心，我会照顾好小强的。”小红羞怯地抬起头，“工资不用加了，先生去世后没给你和奶奶留下什么，现在的工资足够我一个人花了。”

“那哪行？我和奶奶现在是紧了点，但不能亏待你啊！带孩子本来就不轻松的。再说你已经到谈婚论嫁的年龄了，总得攒点钱为以后结婚做准备吧？”晓鹏转过身，“奶奶你说是吧？”

“是啊！”奶奶对小红说，“孩子，给你加工资是应该的，我们程家不能亏待你。你在我们程家已经四年了，你要是不着急的话，等小强会说话了，奶奶替你找一户好人家嫁了，以后再也不用吃这份苦了。”

晓鹏接着说：“我也会帮你找个好对象的。”

听了晓鹏的话，小红心里十分难受，眼中流出了泪水。她多么渴望成为晓鹏的妻子，和晓鹏在一起。她低下头，说：“奶奶，程哥，谢谢你们的关心。”

晓鹏还以为小红是因为听到他说要给她找个好对象所以感动得流出了眼泪，他因此生出怜悯之心，对小红说：“搬到我对面的那间房子里吧，这间屋子太小了，小强也会觉得闷的。”

“嗯。”小红点了点头。

色迷心窍

世纪花园大酒店的508客房里，一对男女刚刚做完男女之事。他们双双用被子盖住下半身，靠着床头说话。男的是大丰集团的副总经理石德明，女的是大丰集团的董事长兼总经理常娜！

常娜担任大丰集团的财务总监后没多久就和石德明暗中勾搭在一起。常娜这样做的目的只有一个，那就是让石德明跪倒在她的石榴裙下，和她一起对付程长征。她要寻找机会从程长征的手里夺走大丰，就算不能夺走，她也要挑起大丰内部的争斗，让大丰因内斗而毁灭。她之所以选择石德明做她的美色俘虏，是因为石德明和程长征一直明争暗斗，而且石德明是大丰的第二大股东，在大丰内部有不少党羽，只要把石德明利用好，就可以借石德明之力打击程长征。

好色成性的石德明第一次见到常娜后就被常娜的美貌深深地吸引住了。他和常娜两个人眉来眼去，最终勾搭在一起。常娜为了达到目的，对石德明说自己根本就不爱程长征，而且程长征年老力衰，根本无法满足自己。石德明贪恋美色，两人一拍即合，经常背地里谋划如何对付程长征。

程长征死后，常娜凭借遗嘱和法院的判决书继承了程长征的所有遗产。石德明怀疑程长征的死及其立下的遗嘱是常娜的阴谋，他曾问过常娜，但常娜矢口否认。下午常娜打电话约他晚上十点钟在世纪花园大酒店 508 客房见面，他猜常娜肯定有重要的事情要和他谈。十点钟他准时去了 508 客房，刚一进门就把只穿着睡衣的常娜摁在床上发泄了欲望。

做完后，常娜点了一支女士香烟，轻轻地吸了一口，吐了几个小小的烟圈，说："老石，今天是想和你商量个事。"

"什么事？"

"程晓鹏回来了，我打算后天早晨召开董事会，向董事会提交议案，聘任程晓鹏为总经理，只要你同意这件事就没什么问题了。"

"为什么要让程晓鹏出任总经理？"石德明十分吃惊，极为不悦地说，"姓程的死了，好不容易大丰现在被你控制了，这样做不是自找麻烦吗？还有，你知道我一直都想做总经理的位子的。"

"老石，你听我说，程晓鹏肯定会怀疑程长征的死和遗嘱是我一手造成的，我只有聘任他为公司总经理才能打消他的怀疑，而且今天早晨我已经答应他了。"

"你……"石德明十分气恼，"好，那你说实话，程长征的死和他立的遗嘱到底和你有没有关系？"

"当然没有！"常娜极力否认，"医生说他的实际衰老程度已经超过六十五岁，全身多个器官都出现衰竭，他是因为程晓鹏离家出走导致突发心脏病猝死的！遗嘱经过两家司法鉴定所的鉴定，确定遗嘱上的签名和指印是他本人的签名和指印，遗嘱是他本人立下的！"

石德明反问："既然程长征的死以及遗嘱和你没有任何关系，那你怕什么？"

"我当然怕了！"常娜故意夸大其词，"老石你想，程晓鹏一夜之间从富二代变成穷光蛋，他爸也死了，而我却继承了他爸留下的所有遗产，你说他什么事做不出来？恐怕他想杀我的心思都有！"

石德明未置可否，常娜又说："老石，像他那种养尊处优的花花公子，什么都不会，以前做总经理是仗着程长征给他撑腰，现在姓程的死了，就算给他总经理这个位子他能做稳吗？到时候我们给他下个套就能把他罢免了，而且凭他的能力做总经理免不了会让别人看笑话，你和我背后再要点阴谋手段，他还不得乖乖地交出总经理的位子？放心吧，老石，等过了这阵子，我会找机会罢免他的，到时候你就是总经理了！”

其实常娜真心想让晓鹏出任总经理，因为她早就爱上晓鹏了。她觉得只要晓鹏当上了总经理，她和晓鹏作为公司最重要的两名高管肯定会有更多的时间和机会相处，她相信时间久了晓鹏就会爱上她，她还幻想大丰在她和晓鹏两个人的努力下会发展得更好。她对石德明说的以后再罢免晓鹏的总经理职位只不过是哄骗石德明的说辞而已。

但是，色迷心窍的石德明却信了常娜说的话。石德明轻轻地点了一下常娜的鼻尖，笑着说：“好吧，宝贝儿，我答应你。”

常娜十分高兴，她把烟头放进床头柜上的烟灰缸里，再次和石德明纠缠在一起……

一家之主

早晨，晓鹏吃过早饭后一直跪在程长征的遗像前。

常娜中午回到家的时候，晓鹏还跪着。常娜见状放下包，走到晓鹏面前，说：“晓鹏，起来吧，跪了这么长时间了，腿都麻了。”

晓鹏心里对常娜十分憎恶，但他没有露出任何异样的神色，淡淡地说：“阿姨，让我跪着吧，我对不起爸爸，只有跪着我心里才会好受点。”

“好吧，阿姨不勉强你，不过人死不能复生，你不要太悲伤了。”常娜对晓鹏妩媚地笑了一下，转身走了。

吃午饭时，晓鹏把小强抱在怀里，用奶瓶给小强喂奶粉水。

常娜说：“晓鹏，这个孩子是……”

晓鹏说：“他叫小强，是我的儿子，亲生的。”

“亲生儿子？”常娜吃惊地说，“你不会是开玩笑吧？”

“当然不是。我去年离家出走就是去找小强的妈妈，可是后来小强的妈妈去世了。他妈妈临终前才告诉我，小强是我的亲生骨肉。”晓鹏对常娜勉强挤出笑容，“阿姨，你当奶奶了。”

常娜起身走到晓鹏身边，对小强伸出双手，笑着说：“小强，来，让奶奶抱抱。”她从晓鹏手里接过小强，仔细瞅了瞅，在小强的脸上亲了一下，“小强这么可爱，他妈妈肯定很漂亮。”

晓鹏笑了一下，没说话。

“晓鹏，给阿姨说说，小强的妈妈是谁？你们是怎么认识的？”

晓鹏极不情愿地说：“他妈妈名叫张菁，以前是西街派出所的一名警察，我前年在派出所的时候认识的。”

常娜心里暗暗说：“程晓鹏啊程晓鹏，没想到你和慕容兰兰结婚之前居然和这个叫张菁的女人搞上了，还搞出来了个孩子。看来你也是那种风流浪荡的花花公子，和慕容兰兰是一路货色，以前还对我不理不睬的，今天算是看清你的本质了。这回程长征死了，你又没了老婆，看你怎么逃出我的手掌心？”一念闪过，常娜又在小强的脸上亲了一下，然后把小强交给晓鹏。

为了早日得到晓鹏，常娜心生一计，对小红说：“小红，以后小强主要由你照顾。下午你搬到一楼住，我搬到二楼，这样你和小强都在一楼离奶奶近一点，你可以顺便照顾一下奶奶，奶奶照顾小强也比较方便。”

小红看着奶奶和晓鹏，吞吞吐吐地说：“这……”

晓鹏虽然想不到常娜这样安排的目的是为了接近并勾引他，但他对常娜不和奶奶商量就直接安排的做法十分气愤。显然，父亲去世后常娜根本没把奶奶放在眼里，常娜现在俨然是家里的主人！他气愤地说：“常阿姨，你这样安排不是不可以，可你总得和奶奶商量一下吧？奶奶和我昨天晚上让小红住在我对面的那个房间里，小红今天早晨已经搬进去了！”

常娜对晓鹏笑着，说：“你和奶奶又没有告诉我，我怎么会知道？还有，你爸让我继承了这幢别墅，我现在作为一家之主，安排这件事不过分吧？再说奶奶年纪大了，这点小事麻烦奶奶没必要吧？”常娜又对奶奶说，“妈，你说是吧？”

“你……”晓鹏站起来瞪着常娜，气得说不出来话。

“晓鹏！”奶奶假意瞪了晓鹏一眼，装出若无其事的样子说，“你常阿姨说得对，就按你常阿姨说的意思办。”

晓鹏只好坐下来。

“晓鹏，你的心情我理解。”常娜仍然笑着，“虽然你爸走了，但我们还是一家人。”

下午，小红从二楼搬到了一楼，常娜从一楼搬到了二楼。

董事会

晚上，晓鹏正坐在书房里看书时，常娜轻轻地推开门，双手端着一碗汤走到晓鹏面前。

常娜笑吟吟地说："晓鹏，你这次回来瘦了，阿姨给你炖了一碗乳鸽汤补补身子。"

晓鹏站起来，说："谢谢阿姨。"

"不用谢。"常娜把碗放在桌子上，"趁热喝了吧。"

"你和奶奶喝过了吗？"

"阿姨不饿，奶奶喝过了，你赶快喝吧。"

"嗯。"晓鹏坐下来，用勺子在碗里轻轻地搅了搅，一勺一勺地喝起来。

常娜一直盯着晓鹏看。晓鹏这次回来比以前显得成熟了，尤其是他的胡须，又长又硬，给人感觉很有男人味。

被常娜一直盯着，晓鹏心里很不舒服，但不好说什么。

喝完汤，常娜问："好喝吗？"

"好喝。"

"只要你觉得好喝，以后阿姨经常给你做。"

"不用了，阿姨，公司每天事那么多，你那么忙，奶奶和小红会给我做的。"

"没事的。你爸走之前让我照顾好你，这是我应该做的。"

"那好吧，阿姨，谢谢你了。"

"不用这么客气，我们是一家人。"常娜拿起倒扣在桌子上的书，随便翻着看了几页，"今天这么认真啊！"

"以前我不争气，让爸爸很失望，现在我要抓紧时间学习，不能再浪费时间了。"

"书是你洪叔送给你的吧？"常娜一边笑着，一边盯着晓鹏的眼睛。

常娜绵里藏针的话和犀利目光令晓鹏有点心悸，晓鹏支支吾吾地说："是的……"晓鹏暗暗骂自己没用，怎么常娜一句话一个眼神自己就承认了。

"真好。"常娜猜到洪金山和晓鹏私下有过密谈。她放下书，仍然笑着说，"明天到公司上班吧，董事会肯定会通过聘任你为总经理的议案。"

"嗯。"晓鹏心里犯起嘀咕："董事会真的会通过？除了洪叔和其他几个董事，现在还有谁会支持我啊？"

"早点儿休息吧，别太累了。"常娜端着碗转身走了。临出门时，她轻轻地转过身子，对晓鹏媚眼笑了一下。

第二天早晨，常娜在大丰集团的会议室里主持召开董事会。董事们对常娜提出的聘任晓鹏为总经理的议案进行了讨论，意见逐渐归拢了。

常娜环视一遍所有董事，说："各位董事，请大家举手，对我提出的聘任程晓鹏为公司总经理的议案进行表决。"

石德明和洪金山都举起了手，其他董事见状也纷纷举起手，只有一名董事没有举手。

"十二比一，大家把手放下。"常娜高兴地说，"我现在宣布：从今天开始，聘任程晓鹏先生为公司总经理！"

开完董事会，洪金山发短信给晓鹏，让晓鹏中午十二点半去悦来茶馆。

晓鹏中午准时去了悦来茶馆。他刚坐下，洪金山说："晓鹏，真没想到石德明今天居然会举手同意你出任总经理。按理说他和你爸是死对头，而且他一直觊觎总经理的位子，肯定不会轻易让这个位子落在你手里，可他今天为什么会同意你出任总经理？"

晓鹏摇了摇头，他也想不明白到底是为什么。

洪金山冥思苦想半天，说："除非有一种可能。"

"哪种可能？"

"常娜在开董事会之前做了石德明的工作，说服了石德明。可她凭什么这么轻易地说服了石德明呢？"洪金山沉吟了半晌，"这里面肯定有文章。"

"洪叔，你的意思是？"

"晓鹏，从现在开始，你要多留意常娜和石德明。"洪金山的眼中透出犀利的光芒，"他们之间的关系或许很不简单。"

晓鹏嗯了一声，但他半天才明白洪金山说的话的真正含义。他十分佩服洪金山从一个细节上就推断出了轻易不会被人察觉到的东西。

诱惑

晚上，晓鹏洗漱过后刚走进卧室，常娜双手端着一个盆子走进来。盆子里盛着半盆水，水有点儿泛褐色，上面冒着热气。

晓鹏十分尴尬，因为常娜穿着宽松的丝制睡衣，十分妩媚。他红着脸说："阿姨，你这是？"

常娜把盆子放在床沿边,笑着说:“晓鹏,这几天有点冷,阿姨买了专门泡脚的中药给你泡泡脚,可以御寒活血,还能预防感冒。你坐在床上把袜子脱了。”

“这……”

“没事的,快坐在床上把袜子脱了。”

晓鹏犹豫了一下,坐在床边。常娜蹲下身子,伸出手要为他脱袜子。

“阿姨我自己来。”晓鹏急忙俯下身挡住常娜的手。

“没事儿,阿姨帮你。”常娜一边说一边推开晓鹏的手。她抓住晓鹏的一只脚,很快就把脚上的袜子脱掉了。

“还是我自己来吧。”晓鹏还要阻止常娜,但常娜仍然不准。常娜没几下就把他的另一只脚上的袜子也脱掉了,之后把他的双脚放进水盆里,轻轻地用手给他洗脚。

晓鹏有点感动,但他暗暗下定决心:决不能被常娜的温柔迷惑,一定要弄清楚父亲的死和遗嘱的真相!

常娜轻轻地按摩晓鹏的脚,晓鹏感觉舒服极了。晓鹏向常娜看去,只见常娜的脸庞娇嫩白皙,鲜红的嘴唇如同成熟的樱桃,十分性感。她的双乳半裸着,露出一道很深的乳沟,身上散发着一种幽雅醉人的香味。

晓鹏的心跳越来越快,他扭过头,不敢再看常娜,憋了半天才说:“阿姨,完了吧?”

常娜笑吟吟地说:“要泡十分钟呢,要不中药就浪费了。”

“噢。”

“晓鹏,你这是怎么了,怎么不敢看阿姨?”

晓鹏看着常娜的眼睛,装出若无其事的样子说:“没有啊。”

“还说没有。”常娜媚眼笑着,“觉得阿姨的样子好看吗?”

“嗯……”晓鹏的脸更红了,吞吞吐吐地说,“挺好看的……”

“觉得好看你就多看几眼呗!”常娜咯咯地笑着,“很多人都说阿姨很年轻,很迷人,也很性感,就像二十五岁的女孩子一样。你要是不介意的话,以后我们两个人在一起的时候你把阿姨当成你的姐姐,叫阿姨姐姐就行。”

晓鹏清醒了,常娜说的话含有勾引他的意思。常娜是父亲的妻子,不管她有多年轻,都不能和自己做同辈,说出做姐姐这种话。这种话是对已经去世的父亲的不敬!

晓鹏心想:我不能让这个臭女人对父亲这么不敬,可是我现在处处受制于她,她一句话就可以让我、小强和奶奶搬出别墅无家可归,她甚至一句话就能罢免我的总经理职位，我还怎么夺回大丰？我得忍着，我必须得忍着！一念闪过，他笑着说："常阿姨，你是我爸的妻子，我是我爸的儿子，我觉得不能把你当成姐姐，因为这是对我爸的不敬，你说是吧？"

常娜媚笑着说："只要你在心里把我当成姐姐也行。"

晓鹏未置可否，暗暗在心里骂常娜不要脸。

常娜继续为晓鹏洗脚，一边洗一边用手轻轻地在晓鹏的脚上摩挲，晓鹏一直竭力忍受她的挑逗。

直到水没了热度，常娜才替晓鹏擦干脚。她笑着说："晓鹏，阿姨先走了。"她端起水盆往门外走，临出门时回过头对晓鹏娇媚地笑了一下。

晓鹏很晚才睡着。梦里，常娜为他洗完脚后并没有离开，而是笑吟吟地看着他，柔情无限。他情不自禁地站起来把常娜搂在怀里，和常娜接吻。常娜的双手在他的身上不停地摩挲，使他的欲望不断膨胀，他只想占有常娜的身体。

常娜把他推倒在床上，压在他身上。他刚要把常娜的睡衣撕掉时，突然发现父亲站在面前愤怒地瞪着他。

晓鹏惊叫了一声，这才醒转过来。他迅速按了一下水晶吊灯的开关，房间里顿时亮了。他摸了摸额头，头上全是冷汗。他微微喘着气，半天才定下心神。

第十四章　真相

老色鬼

晚上，石德明在世纪花园大酒店的一间客房里终于等来了常娜。在一个多月的时间里，他多次在酒店开好房等待常娜，但常娜一直推脱着没有来。

常娜刚走进门，石德明就急不可耐地把她紧紧地搂在怀里，在她的脸上吃了几口，又在她的胸前用力抓了几下，淫笑着说："宝贝儿，我想死你了！"

石德明色急猴相的样子让常娜感到十分猥琐。程长征已经死了，晓鹏也当上了总经理，石德明对常娜来说不但没有任何利用价值，而且成了常娜和晓鹏之间的障碍。其实常娜根本没有爱过石德明，甚至她从一开始就觉得石德明是个很恶心的老色鬼。她现在只想把身体留给心爱的晓鹏，石德明一见面就对她动手动脚让她觉得很恶心，她因此生出一股怒气，但她不好发作，她怕自己言行过激会激怒石德明，导致石德明和她决裂并把他们之前联手对付程长征的事情抖出来。石德明这种人卑鄙无耻，什么事情都能做得出来。她闭上眼睛任由石德明在身上猥亵一阵，然后推开石德明，说："老石，今天不行，我身体不舒服。"

"怎么又不舒服？"石德明盯着常娜，有点儿疑惑，"宝贝儿，你该不会是骗我吧？"

"当然不是，我真的觉得身体不舒服。"

石德明哪管这些，他嘿嘿地淫笑着，说："没事儿，宝贝，我会温柔一些的！"他张开双臂扑到常娜身上。

石德明淫亵的举动令常娜十分愤怒，常娜猛然用力推开石德明，石德明差点从床上摔下去。石德明的心中不由得燃起一股怒火，他瞪着常娜，怒声说："你想干什么？”

常娜没好声气地说：“我刚才说了今天身体不舒服，你为什么还要强迫我？”

“我强迫你？”石德明的怒火更盛了，“你忘了以前你在床上的那股骚劲了？”

“你……”常娜气得脸色发白，说不出来话。她突然转过身，想打开房门跑出去，但石德明迅速抢在她面前，背靠着房门挡住她。

“想跑？”石德明阴森森地笑着，“今天还没陪我就想跑？”

常娜不禁有点儿害怕，因为石德明向来是一个阴险歹毒的小人，心狠手辣。她心想：看来今天不能和姓石的硬碰硬，否则我肯定会吃亏。一念闪过，她装出很委屈的样子，说：“老石，我今天身体真的不舒服，你怎么一点儿也不心疼我呀？”

老奸巨猾的石德明猜出常娜说的不是真话。自从聘任晓鹏出任总经理之后，常娜在公司里处处帮助晓鹏，根本不像上次承诺的那样要寻找机会罢免晓鹏。他冷笑着说：“你是喜欢上姓程的小子了吧？”

“你怎么会这样想？”常娜装出无辜的样子，“我比他年龄大那么多，怎么可能喜欢上他那个白痴？”

“怎么不会？”石德明逼近一步，“那你为什么不罢免那小子，还处处帮他？”

“我……没有帮他，那只是正常的工作往来。”常娜十分“委屈”地说，“老石，时机还没到呢，等时机到了我会罢免他的。再说你也知道，他现在虽然是总经理，但并没有多少实权。我向你保证，只要时机到了我一定会罢免他！”

“好，我相信你。”石德明瞪着常娜，用威胁的语气说，“再给你两个月时间，如果两个月之内你不罢免姓程的小子，我就公开我和你之间的关系，看你到时候怎么收场！”

常娜心头震了一下。如果石德明公开了他们之间的关系，晓鹏作为程长征的儿子肯定会很恨她，肯定会把她当成不要脸的女人，她和晓鹏就再也没有可能了。她装出哭腔，信誓旦旦地说：“老石，你放心，我会在两个月之内让程晓鹏从大丰滚蛋的！”

“好！”石德明冷笑道，“那你今天还走不走？”

“不走了……”

石德明嘿嘿地淫笑着，在常娜的脸上吻了一下。他把常娜抱起来扔在床上，疯狂地占有了常娜的身体。

常娜极为憎恨石德明。为了能和晓鹏走到一起，她必须让石德明消失，否则石德明会一直要挟她做其情人，而且绝对不会让她和晓鹏走到一起。

石德明完事后，气喘吁吁地躺在常娜身边。常娜抚摸着他的胸膛，装出笑容，娇声道：“老石，我刚才感觉身体不舒服，可现在全身舒服极了，就像刚刚晒过日光浴一样。你呀，功夫长了不少，比以前更厉害了！”

“是吗？”石德明心花怒放，“我可是攒了一个多月的劲！”

“你呀，比姓程的老头强一千倍、一万倍，真是宝刀不老！”

“宝贝儿，我要让你永远做我石德明的情人！”石德明一边说一边在常娜的身上抓弄。

常娜在石德明的鼻子上按了一下，娇嗔地说：“真是越老越色了！”

石德明抓住常娜的手指吮吸了几下，笑着说：“谁让你这么迷人，又是程长征的女人。”

石德明的举动让常娜感到十分恶心，但常娜仍然装出了若无其事的样子。为了让石德明消失，常娜心生一计，媚笑着说：“老石，我明天去上海广发贸易公司考察，周五直接从上海去东湖，晚上住在东湖钟鼎山的仙泉度假山庄。最近太忙，我打算在那里过两天清静日子。你想不想到时候过来陪我？”

“当然想了！”

“那好。我周五晚上九点钟才到仙泉度假山庄，你九点钟以后再来。你记住，是仙泉度假山庄里的五号小楼。你来之前不要对任何人说，只有我们两个人知道。”

“好啊，宝贝，我一定准时去那里陪你！”

钟鼎山的夜晚

夜晚，钟鼎山半山腰上的一座竹楼里亮着淡淡的灯光，若隐若现。一名中年男子沿着山间的小路，慢慢地向竹楼走去。没过多久，中年男子走到竹楼门前。他抬头看了看，只见竹楼分为上下两层，很像滇黔地区的少数民族居住的那种具有古典风格的小楼。

竹楼四周十分安静。中年男子轻轻地推开门，走进竹楼里。

竹楼里冷冷清清的，寒意颇重。竹木做的桌子和椅子整齐地摆在屋子中间。

中年男子正是石德明。石德明轻轻地叫了一声：“小娜，我来了，你在二楼吗？”

常娜在楼上说：“老石，你上来吧，我在二楼呢。”

石德明沿着楼梯往二楼走。

灯忽然灭了，楼道里顿时暗下来。石德明说：“小娜，灯怎么灭了？”

"灯我关了。今晚的月亮很圆,不用开灯。"

"噢。"石德明继续往楼上走,他刚走到二楼,被站在楼梯口的人影吓了一跳。

人影正是常娜。石德明有点惊魂未定,说:"小娜,你吓死我了!"

常娜咯咯地笑着,说:"你胆子真小!"她转过身刚要往前走,石德明快步走到她身后,用力抱住她。

"宝贝儿,我想死你了!"石德明用力吻着常娜的脖颈,同时在常娜的胸部捏了几下。

"老石,你怎么心这么急?"常娜娇声笑着,"放开我吧,这两天我都是你的,你不用这么急嘛!"

"好,好……"石德明这才放开常娜。

常娜轻轻地走到露天楼台上。楼台上摆放着一张方桌和四把椅子,都是用竹子做成的,看起来很古朴。桌子正中放着一个紫色的茶壶和四个茶杯。

常娜穿着一条白色长裙,纤美的身体掩映在皎洁的月光下,若隐若现,形成一种纯洁、优雅的古典美,令石德明感觉常娜仿佛是传说中的嫦娥仙子。

常娜在方桌前坐下了,但石德明站着没动,痴痴地看着常娜。常娜笑着说:"老石,你怎么还不过来坐下?"

石德明如梦方醒。他噢了一声,快步走到方桌前,坐在常娜对面。常娜为他倒了一杯茶,说:"刚泡的,上好的普洱茶。"

石德明端起茶杯闻了闻,笑着说:"果然是好茶。"他放下茶杯,色眯眯地盯着常娜的脸,吟了一句,"美人脸如月,茶香人更香。"

"老石,你什么时候成诗人了?"

"你这个绝世美人亲手为我斟茶,我是有感而发啊!"

常娜盈盈地笑着,说:"老石,你今晚看起来比以前俊朗多了!"

"是吗?"石德明摸了一下自己的脸,"自从遇到你这个美人之后,我变得越来越年轻了!"

"嗯,是越来越年轻了。"常娜瞟了石德明一眼,"老石,你说我们两个人今晚悄悄来这里算什么啊?"

"月下幽会啊!"石德明呷了一口茶,"听说过《西厢记》里崔莺莺和张生月下幽会的故事吧?你我孤男寡女在亭台楼榭里相约见面,一片诗情画意,不是幽会那是什么?"

"那我们是不是也可以算作潘金莲和西门庆那对狗男女?"

“我觉得算！”

“那我叫你西门大官人好了！”

“我叫你潘金莲！”

两个人全都放肆地笑起来。

半响，常娜止住笑声，说：“西门大官人，今晚的月光这么美，你我有情人在此幽会，金莲想给你讲一个故事。”

“快讲吧！”石德明有点急不可耐，“讲完了大官人和你还有正事要做！”

常娜长长地笑了一声，然后讲起来：“从前有一个女孩，名叫潘金莲。她的父亲常昊天是一名企业家，经营着一家大型企业。潘金莲从小就过着富足的生活，衣食无忧。十九岁那年，潘金莲考上了南方大学，毕业后又到英国攻读剑桥大学的经济学硕士学位。顺利拿到硕士学位后，潘金莲留在英国的一家金融机构工作。四年后的一天，潘金莲突然得知父亲跳楼自杀的噩耗，于是急忙回到中国。原来，父亲遭到竞争对手的阴谋暗算，导致经营多年的企业因资金链断裂而破产。面对一堆无法还清的债务，父亲自杀身亡，担任公司总经理的哥哥常胜也因受到强烈的刺激而得了严重的精神病，被送进精神病院。为了给父亲和哥哥报仇，潘金莲用三年时间摸清了仇家的所有底细，并且设下圈套巧妙地接近仇家。她不但凭借自己的美貌和才华得到了仇家的爱慕，而且嫁给仇家，成了仇家的妻子。之后她又担任仇家的公司的财务总监。她和仇家的死对头西门大官人勾搭成奸，处处暗中和仇家作对。”

常娜苦笑一声，起身走到楼台的护栏边。她默默地看着夜空中的月亮，眼中流出了泪水。

虽然常娜之前并没有说过自己的身世以及嫁给程长征是为了给父亲和哥哥报仇，但石德明听得出来常娜其实是在讲自己的经历，不禁对常娜有些同情。他起身走到常娜身边，这才发现脚下的楼台从半山腰上突兀而出，楼台底下是黑乎乎的山谷，深不见底。

半响，常娜继续说：“潘金莲嫁给仇家后，每天晚上都在给仇家做的夜宵里加入一种慢性毒药。毒药无色无味，不但可以逐渐降低仇家的免疫力，加速身体各个器官的衰老，而且导致仇家的心脏病越来越严重，仇家全家人对此一无所知。仇家的儿子离婚后离家出走给潘金莲创造了一个绝好的机会。潘金莲在仇家的儿子离家出走后的第二天晚上加重了慢性毒药的剂量，导致仇家第二天突发心脏病住进医院。仇家住院的第二天下午，他的好朋友秦律师去医院看望他。仇家当着母亲、潘金莲和秦律师三个人的面说他在家中的保险柜里保存着一份半年前立下的遗嘱。他说如果自己这次挺不过去，死后秦律师务必以遗嘱执行人的身份执行遗嘱。保险柜的密码是七个数字，仇家单独告诉母亲三个数字，之后又单独告诉潘金莲和秦律师每人各两个数字。他让每个人都要对自己知道的数字保密，只有在他死后打开保险柜的时候才能告诉彼此自己知道的数字。当天晚上，潘金莲在一支注射器里吸入了可以致人嗜睡的药物，然后带着注射器、印泥和伪造的遗嘱来到医院。她悄悄地走进仇家的病房，趁着仇家正在熟睡，将注射器里的药物注入吊瓶里。她在仇家的右手食指上涂上印泥，抓起食指在伪造的遗嘱上按上指印，然后擦掉了食指上的印泥。回到家，她悄悄地打开仇家卧室里的保险柜，从中取出仇家半年前立下的遗嘱。她将自己伪造的遗嘱放进保险柜里，然后将仇家立下的遗嘱烧成灰烬。”

石德明极为震惊，说：“遗嘱果然是你伪造的，我就说程长征怎么可能让你一个人继承他的所有财产，不给他儿子程晓鹏留一分钱！”

常娜愤恨地说：“姓程的把我们常家的企业整垮了，我必须夺走他的程氏！”

石德明极为不解地问：“遗嘱你是怎么伪造的？就算上面有程长征的指印，为什么鉴定不出来笔迹是假的？”

常娜冷笑了一声，说：“程长征立下遗嘱后仅仅一个多月我就破解了保险柜的密码，看到了他藏在保险柜里的遗嘱。遗嘱是他亲手写的，他在遗嘱里说，他去世后他所持有的大丰集团的股份、别墅及其附属财产和奔驰轿车由儿子程晓鹏继承，我只继承他的六百万银行存款。为了夺走他的所有财产给父亲和哥哥报仇，我只能伪造遗嘱，寻找时机以假乱真。

“我原本想模仿程长征的笔迹伪造遗嘱，但即使笔迹模仿得很像，也很容易被鉴定机构鉴定出来是假的，况且遗嘱的字数并不少，要想每个字都模仿得和程长征的笔迹一模一样是不可能的。因此我想，如果遗嘱是打印出来的，那么打印的遗嘱是否具有法律效力？为此我花了很长时间研究《继承法》，还专门咨询了几名资深律师。律师告诉我，虽然《继承法》规定自书遗嘱由立遗嘱人亲笔书写，但是近年来出现了不少内容是打印出来的遗嘱。尽管打印的遗嘱在形式上存在欠缺，但是只要打印的遗嘱是立遗嘱人自己打印的而且在遗嘱上亲笔写下了签名和日期，代表立遗嘱人的真实意思，那么打印的遗嘱一般会被法院判决具有效力，国内已经有不少这样的案例。因此我想伪造一份打印的遗嘱，只有签名和日期模仿程长征的笔迹用笔写成，这样就可以大大减少遗嘱被鉴定出来是伪造的可能性，因为用笔写的字很少。但是，即使签名我模仿得特别像，日后也很有可能被权威专业的鉴定机构鉴定出签名是伪造的。为了做到万无一失，我想了很长时间，终于想出了办法。只要我骗程长征在一张空白A4纸的右下角签上名字，我再把这张A4纸放进打印机里，就可以打印出被我篡改了内容并且留有程长征本人签名的遗嘱。有一次程长征正准备离开公司去广州考察一个投资项目时，我拿着两张空白A4纸走进他的办公室。我对他说他在广州考察期间我将按照他的指示和富荣工贸公司签订合同，合同条款经过协商已经确定下来了，没有超出公司的底线，但这份合同要经过他本人签字。由于打印机坏了，合同文本暂时打印不出来，为了不影响签约进程，他可以先在两张空白A4纸的右下角签上名字，等打印机修好后我把签过字的A4纸放进打印机里就可以打印出上面有他的签字的合同文本了。程长征当时正要离开公司赶往机场，而且他对我一直都很信任，因此他根本没多想就在两张空白A4纸的右下角签了字。我把这两张他签过字的A4纸妥善地保存起来，从而为我日后伪造遗嘱做好了准备。

“程长征突发心脏病住院的第二天早晨，我带着一张他签过字的A4纸去了公司。我把这张A4纸放进打印机里，然后用这张A4纸打印了一份遗嘱。这份伪造的遗嘱中不但详细罗列了程长征的所有财产及其数额，而且明确说明由我一人在他死后继承他的所有财产，包括他持有的大丰集团的股份、别墅及其附属财产、六百万银行存款和奔驰轿车。我在程长征签名的下方用笔补写了数字日期，将日期写成程长征去年立遗嘱的那一天。

“我计划当天晚上拿着这份伪造的遗嘱去医院，在伪造的遗嘱上按上程长征的指印。只要伪造的遗嘱上有程长征的指印，日后鉴定机构对这份伪造的遗嘱进行鉴定时会更倾向于认定这份遗嘱是程长征本人立下的。我还计划当天晚上回到家里，把保险柜里的真遗嘱换成我伪造的遗嘱，然后把程长征亲笔写下的那份遗嘱烧成灰烬。等程长征死后，我会假装自己不但不知道程长征在保险柜里藏有遗嘱，而且不知道保险柜的密码。我会找来人用切割工具打开保险柜，当着程长征母亲的面从保险柜里取出遗嘱，这样就不太容易让人怀疑遗嘱是伪造的，而我则可以凭借伪造的遗嘱继承程长征的所有遗产。如果我用数字密码打开保险柜取出遗嘱，程长征的母亲和程晓鹏必然会怀疑遗嘱是我伪造的，他们会千方百计阻挠我继承程长征的遗产。

“虽然我的计划很周密，但出现了意想不到的情况。当天下午我去医院看望程长征时，程长征的好朋友秦律师也去医院看望程长征。程长征当着我、他的母亲和秦律师三个人的面说他在家中的保险柜里保存着一份他半年前立下的遗嘱。当时我想这下完了，只要程长征说他在遗嘱里指定程晓鹏继承股份、别墅及其附属财产和奔驰轿车，而我只继承银行存款，那么我的计划就会落空。可是没想到，当秦律师问他遗嘱里对遗产具体是怎么分配的时候，他并没有回答，只说万一自己走了的话打开保险柜就知道了。这就给我创造了可乘之机，一报还一报，我想这应该是老天爷对我的眷顾吧。

“当天晚上，我按照计划带着伪造的遗嘱去了医院，在伪造的遗嘱上按上了程长征的指印。之后我回到家，把藏在保险柜里的遗嘱取出来换成我伪造的遗嘱，然后把程长征立的那份遗嘱烧成灰烬。

“由于程长征在医院里已经告诉我、他的母亲和秦律师三个人他在家中的保险柜里保存着一份遗嘱，并且分别告诉每个人几个保险柜的数字密码，因此他死后我不用按原计划找人用工具切割保险柜，只要三个人按照他的嘱咐把各自知道的数字密码连在一起就可以打开保险柜，这就使得遗嘱的出现显得顺理成章。不得不说，程长征弄巧反而成拙，为我顺利继承他的所有遗产帮了忙。

“程长征死后，为了将遗产继承到手，我在秦律师的帮助下向法院提起遗嘱确认之诉。法院一审、二审分别公布了平信、方华两家司法鉴定所出具的鉴定意见书，两家司法鉴定所都认为遗嘱上的签名和日期的笔迹以及指印是程长征本人的笔迹和指印。两家司法鉴定所之所以给出这样的鉴定结论，一是因为遗嘱上的签名和指印的确是程长征本人的签名和指印，只有数字日期是我模仿程长征的笔迹写的，我想司法鉴定所鉴定时肯定会以签名和指印为重点，不会以数字日期为重点；二是因为自从骗程长征在两张空白 A4 纸上签了名字后，我把他藏在保险柜中的遗嘱秘密复印了一份，之后一直利用空闲时间模仿他在遗嘱上写的数字日期笔迹。经过长期模仿，我写的数字日期笔迹和他写的几乎一模一样，司法鉴定所肯定很难鉴定出来遗嘱上的数字日期笔迹是模仿的。再说数字的笔画很单一，数字笔迹样本又很难收集提取，这就导致鉴定数字日期笔迹真伪的难度非常大。

“最后，法院认为遗嘱是真实的，一审和二审都判决遗嘱有效，我有权按照遗嘱继承程长征的所有遗产。之后秦律师凭借法院下达的判决书办理了相关手续，使我继承了程长征的所有遗产。”

“你的阴谋简直天衣无缝！”石德明觉得常娜有些可怕，不禁后退一步，“保险柜的密码多达七位数，你是怎么破解的？”

常娜笑着说：“表面上看七位数密码不可能被破解，但实际上并非如此。绝大多数人设置的数字密码一般都会和自己具有某种关系或联系，从而方便对密码进行记忆。程长征的年龄大了，记忆力正在衰退，他肯定不会把七个和自己没有任何关系或联系的数字设置为密码。想到这一点后，我先把和程长征有关的所有数字全部罗列出来，包括他的出生日期、结婚日期、身份证号、驾驶证号、手机号、年龄、身高、体重、银行卡号、大丰的股票代码，等等，之后又把和程晓鹏及程长征的母亲有关系或联系的数字也全部罗列出来，然后对所有数字一一进行验证。遗憾的是，我并没有找到密码。我没有灰心，又思索了很久，但仍然没有破解出密码。直到有一天看到程长征在一张纸上写的‘程晓鹏’三个字，我突然想到‘程’字可以拆分为‘禾’和‘呈’两个字，‘晓’字可以拆分为‘日’和‘尧’两个字，‘鹏’字可以拆分为两个‘月’字和一个‘鸟’字，加起来一共是七个字，莫非这七个字的笔画数就是保险柜的密码？我对此进行验证，终于打开了保险柜。”

“你太聪明了！”石德明不禁又后退一步，“你把程长征藏在保险柜里的遗嘱换成你伪造的遗嘱后，你不怕程长征经过治疗康复后回到家发现你伪造的遗嘱？”

常娜冷笑着说：“你觉得我把姓程的立下的遗嘱换成我伪造的遗嘱之后，还会让他舒服地活着吗？”

“你杀了程长征？”

“当然。他必须死，还我爸的一条命！”常娜阴残地笑着，“程长征住院的第三天晚上，我半夜里带着一支一次性注射器去了医院，注射器里提前吸入了可以致人死亡的有毒液体。趁着程长征熟睡的时候，我把注射器里的毒液注入药液里，然后悄悄地离开医院。程长征当天晚上就死了，对于程长征的死，医院给出的答复是突发心脏病猝死。”

石德明倒吸了一口气，越来越对眼前的这个心如蛇蝎的女人感到惧怕。他说：“你太残忍了，让我觉得你很可怕！”

“可怕？”常娜凄厉地笑了一声，“我的可怕都是被姓程的逼出来的！”

“上次我问你程长征的死和遗嘱是不是你的阴谋，你为什么否认？今天为什么又告诉我真相？”

“你知道吗？”常娜冷眼看着石德明，“我真心爱上程晓鹏了。”

石德明气得发抖，说：“那我上次问你你为什么不承认？”

“我要是不骗你，你把我们之间的关系告诉程晓鹏怎么办？”

石德明怒声说：“那你为什么今天又告诉我？”

常娜冷声说：“因为从今天开始，你恐怕再也没有机会告诉程晓鹏了。”

“你……什么意思？”

“石德明啊石德明，你难道听不明白？”常娜冷笑一声，逼近石德明，“我从来都没有爱过你，我爱的人只有程晓鹏一个。实话告诉你，每次和你这个老变态上床我都觉得恶心！”

“你……”石德明指着常娜，气得说不出来话。他突然明白了常娜刚才说的话的意思，但想逃跑已经来不及了。常娜伸出双手在他身上用力一推，他惨叫一声，和虚设的护栏一起掉进漆黑的山谷中。

石德明失踪后，他的妻子向公安局报了案。公安局调查了一个多月，但毫无所获。石德明如同蒸发掉了一样，不见任何踪迹。

香水

晚上，大丰集团的高管们在世纪花园大酒店宴请美国斯美沃尔公司中国区副总裁麦克先生及其率领的考察团一行。

大丰计划和斯美沃尔公司展开合作，借助斯美沃尔公司的品牌优势和市场优势，全面进军东南亚市场，向实现跨国企业的目标迈进。

宴会上，常娜和晓鹏作为大丰集团的最高代表，向斯美沃尔公司的高管们多次敬酒，祝愿双方合作成功。宴会结束后，常娜和晓鹏都醉了几分。

晓鹏回到家感觉有点累，躺在床上想先休息一会儿，之后洗个澡。他忘了关门，没过多久，常娜走进房间，端着一碗热汤向他走来。

常娜穿着淡粉色的睡衣，纤美的胴体在柔软的睡衣中若隐若现。她刚化过妆，脸上泛着红晕，显得极为娇艳。她的嘴唇殷红而迷人，十分性感。

在酒精的刺激下，晓鹏不禁盯着常娜的身体看，暗暗赞叹眼前的女人美丽极了，自己从来没有见过这么迷人的女人。

“晓鹏，你今天喝得有点多，阿姨给你煲了一碗汤，可以解酒的。”常娜笑吟吟的，温柔如水。

“噢……”晓鹏半天才发觉自己有点儿失态，急忙低下头，“谢谢阿姨。”

“不用客气。”常娜还没走到晓鹏面前，晓鹏就已经闻到了她身上散发出来的香味。香味使晓鹏感觉全身舒服极了，似乎自己置身在一片清香优雅的花丛里。

常娜极其妩媚地笑着，把碗端到晓鹏胸前，温柔地说：“快趁热喝了吧！”

“嗯。”晓鹏伸手接过碗，一勺一勺地喝起来。汤的味道十分鲜美，他暗暗赞叹常娜煲汤的手艺。

喝完汤，常娜从晓鹏手里接过碗，把碗放在床头柜上。她关住房门，再次回到晓鹏面前，离晓鹏相距不过咫尺。

“汤好喝吗？”常娜问。

“好喝。”

“那阿姨以后每天都给你煲。”常娜娇媚地看着晓鹏，“阿姨刚才用了新款香奈儿香水，觉得阿姨身上香吗？”

“香……”晓鹏的脸有点儿发热。

“那你喜欢吗？”

晓鹏吞吞吐吐地说：“喜欢……”

“晓鹏，你知道吗？”常娜含情脉脉地说，“阿姨今天晚上专门为你用了这种香水。”

晓鹏虽然听得出来常娜话里的意味，但常娜这么温柔可人，竟使他有点意乱情迷。

常娜喃喃地说：“其实，阿姨的身体比香水更香。如果你想要阿姨的身体，阿姨现在就可以给你。”她轻轻地伸出双手握着晓鹏的双肩，目光中充盈着无限渴望。

晓鹏清醒了。虽然酒精催发着他的情欲，但他极其理智地告诉自己不能迈出这一步。常娜是父亲的妻子，自己不能做出对不起父亲的事，况且常娜极有可能是谋杀父亲的凶手，自己不能陷入常娜的温柔陷阱！他突然大声说了一句“走开”，同时用力推开常娜，常娜险些摔倒。

常娜快步走到晓鹏面前，激动地说：“晓鹏，我爱你！我早就爱上你了！”她张开双臂把晓鹏紧紧地缠住了，强行和晓鹏接吻。

晓鹏极为愤怒。他用力扭了一下身体，迫使常娜松开手。他大声说了一句“滚开”，同时用力推开常娜，使常娜跌倒在地上。

“晓鹏，我是真心爱你的。”常娜站起来，十分委屈地说，“我对你一片真情，你难道不懂吗？”

“我不需要你爱我，你是我爸的女人！”晓鹏冷眼瞪着常娜，越说越气愤，“你这样做是不守妇道，对不起我爸的在天之灵！”

“什么妇道不妇道？你爸已经死了，我爱你有什么错？”常娜往前走了一步，冷眼盯着晓鹏，“程晓鹏，我知道你心里喜欢我，你难道不想占有我？你有色心没色胆，还装正人君子！”

“你胡说！”晓鹏气得真想撕破常娜的嘴，“我不是你说的那种人，我有自尊，也有自爱，不像你这种女人这么不要脸！”

“我不要脸？”常娜哼了一声，冷笑着说，“那你和慕容兰兰同居了又和一个女警察搞上了，还搞出了一个儿子，你说你要脸吗？”

“你……”晓鹏被常娜驳得说不出来话。

“我们不要吵了。”常娜的语气很快就平缓下来，她温柔地说，“晓鹏，我爱你。你已经很长时间没碰女人了，今天晚上我只想把自己交给你。”

“不行！”晓鹏终于想出了反驳的话，“以前我和她是两情相悦，而且我们是同辈，但你是我爸的女人，我是我爸的儿子，你这样做是乱伦！”

“我乱伦？”常娜嘿嘿笑着，“那你和慕容兰兰同居了又和那个女警察上床，你难道不是乱搞吗？还两情相悦呢，你有权利指责我吗？”

“你……”晓鹏再次被常娜驳得说不出来话。他半天才憋出一句，“这是我的房间，你给我出去！”

常娜走到晓鹏面前，温柔地说：“晓鹏，你别生气了。你知道吗？我昨天去医院做了检查，医生说我得了血癌，活不了多长时间了。”常娜的眼中流出了泪水，“只要你同意和我在一起，陪我度过生命的最后一段时光，哪怕不结婚，我会立下遗嘱让你继承我的一半遗产。”

常娜没有说谎。最近一周她经常感觉全身的关节很痛，牙龈也经常出血。昨天她去医院做了检查，医生说她得了血癌，已经到晚期了。

但是，晓鹏根本不相信常娜说的话，晓鹏认为常娜说自己得了血癌只是为了勾引他。

常娜抓起晓鹏的手一边往自己的胸前送一边说：“晓鹏，我爱你，你把生气的劲全都使在我身上吧！你爸从来没有让我满足过，和你爸结婚后我每天晚上想的人都是你。”

晓鹏被常娜无耻至极的话和举动彻底激怒了。他甩开常娜的手，怒吼了一声：“你给我滚出去！”他把常娜翻了个个，然后把常娜推到门前。他迅速拉开门，把常娜硬生生地推到门外。常娜转过身想进来，但门已经被反锁了。

常娜用力推了几下门，但门根本推不开。她气得脸都白了，怒声说：“程晓鹏，给你一个星期考虑。如果你不同意，你们全都从这里搬出去。现在这套别墅是我的，我说了算！”她悻悻地走进自己的房间里，砰的一声关上门。

奶奶正在一楼卧室休息。听到楼上重重的关门声后，她急忙穿好衣服，一步一步蹒跚地走上二楼。

“晓鹏！”奶奶敲了敲晓鹏卧室的门。

晓鹏打开门，奶奶问："发生什么事了？"

"奶奶，进来说吧。"奶奶走进房间后，晓鹏关上门，"奶奶，她刚才勾引我，要和我做……那种事！"

"天哪，没想到又出这种事！"

晓鹏十分气愤地说："她限我一个星期之内考虑清楚，如果我不同意，就让我们全部从别墅里搬出去！"

奶奶叹了一口气，十分无奈地说："现在别墅的所有权在她手里，她成了这个家的主人。你爸当初不听我的，娶了这个蛇蝎心肠的女人回来，还被这个不要脸的女人继承了所有遗产，你说他怎么那么糊涂啊！"

"奶奶，你说我们该怎么办啊？"

"怎么办还用奶奶教你吗？"奶奶紧盯着晓鹏，铿锵有力地说，"咱们程家的男人不是孬种！天无绝人之路，她既然这么说了，我们干脆搬出去，在外面租房子住！"

"嗯。"晓鹏重重地点了点头，"我明天就出去找房子！"

不想嫁人

早晨，晓鹏从网上搜索出租房子的信息，然后打电话和房主一一联系并开着宝马到现场看房。他看中了城郊的一套房子，房子在一个很普通的居民楼的一楼。

晓鹏之所以选择这套房子，主要是因为房子的租金比较便宜。虽然他是大丰集团的总经理，工资很高，但每月宝马轿车的油气费、小红的工资和其他各种生活开支加起来形成一笔不小的支出，现在再加上房租，他感到压力越来越大。不仅如此，奶奶的年龄已经很大了，身体健康越来越差，医药费也是一笔不小的开支。再说奶奶说不定哪天就会离他而去，天州的墓地价格越来越贵，他得提前积攒奶奶去世后购买墓地的钱。面对重重压力，他必须精打细算。他和房东讨价还价十几分钟才谈好租金，房东在他背后挖苦了一句："还开宝马呢，连这点房租都这么抠门！"

晓鹏当天晚上就开着宝马把奶奶、小红和小强接到租的房子里。奶奶走进租的房子，向四下里看了看，不禁十分感慨，眼中流出了泪水。以前程长征活着的时候，她和晓鹏住在宽敞豪华的别墅里，过着人人羡慕的奢华生活。可是现在，程家的所有财产全部落入常娜手中，他们沦落到只能租房子住的地步。

晓鹏扶着奶奶，说："奶奶，你别难过了，总有一天我会把大丰夺回来的。"

奶奶嗯了一声，擦去了泪水。

晓鹏对小红说："小红，这里没有别墅暖和，也很潮湿，我不在家的时候你一定要照顾好奶奶。"

小红点点头，说："程哥，你放心吧，我会照顾好奶奶的。"

晓鹏从小红手里抱走小强，亲了一下小强的脸，笑着说："小强，先跟着奶奶，要听话。"他把小强交给奶奶，"奶奶，你先带着小强吧，我和小红去趟别墅把该拿的东西全都拿来。"

"去吧。"奶奶说。

去别墅的路上，小红坐在宝马的副驾驶位上，一直默然无语。这是她第一次坐这么高级的轿车，而且是和晓鹏同时坐在车里。她稍微有点儿紧张，还有点儿局促。她想问晓鹏为什么和奶奶决定在外面租房子住，但没问。奶奶早晨告诉她要在外面租房子住的时候并没有说原因就急忙转身走了。从神色可以看出奶奶有难言之隐。

晓鹏不知道为什么，和小红同时坐在车里感觉有点不自然，不知道说什么好。他嗫嚅了半天才说："小红，这段时间你同时照顾奶奶和小强，真的辛苦你了，谢谢你。"

小红说："程哥，不用谢我的，这是我应该做的。"

"小强这孩子可怜，出生的时候就遭了很多罪，现在又没妈妈了。"晓鹏叹了一口气，"我整天忙，没时间照顾小强。你替我照顾好小强，工资我还会给你涨的。"

听了晓鹏说的话，小红的心被刺痛了。其实，从进入程家当保姆的第二年起，小红就已经爱上晓鹏了，但是由于感到自己身份卑微，她一直不敢向晓鹏表白。从照顾小强的第一天起，她就把小强当成自己的孩子，暗暗发誓一定要当好小强的母亲。她多么希望晓鹏明白她的一片真情，但从晓鹏刚才说的给她涨工资的话来看，晓鹏心里仍然把她当成外人。她默默地说："程哥，工资不用涨了，在外面租房子住花销挺大的。你放心吧，我会照顾好小强的。"

"那哪行？虽然现在家里不像以前那么有钱了，但也不能亏待你啊！再说你以后还要嫁人，总得攒点钱以后过日子用，你看现在物价和房价都涨成什么样了。"晓鹏根本想不到自己说的话会刺痛小红。

"程哥，真的不用了。"小红有点儿想哭，"我想一直照顾小强和奶奶，我……不想嫁人……"

"你不想嫁人？"晓鹏有点儿吃惊，看了一眼小红。小红的表情很平淡，似乎刚才说的话只是随口说的。

晓鹏噢了一声，没再说话。

宝马在别墅门前停下了。晓鹏走进别墅的客厅，常娜从沙发上站起来，怔怔地看着他。他没和常娜说话，甚至看都没看常娜一眼就上了二楼，小红一直低着头跟在他身后。

常娜看着晓鹏的背影，十分气恼。她用美貌、智慧和身体征服了程长征和石德明，但血气方刚的晓鹏却对她的柔情蜜意视而不见，唯恐避之不及。仅仅一天时间晓鹏就毅然搬出别墅，显然不堪忍受她的骚扰，把她当成了无耻的荡妇，很鄙视她。但是，晓鹏对她的无情和冷漠反而更刺激她，她更爱晓鹏了。她暗暗发誓：一定要让晓鹏臣服在她的美貌和肉体下，撕掉晓鹏的伪装。她认为包括晓鹏在内的绝大多数男人都和石德明一样，本性是好色的、贪婪的。

晓鹏抱着被子即将出门的时候，常娜把他叫住了。常娜走到他身后，伸出双手握着他的双肩，轻轻地靠着他的后背，娇媚地说："晓鹏，哪天想我了就回来，我随时在家里等你。"

晓鹏用力甩开常娜，快步走出别墅，小红抱着衣服从二楼走下来的时候正好看到这一幕。她心里顿时明白晓鹏和奶奶为什么决定在外面租房子住了。

立遗嘱

晓鹏搬出别墅后，常娜虽然没有机会再勾引他，但常娜大幅度地收缩他的权力，使身为总经理的他成了事事听命于常娜的傀儡，无法顺利开展工作。常娜这样做的目的只有一个，那就是逼晓鹏就范，让晓鹏臣服在她的美貌和肉体下。晓鹏明白常娜的目的，为了有一天能夺回大丰，他一直忍着。

不过常娜对晓鹏是真心的。常娜在工作中总是对晓鹏脉脉含情，不管身边有没有其他人。每天她都会换上不同的衣服，时而美艳，时而性感，时而温婉，时而优雅，女性的所有妩媚和风情在她的身上展现得淋漓尽致。

然而，晓鹏不但丝毫不为常娜的美色所动，反而越来越憎恨常娜了。

晓鹏的冷漠和无情，最终导致常娜下定决心不让晓鹏在她死后继承她的任何遗产。她找了律师，在律师的帮助下立了一份遗嘱，并对遗嘱做了公证。她在遗嘱中说，她死后她所持有的大丰集团的股份和银行的六百万存款由堂弟常明继承，其中六百万存款专门用作哥哥常胜在天州精神病院的终身医疗费。她还在遗嘱中委托好友陈红在她死后将别墅及其附属财产和奔驰轿车拍卖，拍卖所得的钱款全部捐给天州精神病院。

因与果

一天早晨，洪金山发短信给晓鹏，让晓鹏中午十二点半去悦来茶馆，有重要的事情谈。晓鹏估计洪金山要和他谈的事情肯定和常娜有关。

晓鹏和洪金山如约在悦来茶馆见了面。果然不出晓鹏所料，洪金山刚坐下就紧皱着眉头说："晓鹏，最近几个月我一直雇人暗中监视常娜，并且调查常娜的来历和身份，现在常娜的来历和身份已经有眉目了。"

晓鹏迫不及待地说："洪叔，她到底是什么来历？"

"常娜每个月都会抽出两天时间去精神病院看望一个精神病人，这个精神病人住院的所有费用都由常娜承担，并且院方按照常娜的要求，为这个精神病人安排了最好的特护病房，每天二十四小时都有专人看护。"洪金山顿了一下，"这个精神病人是个男的，三十六岁，名叫常胜。"

"常胜？"晓鹏有点儿疑惑，"他姓常，常娜也姓常，他们该不会是兄妹吧？"

"没错，常胜是常娜的亲哥哥！"

"以前常娜从来没有说过她有一个亲哥哥。"

"她当然不会说。"洪金山的神色变得悲怆起来，"晓鹏，你爸有没有对你说过他六年前打败长天实业公司这件事？"

晓鹏摇了摇头，说："没有。"

"长天实业的董事长名叫常昊天，总经理是他的儿子常胜，就是常娜经常去精神病院看望的那个精神病人！"

"常娜是常昊天的女儿？"

"不错。"回想起过去的那件事，洪金山不禁替程长征懊悔起来，"六年前，大丰开始与长天实业争夺华东地区市场，当时大丰在市场竞争中处于劣势。你爸为了打败长天实业，联合几家公司设下圈套，导致长天实业因资金链断裂而破产。面对根本无法还清的巨额债务，常昊天跳楼自杀，而常胜因受到强烈的刺激而患上严重的精神病，被送进天州精神病院。"

"这太可怕了！"在晓鹏的心中，父亲一直是一位善良并富有正义感的人，父亲这几年还积极投身慈善事业。他不肯相信父亲做过那种昧着良心的事，但洪金山怎么可能骗他？他半信半疑地说，"洪叔，你说的……是真的吗？"

"晓鹏，我知道你不肯相信，但这件事的确是真的。"洪金山长长地叹了一口气，"常昊天自杀后，你爸十分后悔，自责不已。这就是你爸最近几年投身慈善事业的原因，他是想借此赎罪。”

“洪叔，我爸做那件事应该不只是为了公司的发展吧？应该还有其他原因吧？”晓鹏总觉得父亲做那件事肯定有其他出于正义的目的。

“你爸做那件事的主要目的就是为了赚钱。”洪金山极为感慨地说，“包括我在内的很多人都和你爸一样，追求金钱的欲望不断膨胀，成了金钱的奴隶，甚至为了获取金钱不择手段。直到有一天拥有很多金钱后才发现，一味地追求金钱导致自己失去了爱、健康和信仰，得不偿失，直到这时才幡然悔悟。就拿你爸来说，为了金钱在商海拼杀二十多年，虽然赚的钱越来越多，但是身体健康越来越差，知心朋友也越来越少。直到遇到常娜他才过上了一段快乐的日子，但是常娜这个他最心爱的女人却夺走了他辛苦积累起来的所有财富。”

晓鹏对父亲感到很失望。他没想到父亲为了钱竟然会干出那么卑鄙的事，导致别人家破人亡，他不禁替父亲懊悔起来。但是，无论父亲曾经做过多么罪恶滔天的事，父亲都是爱他的，从来没有停止过。洪金山告诉他的常娜的身世以及父亲设下圈套陷害常昊天一事让他彻底相信了洪金山之前的推断：常娜谋杀了父亲并伪造了父亲留下的遗嘱！他愤怒地说：“常娜一定是为了替她父亲和哥哥报仇所以勾引我爸嫁入我们程家，我爸肯定是被她谋杀的，遗嘱也是她伪造的！”

“没错！”

“我现在就去找这个臭女人问清楚！”晓鹏起身准备离开。

洪金山急忙站起来劝道：“晓鹏，不要冲动，先坐下来，这件事急不得！”

晓鹏强压着怒火坐下来。

“你没有任何证据，贸然去找她她肯定不会承认的。”

“那我该怎么办？”

“听洪叔的，先不露声色，稳住常娜。遗嘱不是在秦律师那里吗？你去找一下秦律师，让秦律师再委托一家更权威更专业的鉴定机构对遗嘱上的签名和日期的笔迹以及指印进行鉴定，只要鉴定出来笔迹和指印是假的，那就证明遗嘱是伪造的，到那时你就可以将常娜告上法庭，夺回被她非法继承的遗产。”

“洪叔，我听你的。”晓鹏把右手攥成拳头，“我一定要让这个臭女人为自己所做的一切付出代价！”

“洪叔一定会帮你东山再起！”

吃完点心，晓鹏说：“洪叔，三周前我和奶奶搬出别墅了，现在在外面租房子住。”

洪金山说:“是不是常娜又勾引你了?”

“嗯。”晓鹏愤恨地说,“这个不要脸的臭女人,一次又一次勾引我,我真的无法再忍受了!”

“看来常娜真的爱上你了。不过你做得对,谁和这个蛇蝎心肠的女人在一起都不会有好下场的。”洪金山若有所思,“我现在隐隐觉得,石德明的失踪也和常娜有关系。”

“洪叔,你的意思是?”

“之前我已经推断出常娜和石德明的关系不简单,而石德明一直是你爸的死对头,常娜为了给父亲和哥哥报仇,肯定早就和石德明勾搭成奸,并且伙同石德明在背后对付你爸。在她提议由你出任公司总经理这件事情上,如果不是她事先说服石德明,一直想当总经理的石德明怎么可能会同意?但是,她凭什么说服了石德明?难道仅仅是因为他们之间的情人关系?恐怕没这么简单。”洪金山顿了一下,“我和石德明明争暗斗这么多年,对石德明很了解。石德明虽然好色成性,但还没有到为了女色而昏头的地步,况且常娜已经是他的情人了,他已经得到了常娜。因此可以推断出,石德明同意常娜的提议让你出任总经理并不是因为常娜是他的情人,而是因为常娜向石德明承诺了什么,并以此作为条件。虽然不知道常娜的承诺是什么,但我隐隐觉得,很可能是因为常娜无法兑现承诺或常娜不想履行承诺,导致石德明极有可能做出对常娜不利的事情,因此常娜杀了石德明,让石德明永远闭嘴。常娜这样做还有一个好处,那就是她和石德明之间的情人关系以及他们背后干的那些见不得人的事情从此再也不会被任何人知道,尤其是你!”

晓鹏越听越觉得可怕,说:“洪叔,你是说石德明已经死了,对吗?”

“不错!这个女人如同蛇蝎般狠毒,石德明不可能还活着!”洪金山顿了一下,“你还记得石德明失踪前常娜在做什么吗?”

“记得。当时常娜是去上海广发贸易公司考察一个合作项目。”

“那你有没有发现那次考察和以往有什么不同?”

“不同?”晓鹏仔细想了想,眼睛一亮,“和广发贸易的合作项目只是一个很小的项目,她作为董事长没必要亲自出马。还有,平时考察一般是几个人一组,但那次考察她没有带任何人,只有她一个人。”晓鹏突然明白了什么,睁大眼睛说,“她回来后石德明正好失踪了!”

“不错,问题就出在这里。”洪金山的目光变得十分冷峻,“考察只是掩人耳目,她的目的一定是谋杀石德明!”

下午，晓鹏去方正律师事务所找到秦律师。他和秦律师寒暄几句，坐下说："秦叔叔，今天过来找你主要是有件事要麻烦一下你。"

秦律师说："晓鹏你说，不用客气。"

"秦叔叔，麻烦你再找一家更权威更专业的鉴定机构对遗嘱上的签名和日期的笔迹以及指印进行鉴定，费用我全部出。"

"遗嘱不是已经鉴定过两次吗？为什么还要再做鉴定？"

"秦叔叔，遗嘱极有可能是常娜伪造的。"

"常娜伪造遗嘱？"秦律师摇了摇头，"晓鹏，我上次就说过，遗嘱一直被你爸保存在保险柜里，只有事先知道七位数密码才能打开保险柜，但七位数密码几乎不可能被破解。再说即使破解了密码，又怎么可能伪造出一份和你爸的签名和指印一模一样的遗嘱？"

"秦叔叔你不知道，我爸是常娜的仇人，常娜有理由报复我爸，也有理由伪造遗嘱继承我爸的所有财产为她的父亲和哥哥报仇！"

"常娜是你爸的仇人？她要给父亲和哥哥报仇？"秦律师感到匪夷所思，"这到底是怎么回事？"

"秦叔叔，你听我慢慢讲。"晓鹏首先说明常娜的身世，然后将父亲六年前设下圈套导致长天实业公司破产、常昊天跳楼自杀和常胜患上精神病一事讲了一遍，"常娜一定是为了替父亲和哥哥报仇，所以伪造了遗嘱，谋杀了我爸。如果不是为了夺走大丰和我们程家的财产，她作为我爸的仇人根本不可能嫁给我爸。"

秦律师听完极为吃惊，半天竟说不出来话。

"秦叔叔，我爸因为信任你所以委托你做遗嘱的执行人，但你执行的遗嘱极有可能是常娜伪造的。为了弄清事实真相，只能麻烦你找一家更权威更专业的鉴定机构对遗嘱上的签名和日期的笔迹以及指印再做一次鉴定。"

"好，我明天就去找全省最权威的鉴定机构再做一次鉴定。如果鉴定出来遗嘱上的签名和日期的笔迹以及指印是假的，你就可以向法院起诉常娜，争取你应得的遗产！"

"谢谢秦叔叔。"晓鹏郑重地说，"为了避免节外生枝，这件事一定要保密，不能让任何人知道。"晓鹏在一张便笺上写下自己的手机号码，"秦叔叔，这是我的手机号，结果出来后你马上通知我。"

半个月后的一天，秦律师打电话告诉晓鹏天荣司法鉴定所已经把鉴定意见书寄给他了。该所经过鉴定，认为遗嘱上的签名和日期的笔迹以及指印确系程长征本人的笔迹和指印。天荣司法鉴定所是全省最权威最专业的司法鉴定机构。

当天晚上，晓鹏和洪金山如约在悦来茶馆见面。两人刚坐下，晓鹏说：“洪叔，今天秦律师打电话告诉我，天荣司法鉴定所经过鉴定，认为遗嘱上的签名和日期的笔迹以及指印的确是我爸的笔迹和指印，这家司法鉴定所是全省最权威最专业的司法鉴定机构。”

洪金山吃了一惊，说：“怎么还是鉴定不出来？难道遗嘱真的是你爸立下的？不，这不可能！”

“我也觉得不可能，但为什么鉴定不出来呢？”

洪金山思索半天，终于开口说：“遗嘱的内容是打印出来的，只有签名和日期是手写的。我想常娜肯定是先骗你爸在空白的纸上签了字，然后在这张纸上打印出了遗嘱的文字内容，之后又模仿你爸的笔迹写上日期。至于指印，其实并不难，只要趁你爸睡觉的时候在他的手指上涂上印泥就可以按上你爸的指印。”

“如果真是这样，遗嘱还能鉴定出来是伪造的吗？”

洪金山摇了摇头，说：“恐怕不可能鉴定出来了。伪造遗嘱肯定是常娜蓄谋已久的阴谋。”

误会

吃过晚饭，晓鹏打算去商场给小强买身衣服。小强已经学会走路了，小家伙长得又白又可爱，眼睛和张菁的眼睛特别像。小红每天只要一有空闲时间就教小强说话，小强已经学会叫爸爸和奶奶了，只是发音不太准。

晓鹏觉得自己挑选衣服肯定不如小红的眼光好，于是走进厨房，对正在洗碗的小红说：“小红，洗完碗和我一起去给小强买身衣服吧？”

小红以为自己听错了，转过身说：“程哥，你是说让我和你一起去给小强买衣服，对吗？”

“嗯。”

小红怔怔地看着晓鹏，噢了一声。在程家待了五年了，今天是晓鹏第一次让她陪着买东西。

洗完碗筷，小红让晓鹏等一下她，然后走进她和小强住的卧室里，对着镜子梳头打扮一番，又换了一身新衣服。新衣服是她上大学之前父亲在老家的一家商场给她买的，一共二百六十块钱，是她从小到大买的最贵的一身衣服。这身衣服她只在上大学的第一天穿过，之后一直保存在行李箱里，没舍得穿。

“程哥，我们走吧。”小红从卧室里走出来。

晓鹏看到小红后怔住了。他惊讶地发现，小红经过打扮竟然那么清纯，那么漂亮，很像一名大学生，和过去判若两人。虽然小红的容貌和张菁相比稍微逊色一点儿，但晓鹏觉得她比张菁温暖。张菁一定是因为过去的那些惨痛的经历才变得冷漠甚至冷冰冰的。虽然张菁也曾给过晓鹏温柔的一面，但是却十分短暂，使晓鹏回忆张菁时总感觉张菁像冬天的雪花，很美也很纯洁，只是有点清凉。

晓鹏一动不动地看着小红，小红的脸红了。小红低下头说：“程哥，可以走了吗？”

“噢……”晓鹏这才反应过来，很不好意思。他走进奶奶的卧室，对正躺在床上的奶奶说了一声，然后抱起小强，和小红一起走出家门。

路上，小红抱着小强坐在宝马的副驾驶位上。小强今天特别开心，在小红的怀里活蹦乱跳不止。晓鹏一边开车一边对小强说：“小强，听爸爸的话，不许这么调皮，小红阿姨的衣服都让你给踩脏了。”

小强听不懂晓鹏说的话，仍然很调皮。小红说：“程哥，没事的，衣服脏了我回去洗一下就行了。”

“这孩子，太调皮了。”晓鹏歉疚地说，“今天你好不容易换了一身新衣服，又让他给弄脏了。”

“真的没事的。”

没过多久，晓鹏抱着小强，和小红走进永兴商场。刚走进四楼童装区，一名女售货员热情地笑着说：“先生，您和爱人是想给孩子买身衣服吧？”售货员把晓鹏和小红当成夫妻了。

晓鹏和小红彼此看了对方一眼，都很尴尬。晓鹏说：“我们想给孩子买一身冬天穿的衣服。”

“噢。”售货员亲切地看着小强，“孩子真可爱，和他妈妈长得真像。”

晓鹏和小红又互相对视了一眼，两个人都尴尬得不知说什么好。

售货员对晓鹏和小红讲了最新几款童装的质地和价格，讲完后说：“这些衣服都不错，孩子穿上肯定很暖和，也很洋气，就看你们喜欢哪一身。”

晓鹏对小红说：“你觉得哪一身好？”

小红指着一身黄色童装，说：“我觉得这身不错，纯棉的，而且黄色是暖色，冬天穿上保暖。”

晓鹏对售货员说：“就把这身拿上。”

售货员高兴地对晓鹏说："您爱人的眼力真好，我们这身童装卖得最好了，现在只剩下最后这身了！"

晓鹏尴尬极了，不好意思地对小红笑了笑。小红红着脸，低下了头。

买好衣服后，晓鹏抱着小强，和小红坐电梯往楼下走。刚走到二楼电梯口，晓鹏转过身向西边卖女装的地方走去。来的时候小强踩脏了小红的衣服，晓鹏想给小红买一件新衣服，否则心里过意不去，况且小红当保姆这五年一直没有穿过一件像样的衣服。小红以为晓鹏只是在商场里随便转转。她一直跟在晓鹏身后，默不作声。

晓鹏在女装区的一家品牌厅房前停下脚步，厅房里的一名女售货员迎上来，笑着说："先生，您好，您是想给爱人买件衣服吧？"

晓鹏很想说明他和小红的真实关系，但不便说。如果说了售货员肯定会怀疑他和小红的关系不正常。他只好嗯了一声，十分歉疚地看了小红一眼。

小红羞涩地低下头。她以为晓鹏只是随便看看，并没打算给她买衣服。

售货员打量了一遍小红，对晓鹏说："您爱人真漂亮，生完孩子身材都保持得这么好。"

小红尴尬极了，感到无地自容。她偷偷看了晓鹏一眼，晓鹏也是一脸尴尬的神色，不知该说什么好。

"我们有几件新到的外套，都是新款，比较适合冬天穿。"售货员一边说一边拿起一件休闲外套在小红的身上比了比，对晓鹏说，"您看这件怎么样？"

晓鹏说："挺好的，多拿几件试试吧！"

"好的。"售货员让小红试了五件外套，"您看上哪件了？"

晓鹏指着一件白色外套，说："就这件。"他问小红，"喜欢这件吗？"

小红吞吞吐吐地说："喜欢……"

晓鹏对售货员说："那就这件了，拿个合适的。"

"好的。"售货员找出一件合身的外套让小红换上了，"您看这件怎么样？"

晓鹏忘了回答，他看着小红，不禁呆了。小红穿上新衣服竟然那么清丽动人，像一朵含苞欲放的茉莉花，在羞赧中透出了清纯和优雅。

小红没想到晓鹏真的要给她买衣服，因此特别感动，心里很温暖。她不敢直视晓鹏，脸上带着几分羞涩。

"看您，眼睛都直了。"售货员笑着对晓鹏说，"敢情是您爱人穿上这件衣服太漂亮了！"

晓鹏这才反应过来，急忙把目光从小红身上移开，对售货员说："就这件，多少钱？”

“一千二，新款没有折扣。”

“行，你开个票。”

小红急忙说：“程哥，太贵了，不买了！”她边说边脱试好的衣服。

晓鹏说：“没事的，小强把你的衣服踩脏了，应该给你买的。”

“衣服脏了我洗干净就行，真的不用买。”想想晓鹏从衣食无忧的富二代沦落到租房子住的地步，小红舍不得晓鹏为自己花钱。

“哎呀，你怎么这么犟？”晓鹏生气地说，“不就是一件衣服吗？”

“好吧……”小红的眼睛湿润了。

晓鹏去收银台付了钱，买走了衣服。他和小红往电梯口走去，迎面而来的一个年轻女孩把他叫住了。

年轻女孩很靓丽，身材高挑。她怀里抱着一个孩子，孩子看起来和小强的年龄差不多一样大。她的身边站着一位年轻男子，年轻男子穿着一身名牌，看起来很帅气，也很有绅士风度。

晓鹏觉得女孩很面熟。他突然认出来了，女孩是他的前妻慕容兰兰！

兰兰笑着说：“没想到在这里遇到你。”

晓鹏不禁想起他和兰兰过去的那些事情，心里感到很憋屈。他勉强装出笑容，说：“是啊，我也没想到。”

“我朋友。”兰兰指了一下身边的年轻男子。

“你好！”年轻男子伸出手，想和晓鹏握手。

晓鹏估计年轻男子是兰兰的男朋友，他极不情愿地伸出手和年轻男子握了一下。

“我儿子，慕容亮亮……”兰兰犹豫了一下，“你认识的。”

晓鹏看了一眼兰兰怀中的孩子，没说话。兰兰怀中的孩子是他以前当成亲儿子养育的程万里。

兰兰看着晓鹏怀里抱着的孩子，惊讶地问：“这个孩子是？”

“我儿子，程强。”

“你儿子？”兰兰十分吃惊，还以为自己听错了。

“是啊，我亲生儿子。”

“你什么时候生的？”

“两年前。”

看到小红手里提着的衣服，兰兰以为晓鹏的儿子是小红给他生的。她瞪了小红一眼，暗暗在心里骂小红不要脸，居然早就勾引晓鹏，并且生下了孩子，自己却一直被蒙在鼓里！

晓鹏猜到了兰兰心里的想法，说："你别误会，孩子的母亲已经去世了。"

"噢。"

"没什么事我先走了。"晓鹏和小红往电梯口走去。

"晓鹏……"兰兰有点儿想哭。和晓鹏离婚后她虽然谈了男朋友，但心里一直放不下晓鹏，一直觉得对不起晓鹏。她认真地说，"你家发生的事情我都知道了。你要振作起来，要我帮助的话给我说，我会尽力的。"

晓鹏什么也没说，头也不回地走了。

开着宝马回家的路上，晓鹏一直默然不语。想想商场的售货员把他和小红当成夫妻时的情景，他有些感慨。小强已经两岁了，他却一直没有给小强再找一个母亲。他从小就是一个没有母亲的孩子，他懂得没有母亲对于孩子来说该是多么的不幸。他不禁想起了张菁，一阵心酸。

他偶尔对小红看了一眼，只见小红正在流泪，但一直悄悄地没有哭出声。他突然想起来三年前的一幕：他把常娜送给他的手机送给小红后，无意中发现小红一个人躲在房间里拿着手机悄悄地哭泣，十分伤心。

小红当时的神情和现在很像。至此，晓鹏才突然明白了什么……

忏悔

一天下午，晓鹏的手机打进来一个陌生电话，一个陌生人在电话里用冷峻的腔调说："程先生，如果你想知道你父亲程长征是怎么死的，请你今天晚上八点钟去海天大酒店的802房间。记住，你只能一个人来，不要告诉任何人，否则你永远不会知道你父亲是怎么死的！"

晓鹏吃了一惊。他正要问对方是谁，但对方已经把电话挂了。他回拨过去，对方一直处于关机状态。

晚上八点钟，晓鹏准时去了海天大酒店。他敲了敲802房间的门，门被拉开了，一名戴着黑色墨镜、穿着黑色西服的瘦高个男子站在面前。"瘦高个"笑着说："程先生，请进！"

"瘦高个"的装束有点像港片里的黑社会人员。想想下午的那个陌生电话，晓鹏不禁有点心悸。走进房间,他急声问:“你是谁?我父亲是怎么死的?”

“程先生,你先不要着急,待会石先生会告诉你的。”“瘦高个”随即打了一个电话,对接电话的人说,“告诉石先生,人已经到了。”

几分钟后,门被推开了,一个和“瘦高个”穿着相同的年轻男子推着一辆轮椅走进来。轮椅上坐着一位中年男子,晓鹏感觉很面熟。

晓鹏突然认出来了,中年男子是已经失踪数月的石德明!他吃惊地说:“是你……”

石德明笑着说:“我还活着。”

晓鹏快步走到石德明面前,急声说:“快告诉我,我爸是怎么死的?”

“你爸是常娜这个臭婊子谋杀的!”

“快告诉我,到底是怎么回事!”

“听我慢慢说吧。”石德明详细讲述了四个月前钟鼎山的那个夜晚常娜告诉他的所有事情,包括常娜的身世以及常娜伪造遗嘱、谋杀程长征的经过。

石德明讲述的事实和洪金山的推断丝毫不差,父亲的死以及遗嘱全是常娜的阴谋,晓鹏对常娜恨之入骨!

“我和常娜早就成了情人,可是没想到,这个恶毒的臭婊子告诉我这些事情后把我推下了山谷。幸亏我被挂在半山腰的一棵树上,第二天下午被山下的游客救了,否则我死不瞑目!虽然我的命保住了,但腰椎粉碎性骨折,神经严重受损,导致我成了一个废人,一辈子只能在轮椅上度过。都是这个恶毒的臭婊子害的!”石德明不禁自责起来,“我和你爸争斗了很多年,做过很多对不起你爸的事。就拿瑞达化工那件事来说,全是因为我在背后串通瑞达化工的负责人才导致瑞达化工无论如何都不肯提供原材料因而给公司造成了损失。我这样做的目的是借这件事提出罢免你的总经理职位的议案,同时打击你爸在公司的威信。”

晓鹏这才明白当初瑞达化工为什么把事情做得那么绝,没有留下任何回旋的余地。

石德明深深地忏悔道:“当初你爸带着我和洪金山一起创业,把我们两个人当成亲兄弟看待,可是等到大丰发展壮大之后,我却忘恩负义,为了一己之私背叛了你爸。原本我可以和你爸成为很好的兄弟和事业上的伙伴,让大丰发展得更好,现在说什么都晚了。”石德明顿了一下,老泪纵横地说,“经历过一次死亡之后我才醒悟了。过去我做过很多对不起你爸的事,到了今天这种地步,也算是对我的惩罚吧!晓鹏,我对不起你爸,真的对不起!”

看着石德明真诚忏悔的样子，想想石德明已经成了一个废人，晓鹏心中对石德明的怨恨消失了。

“这几个月我一直没有露出任何行踪，因为一旦常娜知道我还活着，肯定会杀了我灭口。回到天州我见的第一个人就是你，我必须把你爸真正的死因和遗嘱的真相告诉你，算作一次赎罪，否则我对不起自己的良心！”

晓鹏不禁俯下身抓住石德明的双手，含泪说：“石叔，我替我爸谢谢你。我要让常娜在我爸的墓碑前向我爸谢罪！”

误杀

第二天早晨晓鹏去了别墅。他刚走进客厅，正坐在沙发上看电视的常娜先是感到惊讶，然后起身向他走来。

晓鹏对常娜装出了笑容。常娜心想晓鹏肯定是因为忍受不了没有女人的日子，所以来找她了。她始终觉得其实晓鹏心里很喜欢她，只不过不肯承认罢了。连程长征和石德明都臣服在她的美色下，晓鹏这样一个血气方刚的年轻男人怎么可能不会对她动心？她含情脉脉地走到晓鹏面前，伸出双手抓住晓鹏的双肩，媚眼笑着说：“晓鹏，我就知道你心里有我，会来找我的。”

“常姐，我现在回来不晚吧？”

“当然不晚，只要你回心转意就好。”常娜在晓鹏的脸上轻轻地吻了一下。

晓鹏对常娜的举动感到十分恶心，很想用力推开常娜，但他仍然装出笑容，说：“常姐，最近我终于想明白了。你对我一片真情，我却一直拒绝你。我现在才知道离开你我是多么的想你。都怪我以前不好，一直伤你的心，对不起。”

“没事儿。”常娜有点感动，美目泛着神采，“都是过去的事了，只要你现在回到我身边就好。”

“嗯。”晓鹏把常娜轻轻地搂在怀里，“你这么迷人，其实我早就喜欢上你了，但我怕对不起爸爸。”

常娜心花怒放，在晓鹏的耳边轻轻地厮磨着，动情地说：“晓鹏，其实嫁给你爸后没多久我就爱上你了。”

晓鹏喃喃地说：“这些天每天我都很想你，晚上经常为你失眠，睡不好觉。”

“我就知道你会想我。”常娜紧紧地搂住晓鹏，要和晓鹏接吻。

晓鹏推开常娜，说：“我觉得我们还不可以。”

“为什么？”

晓鹏采取迂回战术，说：“毕竟你是爸爸的妻子，我是爸爸的儿子。”

常娜有点不悦，说：“你爸已经去世了，我们两情相悦为什么不可以？”

“也不是不可以。”晓鹏一本正经地说，“我觉得我们应该先去南屏山向爸爸谢罪，求得爸爸的谅解，之后才可以男欢女爱。否则我觉得对不起爸爸，于心难安。”

常娜在晓鹏的脸上轻轻地吻了一下，笑着说：“那好，我们现在就走吧？”

晓鹏心想：没想到你自投罗网。他嗯了一声，拉着常娜的手走出别墅。

一个小时后，晓鹏和常娜来到南屏山公墓。晓鹏向程长征的墓碑敬献了鲜花，跪在墓碑前磕了三个头。

常娜站在晓鹏身后，不但对自己谋杀程长征没有丝毫悔意，而且盼着晓鹏尽快结束祭拜。但是，她却听到晓鹏悲愤地说：“爸，儿子今天把谋杀你的仇人带来了。儿子要让她在你面前谢罪，告慰你的在天之灵！”

常娜大吃一惊，晓鹏身边只有她一个人，晓鹏说的仇人不是指她又是指谁？晓鹏似乎已经知道她谋杀程长征的事实了！她惊慌失措地说：“晓鹏，你……刚才说……什么？”

“你不明白吗？”晓鹏站起来，怒视着常娜，眼中似乎要喷出火焰，“臭婊子，你害死了我爸，今天我要让你在我爸面前向我爸谢罪！”

常娜后退一步，战战兢兢地说：“晓鹏，你……弄错了，我……没有谋杀你爸……”

“没有？”晓鹏气得脸都红了，向常娜逼近一步，“那好，我告诉你，你是常昊天的女儿！”

常娜浑身一震，惊恐地说：“你……是怎么知道的？”

晓鹏又逼近一步，厉声说：“为了给你的父亲常昊天和哥哥常胜报仇，你勾引我爸，嫁入我们程家。嫁给我爸后，你长期给我爸服用慢性毒药，导致我爸的免疫力不断下降，各个器官加速衰老，心脏病也越来越严重。我离家出走后，你加重了药的剂量，导致我爸突发心脏病住进医院。你早就破解了保险柜的密码，看到了我爸藏在保险柜里的遗嘱。为了伪造遗嘱夺走我们程家的财产，你骗我爸在两张白纸上签了字。我爸住院的第二天早晨，你用其中的一张白纸打印了一份遗嘱。当天晚上，你带着印泥和伪造的遗嘱去了医院。趁我爸熟睡之际，你在吊瓶里注入嗜睡药物，然后在我爸的手指上蘸上印泥，把我爸的指印按在伪造的遗嘱上。之后你回到家，从保险柜里取出我爸立下的遗嘱，换成你伪造的遗嘱。第三天晚上你再次去了医院，你在吊瓶里注入毒药，毒死了我爸！”

常娜惊呆了，双腿变得十分瘫软，差点站不住。晓鹏说的这些她只在谋杀石德明的那天晚上对石德明一个人讲过，晓鹏怎么会知道？难道是石德明告诉的？难道石德明还活着？不可能，石德明肯定死了，石德明摔下那么深的山谷必死无疑！她反驳道：“不，晓鹏，你说的这些不是真的，我没有害死你爸，我也没有伪造遗嘱！”

“你还不承认！”晓鹏怒不可遏，狠狠地瞪着常娜，“好，我让你见一个人！”他转过身大声说，“石叔，你该现身了！”

只见一名穿着黑色西服、戴着墨镜的年轻男子推着一辆轮椅向晓鹏和常娜所在的地方走来。轮椅上坐着一名中年男子，表情冷峻。

常娜突然“啊”地惊叫一声，认出中年男子是石德明。她极为惊恐地说：“你……还活着？”

石德明冷笑着说：“当然，我怎么会轻易死去，便宜你这个臭婊子！”

常娜扑通一声跪在石德明面前，抓住石德明的一只手，哭着说：“老石，你听我说，那天晚上我一时冲动才把你推下山谷的，之后我一直都很后悔，真的！老石，你现在没事了，看在我们过去的情分上，原谅我吧！还有，那天晚上我对你说的全是骗你的，不是真的！”

“够了！”石德明狠狠地抽了常娜一个耳光，把常娜打倒在地上，“臭婊子，你害得我成了废人，这口气我怎么咽下去？”

“怎么会这样？”常娜再次跪在石德明面前，急声说，“老石，你说的不是真的吧？”

石德明怒不可遏，指着常娜说：“臭婊子，不要再假惺惺地演戏了！”他看着程长征的墓碑，哭着说，“程哥，我对不起你，今天我一定要让这个臭婊子在你面前向你认罪！”

常娜情知不妙，起身准备逃跑，但晓鹏狠狠地拽住了她的头发。

“想跑？”晓鹏在常娜的小腿上踢了一脚，使常娜跌倒在地上，“向我爸跪下认罪！”

“晓鹏，我没有谋害你爸，真的没有谋害你爸！”常娜哀求道，“晓鹏，你放了我吧，我得了血癌，活不了多长时间了。你放了我，我回去马上立一份遗嘱，我的所有财产全部由你继承！”

“少废话！”晓鹏捏住常娜的脖子，把常娜的头狠狠地往地上按下去，同时愤怒地吼叫，“向我爸认罪！”

常娜仍然不肯低头认罪，她一边挣扎一边凄厉地说：“我没有谋害你爸，我不会认罪的。是你爸害死了我爸，害得我家破人亡！”

常娜的反抗导致晓鹏的怒火越来越盛。晓鹏按住常娜的头，猛然用力往地上按，常娜用力一扭头，结果额头重重地撞在墓碑的棱角上。

常娜的头撞破了，血不但流到脸上，连墓碑也染红了。她奄奄一息地叫了一声“晓鹏”，然后倒在地上一动不动。

晓鹏推了几下常娜，但常娜闭着眼睛，没有任何反应。他伸出手指放在常娜的鼻孔下，这才发现常娜已经没了气息。

当天晚上，石德明在家中服毒自杀。他之所以自杀，不仅是因为常娜被晓鹏误杀后他也算报了仇，而且他觉得与其一辈子在轮椅上艰难度日，不如一死了之。

第十五章　浴火重生

判刑

人的命运往往很无常。石德明出现后，常娜伪造遗嘱并谋杀程长征的真相被揭开了。如果常娜没有被晓鹏失手杀死，晓鹏必然会以常娜谋杀父亲并伪造遗嘱非法继承遗产为由起诉常娜，要求法院还他公道，夺回被常娜非法继承的遗产。

但是，常娜死了，石德明又自杀而死，再加上常娜伪造的遗嘱无法鉴定出来是假的，这就导致常娜谋杀程长征并伪造遗嘱非法继承遗产的事实因没有证人和证据而不了了之，晓鹏再也不可能夺回被常娜非法继承的遗产了。

失手杀死常娜的那天晚上，晓鹏主动到公安局自首，如实交代了失手杀死常娜的经过。

几个月后，天州市惠安区人民法院开庭审理晓鹏过失致人死亡一案。在法庭上，晓鹏委托的律师为晓鹏做了充分的辩护，希望法官在量刑时充分考虑晓鹏具有自首情节。最后，惠安区人民法院以过失致人死亡罪判处晓鹏有期徒刑三年。

晓鹏不服一审判决，遂向市中级人民法院提出上诉。市中级人民法院经过开庭审理，认为一审判决适用法律正确，量刑适当，因此驳回了晓鹏的上诉请求，维持原判。

二审判决生效后，晓鹏被关进了天州市第二监狱。

探监

晓鹏被关进监狱的第四天，奶奶去监狱看望晓鹏。出发前奶奶带了几身晓鹏冬天穿的保暖内衣。天州市第二监狱在天州市下辖的西照县，距离天州市区一百多公里。奶奶和小红在西照县汽车站下车后转了两次公交才到达监狱。

按照规定，非罪犯的直系亲属和监护人没有探监权，因此当小红告诉狱政科的警察她只是晓鹏家里的一名保姆后，警察告诉她没有探监的权利。小红对狱警说："同志，麻烦您行个方便吧！虽然我是保姆，不是程晓鹏的亲属，但我抱的孩子是程晓鹏的亲生儿子，他肯定很想见孩子的。"

"是啊，同志，我一个老太婆，抱不动孩子的。"奶奶抓住狱警的手，"让她和我一起去吧？"

狱警说："那你们等一下，我去请示一下领导。"狱警转身走了。

一会儿，狱警回来了，说："刚才问了领导，领导说可以。"

奶奶和小红异口同声地说："谢谢！"

狱警办好探监手续后，把奶奶和小红带到会见室。奶奶坐在玻璃墙前面的椅子上，小红抱着小强站在奶奶身边。

奶奶忍不住咳嗽起来。她去年得了哮喘病，拖延了一年多一直没有治好。今天外出遭遇风寒，哮喘病又犯了。

"程晓鹏，你的家属看你来了，现在跟我走！"随着狱警的一声呼唤，晓鹏走出监舍，低着头跟在狱警身后。

晓鹏已经没有以前那么帅气了。被关进监狱的第一天他的头发就被剃掉了，使他看起来又丑又笨。以前他的皮肤很白，不少女孩子都羡慕，可他现在的脸又黑又瘦，两个黑眼圈十分明显。

关在监狱的这几天，晓鹏特别想念奶奶。奶奶把他从小拉扯大，一直那么的疼他，那么的慈祥。一想起奶奶白发苍苍的模样，他就忍不住流泪。还有小强，他也特别想念，特别牵挂。他是一个出生后就没了母亲的孩子，可小强现在不但没有母亲，而且会在三年内无法见到父亲。在他坐牢的这三年时间里，小红还会像以前那样照顾小强、疼爱小强吗？小红已经到结婚的年龄了，等小红哪天嫁人了，小强只能由年老体弱的奶奶照顾，万一奶奶哪天走了，谁来照顾小强？就算出狱后奶奶还活着，可是小强三年没有见到他，还会认得他吗？

一大堆问题在他的脑中纠缠着，越来越复杂，但他却无计可施。他唯一能做的就是双手合掌，闭上眼睛虔诚地祈盼三年前在峨眉山拜过的那些佛菩萨们保佑奶奶和小强健康、平安。

其实晓鹏也很想念小红，但他现在是一个囚犯，而且除了一辆宝马车之外什么都没有，还哪敢对小红有半点儿奢想？上次在宝马车上看到小红悄悄地哭泣时，他终于明白了小红的一片真情。小红的这种默默无声的爱使他深受感动，可是突如其来的变故使他成了一个囚犯，开启了犯罪污点笼罩下的灰色人生，因此他对小红刚刚燃起的一缕爱火只能无声无息地熄灭。试想哪个年轻女孩愿意用宝贵的青春年华去等一个囚犯，等到囚犯出狱后再嫁给囚犯？

一会儿，晓鹏走进会见室。当他看到玻璃墙外的奶奶、小强和小红后，扑在玻璃墙上，泪水夺眶而出。奶奶看到他削瘦颓唐的样子，心疼极了，也扑在玻璃墙上哭起来。

小红何尝不心疼晓鹏，她在奶奶身后轻轻地嗓泣着，就连还不懂事的小强也在她的怀里哭起来。

按照规定，探监的时间只有二十分钟。晓鹏哭了没多久就急忙拿起电话听筒，哽咽地说："奶奶，我想你！"

奶奶拿起电话听筒，嗫嚅了半天才说出来话："晓鹏，奶奶也想你。"奶奶擦干眼泪，关切地问，"监狱里的饭好吃吗？能吃饱吗？你都瘦成这样了！"

"奶奶，你放心吧！"为了不让奶奶担心，晓鹏装出笑容，"监狱里的饭挺不错的，每顿都有肉，每天都变着花样儿，分量也很足。"

"那就好。"奶奶心里半信半疑，捂着嘴咳嗽了一阵，"奶奶给你带了几瓶你最爱吃的辣酱，还给你带了几身冬天穿的保暖内衣，天气冷，穿上会暖和点儿。监狱不比家里，你要照顾好自己，吃饱肚子，别饿着了。"

"奶奶，你放心，我会照顾好自己的，你也要照顾好自己啊！"

"放心吧，奶奶会照顾好自己的，再说还有小红照顾我呢。"奶奶又咳嗽了一阵，郑重其事地说，"奶奶刚才问了警察，警察说只要不违反规定认真接受改造，挣够减刑分或者有立功表现的话就能减刑。你一定要好好表现，争取早点儿减刑出狱！"

"嗯。"晓鹏重重地点了点头，"奶奶，我会好好表现的，不会让你失望的。"

"奶奶在家等你早点儿回来团聚。"奶奶说完，咳嗽不止。

晓鹏着急地说："奶奶，你没事吧？"

"没事……"奶奶一边咳嗽一边说，"今天……受了点风寒，回去……吃点药就好了……"

"奶奶，你回去一定要按时吃药，天冷的时候就待在家里，不用出来。"晓鹏很着急却没有办法。

"嗯，奶奶听你的。对了，刚才看到宣传栏里说服刑期间能学技术，参加技能考试过关后还发证书。你要多学一门技术，以后就多了一条谋生的路子！”

“我昨天已经报了计算机职业技能考试，明年三月份就考呢。”

“好孩子。”奶奶露出欣慰的笑容，“和小强说几句话吧？”

“嗯。”

奶奶从小红手里抱走小强，拿起电话听筒对准小强的嘴巴，说：“小强，叫爸爸。”

小强开心地笑着，嘴巴轻轻地动了几下，叫了一声“爸爸”。

“嗯，小强乖，一定要听奶奶和小红阿姨的话。”晓鹏虽然笑着，但眼里却流出了泪水，他多么想把小强抱在怀里，亲亲小强的脸蛋，“等爸爸……出狱后陪你玩，给你买……玩具火车和坦克，爸爸还要送你去……幼儿园和……小朋友们一起玩……”

小强不笑了，呆呆地看着晓鹏。晓鹏说：“奶奶，让小红接一下电话吧，我想和她说几句。”

“嗯。”奶奶把电话听筒递给小红。

小红一直在哭泣。看着小红哭泣的样子，晓鹏感到特别心疼。

“小红，希望你帮我照顾好奶奶，这三年我都不能陪在奶奶身边了。”晓鹏越说越难过，眼里再次流出泪水，“还有小强，这孩子命苦，没了妈妈，现在又见不到我了。求你帮我照顾好小强，出狱后我会重重谢你的。如果哪天你嫁人了，麻烦你一定要想办法帮我安置好奶奶和小强，现在没人能帮我，我只能求你了！”晓鹏顿了一下，“我卧室的书桌的抽屉里有一本大丰公司的通讯录，你在里面找到副总经理洪金山的电话，然后打电话给他，让他帮我把那辆宝马卖了。卖车的钱一半归你，算作你的工资，另一半作为日常生活开支使用。要是……奶奶等不到我出狱就……走了，麻烦你再找一下洪金山，让他帮我料理奶奶的后事，他应该不会拒绝的。要是奶奶……提前走了，你就……嫁人吧。希望你嫁人后能先帮我抚养小强，出狱后我会找你接走小强的，我还会付给你一笔抚养费的……”说到最后，晓鹏悲恸得差点说不出来话。

小红十分难过，泪如雨下。她多么渴望晓鹏把她当成小强的母亲，她早就把小强当成自己的孩子了，甚至早就把晓鹏当成了自己的爱人，尽管自己一直无名无分。但是从晓鹏刚才说的话来看，晓鹏仍然把她当成外人，甚至仍然把她当成保姆。不过话又说回来，虽然她每天操持家务，又是洗衣又是做饭，而且她和晓鹏因为共同照顾小强和奶奶而俨然如同一对夫妻，但他们没有夫妻之实，他们也算不上男女朋友，晓鹏从来没有向她表示过什么，甚至连一点暗示也没有。因此，她只能十分委屈地嗯一声，含泪说：“程哥，你放心吧，我会照顾好奶奶和小强的，会按你说的做的。你一定要保重身体，好好表现，争取早日出狱。”

晓鹏嗯了一声，郑重地说：“小红，谢谢你！”

狱警看了一下表，告诉晓鹏还剩一分钟。晓鹏满怀深情地看了小红一眼，让小红把电话听筒交给奶奶。他对奶奶说：“奶奶，我刚才对小红说了，让她联系洪叔把宝马车卖了。卖车的钱分一半给她算作工资，咱们不能亏待她，剩下的钱作为日常生活开支使用。”晓鹏顿了一下，“奶奶，你一定要保重，等我回去！”

信

奶奶和小红走后，晓鹏开始漫长的牢狱生活。

他在监狱里坚持学习计算机知识，幸运的是第一次参加计算机职业技能考试就顺利通过了。

好多个夜晚，晓鹏拿出压在褥子底下的信，一封一封地看。家里每个月都会给他寄一封信，每封信的内容都是奶奶口述小红动笔写的。奶奶在每封信里都不厌其烦地鼓励他认真接受改造，好好表现，争取早日减刑出狱，有的信里还夹着小强的照片。小强慢慢长大了，眉目越来越清秀，和张菁的模样像极了。

奶奶在一封信中告诉晓鹏洪金山帮他把宝马车卖了，一共卖了十万，已经按他的嘱咐把其中的五万给小红了，剩下的五万除了拿出一万作为日常生活开支外，其余四万全部存进银行了，不够用的时候再取。

奶奶多次在信中说很想去监狱看望晓鹏，可是年龄大了，走不动路了。晓鹏也特别想见到奶奶，但是为了奶奶的健康和安全，他多次在信中对奶奶说不用来监狱看望他，他一切都好，三年时间马上就会过去的。

洪金山给晓鹏写过一次信。洪金山在信中除了鼓励晓鹏好好表现，争取早日减刑出狱外，还说了一些问候安慰的话，如监狱里的饭菜好吃吗，能吃饱吗，劳动改造辛苦吗，有没有牢头欺负，等等。晓鹏很想知道大丰的情况，但洪金山只字未提。他给洪金山回了一封信，说他在监狱里一切都好。他问洪金山大丰的情况怎么样，但一直没有收到洪金山的回信。

由于晓鹏在监狱里一直严格遵守各项规定，积极服从劳动改造，表现优异，因此监狱向法院提出了减刑建议。法院经过审核、裁定，晓鹏被减刑半年。就这样，在监狱里坐了两年半牢之后，晓鹏终于出狱了！

直到出狱那天，狱警才把两封扣下来的信交给晓鹏。其中一封是洪金山写的，另一封是慕容兰兰写的，洪金山写的那封信被扣压了整整一年半。洪金山在信中告诉晓鹏，大丰在他服刑三个月后就被一家名叫“华美贸易”的大型企业收购了，原因是担任公司董事长的第一大股东被误杀、总经理犯过失致人死亡罪被判刑以及担任副总经理的第二大股东自杀导致大丰出现严重危机，股价不断下跌，内部出现混乱，生产经营也陷入困境，华美贸易乘机将大丰收购。

看完信，晓鹏的手不停地颤抖。他没想到，父亲拼了大半辈子、耗费无数心血的大丰就这样崩塌了，父亲在九泉之下一定不会瞑目！

许久，晓鹏才拆开慕容兰兰写的信，兰兰给他写信让他感到很意外。从邮戳上的时间来看，这封信是兰兰在一年前的秋天写的。他还没看信的内容就流泪了，对兰兰也不像以前那么愤恨了。兰兰是他的前妻，也是他经历的第一个女人，他一辈子都不可能忘记兰兰。兰兰在信中说自己和新加坡的一个商人相爱了，那个商人是新加坡的一家跨国公司的股东，虽然年龄有点大也离过婚，但对她特别好。她将带着孩子离开中国前往新加坡定居，出国手续已经办好了。兰兰鼓励晓鹏一定要坚强，出狱后干一番大事业。兰兰还说其实自己心里一直都爱着晓鹏，她还想做晓鹏的妻子，但是为了自己和孩子的幸福，不能再等了。她说自己的青春只有短短十几年，不能白白浪费掉。信的最后，她祝晓鹏健康、平安、幸福。

看完兰兰的信，晓鹏没再流泪，随手把信扔了。

走出监狱的大门，晓鹏放下手中的行李箱，对关押了他整整两年半的监狱看了半天。

灰色的大门、冷峻的高墙、密集的铁丝网和荷枪实弹的武警战士深深地烙在晓鹏的脑中，晓鹏一辈子都不可能忘记。

两年半的牢狱生活把晓鹏从原先的一个皮肤白皙、阳光帅气的年轻小伙子磨砺成了一个面色泛黑、老成稳重的人。他的性格不像以前那么活泼好动了，而是变得深沉、厚重、坚不可摧，监狱的生活让他彻底成长起来。他下定决心一定要干出一番大事业，让奶奶安享晚年，为小强创造出幸福的生活，也让九泉之下的父亲和张菁看到他的进步和成就！

令人泣血的秘密

坐着公交车回家的路上，晓鹏一直看着窗外。仅仅两年半时间，天州的市容市貌发生了不小的变化，比以前更繁华更干净，城市里充满时尚和开放的气息。

公交车经过西华桥的时候，一个个大红“喜”字蹿入晓鹏的眼帘。呵，原来是马路对面的世纪花园大酒店正在举行一场盛大的婚礼。酒店外的地面上铺着鲜红的地毯，数十辆豪华轿车停在酒店周边，车身上披着红色的锦缎。晓鹏不禁回想起六年前他和兰兰在这家五星级酒店举行婚礼的一幕，那天同样这么奢华，同样这么隆重。兰兰已经去了新加坡，她终于过上了梦寐以求的豪门生活。晓鹏对兰兰没有一点鄙视的想法，反而在心里默默地祝福兰兰。

公交车转过一个弯，晓鹏终于看到一幢十层高的写字楼。这幢写字楼是原大丰集团的办公大楼，但是，楼前飘扬着的一面印有“华美”两个大字的彩旗告诉晓鹏大丰已经成为历史，父亲打下的江山不复存在。

晓鹏走下公交车，穿过马路，走进两年半前住的小区里。小区看起来没有多大变化，仍然和以前一样老旧。

晓鹏的步伐越来越快，心也越来越急。他要早点儿见到奶奶、小红和小强，他在监狱中没有一天不祈盼这一刻的到来。一个月前奶奶在写给他的信中说盼着他早点儿回来团聚呢，奶奶还说小强已经五岁了，也天天盼着他回来。

晓鹏终于走到了家门前。他把衣服整理了一下，按了几下门铃。门铃坏了，他只好敲了敲门。

门开了，一个穿着朴素的年轻女孩站在晓鹏面前。女孩说了一句“请问你找谁”，愣住了。

女孩正是小红。小红睁大眼睛看着晓鹏，吃惊得说不出来话。她没想到，两年半没见，晓鹏的脸变得又黑又瘦，颧骨明显地凸起来了，眼睛也深深地陷下去了，模样竟然变了！又丑又笨的平头和浓密的胡须使他看起来很像一个三十多岁长期从事体力劳动的人，一点都不像以前的那个阳光帅气的晓鹏了！

两年半啊，整整九百一十二天、两万一千八百八十八小时，小红每日每夜都思念晓鹏，祈盼晓鹏早点儿回来。思念和祈盼使她越来越瘦，她都有点瘦骨嶙峋了。今天，她终于把晓鹏盼回来了，但晓鹏形销骨立的模样让她极为伤心。她竭力让自己笑了，说：“程哥，你回来了，快进屋！”

晓鹏对小红笑笑，嗯了一声，提着行李箱走进门。小红在他身后悄悄地流泪了，又悄悄地拭去泪水。

屋里有点冷清。客厅的沙发旁边，一个年龄大约五岁的小男孩瞅着晓鹏，手里拿着几块积木。小男孩穿的衣服很新，也很干净。

晓鹏认出来了，小男孩是他的儿子小强！奶奶给他寄过很多张小强的照片，他把小强的模样记得清清楚楚！

小红快步走到小强面前，说："小强，这是你爸爸，你爸爸回来了！"

小强只是瞅着晓鹏，没有说话。小红着急地说："傻孩子，怎么还不叫爸爸，他是你爸爸！"

小强终于对晓鹏叫了一声"爸爸"。晓鹏放下行李箱，冲到小强面前，把小强紧紧地搂在怀里，流着泪说："嗯，小强，爸爸回来了，好孩子！"小强也哭起来了。

晓鹏半天才放开小强。他向奶奶住的房间走去，他要给奶奶一个惊喜，他回来了！可是他走进房间却发现空无一人。他转过身说："小红，奶奶去哪了？"

小红没有回答，只是低头哭着。

晓鹏隐隐感觉到了什么，但他根本不敢往那方面想，因为一个月前他还收到过奶奶的信。他快步走到小红面前，急声问："你怎么不说话？"

小红哽咽地说："奶奶……已经去世了！"

"什么?"晓鹏全身一震，差点昏过去。他逼近小红，紧紧抓住小红的双肩，"奶奶什么时候走的？"

小红哭着说："奶奶……前年去监狱看望你……回来不到一个月就……去世了……"

晓鹏根本不相信小红说的话是真的，因为在监狱服刑期间他和奶奶的通信一直没有断过。他瞪着小红，大声质问："那你告诉我，那些信是怎么回事？"

小红一边擦眼泪一边说："那些信……都是我……以奶奶的口吻……写给你的……"

晓鹏怒声说："那你为什么不告诉我？"他的眼睛红得有点吓人。

"我怕你伤心，所以就……一直没有告诉你……"

晓鹏流泪了。他没想到，他在监狱里收到的每一封信都藏着一个令人泣血的秘密。如果不是出狱，不知这个秘密要被隐瞒多久！他不禁和小红相拥在一起，大声哭起来。

黄昏时分，南屏山上的一个墓碑前，晓鹏父子俩和小红一直跪着。墓碑被鲜花簇拥着，墓碑后埋葬的是奶奶的骨灰。

晓鹏哭了很久才擦干眼泪，问小红奶奶是怎么走的，走之前有没有留下遗言，后事又是怎么料理的。小红含着泪向他讲起来。

原来，奶奶那年冬天去监狱探监遭受了风寒，导致哮喘病越来越严重，吃什么药都不管用。小红急忙找到洪金山，洪金山帮忙把宝马车卖了，一共卖了十万。小红打算用卖车的钱送奶奶去医院住院治疗，但是奶奶不同意。小红知道，奶奶肯定是想把住院看病的钱省下来留给晓鹏，晓鹏出狱后要找工作，还要养育小强，肯定要花很多钱的。眼看着奶奶的病情越来越严重，小红十分焦急。后来在小红的多次劝说下，奶奶才同意去医院住院治疗。可是，奶奶却在同意住院治疗的当天晚上因病情恶化走了，没有留下任何遗言。

奶奶的后事是洪金山负责料理的。奶奶去世当天，洪金山找人把遗体拉到殡仪馆火化了，费用洪金山付了。吊唁仪式是在租的房子里举行的，房东以举行吊唁仪式不吉利、影响房子风水为由，向小红索要两千块钱，洪金山再次把钱付了。举行吊唁仪式那天，程家的亲戚来了十几个，他们全都是洪金山想办法找来的。洪金山还打电话给原大丰集团中高层管理人员，让他们前来参加吊唁仪式。自从大丰被华美贸易收购后，华美贸易不但降低了原大丰中高层管理人员的职位，而且大幅度降低了他们的薪资待遇，因此他们之中将近有一半人离开华美贸易到其他企业工作。那次吊唁仪式是大丰被收购后他们的第一次集体相聚，他们回忆起大丰昔日的辉煌和原董事长程长征的恩情，无不叹息，无不悲伤，无不相互勉励，问寒问暖。他们中最少的出了五千元礼金，最多的出了一万。他们出的礼金和程家的亲戚出的礼金加起来达到了十五万，洪金山又添了三万，总共用十八万为程母在南屏山买了一块墓地，墓地离程长征的墓地不远。七天后，在洪金山的主持下，南屏山公墓里举行了程母骨灰下葬仪式。七天前参加吊唁仪式的程家的亲戚和原大丰中高层管理人员再次到场参加。他们先后在程母和程长征的墓碑前低头默哀，并敬献了花圈。

小红讲的时候，晓鹏在脑中想象着举行吊唁仪式的情景和骨灰下葬仪式上的一个个花圈、一幅幅挽联。他问小红奶奶去世后这两年多是怎么过的，小红说奶奶去世后她去小区物业管理处找了一份打扫小区里的卫生的工作，每月工资九百元。每天上班她都带着小强，小强很听话，经常帮她捡一些明显的垃圾，有时候还和小区里的其他孩子一起玩耍，离她不远。就这样过了两年后，她终于等到了晓鹏出狱的这一天。

晓鹏向奶奶的墓碑磕了几个头，然后去父亲程长征的墓碑前跪着哭了一场。直到天黑了的时候，他才抱起小强，和小红离开南屏山公墓。

存折

回到家已经到晚上八点多了。晓鹏刚一进门，小强就在他的怀里对小红说：“妈妈,我肚子饿!”

晓鹏怔了一下,看了看小强,又看了看小红。小红微微低着头,说:“以前小强和小区里的孩子一起玩耍的时候,有的孩子经常欺负小强,有时候还骂小强是个没爸没妈的种。我让小强叫我妈妈,从那以后小强就很少被别的孩子欺负了。”

晓鹏的心里在流泪,不仅是因为小强受到过别人家的孩子的欺侮,更是因为他被小红的一片深埋在内心的真情感动了。小红等了他整整两年半,如果不是对他一片深情,如果不是把小强当成自己的孩子,怎么可能一直隐瞒奶奶去世的事实,给他寄去一封封信,鼓励他认真接受改造,好好表现,争取早日减刑出狱?正是“奶奶”一次又一次的鼓励才使他一天天坚强起来。如果小红不是一直盼着他回来团聚,又怎么可能在奶奶去世后一直没有嫁人,一心一意把小强抚养长大?小红对他的感情太深了!但是,他现在是一个坐过牢的人,这辈子都洗刷不掉污点,他这样一个有污点的人又怎么敢接受小红的一片真情?他嗫嚅了半天才说:“没事儿。”

小红揪揪小强的耳朵,笑着说:“小强乖,妈妈这就给你和爸爸做饭去。”她转身向厨房走去。

两年半了,小红一直任劳任怨,晓鹏不想让小红这么辛苦了。他放下小强,快步走进厨房里,说:“我来吧。”

晓鹏今天刚出狱,小红怎么肯让他动手做饭?小红快步走到厨柜前挡住晓鹏,说:“程哥,你今天第一天回来,先去休息吧,我做就行了。”

“那哪行?你够辛苦的了,都瘦成这样了。”晓鹏挤在小红身边,“没事儿,我不累。”

小红怔了一下。晓鹏说的话虽然平淡无奇,但她却很感动。她说:“那好,你帮我拣青菜吧。”她拿起窗台拐角的一袋青菜递给晓鹏。

晓鹏嗯了一声,接过青菜。

吃饭时,晓鹏时不时地揪揪小强的耳朵,让小强多吃点儿,他还不停地给小红夹菜。小红刚吃完饭他就把小红的碗拿到厨房里洗,小红站在他身后说:“程哥,我来洗吧,你好好休息一会儿。”

“没事儿。”晓鹏回过头笑着说,“就几个碗嘛,我一会儿就洗完了,你陪小强玩会儿。”

“好吧。”

洗完碗又打扫干净厨房,晓鹏走进客厅,打开从监狱里带出来的行李箱,从中取出一个沉甸甸的塑料袋。他把塑料袋放在饭桌上,然后把小红叫到饭桌前,指着塑料袋说："这是我在监狱里干活挣的钱，一共是七千四百二十一块两毛。"他解开塑料袋，把钱全部倒在饭桌上。钱堆里除了三四张面额为五十的钞票外，剩下的全是二十元以下面额的钞票，还有一大堆硬币。

小红的眼睛湿润了。每一张钞票，甚至每一枚小小的硬币，都凝结着晓鹏在监狱里的汗和泪。

"明天我们去商场买台电视机，以后小强每天就能看动画片了，现在一个大彩电才几千块钱。明天再给你和小强每人买一身衣服，再给你买一套好一点的化妆品，给小强买些好吃的……"晓鹏说着说着不说了，因为他看到小红在流泪。他傻傻地问，"你怎么了？"问完他才明白小红是在为他难过，不禁暗暗在心里说自己怎么这么笨。

小红没说话，转身走进奶奶以前住的房间，一会儿又走出来，手里拿着一张存折。她一边把存折交给晓鹏一边说："程哥，这是奶奶的存折，里面是洪叔卖宝马车的钱，一共是十万。"

晓鹏打开存折，发现存折里的十万块钱自从存进去之后再也没有取出过一分钱。两年半前小红和奶奶去监狱看望他时，他曾对小红和奶奶说卖车的钱一半归小红算作工资，另一半作为日常生活开支使用。服刑期间奶奶曾在信中告诉他洪金山帮他把车卖了，一共卖了十万。奶奶说已经按他的嘱咐把其中的五万给小红了，剩下的五万除了留下一万作为日常生活开支外，其余四万全部存进银行了。因此存折里应该最多只有四万块钱，怎么会是十万呢？

晓鹏半天才醒悟过来，两年半前奶奶去监狱看望他回来后不久就去世了，他在监狱里收到的所有奶奶写给他的信其实都是小红假装奶奶的口吻写的，因此可以推断出来，宝马车卖了十万块钱是真，但两年前当奶奶要把其中的五万块钱给小红时，小红肯定没有接受，并且把卖车的钱全部原封不动地存进了存折里，之后也一直没有从存折里取过一分钱，因此存折里一直存着十万块钱。

小红的做法使晓鹏深受感动。晓鹏说："存折里有你的五万块钱呢。这两年的房租费、水费、电费和其它各种开支加起来肯定不少，钱全部你付了，所以这个存折我不要，钱全部给你。"他说完要把存折塞到小红手里。

小红急忙推开晓鹏的手，说："不用了，程哥，这些钱你留着，你找工作还要花钱呢。"

"那哪行？我早就说过要把卖车的钱分一半给你呢。"晓鹏十分感激地说，"你为我们家付出了很多，又是照顾奶奶又是抚养小强，这些年一直都很辛苦，这十万块钱是你应得的，我都觉得给你十万太少了呢！”

小红的泪水哗哗地流出来了。晓鹏说的话令她很感动，那些话至少说明她这几年的辛苦付出晓鹏看在眼里也记在心里。晓鹏说的话同样令她十分心痛，因为她一直默默付出从来没想过要什么报酬，她只想成为晓鹏的亲人、小强的母亲。但是，晓鹏坚持给她十万块钱则是用钱把她隔开了，她和晓鹏的距离仍然很遥远，她和晓鹏仍然算不上一家人，她仍然没有被晓鹏当成小强的母亲，更别说晓鹏会把她当成妻子！她忍不住问了一句：“程哥，你还不愿意让我做小强的母亲吗？”

晓鹏怔住了，完全明白了小红话中的含义，小红话中蕴含的深情令他十分感动，他因坐过牢而生出的自卑感也被这句话冲走了。他情不自禁地把小红搂在怀里，含着泪说：“小红，我想你，在监狱里的好多个夜晚我都特别想你，我根本没想到你会等我！”

小红也紧紧地搂着晓鹏，同样泣不成声：“程哥，我等了这么多年，终于把你等回来了！”

连小强也抱着他们的腿哭个不停。

当天晚上，晓鹏和小红相互依偎在对方的身体里。晓鹏害怕小红的温柔会离他远去，他伸出双臂抱住小红，喃喃地说：“小红，嫁给我吧，我不能没有你，我会疼你一辈子的。”

小红激动得哭了。她嗯了一声，也紧紧地抱住晓鹏……

请假

早晨，晓鹏换上以前穿的衣服和鞋。衣服明显大了，穿上很宽松，感觉有点像睡衣。系上以前的皮带，感觉裤子总是想往下掉，都已经系到皮带的最后一个孔上了。只有鞋穿上感觉没什么异常。他用剃须刀把胡须全刮了，对着镜子看了看，很失望，因为还是不像坐牢前的他。

小红一大早就去找小区物业管理处的刘主任请假。刘主任是个女的，四十多岁，平时对小红很刻薄。小红对刘主任说丈夫回来了，她要请两天假，好好在家陪陪丈夫。刘主任起初只给小红准半天假，还冷嘲热讽地说小红真厉害，以前一直没有男人，现在却突然冒出来个丈夫。小红很生气，只好对刘主任说丈夫以前在监狱里坐牢，昨天刚坐完牢回来。刘主任一听脸色马上变了。她满脸堆笑地准了小红两天假，还十分客气地问小红两天够不够，要不请三天怎么样。小红没理她，直接转身走了。

小红去菜市场买了很多菜和肉，她要给晓鹏做几顿丰盛的饭菜，晓鹏已经有两年半没有吃到家常菜了。做饭的时候她不让晓鹏帮忙，可是晓鹏偏要帮她，她只好让晓鹏帮她拣菜。她一共做了八个菜、一个汤。

吃饭之前，晓鹏看着满桌子的菜，十分眼馋，暗暗流口水。他说："小红，今天全是你的功劳，你先动手。"

小红笑着说："还是你先来吧，看你馋得流口水。"

晓鹏不好意思地笑笑，说："这都让你看出来了。"他先给小红和小强每人夹了一些菜和肉，然后才吃起来。小红做的菜特别可口，他美美地吃了一顿。

彩电

下午，晓鹏一家三口去了市区的永兴电器卖场。晓鹏和小红挑了半天，最后挑了一个三十二英寸的长虹彩电。彩电不是流行的液晶屏，而是有点过时的荧光屏，一共两千二，包含送货和上门安装的费用。晓鹏和售货员讨价还价大半天，连小红都有点不好意思了。

晓鹏和小红都不知道，他们和售货员讨价还价的时候，斜对面创维彩电展厅里站着的一个女孩儿一直看着他们，眼里流着泪。女孩儿是卖场的一名售货员，专门负责销售创维彩电。女孩儿长得特别漂亮，根本不像是一个生过孩子的女人。晓鹏无意间把目光投向创维彩电展厅的时候，女孩儿急忙转过身，因此晓鹏一直没有注意到她。

唉，不说女孩儿是谁了吧，大家肯定能猜出来。总之这个世界上一分耕耘一分收获，真正能够不劳而获的人并不多。

买完彩电，晓鹏带着小红和小强逛了几个商场，打算给小红和小强每人买身衣服和鞋。商场里的衣服都挺贵的，只有一些过时的款式稍微便宜一点儿。小红坚持不让晓鹏给她买衣服和鞋，她说给小强买就行了，要把钱攒下来供小强上学用，但晓鹏坚持给她买了一身六百多块钱的衣服和一双三百多块钱的鞋，还给小强买了一身两百多块钱的童装和一双六十块钱的童鞋。

商场里的化妆品都很贵，最便宜的一套也要两百多。晓鹏要给小红买化妆品，但小红坚决不要。小红说贵的不一定质量好，而且有的化妆品有可能导致皮肤过敏。小红还说她和小强都买衣服和鞋了，只有晓鹏没买，应该把买化妆品的钱用来给晓鹏买衣服和鞋才对。晓鹏笑着说自己的衣服和鞋多着呢，蹲了两年半班房省下了不少衣服和鞋，全都新新的。最后，他带着小红和小强去了商场负一楼的超市，因为超市里的化妆品比较便宜。他执意让小红挑一套化妆品，小红拗不过他，只好挑了一瓶洗面奶和一瓶润肤霜，总共花了八十多块钱。他们又给小强买了一个磁性画板，还给小强挑了一些零食。

第二天早晨，永兴电器卖场的售后服务人员把新买的电视机送到家里了。电视机调试好后，天州电视台正在播放动画片《喜羊羊和灰太狼》，小强看动画片的时候别提有多高兴了。

不测风云

晓鹏出狱后第四天，买了一些保健品去看望洪金山。洪金山虽然不是亲人，但和亲人一样亲。去之前他给洪金山打了电话，洪金山说自己搬家了，已经不在东湖湖畔的别墅区里住了，他把新家的地址告诉了晓鹏。晓鹏转了两次公交才找到洪金山住的小区。小区在城郊，看起来极为普通。

见到洪金山后，晓鹏不禁流出了眼泪。仅仅两年半没见，洪金山的头发白了一大半。洪金山以前住的别墅装修得十分豪华，但现在的家却十分简陋，冷冷清清。

晓鹏问洪金山这两年半的情况怎么样，洪金山的神色顿时变得黯然起来。他长长地叹了口气，告诉晓鹏自从大丰被华美贸易收购后，他不堪忍受华美贸易高层对他的打压，愤然离开华美贸易和两个朋友合伙开了一家公司。然而天有不测风云，公司仅仅运营一年就破产了，他因此赔了一大笔钱，还背了不少债。为了还债，他把别墅卖了，之后买了现在住的这个二手房。儿子一直在英国留学，三年前妻子就去英国陪儿子了。为了不让儿子的学业受到影响，他给妻子和儿子汇了一笔钱，这笔钱汇过去后，卖别墅的钱所剩无几。他一直没有把这两年的变故告诉妻子和儿子，一直独自一人生活。

晓鹏能体会到洪金山这两年半经历了怎样的风霜雪雨，一个人又是怎样挺过来的，他的心里对洪金山充满敬佩之情。

洪金山极为感慨地说："要是你爸没走，大丰肯定会发展得越来越好，洪叔和你就不会遭这份罪了！"

晓鹏含着泪，恭恭敬敬地说："洪叔，有什么地方需要我帮忙的话你就给我说，我闲了就会过来看你的。谢谢你在我服刑期间帮我料理奶奶的后事。"

"和洪叔就不用客气了,那是我应该做的。"

洪金山问晓鹏有什么打算,晓鹏说打算先找份工作,然后结婚。洪金山惊讶地问他要和谁结婚,他说和自己结婚的女孩洪金山见过,就是家里的保姆小红,他还把他和小红的故事讲了一遍。洪金山听完说:"怪不得这个姑娘一直照顾你奶奶和孩子,不离不弃。"洪金山嗯了一声,称赞道,"是个好姑娘。晓鹏,你能娶到这么好的姑娘也算是因祸得福吧!"

晓鹏说:"我会努力的,不会辜负她的。"

救命稻草

早晨,晓鹏换上西服和皮鞋,还打了领带。他对着镜子照了照,虽然头发很短,但整体效果还不错。他转过身对小红说:"老婆,你看我还像不像那回事?"

小红笑着说:"像,比以前更有型了。"

晓鹏半信半疑,说:"说了你可能不信,班房里像我这样的帅哥可不多。"

小红抿着嘴,做出不屑的样子,说:"得了吧你,还那么爱吹牛。"

晓鹏嘿嘿笑着,说:"不过老公我再怎么帅,也没有我老婆漂亮,我老婆是天底下最漂亮的老婆!"他在小红的脸上快速亲了一下,故意发出声音。

"讨厌!"小红瞪了晓鹏一眼,娇嗔地说,"不怕小强看见!"

"怕啥?"晓鹏一边往门口走一边说:"我去招聘会了,中午不回来吃饭。"

"先等一下。"小红走到晓鹏身后,一边用手把晓鹏的衣领弄整齐一边说,"希望你今天找个好工作。"

"肯定会的。"

晓鹏坐公交车去了招聘会会场。这年头工作本来就不好找,更何况晓鹏这个坐过牢的人。各用人单位负责现场招聘的人员只要一听晓鹏说自己坐过牢就直接拒绝了晓鹏的应聘请求。晓鹏向数十家用人单位毛遂自荐,但没有一家单位愿意给他一次面试的机会。

直到下午两点钟,所有用人单位全部撤走了,晓鹏才垂头丧气地走出招聘会会场。他漫无目的地走在路上,不知何去何从。

"晓鹏!晓鹏!"一个年轻男子从一辆奥迪轿车里伸出头叫着。

晓鹏向年轻男子看去,半天才认出来年轻男子是"冬瓜",高兴地说:"'冬瓜',是你啊!"

“冬瓜”停下车，说：“快上车。”

晓鹏于是上了“冬瓜”的车。他看了看“冬瓜”，发现“冬瓜”比两年半前更胖了，看起来还真像个大冬瓜。“冬瓜”穿着一件花衣服，他把衣服的扣子系得很低，脖子上戴的金链子又粗又重，特别抢眼。晓鹏心想：看来“冬瓜”发了。

“我从这边经过，觉得前面走的人有点像你，过来一看没想到真的是你。”“冬瓜”一边开车一边说，“你啥时候出来的？不是被判了三年刑吗？怎么这么早就出来了？”

“我呀，前几天刚从监狱出来。我在监狱里表现得好就被减了半年刑，提前把我放出来了。”

“冬瓜”噢了一声，说：“出来了咋也不给哥几个打个电话？你不知道‘猴子’‘虎头’、小川还有我该有多想你，真是想死哥们了，两年半都没见了！”

“你们都还好吧？”

“都混得好呢！”“冬瓜”眉飞色舞地说，“‘猴子’老爸花了两千多万给‘猴子’弄了个加油站，这小子现在是站长，可神气了！‘虎头’这家伙当了他们家公司的总经理，整天吆五喝六的，牛得不得了！小川现在也不错，在一家证券公司当客户经理，一个月少说也能挣个六七千。除了小川去年结婚以外，我和‘猴子’‘虎头’都没结婚呢。”“冬瓜”往晓鹏身边凑了凑，压低嗓门说，“‘猴子’和‘虎头’这俩小子现在泡妞都泡上瘾了，过上个把月就换女朋友，那女人就像跟班似的！”

“噢。”

“冬瓜”打量了一下晓鹏，说：“晓鹏，你是不是找工作去了？”

“嗯。”

“找上了吗？”

“没有。”

“我去年开了一家公司，现在正缺人手呢，要不你来我这干得了。工资嘛，我给你开三千！”

“真的？”

“咱哥们之间啥时候说过假话？”

晓鹏感觉像是捡到了一根救命稻草，极为感激地说：“好的，你让我干啥都行，我不怕苦，也不怕累。”

“我们是哥们，哪能让你干累活？放心吧，哥们不会亏待你的！”

“嗯，谢谢你。”

"谢啥？我看这样吧，我现在打电话给'虎头''猴子'和小川，咱们待会在梦幻人间聚聚。你从'号子'里出来了，大家伙儿得给你接接风！"

"梦幻人间？"晓鹏记得六年前市公安局开展代号为"睡眠"的扫黄专项行动后，梦幻人间就因涉黄被公安局查封了。正是那次扫黄行动他被警察抓到派出所，遇到了张菁。

"忘记给你说了，梦幻人间前年恢复营业了，而且已经'从良'了！"

"噢，好吧。"

"冬瓜"从裤兜里掏出昨天买的最新款三星手机，有意亮了一下，然后给"猴子""虎头"和小川打了电话。

大半个小时后，梦幻人间娱乐城的一间包房里，七个年轻男女大声欢呼着，频频向晓鹏举杯，祝贺晓鹏重获自由。

晓鹏喝完每一杯啤酒都规规矩矩地坐着。除小川外，"冬瓜""猴子"和"虎头"每人都搂着一个很靓丽的年轻女孩。他们时不时地和女孩亲一下嘴，在女孩的身上摸一把。晓鹏尴尬极了，几乎坐不住，但他不能扫大家的兴，因此只好硬着头皮坐着，时不时地对大家笑笑。他穿着西服打着领带，显得很呆板也很斯文，和包房里的气氛格格不入。

进监狱服刑前，晓鹏也来这种灯红酒绿的场所。有时候是和朋友们一起唱歌解闷，有时候是陪公司的客户。可是现在，他却难以忍受这种嘈杂的环境，感觉头都快炸了。抖动的灯光、煽情的音乐、嘶哑的歌声和刺鼻的酒水刺激着他身上的每一根神经，他觉得包房里十分污浊，只想尽快离开。六年前自己就是在这里倒了霉被抓进派出所，可是今天，为了"冬瓜"答应他的一个月三千块钱的工作，他不得不对所有人赔着笑脸，曲意逢迎。

在骤闪骤闪的灯光中，一张张忽隐忽现的脸凑到晓鹏面前：

"晓鹏，'号子'里面好玩吗？"

"晓鹏，里面女犯人多吗？"

"里面的女犯人长得漂亮吗？"

"你在里面有没有再泡个妞？"

……

晓鹏极其耐心地回答每一个问题，硬着头皮喝下每一杯酒。他觉得自己下贱极了，但一点办法也没有。他现在连工作都找不上，能依靠的只有这些花花公子了。

"冬瓜"走出包房几分钟后又回来了。一会儿，一个打扮得十分妖艳的年轻女孩走进包房，紧挨着晓鹏坐下了。女孩倒了两杯酒，把其中的一杯递给晓鹏，然后伸出胳膊搂住晓鹏的脖子，妖媚地说："哥，妹子小妖陪你喝杯酒。"女孩说完往晓鹏的脸上吹了一口气，用自己的酒杯碰了一下晓鹏手中的酒杯，喝了杯中的酒。

晓鹏没有喝酒。他知道，肯定是"冬瓜"刚才出去给他找了这个女孩，但他当着大伙的面不好发作，只好气愤地瞪着"冬瓜"。谁知"冬瓜"端起酒杯，若无其事地说："晓鹏，你在'号子'里两年半都没尝过女人的滋味了。这个女孩名叫小妖，很多人都来这里出高价让她陪。钱我已经给了，今天晚上小妖是你的，你可以带回家，想怎么玩就怎么……"

"冬瓜"话还没说完，晓鹏猛然站起来，愤怒地骂了一声"混蛋"，然后把酒杯中的酒狠狠地泼到"冬瓜"脸上，"冬瓜"说的话简直是对自己莫大的污辱！

除了"冬瓜"，所有人都惊叫了一声然后不动了，睁大眼睛看着晓鹏。

"冬瓜"懵了，半天才开始用手擦脸。晓鹏极为愤怒地骂了一声"王八蛋"，把手中的酒杯狠狠地砸在地上。酒杯被砸得粉碎，所有人都吓了一跳。等所有人回过神时，晓鹏已经走了。

包工头

晓鹏又去了五次招聘会都没有找到工作。用人单位只要一听他说自己以前坐过牢就直接拒绝了他的应聘请求，他根本没有机会向用人单位解释自己因失手误杀仇人才被判刑坐牢的经过。

无奈之下，晓鹏只好换上旧衣服，去了离家不远的一个建筑工地，想找个农民工干的活。农民工干的活虽然很苦很累而且不交社保，但工资并不低，一天挣个一百多块钱并不难。他找了半天才找到包工头，对包工头说想找个活干，什么活都行，自己不怕苦也不怕累。包工头打量了一下他，说他太年轻也太瘦了，干活肯定没耐性。他说自己干活绝对没问题，实在不行试用十天也行。包工头觉得他不像是在说谎，于是安排他干转运砂石的活。

两年半的牢狱生活把晓鹏磨砺得很坚强也很有耐性，他干转运砂石的活没觉得有多辛苦，也没觉得有多累。干了十天后，包工头觉得他不但能吃苦，而且诚实稳重，脑子也好使，因此让他当了现场的监工，每月工资开三千。他高兴极了，每天都把工地现场看管得井井有条。

包工头有一次私下对晓鹏说计划明年开一家建筑公司，让晓鹏跟着他好好干，到时候给他当个助手。晓鹏觉得包工头很真诚,自己不能欺骗人家,于是对包工头讲了自己过去的经历。包工头听了十分吃惊,他没想到晓鹏曾经当过上市公司的总经理,还被判刑坐过牢。不过他仍然很信任晓鹏,对晓鹏也很同情。他说只要晓鹏跟着他好好干,等以后干大了肯定不会亏待晓鹏的。晓鹏听了十分感激,因此干活更卖力了。

执手

转眼间国庆节到了。当天,在市区的一家不起眼的小酒店里,一对新人踏着红色地毯,在高亢的婚礼进行曲中步入婚姻的殿堂。

这对新人正是晓鹏和小红。酒店里宾客并不多,但所有宾客都给予晓鹏和小红真诚的祝福。晓鹏觉得自己是全世界最幸福的人,小红也有同感。

第二天早晨,晓鹏、小红和小强一家三口坐上了开往北京的火车。小红原本不想度蜜月,因为开销太大,但晓鹏不同意,并把度蜜月的地点选在北京。晓鹏想借去北京度蜜月之机顺便看望一下他在北京的几个亲人,那些亲人包括他的父亲、母亲和姐姐。

其实,晓鹏最想去看望的人是一直长眠在长城下的女孩张菁,他曾经刻骨铭心地爱过张菁……

(本故事纯属虚构,如有雷同,纯属巧合)

致谢

笔者创作本书的过程中，多次咨询天纪律师事务所的王丽律师。之前笔者并不认识王律师，但王律师每次都在百忙之中抽出时间进行解答，而且从不收取任何费用。王律师精通相关法律，每次讲解都很专业。

宁夏人民出版社的编辑姚小云耐心、严谨、细致，对本书部分内容的修改提出了宝贵建议。姚编辑文字功底深厚，具有很高的文学素养，德艺双馨。

谨对王丽、姚小云两位女士表示衷心的感谢！

潘春笛

2015年8月8日